schiff der MAAHKS

erstoff-
er und
ntspre-
f ihrem
Körper
lförmi-
. Die ei-
ahks ist
Andro-
en die
starte-

ten eine Invasion unserer Galaxis, in deren Verlauf sie mehrere große Kriege gegen verschiedene Völker führten. Darunter auch der unter dem Namen „Methankrieg" bekanntgewordene Konflikt mit den Arkoniden. Die Terraner schlossen nach zahlreichen Auseinandersetzungen einen Bündnisvertrag mit den Maahks, die die Flotten der Tefroder zerschlugen und in ihre Heimat zurückkehrten.

Das hier gezeigte Schiff ist mit einer Länge von 2500 m und 500 m Durchmesser das größte und stärkste Kriegsschiff der Maahk-Flotte. Es hat 2000 Mann Besatzung und kann weitere 3000 Mann als Raumlandetruppen aufnehmen. Es hat 14 Landestützen mit je 2 Teleskoplandebeinen und einer Gesamtauflagefläche von 70000 qm. Das Raumschiff ist in 31 Hauptetagen aufgeteilt, die mit 21 Personen- und 2 Lastenantigravschächten verbunden sind. Außerdem hat es eine schwere doppelwandige Rumpfpanzerung. Die Höchstbeschleunigung beträgt 5500 km/sec^2.

Perry Rhodan

Die Maahks

Perry Rhodan

Die Maahks

Verlag Arthur Moewig GmbH,
Rastatt

3. Auflage

Redaktion: Horst Hoffmann
Beratung: Franz Dolenc
Satz: Utesch Satztechnik, Hamburg
Druck und Bindung: Mohndruck
Graphische Betriebe GmbH, Gütersloh
Printed in Germany
ISBN 3-8118-2037-0

Einleitung

Der Titel des vorliegenden 23. Bandes der PERRY RHODAN-Buchausgabe hätte durchaus auch lauten können: „Die Duplos“ oder „Die 5. Kolonne“. Denn die tragische Geschichte jener fünf Terraner, die – dem Tode geweiht – in einen von vorneherein hoffnungslosen Einsatz geschickt werden, macht einen Großteil der Handlung aus.

Wider Erwarten kehren sie schließlich zurück. Doch es sind nur scheinbar dieselben fünf Männer, die tiefer ins Universum vordrangen als je ein anderer Mensch zuvor.

In diesem Buch wird die Rede von „Multiduplikatoren“ sein, Maschinen einer noch unvorstellbar hochentwickelten Technik, die jedes Wesen bis in die kleinsten Bausteine hinein perfekt nachbilden können. Nur das Bewußtsein ist anders, ein fremder Wille ist den Kopien aufgepfropft.

Wären die Originalromane heute geschrieben worden, so hätten sich die Autoren möglicherweise einer anderen Technik zur Duplizierung von Leben bedient, die heute in aller Munde ist: dem Klonen. Natürlich, dies hätte Zeit gekostet, die die Gegner der Menschheit nicht haben, doch im Endeffekt wäre es auf dasselbe hinausgelaufen. Eine Art von künstlicher Schöpfung, militärischen Interessen gnadenlos untergeordnet (was den Gen-Forschern hiermit keinesfalls unterstellt sein soll!).

Die Phantasie der Autoren ersann Multiduplikatoren, von denen in kommenden Büchern noch viel die Rede sein wird. Aber wieder einmal zeigen die vor rund 20 Jahren geschriebenen Romane erstaunliche Parallelen zu dem, was heute oder morgen bereits machbar erscheint – nur auf etwas anderem Wege.

Dieses Buch enthält – ungeachtet der vorgenommenen Kürzungen und Bearbeitungen – die Originalromane: *Endstation des Grauens* von *H. G. Ewers; Gefahr aus der Vergangenheit* von *K. H. Scheer; Brenn-*

punkt Twin von *H. G. Ewers; Teleporter Achtung!* von *Kurt Mahr; Verschleppt nach Andro-Alpha* von *William Voltz; Die Doppelgänger von Andromeda* von *K. H. Scheer* und *Die Fünfte Kolonne* von *H. G. Ewers.*

Mein Dank gilt wie immer in erster Linie Franz Dolenc für seine hervorragende Mitarbeit und natürlich den Lesern für ihre wertvollen Kritiken und Anregungen.

Rastatt, im Juni 1985 Horst Hoffmann

Zeittafel

1971: Die STARDUST erreicht den Mond, und Perry Rhodan entdeckt den gestrandeten Forschungskreuzer der Arkoniden.

1972: Aufbau der Dritten Macht und Einigung der Menschheit.

1976: Perry Rhodan löst das galaktische Rätsel und entdeckt den Planeten Wanderer, wo seine Freunde und er von dem Geisteswesen *ES* die relative Unsterblichkeit erhalten.

1984: Der Robotregent von Arkon versucht die Menschheit zu unterwerfen.

2040: Das Solare Imperium ist entstanden. Der Arkonide Atlan taucht aus seiner Unterwasserkuppel im Atlantik auf. Die Druuf dringen aus ihrer Zeitebene in unser Universum vor.

2044: Die Terraner verhelfen Atlan zu seinem Erbe.

2102: Perry Rhodan entdeckt das Blaue System der Akonen.

2103: Perry Rhodan erhält den Zellaktivator von *ES*.

2104: Der Planet Mechanica wird entdeckt. Vernichtung des Robotregenten von Arkon.

2114: Entdeckung der Hundertsonnenwelt und Bündnis mit den Posbi-Robotern.

2326: *ES* verstreut 25 Zellaktivatoren in der Galaxis, und es kommt zur Invasion der Hornschrecken. Sie hinterlassen die Schreckwürmer und das geheimnisvolle Molkex.

2327: Entdeckung des Zweiten Imperiums und der Blues. Die Suprahet-Gefahr kann gebannt werden. Kampf gegen die Blues.

2328: Beendigung des Krieges durch Einsatz von Anti-Molkex-Bomben, Friedensvertrag zwischen den Imperien.

2329: Perry Rhodan heiratet die Plophoserin Mory Abro.

2400: Entdeckung der Transmitterstraße nach Andromeda. Überlebenskampf der CREST II in den Fallensystemen Twin und Horror.

Schwarze Walzenraumer erscheinen in der Milchstraße über dem von Terranern besetzten Schaltplaneten Kahalo. Rettungsplan für die CREST II.

Prolog

Es begann mit dem überraschenden Auftauchen des Haluters Icho Tolot gerade zu der Zeit, als Perry Rhodan die Suche nach dem geheimnisvollen Planeten Kahalo mit aller Intensität vorantrieb. Tolots vage Hinweise führten die CREST II, Rhodans neues Flaggschiff, tiefer in das galaktische Zentrum hinein und zur Entdeckung des gigantischen Sonnentransmitters aus sechs blauen Riesensternen.

Von unheimlichen Kräften eingefangen, wurde die CREST 900 000 Lichtjahre tief in den Leerraum zwischen den Galaxien geschleudert. Das künstlich errichtete Twin-System, bestehend aus zwei gelben Sonnen und acht Planeten, erwies sich als eine einzige Falle für Fremde, die die Transmitterstraße nach Andromeda gegen den Willen der mysteriösen Erbauer benutzen. Auf der Suche nach der Justierungsstation des Twin-Sonnentransmitters, der einzigen Hoffnung auf Rückkehr in die Milchstraße, erhielt Perry Rhodan erste spärliche Hinweise auf diese Erbauer, die sich „Meister der Insel" nennen und offenbar die Andromeda-Galaxis beherrschen.

Mit welcher grausamen Kompromißlosigkeit die Unbekannten gegen Eindringlinge in ihren Einflußbereich vorgehen, davon erhielten die Terraner und ihre Verbündeten weitere Eindrücke, nachdem der „Wächter von Andromeda" in letzter Sekunde die bereits erfolgte Justierung des Twin-Transmitters veränderte und die CREST, statt in der Heimatgalaxis, in der ebenfalls künstlich angelegten Hohlwelt Horror herauskam – wie Twin 900 000 Lichtjahre tief im Leerraum. Nur mit der Kraft der Verzweiflung gelang schließlich das Entkommen aus dem in Etagen unterteilten Planeten. Doch auch die Erlebnisse dort erwiesen sich nur als ein Vorgeschmack dessen, was die Terraner an der Oberfläche erwartete. Von dem sogenannten Potentialverdichter, einer grausamen Waffe der „Meister", auf das Tausendfache verkleinert und ohne nennenswerte Energie, schwanden die Hoffnungen der Gestrandeten fast zu einem Nichts.

In der Milchstraße blieb man inzwischen nicht untätig. Nachdem erste Klarheit über den wahrscheinlichen Verbleib der CREST II bestand, schickte Vize-Administrator Reginald Bull das Stufenraumschiff ANDROTEST durch den Sonnentransmitter ins Twin-System, von wo aus dessen Besatzung unter Oberst Pawel Kotranow den Spuren der CREST folgte. Kurz darauf wurde Kahalo entdeckt, und die ersten schwarzen Stabraumschiffe materialisierten in der Galaxis. Der Kampf um Kahalo konnte unter Verlusten für die Terraner entschieden werden. Der Ausgangspunkt der Transmitterstraße scheint damit in terranischer Hand zu sein.

Oberst Kotranow, dessen Zusammentreffen mit der Besatzung der CREST II noch vor Inkrafttreten des Potentialverdichters erfolgt war, wurde mit dem zweiten Schiff der ANDROTEST-Baureihe auf den Weg nach Horror geschickt, um Perry Rhodan Hilfe zu bringen. Niemand an der Führungsspitze des Solaren Imperiums konnte ahnen, welches Drama sich dort, fern der Galaxis, inzwischen ereignet hatte.

Alle Versuche Rhodans, der ins Gigantische gewachsenen Umgebung zu trotzen, waren mehr oder weniger fehlgeschlagen. Ungewißheit herrscht auch über die Natur und Herkunft jener riesigen fremden Raumfestung, die bereits einige Male über Horror erschienen ist.

Vor allem aber, so scheint es nun, ist der ANDROTEST II das gleiche Schicksal wie der CREST bestimmt, wenn es nicht gelingt, sie zu warnen, bevor sie in den Einflußbereich des Potentialverdichters gerät.

Man schreibt Anfang des Jahres 2401 . . .

1.

Das lautlose Feuerwerk titanischer Energien schien weder Anfang noch Ende zu kennen.

Nicht immer war für menschliche Augen sichtbar, was unablässig zwischen den Sonnen der galaktozentrischen Sternenballungen hinüber- und herüberflutete gleich den Gezeiten eines irdischen Meeres. Nur dann, wenn sich die normalerweise unsichtbaren Strahlen an Materienebeln brachen, zuckten helle Blitze durch die scheinbare Leere, erstrahlte dort, wo eben noch Dunkelheit gewesen war, eine berauschend schöne Kaskade leuchtender Farben.

Und manchmal wurde das Licht gleich von einer ganzen Kette kugelförmiger Körper wie von riesigen Spiegeln zurückgeworfen.

Der große Frontbildschirm in der Zentrale des Raumschiffes veränderte seine Helligkeit im gleichen Takt wie das stumme Naturschauspiel.

Gegen die wechselnde Helligkeit hob sich die statuenhaft reglose Silhouette eines hochgewachsenen Mannes ab.

Solarmarschall Julian Tifflor hatte die Augenlider halb gesenkt, um nicht geblendet zu werden von der verschwenderischen Lichtfülle. Doch nicht das unvergleichlich schöne und zugleich bedrohlich wirkende Naturschauspiel war es, das seine Aufmerksamkeit fesselte. Seine Blicke hingen unverwandt an der ungewöhnlichen Konstellation sechs blauer Riesensterne.

Das Ungewöhnliche daran konnten nur Eingeweihte mit bloßem Auge erfassen.

Oftmals bildeten die blauen Sonnenriesen offene oder geschlossene Sternhaufen.

Doch niemals ein genaues geometrisches Sechseck.

Bis auf eine Ausnahme: den galaktozentrischen Sechsecktransmitter eines in der Andromeda-Galaxis lebenden Volkes, das man „Meister der Insel“ nannte.

„Unglaublich!“ äußerte Tifflor.

Hinter ihm ertönte ein glucksendes Lachen.

„Was Sie nicht sagen! Unglaublich...! Man sollte meinen, Sie hätten während Ihrer Tätigkeit bei der Flotte die Fähigkeit verloren, sich über etwas zu wundern.“

Julian Tifflor drehte sich um und blickte in die halb unter Fettpolstern verborgenen stechenden Augen eines hünenhaften, kahlköpfigen Zivilisten mit blaugeäderten Hängebacken. Professor Dr. Arno Kalup, der Konstrukteur des Lineartriebwerks, war für seine respektlosen Bemerkungen und Ausbrüche bekannt.

Tifflor lächelte spöttisch.

„Sie halten es wohl für selbstverständlich, daß jemand nicht nur die Energie für seine Transmitter aus einem Sonnensechseck bezieht, sondern die Sonnen selbst als Bestandteile eines gigantischen Transmitters benutzt? Nein, sagen Sie nichts!“ wehrte Tifflor ab, als der Hyperphysiker den Mund öffnete. „Wenn Sie mit ‚ja‘ geantwortet hätten, würde ich Ihnen nämlich entgegenhalten, daß auch Sie nicht von allein auf den Gedanken gekommen wären, man könnte sechs gigantische Sonnen wie Erbsen auflesen und zu einem Sechseck ordnen, in dessen Zentrum ein Transmissionfeld fast unvorstellbarer Stärke aufgebaut werden kann.“

Professor Kalups Hängebacken zitterten vor Empörung. Er gab ein Schnaufen von sich, das sich wie entweichender Dampf anhörte.

Aber bevor er etwas sagen konnte, schrillte die Alarmglocke. Eine dröhnende Baßstimme hallte durch die Zentrale und meldete die Entstehung n-dimensionaler Eruptionen zwischen den sechs Sonnen.

Julian Tifflor hatte im gleichen Augenblick den Hyperphysiker vergessen. Angespannte Erwartung im Gesicht, ließ er sich in den Sessel neben Oberst Haile Trontor fallen, den epsalischen Kommandanten der PERIKLES, eines Superschlachtschiffes der Solaren Flotte.

Er richtete keine Frage an Trontor. Wenn der Epsaler vor Eruptionen warnte, dann meinte er keinen der hier üblichen Entladungsstürme. Besorgt musterte Tifflor die Anzeigen der Ortung. Hier sah es ein wenig anders aus als auf den Bildschirmen der Panoramagalerie. Das, was dort von Zeit zu Zeit wie eine Kette kugelförmiger

Reflektoren aufgeflammt war, stand hier als unüberschaubarer Schwarm grünlicher Ortungsreflexe relativ unbeweglich im Raum:

Achttausend Raumschiffe der Solaren Flotte . . .!

Des Großadministrators Befehl, überbracht von dem Kommandanten der ANDROTEST I, dem ersten terranischen Raumschiff mit einer Reichweite von einer Million Lichtjahren, hatte eine gewaltige Streitmacht vor das Sonnensechseck im Zentrum der Galaxis in Marsch gesetzt. Fünftausend der achttausend Raumschiffe waren schwere und schwerste Einheiten der Solarflotte, die restlichen dreitausend stellten quasi nur gigantische Transporthüllen dar, ausgerüstet mit allen Gütern, die zur Errichtung eines Stützpunktes inmitten des Leerraums benötigt wurden.

„Überlegen Sie, ob die Besatzungen aufgeweckt werden sollten . . .?"

Julian Tifflor wandte sich nicht um. Er nickte nur. Professor Kalup hatte genau sein Hauptproblem berührt. Die fürchterlichen Ent- und Rematerialisierungsschocks beim Durchgang durch den Sechsecktransmitter ließen sich nur dann ohne schwerwiegende psychische Schäden ertragen, wenn die organische Besatzung sich in einer Tiefkühlnarkose befand.

Die Flotte stand zum Transmitterdurchgang bereit. Tifflor wartete nur noch auf die Bestätigung, daß die ersten drei ausgesandten Fragmentraumschiffe wohlbehalten im Twin-Empfänger angekommen waren, die die Posbis unaufgefordert zur Verfügung gestellt hatten. Die Bestätigung sollte über die dichtgestaffelte Hyperfunkrelaiskette direkt von Kahalo kommen. Denn Aufgabe der Fragmentraumer war es nicht nur, nach Twin vorzustoßen und sich dort umzusehen, sondern darüber hinaus festzustellen, ob die Justierung auf Kahalo noch Gültigkeit hatte.

Wenn sie über Kahalo rematerialisierten, bedeutete dies das endgültige Signal für Tifflors Flotte, durch das Sonnensechseck zu gehen und die Welten des Twin-Systems zu besetzen.

Achttausend Schiffsbesatzungen – mit Ausnahme der zahlenmäßig geringen Zentrale-Bereitschaften – befanden sich in der Tiefkühlnarkose und damit in einem Zustand, der von der Medizin als nahezu gleichbedeutend mit „klinisch tot" bezeichnet wurde.

„Nein!" sagte Tifflor laut, und seine Stimme klang rauh. „Es wäre sinnlos. Keiner würde schnell genug zu sich kommen, um in einem Katastrophenfall handlungsfähig zu sein. Statt dessen würden sie nur die Zentrale-Bereitschaften behindern."

Es war, als hätte er mit seinen Worten das Unheil geradezu über die Flotte heraufbeschworen. Eine Sturzflut ungebändigter gravitatorischer und magnetischer Energie schlug über der PERIKLES zusammen, riß die Schutzschirme, die dem Anprall eines kleinen Planetoiden widerstanden hätten, auseinander und verwandelte das fünfzehnhundert Meter durchmessende Kugelschiff in einen in den Zellnähten kreischenden, hin und her geschlagenen Ball.

Julian Tifflor stürzte, als die Kontursessel vor ihm von der Rettungsschaltung ruckartig in die Waagerechte gerissen wurden. Fahlgelbe Blitze schossen aus durchgeschlagenen Sicherungen, winzige Trümmerstücke zirpten als tückische Querschläger durch die Zentrale, die sich von einem Augenblick zum anderen mit beißendem Rauch füllte.

Als Tifflor sich darüber zu wundern begann, daß nicht schon der erste mörderische Ruck ihn an der Zentrale-Rückwand zerschmettert hatte, fühlte er den eisernen Griff an seiner Hüfte.

Dann lag er auf dem Gesicht, und die jählings einsetzende Stille wirkte derartig schockierend, daß er das Bewußtsein verlor.

Die Bewußtlosigkeit konnte höchstens einige Sekunden angehalten haben.

Als Julian Tifflor zu sich kam, wurde er eben von Oberst Trontor hochgezerrt.

Gedankenlos wischte er sich das Blut von den zerschlagenen Lippen.

„Was liegen für Meldungen vor, Oberst?"

„Man beginnt erst jetzt zu reagieren!" dröhnte Trontors Baß. Er wies mit seiner mächtigen Hand auf das Meldepult des Flaggschiffes der Zentrumsflotte. Das Meldepult nahm einen Platz von einem Quadratmeter ein. Auf diesem engen Raum befanden sich dicht an dicht liegende Zahlenkolonnen. Für jedes der achttausend Schiffe existierte eine Zahl in einem winzigen Feld, und augenblicklich erschienen in dem schwarzen Quadrat die ersten grünen Tupfen.

Julian Tifflor suchte vergeblich nach rotleuchtenden Zahlenfeldern.

Als er keines fand, atmete er auf. Wenigstens schien es keinen Totalausfall gegeben zu haben.

Nach fünf Minuten stand es fest, daß kein einziges Schiff ernstlich beschädigt worden war. Nur vierzehn Transporter und ein Leichter Kreuzer meldeten teilweisen Ausfall der Schutzschirmprojektoren, der jedoch durch die anderen Aggregate überbrückt werden konnte.

„Sieht so aus, als hätten wir Glück gehabt", bemerkte der Epsaler. Er lachte, und es klang, als trompetete ein Elefantenbulle.

Tifflor stöhnte. Epsaler galten als die fähigsten Raumschiffoffiziere, aber die gewaltige Größe der umweltangepaßten Menschen von Epsal wirkte sich natürlich auch auf die Stimme aus; es war alles andere als Nervenbalsam, einen Epsaler sprechen oder gar lachen zu hören.

„Das war schon bald ein Wunder", entgegnete Tifflor bedächtig. Nach einer Pause setzte er hinzu: „Haben Sie noch keine Hyperkommeldung von Kahalo vorliegen?"

Als hätte der Hyperkom nur auf diese Frage gewartet, lief mit hellem Pfeifton eine Raffermeldung ein. Automatisch begann die große Bordpositronik mit der Entschlüsselung, und da sie den betreffenden Kode in ihren Speicherzellen fand, lag der Klartext nach einer Sekunde Wartezeit vor.

Professor Kalup kletterte ächzend aus seinem Sessel.

„Die Fragmentraumer sind zurückgekehrt!" verkündete er triumphierend. „Das erste Mal, daß es Schiffen gelungen ist, vom Twin-System aus auf dem gleichen Weg in die Galaxis zurückzukommen!"

Tifflor nickte nur. Der Weg nach Twin war damit endgültig frei. Die Posbis hatten keine fremden Aktivitäten im Twin-System feststellen können.

„Ich schätze", sagte Oberst Trontor, „daß uns nun nichts mehr hier hält..."

Der Flottenverband formierte sich. Eine mathematisch exakte Staffelung wurde erkennbar.

Die erste Staffel raste im Banne eines orangeroten Energiestrahles in die flammende Energieballung des Sechsecktransmitters hinein.

Die Sonnen loderten auf, als wollte jede von ihnen zur Nova werden.

Eine Zahlenkolonne auf dem Meldepult der PERIKLES erlosch.

Die zweite Staffel wurde von unvorstellbaren Kräften angezogen.

Dem orangeroten Strahl hätte sie selbst mit vollem Gegenschub nicht widerstehen können. Stärkere Gewalten, als ihre Triebwerke aufbringen konnten, waren am Werk.

Die zweite Zahlenkolonne erlosch. Die dritte . . ., die dreißigste . . ., die dreihundertste . . .

Julian Tifflor fühlte das Zischen der Hochdruckinjektionsspritze. Während sein Körper steif und gefühllos zu werden begann, nahmen seine Augen gerade noch das orangerote Feuer wahr, in das die PERIKLES übergangslos gehüllt wurde.

Es war ein unendlich beruhigendes Gefühl, sofort nach dem Aufwachen vom gleichmäßigen Grollen der Kraftstrommeiler empfangen zu werden.

„Alles in Ordnung, Sir", sagte der Medo-Robot und trat zur Seite.

Julian Tifflor lächelte verkrampft. Noch gehorchten die Muskeln nicht mit der normalen Schnelligkeit. Auch die Augen nahmen das Bild auf den Schirmen der Panoramagalerie nur wie durch Nebelschleier hindurch wahr. Aber das genügte.

Zwei gelbe Sonnenungeheuer flammten am ansonsten sternenlosen Himmel. Zwischen ihnen brodelte, gleich einem atomaren Hexenkessel, der energetische Ballungskern, das Transmittertor. Aus diesem Hexenkessel wurden wie von Geisterhand große metallene Kugeln gestoßen, reflektierten in gespenstischem Widerschein die Glut, aus der sie materialisierten – und rasten dann auf Flammenlanzen neben und hinter der PERIKLES her.

Tifflor zählte vierundzwanzig Superschlachtschiffe, und noch immer tauchten in ununterbrochener Folge neue Giganten auf.

Der Solarmarschall wandte sich dem Meldepult zu.

Dann gab er den endgültigen Befehl zur Besetzung und Absicherung des Twin-Systems . . .

In achttausend Raumschiffen erwachten die Mannschaften vollzählig zum Leben.

Auch die Kommandozentrale der PERIKLES besaß wieder ihre vollständige Besatzung. Entsprechend ihrer Aufgabe als Flaggschiff des Verbandes waren vor allem die Beobachtungsstationen, die Ortungsstation und die Funkzentrale verstärkt besetzt.

Tifflor hatte sich an den Kartentisch zurückgezogen. Oberst Haile Trontor war mit seinen Offizieren wieder allein verantwortlich für die Führung des Superschlachtschiffes. Tifflor fungierte als Oberbefehlshaber der gesamten Flotte, Professor Dr. Arno Kalup war sein technischer Berater, während sechs Generalstabs-Kybernetiker die Auswertung der eingehenden Meldungen und die taktischen und strategischen Züge mit Hilfe der hochwertigen Kommando-Positronik wahrnahmen. Entscheiden aber mußte einzig und allein Tifflor.

Im Innern der PERIKLES grollten und dröhnten die Kraftwerksmeiler. Das Schiff bewegte sich mit halber Lichtgeschwindigkeit durch das System, umgeben von mehr als vierhundert anderen Einheiten, mit denen zusammen es die Invasionsgruppe IV bildete.

Noch immer stieß der Sonnentransmitter Schiff auf Schiff aus. Aber schon fanden die ersten Landungen statt.

„Beobachtungsstation auf Septim abgesetzt und gesichert“, meldete einer der Kybernetiker.

„Danke!“ Tifflor nickte dem Mann zu. Für einen Augenblick versuchte er, sich die Verhältnisse auf Septim, einem Überriesen mit 5,9 Gravos Schwerkraft, vorzustellen. Er konnte einen leichten Schauer nicht unterdrücken. Kein Mann war zu beneiden, der nach Septim abkommandiert wurde. Immerhin hatten die Männer der abgesetzten Beobachtungsstation dort nur die Natur zum Feind. Das würde nicht überall so sein.

„Fragen Sie bei Gruppe II an, ob sie auf Widerstand gestoßen ist!“

Invasionsgruppe II hatte den Befehl, auf Quarta, einem erdähnlichen Planeten des Twin-Systems, zu landen und in einer Blitzaktion die Superstadt Bigtown mittels Energieschirmen einzuschließen. Diese gigantische Kolonie der verschiedensten Völker und Ausgestoßenen aus dem Andromeda-Nebel mußte auf jeden Fall isoliert werden, wenn man keine unliebsamen Überraschungen erleben wollte.

„Gruppe II nach Plan gelandet“, kam die Meldung. „Widerstand konnte mit Narkosestrahlen gebrochen werden. Schirmprojektoren arbeiten bereits mit vierzig Prozent der Kapazität.“

„Wie steht es mit den Transportern?“ fragte Tifflor zurück.

„Werden nach Plan ausgeladen. Keine Ausfälle bisher.“

„Danke. Rufen Sie Sexta!"

Nach einer halben Minute lag auch der Bescheid von Invasionsgruppe III vor. Ohne auf Widerstand zu stoßen, hatte sie die uralte, trockene Welt Sexta besetzt, einen Planeten mit einer Schwerkraft von 1,95 Gravos. Roboterkommandos trieben bereits die ersten Bunkerschächte in die Tiefe und legten die geplanten sechs Raumhäfen mitsamt den Verteidigungsstellungen an.

„Das klappt ja ausgezeichnet!" lobte Tifflor.

„Mir klappt es zu ausgezeichnet", schimpfte Professor Kalup. „Letzten Endes ist Twin ein wichtiges Glied in der Transmitterkette zwischen der Milchstraße und Andromeda. Ich kann mir nicht denken, daß die Meister der Insel unserer Invasion tatenlos zusehen."

„Das tun sie wahrscheinlich auch nicht", meinte Tifflor. Er dachte dabei an den Bericht von Oberst Kraysch, dem Kommandanten des Schlachtschiffes MOHIKAN, das den Planeten Kahalo mit seinem Pyramidensechseck wiedergefunden und sich plötzlich zwanzig jener berüchtigten schwarzen Stabraumschiffe gegenübergesehen hatte, von denen eines bereits einige Zeit vorher im Twin-System erschienen war, einen Raumschiffgiganten der Posbis vernichtet hatte und erst nach schweren Kämpfen von der CREST besiegt werden konnte. Das war auch einer der Gründe gewesen, warum zur Besetzung des Twin-Systems eine im Verhältnis zur Aufgabe so riesige Zahl an Kampfraumern eingesetzt worden war.

„Kahalo ist unter unserer Kontrolle!" erklärte Tifflor verbissen. „Ganz sicher erwarten uns noch Tausende unangenehmer Überraschungen von seiten der Meister der Insel. Warum wohl begnügen wir uns mit relativ kleinen Schritten?"

Er unterbrach abrupt das Gespräch, als eine neue Meldung auf dem Interkomschirm aufleuchtete.

„Na also!" sagte er. „Jetzt können wir uns endlich die Rosine aus dem Kuchen picken." Er wandte sich dem permanent mit allen Schiffen der Invasionsgruppe IV in Verbindung stehenden Hyperkomgerät zu:

„Hier Tifflor. Aktion Quinta läuft nach Plan in dreißig Sekunden an. Ich erwarte von allen Kommandanten der Gruppe IV laufend Detailbestätigungen. Der Zeitplan muß unter allen Umständen genau eingehalten werden. Ende!"

Er blickte zur Panoramagalerie.

Die Bildschirme gerieten plötzlich in Bewegung. Das war jedoch eine optische Täuschung. In Wirklichkeit setzte sich in dieser Sekunde der Schiffsverband der Gruppe IV schlagartig in Richtung auf Quinta zu in Bewegung. Überall in den Triebwerks-Ringwülsten flammten grelle Leuchterscheinungen auf. Das Grollen im Innern der PERIKLES steigerte sich zu einem tosenden Inferno.

Quinta war das Herz des Twin-Transmitters. Hier lag die Schaltstation, von der aus man den Transmitter auf den gewünschten Empfänger schalten konnte. Aufgabe der Invasionsgruppe IV war es, die Station zu besetzen und abzusichern. Erst wenn das vollbracht war, hatte man den Sonnentransmitter unter Kontrolle und einen entscheidenden Vorteil gegenüber den Meistern der Insel und ihren Helfern.

Eine Viertelstunde später füllte die Scheibe der Wasserwelt Quinta den Frontschirm der Zentrale aus. Die Ringwulsttriebwerke ließen das Schiff erbeben, als der Kurs geändert wurde. Rasch glitten die Wassermassen unter der PERIKLES vorüber. Dann war der einzige Kontinent heran.

Glutbahnen durchschnitten die Atmosphäre.

Es waren jedoch nicht die Spuren tödlicher Strahlschüsse, sondern nur die in die Atmosphäre eintauchenden Vorauskommandos. Ausgeschleuste Raumjäger und Space-Jets schwärmten zu Tausenden über dem Kontinent aus, bereit, jeden Widerstand mit konzentrierten Feuerschlägen zu zerschlagen.

Aber noch blieb alles ruhig.

Doch Tifflor wußte, daß sich die Situation bald ändern konnte. Auf Quinta mußten sich noch immer die zum Schutz der Kraftstation und der Justierungskuppel stationierten feindlichen Roboter aufhalten. Es war ganz unwahrscheinlich, daß sie bei den vorausgegangenen Aktionen der CREST II und der ANDROTEST I sämtlich ausgeschaltet worden waren.

Da kamen auch schon die ersten Meldungen an.

Terranische Kampfroboter, die seit wenigen Minuten unablässig auf die Oberfläche abregneten, meldeten Feindberührung. Sie wurden jedoch mit den feindlichen Robotern rasch fertig.

Tifflor konzentrierte sich wieder ganz auf die Landung der PERIKLES.

Soeben waren die Schutzschirme aufgeflammt. Das Superschlachtschiff sank mit bremsenden Ringwulsttriebwerken in die Atmosphäre. In einer Ausschnitt-Vergrößerung erschien eine Glockenkuppel aus glasartigem Material. Tifflor wußte, daß es die Justierungsstation war. Er staunte über die geringe Größe. Die Kuppel maß nur fünfzig Meter im Durchmesser und war siebzig Meter hoch. Und doch barg sie die Schaltungen, mit denen man den gigantischen Sonnentransmitter Twin beherrschen konnte.

Zusammen mit hundertzwanzig schweren und schwersten Einheiten setzte die PERIKLES in der Nähe der Justierungsstation auf.

Im gleichen Augenblick regneten Roboterdivisionen in den von den Schiffen gebildeten Ring. Leuchtplatten an den Wänden der Zentrale meldeten die erfolgte Öffnung der Schleusen.

Tifflor schnallte sich den Waffengurt mit den beiden Halftern um.

„Kommen Sie, Professor! Rufen Sie Ihre Leute. Wir wollen die wichtigste Aufgabe so schnell wie möglich hinter uns bringen."

Mit einem Shift verließen Tifflor und Professor Kalup die PERIKLES. Sie flogen mitten in die von der Landung des Schiffsverbandes aufgewühlten Staubmassen hinein. Ununterbrochen kreuzten Robotertrupps ihren Weg. Antigravplatten überdimensionalen Ausmaßes brachten die ersten Ausrüstungsgüter zu den Arbeitsplätzen. Während hin und wieder das Röhren schwerer Impulswaffen und das Donnern atomarer Explosionen erscholl, gingen Robotertrupps bereits an die Errichtung von planetarischen Verteidigungsforts, wurden Transformkanonen in Stellung gebracht und tiefe Schächte in die Oberfläche gebrannt.

Der einzige Kontinent auf Quinta quirlte vor Geschäftigkeit.

Während sich Kalup in Begleitung einiger Wissenschaftler in die Justierungsstation begab, um dort nach dem Rechten zu sehen und die Fernimpulssteuerung zu desaktivieren, über die die Meister der Insel von anderen Basen aus womöglich noch hätten eingreifen können, machte Tifflor einen Rundgang, um sich persönlich über den Fortschritt der Arbeiten zu informieren. Eine halbe Stunde später erhielt er von Kalup die Meldung, daß in der Station alles in Ordnung sei und die Fernsteuerungsanlage beseitigt war.

Julian Tifflor taumelte und wäre gestürzt, hätte nicht ein hilfsbereiter Leutnant ihn gehalten.

„Die Antigravschächte sind noch nicht genau eingestellt", sagte er wie zur Entschuldigung.

Tifflor winkte ab und blickte sich um.

Er befand sich in einer weiten Kuppelhalle, in die insgesamt vierzig Antigravschächte mündeten. Überall waren Techniker und Roboter dabei, Kontrollinstrumente zu montieren und Hilfsaggregate anzubringen. Es war selbst für Tifflor nur schwer vorstellbar, daß hier, an dieser Stelle, erst vor vier Stunden mit dem Vortrieb des ersten provisorischen Schachtes begonnen worden war.

Schrilles Sirenengeheul ließ ihn aufhorchen.

Er versuchte, von einem der Männer in der Kuppel eine Auskunft zu erhalten. Doch keiner schien sich überhaupt an dem Heulen der Sirenen zu stören.

Kopfschüttelnd ging Tifflor auf den gähnenden Schlund mit den roten Warnschildern ringsum zu. Das war die im Bau befindliche Personen-Transmitterstation.

Der Boden schwankte plötzlich leicht. Dumpfes Grollen ertönte. Dann rasten mehrere Wellen infernalischen Jaulens über den Kuppelbau hinweg.

Tifflor hob den Armbandsender an den Mund.

„Hier Tifflor. Etwas Besonderes, Oberst Trontor?"

„Nichts Besonderes!" dröhnte die Stimme des Epsalers zurück. „Etwa zweihundert feindliche Flugroboter hatten einen Überraschungsangriff auf das Areal rund um die Justierungsstation versucht. Sie wurden von sechs Jägerstaffeln vernichtet, bevor sie sich der Bodenverteidigung nähern konnten."

„Sind die Transporter entladen?"

„Entladen und auf dem Weg zurück in die Milchstraße. Die Verbindung klappt ausgezeichnet. Hoffentlich wird sie nicht durch Fernsteuerung gestört."

„Da machen Sie sich keine Sorgen." Tifflor lachte übermütig. „Professor Kalup hat bereits die entsprechenden Kabel und Stromleiter herausgefunden und unterbrochen. Der Transmitter wird allein von uns kontrolliert. – Ich komme, Oberst. Lassen Sie inzwischen die restlichen Transporter starten!"

Eine halbe Stunde später stand er in der Kommandozentrale der PERIKLES und nahm die Meldungen über den neuesten Stand der Dinge entgegen.

Tifflor hörte zufrieden, daß die Flotte wie nach Plan aufgeteilt worden war. Ein großer Teil der fünftausend Kampfschiffe stieß planmäßig in den Leerraum vor, um das Twin-System von außen abzusichern. Besonders sorgfältig aber war die nähere Umgebung des Twin-Transmitters selbst abgeriegelt worden. Wer auch immer von außen oder von innen einen Angriff versuchte, er würde eine unangenehme Überraschung erleben.

Als Julian Tifflor seine Anweisungen gegeben hatte und neben den Platz Haile Trontors trat, wurde der Rücktransport des letzten Transportraumschiffes gemeldet. Zehn Minuten später tauchten bereits die ersten Staffeln neuerlich beladener Transporter auf und brachten weitere Bauteile für die Nachschub- und Ausrüstungsdepots.

„Ich glaube, Sie haben eine Ruhepause verdient", meinte Tifflor lächelnd zu dem wuchtig gebauten Epsaler. „Das Hauptquartier auf Quinta steht, und auch alle anderen Befehle Rhodans sind ausgeführt."

„Vielen Dank, Sir", grollte die Stimme Trontors. „Aber Sie sind genauso lange auf den Beinen wie ich, und ich vertrage doch eine Kleinigkeit mehr. Außerdem steht noch ein Programmpunkt aus."

Tifflor nickte.

„Ich weiß. Die ANDROTEST II soll in zwanzig Minuten eintreffen..." Er seufzte unterdrückt. Im stillen beneidete er die fünfzig Mann des Spezialschiffes. Er mußte hier ausharren, während sie demnächst Perry Rhodan gegenüberstehen würden.

2.

Bunte Schleier schlossen sich zu rasch wechselnden Mustern zusammen, zerflatterten wieder, waren einmal nah und einmal fern.

Irgendwo donnerte ein Wasserfall.

Eine Kaskade schimmernder Melodien verbreitete traumhafte Empfindungen. Flimmernde Regenbogen schwangen sich, grazilen Spinnwebbrücken gleich, von Ton zu Ton.

Schwarze Kleckse zerflossen an einer Fuge. Ein wimmernder Ton stieg höher und höher, zerplatzte in einem Feuerwerk giftgrüner Seifenblasen.

Das alte Lied.

Der Gedanke war plötzlich da, stechend, schmerzhaft, dröhnend, hämmernd, an Phantasiegebilden rüttelnd, die letzte Mauer einreißend.

Alles verfärbte sich zu einem schwarzen Klecks; mitten darin zwei rötliche Sonnen.

Schwarzes Nichts – glühende Universen.

Glühende Universen! Glühend... – Glut..., Hitze..., Feuer..., Tod! Langsam pulsierende Labsal, dröhnend hämmerndes Herz, Empfindungen, Hören..., Leben!

Omar Hawk fuhr mit einem gellenden Schrei empor.

Da war sie wieder, die Dunkelheit! Da glühten die rötlichen Punkte im Nichts!

Und dann wurde es hell. Es war die sanfte, wohltuende Helligkeit einer Raumschiffskabine.

Neben dem Lager stand der Medo-Robot. Die Injektionspistole hielt er mit der stählernen Hand umklammert, und die rötlichen Augenzellen waren unverwandt auf den Menschen gerichtet.

„Was... ist... los?" Quälend langsam kamen die Worte aus Hawks Mund.

„Bitte lehnen Sie sich zurück, Sir." Der Roboter rührte sich nicht von der Stelle. „Sie scheinen keinen wesentlichen Schaden erlitten zu haben. Aber, bitte, warten Sie das Erwachen des Chefarztes ab."

Omar Hawk, Umweltangepaßter mit Kompaktkonstitution, Leutnant des Spezialpatrouillenkorps, versuchte vergeblich, einen klaren Gedanken zu fassen. Es gelang ihm nicht. Doch nach und nach breitete sich Begreifen in seinem Geist aus. Der Zorn rüttelte ihn vollends wach.

Er wußte mit einemmal, was geschehen war. Er hatte – zum zweiten Male – den galaktozentrischen Sonnentransmitter passiert.

Wie alle anderen organischen Besatzungsmitglieder der ANDROTEST II auch war er in die Tiefkühlnarkose versetzt worden – und wahrscheinlich wie beim erstenmal als erster der Besatzung daraus erwacht. Weshalb verlangte dieser Roboter dann, er sollte auf das Erwachen des Chefarztes warten?

„Vielleicht begründest du deinen seltsamen Wunsch etwas eingehender!“ entgegnete er bissig. „Wie du siehst, habe ich ausgezeichnet auf die Erweckungsinjektion reagiert. Ich fühle mich völlig in Ordnung.“

„Ich muß Ihnen beipflichten“, sagte der Medo-Robot betont langsam, als spräche er zu einem Kinde, „was Ihr Erwachen und Ihre offensichtliche Unversehrtheit angeht. Leider ist das nicht die Folge einer Erweckungsinjektion. Sie erwachten genau drei Narkosesekunden vor der geplanten Injektion, und ich habe bisher die Injektion nicht vorgenommen.“

Es war sicherlich gut für Hawks Selbstbewußtsein, daß er nach dieser Entgegnung keine Gelegenheit bekam, in einen Spiegel zu blicken. Erst nach und nach entspannten sich seine Gesichtsmuskeln wieder. Dann brach er in schallendes Gelächter aus.

Ohne auf die Einwände des Robots zu achten, erhob er sich und legte seine Ausrüstung an. Dabei schaute er zu Sherlock, seinem Okrill. Das Tier schlief noch.

„Ich muß Sie bitten ...“, begann der Robot.

Er wurde brüsk unterbrochen.

„Und ich bitte dich, deinen Mund zu halten! Anscheinend hat es sich unter den Medo-Robots noch nicht herumgesprochen, daß ich ein Umweltangepaßter von Oxtorne bin. Schon beim erstenmal habt ihr mir eine zu geringe Dosis für die Tiefkühlnarkose gespritzt, so daß mein Unterbewußtsein nicht ausgeschaltet wurde. Wahrscheinlich war es dieses Mal noch weniger. Vielleicht war ich bewußtlos, aber klinisch tot war ich jedenfalls nicht, sonst hätte ich nicht ohne Erweckungsinjektion aufwachen können!“

„Sie haben diesmal die doppelte Dosis erhalten, Sir“, erwiderte der Medo-Robot ungerührt. „Es ist völlig unmöglich, daß ein organisches Wesen danach von selbst aufwacht.“

Hawk mußte grinsen, als ihm der Widersinn in den Argumenten des Robots auffiel.

„Von mir aus kannst du glauben, ich befände mich noch im Kälteschlaf. Ich weiß, daß ich munter und gesund bin, und das genügt." Er schritt an dem verblüfften Roboter vorbei und nahm mit Schadenfreude die Summtöne elektronischer Schaltungen wahr. Offenbar waren die Tatsachen für die Programmschablonen des Medo-Robots unverdaulich.

Im Schiff war es still. Nur ein fernes Grollen zeugte von der gleichmäßigen Arbeit der Triebwerksmeiler der ersten Stufe. Die ANDROTEST II war wie ihre Vorgängerin, die ANDROTEST I, ein vierstufiges Raumschiff, 1200 Meter lang, 300 Meter durchmessend. Jede Stufe wiederum war 300 Meter lang und breit und verfügte über ein komplettes Lineartriebwerk mit Kalupschen Kompensationskonvertern und allem Zubehör. Der Aktionsradius jeder einzelnen Stufe betrug theoretisch 250 000 Lichtjahre, der aller vier Stufen zusammen eine Million Lichtjahre. Seine Erbauer hatten also, da die Triebwerke eines der normalen Raumschiffe höchstens 600 000 Lichtjahre bewältigen konnten, auf den uralten Mehrstufenantrieb der ersten Raumfahrtversuche zurückgegriffen.

Leutnant Omar Hawk glitt auf dem schwach summenden Gleitband bis zum schweren Panzerschott der Zentrale, ohne daß ihm ein Lebewesen begegnete. Anscheinend waren die Medo-Robots noch dabei, ihre organischen Schützlinge aufzuwecken.

Die Hauptzentrale der ANDROTEST II erweckte den Anschein, als befände man sich auf einem Totenschiff.

Nur das Bild auf den Panoramaschirmen war diesmal anders, ganz anders sogar.

Zwar pulsierten die beiden gelben Twin-Sonnen auch jetzt, aber diese Pulsation war bedeutend stärker und erschreckender als nach der Ankunft mit der ANDROTEST I. Zudem gab es keine Anzeichen dafür, daß der energetische Ballungskern des Twin-Transmitters erlöschen wollte. Im Gegenteil: Just in diesem Augenblick blähte er sich auf wie ein hochgradig erhitzter Ballon.

Und dann schoß ein Pulk ungefüger Raumschiffe daraus hervor.

Omar Hawk erkannte die gigantischen Raumtransporter, die er bereits auf dem Planeten Opposite gesehen hatte. Das brachte ihn endgültig in die Gegenwart zurück.

An dem flach und starr auf dem Konturlager ausgestreckten Kommandanten, Oberst Pawel Kotranow, vorüber, schob Hawk sich zu den Ortungsschirmen und veränderte die Einstellung.

Sekunden später zeigten unzählige grünliche Punkte die Positionen der Solaren Kampfschiffe an, die gleich einer ausgedehnten Kugelschale den Ballungskern des Twin-Transmitters umgaben. Weiter zu den Planeten hin gab es vereinzelte Schiffsverbände, während zwischen Ballungskern und Planetenring ständig Ketten von Ortungsreflexen hin und her wanderten: die Transportraumer, die Ausrüstungen und Nachschub für den neuerrichteten Stützpunkt brachten und leer zurückeilten.

Hawk wunderte sich, daß von keinem Schiff der Flotte ein Anruf kam und die Identifikation der ANDROTEST II forderte – bis er sich besann, daß für die Flotte ja vorläufig die gesamte Besatzung als noch nicht erwacht galt. Außerdem hatte die Schiffsautomatik sofort nach dem Auftauchen ein Kodesignal abgestrahlt.

Er wandte sich um und beobachtete die Medo-Robots. Offenbar hatten sie die Erweckungsinjektionen bereits verabreicht. Nun verharrten sie reglos neben ihren Schützlingen und warteten auf die ersten Lebenszeichen.

Oberst Pawel Kotranow erwachte ohne jegliche Komplikationen.

Sein Medo-Robot erklärte ihn nach kurzer Untersuchung für gesund. Die Tiefkühlnarkose hatte keinerlei schädliche Nachwirkung hinterlassen.

Der erste Blick des Kommandanten galt den Panoramaschirmen und der Ortung. Kotranow atmete auf. Alles schien gelungen zu sein. Die ANDROTEST II befand sich im Twin-System und passierte soeben die zweite Sperrlinie der Solaren Kampfschiffe.

Es wurde Zeit, sich bei Solarmarschall Tifflor zu melden.

Nachdem er sich vergewissert hatte, daß die Besatzung wohlauf war, stellte er den Funkkontakt zur PERIKLES her und meldete offiziell die Ankunft der ANDROTEST II. Er war nicht sonderlich überrascht, als Julian Tifflor ankündigte, an Bord des Vierstufenschiffes zu kommen, um die Mannschaft zu ihrer bevorstehenden Fahrt persönlich zu verabschieden.

Als die Verbindung unterbrochen war, ordnete Kotranow an, daß sich ein Teil der Besatzung im großen Mannschaftsraum versammeln sollte, um Tifflor zu begrüßen.

Kotranow kam mit dem Leitenden Ingenieur, Major Tong-Jaho, und dem Chefpsychologen des Schiffes, Major Jörg von Eschde.

Für Omar Hawks Okrill Sherlock war eigens ein atombetriebener Heizstrahler an der Decke des Mannschaftsraumes angebracht worden. Unter der ausstrahlenden Gluthitze schien der Okrill sich wohl zu fühlen, denn er nieste von Zeit zu Zeit. Auch Hawk bekam einiges von der mörderischen Hitze ab, doch da er an die extremen Klimabedingungen von Oxtorne angepaßt war, trat nicht ein einziger Schweißtropfen auf seine Stirn.

Major Hattinger rückte stöhnend einen Schritt von Hawk ab.

„Menschenskind, Kahler, wer soll diese blödsinnige Hitze denn aushalten!“

Hawk grinste nur. Er war gespannt darauf, Tifflor wiederzusehen. Der hagere, blitzschnell denkende und doch so menschlich gütige Mann, der auch in der äußeren Erscheinung viel mit Perry Rhodan gemeinsam hatte, war ihm schon bei der ersten Begegnung auf Opposite sympathisch gewesen.

Aus den Augenwinkeln beobachtete er die angetretenen Mannschaften.

Der Ausdruck Mannschaften war eigentlich irreführend, denn auf der ANDROTEST II befanden sich nur ausgesuchte Spezialisten und Könner sowie Männer, die erfahrungsgemäß jede Lage meistern konnten.

Da war der pausbackige Ire Mac-'Ishott, der mit den höchsten Orden des Solaren Imperiums ausgezeichnete Raumzerstörerpilot; neben ihm ragte die schlanke, hohe Gestalt Gorm Ngudrus auf, schwarz wie Ebenholz, trotz seiner zweiunddreißig Jahre mit silberweißem Haar. Ngudru war Feuerleitoffizier der ANDROTEST II; niemand sah ihm an, daß er künstliche Kiefer und einen künstlichen Kehlkopf besaß; ein Andenken an die Kämpfe mit den Blues-Flotten. In der Reihe dahinter fiel das maskenhafte Gesicht Elmar Kurdsons auf. Kurdson war Kommandant einer Space-Jet gewesen, bevor Akonen sein Schiff aufbrachten und ihn gefangennahmen. Ihm war es gelungen, aus einem schwerbewachten Lager der Akonen zu fliehen und dem Solaren Flottenkommando wichtige Informationen zu bringen. Dabei hatte er sechs Minuten lang, zwischen Trümmerstücken gefesselt, in dem nach und nach explodierenden Hangar eines Kurierschiffes aushalten müssen. Wie er es dennoch geschafft hatte, mit dem Kurierschiff nach vier Tagen die Grenze zum Solaren Imperium zu überfliegen, war rätselhaft geblieben. Jedenfalls bestanden seine Schädelknochen jetzt aus Organplastik und die Gesichtshaut aus künstlich gezüchtetem Plasma; die Augenlinsen waren ebenfalls ein Kunstwerk terranischer Biotechnik. Es erschien wie eine Ironie des Schicksals, daß Elmar Kurdson Chefprogrammierer der Roboter der ANDROTEST II war.

Nicht alle Besatzungsmitglieder hatten ähnlich schwere Schicksale zu tragen, alle aber ragten weit über den Durchschnitt von Flottenspezialisten heraus – und Flottenspezialisten waren schon an sich keine gewöhnlichen Menschen.

Als das breite Schott surrend zur Seite wich, drehte Hawk sich um.

Solarmarschall Tifflor betrat etwas linkisch die Messe. Zwischen dem robusten Kotranow und dem kalten Intellekt ausstrahlenden von Eschde wirkte er fast schüchtern.

Dieser Eindruck verschwand schlagartig, als sein Blick sich auf die Menschen richtete, die ihn erwarteten.

Sein Blick hat etwas Zeitloses an sich, dachte Hawk beklommen, *etwas, das an die kalte Unnahbarkeit einer Sphinx erinnert und zugleich an die Abgeklärtheit eines uralten Philosophen.* Er änderte seine Meinung, als Julian Tifflors Gestalt sich straffte. Allmählich begann er zu ahnen, weshalb man diesem Mann, als Perry Rhodan vermißt war, die Kommandogewalt des Oberbefehlshabers übertragen hatte.

Nachdem Tifflor den Gruß der Mannschaft erwidert hatte, durchbrach er temperamentvoll die steife Förmlichkeit.

„Bitte nehmen Sie Platz!“ Er winkte einladend und ließ sich am Kopfende des langen Tisches nieder. Geduldig wartete er, bis jeder seinen Platz gefunden hatte. Dann räusperte er sich lächelnd.

„Lassen Sie sich sagen, daß ich jeden einzelnen von Ihnen beneide, beneide um die Gelegenheit, in Kürze Perry Rhodan gegenübertreten zu können, wie vor kurzem, als Sie mit der ANDROTEST I den Planeten Horror anflogen und Rhodans Expedition mit Nachschub versorgten. Diesmal lautet Ihr Auftrag ein wenig anders, und das ist, was mich den Neid ein wenig vergessen läßt. Sie werden uns Perry Rhodan zurückbringen."

Tifflor wurde schlagartig ernst.

„Sie wissen, daß es uns derzeit noch nicht möglich ist, die Justierungstationen auf Kahalo und Quinta wirklich vollständig zu beherrschen, auch wenn wir die beiden Planeten inzwischen kontrollieren. Es gibt noch vieles, was wir noch nicht durchschauen. Allein aus diesem Grund schon ist es nicht ratsam, Horror durch den Transmitter anzufliegen, da die damit verbundenen Risiken zu hoch wären. Daher scheint uns der ‚normale' Weg geeigneter und vor allem gefahrloser. Sie kennen die Strecke schon, und es ist damit zu rechnen, daß sie auch diesmal ohne Komplikationen den Weg über den sternenleeren Abgrund schaffen werden.

Ihre Aufgabe ist bekannt. Sie nehmen die Besatzung der CREST auf und bringen sie hierher zurück. Das Kommandoschiff unterscheidet sich diesmal wesentlich von dem der ANDROTEST I. Alles was nicht unbedingt benötigt wird, wurde entfernt und dadurch genügend Platz geschaffen, um zweitausend Menschen aufzunehmen."

Der Solarmarschall erhob sich und lächelte.

„Das wäre alles, was ich Ihnen sagen wollte. Ich wünsche Ihnen nun viel Glück – und wenn Sie mit Perry Rhodan und seinen Freunden zusammentreffen, dann grüßen Sie sie von der Heimat und all jenen, die auf ihre Rückkehr warten."

Die Worte Tifflors hallten noch in Omar Hawks Geist nach, als Tifflor die ANDROTEST II schon längst verlassen hatte.

Zwei Stunden später nahm das Stufenschiff Fahrt auf und verließ das Twin-System in Richtung Horror.

3.

Die Alarmsirenen gaben Vorwarnung, als die nur noch dreistufige ANDROTEST II am 2. Januar 2401 nach dem letzten Linearmanöver einige Lichtstunden vor dem Horror-System auftauchte.

Nach vierzehn Sekunden meldeten die Sektionsleiter die volle Besetzung aller Stationen. Die Stimmung an Bord war gut.

Dennoch bemerkte Omar Hawk das Frösteln Kotranows, als er die Ortungsstation und die Funkzentrale anwies, mit allen Mitteln nach der CREST II und den beiden Posbi-Raumschiffen zu suchen.

Auch Hawk fühlte sich nicht ganz wohl in seiner Haut. Er mußte immerzu an die Ankunft mit der ANDROTEST I denken. Damals war von der CREST II nichts zu sehen gewesen – bis das Superschlachtschiff sich dann plötzlich aus der berstenden Planetenoberfläche Horrors schälte und die ANDROTEST I sowie die beiden sie damals begleitenden Posbischiffe beschoß. Damals waren die Männer der CREST II psychisch am Ende ihrer Kraft gewesen, einschließlich Perry Rhodans, und es hatte Tage gedauert, bis man mit ihnen wieder normal hatte sprechen können. Das konnte ihnen niemand völlig nachfühlen, denn die CREST II war nach Abstrahlung vom Twin-Transmitter *innerhalb* des Planeten Horror materialisiert.

Heute wußte man, daß der Planet Horror eine künstlich erschaffene Hohlwelt darstellte, mit einer Energieballung sonnenähnlicher Natur im Zentrumshohlraum und drei schalenartig aufgebauten Ebenen von dort bis zur vierten Ebene, der Oberfläche.

Horror war eine teuflische Falle, die die geheimnisvollen Meister der Insel in die Transmitterstraße nach Andromeda eingebaut hatten – neben anderen Fallen.

Zu diesem Kuriosum gehörten auch die drei gelben Sonnen vom Typ G 1, die nicht etwa von Horror umkreist wurden, sondern gegen alle Naturgesetze den einzigen Planeten des Systems umkreisten.

Hawk schüttelte das Grauen von sich ab und trat neben den Kommandanten, der reglos in seinem Sessel hockte und den Frontschirm nicht aus den Augen ließ, während er den Meldungen der Ortungsstation und der Funkzentrale lauschte.

Hawk blickte zu Hattinger.

„Nun, Major, diesmal wird es keine Überraschungen geben, was?"

Hattinger hob die Schultern.

„Für meine Begriffe dauert es zu lange, bis die CREST sich meldet."

Beide Männer duckten sich wie zum Sprung, als Oberst Kotranow den Befehl erteilte, drei Raumzerstörer auszuschleusen und Überkreuzortungen im Gebiet des Systems vorzunehmen.

„Warum das?“ fragte Hattinger mit bleichen Lippen, obwohl er die Antwort zumindest ahnte.

„Warum?“ Kotranow lachte unnatürlich laut. „Weil ich Gewißheit haben möchte, bevor ich den Befehl zur Umkehr gebe. Alles, was wir mit den modernsten Funkgeräten und Ortungsgeräten des Solaren Imperiums feststellen können, ist ein Planet und seine drei Sonnen. Von der CREST II und den Posbischiffen nicht die geringste Spur ...“

„Sie dürfen nicht einfach umkehren!“ rief Hawk impulsiv.

Oberst Kotranow blickte ihn aus tiefliegenden Augen an. Um seine Mundwinkel hatten sich Falten der Bitterkeit eingegraben.

„So!“ meinte er. „Ich darf nicht.“ Er schlug mit der Faust auf sein Schaltpult. „Wer bestimmt das eigentlich? Sie oder ich? Können Sie mir vielleicht raten, was ich tun soll, wenn die Überkreuzortung ebenfalls negativ verläuft?“

„Ja!“ erwiderte Hawk fest. „So lange suchen, bis wir entweder die CREST mit den beiden Posbischiffen oder zumindest die Spuren gefunden haben, die auf ihr Schicksal schließen lassen.“

„Ah, ich vergaß!“ Kotranow dehnte seine Worte ironisch. „Ihr liebenswertes Haustier ist ein Super-Infrarot-Spürer. Nun, holen Sie ihn hierher! Vielleicht katapultiere ich ihn ...“ er räusperte sich, „... oder ‚sie‘ in den Weltraum, damit er, sie oder es dort nach Infrarotspuren sucht.“

„Mir ist durchaus nicht nach Witzen zumute!“ grollte Hawk.

„Mir auch nicht“, sagte Kotranow. „Und ich werde auch nichts unversucht lassen, um den Großadministrator zu finden. Aber ich trage nebenbei auch die Verantwortung für die Besatzung der ANDROTEST II, und ich ...“

Er unterbrach sich, als die Kontrollplatte eines Telekoms aufleuchtete.

„Kotranow!“

„Hier Leutnant MacIshott. Suchverband hat vorgeschriebene Formation eingenommen. Dürfen wir näher an Horror herangehen?“

„Sie dürfen nicht!“ entgegnete Kotranow mit harter Stimme. „Fliegen Sie Ihre Zielpositionen hinter den Sonnen A, B und C, und justieren Sie die Ortungstaster in der vorgeschriebenen Weise ein.“

Er schaltete abrupt ab.

„Wieder einer, der seinem Kommandanten Vorschriften machen möchte."

„Verzeihung", wandte Hawk ein, „ich möchte Ihnen wirklich keine Vorschriften machen. Ich gehe nur davon aus, daß unser Auftrag, Horror anzufliegen, vom Großadministrator persönlich stammt. Er hat ja auch den Zeitplan mit Ihnen ausgearbeitet. Daher weiß er, wann wir kommen. Ich kann mir nur schwer vorstellen, daß er das System verlassen hat, ohne einen Hinweis auf seinen derzeitigen Verbleib zu hinterlassen."

„Aber ich kann es", erklärte Kotranow ruhiger. „Es gibt unzählige uns unbekannte Gründe, die Rhodan zur Änderung seiner Pläne hätten veranlassen können; und ebensogut kann es ihm unmöglich gewesen sein, uns einen Hinweis zu hinterlassen. – Ja, was gibt es, Tashit?"

Der Mathelogiker war in seiner gewohnten lautlosen Weise näher gekommen. Jetzt senkte er den Kopf wie zu einer angedeuteten Verbeugung.

„Ich möchte Ihre Theorie mit meinen Berechnungen unterstützen. Die ML-Positronik sieht Rhodans Anwesenheit in diesem System als nicht gegeben an, falls die Überkreuzortung negativ verläuft."

„Das ist aber eine sehr angenehme Unterstützung", entgegnete Kotranow sarkastisch. „Mir wäre wohler, Sie hätten mich widerlegt."

„Mir auch", erwiderte Folger Tashit trocken. „Es gibt zu viele Möglichkeiten, die hier mitspielen können. Zum Beispiel das Auftauchen eines oder mehrerer schwarzer Bleistiftraumer wurde von der Positronik erwogen. Sie könnten zumindest die Posbischiffe vernichtet haben. Was die CREST II angeht, die den Bleistiftraumern etwas mehr entgegenzusetzen hat, so warf die Positronik eine andere, noch ungeheuerlichere Kalkulation aus. Wie wir wissen, existiert außer dem Hohlwelttransmitter auch ein im Raum befindlicher Sonnentransmitter, dessen Transmissionsfeld irgendwo ober- oder unterhalb der Bahnebene aufgebaut werden kann. Was nun, wenn die Sonnen aktiv geworden sind und das entstandene Transmissionsfeld die CREST und die beiden Posbischiffe durch einen Zugstrahl angesaugt und zu einer anderen, uns unbekannten Station geschleudert hat?"

Kotranows Gesicht wurde grau.

„Sie malen den Teufel an die Wand, Tashit!“ Er überlegte eine Weile. „Hm! So könnte es gehen. Wir wollen nichts unversucht lassen. Wenn in diesem System ein Raumschiff vernichtet wurde, so können die Massenanzeiger und die Analysatoren die Spuren davon feststellen. Anders sähe es aus, wenn der Sonnentransmitter die Schiffe angesaugt hätte.“

„Es gibt noch andere Möglichkeiten“, sagte Hattinger leise. „Leutnant Hawk könnte zum Beispiel versuchen, die Oberfläche Horrors aus sicherer Entfernung mittels seines Okrills zu beobachten. Vielleicht können wir so auf Spuren stoßen.“

„Meinen Sie, daß Ihr Okrill das schafft?“ fragte Kotranow.

„Ganz gewiß, Sir.“ Hawk gab sich sicherer, als er es in Wirklichkeit war. Aber er hoffte, daß die weitere Annäherung an den Planeten des Schreckens irgendwie weitere Hinweise geben könnte.

Kotranow schien das zu ahnen.

„Sie verleiten mich zu einem kaum noch verantwortbaren Risiko, meine Herren. Aber eines nach dem anderen. Sobald ich Bescheid von der Ortung habe, sehen wir weiter.“

Hawk atmete auf.

Zehn Minuten später traf die erwartete Ortungsmeldung ein. Sie war alles andere als beruhigend.

Oberst Kotranow faßte das Ergebnis in wenigen Sätzen zusammen.

„Zuerst das Positive: In diesem System ist kein Raumschiff vernichtet worden. Jedenfalls lassen sich keine entsprechenden Strahlungen oder Materieballungen feststellen. Die Überkreuzortung hat aber auch keine Spur eines etwa vorhandenen Raumschiffes angezeigt. Das System ist also leer. Ich habe mich dafür entschieden, mich Horror so weit zu nähern, daß wir einen großen Überblick über die Planetenoberfläche gewinnen können. Das dürfte nicht schwer sein. Aber, meine Herren, ich zittere vor dem Augenblick, in dem wir die Gewißheit erhalten, daß es auf Horror nichts gibt, was uns weiterbringt. Tashit, überlegen Sie inzwischen mit Ihrer schlauen Positronik, was wir dann noch tun können!“

Folger Tashit neigte den Kopf, dann ging er auf leisen Sohlen zur Schaltwand der ML-Positronik zurück.

Hawk, der die Zentrale verlassen mußte, um den Okrill zu holen, lief einige Schritte neben dem Mathelogiker her.

„Was halten Sie von unseren Chancen?“

Tashit blieb stehen und blickte den Leutnant traurig aus seinen rehbraunen Augen an.

„Nicht viel. Es gibt nämlich noch eine Möglichkeit, die ich gegenüber Oberst Kotranow nicht erwähnte: Jeder Sonnentransmitter entwickelt ein Ansaugfeld, was nun, wenn es die erfaßten Objekte nicht zu sich zieht, sondern in eine der Sonnen lenkt?“

„Glauben Sie daran?“ fragte Hawk erregt.

„Ich nicht, aber meine Positronik gab es als eine der Möglichkeiten an. Ich kann Kotranow nichts davon sagen, da es eben nur eine Möglichkeit ist – und noch dazu die furchtbarste.“

Hawk erschauderte. Dann nickte er.

„Bitte, behalten Sie es auch vorläufig noch für sich. Es könnte sonst sein, daß Kotranow umkehrt.“

„Ich werde schweigen wie ein Grab. So sagt man doch auf Terra, nicht wahr?“

Folger Tashit zuckte unwillkürlich zusammen.

„Sie haben einen Humor, daß sich einem die Seele im Leib herumdreht. Wie ein Grab ...“ Er schüttelte sich. „Ich fürchte, für uns Raumfahrer hält das Schicksal nicht einmal ein Grab bereit. Wenn wir sterben, dann zerstreuen sich unsere Atome in alle Winde.“

Der Frontbildschirm war auf maximale Vergrößerung geschaltet.

Gespenstisch schnell stürzte die Oberfläche Horrors scheinbar in den Schirm hinein, während sich ihr das Schiff näherte. Noch waren keine Einzelheiten zu erkennen, obwohl die Vergrößerung stark genug war, aus der Entfernung von einer Million Kilometern mittlere Gebirge und Meere klar zu zeigen.

Leutnant Hawk stand dicht hinter der Reihe der Sessel, in denen die Männer der Zentrale saßen und ihre Aufgaben erfüllten. Mit der Rechten umklammerte er das starke Halsband aus Metallplastik, das den Okrill an ihn fesselte. Es hatte ihn große Mühe gekostet, Sherlock dazu zu bringen, unverwandt den Frontschirm anzuschauen. Das Tier schien eine unerklärliche Furcht zu empfinden. Hawk dachte daran, daß Tiere oft instinktiv eine Gefahr spürten, bevor diese Gefahr sich auswirkte.

Wieder schloß Hawk die Augen und konzentrierte sich auf das Bild, das ihm der Hirnwellenverstärker aus dem Wahrnehmungszentrum Sherlocks übermittelte. In seinem eigenen Gehirn wurden die Wellen zuerst von dem darin eingepflanzten zweiten Hirnwellenverstärker aufgefangen, nochmals verstärkt und dann erst seinem Wahrnehmungssinn zugänglich gemacht.

Doch vorerst gab es nichts, das der Okrill aufspüren konnte. Hingegen liefen die Ortungsgeräte der ANDROTEST II auf Hochtouren und lieferten die ersten Auswertungsergebnisse über die Oberfläche Horrors. Dort unten gab es keine Spur von Leben. Die Planetenoberfläche war, soweit man sie von der Ortung erfassen konnte, flach wie ein Brett.

„Achtung! Ortung an Kommandant!“ rief eine sich beinahe überschlagende Stimme aus den Lautsprechern.

„Ich höre!“ rief Kotranow zurück. Mit gefurchter Stirn beobachtete er das Interkombild Major Le Croix’, des Leiters der Ortungszentrale. Der eigens von der Systemsicherung auf Pluto abkommandierte Spezialist wirkte mit dem schmalen, braungebrannten Gesicht, den abstehenden Ohren und der großen Nase wie eine Karikatur. Aber keiner wußte so gut wie Kotranow, daß Le Croix einer der fähigsten Ortungsspezialisten des Solaren Imperiums überhaupt war.

„Die Konturen von Ruinen heben sich vom Nordpol Horrors ab, Sir. Soviel die Auswertungen ergeben, handelt es sich um zerstörte, aber ehemals gigantische, wahrscheinlich kuppelförmige Gebäude.“

„Vielen Dank!“ Kotranow sprach hastig. „Konzentrieren Sie sich weiterhin auf dieses Gebiet. Ich werde die ANDROTEST inzwischen auf den Nordpol einschwenken lassen.“

Der Oberst wandte sich um. Seinem Gesicht war tiefe Befriedigung, aber auch große Erschöpfung anzusehen.

„Was sagen Sie dazu, Hawk? Das hat nicht einmal Ihr Okrill bemerkt, wie?“

Hawk erwachte aus einem tranceähnlichen Zustand.

„Wie bitte? Ach so! Sie sprachen von der Nordpolstation. Sie wurde soeben angegriffen und völlig zerstört. Von dort droht uns keine Gefahr mehr!“

„Was . . .?“ brüllte Kotranow. „Eben angegriffen . . .?“

„Und zerstört“, setzte Hawk hinzu. „Oh!“ Er preßte die Hände gegen die Schläfen. „Ich vergaß hinzuzufügen, daß ich dieses Ereignis mittels Sherlocks Spürsinn wahrnahm. Es muß schon einige Zeit zurückliegen."

„Rhodan!" sagte Hattinger nur.

„Volle Gefechtsbereitschaft!" schrie Kotranow in den Interkom. „Helme schließen, anschnallen!" Zu Hawk gewandt, fügte er hinzu: „Hoffentlich ist die Nordpolstation wirklich hundertprozentig zerstört, mein Lieber. Es könnte sonst sein, daß wir uns auf dem Weg zur Hölle befinden."

„Noch nicht, Sir, noch nicht...", meinte Hawk geistesabwesend.

Hawk versuchte sich zu entspannen. Das fiel ihm relativ leicht, denn er lag lang ausgestreckt auf einem zurückgeklappten Kontursitz neben dem Kartentisch.

Doch das ruckhafte Aufbrüllen, Röcheln und dumpfe Tosen der Triebwerke machte ihn nervös. Dazu kam noch der Umstand, daß von Zeit zu Zeit der Andruckabsorberalarm durch die Zentrale gellte.

Dennoch wußte Hawk, daß Oberst Kotranow unschuldig an dem bockigen Verhalten des Schiffes war. Die ANDROTEST stellte eben ein ausgesprochenes Spezialschiff dar, konstruiert und gebaut für die Überwindung unvorstellbar großer Entfernungen ohne besondere Kurskorrekturen. Jetzt mußten sie ihren Kurs in relativ kurzer Zeit um neunzig Grad ändern – und das in einem räumlich engbegrenzten Raumsektor. Dafür war sie absolut ungeeignet. Nur Kotranows meisterhaftes Können verhinderte eine Katastrophe.

Die Umgebung des Nordpols glich einem einzigen Trümmerhaufen. Furchtbare atomare Gewalten mußten sich hier entladen und ein Gebiet von rund fünftausend Quadratkilometern völlig verwüstet haben.

„Und wo ist sie jetzt?"

„Was meinen Sie?" fragte Hattinger.

Hawk öffnete verwundert die Augen. Er entsann sich erst jetzt, daß er unwillkürlich laut gesprochen hatte.

„Die CREST. Sie hat die Bauwerke vernichtet."

„Stimmt mit meinen Berechnungen überein", meldete sich Folger Tashit aus dem Hintergrund.

„Können Sie die CREST ‚sehen'?" fragte Hattinger gespannt.

„Manchmal, für Bruchteile von Sekunden. Sherlock ist heute sehr unaufmerksam. Irgend etwas stimmt hier nicht. Er schaltet seinen Infrarot-Spürsinn zeitweilig ab, als zwänge ich ihn dazu, in den Glutball einer Nova zu schauen."

„In den Glutball ...?" Hattinger wurde bleich.

„Nicht, was Sie denken", sagte Hawk hastig. „Es ist nicht die CREST, die zu einem Glutball geworden ist, sonst könnte sie nicht hin und wieder erscheinen."

„Die CREST ist es also nicht", warf Kotranow ein. „Nun, das hatte ich mir gedacht. Die Nordpolstation ist so gründlich und offenbar auch blitzschnell zerstört worden, daß sie der CREST kaum Schaden hat zufügen können. Was sagen Sie dazu, Tashit?"

Doch der Mathelogiker war längst zu seiner geliebten Positronik zurückgekehrt. Kotranow seufzte. „Wir werden den Kurs erneut ändern. Ich möchte fast wetten, daß wir auf dem Südpol Horrors eine ähnliche Station finden werden."

„Hatten Sie mich gerufen?" fragte Tashits Stimme aus den Helmempfängern.

„Mein Gott! Haben Sie eine lange Leitung!" entfuhr es Kotranow.

Tashit kam näher. „Ich habe eben die Wahrscheinlichkeit berechnet, daß auf dem Südpol Horrors eine gleiche ..." Verwirrt brach er ab, als Hattinger schallend lachte.

Kotranow lächelte boshaft.

„Und dazu brauchen Sie eine Mathelogische Positronik? Wozu besitzen Sie eigentlich selbst ein Gehirn?"

„Ich muß doch bitten!" begann Tashit.

„Ruhe!" befahl Kotranow. „Schnallen Sie sich an. Ich war etwas schneller als Ihre Positronik. In zwei Sekunden beginne ich mit dem Einschwenkmanöver zum Südpol."

Omar Hawk vernahm ein seltsames Geräusch, kurz nachdem der erste brüllende Schubstoß der Triebwerke verstummt war.

Ahnungsvoll drehte er sich um und beobachtete Folger Tashit. Der Mathelogiker hatte offenbar Schwierigkeiten mit der Luftversorgung. Hawk sah, daß er krampfhaft versuchte, seinen Druckhelm zu öffnen;

und immer wieder drang dieses eigenartig würgende Geräusch aus dem Helmempfänger.

Hawk schlug auf das Sammelschloß seiner Anschnallgurte.

In diesem Augenblick gellte erneut der Andruckabsorberalarm auf.

„Bleiben Sie sitzen, Sie Mondkalb!" schrie Kotranow zornig.

„Selber Mondkalb!" grollte Hawk. Im nächsten Augenblick mußte er sich an der Rückenlehne seines Sessels festhalten. Eine mächtige Kraft versuchte, ihn gegen die Decke der Zentrale zu schleudern. Auf den Bildschirmen sah der Leutnant abwechselnd die Oberfläche Horrors und eine der drei Sonnen dieses Systems auftauchen. Anscheinend drehte sich die ANDROTEST II um ihre Querachse. Fasziniert beobachtete Hawk seinen Okrill. Das Tier war nicht angeschnallt gewesen. Das kurzzeitige Versagen der Andruckabsorber hatte es emporsteigen lassen. Jetzt stieß es mit dröhnendem Geräusch gegen die Decke der Zentrale und plumpste wieder zurück auf den Boden. Hinter ihm zerklirrte ein kleiner Beobachtungsschirm, den offenbar die Wucht seines Aufpralls aus der Fassung gerissen hatte. Sherlock selbst schien unverletzt zu sein.

Hawk pfiff schrill zwischen den Zähnen hindurch und stieß sich ab. Mit einem einzigen Satz durchquerte er die Entfernung zur Positronik und landete neben dem Mathelogiker.

Er kam allerdings zu spät.

Folger Tashit war es gelungen, seinen Druckhelm zu öffnen. Sein Mund schnappte keuchend nach Luft, während die Hände über das Gesicht, vor allem über die Augen fuhren, von denen kaum etwas zu sehen war.

Fassungslos blickte Hawk auf den Mathelogiker. Er konnte es nicht begreifen, daß jemand, der für eine Spezialbesatzung ausgewählt worden war, sich nur deshalb übergab, weil sich auf den Bildschirmen die „Welt" um ihn drehte.

Bevor Hawk helfend eingreifen konnte, war ein Medo-Robot zur Stelle. Er schälte Tashit aus seinem Raumanzug und packte ihn gegen seinen Widerstand auf eine Trage. Dann verschwand er durch das Panzerschott.

„He, Kahler! Was war los?" klang die Stimme Hattingers in Hawks Interkom auf.

„Tashit hat sich übergeben", erwiderte Hawk.

„Da legst dich nieder!" prustete Hattinger erheitert. Plötzlich brach sein Lachen ab. „Moment mal, Kahler! Tashit hat sich...? Das ist doch unmöglich. Der Mann muß doch in viel schlimmeren Situationen durchgehalten haben, sonst wäre er nicht in unserem Schiff. Kahler, da stimmt etwas nicht!"

Vielleicht, wenn Hattinger Zeit gefunden hätte, seinen Gedanken bis zu einem logischen Schluß zu verfolgen, wäre noch eine Rettung möglich gewesen. Aber er fand die Zeit nicht dazu.

„Südpolstation unversehrt! Kein Schutzschirm!" meldete sich die Stimme von Major Le Croix. „Besteht aus vier Kuppeln, die in einem Viereck angeordnet sind. Jede Kuppel stellt eine Halbkugel dar, zehn Kilometer hoch und zehn Kilometer Durchmesser am Boden. Mentaltaster sprechen nicht an! Dort unten gibt es kein Leben!"

„Der Kerl schreit so, daß man davon Kopfschmerzen bekommt!" schimpfte Hattinger. „Außerdem schwätzt er unsinniges Zeug."

Sergeant Usbekian, der den Kurs der ANDROTEST II registrierte, hob den Kopf von seinem Synchronaufzeichner.

„Sie auch, Sir? Mir platzt beinahe der Schädel."

Verwirrt blickte Hawk um sich. Auch er spürte ein dumpfes Gefühl der Leere im Kopf. Außerdem schien er den Anblick Tashits nicht vertragen zu haben. Sein Magen revoltierte.

Im Helmempfänger vernahm er unterdrücktes, schmerzerfülltes Aufstoßen, dann kam die harte Stimme Oberst Kotranows durch.

„Hier spricht der Kommandant. Wir fliegen Angriff auf die Südpolstation. Ngudru, Sie eröffnen das Feuer aus allen Geschützen, sobald die Station von den Zielsuchern erfaßt ist. Ziel des Angriffs: völlige Vernichtung des Stützpunktes!"

Hawk unterdrückte das Gefühl der Übelkeit und kämpfte sich gegen durchschlagende Andruckkräfte unbeirrt zum Sessel des Kommandanten vor. Dabei beobachtete er die auf dem Frontschirm näher kommende Station.

„Wollen Sie die Station wirklich vernichten?" fragte er, als er neben Kotranow ankam. „Ich meine, ganz ohne genauere Aufklärung?"

„Die Station ist bereits einmal angegriffen worden", gab der

Oberst mit schneidender Stimme zurück. „Eine der Kuppeln weist kleinere Zerstörungsspuren auf, und diese Spuren deuten einwandfrei auf Waffen hin, mit denen die CREST ausgerüstet ist. Das genügt als Beweis für mich. Denken Sie einmal darüber nach, warum die Station zwar angegriffen wurde, aber nicht vernichtet worden ist!“

Hawk dachte darüber nach, und während dort unten die Energiebahnen der vier Impulsgeschütze der ANDROTEST II einschlugen, erkannte er Kotranows Schlußfolgerung. Sie erschien ihm logisch. Wenn Perry Rhodan den Angriff auf die Südpolfestung befohlen hatte, die Festung aber nur relativ unbedeutende Schäden aufwies, konnte das nur eines bedeuten: Der Angriff der CREST II war abgeschlagen worden.

Hawk wartete mit klopfendem Herzen darauf, daß die gleiche Kraft, die der CREST II offenbar zum Verhängnis geworden war, nun auch gegen die ANDROTEST II losschlug.

Aber nichts stellte sich dem unablässig feuernden Schiff entgegen. Atompilze stiegen weit über die Atmosphäre hinaus auf, und der Himmel glühte noch, als das Schiff längst hinter dem Horizont untergetaucht war.

Schweigen herrschte in der Zentrale, als Kotranow die ANDROTEST II im Raum zwischen der B-Sonne und Horror wendete und dann abbremste.

Nur das Wispern der Positronik war zu hören, das Klicken von Relais, wenn Werte der Ortung auf die Übertragungsschirme geblendet wurden, und tief aus dem Schiffsinnern das gleichmäßige Grollen der Triebwerksmeiler.

4.

Perry Rhodan blickte mitleidig auf den von Strapazen ausgemergelten, aus unzähligen kleinen Wunden blutenden Körper des Mannes auf dem Untersuchungstisch.

Captain Redhorses Wangen glühten über den eckig hervorstehenden Knochen. Die Augenlider flatterten. Die aufgesprungenen Lippen bewegten sich unhörbar.

Der untersuchende Arzt legte den Plasmasprüher zur Seite, ergriff eine Injektionsspritze und stieß die Kanüle in Redhorses Armvene.

Man merkt ihm nicht an, daß er nur knapp zwei Millimeter groß ist, dachte Rhodan, und ein bitterer Zug grub sich um seine Mundwinkel. *Wie sollte man auch? Alles hat sich unter der Einwirkung des Potentialverdichters verkleinert! – und praktisch hätte das den grausigen Prozeß kompensieren müssen...*

Wenn das ganze Universum ebenfalls verkleinert worden wäre!

So aber waren sie alle abgeschnitten von Freunden, Umwelt und Heimat: alle, die zur Besatzung der CREST II gehörten, des Superschlachtschiffes, das jetzt nur noch anderthalb Meter Durchmesser hatte...

Die sehnige Gestalt des Cheyenne-Indianers straffte sich plötzlich. Don Redhorse schlug die Augen auf und blickte Rhodan an, als hätte er dessen prüfenden Blick bemerkt. Mühsam hob er eine Hand und lächelte stolz.

„H'gun!" sagte er. „Nur Mut!"

Die Lider sanken wieder herab, als würden sie ihm zu schwer. Der Arm fiel zurück. Gleichmäßig hob und senkte sich die Brust.

„Er schläft", flüsterte der Arzt.

Perry Rhodan nickte. Ohne ein Wort zu verlieren, wandte er sich um und ging davon. Er hatte nicht zu fragen brauchen, ob Redhorse sich wieder erholen würde. Er wußte es.

Mit gesenktem Kopf ging Rhodan den langen Gang entlang auf die Nottreppe zu, die zur Zentrale des Flaggschiffes der Imperiumsflotte führte.

Er lachte bitter.

Flaggschiff! Ein Flaggschiff von anderthalb Metern Durchmesser!

Das Tal, in dem die CREST II stand, wäre von Menschen normaler Größe überhaupt nicht als Tal erkannt worden, sondern höchstens als kleine Unebenheit des Bodens. Für ihn und für alle Besatzungsmitglieder des Schiffes stellte es einen Kessel von fünfzig Kilometern Durchmesser dar, hufeisenförmig eingeschlossen von achttausend Meter hohen Bergen. Alles auf Horror war ins Extreme verkleinert durch eine Maschinerie, die vor langen Zeiten den Atomkrieg zwischen zwei intelligenten Völkern auf furchtbare Weise beendet hatte.

Nur die Stationen, die verantwortlich waren für das verkleinernde Feld, waren in ihren normalen Dimensionen erhalten geblieben.

Die Nordpolstation hatte von der CREST II noch vor der Katastrophe vernichtet werden können.

Aber die Station auf dem Südpol existierte nach wie vor – und damit die bis zum Äquator reichende Ausstrahlung des Potential-Verdichters, der furchtbarsten Waffe, die Menschen je kennengelernt hatten.

Perry Rhodan war unwillkürlich stehengeblieben. Er seufzte, und in dem Seufzer lag die ganze Mutlosigkeit und Hoffnungslosigkeit, die ihn erfüllte.

Doch dann dachte er an Captain Redhorse. Er schämte sich plötzlich seiner Resignation.

„Nur Mut!“ hatte der Cheyenne-Indianer gesagt, und dabei war er eben erst der Hölle entronnen, der Hölle der Südpolstation.

„Nur Mut!“ wiederholte Rhodan. Mit festen Schritten stieg er die Treppe hinauf.

Und dann befand sich die CREST II übergangslos mitten in dem schrillen Konzert eines Orkans. Jaulend und pfeifend strichen von Sand erfüllte Luftmassen an den Außenwänden entlang. Die Treppe unter Rhodans Füßen begann zu schwanken.

Nach kurzem Zögern begann Rhodan, die Treppe hinaufzuhasten, als wäre der Teufel hinter ihm her.

Und er ahnte, daß das, was hier geschah, zumindest teuflisch war.

Denn Horror kannte keine Stürme solcher Stärke – keine natürlichen Stürme . . .

Mory Rhodan-Abro drehte sich um, als Perry die Zentrale betrat. Er blickte in ihr weißes Gesicht. Sein Herz krampfte sich zusammen. Doch er ließ sich seine Verzweiflung nicht anmerken.

Noch weiter vorn, im Dämmerlicht der Notbeleuchtung, erkannte er den Umriß von Atlans Gestalt. Der Arkonide machte sich an einigen Schaltungen zu schaffen.

Dann flackerte ein Bildschirm auf – ein einziger.

Es war der Bildschirm, von dem aus man nach Süden blicken konnte, dorthin, wo die „Sandkuchenberge“ zurücktraten und das Tal sich öffnete.

Rhodan trat neben Mory und drückte ihre Hand. Er fühlte das leichte Beben.

„Nur Mut!“ wiederholte er unwillkürlich den Ausspruch Redhorses.

Eine neuerliche Bö traf die CREST II. Das Schiff schwankte. Die Verstrebungen ächzten und stöhnten wie lebende Wesen. Dazu kam das infernalische Heulen eines fürchterlichen Orkans.

Aber keiner der Anwesenden, weder Rhodan noch seine Frau Mory, noch Atlan oder Icho Tolot oder Bert Hefrich, Cart Rudo oder Jury Sedenko achteten darauf. Ihrer aller Augen saugten sich förmlich am Südhorizont fest, über den es blendend höher stieg: himmelhohe Feuersäulen, rasch expandierende Glutbälle und die für nukleare Explosionen typischen Rauchpilze.

Die Menschen in der Zentrale der CREST II mußten sich festhalten. Das Schiff schwankte. Es war nicht nur der Orkan, nicht nur die über das Gebirge rasenden glühenden Luftströme und die sich innerhalb des Talkessels bildenden Wirbel – der Planet selbst schien in seinen Grundfesten erschüttert zu werden.

Jemand begann dröhnend zu lachen.

Major Hefrich, der Leitende Ingenieur, fluchte.

„Schnappen Sie nicht über, Kasom! Derjenige, der das Feuerwerk dort veranstaltet, kann mit seinem Übereifer den ganzen Planeten in die Luft jagen.“

Perry Rhodan räusperte sich.

„Wir können alle nur hoffen, daß Oberst Kotranow mit der ANDROTEST II erschienen ist und die Südpolstation angreift.

Major Hefrich! Dr. Holfing! Sorgen Sie dafür, daß alle drei Notkraftwerke des Schiffes auf vollen Touren laufen. Schalten Sie alle erzeugte Energie auf die Funkstation. Major Wholey! Sie sind verantwortlich dafür, daß die Richtstrahlantenne exakt auf die mathematisch zu errechnende Position der ANDROTEST II zu richten ist. Ich komme sofort hinüber und gebe Ihnen den Text für den auszusendenden Warnruf!“

Als die drei Männer verschwunden waren, gesellte sich Atlan zu Rhodan und Mory.

„Du glaubst, Kotranow würde in sein Verderben fliegen?"

Rhodan nickte.

Die massige Gestalt Icho Tolots trat mit stampfenden Schritten näher. Beim Anblick des Haluters konnte man vergessen, daß er nur noch dreieinhalb Millimeter groß war, dachte Rhodan.

„Kotranow kann nicht ahnen, welche Gefahr ihn auf Horror erwartet", meinte Tolot.

„Deshalb will ich ihn warnen", sagte Rhodan. Er drückte noch einmal Morys Hand, dann stieg er die Behelfsleiter zur Funkzentrale hinauf.

„Hoffentlich kann er die ANDROTEST erreichen!" Atlan seufzte.

Niemand antwortete, denn alle wußten, daß sie den Worten des Lordadmirals nichts hinzuzufügen hatten. Nun konnten sie nur noch warten.

Über den Rand der Scheibe wirbelten eruptionsartig leuchtende Wolken. Oberst Kotranows Gesicht wirkte wie aus Stein gemeißelt.

Er schaltete den Interkom zur Ortungszentrale durch.

„Ich erwarte Ihren Bericht, Major Le Croix!"

„In fünf Minuten liegt das Auswertungsergebnis vor, Sir."

Kotranow erhob keinen Einspruch. Wenn Major Le Croix sagte, er könne erst in fünf Minuten Bericht erstatten, dann war das eine unumstößliche Tatsache. Kotranow löschte die Verbindung und schaltete zur Funkzentrale durch.

„Wie sieht es bei Ihnen aus, Plagge?"

„Keine Funksignale, Sir. Nur das ewige Rauschen der Radiosterne aus beiden Galaxien."

„Ihre Radiosterne interessieren mich nicht im geringsten", erwiderte Kotranow mißgestimmt. „Belassen Sie weiterhin jeden Funker an seinen Empfangsgeräten."

„Ich verstehe das nicht", bemerkte Hattinger.

„Was verstehen Sie nicht?" fragte Kotranow scharf.

„Wir mit unseren vier Impulsgeschützen haben die Südpolstation vernichtet. Das sollte der CREST II nicht gelungen sein . . .?"

„Ich war nicht dabei", sagte Kotranow zynisch. Er schaltete durch, als die Meldelampe des Interkoms aufleuchtete.

Es war Major Le Croix.

„Sir, die Ortungsgeräte haben im Südpolgebiet Horrors Explosionswolken und glühende Zonen ausgemacht, die den Schluß auf die restlose Zerstörung dieser Station zulassen. Ich denke, wir können jetzt darangehen, die Oberfläche genauer abzusuchen."

Kotranow wandte sich zu Hattinger um.

„Wir werden Horror erneut anfliegen. Sie übernehmen die Steuerung des Schiffes, Hattinger. Ich werde mich mehr der Koordinierung widmen."

Hattinger legte einen Hebel um. Dadurch wurden die Steuerkontrollen seines Schaltpultes aktiviert, während auf Kotranows Pult die entsprechenden Kontrollampen erloschen. Das Grollen im Innern des Schiffes verstärkte sich, dann setzte die ANDROTEST II sich in Bewegung.

Sie flog geradewegs in ihr Verderben.

Major Hattinger lenkte mit viel Geschick und unter fortwährendem Fluchen auf die schlechten Manövriereigenschaften des Schiffes die ANDROTEST II in fünfzig Kilometer Höhe über der Äquatorlinie Horrors von Osten nach Westen. Nur fünf Minuten später meldete sich Oberleutnant Plagge aus der Funkzentrale. Seine Stimme klang erregt.

„Wir fangen Signale auf!"

„Na endlich!" Kotranow rieb sich die Hände. „Haben Sie den Wortlaut schon entziffert?"

„Das ist es ja eben. Die Signale sind kaum hörbar. Meine Aufzeichnungsgeräte können nicht mehr anzeigen als den Eingang. Einzelne Zeichen sind nicht auszusondern."

„Vielleicht Peilsignale!" warf Hattinger ein.

„Das dachte ich mir auch schon", erwiderte Kotranow. „Plagge, peilen Sie schnellstens den Sender ein, damit wir näher herangehen können!"

Kotranow holte tief Luft.

„Ortung, was machen die Mentaltaster?"

„Sprechen nicht an!" kam augenblicklich die Antwort.

„Möglicherweise handelt es sich um einen automatischen Sender, den die CREST hier zurückgelassen hat", sagte Hattinger nachdenklich. „Aber warum die schwache Sendeleistung?"

Er erhielt keine Antwort.

Hawk lehnte ruhig in seinem Sitz. Er beobachtete nur die Bildschirme. Er ließ sich nicht von der allgemeinen Nervosität anstecken. Von Zeit zu Zeit musterte er Sherlock. Der Okrill hatte sich zu seinen Füßen niedergelassen und kümmerte sich augenblicklich um nichts.

Hawk horchte erst auf, als Plagge sich erneut meldete. Das, was er zu Oberst Kotranow sagte, war in der ganzen Zentrale zu verstehen, da alle Offiziere ihre Gespräche augenblicklich einstellten und gespannt zum Interkomschirm des Kommandanten blickten, auf dem das schmale, blasse Gesicht Plagges zu sehen war.

„Funksignale kommen von 45 Grad südlicher Breite, 21 Grad östlicher Länge. Noch keine Trennung der Signale möglich."

„Das ist doch . . .!" Kotranows Gesicht wandte sich Hattinger zu. „Wie weit sind wir von dem angepeilten Punkt entfernt?"

„Hundertzwanzig Kilometer Luftlinie. Kurswechsel?"

„Natürlich. Und gehen Sie noch tiefer, Major!"

Hattinger beugte sich unmutig über seine Kontrollen. Ihm schien eine ganze Menge an Kotranows Befehlen zu mißfallen. Aber er wußte, daß gefühlsmäßige Einwände sinnlos waren. Deshalb schwieg er.

Omar Hawk flüsterte Sherlock einen Befehl zu. Der Okrill schnalzte. Sherlocks pupillenlose Augen richteten sich auf seinen Herrn. Hawk beugte sich zu dem Tier hinab, schlug ihm mit der flachen Hand gegen das breite Maul und redete auf es ein. Nach einer Weile erhob sich der Okrill. Sein Körper, der weich und fett wie der eines Mastschweines gewirkt hatte, während er ruhte, straffte sich. Die stahlharten Muskelstränge und -pakete traten plastisch unter der lederartig wirkenden Haut hervor. Die sonst plumpen Bewegungen wirkten jetzt plötzlich geschmeidig und waren so blitzschnell, daß ein ungeübtes Auge die einzelnen Ablaufelemente nicht wahrnahm. Ein düsteres Licht glomm in den unergründlichen Augen auf. Sherlock wandte den Kopf den Bildschirmen zu.

„Nun, haben Sie Alarmstufe eins für Ihr Tierchen gegeben?" fragte Folger Tashit spöttisch.

„Ich nicht, sondern er mir“, gab Hawk ruhig, fast gelassen, zurück.
„Wie das?“
Hawk wandte sich um und sah den Mathelogiker ernst an.
„Tiere spüren die Gefahr instinktiv und reagieren darauf.“
Tashit seufzte.
„Ich wollte, meine Positronik hätte ein wenig von Sherlocks Instinkt. Ehrlich gesagt: Sie weiß mit den Fakten nichts anzufangen. Es ist das erstemal, daß sie ratlos ist.“
Hawk schloß die Augen und konzentrierte sich auf den Hirnwellenverstärker seines Okrills.
Im nächsten Augenblick öffnete er den Mund zu einem Schrei.
Doch der Schrei ging unter im mißtönenden Heulen der Alarmsirenen. Zu diesem Zeitpunkt war die ANDROTEST II noch etwa achtzig Kilometer von dem Sender der schwachen Signale entfernt.

Hawk mußte die Augen schließen. Auf den Bildschirmen tobte ein Energiesturm und erhellte die Zentrale bis in den verstecktesten Winkel mit grellweißem Licht.
Immer noch heulten die Alarmsirenen.
Doch dann ging auch dieses Geräusch unter. Stärkere Kräfte tobten sich aus. Die ANDROTEST II wurde von furchtbaren Bebenwellen erschüttert. Mit aufbrüllenden Triebwerken versuchte sie aus dem Gefahrenbereich zu entkommen. Major Hattinger gab sich die größte Mühe. Aber ein Raumschiff, das für rasche Manöver ungeeignet war, glich einer Raupe, die einem Vogel zu entkommen suchte.
Hawk hatte das Bild noch deutlich vor Augen, das Sherlocks Infrarot-Spürsinn ihm vermittelte. Es war kein Bild der Gegenwart gewesen, sondern eines aus der Vergangenheit.
Und das Bild zeigte eine Raumschiffkonstruktion, wie er sie noch nie in seinem Leben gesehen hatte. Sie wirkte wie eine Festung.
Ein zweihundert Meter langer, senkrecht zur Oberfläche Horrors stehender Zylinder, fünfzig Meter dick mit acht Speichen von fünfzig Metern Länge; an jeder Speiche zehn kugelige Gebilde von etwa zwei Metern, an den Speichen aufgereiht wie Perlen an einer Schnur – und eine terranische Space-Jet, die im Feuersturm dieser Raumfestung explodierte...

Als Hawk die Augen erneut öffnete, sah er das, was eben noch Vergangenheit gewesen war, vom dunkelblauen Himmel Horrors auf die ANDROTEST II herabstoßen.

Vier blauweiße Energiefinger rasten dem fremden Gebilde entgegen und schlugen in seine Schutzschirme ein. Ngudru hatte gut gezielt. Die Konstruktion begann zu taumeln, fing sich jedoch schnell wieder und flog ein Ausweichmanöver.

Bevor Hattinger die unbeholfene ANDROTEST II wenden konnte, raste der Gegner aus dem toten Winkel heran und überschüttete das Schiff mit einem wahren Feuerorkan.

Die ANDROTEST II bäumte sich unter den Einschlägen auf. Ihre Schutzschirme vermochten den Energiesturm nicht völlig abzuwehren.

Das Kreischen zerreißenden Metalls gellte schmerzhaft in Hawks Ohren. Der beißende Gestank brennender Speicherbatterien breitete sich in der Zentrale aus. Anscheinend versagte auch die Lufterneuerung. Hawk klappte den Helm zu. Alle anderen hatten diese Vorsichtsmaßnahme längst ergriffen.

„Ich versuche zu landen!“ ertönte im nächsten Augenblick Hattingers Stimme im Helmempfänger.

In den Schirmen der Panoramagalerie kippte die Oberfläche Horrors nach unten weg. Die Triebwerksmeiler tosten, und zwischendurch hallten die stumpfen Schläge von Explosionen durch das Schiff.

Hawk zog den Okrill am Halsband heran und klopfte ihm beruhigend auf das Maul. Sherlock gab kollernde Laute von sich. Durch die Erschütterungen, die den Schiffsrumpf durchliefen, kam er aus dem Gleichgewicht. Mitleid mit dem Tier erfaßte Hawk. Er hatte es aus seiner gewohnten Umgebung herausgerissen, und nun war es in die Auseinandersetzung intelligenter Wesen geraten, eine Auseinandersetzung, die mit dem Untergang der ANDROTEST II enden würde, wenn nicht noch ein Wunder geschah.

Mit hartem Ruck setzte das Schiff auf.

Gleichzeitig aber wurde es erneut von einem konzentrierten Feuerschlag getroffen. Schlagartig erloschen die Bildschirme. Schreie ertönten, wurden verschlungen von berstendem Krachen, das sich immer mehr steigerte, bis es in einem nichtendenwollenden Donner verging.

Hawk brauchte seine Anschnallgurte nicht zu lösen. Sie waren durch den heftigen Ruck des Aufpralls zerrissen. Er fand sich neben dem Muskelberg des Okrills wieder. Sherlock stieß ihn an.

„Schon gut!" sagte Hawk. „Ich bin nicht bewußtlos."

Er tastete sich über undefinierbare Gegenstände vorwärts, bis er das Steuerpult erreichte. Sherlock hielt sich dicht an seiner Seite. Hawk brauchte nur einmal auf den klaffenden Spalt der Zentralewandung zu sehen, um zu erkennen, daß die ANDROTEST II zerbrochen war. Es war relativ still geworden. Erst als die vom Explosionslärm tauben Ohren auch schwächere Geräusche aufnehmen konnten, war bedrohliches Knistern und Prasseln zu hören.

Dann schallte Kotranows Stimme in den Helmempfängern. Sie klang mühsam beherrscht.

„Hier spricht der Kommandant. Die ANDROTEST II ist ein brennendes Wrack. Jeder verläßt das Schiff auf dem schnellsten Wege und sucht Deckung außerhalb des Schiffes. Verwundete sind mitzunehmen. Wer draußen ist, meldet sich über Helmfunk bei mir. Ende!"

Hawk mußte den Kommandanten bewundern, auch wenn er ihm ein Teil Schuld am Untergang des Schiffes gab.

Seine Hände ertasteten etwas Weiches. Es war Hattingers Körper. Der Major protestierte, fluchte und ließ es gerade noch geschehen, daß Hawk ihn auf die Beine stellte. Dann fuhr er ihn an:

„Loslassen, Kahler! Sehen Sie lieber zu, daß Sie Tashit hinausbekommen! Bestimmt steckt er noch bei seiner Denkmaschine!"

Zögernd ließ Hawk von Hattinger ab. Dann fiel ihm Sherlocks Begabung ein, und er konzentrierte sich auf die Infrarot-Wahrnehmungen des Okrills. Nach kurzer Zeit besaß er einen Überblick über die Zentrale. Folger Tashit befand sich tatsächlich noch bei seiner ML-Positronik. Allerdings war er ohne Bewußtsein. Hawk lud ihn wie ein leichtes Kleiderbündel über die Schulter und strebte dem größten der Risse zu. Noch während er sich hindurchzwängte, stürzte die Decke der Zentrale ein. Ein Schwall heißer Luft schleuderte Hawk vollends nach draußen.

Wie blind taumelte er hinter dem Okrill über eine winzige Hügelkuppe und den jenseitigen Hang hinab, bis ihn jemand anrief.

Es war Oberst Kotranow.

Hawk ließ Tashit zu Boden gleiten.

„Wo ist Hattinger?" fragte er.

„In Sicherheit. Legen Sie sich hin! Wollen Sie, daß das fremde Schiff, oder was immer es ist, Sie abschießt?“

Widerwillig gehorchte Hawk.

„Wer ist noch im Schiff?“

„Nur Ngudru noch. Aber Sie können nicht mehr hinein, Hawk. Das Schiff ist ein einziges Flammenmeer!“

Hawk schnellte hoch. Die Hitze des brennenden Schiffes schlug ihm wie eine stabile Mauer entgegen. Dennoch zögerte er nicht. Er vertraute auf die Widerstandsfähigkeit seines einer Extremwelt angepaßten Körpers. Mit Sätzen von zwölf Metern raste er auf die ANDROTEST zu – oder vielmehr auf das, was von dem stolzen Schiff übrig war. Er entdeckte eine winzige Lücke in den Flammen. Tief holte er Luft, dann sprang er hindurch.

Sekundenlang taumelte er hilflos in Rauch und züngelnden Flammen umher. Seine Hände stießen gegen glühendes Metall. Erst nach einiger Zeit vermochte er sich zu orientieren. Es war ein bis zur Unkenntlichkeit eingedrückter Gang, der zur Feuerleitzentrale der ANDROTEST führte. Hier glühten die Wände noch nicht, aber der Glutsturm, der durch den Gang fauchte, stach wie mit tausend glühenden Nadeln in Hawks Fleisch. Er wünschte sich, er hätte nach dem Absturz seinen verlorenen Druckhelm gesucht.

Dann fand er den Eingang zur Feuerleitzentrale – und dahinter die wirr durcheinanderliegenden Trümmer. Wenigstens brannte es im Leitstand nicht, aber angesichts der Trümmer hatte Hawk wenig Hoffnung, Ngudru lebend zu finden.

Schwaches Stöhnen ließ ihn zusammenzucken.

Hastig tastete er die Trümmer ab. Seine Finger fanden eine Hand, dann die zweite Hand und schließlich den Kopf eines Mannes.

„Ziehen Sie!“ flüsterte Ngudru. „Bis hierher bin ich selbst gekommen, aber jetzt kann ich mich nicht mehr bewegen.“ Vorsichtig begann Hawk an Ngudrus Händen zu ziehen. Allmählich tauchte der Oberkörper des Feuerleitoffiziers auf.

Ngudru gegen seinen Leib gepreßt, kletterte Hawk durch ein Labyrinth von verbogenen Platten, Trägern und Drähten. Über sich sah er ein Loch. Dort mußte es hinausgehen.

Es ging tatsächlich hinaus. Aber als Hawk breitbeinig vor dem Loch stand, das er erst jetzt als Einschußkanal eines Energiestrahles identifizierte, befand er sich auf einer schrägen Wand. Etwa zwanzig Meter unter ihm züngelten die Flammen über einen von Explosionen zerrissenen Rand.

Hawk wußte nicht, was hinter den Flammen war. Er hoffte nur, es ginge nicht hundert oder mehr Meter in die Tiefe – oder gar in ein ausgedehntes Flammenmeer.

Mit weiten Sätzen jagte er auf die Flammen zu – und schnellte sich ab.

Es schien eine Ewigkeit zu dauern, bis er den Boden erreichte. Flammen griffen nach ihm, erreichten ihn jedoch nicht. Dann prallte er auf. Sogleich warf er sich herum, damit er auf den Rücken fiel und nicht Ngudru unter sich zerdrückte.

Im nächsten Augenblick hatten ihn scharfe, ins Fleisch dringende Krallen gepackt. Er fühlte sich emporgerissen und fortgetragen.

Direkt vor Oberst Kotranow ließ der Okrill ihn sanft zu Boden gleiten.

„Kümmern Sie sich um Ngudru!" rief Hawk keuchend.

Mit aufgerissenen Augen nahm Kotranow den Feuerleitoffizier entgegen.

„Was ist mit dem Speichengebilde?" Hawk erholte sich zusehends.

„Fort", entgegnete Kotranow. „Es hat abgedreht. Wir scheinen es nicht mehr zu interessieren."

„Das glaube ich nicht. Lassen Sie die Leute sich sammeln und dann nichts wie weg von hier! – Was haben Sie denn?"

Kotranows Augen weiteten sich. Er öffnete den Mund, stieß einen gellenden Schrei aus, und dann wälzte er sich auf dem Boden.

Hawk schaute verständnislos auf den Kommandanten nieder. Er begriff erst dann die neue Situation, als ihn selbst der rasende, alle Muskeln verkrampfende Schmerz überfiel. Er richtete sich auf den Knien auf und versuchte, sich ganz zu erheben, brach aber immer wieder zusammen. In Wellen kam jetzt der grausame Schmerz.

Dann senkten sich die Schleier wohltätiger Bewußtlosigkeit über seine Augen.

Sie erwachten und betrachteten verständnislos ihre Umgebung.

Die Bewußtlosigkeit hatte sie zwischen flachen Bodenwellen, in der Nähe eines friedlich dahinplätschernden Baches übermannt.

Jetzt sahen sie sich auf drei Seiten von gigantischen Gebirgsmassiven eingeschlossen, und in ihrem Rücken wälzte ein unüberschaubarer Strom seine schäumenden Wogen durch eine fruchtbare Ebene.

Nach und nach trafen alle fünfzig Besatzungsmitglieder der ANDROTEST II ein und versammelten sich schweigend um ihren Kommandanten. Nur sechs Männer waren noch bewußtlos, was zweifellos mit den Wunden zusammenhing, die sie beim Absturz erlitten hatten.

„Wir sind in einer Falle", stellte Hattinger fest.

„Vielleicht können wir wieder starten", bemerkte Folger Tashit mit grimmigem Humor.

Die Trümmer der ANDROTEST II glühten noch.

„Ich weiß nicht, ob wir uns eine Rückkehr in die Heimat wirklich wünschen sollten", unterbrach von Eschde die eintretende Stille.

„Wie meinen Sie das?" fragte Kotranow heiser.

Von Eschde deutete auf die Berge, danach auf den Strom.

„Sie glauben wahrscheinlich, jemand hätte uns während unserer Bewußtlosigkeit an einen anderen Platz gebracht." Er schwieg und blickte sinnend auf die Trümmer des Schiffes. „Derjenige müßte verrückt sein. Wozu braucht er ein zerborstenes, ausgeglühtes Raumschiffswrack? Warum sollte er es ebenfalls mitnehmen – so wie uns . . .?"

„Mein Gott!" ächzte Le Croix. „Sie meinen, wir sind immer noch auf dem gleichen Fleck wie vorher? Wie . . . wie erklären Sie sich dann aber die Vergrößerung der Berge? Warum sollte der Bach plötzlich zu einem reißenden Strom geworden sein?"

„Nicht unsere Umgebung ist gewachsen", sagte von Eschde schleppend, „sondern wir sind . . ."

„Halten Sie den Mund!" schrie Kotranow.

„Wollen Sie die Tatsachen verschleiern?" fragte von Eschde ruhig. „Die Mannschaft hat ein Recht auf die Wahrheit. Ich habe nachgerechnet. Jeder von uns ist höchstens noch 1,7 bis 2 Millimeter groß, wenn man nicht annehmen will, die Berge seien gewachsen."

Völlige Stille trat ein. Es schien, als würde niemals jemand mehr reden. Dann sagte Plagge tonlos:

„Darum waren die Funksignale so schwach. Den Leuten der CREST ist es offenbar ebenso ergangen wie uns."

Eine donnernde Entladung unterbrach ihn.

Hawk fuhr herum. Hatte der erste von ihnen schon die Nerven verloren?

Doch da sah er es, und alle anderen sahen es auch.

Drei gepfeilte Düsenflugzeuge durchschnitten pfeifend und mit grollenden Triebwerken die Luft, flogen eine Schleife und landeten dann in der Ebene.

Dicht vor den fünfzig Männern der ANDROTEST II rollten sie aus.

Gestalten in den Uniformen der Imperiumsflotte kletterten aus den antiquierten Überschallmaschinen.

Hawks Herz krampfte sich zusammen, als er in dem ersten der Näherkommenden Perry Rhodan erkannte.

Und Rhodan war nicht größer als sie selbst...

Vor dem blaß und steif dastehenden Kommandanten der ANDROTEST II verhielt Rhodan den Schritt.

„Willkommen auf Horror – Sie Narr!"

Kotranow zuckte zusammen.

„Was haben Sie sich dabei gedacht?" fuhr Rhodan fort. „Warum haben Sie unsere Warnsignale nicht beachtet und sind sofort umgekehrt, um wirksame Hilfe zu holen?"

Oberleutnant Plagge trat einen Schritt vor.

„Sir, wir haben die Funksignale empfangen. Aber sie waren so schwach, daß sie keinen Wortlaut ergaben. Wir hielten sie für Peilzeichen."

„Außerdem", setzte Hawk hinzu, „sind wir nicht die einzigen Menschen, denen dieser Fehler unterlief. Ich bitte um Verzeihung, Sir, aber Ihre Vorwürfe gegen Oberst Kotranow sind nicht berechtigt."

Rhodan war herumgefahren.

„Wer sind Sie?"

„Leutnant Omar Hawk, Sir. Angehöriger des Galaktischen Spezialpatrouillenkorps, abkommandiert zur ANDROTEST II. Zuvor war ich auf der ANDROTEST I. Sie müßten mich kennen."

Rhodan fuhr sich mit der Hand über die Augen. Natürlich, dachte er. Diesen Mann habe ich vor zwei Monaten an Bord der ANDROTEST I flüchtig gesehen.

Perry Rhodan holte tief Luft. Dann durchmaß er mit raschen Schritten die Entfernung zu Hawk. Er streckte ihm die Hand entgegen.

„Vielen Dank, Leutnant. Manchmal muß es Leute wie Sie geben, die sich nicht scheuen, ihrem Vorgesetzten schonungslos die Meinung zu sagen."

Hawk drückte vorsichtig Rhodans Hand. Dennoch verzog dieser schmerzlich die Lippen.

„Von welcher Welt stammen Sie, Leutnant?"

„Oxtorne, Sir. Schwerkraft 4,8 Gravos."

Rhodan nickte ihm zu. Dann wandte er sich wieder an Oberst Kotranow.

„Vergessen Sie, was ich vorhin gesagt habe. Halten Sie mir und meinen Leuten zugute, daß wir seit Wochen schon um unsere Kleinheit wissen. Wir hatten uns von Ihnen die Rettung erhofft – und nun . . ."

Hawk sah einige Männer der ANDROTEST schwanken.

Er legte die Hand auf den Kopf seines Okrills.

„Wir haben auf Oxtorne ein Sprichwort: Es gibt höchstens hoffnungslose Menschen, aber niemals hoffnungslose Situationen."

Hinter Rhodan lachte ein hochgewachsener, weißhaariger Mann. Die rötlichen Augen deuteten auf arkonidische Abstammung hin.

„Da hast du es, Barbar."

Über Rhodans Gesicht huschte ein flüchtiges Lächeln.

„Es hat allerdings keinen Zweck, hier zu stehen und auf ein Wunder zu warten, Freund."

Er wandte sich an die Männer der ANDROTEST II und berichtete ihnen, was sich in den letzten Wochen auf Horror ereignet hatte. „Finden Sie sich mit den Tatsachen ab, meine Herren, und überlegen Sie, was man tun könnte, um unsere Situation zu ändern", bemerkte er abschließend.

Danach begann Kotranow mit seinem Bericht und schloß mit der Bemerkung, daß die ANDROTEST II die Südpolstation vermutlich völlig zerstört hatte.

„Rechnen Sie lieber nicht damit", entgegnete Rhodan. „Die Kuppelanlage ist derart gewaltig, daß die Waffen der ANDROTEST II kaum in der Lage gewesen sein dürften, sie vollständig auszuschalten. Von dort droht uns wahrscheinlich noch immer Gefahr."

„Noch ist nicht alles verloren", sagte Kotranow. „Man wird uns sicherlich Hilfe schicken, wenn man bemerkt, daß wir überfällig sind. Bis dahin müssen wir ausharren."

„Wenn uns noch soviel Zeit bleibt", gab Rhodan düster zu verstehen. „Die Falle Horror ist zum zweiten Mal zugeschnappt, und es ist fraglich, ob die Meister der Insel und ihre Helfer uns jetzt, nachdem Sie die Südpolstation angegriffen haben, noch in Ruhe lassen werden. Wie die Ereignisse hier und in der Milchstraße zeigen, haben sie ja bereits zu reagieren begonnen. Doch dies war erst der Anfang."

Niemand erwiderte etwas darauf. Es gab auch nichts, was man dazu hätte sagen können. Niemand wußte, was die nächsten Stunden und Tage bringen würden. Und niemand konnte eine befriedigende Antwort darauf finden, ob sich die Festung, die sich nach der Zerstörung der ANDROTEST II wieder zurückgezogen hatte, nochmals blicken lassen würde. Es war eine fatale Situation. Die Taktik des Gegners war unberechenbar, und alles, was man unternahm, war von einer nahezu unübersehbaren Fülle von Zufällen abhängig.

„Eines Tages", erklärte schließlich Omar Hawk, „werden wir einen Ausweg finden." Es sollte zuversichtlich klingen, aber das tat es nicht.

5. ATLAN

Ich starrte mit tränenden Augen auf den Außenbeobachtungsschirm. Die an der oberen Polkuppel befindliche Bildübertragungskamera lieferte uns exakte Bilder. Das, was jeder von uns seit langem befürchtet hatte, war nun eingetreten. Die Festung begann sich um die CREST zu kümmern.

Wie gelähmt blickte ich auf das sich uns nähernde Ungetüm. Meine Gedanken überschlugen sich, ohne daß ich dazu in der Lage gewesen wäre, irgend etwas zu unternehmen. Wir hatten keine Chance, dem Unheil zu entkommen.

Vor knapp sechs Stunden waren die letzten Besatzungsmitglieder der zerstörten ANDROTEST II mit Hilfe der Oldtimer zur CREST gebracht worden. Anschließend war die Mannschaft des Flaggschiffs über die Vorgänge in der Galaxis und im Twin-System unterrichtet worden. Danach hatte sich die ANDROTEST-Crew zurückgezogen, um sich von den Strapazen zu erholen. An Bord waren heftige Diskussionen über die ungewisse Zukunft der CREST aufgeflammt. Obwohl jedermann insgeheim damit rechnete, daß der Angriff der ANDROTEST II auf die Südpolstation nicht ohne Folgen bleiben würde, hatten wir nahezu krampfhaft die Gedanken an das unausweichliche Schicksal verdrängt. Nur Tolot und mein Extrasinn hatten weiter gewarnt und die sofortige Evakuierung der CREST verlangt.

Vor zwei Stunden schließlich hatten wir damit begonnen, den Evakuierungsplan in die Tat umzusetzen. Die uns noch verbliebenen neun Oldtimer wurden startklar gemacht und mit dem notwendigen Proviant und Gebrauchsgegenständen aller Art beladen. Doch die nunmehrige Entwicklung machte alle unsere Pläne – die ohnedies mehr einer Verzweiflungsaktion geglichen hatten – zunichte.

Viel rascher als uns lieb sein konnte, war die Festung aufgetaucht und hatte die rechtzeitige Evakuierung unmöglich gemacht. Bevor wir die Oldtimer starten konnten, würde die Festung über uns sein und jede Aktion unsererseits vereiteln.

Ohnmächtiger Zorn bemächtigte sich meiner. Wie durch einen Schleier sah ich die anderen Anwesenden in der Zentrale. Neben mir stand Perry. Ich nahm den Druck seiner Hand auf meinen Arm kaum wahr.

„Es gibt wohl nichts, was wir jetzt tun könnten, Perry“, sagte ich leise.

Deine fatalistische Endzeitstimmung wird am Ablauf des Geschehens auch nichts ändern, signalisierte mein Extrasinn spöttisch.

Ich zuckte resignierend die Achseln und blickte wieder auf den Bildschirm. Die Festung war noch näher gekommen. Sie stand nun über den nordöstlichen Berggipfeln. Die Außenkamera war nicht mehr in der Lage, die Festung in ihrer Gesamtheit ins Bild zu bekommen. Was wir jetzt sahen, waren lediglich *Teile* des fremden Schiffes.

„Ich möchte wissen, wer dieses verdammte Ding fliegt und wie es überhaupt fliegen kann, obwohl es wie wir dem Verkleinerungsprozeß unterworfen ist“, meldete sich der Ertruser Melbar Kasom lautstark zu Wort.

Zu oft hatten wir uns diese Frage bereits gestellt, ohne eine Antwort darauf gefunden zu haben. Plötzlich erfaßte eine ungeheure Druckwelle die CREST und brachte das Schiff zum Erbeben. Verzweifelt versuchte ich, mich auf den Beinen zu halten. Die durch die näherkommende Festung in Bewegung geratene Lufthülle wirkte auf die miniaturisierte CREST wie ein Höllenorkan, obwohl sich die Festung offensichtlich im Antigravflug unserem Standort näherte. Irgend jemand drückte auf die Knöpfe der Alarmanlage. Die Sirenen heulten kurz auf und verstummten nach einigen Sekunden wieder.

„Wir hätten den Evakuierungsplan früher in Angriff nehmen sollen", vernahm ich Rhodans Stimme, als ich endlich wieder Halt fand.

„Vergiß es, Perry", erwiderte ich gepreßt. „Selbst wenn es uns gelungen wäre, wie glaubst du, wären dann unsere Zukunftsaussichten gewesen?"

Rhodan nickte wortlos. Wir wußten, daß eine Evakuierung nicht die Lösung unserer Probleme bedeutet hätte. Mit den uns zur Verfügung stehenden Mitteln wären wir nicht weit gekommen. Wir hätten uns nur unwesentlich weit entfernen können, und jedermann, der darauf aus war, die CREST zu vernichten, hätte leichtes Spiel gehabt, auch die nähere Umgebung des Schiffes in eine Atomhölle zu verwandeln. Abgesehen davon, daß allein die Zerstörung der CREST die Landschaft in einem weiten Umkreis in direkte Mitleidenschaft gezogen hätte. Nein, selbst wenn es uns gelungen wäre, das terranische Flaggschiff rechtzeitig zu verlassen, hätte dies nichts an unserer Situation geändert.

„Gegen diesen Gegner haben wir niemals echte Chancen besessen, Perry", sagte ich nach einer Weile. „Alles was wir seit unserer Ankunft auf diesem Irrsinnsplaneten erreicht haben, waren nur unbedeutende Nadelstiche in der Haut eines Riesen. Dennoch bewundere ich deine Männer. Obwohl es mit ihrer psychologischen Verfassung nicht gerade zum besten bestellt ist, sind nirgends Anzeichen einer Panik festzustellen. Es ist, als ob jeder nur darauf wartet, daß das letzte Kapitel unserer Irrfahrt abgeschlossen wird. Niemand verflucht den näherkommenden Tod."

„Vielleicht sieht die Besatzung ihn als Erlösung an", erwiderte Rhodan nachdenklich. „Es ist für niemanden erstrebenswert, als Mikromensch zu leben und seine ganze Hoffnung auf eine ungewisse Rettung zu setzen."

Ich brachte es fertig, trotz der ausweglosen Situation zu lächeln. Ein seltsames Gefühl der Ruhe überkam mich. Und diese Ruhe schien auf die gesamte Zentralbesatzung überzugreifen. Sollte mein mehr als zehntausendjähriges Leben *hier* abrupt enden? Alles deutete darauf hin. Ich hatte keine Energien mehr, gegen dieses Ende anzukämpfen.

Die Festung war inzwischen über der CREST angelangt und hatte ihre Fahrt gestoppt. Die Erschütterungen hatten aufgehört. Es herrschte Totenstille. Jeder war mit seinen eigenen Gedanken beschäftigt. Angesichts des nahen Todes hatte niemand das Bedürfnis, sich anderen mitzuteilen.

Ich konnte nicht mehr länger über unser Schicksal nachdenken, denn in diesem Augenblick eröffnete das über uns stehende Schiffsungetüm das Feuer.

Vor meinen Augen schienen Feuerbälle zu grellroten Lichtfluten zu explodieren. Ich verlor nicht das Bewußtsein.

Mit dem letzten Rest meines bewußten Empfindens bemerkte ich, daß wir nicht mit Strahlwaffen auf thermischer oder strukturzersetzender Basis angegriffen wurden. Dies war ein Prallschock gewesen! Etwas war auf den Rumpf der CREST II aufgeschlagen und hatte uns durch die Aufprallwucht zu Boden gerissen.

Ehe ich tatsächlich besinnungslos wurde, sagte mir mein Logiksektor, wir unterlägen äußerst starken Beharrungskräften. Weshalb das so war, konnte ich nicht mehr erfassen oder geistig verarbeiten.

6.

Der organische Computer in Tolots Planhirn gab einen Impuls. Er war schwach und nur als Anregungssignal geeignet.

Der Impuls wurde von den wenigen noch aktiven organischen Zellen des Ordinärgehirns aufgenommen, ausgewertet und an den letzten nichtkristallisierten Nervenleiter weitergegeben, dessen größeres Energiepotential zur Aussendung eines Sekundärimpulses von aufpeitschender Kraft ausreichte.

Der Metabolismus des halutischen Überriesen begann mit der Rückumwandlung zur normalorganischen Materie.

Kristallines Blut begann wieder zu fließen. Die Nervenzellen lösten ein Feuerwerk von Aktivierungsbefehlen aus. Mehr und mehr Molekülgruppen traten dem Prozeß bei.

Das Primärsignal war vor einer Millisekunde gegeben worden. Nochmals eine Zehntelsekunde später regte sich der Haluter. Als Tolots Ordinärgehirn wieder voll arbeitsfähig war, konnte es auch die entsprechenden Aktivierungsbefehle aussenden. Das komplizierte Planhirn benötigte volle acht Sekunden, bis es die Arbeit wieder aufnahm.

Für Menschen wären diese Zeitspannen unvorstellbar kurz gewesen. Haluter dachten anders darüber.

Icho Tolot bewegte probehalber die Glieder. Sie gehorchten ihm einwandfrei. Dann stand er auf und spähte zu den reglosen Gestalten hinüber, die dort lagen, wo sie sich zuletzt befunden hatten.

Tolot hatte die sehr harten Andruckbelastungen anstandslos überstanden. Damit waren strukturverwandelte Haluter nicht lahmzulegen. Er lachte grollend vor sich hin.

Einer der Besinnungslosen bewegte sich plötzlich. Es war der umweltangepaßte Ertruser Melbar Kasom, dessen Körper an eine Schwerkraft von 3,4 Gravos gewöhnt war. Das hatte zur Folge, daß Kasoms Organismus längst nicht so gelitten hatte wie der der Normalterraner.

Er schlug die Augen auf, blinzelte und ließ seinen Blick auf Tolots monströsem Gesicht verweilen. Kasom glaubte, einen schwarzen Planeten mit rotfunkelnden Vulkanen zu sehen. Er benötigte einige Augenblicke, um den Kugelkopf des Riesen zu identifizieren.

Tolots lange Handlungsarme hoben den Ertruser auf. Als Kasom wankend auf den Beinen stand, begann Tolot mit der Massage der wichtigen Nervenleiter in Kasoms Genick.

Der Umweltangepaßte stöhnte. Schmerzwellen durchzuckten seinen Körper. Sie hörten jedoch so plötzlich auf, wie sie gekommen waren. Tolot ließ die Hände sinken, die eigentlich mehr wie Pranken wirkten.

Melbar verlor kein überflüssiges Wort. Der USO-Spezialist hatte ähnliche Situationen schon zu oft erlebt, um darüber erstaunt zu sein.

„Was hat uns ausgeschaltet? Schockwaffen?“

„Nein, überhaupt keine Waffe. Wir wurden von einem Traktorstrahl erfaßt und mit etwa fünfzig Gravos emporgerissen. Wir befinden uns in der Festung.“

Diese Mitteilung war in ihrer Kürze und Unmißverständlichkeit so bestürzend, daß der Ertruser vorübergehend zu wanken begann. Seine nächste Äußerung bestand in einer Verwünschung.

„Pläne?“ flüsterte er nach einer Weile.

Der Haluter betastete seinen Kampfanzug. Die eingebauten Notbatterien lieferten für knapp einhundert Stunden Arbeitsstrom für die vielen Aggregate.

Die terranischen Ausführungen, hergestellt und in der CREST eingelagert für Bedarfsfälle dieser Art, besaßen nur eine Batteriekapazität von fünfundzwanzig Stunden.

Tolot entschied sich innerhalb einer Sekunde. Sein Planhirn hatte die entsprechenden Schritte bereits berechnet.

„Ja! Kontrollieren Sie die Raumanzüge von Rhodan, Atlan und Wuriu Sengu. Wir nehmen die drei Männer mit, wenn wir das Schiff verlassen.“

„Halten Sie das für erforderlich?“

„Unbedingt. Der Umstand, daß uns die Festung nicht sofort vernichtet, sondern an Bord geholt hat, bedeutet, daß man mit uns noch etwas vorhat. Wir müssen versuchen, die CREST zu verlassen, um die weiteren Aktionen der unbekannten Besatzung der Festung von außen zu beobachten, ehe diese sich um die CREST zu kümmern beginnt.

Ich vermute, daß für die Besatzung der CREST im Augenblick keine akute Lebensgefahr besteht. Das kann sich aber ändern. Wir dürfen daher keine Zeit verlieren. Möglicherweise können wir von außen mehr für die CREST tun, als wenn wir hierbleiben.

Oberst Cart Rudo wird bald aus der Bewußtlosigkeit erwachen und entsprechende Anordnungen treffen. Außerdem befinden sich einige Oxtorner an Bord, allen voran Omar Hawk, sie werden Rudo hilfreich beistehen und sich um die restliche Besatzung kümmern. Ich sehe mich kurz draußen um und komme gleich wieder. Warten Sie inzwischen hier.“

Tolot ließ seinen Körper auf die kurzen Laufarme absinken, winkelte die höher sitzenden Handlungsarme an und verschwand mit riesigen Sätzen.

Kasom schaute auf die Uhr. Sie hatten schätzungsweise zehn Minuten Zeit, vielleicht sogar eine Viertelstunde. Rasch vergewisserte er sich davon, daß keiner der Bewußtlosen in der Zentrale ernsthafte Schäden davongetragen hatte.

Dann überprüfte er Atlans Raumanzug. Es war eine terranische Normalausführung für leichte und mittelschwere Planeten mit einem Außendruck bis zu vier Atmosphären und einem Wärmereflektorschutz bis zu hundert Grad Celsius.

Auch der Ertruser handelte mit übermenschlicher Schnelligkeit. Er riß Einbauschränke auf, schob frische Energiezellen in die Rückentornister und klinkte je ein Ersatzaggregat in die Schultergurte ein. Klima- und Sauerstoffanlagen waren in Ordnung.

Bei dieser Tätigkeit kam ihm erst der Gedanke, den Tolot sofort nach seinem Erwachen gehabt hatte.

Wie war die künstliche Atmosphäre der Festung beschaffen? Sauerstoff? Oder etwas anderes?

Melbar beendete die Überprüfung von Wurius Schutzkleidung, als der Haluter schon wieder auftauchte. Er schoß wie eine Rakete aus der Finsternis hervor und hielt im schwachen Licht der Notlampen an.

„Können Sie den Mutanten tragen? Mit der erforderlichen Schnelligkeit, meine ich? Wir müssen den Lastenaufzug nehmen. Die Stromaggregate haben die Belastungen ertragen. Draußen ist es heiß. Ich habe siebenundachtzig Grad Celsius abgelesen. Die Automatanalyse arbeitet noch. Die Atmosphäre besteht zu einem hohen Prozentsatz aus Wasserstoff. Dazu kommen starke Verunreinigungen aus Methan und Ammoniak. Der Ammoniakanteil überwiegt dabei. Schließen Sie die Helme."

Kasom fragte nicht mehr lange. Wenn Tolot einmal entschieden hatte, wären Einwände unvernünftig gewesen.

Melbar hob Rhodan und Atlan auf Tolots Rücken und befestigte die Männer am Raumanzug des Haluters, so daß sie quasi daran verankert waren.

Anschließend schwang er sich den Spähermutanten über die Schulter und rannte Tolot nach. Die anderen Besinnungslosen blieben in der Zentrale zurück.

Sie durchrasten die weiten Verbindungsgänge des Superschlachtschiffes, bis sie den Lastenaufzug erreichten.

Er war auf den Strom der Notaggregate angewiesen.

Kasom vernahm das dumpfe Arbeitsgeräusch der Maschinen. Sie standen unten in Kraftwerkhalle II, nahe am Maschinen-Hauptleitstand.

Tolot trat vorsichtig in den großen Aufzug. Kasom folgte ihm. Die Fahrt dauerte nur wenige Minuten.

In der Ladeschleuse der unteren Polkuppel sprangen sie aus dem Lift. Tolot rannte auf allen vieren zu einer Mannschleuse hinüber und drückte auf den Knopf der Hydraulik.

Sie sprach an, auch wenn der Pumpenmotor etwas zu wenig Arbeitsstrom erhielt. Für Melbar Kasoms Begriffe dauerte es Ewigkeiten, bis sich die Innentore wieder schlossen.

Tolot verzichtete auf das Abpumpen der kostbaren Atemluft. Rücksichtslos riß er die Ausgleichsventile auf. Ein fremdartiger Luftstrom heulte in den Schleusenraum hinein. Kasom stemmte sich dagegen, bis der Ausgleich hergestellt war. Das Zischen verstummte. Die Atmosphäre der Festung stand unter mehrfachem Atmosphärendruck.

Tolot öffnete die Außentore. Als der erste Spalt entstand, flutete rötliches Licht in den Schleusenraum hinein.

Kasom kontrollierte seine Anzugsautomatik. Die Klimaanlage war bereits angesprungen. Sie war der größte Stromverbraucher. Die Luftreinigungsanlage arbeitete auf rein chemischer Basis. Das normalerweise verwendete Aufbereitungsaggregat konnte nicht benutzt werden.

Tolot verließ sich auf den Ertruser. Ohne Atlans und Rhodans Anzüge nochmals überprüft zu haben, glitt er die mechanisch ausgefahrene Kunststofftreppe hinunter. Die letzten Meter sprang er. Kasom folgte ihm, nachdem er die schmalen Luken der Mannpforte geschlossen hatte.

Er sah sich um. Die Luft war eigenartig trüb. Daß sie hochgiftig war, konnte nicht bezweifelt werden.

Tolot winkte hastig. Kasom begann mit einem Spurt, den ihm kein normaler Mensch nachmachen konnte.

Er erreichte den Haluter und sprang an seiner Seite weiter. Sie kamen unter der Kugelwandung der CREST hervor. Als sie den

Schlagschatten des überhängenden Ringwulstes passiert hatten, standen sie in der riesigsten Halle, die Kasom jemals gesehen hatte.

Die CREST befand sich offenbar in einem Laderaum der unteren Nabenrundung. Dumpfes Maschinengeräusch schien allgegenwärtig zu sein.

Die Decke des Riesenraumes war noch einmal so hoch wie die im Normalzustand fünfzehnhundert Meter durchmessende CREST. Das bedeutete, daß es unbekannte Konstrukteure für erforderlich gehalten hatten, einen Saal von drei Kilometern Höhe und gleich großem Durchmesser einzubauen.

Drei Kilometer! dachte Kasom bitter. Tatsächlich waren es unter den derzeitigen Verhältnissen nur drei Meter, denn die Festung war bekanntlich ebenfalls um den Faktor 1000 verkleinert. Doch zum Unterschied zur CREST funktionierten an Bord der Festung alle atomaren Maschinen, während sich die CREST mit chemisch betriebenen Notstromaggregaten begnügen mußte. Kasom schüttelte diese Gedanken wieder ab und rannte weiter.

Tolot durchquerte die Halle im Hundertkilometertempo. Diese Geschwindigkeit konnte der Ertruser nicht mithalten. Immerhin kam er noch schnell genug an einer Seitenwand der Lagerhalle an, um Atlans Erwachen beobachten zu können.

Tolot ging hinter einem fremdartigen Maschinenkoloß in Deckung. Er war groß genug, um einer Kompanie als Versteck zu dienen. Kasom hielt die Maschinen für Ent- und Beladungseinrichtungen mit eigenständiger Energieversorgung.

Die gewölbte Decke der Halle wurde von ultrahellen Leuchtbahnen angestrahlt. Zwischen diesem energetischen Gewebe hing ein weiterer Mammutkörper. Konische Rohrmündungen, teilweise untereinander verbunden und von grellstrahlenden Kugelgebilden durchsetzt, wiesen nach unten.

Tolot deutete zur Decke.

„Das dürfte der Traktorstrahlprojektor sein, mit dem man uns heraufgeholt hat."

„Enorm!" sagte Kasom nur.

Wenn er einen solchen Begriff gebrauchte, dann konnte man sich darauf verlassen, daß es auch enorm war.

Atlan meldete sich. Seine Stimme klang dumpf und fremdartig

unter dem transparenten Helm hervor. Die giftige Luft war ein guter Schalleiter. Auf eine drahtlose Sprechfunkverbindung hätte man schon wegen der Anpeilgefahr verzichten müssen.

Tolot ging in die Hocke und legte den Arkoniden und Rhodan auf den Boden. Atlan stemmte sich auf die Ellenbogen hoch und blickte sich um. Er begriff die Situation sofort, als er die unbekannten Maschinen und in einer Entfernung von etwa achthundert Metern die Umrisse der CREST II entdeckte.

Atlan verschwendete noch weniger Zeit für Fragen als der Ertruser.

„Ich schätze, wir sind in der Festung. Gut, das ist besser als tot. Sind die Männer der CREST noch bewußtlos?"

„Sie dürften bald erwachen", berichtete Kasom flüsternd. Seine Stimme war immer noch laut genug. „Wir haben nur Sie, Perry Rhodan und Sengu mitgenommen. Tolot rechnet mit einer Untersuchung."

„Sie wird garantiert erfolgen, obwohl man sich viel Zeit läßt. Ist die Atmosphäre giftig?"

Tolot bestätigte es. Atlan stand auf und hielt sich an einem vorstehenden Teil der Maschine fest. Als ihm übel wurde, setzte er sich rasch wieder auf den Boden.

Wütend meinte er:

„Entschuldigen Sie. Die Fremden sind doch nicht so leichtsinnig, wie ich eben angenommen hatte. Perry wird bestimmt noch eine Viertelstunde benötigen, bis er wieder munter wird. Ist das hier ein Hangar?"

Atlan sah sich um. Seine Übelkeit ließ nach.

„Und was für einer", bestätigte Kasom. „Fühlen Sie sich jetzt etwas besser?"

„Ja. Es geht." Der Arkonide blickte Tolot an. „Sie dürften der einzige sein, der die Situation vollkommen übersehen kann. Was schlagen Sie vor?"

Icho Tolot lachte leise. Sein Blut schien unter dem Drang der Ereignisse zu wallen. Selten zuvor hatten sich der charakteristische Kampfgeist und der Abenteuerdrang des Haluters so heftig gemeldet wie jetzt.

„Ich möchte hier warten, bis die Unbekannten aktiv werden. Lange dürfte es nicht mehr dauern. Sie werden abschätzen können, wann der

Zustand der Bewußtlosigkeit nachläßt. Bis dahin werden sie etwas unternehmen. Wir sollten es beobachten."

Atlan nickte zustimmend. Dann beugte er sich besorgt über Rhodan. Er atmete bereits tiefer durch.

Die folgenden Minuten wurden für eine zweite Kontrolle der Raumanzüge verwendet. Alle waren mit chemischen Raketenwaffen ausgerüstet. Falls die Unbekannten nicht wesentlich größer waren als Kasom und Tolot, konnten die hochexplosiven Miniraks unter Umständen wirkungsvoll eingesetzt werden.

Atlan überlegte, wie sich dieses „Einsetzen" abspielen sollte. Allein die Nabe der Festung konnte ohne weiteres hunderttausend und mehr Besatzungsmitglieder haben. Es war eine fliegende Großstadt – oder schon eine fliegende Provinz, wenn man es so ausdrücken wollte.

Die Überprüfung war beendet. Sie warteten auf etwas, das sie weder korrigieren noch verhindern konnten. Es blieb ihnen keine andere Wahl, als sich möglichst gute Deckungen zu suchen und darauf zu hoffen, daß man sie bei der sicherlich erfolgenden Untersuchung übersah. Die Fremden konnten nicht wissen, ob die Besatzung der CREST vollzählig an Bord war oder nicht.

Oder doch . . .?

Atlan spähte argwöhnisch zur fernen Decke empor. Dann suchte er die Wände ab. Waren irgendwo Kameras eingebaut, die Tolots und Kasoms Flucht aufgezeichnet hatten?

Unsinn, dann wären die Fremden schon hier! belehrte ihn sein Extrahirn. *Sie unterschätzen euch!*

Auch der Haluter kam zu dieser Ansicht, nur mit dem Unterschied, daß er die einzelnen Fakten viel genauer durchgerechnet hatte als der Arkonide.

Icho Tolots rachenartiger Mund öffnete sich. Atlan wich unwillkürlich etwas zurück. Jetzt glich der Haluter mehr denn je einem Ungeheuer.

Atlan fröstelte. Die Fremden schienen nicht zu ahnen, welche Kampfmaschine sie sich in ihr Schiff geholt hatten. Tolot war nach wie vor gefährlich, auch wenn seine Superwaffen nicht mehr funktionierten.

Cart Rudo brauchte einige Augenblicke, um nach der Bewußtlosigkeit wieder in die Wirklichkeit zurückzufinden. Er unterdrückte die bohrenden Schmerzen, die seinen Körper wie glühende Lava durchströmten. Der Andruckschock hatte ihn stehend überrascht. Er war neben der von der ANDROTEST I übernommenen ML-Positronik niedergestürzt. Nur wenige Männer hatten zufälligerweise auf den weichen Konturlagern gelegen. Eine Gefechtsbereitschaft war infolge des totalen Waffenausfalls nicht angeordnet worden.

Der Epsaler richtete sich mühevoll auf und betastete seine Glieder. Er lehnte sich mit dem Rücken an die abgeschrägte Programmierungsfläche des P-Gehirns, rieb seinen kantigen Schädel und sah sich um.

Als Cart Rudo die Besinnungslosen sah, ahnte er, was geschehen war. Seine Schmerzsymptome bewiesen eindeutig, daß die CREST nicht mit energetischen Betäubungswaffen angegriffen worden war.

Er sprang zum Kommandostand hinüber, schwang sich über die Brüstung der erhöhten Bühne und nahm in seinem Sessel Platz.

Hier liefen die wichtigsten Schalteinheiten des Schiffes zusammen. Von hier aus konnten auch durch eine neuverlegte Leitung die Notstromaggregate gesteuert werden.

Rudo fuhr die Turbinen hoch bis auf vierzigtausend Umdrehungen. Die Stromerzeugung stieg.

Anschließend forderte er von der ständig mit Strom versorgten ML-Positronik eine Analyse der Umweltbedingungen an. Während die Daten geliefert wurden, blickte er zum Bildschirm der Außenborderfassung.

Die Eindrücke waren überwältigend und bestürzend. Man befand sich in einem großen Hangar der Festung.

Rudo rief über die interne Bordverbindung nach Tolot und Melbar Kasom. Sie meldeten sich nicht. Rudo rief ein zweites und drittes Mal.

Wieder erhielt er keine Antwort. Statt dessen meldeten sich aus den verschiedenen Sektoren der CREST einige Oxtorner. Rudo wies sie an, sich um die bewußtlosen Besatzungsmitglieder zu kümmern und weitere Befehle abzuwarten. Danach erhob er sich und ging zur automatischen Schleusenanzeige hinüber.

Die Registratur hielt jede Betätigung der Schotte fest. Zwei

Signale bewiesen, daß vor etwa zehn Minuten eine kleine Mannschleuse in der unteren Hangarhalle geöffnet und anschließend wieder geschlossen worden war.

Da wußte der Epsaler, warum sich die beiden Riesen nicht meldeten.

Icho Tolot und der USO-Spezialist waren bestimmt nicht allein aus dem Schiff gegangen. Wahrscheinlich hatten sie Perry Rhodan, Atlan und Sengu mitgenommen, denn diese drei befanden sich nicht mehr in der Zentrale.

Cart Rudo atmete auf. Es war ihm in diesen Augenblicken nicht mehr so wichtig, was die Zukunft bringen würde. Wenn Tolot und Kasom draußen waren, bestand immer noch Hoffnung.

Er kehrte zum Kommandostand zurück und widmete sich wieder dem Bildschirm, auf dem die von der Polkamera gelieferten Bilder zu sehen waren. Er aktivierte vier weitere Kameras, die sich im Ringwulst der CREST befanden und gewann dadurch auf den zusätzlich in Betrieb genommenen Bildschirmen einen Blickwinkel von 360 Grad, welcher ihm auch jene Bereiche sichtbar machte, die von der Polkamera nicht erfaßt werden konnten. Er wußte, daß durch diese Maßnahme wertvolle Energie verbraucht wurde, die nicht in unbegrenztem Umfang zur Verfügung stand. Aber er wollte wissen, was sich der CREST nähern konnte.

Rudo bemerkte nichts, was ihn ernsthaft beunruhigt hätte. Gewiß – die Lage war verfahren und undurchsichtig. Immerhin – so sagte sich der Epsaler –, immerhin lebte man noch, und vorerst sah es nicht danach aus, als wäre die CREST dem Untergang geweiht.

Diese Meinung hielt Cart Rudo für bedingt richtig, bis er das Unglaubliche sah. Er saß einen Augenblick wie leblos in seinem Sessel. Dann schwenkte er die Kamera des Grünsektors herum und fuhr die stufenlose Optik auf Teleerfassung aus.

Wenn schon normale Erdenbürger mit artfremden Lebewesen so vertraut waren, daß sie sich beim Erscheinen eines Nichtirdischen kaum noch umdrehten, so war der Kommandant des Solaren Flottenflaggschiffes noch mehr an solche Anblicke gewöhnt.

Das war es also nicht, was Cart Rudo schockierte. Jene, die plötzlich in aufgleitenden Toren auftauchten und in den Hangar hineinstarrten, waren durchaus nicht ungewöhnlicher oder monströser als etwa der Haluter Icho Tolot.

Sie waren sogar wesentlich kleiner und in ihrer Statur menschenähnlicher als der vierarmige Gigant. Dennoch waren sie fremdartiger.

Warum Cart Rudo diesen Eindruck gewann, das wußte er nicht. Es blieb ihm auch keine Zeit mehr, eingehender darüber nachzudenken.

Er schaute auf seine Bildschirme. Die Fremden waren durchschnittlich 2,20 Meter groß und in den Schultern 1,50 Meter breit. Die kompakten Körper ruhten auf kurzen, stämmigen Beinen. Die Arme betonten das Nichtmenschliche noch stärker.

Sie waren lang, reichten bis zu den Knien und besaßen offenbar kein Knochengerüst. Sie glichen elastischen, allseitig beweglichen Tentakeln aus mächtigen Sehnen- und Muskelbündeln, waren an den Schultern wulstartig stark und liefen nach den sechsfingrigen Händen zu trichterförmig aus.

Die beiden Daumen, zwischen denen vier ebenfalls knochenlose Finger angeordnet waren, stufte Cart Rudo noch als „menschenähnlich“ ein, den Kopf fand er absolut fremdartig.

Er fuhr die Teleaufnahme zur größten Brennweite aus und holte einen der Fremden formatfüllend auf den Schirm des Grünsektors.

Rudo unterdrückte eine Verwünschung. Die kurzfristig mit Strom versorgte automatische Analyse hatte ihm viel über die Unbekannten verraten. Sie waren keine Sauerstoffatmer! Vielleicht, so überlegte der Kommandant, war diese Tatsache dafür verantwortlich, daß er die Wesen der Festung als so nichtmenschlich empfand.

Ihre Köpfe unterstrichen diesen Eindruck noch mehr als die elastischen, skelettlosen Arme.

Der Schädel des auf dem Bildschirm erkennbaren Fremden überzog die gesamte Schulterbreite. Er glich, von vorn betrachtet, einem sichelförmigen Aufsatz.

Dieser Kopf, der mehr ein 1,50 Meter langer Wulst war, fiel von der Scheitelerhebung in einer schiefen Ebene von etwa fünfundvierzig Grad nach der Schulter hin ab, mit der er auch fest verbunden war.

Rudo beunruhigten besonders die vier gleich großen Augen, die oben auf dem Grat saßen, der von der schmalsten Stelle des Kopfwulstes gebildet wurde. Sie waren rund, etwa sechs Zentimeter durchmessend und besaßen zwei Schlitzpupillen, die den Blick nach vorn und hinten sicherstellten.

Ohren- und Nasenöffnungen konnte Rudo nicht entdecken, wohl aber den etwa zwanzig Zentimeter breiten und extrem dünnlippigen Mund. Er war von der Natur dort untergebracht worden, wo der halbmondförmige Wulstkopf in die breiten Schultern überging.

Der Epsaler erkannte das Gebiß eines Allesfressers, was wiederum die humanoide Formgebung des Körpers unterstrich.

Rudo schaltete seine Aufnahmen zurück auf Weitwinkelerfassung. Er fluchte nervös, als mehrere Maschinen in die Hangarhalle rollten. Einige dieser monströsen Geschöpfe saßen in den Steuersitzen. Es sah aus, als handle es sich um fahrbare Kanonen.

Bebend vor Erregung beobachtete Rudo weiterhin die Bildschirme. Die Fremden kamen näher. Er konnte das Glitzern ihrer vier Grataugen sehen und das stumpfe Leuchten der fingernagelgroßen Schuppen, von denen die freien Hautstellen bedeckt wurden. Haut und Schuppen waren von einem schmutzigen Grau, das sich kaum von den gleichfarbenen Kombinationen abhob.

Die großen Selbstfahrkanonen bogen nach links ab. Rudo hatte keine Ahnung, daß fünf andere Besatzungsmitglieder seines Schiffes wegen dieser Richtungsänderung erleichtert aufatmeten. Er wußte auch nicht, daß ein Mann einen solchen Schock erlitten hatte, daß ihm übel geworden war.

Cart Rudo dachte nur noch daran, wie er dem bevorstehenden Beschuß entgehen könne. Dieses Nachdenken über offenkundige Unabänderlichkeiten machte ihn fast wahnsinnig. Nichts konnte einen Epsaler mehr aufregen als ein hoffnungsloses Warten auf Dinge, an denen man nichts mehr ändern konnte.

Dann bemerkte er das violette Flimmern.

Es schoß aus den Mündungen der fahrbaren Kanonen heraus, hüllte die CREST ein und durchdrang die Panzerwandungen.

Cart Rudo erkannte die Symptome einer beginnenden Narkose. Er empfand keine Schmerzen, nur wurde er plötzlich müde. Ohne einen Laut von sich zu geben, sank er in seinem Kommandantensessel zusammen.

Seine Stirn schlug auf die Schaltungen des Hufeisenpultes und blieb dort liegen. Der Kommandant merkte nicht mehr, daß auch die soeben erwachenden Männer seiner Besatzung erneut besinnungslos wurden, ohne daß sie Gelegenheit gehabt hätten, die Situation zu begreifen.

Etwas hatte der Kommandant aber noch erkannt:

Die CREST war auch diesmal nicht mit Vernichtungswaffen angegriffen worden!

Atlan

Ein Mensch hätte an meiner Stelle anders reagiert. Er hätte je nach Temperament und Erziehung geflucht, wortlos die Fäuste gehoben oder – wenn er sehr feinfühlig gewesen wäre – sein Entsetzen mit einer Ohnmacht abreagiert.

Der Außendruck war hoch; fast zu hoch für einen Raumanzug, dessen Energieschirmprojektor nicht mehr funktionierte. Unsere Körper hatten sich angepaßt. Wenn wir jedoch nochmals in die CREST mit ihrem geringeren Luftdruck zurückkehren wollten, mußten wir entweder einige Zeit in einer Ausgleichskammer verweilen oder die Anpassung durch eine allmähliche Reduzierung des Anzugsdrucks vornehmen.

Tolot und Kasom wurden davon kaum betroffen. Diese Giganten waren an solche physikalischen Unannehmlichkeiten gewöhnt.

Perry stieß soeben die ersten Seufzer aus. Wuriu Sengu war noch besinnungslos, obwohl er zu den widerstandsfähigsten Mutanten des Korps gehörte. Deshalb hatte ihn Tolot auch aus dem Schiff gebracht. Sengus empfindliches Gehirn würde aber noch wenigstens zehn Minuten benötigen, bis es die Arbeit wieder aufnehmen konnte.

Tolot und Kasom waren erleichtert, daß die Selbstfahrlafetten abgeschwenkt waren. Sie waren aus dem Grünsektor gekommen. Da wir im Rotsektor des Schiffes, also genau entgegengesetzt, unser

Versteck gesucht hatten, wären wir bei einer eventuellen Feuereröffnung genau in die Schußlinie geraten.

Meine Hände zitterten. Ich richtete mich auf die Knie auf und suchte nach einem Halt. Mein Extrahirn meldete sich auch nicht. Ich ahnte, daß der Logiksektor verzweifelt nach einer Erklärung suchte. Ich spähte nach vorn.

Ja – das waren sie! Das waren die unerbittlichsten, hartnäckigsten, fähigsten, intelligentesten und widerstandsfähigsten Gegner, die das Große Imperium der alten Arkoniden jemals gehabt hatte.

Das waren die Wesen, mit denen wir den größten Raumkrieg der arkonidischen Frühgeschichte ausgefochten hatten. Das waren jene eierlegenden Monstren, die ihren ausgeschlüpften Nachwuchs anschließend säugten und die deshalb eine biologische Sonderstellung unter den Völkern der Galaxis eingenommen hatten. Das waren die Lebewesen, die wir einfach Methans genannt hatten, obwohl sie in Wirklichkeit Wasserstoff mit methanhaltigen Verunreinigungen ein- und Ammoniak ausatmeten.

Ich hatte als Chef einer arkonidischen Eliteflotte viele Jahre lang gegen sie gekämpft. Die Methans hatten uns erst dezimiert und schließlich noch nachhaltiger geschlagen, weil wir nicht in der Lage gewesen waren, unseren Bedarf an Raumschiffsbesatzungen so schnell zu ersetzen wie diese Wesen, die nach einer Reifezeit von nur dreieinhalb Monaten bis zu neun Eier produzieren konnten.

Einen anderen Begriff als „produzieren“ hatten unsere Wissenschaftler nie gebraucht. Er war vielleicht biologisch nicht zutreffend gewesen, wohl aber in der Praxis, denn die Methans hatten ihre schweren Ausfälle immer schnell genug ergänzen können.

Sie hatten auf Wasserstoff-Methan-Ammoniak-Welten mit Temperaturen zwischen fünfundsiebzig und sechsundneunzig Grad Celsius gelebt. Ihre Körperchemie beruhte auf Siliziumbasis, und den „Oxydanten“ zu ihrer überwiegenden Wasserstoffatmung bezogen sie aus ihrer Nahrung.

Sie waren hochintelligent und fast reine Logiker, denen Gefühle fremd zu sein schienen. Nur ihrem Nachwuchs gegenüber verhielten sie sich mehr oder weniger gefühlsbetont, ohne daß diese Gefühlsverbindung äquivalent gewesen wäre zu dem, was wir unter Emotionen und Gefühlen verstanden.

Woher kamen sie? Wie waren die Methans in die Festung gekommen, und wer hatte dieses Gigantenschiff erbaut? Ich kannte jeden, selbst den kleinsten Typ der damaligen Methanraumschiffe. Solche Fahrzeuge waren niemals gebaut worden.

Wie waren sie in den kosmischen Leerraum gekommen – und weshalb fungierten sie als Wächter über eine unfaßliche Welt in einem noch unfaßlicheren System?

Als man mich vor zehntausend Jahren irdischer Zeitrechnung mit einem schlagkräftigen Einsatzverband aus der Front gezogen und mir den Befehl erteilt hatte, das irdische Sonnensystem anzufliegen, um dort einer unbekannten Gefahr zu begegnen, hatte unser Großes Imperium schon zu wanken begonnen.

Anschließend war es mir gelungen, die von ES erhaltenen Unterlagen für die geheimnisvollste Waffe unserer Geschichte mit einem Kurierkreuzer nach Arkon zu schicken. Es hatte sich um die sogenannte Konverterkanone gehandelt.

Mein Verband war von den Wesen der zweiten Zeitebene, den Druuf, vernichtet worden. Ich hatte in eine Unterseekuppel fliehen und meine zehntausendjährige Wanderung durch die Geschichte des Planeten Erde beginnen müssen.

Wie ich später erfuhr, war die Konverterkanone von arkonidischen Wissenschaftlern gebaut und so erfolgreich gegen die Methans eingesetzt worden, daß wir sie im letzten Augenblick geschlagen hatten.

Nun tauchten sie plötzlich wieder auf! Mir wurde schwindelig, wenn ich nur an die ungeheure Gefahr dachte, die der Galaxis durch diese unwahrscheinlich kampfkräftigen und intelligenten Wesen drohte.

Es gelang mir, den Fragenkomplex aus meinem Bewußtsein zu verdrängen. Es war zwecklos, schon nach dem ersten Erkennen der Situation mit Grübeleien zu beginnen. Ich mußte mich mit den Tatsachen abfinden, auch wenn sie noch so unglaublich waren.

Die Geschütze begannen zu feuern. Ultrahelle Energiefluten schlugen gegen den stählernen Leib der CREST und ließen ihn irrlichternd aufstrahlen. Es geschah völlig geräuschlos.

Der eigentümliche Beschuß endete nach etwa fünf Minuten. Die Methans handelten jedoch anders, als ich es erwartet hatte. Sie dachten nicht daran, die CREST zu betreten! Dagegen nahmen sie mit ihren Geschützen Fahrt auf und kamen um den Kugelleib des Superschlachtschiffes herum.

Ich sprang auf und riß Perry Rhodan an den Schultern zurück. Er war plötzlich erwacht und hatte sich aufgerichtet, ohne daß wir es bemerkt hatten.

Tolot und Kasom wurden auch aufmerksam. In diesem Augenblick gelang es mir zum ersten Male, in Tolots rotleuchtenden Riesenaugen einen Ausdruck der Überraschung zu entdecken. Oder war es Bestürzung?

Die Antriebsmaschinen der Selbstfahrlafetten lärmten so laut, daß ich es wagen konnte, die Gefährten anzurufen. Nein – ich schrie sie an. Wahrscheinlich war mein Gesicht völlig verzerrt und vom Entsetzen gezeichnet.

„Zurück!" brüllte ich verzweifelt. „Sofort zurück! Das sind Methans, versteht ihr – Methans! Das sind die Lebewesen, die uns vor zehntausend Jahren beinahe vernichtet hätten, bis wir die Konverterkanone bauen konnten. So gehen Sie doch in Deckung, Tolot!"

Rhodans Gesicht nahm die Farbe gelblichen Wachses an. Er, Kasom und Wuriu Sengu wußten aus meinen Berichten sehr genau, was damals, vor fast 10.000 Jahren, geschehen war.

„Sie müssen sich irren!" behauptete Tolot. Daraus entnahm ich, daß er die Geschichte des blutigsten aller Raumkriege ebenfalls kannte.

„Das sind Methans!" schrie ich weiter. „Ich weiß nicht, weshalb sie hier erscheinen, wo sie hergekommen sind und unter wessen Befehl sie stehen. Sie sind auf alle Fälle da! Gehen Sie zurück! Wenn wir geortet werden, haben wir ausgespielt! Jawohl, Kasom – Sie ebenfalls! Methans sind an Schwerkräfte zwischen 2,9 und 3,1 Gravos gewöhnt. Drei Methans werden mit Ihnen spielend fertig, zwei können Sie unter Umständen besiegen. Tolot – auch Ihnen droht Gefahr. Ich sage Ihnen nochmals, daß dieses Volk der härteste Gegner war, den wir jemals hatten."

Rhodan zog Wuriu tiefer hinter die Maschine zurück. Der Terraner hatte blitzschnell verstanden, welche Gefahr da unvermittelt aus der Vergangenheit aufgetaucht war.

Kasom war sehr nachdenklich geworden, und der Haluter rechnete bereits wieder. Ich bemerkte es an seiner steifen Haltung.

Schließlich erkundigte er sich unvermittelt:

„Ich akzeptiere Ihre Aussagen, Atlan. Von welchem Volk stammen diese Methans? Es gab meines Wissens viele Arten."

„Tausende. Ein Volk war jedoch beherrschend und auch das größte. Es hatte alle anderen Methanvölker unterjocht oder zu Partnern gemacht. Wir nannten die Vertreter des dominierenden Volkes Maahks."

„Glauben Sie, daß wir es hier mit Maahks zu tun haben?"

„Hoffentlich nicht!" Meine Stimme bebte. „Hoffentlich nicht! Alte Berichte besagen, sie wären von unseren Schlachtflotten am schwersten geschlagen worden. Schweigen Sie!"

Tolot duckte sich unwillkürlich. Ein nichtmenschlicher Gigant sah zu anderen Giganten hinüber, die im Gegensatz zu ihm keine Sauerstoffatmer waren. Diese Tatsache hatte schon immer zu enormen Meinungsverschiedenheiten geführt. Wir Arkoniden hatten jedes Lebewesen anerkannt, wenn es nur sauerstoffatmend gewesen war. Fremdgasatmer waren von uns als Intelligenzwesen natürlich ebenfalls gewürdigt worden, aber man hatte sie im Oberkommando sofort als erbitterte Feinde eingestuft.

Fremdstoffatmer hatten sich meines Wissens nie mit Sauerstoffatmern einigen können. Daher war es auch zum Methankrieg gekommen.

Perry Rhodan war in dieser Hinsicht ganz anderer Meinung. Er vertrat die Ansicht, man könnte und müßte sich mit jedem Wesen, gleichgültig, wie es beschaffen war, vertragen können.

Nun ja – er war Terraner! Menschen waren nun einmal höchst eigentümliche Geschöpfe. Man wußte nie so recht, ob man sie lieben oder hassen sollte. Ich hatte mich für die Liebe entschieden, da ich das Gefühl hatte, sie wären auf dem rechten Wege. Es war nicht unbedingt notwendig, die Fehler meiner Vorfahren zu wiederholen.

Ich ging um die Maschine herum. Die Geschütze kamen näher. Jetzt, da sich meine Erregung gelegt hatte, konnte ich wieder nüchtern denken.

Ich studierte die Körperformen. Besonders die Größe der blaßgrauen Schuppen war ein deutlicher Hinweis auf die Volkszugehörigkeit. Ich sprach ein einwandfreies Kraahmak; und zwar die Mundart der Maahks, die ich deshalb von anderen Methanvölkern gut unterscheiden konnte.

Es gab auch noch andere äußere Kennzeichen, die aber nur ein Eingeweihter wissen konnte. Die Form der Augen, ihre Anordnung auf dem Kopfgrat und die Größe der doppelten Schlitzpupillen spielten gleichfalls eine Rolle.

Tolot lag hinter mir. Rhodan hatte die Waffe gezogen und war zusammen mit Kasom am anderen Sockelende der Maschine in Feuerbereitschaft gegangen.

Wenige Sekunden später wußte ich, daß meine schlimmsten Befürchtungen wahr geworden waren. Das waren Maahks!

Ich erhaschte einen Wortfetzen. Alle Methans besaßen stimmbildende Organe wie Menschen und Arkoniden. Es war nicht besonders schwierig, die genormte Einheitssprache, das *Kraahmak,* zu erlernen. Fast alle arkonidischen Flottenoffiziere und gehobenen Mannschaftsdienstgrade waren damals mittels Hypnoschulung damit vertraut gemacht worden. Mein fotografisches Gedächtnis begann sofort zu arbeiten. Mir war, als hätte ich gestern erst einige gefangene Maahkkommandeure verhört.

Als die Geschütze weiterglitten, zweifelte ich schon wieder an meinem Beobachtungsergebnis. Dann kamen nochmals zwei Methans auf einem kleinen Prallfeldwagen.

Die Rangabzeichen auf den Kombinationsuniformen kannte ich gut. Das Zeichen des geteilten Eidotters, des Symbols der Stärke und Fruchtbarkeit, wurde nur von den Maahks und nur von Offizieren getragen. Damit hatte ich endgültige Gewißheit gewonnen.

Wir warteten mit schußbereiten Waffen, aber es kümmerte sich niemand um uns. Man machte sich nicht einmal die Mühe, die Hangarhalle nach eventuellen Flüchtlingen abzusuchen.

Die Tore auf der anderen Hallenseite glitten wieder auf. Die Selbstfahrlafetten verschwanden.

Ich war fassungslos! Weshalb drang man nicht in die CREST ein? Icho Tolot wußte die Lösung.

Er zog mich zurück. Hinter einer Ecke der Maschine trafen wir zusammen. Rhodans Gesicht war schweißüberströmt. Der Mutant Wuriu Sengu war vor einigen Augenblicken erwacht. Er wußte erst andeutungsweise, was wir gesehen hatten.

Melbar Kasom, den ich schon vor Jahren vom aktiven Dienst der USO befreit und als Chef der Leibwache von Mory Rhodan-Abro abgestellt hatte, schaute düster zu unserem stolzen Flaggschiff hinüber.

„Beruhigen Sie sich", vernahm ich Tolots Stimme. „Nach halutischen Prinzipien gibt es keine ausweglose Situation. Ich kann einige Angaben machen."

„Über die Maahks?" erkundigte ich mich hoffnungsvoll.

„Ja. Ich kenne die Geschichte des Methankrieges. Meine Vorfahren haben hier und da eingegriffen."

„Das habe ich bemerkt", lachte ich bitter auf.

„Verzagen Sie nicht, Arkonide! Sie kennen den unbändigen Abenteuerdrang und Erlebnishunger meines Volkes. Gelegentlich müssen wir unsere Welt verlassen, um dem Ruf unserer aufbegehrenden Instinkte zu folgen. Wir sagen dazu *Drangwäsche* – eine treffende Bezeichnung. Meine Vorfahren sind sowohl mit Arkoniden als auch mit Methans in Gefechtsberührung gekommen. Es geschah immer dann, wenn wir sicher waren, daß eine Ungerechtigkeit gegenüber unschuldigen Völkern bevorstand. Es kam oftmals zu Versehen. Sie sollten nicht mehr darüber nachdenken. Wir haben nur etwas mitgespielt, ohne jedoch diese oder jene Partei bevorzugt zu haben."

„Kommen Sie zum Thema", forderte ich unfreundlich.

Perry sah mich verweisend an. Tolot war nicht beleidigt. Er verstand meine Erregung. Ich entschuldigte mich.

„Vergessen Sie es, Atlan. Die Besatzung der Festung besteht tatsächlich aus Maahks. Die Frage ist, wie sie hergekommen sind. Damals, als die arkonidische Flotte mit einer neuen Superwaffe angriff, wurden die Methans gnadenlos gejagt. Naturgemäß fielen jene Völker, die nicht so hochstehend waren wie die Maahks, der Großoffensive zuerst zum Opfer. Ihre Vorfahren waren nicht zimperlich, Arkonide! Ihnen kam es auf die Vernichtung einiger Methanplaneten nicht an."

„Das weiß ich. Es tut mir leid. Aus diesem Grund habe ich versucht, die Menschheit vor ähnlichen Handlungen zu bewahren."

„Das ist anerkennenswert. Ich bin sicher, daß es einigen Maahkverbänden gelungen ist, der vom arkonidischen Imperator angeordneten Vernichtungsaktion zu entgehen. Zu diesem Zeitpunkt sind die Maahks zufällig auf das Sonnensechseck gestoßen. Vielleicht wurden sie verfolgt. Sie wurden von dem Sechsecktransmitter erfaßt und auf eine Kontrollstation vor Andromeda gebracht. Dort müssen die Meister der Insel erkannt haben, welche gewaltigen Kämpfer angekommen waren. Meine Auswertung läßt nur einen Schluß zu: Die Meister der Insel setzten sich mit dem Maahks in Verbindung und teilten ihnen gewisse Aufgaben zu. Eine davon besteht in der Überwachung des Auffangplaneten Horror."

Perry Rhodan dachte schneller und konsequenter als ich. Ich war noch wie benommen. Ehe ich meinen vagen Verdacht verarbeiten konnte, sprach er schon die entscheidende Frage aus:

„Das würde bedeuten, daß die Besatzung der Festung nur einen Bruchteil der heute wieder existierenden Volksmasse darstellt! Die Vermehrungsdichte dieser eierlegenden Geschöpfe muß unvorstellbar groß sein. Selbst wenn nur einige tausend Maahks der arkonidischen Großoffensive entkommen wären, müßte es heute wieder viele Milliarden geben. Wo sind sie? Alle in dieser Festung?"

Ich blickte den Terraner entsetzt an. Perry hatte meine geheimste Befürchtung ausgesprochen.

„Andromeda!" behauptete Melbar Kasom. Mehr sagte er nicht. Es genügte auch.

„Wahrscheinlich", bestätigte der Haluter. „Die Gruppe, mit der wir es zur Zeit zu tun haben, hat unter Umständen seit Jahrtausenden keine Verbindung mehr zu den anderen Maahks. Ich schätze, daß wir uns auf einem Generationenschiff befinden, das für seine Bewohner soviel bedeutet wie für andere Lebewesen ein Planet. Hier wird man geboren, hier lebt man, und hier stirbt man. Sicherlich existiert eine Geburtenkontrolle oder ein anderes Auslesesystem."

„Sie töten alles ab, was sie als lebensuntauglich oder für die Gemeinschaft als hinderlich ansehen", erklärte ich. Ich kenne diese Geschöpfe, die weder den Begriff Gefühl noch Toleranz in ihren Sprachschatz aufgenommen haben. Tolot – ich möchte Sie bitten, sofort in der CREST nachzusehen, was die Maahks mit ihrem Beschuß angerichtet haben. Kommen Sie aber bitte augenblicklich zurück. Ich brauche Ihren Untersuchungsbefund. Vielleicht wird daraus ersichtlich, warum man das Schiff nicht betreten hat. Etwas geschieht, das ist sicher! Ich weiß nur noch nicht, was die Methans vorhaben. Bitte, beeilen Sie sich."

Ich hielt Kasom zurück. Er wollte dem davonrasenden Haluter folgen.

„Kommt nicht in Frage, Kasom. Sie bleiben hier. Warten Sie gefälligst. Der Haluter ist schneller als Sie, auch wenn es Ihnen schwerfällt, diese Tatsache zu akzeptieren."

Kasom preßte die Lippen zusammen und trat zurück. Icho Tolot war bereits unter dem Kugelrumpf der CREST verschwunden.

Wir warteten. Diskussionen waren überflüssig. Jeder dachte darüber nach, was das Wiederauftauchen eines gewaltigen Volkes für die anderen Intelligenzwesen der Galaxis bedeuten könnte.

Sie sind nicht in der Milchstraße, sondern neunhunderttausend Lichtjahre davon entfernt im Leerraum angetroffen worden! belehrte mich mein Logiksektor. *Wozu die Aufregung?*

Ich schaute mich betroffen um. Natürlich – wozu die Aufregung!

Genau in diesem Augenblick bemerkte Perry:

„Wenn die Maahks von den Meistern der Insel in unsere Galaxis zurückgebracht werden und wenn sie den Befehl erhalten, uns anzugreifen, haben wir den zweiten Methankrieg."

Ich kam nicht mehr dazu, auf diese bestürzende Äußerung einzugehen. Zwei Dinge geschahen zur gleichen Zeit.

Tolot kam zurück. Wir sahen ihn im Hundertkilometertempo über den metallischen Bodenbelag der Riesenhalle rasen.

Zugleich meldete sich der Mutant. Wuriu Sengu hatte die hinter den Wänden liegenden Räumlichkeiten beobachtet, soweit seine parapsychische Spähergabe noch dazu in der Lage war.

„Achtung, das Schiff nimmt Fahrt auf. Rechts von uns bewegen sich Metallklappen. Es sind Verschlußblenden. Dahinter liegt ein sehr großer Bildschirm. Er gehört zu einem Beobachtungssystem, das bei einem Start automatisch in Tätigkeit tritt und die Aufnahmen zahlreicher Außenbordkameras in alle Abteilungen überträgt. Wir werden deshalb zufällig Zeugen der Vorgänge. Es ist von den Maahks nicht beabsichtigt. Sehen Sie . . .!"

Tolot kam um die Maschine herum. Rechts von uns leuchtete ein riesiger Bildschirm. Er war rund und besaß strahlenförmig auslaufende Rastereinheiten, auf denen andere Beobachtungssektoren nur noch umrißhaft erkennbar waren.

„Die Festung schwebte bisher über den Sandkuchenbergen",

berichtete der Späher. „Sie steigt jetzt vertikal. Mehr kann ich leider nicht erkennen."

„Es reicht auch", dröhnte Tolots Stimme. „Vorsicht, die Andruckbelastung nimmt zu. Legen Sie sich hin, entspannen Sie sich. Die Besatzung der CREST liegt in einem totenähnlichen Tiefschlaf. Ich habe mir nur die Wachtposten im unteren Beibootshangar angesehen. In der CREST ist niemand mehr aktiv."

Jetzt wußten wir, warum die Maahks darauf verzichtet hatten, das Schiff zu betreten. Die Männer der CREST waren ungefährlich geworden. Für welche Zeitspanne, konnte niemand ahnen. Außerdem schien der bevorstehende Start eine langwierige Untersuchung von selbst verboten zu haben. Es gab auch noch eine andere Erklärung, aber diese Version erschien am plausibelsten. Die Maahks hatten Zeit, sehr viel Zeit. Sie brauchten sich in diesen Augenblicken nicht mit Dingen aufzuhalten, die für sie vorerst erledigt waren. Diese Denkweise entsprach voll und ganz ihrem Charakter. Methans vom Volke der Maahks hatten es schon immer verstanden, viele Dinge sachbezüglich zu koordinieren. Deshalb waren sie so gefährlich gewesen.

Meine Gefährten beobachteten den Bildschirm. Er durchmaß etwa dreißig Meter. Der Planet Horror wurde schnell kleiner. Das gigantische Raumschiff stieg mit enormen Beschleunigungswerten.

Bei vier Gravos wurden die Beharrungskräfte unangenehm. Bei zehn Gravos wurde Wuriu Sengu wieder bewußtlos. Auch ich verlor allmählich die Besinnung. Nur Tolot und Kasom hielten die fürchterlichen Belastungen aus.

Ich hatte die Augen auf den Bildschirm gerichtet. Ehe sich mein Blick verschleierte, befanden wir uns schon im kosmischen Leerraum. Ich gewahrte nur noch trostlose Schwärze. Wohin flog das radförmige Generationenschiff? Weshalb hatte man uns entführt? Ich entdeckte keinen Sinn in dieser Maßnahme.

Die Schmerzen waren grauenhaft. Sie peinigten mich, durchzuckten meinen Körper wie Feuerströme und verdrängten den Zustand der Besinnungslosigkeit mit solcher Schnelligkeit, daß ich übergangslos erwachte.

Es schien im Horrorsystem unser Schicksal zu sein, von einer Ohnmacht in die andere zu gleiten. So oft war ich noch nie extremen Einflüssen ausgesetzt worden.

Ich fuhr schreiend auf.

Eigentümlicherweise befriedigte es mich, daß der Ertruser ebenfalls schrie. Also mußten die Schmerzen wirklich qualvoll sein.

Perry und Wuriu Sengu waren ebenfalls erwacht. Auch sie litten Höllenqualen. Als ich Sengu stöhnen hörte, schlug mein Extrahirn Alarm.

Seit wann war es üblich, daß der empfindsame Mutant zusammen mit uns munter wurde? Etwas stimmte nicht!

Dieser Verdacht verstärkte sich, als die Schmerzen rasch nachließen und dann abrupt verschwanden. Ich sah mich verblüfft um.

Tolot beendete soeben seine Zellumwandlung. Aus einem stahlharten Klotz ohne jedes Leben wurde wieder der reaktionsschnelle Haluter. Er sprang auf und stieß einen Laut aus, den ich nie vergessen werde.

Da bemerkte ich erst, daß wir in einer Kraterlandschaft lagen. Die Maschine war verschwunden. Oder . . .?

Zehn Sekunden später wußten wir, was geschehen war. Die Festung hatte sich in ihre normale Zustandsform zurückverwandelt, und wir waren geblieben, was wir gewesen waren: Mikrowesen!

Dies bestätigte die Vermutung, daß die Festung nur vorübergehend den Verkleinerungszustand angenommen hatte und unter bestimmten Voraussetzungen, die uns unbekannt waren, wieder zu ihrer ursprünglichen Größe zurückkehren konnte. Allerdings mußten die Maahks über Möglichkeiten verfügen, die Rückverwandlung zu steuern, so daß Gegenstände oder Wesen, die weiterhin dem Verkleinerungseffekt unterliegen sollten, von dieser Rückverwandlung nicht erfaßt wurden. Andernfalls hätte auch die CREST ihre ursprüngliche Größe annehmen müssen. Welcher Art diese Möglichkeiten waren, wußte ich nicht.

Die Kraterlandschaft war eine optische Täuschung. Solange die Festung noch der Schrumpfung unterlag, waren die Relationen gleichartig gewesen. Ein glatter Bodenbelag war tatsächlich glatt gewesen.

Nun sahen wir die vielen Poren, Risse, Erhebungen und Verschleißstellen wie durch ein tausendfach vergrößerndes Mikroskop. Alles war ungeheuerlich geworden.

Ein Brüllen, das kaum noch menschlich zu nennen war, brachte mich auf die Beine.

Der Ertruser Melbar Kasom hieb in rasender Wut mit einem aufgelesenen Metallsplitter auf ein gigantisches Gebilde ein, das sich vor uns erhob.

Das Gebilde war eine dicke Schweißnaht, durch die die unbekannte Maschine mit dem Sockel verbunden war.

Ich schrie Kasom an, aber es dauerte eine Weile, bis sich der Ertruser beruhigt hatte. Für meine Begriffe war er so groß und stark wie zuvor. Wenn uns jetzt allerdings nochmals einige Maahks begegnet wären, hätten sie den ertrusischen Meister aller Klassen wohl kaum noch gesehen, es sei denn, sie hätten den Boden mit Lupen abgesucht.

Unsere Umgebung war ins Gigantische angewachsen. Wir konnten ohnehin die sehr große Hangarhalle nicht mehr überblicken. Obwohl der Boden nach Normalbegriffen völlig eben war, wirkte er auf uns wie die Oberfläche eines Planeten. Unser Sichthorizont war winzig. Die ehemals dreitausend Meter hohe Deckenwölbung war nun hinsichtlich der für uns gültigen Größenordnung dreitausend Kilometer entfernt. Das galt auch für den Durchmesser der runden Halle, mit dem wir uns nun abzufinden hatten.

Die stolze CREST füllte in ihrem jetzigen Zustand nur noch die Fläche einer Bodenplatte.

Ich kämpfte mit allen Willenskräften um meine Beherrschung. Icho Tolot war auffallend ruhig. Er rechnete wieder. Sengu sah sich mit stumpfglänzenden Augen um; Kasom lehnte schluchzend an der Schweißnaht, die viel höher war als sein Körper, und Rhodan unterdrückte jede Gefühlsäußerung.

Er konnte sogar noch lächeln.

„Kasom, fangen Sie sich. Vielleicht ist die plötzliche Rückverwandlung der Festung unser Glück. Auf alle Fälle weiß ich nun genau, warum die Maahks nach dem Betäubungsbeschuß die CREST nicht betreten haben. Das hatten sie nicht mehr nötig. Sie wußten, daß sie ihre normale Größe zurückerhalten würden, sobald sie es für notwendig erachteten, und daß sie die CREST auf uns unbekannte Weise vor diesem Rückumwandlungsprozeß abschirmen konnten. Wenn wir wüßten, wie das gemacht wird, sähe die Situation anders aus. Leider haben wir keine Ahnung. Da ist aber noch etwas . . .!"

Er unterbrach sich und sah sich nach Tolot um. Der Haluter rührte sich noch immer nicht.

„Was?" stöhnte Kasom, ohne aufzublicken.

„Wir hatten uns etwa achthundert Meter vom Schiff entfernt. Aus dieser geringen Entfernung sind nun achthundert *Kilometer* geworden! Wenn wir das Schiff nicht in dreiundzwanzig Stunden erreicht haben, werden wir ersticken. Länger reicht unser Luftvorrat nicht."

Mir war, als hätte der Haluter nur auf dieses Stichwort gewartet. Er ging jedoch nicht direkt auf Perrys Hinweis ein.

„Ich habe meine Auswertung beendet. Die Sache ist klar. Mein Planhirn bezeichnet die Festung als *Potentialpendler.* Das Schiff besitzt Einrichtungen, die es der Besatzung gestatten, sich dem Verkleinerungseffekt zu unterwerfen, ohne daß dabei die Funktionsfähigkeit der atomaren und hyperphysikalischen Einrichtungen beeinträchtigt werden. Der Verkleinerungseffekt wird durch die Tätigkeit dieser unbekannten Maschinen zu einer instabilen Zustandsform, die sich jederzeit wieder rückgängig machen läßt."

„Diese Erkenntnis hilft uns wenig", sagte ich deprimiert. „Uns war von Anfang an klar, daß die Festung besondere Anlagen besitzen muß, die ihr auch im verkleinerten Zustand volle Aktionsfreiheit gewähren und die auch dafür sorgen, daß die Festung jederzeit wieder die normale Größe annehmen kann. Wichtiger wäre die Beantwortung der Frage, wie sich unsere Zustandsform wieder normalisieren lassen kann und welche Möglichkeiten die Maahks besitzen, die Rückwandlung der Festung so zu steuern, daß die CREST davon nicht betroffen wurde. Glauben Sie, daß es hier eine verkleinerte Ausgabe des Potentialverdichters gibt, der uns unseren Zustand beibehalten läßt, während die Festung wieder ihre normale Größe angenommen hat?"

„Möglich wäre es schon", gab Tolot zu verstehen. „Aber ich glaube es nicht. Soweit wir wissen, ist der Potentialverdichter eine Waffe von gigantischer Größe. Ich vermute sogar, daß diese Waffe nur stationär auf einem Planeten eingesetzt werden kann, da sie ungeheure Mengen an Energie benötigt, um ihre Wirkung zu entfalten. Energien, die nur von einer Sonne bereitgestellt werden können. Meine Berechnungen deuten eher darauf hin, daß die Art der Verkleinerung dafür verantwortlich ist, daß wir die Normalisierung nicht mitgemacht haben. Während die Festung sich freiwillig dem Verkleinerungsprozeß ausgesetzt hat und alle erforderlichen Mittel dazu besitzt, diesen Zustand nach Belieben zu ändern, wurden wir gewaltsam diesem Effekt unterworfen. Uns stehen die Möglichkeiten der Festung nicht zur Verfügung, so daß wir innerhalb des atomaren und molekularen Systems der Festung als eine Art Fremdkörper betrachtet werden und die atomaren Strukturen unserer Körper sowie der CREST von der Rückwandlung nicht erfaßt wurden. Dieser Umstand muß den Maahks bekannt gewesen sein, denn er dürfte der Grund dafür sein, daß sie keine Eile hatten, sich um die Besatzung zu kümmern. Sie wußten, daß wir ihnen nicht gefährlich werden können, da unsere Verkleinerung bestehen bleiben würde."

„Ich würde vorschlagen, daß wir uns weniger um dieses Problem kümmern, sondern uns vorerst wichtigeren Dingen zuwenden sollten", forderte Rhodan uns auf, als Tolot geendet hatte. „Unsere Atemluft wird allmählich knapp."

Ich blickte mich um. Rhodan hatte recht. Unsere vordringliche Aufgabe war es, zuerst mit *dieser* Situation fertigzuwerden. Die Atemluft reichte wirklich nur noch für dreiundzwanzig Stunden. Die Stromversorgung war für diesen Zeitraum sichergestellt. Kasom hatte glücklicherweise noch je eine Ersatzbatterie in die Schultergurte eingehängt.

Wie sollten wir aber im Zeitraum von nur dreiundzwanzig Stunden eine Strecke von achthundert Kilometern zurücklegen? Nach der erfolgten Normalisierung der Festungsabmessungen war die CREST irgendwo hinter unserem Sichthorizont verschwunden. Die Lage war verzweifelt geworden.

Dennoch gab es noch eine Lösung, aber ich wollte sie nicht erwähnen. Sie hätte mit dem Leben des Ertrusers erkauft werden müssen.

Dann war es aber ausgerechnet Oberst Melbar Kasom, der diese Lösung aussprach!

Er sprach ruhig und gefaßt, fast mit einer stillen Heiterkeit.

„Es ist gesagt worden, was gesagt werden sollte. Sie müssen die

CREST innerhalb von dreiundzwanzig Stunden erreichen. In Ordnung – Icho Tolot ist stark genug, um Atlan, Perry Rhodan und Wuriu Sengu tragen zu können. Sie haben zusammen ein Gewicht von etwa sieben Zentnern, Raumanzüge und Waffen eingeschlossen. Ich wiege dagegen ohne Schutzkleidung sechseinhalb Zentner. Das ist auch für einen halutischen Giganten zuviel, der sein Körpergewicht von zwei Tonnen ebenfalls bewegen muß. Ich...!"

„Schweigen Sie, Kasom!" forderte Perry scharf. „Ich will nichts mehr hören."

Der 2,51 Meter große und fast ebenso breite Riese von Ertrus blieb gelassen. Sein sandfarbener Sichelkamm glänzte unter der Druckhülle des Raumhelmes.

„Aber warum diese Umstände? Lassen Sie mich nur ausreden. Sie müssen zurück! Tolot wird Sie, Atlan und Sengu noch gut tragen können. Wahrscheinlich kann er nur eine Dauergeschwindigkeit von fünfzig Kilometern pro Stunde entwickeln. Mit diesem Tempo erreichen Sie die CREST in genau sechzehn Stunden. Das reicht für Ihre Bedürfnisse. Ich bleibe zurück und...!"

„Kommt nicht in Frage, Kasom", unterbrach ich ihn. „Wir müssen einen anderen Weg finden."

„Es gibt keinen anderen. Sie haben etwas übersehen! Ich bin schließlich auch kein Schwächling, nicht wahr? Ich werde zusammen mit Tolot starten und ein Tempo einschlagen, das ich für etwa sechzehn Stunden durchhalten kann. Ich werde etwa die Hälfte der Strecke, also vierhundert Kilometer überwunden haben, wenn Sie mit Tolot bei der CREST ankommen. Wenn der Haluter sofort ißt, Energien speichert und sie durch seinen Metabolismus freisetzt, kann er mit Höchsttempo umkehren und mir behilflich sein. Während seines Rückweges kann ich immer noch etliche Kilometer marschieren. Unsere modifizierten Funkgeräte arbeiten. Tolot wird mich ohne weiteres anpeilen und finden können. Es ist nicht ausgeschlossen, daß ich im letzten Augenblick das Schiff erreiche. Nun sagen Sie nur nicht, ich hätte die Angelegenheit nicht exakt durchdacht! Ich habe noch eine Chance. Damit müssen wir uns zufriedengeben. Nun...?"

Klarer hätte niemand die Situation analysieren können. Außerdem wußte ich, wie unglaublich zäh der Ertruser war. Er konnte mühelos Hindernisse überspringen, die Männer wie Rhodan oder ich nur in qualvollen Seilanstiegen hätten überwinden können.

Icho Tolot rechnete erneut. Dann gaben seine Worte den Ausschlag.

„Gut durchdacht, Ertruser! Ich kann in sechzehn Stunden bei der CREST sein, vielleicht schon eine Stunde früher. Ich brauche anschließend eine Ruhepause von dreißig Minuten. Das genügt zur Auffrischung meiner Kräfte. Sie müssen aber mit einer Leistung laufen, die Sie nach sechzehn Stunden fast zusammenbrechen läßt. Ich werde Sie anschließend tragen. Nein, fragen Sie nicht. Das schaffe ich schon."

„Warum nehmen Sie eigentlich keinen OLDTIMER, um Kasom abzuholen?" warf Perry etwas spöttisch ein. „Wir haben doch einsatzklare Maschinen."

Ich schaute ihn wie ein Weltwunder an. Natürlich – mit einem Flugzeug war es kein Problem.

Tolot winkte ab.

„Glauben Sie nicht, ich hätte diesen Faktor übersehen! Wir können hier nicht fliegen. Die Strahltriebwerke arbeiten nur in einer Sauerstoffatmosphäre. Verlassen Sie sich auf mich. Kasom wird das Schiff lebend erreichen. Schließlich kann ich frische Sauerstoffflaschen mitbringen."

Daran hatte nicht einmal der Ertruser gedacht; ein Zeichen dafür, wie erschöpft wir waren.

Es gab keine Diskussionen mehr. Jede Minute war kostbar.

Tolot kontrollierte die Aggregate seines Kampfanzuges und ließ seinen Riesenkörper auf die kurzen Sprungarme absinken. Nun glich er wieder einem kampfbereiten Ungeheuer.

Perry, Sengu und ich kletterten auf seinen Rücken und schnallten uns auf den breiten Schultern fest. Dann rannte der Haluter los.

Nachdem wir die Maschine umgangen hatten, erblickten wir eine endlose Ebene. Tolot wurde immer schneller. Schließlich raste er im Achtzigkilometertempo über das von zahllosen Hindernissen übersäte Gelände hinweg, das wir nur eine halbe Stunde zuvor noch als relativ glatte Metallplatten angesehen hatten.

Irgendwo vor uns stand die CREST.

7.

Ein Mann wankte durch die Wüste aus Stahl. Er stolperte über Risse im Metall, kletterte über kantige Schweißnähte hinweg und ging um scharfsplitterige Rostporen herum, die seinen Druckanzug gefährdeten.

Oberst Melbar Kasom, Spezialist der USO, war am Ende seiner Kräfte angelangt. Als er seinen Dauerlauf begonnen hatte, war ihm schon klargeworden, daß er das beabsichtigte Tempo nicht durchhalten konnte.

Das hatte auch Icho Tolot gewußt; aber der Haluter hatte es für taktisch richtig gehalten, Rhodan und Atlan nicht darüber aufzuklären. Nur Kasom hatte die Erklärung durchschaut, jedoch hatte er im Interesse der Sache geschwiegen.

Niemand hatte bemerkt, daß sich die beiden Giganten flüsternd verständigt hatten. Kasom konnte in den sechzehn Stunden, die Tolot für den Rückmarsch zur CREST angeblich benötigte, niemals vierhundert Relativkilometer zurücklegen! Auch Tolot würde länger unterwegs sein als vorgesehen. Atlan und Rhodan waren nicht mehr geistig regsam genug gewesen, um die bewußte Irreführung zu durchschauen. Tolot hatte sie jedoch für unbedingt erforderlich gehalten, weil er die Terraner kannte.

Sie hätten sich geweigert, zusammen mit dem Haluter den Marsch anzutreten, wenn sie gewußt hätten, daß Kasom bereit war, sein Leben zu opfern.

Die Sache war ganz einfach:

Kasoms Organismus verbrauchte wesentlich mehr Sauerstoff als die Körper der Normalterraner. Je schneller er sich bewegte und je mehr er sich anstrengte, um so größer wurde der Bedarf an atembaren Gasen.

Dazu kam die enorme Hitze innerhalb der Festung. Die chemische

Regenerationsanlage wurde davon angegriffen und ihre Aufbereitungsleistung geschmälert. Je größer der Anteil ausgeatmeter Giftstoffe wurde, um so härter wurde das Aggregat belastet.

Zu diesen Schwierigkeiten kam noch Kasoms bohrender Hunger hinzu. Jeder Ertruser war ein extrem starker Esser. Melbar litt seit Stunden unter Ernährungsschwierigkeiten. Er zehrte bereits von seinen organischen Reserven.

Natürlich war sein Luftvorrat auf seine Körpergröße abgestimmt. Normalerweise hätte er ebenfalls für weitere dreiundzwanzig Stunden Sauerstoff besessen. Bei größeren Anstrengungen stieg sein Verbrauch jedoch wesentlich höher an, als es bei einem Normalmenschen unter gleichen Bedingungen der Fall gewesen wäre. Kasom verfügte nicht mehr über den Vorrat, mit dem man gerechnet hatte.

Das hatte Melbar Kasom gewußt, und das hatte auch der Haluter erkannt. Kasom ahnte überdies, daß Icho Tolot wenigstens achtzehn Stunden brauchen würde, um das Schiff zu erreichen. Das Gewicht von drei starken Männern mit voller Schutzausrüstung bedeutete für den Riesen normalerweise nicht sehr viel. Hier hatte er aber ebenfalls mit den Umwelteinflüssen zu kämpfen. Ein Durchschnittstempo von fünfzig Kilometern pro Stunde konnte wohl kaum eingehalten werden.

Aus diesen Gründen hatte Kasom nach Ablauf von sechzehn Stunden erst zweihundert anstatt vierhundert Kilometer zurückgelegt. Trotzdem war er schon am Ende:

Sein Sauerstoffvorrat ging zur Neige, da schon sein leichter Trab ausgereicht hatte, den Bedarf des Körpers zu steigern.

Vor seinen Augen wallten rote Nebel. Die CREST war noch weit entfernt; für Kasom sogar unermeßlich weit. Selbst wenn der Haluter schon dort war und auf die Rast verzichtete, konnte er mit den Sauerstoffflaschen nicht schnell genug zurück sein, um den Ertruser zu retten.

Wahrscheinlich waren Rhodan oder Atlan mittlerweile zu dem gleichen Ergebnis gekommen. Sicherlich hatten sie bereits bemerkt, daß man sie getäuscht hatte, um sie zum sofortigen Rückmarsch zu bewegen.

Kasom war nicht mehr in der Lage, die Situation folgerichtig zu durchdenken. Er tappte noch zwei Stunden lang automatenhaft weiter und bestimmte seine Richtung nach dem Standort des Bildschirms, der nun zu einem riesenhaften Gebilde geworden war. Er füllte den Horizont rechts von Kasom vollkommen aus.

Einzelheiten waren nicht zu erkennen. Melbars Mikroaugen waren trotz des vergrößerten Blickwinkels unfähig, den Schirm voll zu übersehen. Außerdem bot er keine besonderen Sensationen. Er war schwarz und drohend. Aus ihm schien die trostlose Öde des Leerraumes herauszuspringen.

Kasom ging noch einige hundert Meter weiter. Dann setzte er sich auf eine hochstehende Metallpore und ließ den Kopf sinken. Es spielte keine Rolle mehr, ob er noch einige Kilometer weitertaumelte oder nicht. Der Haluter konnte nicht mehr rechtzeitig kommen.

Kasom winkte müde ab. Es war eine Geste, die er noch nie gemacht hatte. Der ertrusische USO-Spezialist gab auf.

Als die Umrisse der CREST am Horizont auftauchten, konnte Icho Tolot nur noch ein mittelmäßiges Schrittempo einhalten. Die drei Männer, die nach wie vor auf seinem Rücken saßen, hatten längst begriffen, daß Kasoms redegewandte Erklärungen eine bewußte Täuschung gewesen waren.

Tolot war anfänglich flott vorangekommen. Dann hatten sich Hindernisse über Hindernisse aufgetürmt.

Kleine Aggregate, die man vorher nicht beachtet hatte, waren plötzlich zu langgestreckten Gebirgen geworden. Er hatte sie umgehen oder mühevoll überklettern müssen.

Jetzt, in Sichtweite der CREST, waren seit dem Abmarsch fast achtzehn Stunden vergangen. Atlan und Rhodan wußten, daß man Kasom nicht mehr helfen konnte. Er war zurückgeblieben, um seinen drei Gefährten das Leben zu erhalten.

Tolot setzte zu einem letzten Spurt an. Der Haluter war völlig erschöpft. Sein Metabolismus verlangte dringend nach der Zufuhr neuer und energiereicher Grundstoffe, die sein Konvertermagen verarbeiten konnte.

Tolot wagte es jedoch nicht mehr, seinen Druckhelm zu öffnen, um anorganische Materie zu sich zu nehmen. Pflanzen und sogar

Felsgestein hätten ihn dazu bewegen können, eine Rast von einer Stunde einzulegen.

Hier gab es aber nur Metalle, mit denen er wenig anfangen konnte. Sie waren wahrscheinlich auch zu hart.

Er gab sich keinen Illusionen hin. Kasom war schon verloren gewesen, als Tolot mit den drei humanoiden Lebewesen gestartet war. Seine Mutterinstinkte quälten ihn. Auch der Ertruser war sein „Kleines" gewesen, ein Geschöpf, das er zu beschützen hatte.

Niemand unterbrach das dumpfe Schweigen. Rhodan und Atlan sahen unentwegt nach vorn, wo die CREST immer blickfüllender aus der Ebene hervorwuchs. Dennoch war sie inmitten der normalgroßen Hangarhalle nur winzig klein.

Der Bildschirm war nun weit genug entfernt, um ihn in voller Ausdehnung übersehen zu können. Atlan blickte ab und zu hinüber.

Als der Haluter nur noch wenige hundert Meter von einem Landebein der CREST II entfernt war, stieß Wuriu Sengu plötzlich einen schrillen Schrei aus.

Atlan fuhr herum. Zuerst bemerkte er nur Wurius verzerrtes Gesicht. Dann gewahrte er die ausgestreckte Hand. Er folgte mit den Blicken der angedeuteten Richtung, und da sah er wieder den Bildschirm.

„Vorsicht!" schrie der Mutant. „Sie nehmen Fahrt auf. Da, sehen Sie doch! Sie halten auf die Horrorsonnen zu."

Atlan umklammerte Rhodans Arm. Tolot hielt abrupt an und drehte sich so heftig herum, daß seine menschlichen Reiter fast herabgeschleudert worden wären.

Auf dem soeben noch dunklen Bildschirm glühten unvermittelt zwei Sonnen des Dreiersystems. Sie wuchsen rasch an. Das bewies, daß die Festung mit enormer Fahrtbeschleunigung auf die beiden Sterne zuhielt.

Ehe Tolot eine Erklärung finden konnte, erfolgte ein zweites Phänomen.

Zwischen den Sonnen entstand ein energetisches Gebilde. Gleichzeitig blähten sich die beiden Sterne zu flammenden Gaskugeln auf.

„Der Transmitter läuft an!" schrie Rhodan. „Tolot – was bedeutet das? Wir halten darauf zu. Tolot . . .!"

Der Haluter antwortete nicht. Mit dem letzten Aufgebot seiner

Titanenkräfte raste er auf die CREST zu, lief unter der Rumpfwölbung hindurch und kletterte die noch ausgefahrene Leiter zur Mannschleuse empor.

Diesmal waren keine Andruckkräfte zu spüren. Die Maahks setzten zweifellos ihre Absorber ein. Anscheinend war die Beschleunigung so hoch, daß auch sie sie nicht mehr schadlos ertragen konnten.

Die drei Männer sprangen von Tolots Rücken. Das Außenschott schwang auf. Der Haluter drückte es zu, sicherte es ab und wartete auf den Druckausgleich. Das Innenschott ließ sich erst öffnen, wenn die letzten Spuren des Giftgases aus der Schleuse herausgepumpt worden waren.

Es dauerte lange – viel zu lange! Rhodan schlug mit beiden Fäusten gegen die Impulsgeber, aber dadurch arbeitete die Pumpe nicht schneller.

Niemand sah mehr, was draußen geschah. Endlich glitt das Innenschott auf. Tolot taumelte hindurch und schlug dahinter zu Boden.

Rhodan, Atlan und Sengu schlossen das Tor und öffneten endlich ihre Druckhelme. Reine, kühle Luft umfächelte ihre schweißüberströmten Gesichter.

Tolot rief sie an.

„Schnell, gehen Sie in die Untersuchungskammer und legen Sie sich auf die Konturlager. Schnell, die Festung fliegt in den Transmitter hinein. Wir werden gleich entstofflicht. Gehen Sie doch!"

Sie rannten in den Nebenraum und legten sich auf die Lager. Der Haluter erstarrte durch die Umwandlung seiner Zellstruktur zu einem unempfindlichen Stahlblock.

„Transition – wozu?" keuchte Atlan. „Hast du eine Erklärung?"

„Keine", entgegnete Rhodan. „Vielleicht will uns jemand im Andromedasystem sehen und testen. Abwarten! Wir können uns ohnehin nicht wehren. Wo wird Kasom sein?"

Der Ertruser hatte die Vorgänge bemerkt. Auch er erkannte, daß die Festung auf das mehrere hundert Kilometer starke Transmissionsfeld zuraste. Ein Transmittersprung nach den Maßstäben der Meister der Insel stand bevor.

Kasom sah auf seine Kontrollen. Er hatte noch für fünfzehn Minuten Atemluft. Wenn er sich nicht mehr anstrengte, konnte der Vorrat für zwanzig Minuten reichen.

Er suchte sich eine flache Bodenmulde und legte sich hinein. Wenn es zu einer Transition kam, dann war eine ungeheure Strukturerschütterung die Folge.

Also werden wir wieder einmal bewußtlos, überlegte Kasom grimmig.

Dann dachte er daran, daß man durch diesen hyperschnellen Transport wenigstens das Horrorsystem verlassen würde.

Die Ereignisse beschäftigten und faszinierten ihn so, daß er sowohl seine Schwäche, seinen bohrenden Hunger als auch die Tatsache vergaß, daß er nach spätestens zwanzig Minuten infolge Sauerstoffmangels sterben mußte. Er sah nur noch zu dem Bildschirm hinüber, auf dem die beiden Sonnen bereits zu einem glutenden Riesenball verschmolzen.

Sekundenbruchteile später spürte Melbar Kasom den Transitionsschmerz, der um so stärker wurde, je größer die aufgewendete Energie war.

Dieser Energieaufwand war groß! Er entsprach den Vorstellungen und dem technischen Können von Lebewesen, für die es selbstverständlich war, Sterne zu vereinen und daraus eine Transmitterstation zu bilden.

Kasoms Mikrokörper wurde entstofflicht, ehe der Entmaterialisierungsschmerz voll in sein Gehirn vorgedrungen war. Von da an fühlte er nichts mehr.

Er merkte auch nicht mehr, daß die Festung augenblicklich wieder rematerialisierte. Hypertransporte, die naturgemäß den Gesetzen der fünften Dimension unterlagen, ließen keine Zeitbestimmungen zu.

Ein Phänomen zeichnete sich ab. Etwas, das es seit der Benutzung der Großtransmitter von Andromeda noch nie gegeben hatte; etwas, das jeder terranische Wissenschaftler für unmöglich gehalten hätte, geschah mit atemberaubender Schnelligkeit.

Melbar Kasom, einer der stärksten und widerstandsfähigsten Menschen an Bord der CREST II, erwachte früher als der halutische Überriese Icho Tolot!

Kasom hatte den fünfdimensionalen Transportschock so rasch überwunden, daß er sich darauf besinnen mußte, ob er überhaupt in einen energetischen Sonnentransmitter eingedrungen war oder nicht.

Noch glaubte er den Schmerz der Entstofflichung zu spüren. Es war ein Irrtum! Beide Symptome, nämlich die Qualen der Ent- und Rematerialisierung, überlappten sich. Es war nur eine Empfindung. Die Nervenleiter seines Körpers hatten keine Zeit, zwei verschiedene Effekte hintereinander zu registrieren.

Kasom schrie, aber er schrie nicht lange. Ihm fiel schon beim ersten Laut sein schwindender Sauerstoffvorrat ein. Er war auch abgehärtet genug, um die Schmerzwellen überwinden zu können.

Zur gleichen Zeit begann Icho Tolot mit der Rückverwandlung seines Organismus. Er ahnte noch nicht, daß Kasom schon wach war, und er dachte überhaupt nicht daran, daß Perry Rhodan, Atlan und Wuriu Sengu bereits nur wenige Minuten nach ihm die Augen aufschlagen würden.

Noch ehe der Haluter seine Starre verlor, hatte Melbar Kasom schon zwei Dinge getan. Besser gesagt: Er hatte eine Sache getan und die andere bemerkt.

Einmal war er aufgesprungen. Das war die Handlung. Dann hatte er zu seiner grenzenlosen Überraschung festgestellt, daß die CREST II nur noch wenige hundert Meter von ihm entfernt war und daß sie wieder einen Teil des Hangars ausfüllte.

Kasom erfaßte sofort, daß sich die Dimensionen der Festung und des terranischen Schiffes wieder einander angeglichen hatten. In welcher Form, war ihm noch unklar.

Es gab zwei Möglichkeiten:

Entweder war die Festung erneut ums Tausendfache verkleinert worden, oder die Menschen und das von Menschen hergestellte Material hatten zu ihrer ursprünglichen Normalgröße zurückgefunden.

Kasom schrie wieder; diesmal vor Freude und Hoffnung. Seine physische Schwäche war vergessen. Sein Körper mobilisierte ungeahnte Kraftreserven.

Kasom lief im Sprintertempo los. Was waren schon einige hundert Meter für einen ertrusischen Hochleistungssportler!

Er erreichte das Schiff in wenigen Augenblicken, rannte unter der Kugelwandung hindurch und sprang zehn Meter hoch an der ausgefahrenen Schleusentreppe hinauf.

Als er in der Schleuse ankam, richtete Icho Tolot sich soeben auf. Er hörte Kasoms Brüllen. In diesem Augenblick erstarrte der Haluter ein zweites Mal, diesmal aber vor Überraschung.

Er lauschte auf das Arbeitsgeräusch der Pumpen. Als das Grünlicht kam, riß er das Innenschott auf und stand verwirrt vor Kasom.

„Nein!" sagte der Haluter fassungslos. „Nein!"

„Doch!" schrie Kasom außer sich. „Stehen Sie nicht herum, rechnen Sie! Ich bin sofort nach der Großtransition erwacht. Weshalb? Hat das etwas mit dem Verkleinerungsprozeß zu tun? Haben meine Körperatome auf den Transportschock anders reagiert als sonst? Normalerweise müssen wir unsere Leute narkotisieren, damit sie den Sprung über Hunderttausende von Lichtjahren hinweg einigermaßen ertragen können. Jetzt bin ich sofort munter geworden. Tolot – haben wir wieder unsere ursprüngliche Größe erhalten, oder ist die Festung erneut kleiner geworden?"

Tolot rührte sich nicht. Sein Planhirn arbeitete mit höchster Kapazität. Ehe es jedoch ein Ergebnis liefern konnte, brachten seelenlose Maschinen den Beweis, daß ein Wunder geschehen war.

Eigentlich waren die Techniker der CREST II für diesen Beweis verantwortlich, denn als auf Horror nacheinander sämtliche Aggregate ausgefallen waren, hatte man alle nur denkbaren Schaltungen auf Anlaufwerte einrasten lassen.

Das hatte zur Folge, daß nun plötzlich die Maschinen des Superschlachtschiffes zu dröhnen begannen. Alles, was bisher nicht mehr funktioniert hatte, sprach unvermittelt mit größter Exaktheit an.

Die mächtigen Impulstriebwerke innerhalb des Ringwulstes begannen zu donnern. Automaten schalteten. Zehntausende verschiedenartige Vorgänge, die alle die Gefechtsbereitschaft des Superschlachtschiffes betrafen, liefen auf einmal ab.

In den Kraftwerkshallen rumorten die Stromreaktoren. Die Hauptpositronik gab Alarm und ließ die Sirenen und Lärmpfeifen aufheulen. Mechanische Stimmen, von hundert verschiedenen Sektorcomputern gesteuert, erstatteten Meldungen.

Die Medo-Robots schossen raketengleich aus ihren Bereitschaftsstationen hervor.

Die positronische Außenbordanalyse registrierte hohe Temperaturen und giftige Gasschwaden. Also liefen die großen Regenerierungsstationen der Klimaanlage an.

Die Automatikküche arbeitete wieder. Roboter drangen in die Kühlräume ein, orteten die verdorbenen Frischwaren und brachten sie zu den aufglühenden Verbrennungskammern.

Zahllose Vorgänge, alle automatisch gesteuert, verwandelten die CREST in wenigen Augenblicken in ein kampfstarkes und raumklares Schiff, das nur noch auf die Befehle seiner Erbauer wartete.

Kasom schrie immer noch. Er hieb mit beiden Fäusten auf den Haluter ein, der schließlich erklärte:

„Beruhigen Sie sich. Ihr Verdacht hat sich bewahrheitet: Die Meister der Insel haben einen entscheidenden Fehler begangen, als sie uns zusammen mit der Festung einen Transmittersprung durchführen ließen. Die physikalischen Vorgänge kann ich Ihnen jetzt nicht erklären. Es ist aber sicher, daß die potentielle Verdichtung der betroffenen Atome durch den mit ungeheuren Gewalten angeregten Vorgang der Entstofflichung und der anschließenden Wiederverstofflichung aufgehoben wurde. Durch diesen Transportvorgang auf fünfdimensionaler Ebene ist der Einfluß des Potentialverdichters beseitigt worden. Bei der Neuordnung und dem schematischen Wiederaufbau unserer Körper und des Materials kam es zu einer jähen Entzerrung der Elementarteilchen. Wir sind wieder so groß wie vor der Katastrophe."

„Die demnach keine Katastrophe mehr ist", jubelte Kasom. „Ich . . .!"

„Ich bitte um Ruhe!" rief eine bekannte Stimme. Der Ertruser drehte sich um.

Lordadmiral Atlan stand im Eingang zum Nebenraum und hielt sich an den Türrändern fest. Rhodan erschien hinter ihm.

„Kümmern Sie sich um das Schiff, Sie Narr!" schrie Atlan zornrot. „Oder haben Sie vergessen, daß wir uns in einem Hangar der Festung befinden? Feststellen, wo wir herausgekommen sind, was zu unternehmen ist und wie der Gesundheitszustand der Besatzung ist. Machen Sie das Schiff gefechtsklar und besetzen Sie die Waffenleitzentrale! Verschwinden Sie schon!"

Kasom rannte wortlos davon. Atlan fügte seinen Worten hinzu:

„Tolot, ich muß mich doch sehr wundern! Ihre wissenschaftlichen Überlegungen hätten wohl noch etwas Zeit gehabt, oder? Ich wäre Ihnen verbunden, wenn Sie ermitteln könnten, wie wir auf dem schnellsten Wege aus der Festung entfliehen können. Ich schlage vor, die Schutzschirme aufzubauen, die Wandungen der Hangarhalle mit Thermo- oder Desintegratorkanonen unter Beschuß zu nehmen, sie aufzulösen und durch die entstandene Lücke mit voller Schubleistung zu verschwinden. Dazu ist es aber notwendig, eine jener Kraftstationen zu finden, die den grünen Schutzschirm der Festung speisen. Wir müssen diese so beschädigen, daß der Schirm instabil und durchdringbar wird, denn nur dann wird es uns möglich sein, die Festung zu verlassen. Bitte kümmern Sie sich darum."

Icho Tolot war zum ersten Mal in seinem langen Leben sprachlos. Dann lachte er mit einer Lautstärke, daß Rhodan und Atlan schimpfend in den Untersuchungsraum neben der Schleuse zurückwichen und sich die Ohren zuhielten.

Wuriu Sengu richtete sich soeben von seinem Konturlager auf. Er schaute sich verwundert um.

Er begann zu stöhnen. Atlan sprang zu ihm.

„Wuriu, wir sind zurückverwandelt worden. Ihre Spähergabe müßte jetzt wieder funktionieren. Sehen Sie etwas?"

„Ja, zwei gelbe Sonnen. Wir kommen zwischen ihnen hervor. Überall in der Festung liegen Maahks. Sie sind noch besinnungslos. Nur Automaten arbeiten. Unsere Leute rühren sich ebenfalls nicht. Wieso sind wir ...?"

„Kümmern Sie sich nicht darum!" forderte Perry erregt. „Anscheinend sind nur jene Männer sofort erwacht, die vorher nicht von diesem eigenartigen Narkosebeschuß getroffen wurden. Diese Männer sind wir! Sie sagten, Sie sähen zwei gelbe Sonnen?"

„Ja, Sir. Großer Jupiter – das ist das Twinsystem!"

Mehr wollte Rhodan nicht wissen. Er ahnte, daß die Besatzung der Festung den Befehl erhalten hatte, die Auffangstation anzufliegen, von der aus die CREST zum Horrorsystem vorgedrungen war.

Das bedeutete größte Gefahr für die terranische Flotte, die im Twinsystem stationiert worden war. Sie stand unter dem Befehl von Solarmarschall Julian Tifflor.

ATLAN

Perry hatte mit seiner Vermutung den Nagel auf den Kopf getroffen. Es waren nur jene Männer erwacht, die von der Betäubungsstrahlung der Maahks nicht getroffen worden waren.

Das waren Icho Tolot, Melbar Kasom, Rhodan, Wuriu Sengu und ich. Somit standen wir vor der Aufgabe, die gewaltige CREST II mit nur fünf Mann startklar zu machen und überdies aus der Festung auszubrechen.

Gucky und Gecko, die beiden so wichtigen Teleporter, lagen in tiefer Bewußtlosigkeit. Den anderen Besatzungsmitgliedern erging es nicht viel besser.

Obwohl fünf Mann dem Unheil entronnen waren, konnte man deshalb noch nicht behaupten, die Maahks oder die Meister der Insel hätten leichtfertig gehandelt. Es hätte mich auch sehr gewundert, wenn den Methans ein grober Fehler unterlaufen wäre.

Sie hatten wahrscheinlich gewußt, daß wir durch die Neuordnung der Atome bei einem großen Transmittersprung unsere ursprüngliche Größe zurückerhalten würden. Sie hatten es in Kauf genommen, da sie der Meinung gewesen waren, die Besatzung der CREST für lange Zeit ausgeschaltet zu haben.

Sie hatten allerdings nicht damit gerechnet, daß es einigen von uns gelungen war, rechtzeitig die CREST II zu verlassen und dadurch der Narkotisierung zu entgehen. Die Frage war nur, warum sie sich die Mühe gemacht hatten, uns auf Horror aufzulesen und hierherzubringen. Der Schluß lag nahe, daß die Maahks uns sowohl zu Studienzwekken als auch als Druckmittel gegen die im Twin-System stationierte terranische Flotte benutzen wollten, deren Anwesenheit ihnen wahrscheinlich längst bekannt war. Dieses Vorhaben mußten wir verhindern.

Ich befand mich mit Rhodan in der Zentrale. Die Medo-Robots

waren damit beschäftigt, die überall umherliegenden Männer aufzuheben und sie auf die Konturlager zu betten. Automatspritzen zischten.

Wir konnten uns nicht darum kümmern. Wuriu Sengu war von Dienstleistungen befreit worden. Dafür hatte er die Aufgabe erhalten, mit seiner phantastischen Spähereigenschaft die Umgebung abzusuchen und uns ausführlich zu berichten, wie sich die Maahks verhielten.

Es hatte sich zu unserer größten Befriedigung herausgestellt, daß sie den enormen Transportschock über eine Distanz von dreihunderttausend Lichtjahren hinweg auch nicht schadlos überstanden hatten. Sie würden noch einige Minuten benötigen, ehe sie das Bewußtsein zurückgewannen.

Das war unsere Chance! In der CREST arbeiteten sämtliche Maschinen und Nebenaggregate so einwandfrei, als wäre niemals etwas geschehen. Wir hatten nirgends eine Fehlerquelle entdecken können.

Melbar Kasom hatte die Feuerleitzentrale übernommen. Sie lag direkt unter der Kommandozentrale. Die großen Bildschirme der Visiphonanlage brachten wieder gute Ergebnisse. Alles war wie vorher.

Rhodan und ich mußten unbedingt in der Zentrale bleiben. Ein Raumschiff von der Größe der CREST konnte nur im äußersten Notfall von einem Mann allein geflogen werden; aber dann mußte dieser Mann wenigstens ein Epsaler sein, dessen Reaktionsschnelligkeit von keinem Normalmenschen erreicht werden konnte.

Wenn Erdgeborene die Notsteueranlagen bedienen wollten, mußten sie wenigstens zu zweit sein. Rhodan und ich hatten alle Hände voll zu tun, um die Daten der Zentrale-Hauptpositronik auszuwerten und die entsprechenden Korrekturen vorzunehmen.

Rhodan saß im Sessel des Kommandanten. Ich hatte rechts von ihm im Sitz des Ersten Kosmonautischen Offiziers Platz genommen.

Die manuelle Notsteueranlage konnte in diverse Funktionsbereiche aufgeteilt werden. Die optimale Möglichkeit bestand in einer Zweiteilung, die erhebliche Gefahren in sich barg. Dieses Schiff war keine Korvette, die man allein fliegen und beherrschen konnte.

Rhodan hatte die Triebwerke und Andruckabsorber übernommen.

Damit oblag ihm auch die eigentliche Steuerung, die im freien Raum nur durch die Umlenkung der Kraftfelddüsen erreicht werden konnte.

Ich kümmerte mich um die Schaltungen des Energie-Hauptleitstandes. Natürlich konnte ich nur mit Grobwerten arbeiten. Auch hier war die Automatensynchronisation lebenswichtig.

Kasom hatte sämtliche Waffentürme ausgefahren. Die schweren Desintegratorgeschütze waren eingerichtet worden. Alle anderen Waffen hatte er auf die entsprechenden Sektoren eingeschwenkt.

Mit thermisch wirksamen Strahlern konnte innerhalb der Festung nicht gearbeitet werden. Wir hätten uns selbst vernichtet. An einen Einsatz der Transformkanonen war überhaupt nicht zu denken. Es blieben nur die Desintegratoren.

Wuriu Sengu „arbeitete“ auf seinem Fachgebiet. Er suchte die unübersehbar langen Wandungen der Halle ab, um die geeignete Ausbruchstelle zu finden.

Augenblicke später hatte er sie entdeckt. Er rief Kasom an.

Das Gesicht des Ertrusers erschien auf einem Verbindungsschirm. Melbar kaute mit vollem Munde. Während er die Geschütze feuerklar gemacht hatte, hatten ihm drei Bedienungsroboter unaufhörlich Nahrungsmittel gebracht. Dem Ertruser ging es schon viel besser.

„Fertig, Ortung klar“, gab der Mutant durch. „Die Schleusenklappen liegen nicht, wie angenommen, *unter* der CREST, sondern auf unserer Steuerbordseite. Peilen Sie den Grünsektor an. Die Schleusentore sind so hoch wie der Hangar, also fast drei Kilometer. Sie liegen in einer Seitenwandung der Radnabe und beginnen dicht über der unteren Polrundung. Achtung: Die Geschütze der Festung schwenken ein. Die ersten Maahks erwachen. Maschinen laufen an. Vorsicht . . .!“

Alle anderen Ereignisse folgten so schnell aufeinander, daß wir kaum feststellen konnten, was eigentlich geschah.

Ungeheure Maschinen begannen zu laufen. Es mußte sich um die Kraftwerke der Festung handeln. Das Heulen und Tosen war so laut, daß wir es sogar durch die Panzerwände der CREST hörten.

Wir schlossen unsere Raumanzüge und stellten die Helm-Sprechverbindung her. Unsere Energieorter waren durch die Maschinen der Festung hundertprozentig gestört. Massen- und Echotaster brachten ebenfalls keine Ergebnisse. Nur der Mutant konnte ungefähr feststellen, was außerhalb der Wandungen geschah.

„Das Twingeschwader unter Solarmarschall Tifflor greift an", berichtete Wuriu. „Jetzt wird es heiß!"

Und ob es heiß wurde! Ich dachte an die fünftausend schweren Kampfschiffe, die wir zum Schutz des wichtigen Twintransmitters abgestellt hatten.

Nun war plötzlich eine ungeheure Stahlmasse aus der Energieballung zwischen den beiden Sonnen hervorgekommen. Es war klar, daß die vielen Ortungsstationen sofort Alarm geschlagen hatten. Jetzt war Tifflor mit seinen Verbänden im Anflug.

Rhodan trocknete sich die schweißnasse Stirn ab. Er schien sich ebenfalls vorzustellen, wie seine Terraner auf ihren Gefechtsstationen saßen und standen.

Sekundenbruchteile später brach in der Festung die Hölle los. Ich wurde aus meinem Sitz geschleudert. Rhodan hielt sich krampfhaft fest, bis die automatischen Sicherheitsgurte über seinem Körper zusammenschnappten.

Ich kletterte stöhnend und von neuen Einschlägen durchgeschüttelt in meinen Sessel zurück und schnallte mich ebenfalls fest.

„Wo bleibt Icho Tolot?" rief mir Rhodan zu. Sein Gesicht war angespannt und farblos. Seine Hände ruhten auf den Triebwerksschaltern.

Ich wußte keine Antwort.

Der Haluter hatte bereits vor fünfzehn Minuten das Schiff verlassen, um nach Aggregaten Ausschau zu halten, die den Schutzschirm der Festung speisten. Alles hing davon ab, ob es ihm gelang, eines dieser Kraftwerke zu finden, wobei gar nicht sicher war, ob sich eine derartige Kraftwerkstation überhaupt in diesem Teil der Festung befand. Sollte dies nicht der Fall sein, so stand uns eine ungewisse Zukunft bevor, denn dann würde es uns unmöglich sein, den Giganten zu verlassen. Gelang es nicht, eine Strukturlücke im Schirm zu errichten, waren wir den Maahks ausgeliefert, und niemand vermochte zu sagen, ob wir je in die Lage kommen würden, in anderen Bereichen der Festung nach den entsprechenden Anlagen zu suchen.

Tolot war mit einer kleinen Fusionsbombe unterwegs, die er an jener Stelle deponieren mußte, an der die größte Wahrscheinlichkeit bestand, daß durch die Detonation der Schutzschirm in Mitleidenschaft gezogen wurde. Es half uns nicht, wenn die Strukturlücke *irgendwo* im Schutzschirm entstand. Sie mußte unmittelbar in unserer Fluchtrichtung sein.

Ich blickte auf meinen Chronometer. Wo blieb Tolot so lange? Hatte er Glück gehabt? Diese Fragen schossen mir durch den Kopf. An die Möglichkeit, daß er vergebens suchte, wollte ich gar nicht denken.

Sengu schaltete sämtliche Außenbordkameras ein. Die Halle erschien auf unseren Bildschirmen. Der Haluter war nirgends zu erblicken, doch dafür „sah“ der Mutant, daß ein Maahkkommando mit fahrbaren Narkosestrahlern auf dem Weg zum Schleusenhangar war.

Dreißig Sekunden später sahen wir plötzlich den Haluter. Er raste über die Bodenfläche hinweg und verschwand unter dem Rumpf der CREST. Wir warteten, bis wir Tolots Gesicht auf einem Bildschirm der Bordverständigung auftauchen sahen. Das bewies, daß er im Schiff war.

„Fangen Sie an“, dröhnte seine Stimme aus den Lautsprechern. „Ich bin von Maahkrobotern geortet und aufgehalten worden. Die Fusionsbombe liegt dreihundert Meter unter dem Boden dieser Halle. Dort befindet sich eine große Kraftwerkstation. Ich mußte mir gewaltsam Zutritt verschaffen, indem ich ein Loch in den Boden schmolz. Die Zündung erfolgt in fünf Minuten. Keine Angst, die Kraftwerkstation ist weit genug von uns entfernt, so daß die Explosion der Bombe und die Zerstörung der Anlage die CREST nicht gefährden wird. Die Wahrscheinlichkeit, daß der Ausfall dieser Maschinen die Strukturlücke schafft, beträgt fünfzig Prozent.“

„Kasom, Feuer frei!“ schrie Rhodan in sein Helmmikrofon.

Der Ertruser handelte sofort. Wir beobachteten auf den Schirmen, wie er auf die Knöpfe drückte.

Schon nach wenigen Augenblicken erfolgte eine explosive Dekompression. Die unter hohem Überdruck stehende Atmosphäre der Festung hatte sich durch die zerschossenen Panzerbleche gewaltsam Bahn gebrochen.

Von da an verstanden wir unsere eigenen Worte nicht mehr. Ich fuhr die Kraftwerkmeiler hoch. Die Überschußenergie wurde von den

Schirmprojektoren aufgenommen. Als Folge davon bauten sich unsere dreifach gestaffelten Schutzschirme schneller auf, als es uns lieb war.

Der Hangar glühte plötzlich auf. Ungeheure Kräfte wurden frei.

Kasom schoß immer noch. Die Öffnung in der Schleusenwand wurde größer. Als sie schon fast einen Kilometer durchmaß, wurde der Ertruser ungeduldig. Er eröffnete das Feuer aus zwei Impulsgeschützen des Grünsektors.

Das Tosen der Kanonen war so laut, daß ich befürchtete, die Festung müsse jetzt schon explodieren.

Nur einen Kilometer von uns entfernt wurde weißflüssiger Stahl nach außen gewirbelt. Dann war die Öffnung groß genug, um der fünfzehnhundert Meter durchmessenden CREST den Durchflug zu ermöglichen.

In diesem Moment detonierte die Bombe. Eine starke Erschütterung erfaßte die CREST. Gespannt blickten wir auf die Bildschirme. Einige hundert Meter von der Außenwandung der Festung entfernt, glühte der Raum in grünem Feuer. Das war der Schutzschirm, in den unzählige Strahlschüsse unserer Twinflotte einschlugen. Im nächsten Augenblick begann der Schirm zu flackern und zu pulsieren.

„Es hat geklappt", schrie ich in höchster Erregung. „Der Schirm bricht dort vor uns zusammen!"

Wir begannen zu handeln.

Ich schaltete die Antigravautomaten ein. Sie reagierten einwandfrei. Das Schiff wurde schwerelos und hob unter dem Rückstoß der feuernden Geschütze langsam vom Boden ab.

Als ich nur noch zuckende Blitze und davonfließenden Stahl bemerkte, nahm Rhodan Fahrt auf. Das Dröhnen der Triebwerke hörte niemand mehr. Ich bemerkte nur noch, daß wir mit hoher Beschleunigung auf die Schußöffnung zurasten, sie durchstießen und dabei mit unseren hochverdichteten Schutzschirmen riesige Teile der Festungswandungen vergasten.

Dann waren wir durch.

Aus unseren Abwehrfeldern schossen kilometerlange Entladungen hervor. Wir durchbrachen den Maahkschirm durch die Strukturlücke, und plötzlich fingen unsere Bildschirme die tiefschwarze Öde des kosmischen Leerraumes ein.

Zugleich sprachen sämtliche Ortungsgeräte an. Zahllose Schiffe wurden als grüne Echopünktchen sichtbar. Wir flogen durch einen Feuervorhang hindurch, absorbierten einige Treffer und rasten weiter.

Die Heckbildschirme bewiesen, daß die Zerstörungen im Hangar für die Festung nur einen Mückenstich bedeuteten. Wir konnten nur einen winzigen Glutfleck am Ende der riesenhaften Zellenwandungen feststellen. Das war alles, was wir dem Giganten zugefügt hatten. Und schon schloß sich der grüne Schutzschirm wieder, stabilisiert durch sofort angelaufene Reservekraftwerke der Festung.

Unsere Triebwerke brüllten. Rhodan stieß mit Höchstbeschleunigung durch die vorderste Auffanglinie seiner Schiffe hindurch.

„Superschlachtschiff CREST ruft Julian Tifflor, Tifflor auf Flaggschiff RASPUTIN melden. Rhodan spricht. Tifflor melden. Feuer in Ausbruchssektor einstellen. Flaggschiff Twinsystem melden! Antworten Sie, Tifflor! Verdammt, so stellt doch endlich euer Feuer ein! Wir können die Treffer nicht mehr auffangen."

Die CREST war von mehreren Impulsstrahlern getroffen worden. Niemals zuvor hatte ich die Wirkung terranischer Geschütze so deutlich kennengelernt wie in diesen Augenblicken. Dabei hatten uns höchstens einige Schwere Kreuzer unter Beschuß genommen.

Als ich schon glaubte, von den eigenen Leuten vernichtet zu werden, meldete sich ein mißtrauischer Funker des Superschlachtschiffes RASPUTIN.

„Major Waslinger spricht. Wer wollt ihr sein?"

Sekundenbruchteile später stabilisierte sich die Bildübertragung, und der Major wurde sichtbar. Gleichzeitig mußten auch wir auf der RASPUTIN zu sehen sein.

Waslingers Kinn klappte nach unten. Sprachlos starrte er uns einige Augenblicke lang an. Dann stotterte er los.

„Hören Sie auf", wies ich ihn zurecht. „Wir sind es tatsächlich. Und wir wären Ihnen dankbar, wenn Sie Julian Tifflor informieren würden."

Waslinger beruhigte sich nur mühsam. Doch schließlich faßte er sich. „Verdammt, es ist die CREST. Es ist wahrhaftig die CREST!"

Freudestrahlend gab er uns zu verstehen, daß er sofort in die Zentrale umschalten würde. Für einen kurzen Augenblick wurde der

Bildschirm dunkel. Als er wieder aufleuchtete, sahen wir in das nicht weniger verblüffte Gesicht Tifflors.

„Bei allen Sternengeistern, sind Sie es tatsächlich?“ entfuhr es ihm. „Wo zum Teufel kommen Sie her?“

„Direkt aus der Hölle, Tiff“, antwortete Rhodan, der neben mir stand, gelassen. „Aber das ist eine lange Geschichte. Ziehen Sie die Flotte aus dem Wirkungsbereich der Waffen der Festung zurück. Sobald wir mit der CREST in sicherer Entfernung sind, melden wir uns wieder.“

Tifflor faßte sich erstaunlich schnell. Er stellte keine Fragen, sondern nickte nur knapp. Dann wurde die Verbindung unterbrochen.

Wir waren wieder zurück, wenn auch unter völlig anderen Umständen, als wir es gehofft hatten.

Während sich die CREST aus dem Gefahrenbereich entfernte, sahen wir, wie die Festung mit geringer Fahrt durch das künstliche Sonnensystem glitt und keine Anstalten machte, sich um die hier anwesenden Schiffe zu kümmern, die sich fluchtartig aus dem Wirkungsbereich ihrer Bordwaffen zurückzogen. Doch uns war klar, daß dieser Zustand nicht lange anhalten würde. Die nächsten Stunden würden zeigen, welche Pläne die Maahks jetzt, nachdem uns die Flucht gelungen war, verfolgten. Und unsere Aufgabe würde es sein, sie an der Durchführung dieser Pläne zu hindern. Es würde nicht leicht werden, das war mir klar.

8.

Es dauerte einige Minuten, bis sich die Gemüter der RASPUTIN-Besatzung wieder beruhigt hatten. Das Schiff glich einem Tollhaus, als die Nachricht über die Rückkehr der CREST II bekannt wurde. Ähnlich ging es auf den meisten anderen Schiffen der terranischen Flotte zu. Dennoch beeilten sich alle Kommandanten, ihre Schiffe aus der Nähe der gigantischen Festung zu manövrieren, deren Zentralnabe allein zweihundert Kilometer lang war.

Julian Tifflor saß starr in seinem Sitz und beobachtete fasziniert die langsam vorbeiwandernde Radkonstruktion in ihrem grünen, undurchdringbar scheinenden Energieschirm auf dem Ortungsschirm. Schließlich gab er sich einen Ruck und erhob sich. Sein Blick begegnete dem von Oberst Haile Trontor. Die Unruhe in der Zentrale hatte sich inzwischen wieder gelegt. Jeder Mann hockte hinter seinen Kontrollen und harrte der kommenden Ereignisse.

Tifflor wandte sich der nächsten Interkomverbindung zu und aktivierte die Synchronschaltung. „Tifflor an Ortung: Geben Sie alle Kursdaten, die Sie von der Festung besitzen, an die positronische Auswertung! Achtung, Professor Kirsch! Sobald Sie die Daten haben, werten Sie diese zusammen mit den bisher bekannten Unterlagen über das Twin-System zu einer Voraussage aus. Ich möchte wissen, welches Ziel die Festung ansteuert."

„Quinta, was sonst!" rief Trontor dazwischen.

„Schon möglich", erwiderte Tifflor. „Aber ich möchte sichergehen."

„Ich bin schon gespannt, was uns Rhodan zu berichten hat", sinnierte der Epsaler. „Hoffentlich läßt er uns nicht zu lange warten."

„Das wird er sicher nicht tun", entgegnete Tifflor. „Ich gehe inzwischen ins Rechenzentrum, um mich an Ort und Stelle über die positronischen Auswertungen zu informieren. Falls sich die CREST inzwischen meldet, erreichen Sie mich dort."

Er nickte dem Epsaler zu und verließ die Zentrale.

Das laute, durchdringende Schrillen des Interkoms zerriß die Atmosphäre gespannter Erwartung, die von dem ruhigen Summen der großen Schiffspositronik erzeugt worden war.

Julian Tifflor griff automatisch nach dem Schalter des nächsten Interkom-Apparates.

„Tifflor!"

Captain Travernex' Stimme klang erregt.

„Eine Verbindung mit der CREST, Sir. Der Großadministrator . . ."

„Stellen Sie durch!" befahl Tifflor hastig. Unwillkürlich zuckte er zusammen, als er die unverkennbare Stimme Perry Rhodans vernahm. Gleichzeitig stand das Abbild des Großadministrators auf dem Bildschirm.

„Hallo, Tiff! Wie ich sehe, befinden Sie sich im Rechenzentrum der RASPUTIN. Sie sind also ebenfalls neugierig, was die Absichten der Festung betrifft, wie?"

„Ich bin überzeugt, daß..."

„Behalten Sie's für sich. Tiff. Schließlich wollen wir ja Professor Kirsch und seine Berechnungen nicht beeinflussen." Rhodan räusperte sich. Der Schweiß auf seiner Stirn bewies, daß die vorangegangenen Strapazen seinen Organismus sehr angegriffen haben mußten. „Lassen Sie die Schiffstransmitter der RASPUTIN auf Empfang gehen, Tiff. Ich habe die Absicht, Sie mit Atlan, Kasom und Tolot zu besuchen. Weiterhin befehlen Sie bitte den Kommandanten der anderen Schiffe, die besten Ärzte abzustellen und – ebenfalls über die Transmitterverbindung – zur CREST zu entsenden. Die Besatzung ist besinnungslos. Vor allem die Mutanten haben den Schock äußerst schlecht vertragen. Es eilt also."

„Ich werde alles veranlassen!"

„Ich verlasse mich auf Sie, Tiff. Bis nachher!" Rhodans Gesicht nickte ihm noch einmal vom Bildschirm herab zu, dann verblaßte es.

Tiffs Gestalt straffte sich.

„Bitte, beeilen Sie sich, Professor!"

Professor Kirsch nickte nur flüchtig, ohne die Schaltungen der Positronik aus den Augen zu lassen.

„Ich fürchte selbst, daß Eile vonnöten ist, Sir. Die Daten lassen eigentlich nur einen einzigen Schluß zu."

„Warten Sie das Ergebnis der Positronik ab!" empfahl Tifflor. „Sobald Sie es haben, übermitteln Sie es zur Kommandozentrale." Mit schnellen Schritten verließ er den Raum.

Professor Kirsch neigte den massigen Schädel, als aus dem Innern des positronischen Gehirns ein hoher Summton auftauchte. Mit einer Hand regelte er die Logik-Schaltkreise ein, während die andere Zahlen und Symbole auf ein Stück Folie kritzelte.

„So!" seufzte er erleichtert, als das Arbeitsgeräusch der Positronik sich wieder normalisiert hatte. „Nachher werden wir sehen, ob ich nicht ein wenig schneller war als du!"

Er tätschelte mit der Rechten die blanke „Haut" des Gehirns; die

Linke schob die beschriebene Folie sorgfältig auf die Ablageplatte des Ausgabe-Sektors.

Aus den Tiefen des Raumschiffes stieg ein hohler, singender Ton empor.

Professor Kirsch lauschte.

„Das sind die Transmitter. Beeile dich, Gehirn!"

Die Kommandozentrale der RASPUTIN wurde beherrscht vom Abbild der gigantischen Raumstation. Einem von grünlicher Aureole umhüllten Riesenrad gleichend, stand es scheinbar unbeweglich auf dem großen Orterschirm.

Perry Rhodan winkte ab, als Julian Tifflor sich bei seinem Eintreten erheben und Meldung erstatten wollte.

„Ich fürchte, wir haben keine Zeit für Förmlichkeiten, Tiff!" Er drückte Tifflor mit der Linken in den Sessel zurück, während er mit der Rechten seine Hand ergriff und sie schüttelte. „Ich freue mich, Sie wiederzusehen, Tiff."

Julian Tifflor schluckte.

„Wir alle freuen uns über Ihre glückliche Rückkehr und ..."

Rhodan winkte ab.

„Was sagt Kirsch über den Kurs der Festung?"

„Noch kein Ergebnis."

Rhodan blickte auf seine Uhr.

„Nun gut, gedulden wir uns noch einige Minuten. Inzwischen können wir Ihnen einen kurzen Bericht über das geben, was sich seit dem Abflug der ANDROTEST I auf Horror ereignet hat." Rhodan setzte sich in einen freien Kontursessel neben Tifflor und bedeutete Atlan und Kasom, ebenfalls Platz zu nehmen. Tolot mußte stehen, da es für ihn keine passende Sitzgelegenheit gab. Rhodan schilderte in knappen Worten die Erlebnisse der CREST II in den letzten Monaten.

„Was die Festung, besser gesagt ihre Besatzung betrifft, so wird Ihnen Atlan besser schildern können, mit wem wir es hier zu tun haben", beschloß der Terraner seine Ausführungen.

Atlan schwieg sekundenlang. Die rötlichen Arkonidenaugen sahen glanzlos durch Perry Rhodan hindurch, als wollten sie längst vergangene und entschwundene Bilder wieder heraufbeschwören. Es schienen keine angenehmen Bilder zu sein, denn Atlans Gesicht verfiel vor den Augen der anderen Anwesenden zusehends.

„Es ist über 10 000 Jahre her“, begann er mit monotoner Stimme. „Damals stand das arkonidische Imperium in seiner Blüte. Eines Tages begegneten unsere Patrouilleschiffe einem fremden Volk. Es waren nichtmenschliche Intelligenzwesen mit absolut fremdartiger Mentalität. Es kam zu den ersten Zusammenstößen mit diesen Wesen, die wir Methans genannt hatten, da sie von Wasserstoff-Methan-Ammoniak-Welten stammten. Aus den arkonidischen Geschichtsaufzeichnungen geht nicht eindeutig hervor, wer mit den Feindseligkeiten begonnen hatte und weshalb. Tatsache ist, daß es zu einem verheerenden Krieg zwischen Arkon und den Methans kam, der das Imperium an den Rand des Untergangs trieb. Unseren Flotten mangelte es an geschultem Personal und einsatzfähigen Schiffen. Ein Manko, das die Methans infolge ihrer hohen Reproduzierfähigkeit nicht besaßen.

Diese Situation wurde erst spürbar besser, als wir eine großangelegte Robotindustrie errichtet hatten, aus der später der Robotregent hervorging. Von da an bauten Roboter die Kampfschiffe, und Roboter besetzten die an die Front gehenden Schiffe. Doch auch diese Maßnahme brachte nicht den gewünschten Erfolg. Die Methans, allen voran ihr wichtigstes Volk, die Maahks, gewannen immer mehr an Terrain.

Während der Große Methankrieg seinem Höhepunkt zustrebte, hielt ich mich auf der Erde auf, die zur gleichen Zeit von der Zeitüberlappungsfront der Druuf bedroht wurde. Damals erschien das Kollektivwesen ES und händigte mir Konstruktionspläne für eine neue Waffe aus, die Konverterkanone. Es gelang mir, diese Pläne nach Arkon zu übermitteln, ehe ich mich in die unterseeische Station auf der Erde zurückziehen mußte. Erst Jahrtausende später erfuhr ich vom Robotregenten, daß diese Waffe die entscheidende Wende brachte und Arkon zum Sieg über die Methans verhalf.“

Atlan hielt kurz inne und blickte sich ausdruckslos um. Danach setzte er seinen Bericht fort. Er erzählte über die Endphase des Krieges und die Jagd der Arkonflotte auf die Maahks. Er vergaß auch nicht, Tolots Theorie über das nunmehrige Auftauchen des fast schon vergessenen alten Gegners zu erwähnen.

„Leider gingen nach Ende des Krieges die Konstruktionspläne der

Konverterkanone verloren“, erklärte er schließlich. „Ich weiß nicht, warum und wie dies geschah. Tatsache ist, daß die Waffe nach dem Ende des Methankrieges spurlos verschwand und in der Geschichtsschreibung nicht mehr erwähnt wurde.

Seine Stimme erhielt plötzlich einen gequälten Unterton, und in seinen Augen bildete sich Tränensekret, ein Zeichen höchster psychischer Erregung.

„Erst vor wenigen Minuten wurde mir klar, daß uns diese schreckliche Waffe wieder eingeholt hat. Doch diesmal auf der Seite unserer Gegner!“

Rhodan erstarrte. Tolot stieß ein dröhnendes Grollen aus.

„Es gibt für mich keinen Zweifel daran“, fuhr Atlan heftig fort. „Lange Zeit haben wir darüber gerätselt, welche Strahlen das Bleistiftschiff einsetzte, das hier im Twinsystem die BOX-8323 vernichtete und die Justierung des Transmitters so veränderte, daß wir nach Horror abgestrahlt wurden. Ich erkannte die Wahrheit deshalb nicht, weil der Bleistiftraumer eine modifizierte Art der Waffe verwendet hatte, die vor zehntausend Jahren zum Einsatz kam. Dadurch wurde mein Erinnerungssektor nicht angesprochen. Erst als ich dann in der Festung die Methans sah und die Vergangenheit wieder lebendig wurde, kam mir ein bestimmter Verdacht. Dieser Verdacht verstärkte sich bei unserem gewaltsamen Ausbruch aus der Festung, als diese auch Konverterkanonen einsetzte, um die Angriffe der terranischen Flotte abzuwehren. Mit diesen Ereignissen konfrontiert, gelang es meinem Erinnerungssektor, das fehlende Glied zu finden und die Kette zu schließen. Die Maahks besitzen die Konverterkanone!“

Die letzten Worte schrie der Arkonide förmlich heraus. In der Zentrale begann eine heftige Diskussion. Die Bestürzung war allgemein. Schließlich gelang es Rhodan, die Ruhe wieder herzustellen.

„Bist du dir da völlig sicher?“ fragte er Atlan.

„Es gibt keinen Zweifel, Barbar. Vermutlich haben die Maahks damals die eine oder andere Konverterkanone von uns erbeutet und sie später mit Hilfe der Meister der Insel in leicht modifizierter Form nachgebaut. Tatsache ist, daß sie im Methankrieg weder eine ähnliche Waffe noch den grünen Schutzschirm besessen haben. Auch ihre Raumschiffe hatten eine andere Form.“

„Dies bedeutet, daß die Maahks nicht nur nahezu unüberwindliche

Schutzschirme besitzen, sondern auch eine Offensivwaffe haben, die den unseren weit überlegen ist", sagte Rhodan. Er hatte seine Fassung wieder zurückgewonnen und sprach nun mit fester Stimme.

„Wir sollten trotzdem etwas unternehmen, bevor es zu spät ist!" sagte Atlan eindringlich. „Perry, diese Wesen haben eine Teufelei im Sinn!"

Alle Anwesenden richteten ihre Blicke unwillkürlich auf den ovalen Ortungsschirm, auf dem die Projektion der radförmigen Festung unverändert dem Planetenring der beiden Twin-Sonnen zustrebte.

Der Interkom schrillte in die eingetretene Stille hinein.

Perry Rhodan beugte sich vor und schaltete das Gerät ein. Major Professor Kirsch, der Chef des Rechenzentrums, blickte äußerlich gelassen vom Bildschirm.

Seine Stimme dagegen vibrierte vor innerer Erregung.

„Sir!" meldete er förmlich. „Die Auswertung aller vorliegenden Grunddaten besagt, daß die Raumfestung nur ein Ziel haben kann: den Planeten Quinta ...!"

Einen Herzschlag lang wagte niemand zu atmen. Alle wußten, daß sich auf Quinta die Justierungsstation des Twin-Transmitters befand – und daß ein Verlust dieser Anlage die fünftausend Schiffe der Imperiumsflotte von der Heimatgalaxis abschneiden mußte.

Perry Rhodan richtete sich abrupt auf und wandte sich an Haile Trontor, der den Berichten Atlans bisher kommentarlos gelauscht hatte.

„Oberst! Informieren Sie die Flotte über die Gefährlichkeit der Maahks und lassen Sie die Gefechtsbereitschaft überprüfen. Veranlassen Sie weiter, daß unsere Funkstation die Festung auf allen Frequenzen anruft. Vielleicht läßt sich eine Verständigung mit den Maahks herstellen. Anderenfalls greifen wir die Festung an und versuchen, sie zur Kursänderung zu zwingen. Inzwischen werden wir uns eine geeignete Strategie zurechtlegen, wie wir ihr beikommen können."

Wuriu Sengu, der an Bord der CREST zurückgeblieben war, um die Arbeit der Ärzte zu koordinieren und dafür zu sorgen, daß die Mutanten nach ihrem Erwachen zur RASPUTIN gebracht wurden, betrachtete die Bildschirme in der Zentrale des Flaggschiffs. Auf dem

Ortungsschirm sah er die Umrisse der Festung, während auf den anderen Schirmen die schematische Darstellung der terranischen Flotte zu sehen war. Silbergraue Kugelwandungen blitzten geisterhaft auf, wenn sie das sonnenhelle Licht von Triebwerksstrahlen reflektierten.

Die Flotte geriet in Bewegung.

Beinahe hätte Sengu das nervöse Flackern des Telekom-Melders übersehen. Er ließ sich in den Kommandantensitz fallen und schaltete das Bildsprechgerät ein.

„Hier Sengu, CREST II“, meldete er sich, in der Erwartung, Perry Rhodans Stimme zu hören und sein Gesicht zu sehen.

Es war jedoch kein bekanntes Gesicht, das auf dem kleinen Schirm auftauchte.

Oder doch . . .?

Der blasse, schmächtig wirkende Mann mit den Rangabzeichen eines Obersten der Imperiumsflotte verzog das Gesicht zu einem dünnen Grinsen.

„Hallo, Wuriu!“ krächzte er heiser.

Sengus Gesicht leuchtete auf, als er den Mann erkannte.

„Ismail . . .!“ Natürlich, das war Ismail ben Rabbat, mit dem er zusammen den Agenteneinsatz gegen den akonischen Geheimstützpunkt Drunda ausgeführt hatte. Damals war Ismail noch Oberleutnant gewesen. Aber ein loses Mundwerk hatte er schon immer besessen. Außerdem war er von sich eingenommen wie ein Filmstar, wenn auch sicher mit weit größerer Berechtigung. Ismail ben Rabbat kannte keine Furcht.

Wuriu Sengu lachte.

„Unsere Funker sind bewußtlos wie alle anderen Besatzungsmitglieder – außer Perry Rhodan, Atlan, Kasom und Icho Tolot. Deshalb siehst du mich hier sitzen, Ismail.“

Ismail blickte sekundenlang weg, dann wandte er sein Gesicht wieder voll der Aufnahmekamera zu. „Tut mir leid, altes Nachtgespenst, wenn ich dich erschreckt haben sollte. Ich habe wenig Zeit. Freut mich, daß mein Anruf aufs Geratewohl Erfolg hatte und ich dich noch einmal sehen konnte.“

„Wo bist du jetzt?“ fragte Sengu.

Ismail legte das Gesicht in würdevolle Falten.

„Ich bin Kommandant des Superschlachtschiffes VOLTAIRE, Kleiner. Männer wie ich sind rar und steigen ziemlich rasch. Paß einmal auf: In einem halben Jahr führe ich einen Flottenverband; vielleicht auch schon früher. Im Augenblick setzt die VOLTAIRE nämlich gerade zum Angriff auf das kosmische Riesenrad an – und ich habe die Ahnung, daß ich dieser Schlacht den Stempel meiner Persönlichkeit aufdrücken werde. Halte die CREST möglichst fern. Das Riesenrad wird eine ganz schöne helle Sonne ergeben, wenn unsere Breitseiten einschlagen."

Wuriu Sengu machte ein besorgtes Gesicht. Er bemühte sich jedoch, auf den Ton des alten Kampfgefährten einzugehen.

„Wenn du angreifst, Ismail, dann achte bitte auf offene Schleusenschotts. In die Festung paßt dein lächerliches Spielzeug tausendmal hinein."

Ismails Mund klaffte weit auf.

„Spielzeug . . .! Das zu einem Schiffsgiganten wie der VOLTAIRE zu sagen, ist Blasphemie. Ich werde dir zeigen, was in meinem Schiff steckt!"

Das Gespräch wurde abrupt unterbrochen, als ein Dauersummton die Einschaltung der Kommandowelle bekanntgab. Offenbar wurde von der RASPUTIN aus eine wichtige Meldung an die Schiffskommandanten durchgegeben. Sengu war etwas enttäuscht, daß der Empfänger der CREST nicht ansprach. Aber er sah natürlich ein, daß das wenig Sinn gehabt hätte. Ohne handlungsfähige Besatzung war die CREST zum Nichtstun verurteilt. Er, Sengu, konnte weiter nichts tun, als sich vom Kampfgeschehen fernzuhalten und den Erfolg des Ärzteteams abzuwarten.

Er versuchte, in dem Gewimmel auf den Ortungsschirmen die VOLTAIRE zu finden. Doch das erwies sich als unmöglich. Er besaß keinen Anhaltspunkt über die Position des Schiffes. Es gab zu viele davon. Nur das riesige Rad der Raumfestung hob sich unverkennbar gegen die punktförmigen Ortungsreflexe der sich zum Angriff formierenden Einheiten ab.

Perry Rhodan beobachtete mit verkniffenem Gesicht den grünen Schutzschirm der Festung.

„Zweifel, Barbar?“ fragte Atlan leise.

Rhodan blickte dem Arkoniden in die rötlich schimmernden Augen. „Es ist immerhin der gleiche Schutzschirm, wie wir ihn bereits bei den Unternehmungen gegen die Planeten dieses Systems kennenlernten ...“ gab er zu bedenken.

Atlan lachte. Aber sein Lachen klang nicht echt.

„Das ist richtig“, sagte er dann. „Es handelt sich um dieselbe Art von Schutzschirmen. Dennoch gibt es einen wesentlichen Unterschied. Wie wir inzwischen wissen, ist die Absorberkapazität der Raumschiffs-Schirme wesentlich schwächer als die jener Felder, die damals die Twin-Planeten eingehüllt hatten. Die über Kahalo aufgetauchte Maahkflotte konnte aus diesem Grund vertrieben werden. Der Schutzschirm der Festung wird wahrscheinlich erheblich stärker sein als der eines einfachen Bleistiftraumers, aber dennoch nicht annähernd die Kapazität der Planetenschirme erreichen. Wenn unsere Flotte gleichzeitig ihre Transformgeschütze einsetzt, dann wird sich dieser Schirm bezwingen lassen. Da unsere Teleporter derzeit einsatzunfähig sind, hat es auch keinen Zweck, Gravitationsbomben einzusetzen, denn diese sind lediglich imstande, die fünfdimensionale Struktur des Schirmes auf einem örtlich begrenzten Abschnitt umzupolen und dadurch für Teleportationen durchlässig zu machen. Die Gravobomben können den Schirm jedoch nicht beseitigen. Unsere einzige Chance ist der massive Einsatz von Transformkanonen. Da die Maahks bisher auf unsere Funkanrufe nicht reagiert haben und auch weiterhin nicht reagieren werden, bleibt uns keine andere Wahl, als anzugreifen.“

Rhodans Gesicht verschloß sich. Er stellte den Interkom zum Rechenzentrum durch.

Professor Kirsch meldete sich.

„Ich brauche eine Berechnung“, sagte Rhodan gedehnt. „Und zwar darüber, wie die Stabilität des künstlichen Systems Twin beschaffen ist. Speziell möchte ich wissen, welche Folgen die Explosion einiger tausend Gigabomben haben könnte.“

„Einiger *tausend* Gigabomben, Sir ...?“ Kirsch schien fassungslos.

„Sie haben richtig gehört“, gab Rhodan zurück. „Ich denke, Sie

wissen, daß die Transformkanonen Fusionsbomben im Gigatonnenbereich abstrahlen...?"
„Ja. Ich werde mich beeilen."
„Das hoffe ich." Rhodan schaltete ab.
Altlan zuckte zusammen.
„Daran habe ich nicht gedacht, Perry."
„Du hättest aber daran denken müssen, Arkonide!" Rhodan lächelte ironisch. „Immerhin entwickelt eine Gigabombe die Energie von einer Milliarde Megatonnen TNT. Eine einzige Salve aus allen Transformkanonen der Flotte kann das Gefüge des Kunstsystems zerreißen. Dann gäbe es für keinen von uns mehr ein Zurück. Neunhunderttausend Lichtjahre sind viel zuviel für die Kapazität unserer Triebwerke."
Atlans Gesicht bekam einen trotzigen Ausdruck.
„Noch weißt du nicht, ob diese Gefahr tatsächlich besteht, Perry."
„Ich werde es bald wissen."
Atlan schaute zur Festung. Er erschauerte. „Ich habe so eine Ahnung, Perry, als bliebe uns zuletzt nichts anderes übrig, als die Transformkanonen doch noch einzusetzen, ganz gleich, was die Folgen sind."
Rhodan winkte ab.
„Aus dir spricht das Erbe deines Volkes und die Kollektivfurcht vor den Maahks, mein Freund."
„Du kennst die Maahks nicht", flüsterte Atlan erregt.
Perry Rhodan sah Atlan nachdenklich an.
„Wenn man dich so reden hört, könnte man tatsächlich selbst Angst vor jenen Methanatmern bekommen."
Rhodan wandte sich ab und blickte hinüber zum Hauptschaltpult, an dem Julian Tifflor neben Oberst Trontor Platz genommen hatte. Tifflor leitete auf Rhodans Befehl die Umgruppierung der Einheiten.
Rhodan rief ihn zu sich und sagte: „Tiff, lassen Sie eine gemischte Gruppe von fünfzig Einheiten ausscheren und in Richtung Quinta in Marsch setzen. Der Verband soll die Besatzung des Planeten durch Landung von Robotkommandos verstärken!"
Tifflor bestätigte. Gleich darauf meldete sich Professor Kirsch.
„Was sagt die Positronik?" fragte Rhodan. Er war blaß bis unter die Haarwurzeln geworden, so, als wüßte er die Antwort im voraus.

„Sir, wenn innerhalb des Twin-Systems mehr als hundert Gigabomben zugleich explodieren, wird das Gefüge des Sonnentransmitters erschüttert. Wahrscheinlichkeit dafür: zweiundsechzig Prozent."

„Danke, das genügt."

Er wandte sich an Tifflor, der noch neben ihm stand und die Worte Kirschs mitgehört hatte.

„Tiff, geben Sie Anweisung an alle Schiffe, die unkontrollierte Anwendung der Transformkanonen zu unterlassen. Lediglich fünfzig ausgewählte Superschlachtschiffe sollen diese Waffe einsetzen. Der genaue Modus und die Auswahl der Schiffe wird von der Positronik der RASPUTIN errechnet und an die betreffenden Einheiten übermittelt. Ich denke, daß es keine Gefahr für die Stabilität des Systems bedeutet, wenn diese Schiffe in Abständen von jeweils zehn Minuten ihre Transformgeschütze einsetzen und danach gemeinsam mit der restlichen Flotte mit konventionellen Waffen weiterfeuern."

Rhodan wandte sich erneut an Professor Kirsch, dessen Kopf auf einem kleinen Monitor sichtbar war. „Sie haben mitgehört, Professor", stellte er fest. „Lassen Sie bitte die erforderlichen Daten berechnen und informieren Sie mich, wenn Sie fertig sind."

Kirsch nickte und schaltete ab. Nach einigen Sekunden sagte Tifflor langsam und bedächtig.

„Glauben Sie, daß es ausreichen wird? Können wir damit die Festung aufhalten?"

„Ich weiß es nicht, Tiff", gab Rhodan zu. „Aber wir haben keine andere Wahl."

Atlan seufzte. „Manchmal habe ich den Eindruck, als ob du die Festung mit allen Mitteln schonen wolltest, Perry. Ich glaube nicht, daß die Maahks deine Humanität zu würdigen wissen. Sie werden nicht so rücksichtsvoll vorgehen.

Rhodans Miene verschloß sich. „Ich denke nicht daran, denselben Fehler zu begehen wie deine Vorfahren, Arkonide. Ich glaube immer noch daran, daß alle Lebewesen zu ein und derselben Schöpfung gehören – und mögen sie noch so fremdartig sein. Sie haben wie wir ihre Existenzberechtigung innerhalb des Universums. Wir haben nicht das Recht dazu, die Festung kaltblütig zu vernichten. Hast du schon einmal daran gedacht, wie viele Maahks in der Festung leben? Es dürften hunderttausende sein. Sie alle würden sterben, wenn wir dieses Riesenschiff vernichten würden. Dazu bin ich aber nicht bereit. Es muß auch andere Möglichkeiten geben, selbst wenn sie nur von einem bescheidenen Erfolg getragen sind. Wenn es uns gelingt, den Schutzschirm zu beseitigen und die Festung von ihrem Kurs abzubringen, dann wird das für die Maahks ein Signal sein, daß wir nicht bereit sind, uns wehrlos unserem Schicksal zu ergeben. Dann wären wir einen großen Schritt weiter. Vielleicht sind die Maahks dann ihrerseits bereit, mit uns Kontakt aufzunehmen."

Atlan schwieg. Er wußte, daß Rhodan im Grunde recht hatte. Dennoch konnte er nicht aus seiner Haut. Er hatte den Beginn des Großen Methankrieges miterlebt und kannte die Mentalität der Maahks. Aus dieser Erfahrung heraus hatten sich in ihm unauslöschliche Eindrücke gebildet, die nun beim erneuten Auftauchen der Methanatmer wieder hervorgebrochen waren. Er hatte Angst davor, daß die Milchstraße erneut Schauplatz eines irrsinnigen Krieges werden könnte. Eines Krieges, der keiner der beiden Parteien irgendwelche Vorteile bringen würde, denn für die Maahks waren Sauerstoffplaneten uninteressant und umgekehrt die Methanwelten für die Sauerstoffatmer. Atlans Gedanken wurden durch das Schrillen des Interkoms unterbrochen.

„Die Daten liegen vor", meldete sich Kirsch. „Die Positronik hat die Bestimmung jener Schiffe, die mit Transformkanonen operieren werden, beendet und einen Zeitplan erstellt."

„Gut", erwiderte Rhodan. „Lassen Sie die Daten direkt in die Positroniken der ausgewählten Schiffe überspielen und geben Sie mir ihre Namen durch. Ich werde die Kommandanten selbst informieren."

Zehn Minuten später war es soweit. Rhodan hatte per Hyperfunk zu den Kommandanten der fünfzig Superschlachtschiffe gesprochen und sie über den bevorstehenden Einsatz informiert.

Inzwischen hatte die restliche Flotte ihre Angriffsposition eingenommen. Vorerst sollten lediglich die fünfzig Schiffsgiganten mit ihren Transformgeschützen einen Angriff fliegen. Dabei sollten sie einige hundert Einheiten mit Thermo-, Desintegrator- und Narkosestrahlern unterstützen. Diese erste Angriffswelle sollte dazu dienen, die Wirkung zu testen und den Maahks zu signalisieren, daß man die Existenz Quintas und des Transmittersystems schützen wollte. Der Rest der fünftausend terranischen Schiffe hatte Order, sich zunächst zurückzuhalten und erst dann einzugreifen, wenn sich die Wirkung des Testangriffes herausgestellt hatte.

Rhodan und Atlan standen vor den Bildschirmen und beobachteten den Beginn des Angriffs auf die Festung, die noch immer auf alle Funkanrufe schwieg.

Einige Sekunden lang, die den beiden Männern wie eine Ewigkeit vorkamen, geschah nichts.

Dann standen plötzlich, wie hingezaubert, unzählige flimmernde Energiebahnen in der Schwärze des Alls. Sie kamen aus verschiedenen Richtungen. Ihre Bündelung zeigte an, daß es sich um die Breitseiten einiger weniger Raumschiffpulks handelte.

Am grünen, mehrfach gestaffelten Schutzschirm der Festung prallten sie auf. Ein buntschillerndes Feuerwerk umfloß den Schutzschirm, erlosch, flammte wieder auf und erlosch erneut.

„Negativ!" sagte Atlan. „Das war vorauszusehen. Ich würde an . . ."

Perry Rhodan wollte sich verwundert zu Atlan umwenden. Er war nicht gewohnt, daß der Arkonide sich mitten im Satz unterbrach.

Die jählings in die Bildschirme stürzende Lichtfülle hinderte ihn jedoch daran. Geblendet und halb wahnsinnig vor Schmerz schlug er die Hände vor die Augen.

Neben ihm schrie Atlan . . .

Wuriu Sengu beugte sich weit vor, als der grüne Schutzschirm der Raumfestung sich unter dem Feuer der Vernichtungsstrahlen zu verfärben begann.

Er spürte, wie sein Herz bis zum Halse heraufschlug.

Er wußte, daß dieses Gebilde eine Gefahr für das Solare Imperium bedeutete. Dennoch empfand er keinen Haß. Seit er Perry Rhodan kannte, war der oberste Grundsatz seines Handelns immer die Achtung vor jedwedem Leben gewesen, ganz gleich, in welcher äußeren Form es auftrat. War ihm dieser Grundsatz so in Fleisch und Blut übergegangen, daß er den Selbsterhaltungstrieb verdrängt hatte?

Unwillkürlich schüttelte Sengu den Kopf.

Nein, was seinen Willen aufspaltete, war nichts als die Ungewißheit über die Absichten der Maahks und die Ursachen ihres überraschenden Auftauchens. Er fürchtete, die Ereignisse hätten Maahks und

Menschen zwangsläufig Front gegeneinander machen lassen, ohne daß eine Seite es wirklich wollte.

Mitten in diese Überlegungen des Mutanten kam der grelle Lichtblitz oder vielmehr eine rasche Aufeinanderfolge starker Leuchterscheinungen im Raum, die dem menschlichen Auge als ein einziger Blitz erschienen.

Für den Späher-Mutanten mit seinen hypersensiblen Augen wirkte die unerträgliche Lichtfülle wie ein starker elektrischer Schlag.

Wuriu Sengu schnellte schreiend empor, drehte sich noch einmal um seine Achse – und brach bewußtlos zusammen.

Als er wieder zu sich kam, stellte er an der Borduhr fest, daß er nur fünf Minuten ohne Bewußtsein gelegen hatte. Eine Weile lauschte er dem beruhigenden Dröhnen aus dem Kraftwerksteil des Schiffes und dem Summen und Klicken der automatisch gesteuerten Schaltungen der Zentrale. An Bord der CREST II schien alles in Ordnung zu sein.

Ein unsicheres Lächeln breitete sich über Sengus Gesicht aus. Natürlich: die Raumfestung würde explodiert sein! Was sonst? Wie anders war die Leuchterscheinung zu erklären?

Doch Sengu hing dieser Illusion nicht lange nach. Widerwillig zwang er sich dazu, den Kopf zu wenden und den Blick auf den Orterschirm zu richten.

Er sah das radförmige Gebilde der Raumstation sich deutlich gegen die Schwärze des Weltraums abheben.

Und der grüne Schutzschirm stand ruhig und unbeschädigt über der Festung der Maahks.

Aus den Augenwinkeln nahm Sengu das Aufblitzen nadelscharfer Lichtpunkte wahr. Der rätselhafte Vorgang vollzog sich blitzschnell. Die Lichtpunkte dehnten sich schneller aus, als das Auge ihnen zu folgen vermochte, und – erloschen.

Sengu grübelte über das Phänomen nach, bis ihm einfiel, daß die Aufnahmegeräte der Bildschirme automatisch abgeblendet wurden, wenn die Lichtstärke die menschliche Verträglichkeitsgrenze überschritt. Nur konnte die Automatik nicht wirksam werden, bevor der erste alarmierende Lichtstrahl die Linsensysteme passiert hatte. Genau das aber war vor fünf Minuten geschehen. Inzwischen hatte die Automatik ihre Schutzfunktion aufgenommen.

Die punktförmigen Lichtblitze waren identisch mit der blendenden Lichtexplosion, die ihm die Besinnung geraubt hatte!

Und sie fanden mitten in den Linien der Solaren Kampfschiffe statt!

Wuriu Sengu mußte sich an den Lehnen seines Sessels festhalten, um nicht erneut bewußtlos zu werden. Die Bedeutung der Lichtblitze, so unfaßbar sie ihm schien, war ihm schlagartig aufgegangen.

Die Raumfestung der Maahks wehrte sich – mit einer Waffe, der die Solare Flotte offenbar nichts entgegenzusetzen hatte.

Hochgradig erregt versuchte er, über den Hyperkom die RASPUTIN zu erreichen. Aber aus dem Empfänger dröhnten und krachten nur unidentifizierbare Lautfetzen. Mit bebenden Fingern suchte Sengu das Richtstrahlzeichen der RASPUTIN. Er atmete auf, als er das dünne Zirpen hörte.

Wenigstens existierte das Schiff noch.

Er konnte jedoch keine Verbindung bekommen. Der Zirpton zeigte ihm an, daß die RASPUTIN auf einem Sperrkanal sendete und empfing. Den Kode dafür kannten nur die Cheffunker der Schiffe und die Kommandanten, sonst niemand.

Sengu stellte die Frequenz der VOLTAIRE ein.

Nichts! Nur die Störgeräusche des Weltraums.

Aber dann drang ein dünner, hohler Pfeifton an Sengus Ohr. Er bedeutete, daß die Empfänger-Automatik einen Spruch auf der Speicherspule hatte, der auf der Frequenz der VOLTAIRE gesendet worden war. Das mußte während der kurzen Zeit seiner Bewußtlosigkeit geschehen sein.

Sengu schaltete den Lautsprecher der Speicherspule ein. Mit leisem Klicken schnellte das Band an den Anfang des gespeicherten Textes zurück. Sengu legte lauschend den Kopf schief.

Dann verfärbte er sich.

„Mayday ... Mayday ... Mayday ...“

Dreimal sagte die gefühllose Stimme eines Automaten den Notruf, dann brach sie ab.

„Ismail ...!“ flüsterten Sengus bleiche Lippen. Dann biß er die Zähne zusammen. Er zweifelte nicht daran, daß der abgebrochene Notruf das letzte war, was jemals jemand von Ismail und seinem Schiff gehört hatte. Trauer und Zorn erfüllten Sengus Brust.

Aber das Fehlen völliger Gewißheit marterte den Afro-Terraner.

Wenn die VOLTAIRE nun doch nicht völlig vernichtet war...? Kannte denn jemand die Wirkung der unheimlichen Waffe der Maahks...?

Schon wollte Sengu erneut versuchen, zur Funkzentrale der CREST II durchzukommen. Er hatte die Absicht, Perry Rhodan um die Erlaubnis für eine Rettungsaktion zu bitten.

Da glühten erneut unzählige Energiebahnen im Raum auf.

Die gesamte Solare Flotte im Twin-System, immer noch fast fünftausend schwere und schwerste Einheiten, hatte gleichzeitig das Punktfeuer aus allen Waffen auf die Festung eröffnet.

Aus allen Waffen...?

Nein! Sengu erkannte auf Grund seiner Erfahrung, daß nur wenige Transformkanonen feuerten. Rhodan setzte also noch nicht alles ein, was er besaß. Das gab Sengu wieder Hoffnung.

Er kannte ja nicht den Grund, aus dem der Großteil der Transformkanonen schwiegen...

Doch sofort verdüsterte sich sein Gesicht wieder. Selbst wenn die Lage nicht verzweifelt war, so konnte er doch Ismail nicht helfen. Sein Platz war an Bord der CREST II. Zumindest solange, bis einer der anderen Mutanten wieder einsatzfähig war.

Ein Schott klappte auf.

Sengu fuhr herum.

„Nun, Brüderchen!" rief der eine Mund des schuppenhäutigen Riesen, der in der Tür stand. „Iwan ist wieder fit!"

„Großmaul!" brüllte der Mund des zweiten Kopfes. „Iwanowitsch war längst munter, bevor du auch nur einen Piepser von dir geben konntest. Ich werde dir helfen, dich immer vorzudrängen!"

Sengu verließ lachend seinen Platz und eilte auf Goratschin zu. Ihn kümmerte augenblicklich der ewige Streit der beiden Köpfe des Mutanten, von denen der eine Iwan, der andere Iwanowitsch hieß, nicht im mindesten.

„Gott sei Dank!" Sengu deutete auf die im Atomfeuer der Schlacht flackernden Bildschirme. „Ich freue mich, daß Sie munter sind." Was ist mit den anderen Mutanten? Sind sie auch schon erwacht?"

„Nein, bisher noch nicht", erwiderte Goratschin. „Es wird noch einige Zeit dauern. Auch der Großteil der übrigen Besatzung ist noch nicht einsatzfähig. Lediglich die Umweltangepaßten sind bereits wieder aktiv und unterstützen die Tätigkeit der Ärzte. Cart Rudo ist bereits auf dem Weg in die Zentrale und müßte jeden Moment hier eintreffen."

Sengu dachte einen Augenblick lang nach. Seine Anwesenheit an Bord der CREST war seiner Ansicht nach nicht mehr erforderlich. Es hatte keinen Sinn, noch länger untätig zu warten. Bis die anderen Mutanten einsatzfähig waren, konnten noch viele Stunden vergehen. Er hatte das Gefühl, daß Goratschin drüben auf der RASPUTIN benötigt wurde, deshalb entschloß er sich dazu, die CREST gemeinsam mit dem Doppelkopfmutanten zu verlassen und zur RASPUTIN zu wechseln.

Er informierte Goratschin darüber. Dieser lachte dröhnend und erwiderte:

„Worauf warten wir dann noch, Brüderchen ...!"

9.

Oberst Ismail ben Rabbat hatte das Empfinden, auf einem Nagelbrett zu liegen.

Seine rechte Seite brannte vor Schmerz. Vergeblich versuchte er, sich zu drehen. Seine Muskeln gehorchten ihm nicht. Wahrscheinlich war das auch der Grund dafür, daß er nichts sah außer einem rosafarbenen Schimmer auf der Netzhaut. Das mußte das Licht sein, das durch die geschlossenen Lider drang. Eine kümmerliche Spur von Licht. Sie reichte nicht aus, um sich zu orientieren.

Ismail fragte sich, was geschehen war.

Die VOLTAIRE – erst jetzt fiel ihm ein, daß das der Name seines Schiffes sein mußte – hatte sich im Anflug auf die plötzlich im Twin-Transmitter aufgetauchte Raumfestung befunden. Ismail entsann sich deutlich Rhodans Befehl, keine Transformkanonen einzusetzen. Mit Höchstfahrt hatte er das Superschlachtschiff an die Festung herangebracht und dann aus allen Strahlwaffen das Feuer eröffnet.

Und dann hatten plötzlich die Aggregate an Bord der VOLTAIRE verrückt gespielt.

Ismail ben Rabbat wußte nicht mehr genau, was alles geschehen war. Vage erinnerte er sich daran, daß die Rettungsautomatik begonnen hatte, „Mayday“ zu senden.

Von jenem Augenblick an bis zu seinem Erwachen vor etwa einer halben Minute war er bewußtlos gewesen.

Er fragte sich, ob sein jetziger Zustand sich sonderlich von der Bewußtlosigkeit unterschied. Er war sich nur seiner eigenen Existenz bewußt und der Tatsache, daß eine Spur von Licht durch die Haut seiner Lider schimmerte.

Ein dumpfes Poltern riß ihn aus seiner Resignation.

In jäh aufflammender Hoffnung lauschte Ismail. Aber das Poltern schien der einzige Laut bleiben zu wollen. Noch zweimal hörte er es, ohne es identifizieren zu können, dann herrschte wieder vollkommene Stille.

Es dauerte einige Zeit, bevor Ismail begriff, daß der Schmerz in seiner rechten Seite verschwunden war. Und als er das begriffen hatte, merkte er plötzlich noch, daß kein Licht mehr durch seine Lider drang.

Es war völlig dunkel geworden.

Wieder einmal versuchte Ismail, sich zu bewegen. Es war ein vom Unterbewußtsein ausgelöster Versuch, und Ismail rechnete nicht mit dem eintretenden Effekt.

Erschrocken schlug er um sich, als er auf die andere Seite rollte. Seine Hände griffen auf glattes, kühles Metall. Es gab einige klatschende Laute und ein schwaches Echo. Ismail riß die Lider auf. Sie gehorchten seinem Willen. Dennoch blieb die nachtschwarze Dunkelheit. Zum erstenmal seit seinem Erwachen fragte Ismail sich, wo er sich wohl befände. Er schalt sich einen Narren, überhaupt danach zu fragen. Selbstverständlich konnte er sich nur in der Kommandozentrale der VOLTAIRE befinden, denn er hatte sich ja nicht bewegt. Aber sein Gefühl sagte ihm, daß das nicht zutraf. Zudem mußte vor kurzem noch Licht gewesen sein. Licht, das seine Lider durchdrang. Jetzt war es nicht mehr da. Hatte er seinen Aufenthaltsort gewechselt? Und hatte das dumpfe Poltern vielleicht etwas damit zu tun gehabt...?

Ismail rief.

Schauerlich hohl schallte das Echo zurück.

„Hallo ...! Hallo ...!"

Niemand antwortete.

Vorsichtig richtete Ismail ben Rabbat sich auf. Er war überzeugt davon, allein zu sein, allein in einem Gefängnis aus Metall, ohne Licht und ohne Leben.

Um so stärker erschrak er, als schräg über ihm jemand kräftig nieste.

Doch Ismail ben Rabbat faßte sich schnell. Nicht umsonst nannten Spötter und auch Kameraden ihn wegen seiner hochgradigen Geltungssucht den „Raumkavalier". Für ihn wäre es unerträglich gewesen, eine schlechte Haltung zu zeigen.

Ismail klappte rasch den Druckhelm zurück, und während er sich sorgfältig die pechschwarzen Haare glattstrich, sagte er laut und mit ironischem Unterton:

„Gesundheit!"

Indigniert verzog er das Gesicht, als daraufhin ein wahrhaft homerisches Gelächter ertönte.

„Ich weiß nicht, was es da zu lachen gibt!" rief er erzürnt. „Ziehen Sie doch gefälligst dickere Socken an, damit Sie sich nicht erkälten."

Als Antwort nieste es wieder, diesmal in nächster Nähe.

Ismail besann sich auf die kleine, aber starke Atomlampe, die in einer Halterung an seiner Brust baumelte. Er nahm sie ab und schaltete das Licht ein.

Im Lichtkegel tauchte das feuchte, schaumbedeckte Maul eines riesigen Frosches auf. Der glänzende Körper dahinter wirkte wie ein Alptraum. Er war so groß wie der einer fetten Bulldogge.

Ismail ließ vor Schreck die Lampe fallen und schrie ...

Klatschende Schläge riefen Ismail ins Leben zurück.

Vorsichtig blinzelte er in das Licht einer auf dem Boden abgestellten Lampe. Von dem „Riesenfrosch" war nichts mehr zu sehen. Aber dicht vor sich entdeckte er die zusammengekauerte Gestalt eines hünenhaften Mannes. Der Mann trug eine Uniformkombination der Imperiumsflotte. Das verschaffte Ismail ben Rabbat augenblicklich Oberwasser.

Er richtete sich mühsam auf.

„Lassen Sie doch den Unsinn, Mann!“

Der Hüne legte den feuchten Lappen, den er bisher mit monotonem Gleichmaß Ismail links und rechts ins Gesicht geschlagen hatte, weg. Er lachte unterdrückt.

„Wie ich sehe, haben Sie keinen ernsthaften psychischen Schaden davongetragen. Einen stärkenden Schluck können Sie aber sicher gebrauchen.“

Ohne zu fragen, hielt der Hüne Ismail eine flache Flasche an den Mund. Ismail schluckte die nach Alkohol riechende Flüssigkeit hinunter. Im nächsten Augenblick bäumte er sich auf. Er hustete keuchend.

„Sind Sie wahnsinnig! Was haben Sie mir da eingeflößt? Schwefelsäure?“

Der andere lachte erneut.

„Wofür halten Sie mich! Das war oxtornischer Whisky, ein Getränk für harte Männer.“

„Wie bitte?“ Ismail keuchte noch einmal, dann schnappte er nach Luft. „Geben Sie mir noch einen Schluck davon!“

Bei dem folgenden Hustenanfall wurde es Ismail schwarz vor den Augen. Dennoch sagte er anerkennend:

„Das ist wirklich ein Getränk für Männer! Ähem...! Wie heißen Sie überhaupt? Sie kenne ich doch gar nicht?“

Der andere erhob sich. Er war nicht nur außergewöhnlich hochgewachsen, wie Ismail jetzt feststellen konnte, sondern besaß auch extrem breite Schultern. Der völlig kahle Kopf gab ihm dazu ein exotisches finsteres Aussehen, das noch verstärkt wurde durch die buschigen Augenbrauen.

„Mein Name ist Omar Hawk, Leutnant des Spezialpatrouillenkorps.“ Er lachte. „Ich glaube Ihnen gern, daß Sie mich nicht kennen. Wie ich sehe, tragen Sie die Rangabzeichen eines Obersten und Schlachtschiffkommandanten der Imperiumsflotte...?“

Das war eine unverblümte Frage. Ganz gegen seine Gewohnheit verzichtete Ismail jedoch darauf, den anderen auf den Rangunterschied zwischen ihnen hinzuweisen.

„Ich bin Oberst Ismail ben Rabbat, Kommandant des Superschlachtschiffes VOLTAIRE. Wie kommen Sie auf mein Schiff, Hawk?“

Hawk blickte sich ostentativ um.

„Hm!" brummte er nachdenklich. „Sie scheinen nicht zu wissen, wo Sie sich befinden. Trösten Sie sich mit mir, Oberst. Ich weiß es auch nicht. Jedenfalls ist das hier kein Raum, wie man ihn an Bord eines Schiffes finden würde."

Ismail fiel etwas ein. Mit äußerster Selbstbeherrschung sah er sich um.

„Haben Sie eine Ahnung, was das für ein Ungeheuer war? Vorhin sah ich etwas, das einem Frosch glich; aber was für einem Frosch!"

„Keine Bange!" Hawk stieß einen schrillen Pfiff aus. „Das war Sherlock, mein gezähmter Okrill. Er vermeidet es für gewöhnlich, Fremde zu erschrecken. Aber als Sie ihn anriefen . . ." Hawk machte eine Pause.

„Teufel!" entfuhr es Ismail. „Ich habe Ihren ‚Mandrill' nicht angerufen. Ich habe nur ‚Gesundheit' gesagt, weil Sie so fürchterlich niesten. Sind Sie erkältet, Hawk?"

Hawk lachte erneut.

„Erstens heißt das Tier nicht ‚Mandrill', sondern Okrill, Oberst, und zweitens habe nicht ich geniest, sondern mein Okrill."

Wie zur Bestätigung dröhnte ein drittes, diesmal noch lauteres Niesen auf. Ismail fuhr herum und schaute mit hervorquellenden Augen auf das froschähnliche, meterlange und halbmeterhohe Wesen, dessen pupillenlose Augen durch ihn hindurchzuschauen schienen.

Hawk klopfte dem muskulösen Tier mit der flachen Hand gegen das breite Maul.

„Das ist Sherlock, mein Okrill. Oberst ben Rabbat."

„Pfui Teufel, wie unästhetisch!" schimpfte Ismail.

Hawks Augen zogen sich drohend zusammen.

„Er ist mir lieber als ein pomadisierter Lackaffe in Offiziersuniform, Oberst . . .!"

Ismail erstarrte.

„Leutnant . . .!"

Hawk winkte ab.

„Lassen Sie das! Als Angehöriger des Spezialpatrouillenkorps unterstehe ich nicht Ihrem Befehl."

„Darüber sprechen wir noch!" sagte Ismail.

„Wenn wir jemals eine Gelegenheit dazu haben sollten!" Hawk

lachte rauh. „Jetzt sollten wir sehen, etwas über unseren Aufenthaltsort zu erfahren. Das halte ich für das Wichtigste."

„Wollen Sie sagen, Sie wüßten das wirklich nicht?" Ismails Stimme klang belegt. „Sie müssen doch irgendwie hierhergekommen sein!"

„Sicher! So wie Sie auch. Und doch haben Sie ebenfalls keine Ahnung, wo wir sind. Ich weiß wenigstens, daß wir uns im Innern einer Anlage befinden, die von keinem Menschen erbaut wurde. Aber die Anlage ist zu kompliziert und zu gewaltig, als daß Sherlock sie vollkommen überblicken könnte."

„Sherlock . . .?" Ismail blickte unsicher auf den reglos dahockenden Okrill. „Ich denke, es ist ein Tier . . .!"

„Ein Tier mit besonderen Fähigkeiten, Oberst ben Rabbat. Die Okrills von Oxtorne sind sogenannte ‚Super-Infrarot-Spürer' und können Spuren und Ereignisse ‚sehen', die so weit zurückliegen oder so alt sind, daß ihnen mit den besten Infra-Detektoren nicht mehr beizukommen ist. Mittels eines Hirnwellenverstärkers nehme ich an seinen besonderen Wahrnehmungen indirekt teil."

„Das wußte ich nicht", flüsterte Ismail.

„Wir sollten", fuhr Hawk fort, „die Ereignisse, die uns hierherführten, gedanklich rekonstruieren. Vielleicht nützt uns das mehr als ein zielloses Herumsuchen."

„Das stimmt!" Oberst Ismail ben Rabbat seufzte vernehmlich. „Aber ich fürchte, ich kann dabei nicht viel helfen." Er berichtete in kurzen Worten von den Ereignissen an Bord der VOLTAIRE, von seiner Bewußtlosigkeit und seinem Erwachen.

Hawk machte ein nachdenkliches Gesicht.

„Ihr Bericht ist zwiespältig, wissen Sie das?"

„Nein, wieso?"

„Zuerst konnten Sie durch Ihre Lider hindurch Licht wahrnehmen. Später nicht mehr."

„Vielleicht haben Sie mich zufällig einmal mit Ihrer Lampe angeleuchtet . . ."

Hawk schüttelte den Kopf.

„Das müßte ich wissen, Oberst. Sherlock hätte sie längst entdeckt, bevor der Lichtkegel meiner Lampe Sie treffen konnte. So ist es ja später auch tatsächlich gewesen. Nein, Sie müssen, als Sie noch gelähmt waren, an einer anderen Stelle gewesen sein als jetzt."

Ismail lachte hysterisch.

„Als ich noch gelähmt war, konnte ich mich bekanntlich nicht bewegen, Hawk. Wie soll ich dann den Ort meines Aufenthaltes gewechselt haben?“

„Es gibt andere Arten der Fortbewegung, Oberst. Ich zum Beispiel bin von einem Transmitter hierher befördert worden...“ Hawk schwieg. Auf seinem Gesicht zeichnete sich Verwirrung ab. „Auf einem reichlich verworrenen Wege, muß ich zugeben. Ich befand mich auf der CREST II...“

„Auf Perry Rhodans Flaggschiff...?“ fragte Ismail atemlos.

„Ganz recht. Eigentlich gehörte ich zur Besatzung der ANDROTEST II, eines Versuchsschiffes, das den Großadministrator aus dem Horror-System zurückholen sollte. Leider flogen wir in die gleiche Falle und...“ Er unterbrach sich und winkte ab. „Aber das gehört jetzt nicht hierher. Ich war bewußtlos wie die gesamte Mannschaft der CREST II und die im Flaggschiff befindlichen Leute der ANDROTEST II. Die Raumfestung hatte uns mit einer besonderen Art von Strahlung gelähmt. Als ich erwachte, befand die CREST II sich in Sicherheit, aber immer noch war die Mannschaft bewußtlos. Von den Ärzten der Bordklinik erfuhr ich, daß Rhodan, Atlan, Tolot und Kasom mittels Transmitter zur RASPUTIN übergesetzt hatten...“

„Dem neuen Flaggschiff Tifflors, ich weiß!“ Ismail nickte.

„Nur Wuriu Sengu sollte noch an Bord sein“, fuhr Hawk fort.

Ismail grinste breit.

„Das alte Nachtgespenst! Mit Wuriu habe ich noch gesprochen, bevor die Sache mit der VOLTAIRE passierte. Wir kennen uns gut.“

Hawk zog überrascht die Augenbrauen hoch.

„Sie kennen ihn gut?“

Ismail reckte sich.

„Er ist mein Freund. Wir beide haben zusammen den tollsten Agenteneinsatz der menschlichen Geschichte ausgeführt.“ Er seufzte. „Das waren noch Zeiten...!“

Hawk kratzte sich am Kopf. Es klang, als würde ein Drahtbesen über eine eiserne Platte gezogen.

„Beim Göttersturm Oxtornes! Dann sind Sie der Mann, um den Sengu so besorgt war! Er hatte keine Zeit. Wollte mit einem anderen Mutanten, Iwan Goratschin, per Transmitter zur RASPUTIN übersetzen. Darum drückte er mir einen Zettel mit Transmitterkoordinaten in die Hand und bat mich, dort einmal nach dem Rechten zu sehen."

„Das war sehr leichtsinnig von ihm", sagte Ismail. „Er konnte doch gar nicht wissen, ob die Empfänger auf der VOLTAIRE noch arbeiteten."

„Er hatte mich davor gewarnt", entgegnete Hawk mürrisch. „Aber ich konnte in dem allgemeinen Durcheinander, das die Flotte ergriffen hatte, natürlich nicht erst lange nach einer Bereitschaftsmeldung suchen. Wir beide, Sherlock und ich, stiegen also in den Transmitter. Ich justierte das Gerät auf die Koordinaten ein, die Sengu mir gegeben hatte, und aktivierte das Gerät." Er schwieg eine Weile und blickte geistesabwesend in den finsteren Hintergrund des unergründlichen Raumes, in dem sie sich befanden. „Eine kleine Ewigkeit lang schwebten wir im Nichts. Jedenfalls schien es uns so. Dann änderte sich die Umgebung. Wir fanden uns hier wieder."

„Und wo ist die Besatzung der VOLTAIRE ...?" fragte Ismail tonlos.

Hawk blickte auf seinen Okrill hinab.

„Wir werden sie suchen!"

Nichts von der ehemals grünen Färbung der Schutzschirme, die die Festung der Maahks umgaben, war mehr zu sehen. Dennoch existierten sie.

Aber wie sahen sie aus!

Eine heftig pulsierende Atomsonne, so trieb die Raumfestung auf den Planeten Quinta zu. Das Punktfeuer von fünftausend Imperiumsraumern ließ sie nicht los. Auf der hochgespannten energetischen Oberfläche des Schutzschirmes tobten die Energien einer Nova.

„Zwecklos!" Atlan stieß es haßerfüllt hervor. Der weißhaarige Arkonide beobachtete mit brennenden Augen den Ortungsschirm. „Wir vermögen die Festung nicht einmal von ihrem Kurs abzubringen, und zudem vernichtet sie eines unserer Schiffe nach dem anderen. Wie lange willst du tatenlos zusehen, Perry?"

„Sollen wir das Gefüge des Sonnentransmitters mit Gigabomben zerreißen?" fragte Rhodan mit gequälter Stimme zurück. „Soll ich fünftausend Schiffe dem Verderben preisgeben, um einige zu retten? Wir müssen die Festung auch ohne Transformkanonen vertreiben! Gibt es denn kein Gegenmittel gegen die Konverterkanone, Atlan?"

Atlan schüttelte in stummer Verzweiflung den Kopf.

„Es gibt keines, Perry. Die Konverterkanone funktioniert in ähnlicher Weise wie ein Fiktiv-Transmitter. Ihre Wirkung ist dennoch ganz anders. Sie erzeugt innerhalb eines gewählten Zielgebietes ein instabiles Ballungsfeld auf fünfdimensionaler Basis. Ein Schiff, das sich in dem gewählten Zielgebiet befindet, wird von diesem Ballungsfeld eingehüllt und dadurch unbekannten physikalischen Gesetzmäßigkeiten unterworfen.

Solange das Ballungsfeld existiert, geschieht dem Schiff nichts. Wird jedoch die Konverterkanone abgeschaltet, erlischt das Ballungsfeld. In diesem Augenblick wird die umhüllte Materie entstofflicht und aus unserem Universum geschleudert. Was mit der entstofflichten Materie tatsächlich geschieht, ist unbekannt. Es steht jedoch fest, daß sie ihre normale Existenzform verliert und für uns als unwiederbringlich verloren gilt. Man kann daher durchaus von einer Vernichtung sprechen – obwohl dies vielleicht nicht die ganz exakte Bezeichnung ist, da nicht ausgeschlossen werden kann, daß diese Materie eine andere Existenzform annimmt, die sich unserer Wahrnehmung entzieht."

„Immerhin sind auch die Maahks verwundbar!" rief Melbar Kasom plötzlich erregt. „Da!" Er wies mit der Hand auf den Ortungsschirm.

Der Kurs der Raumfestung hatte viel von seiner Zielstrebigkeit verloren. Das erkannte auch Rhodan auf den ersten Blick. Sie taumelte, offensichtlich von der Auftreffwucht der Treffer aus dem Kurs gerissen. Die Zielkursverfolgungsschirme, die auf fünfdimensionaler Basis arbeiteten, zeigten sogar, daß die Festung sich allmählich überschlug.

„Die kinetischen Energien der Treffer zeigen Wirkung. Und einmal müssen auch ihre Schutzschirme nachgeben!" Melbar Kasom knirschte mit den Zähnen.

„Sicher!" erwiderte Tolot trocken. „Aber wann, fragt sich. Die Energieerzeugung an Bord der Festung muß ungeheuerlich sein. Ich versuche gerade, mir ein Superschlachtschiff vorzustellen, das dem gleichen Beschuß ausgesetzt ist."

„Es würde von der ersten Salve atomisiert werden", bemerkte Rhodan.

„Ich kann nur immer wieder sagen: Setze mindestens die doppelte Menge an Transformkanonen ein, Perry!" Atlans Stimme klang mahnend.

Rhodan preßte die Lippen zusammen und schüttelte den Kopf.

„Die Festung steht nur noch viereinhalb Millionen Kilometer vor Quinta, Atlan. Die Gefahr eines Transformbeschusses ist für den Planeten größer als die durch die Festung."

„Und wenn die Festung Quinta angreift?" fragte Atlan leise.

Perry Rhodan wandte sich an Tifflor.

„Steuern Sie die RASPUTIN näher an Quinta heran, Tiff!"

„Das ist Selbstmord!" rief Atlan.

Rhodan schaute auf die Projektion der Raumfestung, als sähe er durch sie hindurch.

„Vielleicht..." flüsterte er. „Aber in diesem Kampf gibt es nirgendwo Sicherheit."

„Hier fließt irgendwo Energie!"

Omar Hawk sagte es und klopfte dabei mit dem Fuß auf den Boden des hallenähnlichen Ganges, durch den sie sich seit zwei Stunden bewegten.

Ismail ben Rabbat schwenkte seine Handlampe. Der Lichtkegel verharrte auf dem träge und scheinbar kurzatmig dahinwatschelnden Okrill.

„Hat Sherlock das herausbekommen?"

Hawk schüttelte den Kopf.

„Sherlock ist ein Spurenleser. Er kann nicht durch isolierte Wände sehen. Ich spüre es irgendwie."

Ismail drehte sich um. Er verstellte den Lichtkegel seiner Lampe. Der Strahl verengte sich. Weit im Hintergrund traf er auf eine Wand und erzeugte einen blaßgelben Fleck.

Plötzlich zuckte Ismail zusammen.

„Was ist los?" fragte Hawk, dem nichts entgangen war.

„Eigenartig!" sagte Ismail. „Wir sind doch immer geradeaus gegangen, oder nicht?" Er beantwortete seine Frage, die mehr rhetorischer

Natur war, selbst. „Dabei ist das nicht möglich. Wenn man genau hinsieht, merkt man, daß der Gang sich, auf lange Sicht betrachtet, korkenzieherartig windet..."

Hawk legte ihm die Hand auf die Schulter. Ismail ging mit unterdrücktem Schmerzensschrei in die Knie.

„Verzeihung!" Hawk hüstelte. „Ich vergesse manchmal, daß ich von einem 4,8-Gravo-Planeten stamme. Aber Sie haben recht. Warum ist mir das nur entgangen? Jetzt, wo ich aufmerksam geworden bin, kann ich diese Wahrnehmung deutlich bei Sherlock erkennen. Und ich weiß genau, daß wir geradeaus gelaufen sind. Ich irre mich bestimmt nicht."

Ismail pfiff eine Melodie, brach aber rasch ab.

„Es ist Ihnen nicht entgangen, Hawk. Sie haben gespürt, daß hier irgendwo unter uns Energie fließt, nicht wahr? Ich wette um eine Kiste Whisky, daß es sich dabei um die Energie eines Schwerefeldes handelt."

Hawk blickte Ismail überrascht an. Dann drehte er sich in plötzlichem Entschluß um und lief mit weiten Schritten die gewölbte Wand hinauf. Der Lichtkegel seiner Lampe beschrieb einen Halbkreis. Zitternde Reflexe huschten über die glatte Wandung.

„Sie hatten recht!"

Hawks Stimme hallte von den Wänden wider. Der Oxtoner hing über Ismail, an der Decke des Ganges, mit dem Kopf nach unten.

„Wir sind tatsächlich geradeaus gegangen, ben Rabbat. Da der Gang korkenzieherartig verläuft, bewegten wir uns allerdings einmal ‚unten' und einmal ‚oben'. Von den Wänden, wobei ich Decke und Boden mitrechne, geht ein konstanter Schwereeinfluß aus. Ganz gleich, wo wir stehen, für unsere Begriffe ist überall ‚unten'."

Ismail lachte gepreßt.

„Kommen Sie wieder runter, Hawk, sonst wird mir noch schwindlig. Ich darf gar nicht daran denken, was unsere Entdeckung zu bedeuten hat."

Hawk lief zu Ismail zurück.

„Unser Selbstbewußtsein dürfte einen kleinen Knacks bekommen!" Er lachte rauh. „Ihre Entdeckung, ben Rabbat, scheint zu beweisen, daß wir uns im Innern einer gigantischen Energiespirale befinden. Ich fürchte, die Spirale wiederum ist nur ein winziger Teil eines noch größeren Generators."

„Was glauben Sie, was geschieht, wenn jemand den Generator auf Leistungsabgabe schaltet?“ fragte Ismail ironisch.

Hawk wischte sich den Schweiß von der Stirn.

„Daran darf ich gar nicht denken. Wir sollten sehen, daß wir so schnell wie möglich aus dieser Falle herauskommen.“ Er blickte sich suchend um. „Wo steckt denn Sherlock? Hiih, Sherlock, hiih!“

Alles blieb ruhig.

„Vorhin watschelte er noch vor uns her“, sagte Ismail. „Er kann doch bei seinem Tempo nicht weiter als fünfzig Meter sein!“

„Haben Sie eine Ahnung, was für ein Tempo Sherlock entwickeln kann, wenn er will“, meinte Hawk geistesabwesend. „Hiih, Sherlock! Komm sofort hierher!“ Hawk rief mit voller Stimmkraft, und Ismail hielt sich mit schmerzverzerrtem Gesicht die Ohren zu.

„Meine Trommelfelle ...“

Er schwieg, als ein schauriges Geheul durch die Windungen des „Ganges“ hallte, gefolgt von einem ohrenbetäubenden, rollenden Donner.

„Das ist Sherlocks Kampfgebrüll!“ stieß Hawk hervor. Der Oxtorner riß die überschwere Strahlwaffe aus dem Gürtelhalfter und entsicherte sie. Er streckte eine Hand aus. „Halten Sie sich fest, Oberst. Irgendwo da vorn ist Sherlock auf Gegner gestoßen!“

Ismail schnappte nach Luft, als Hawk davonstürmte und ihn mitriß. Er vermochte kaum die Beine so schnell zu bewegen, wie sie vorwärtskamen. Während er mit der freien Hand ebenfalls seine Strahlwaffe zog, sagte er mißmutig:

„Sie sind kein Gentleman, Hawk. Sonst hätten Sie meine Wette über die Kiste Whisky angenommen.“

Über die abgeblendeten Schirme der Panoramagalerie zuckten Lichtblitze. Gleich grünlichflimmernden Kugelschalen blähten sie sich auf und sanken im nächsten Augenblick wieder in sich zusammen. Hatten dort, wo sie überraschend auftauchten, terranische Schiffseinheiten gestanden, so zeigten die Massetaster nach dem Zusammenfall der Energieballungen nicht einmal mehr Spuren von Materie an.

„Die Verlustmeldungen!“ bat Rhodan Tifflor.

Julian Tifflor hatte nichts weiter zu tun, als auf den Standort-

Kontrollschirm seines Kommandopultes zu blicken. Eine der Walzenskalen am oberen Rand hatte sich soeben klickend bewegt.

„Achtundneunzig Totalausfälle bisher", meldete er mit leiser Stimme. Unmerklich zuckte er zusammen, als die Skala sich erneut klickend bewegte. „Jetzt hunderteins."

Rhodan biß die Zähne zusammen. Er gehörte nicht zu den Männern, die der Tod von seinen Mitmenschen kalt ließ. Immer wieder mußte er sich ins Gedächtnis zurückrufen, daß die Auseinandersetzung mit den Maahks sich nicht verhindern ließ. Sie würde sich höchstens verschieben lassen, und dann wären die Verluste wahrscheinlich noch größer.

Kasom räusperte sich.

„Man sollte Quinta aufgeben und die Justierungsstation vernichten. Damit hätte die Raumfestung kein Ziel mehr für ihren Angriff."

Atlan fuhr herum. Empört funkelte er den Ertruser an.

„Sie sind verrückt, Kasom! Ebensogut könnte einer sein Haus in die Luft sprengen, damit kein Dieb einbrechen kann!"

Rhodan legte dem Arkoniden die Hand auf die Schulter.

„Du solltest ihn nicht verurteilen, Freund." Um seine Lippen zuckte es schmerzlich. „Er ist nur in Sorge um unsere Sicherheit. Aber natürlich können wir auf Ihren Vorschlag nicht eingehen, Kasom. Wir würden damit gerade das tun, was wir zu verhindern bemüht sind."

„Vielleicht auch nicht", kam es grollend aus Tolots Kehle. Der Haluter drehte den halbkugeligen Kopf und fuhr die drei rotglühenden Augen in Richtung des Ortungsschirmes aus. „Vielleicht ist es bedeutungslos, ob Quinta vernichtet wird oder nicht. Ich bin dabei, mit meinem Planhirn die Folgen durchzurechnen."

Der Interkom summte. Tifflor schaltete das Gerät ein.

„Sir!" meldete sich die Transmitterstation der RASPUTIN. „Soeben sind die Mutanten Sengu und Goratschin an Bord eingetroffen."

Tifflor blickte kurz zu Rhodan, dann sagte er: „Schicken Sie sie in die Zentrale."

Zehn Minuten später öffnete sich das Hauptschott der Zentrale. Goratschin trat als erster ein.

„Sonderoffizier Goratschin meldet sich zum Einsatz, Sir!"

Perry Rhodan lächelte dem Doppelkopfmutanten zu.

„Kommen Sie hierher, Goratschin. Auf Sie haben wir schon mit

Schmerzen gewartet. Wie geht es den anderen Mutanten und Besatzungsmitgliedern?“

„Die Mutanten sowie der Großteil der Besatzung sind noch ohne Besinnung“, antwortete Sengu anstelle Goratschins. „Aber die Situation an Bord hat sich normalisiert. Oberst Rudo hat das Kommando wieder übernommen. Ihm zur Seite stehen die anderen Umweltangepaßten. Ich hielt es für besser hierherzukommen, um der Untätigkeit an Bord der CREST zu entgehen.“

Rhodan nickte zustimmend.

„Außerdem wollte ich mich an Ort und Stelle über den Verbleib des Superschlachtschiffes VOLTAIRE erkundigen“, fuhr Sengu mit bedrückter Stimme fort.

Rhodan blickte ihn prüfend an. „Warum gerade die VOLTAIRE?“

„Der Kommandant der VOLTAIRE, Oberst Ismail ben Rabbat, ist ein Freund von mir. Er rief mich vor dem Angriff an. Danach sendete die Rettungsautomatik dreimal Mayday – und seitdem nichts mehr . . .“

Rhodan blickte zu Tifflor. Dieser tippte einige Kodes in das Pult vor ihm. Wenige Sekunden später sagte er mit dunkler, von Trauer getragener Stimme: „Totalausfall. Oberst Rabbat war einer meiner besten Kommandanten.“

„Es tut mir leid, Sengu“, sagte Rhodan leise.

Sengu warf den Kopf zurück.

„Wir werden Ismail rächen!“

„Nein!“ Rhodan schüttelte den Kopf. Vorwurf klang aus seiner Stimme. „Rache hat keinen Platz in unseren Herzen.“

„Verzeihung, Sir.“ Sengu versuchte ein Lächeln. „Ich habe auch eine gute Nachricht. Die Strahlen der Maahks werden keine bleibenden Schäden hinterlassen. In spätestens zwanzig Stunden sind alle Besatzungsmitglieder der CREST II wieder wohlauf. Die Diagnose-Maschine stellte fest, daß die Strahlenwirkung eine winterschlafähnliche Tiefschlafstarre hervorgerufen hat. Dr. Sarinin teilte mir speziell für Sie mit, daß Ihre Gattin, abgesehen von der Bewußtlosigkeit, gesund ist.“

Perry Rhodan atmete auf.

„Vielen Dank, Sengu!“ rief er erleichtert.

„Tiff!" sagte Rhodan. „Geben Sie Befehl an den auf Quinta angesetzten Verband, er soll seine Robot-Kommandos abspringen lassen."

„Aha!" Atlans Stimme klang spöttisch. „Der Barbar merkt, worum es geht!"

„Genau!" erwiderte Rhodan knapp.„Ich suche Freiwillige für einen Sondereinsatz auf Quinta, Arkonide. Wie denkst du darüber? Hast du Lust mitzukommen?"

Atlan wurde blaß. Schweigend schaute er Rhodan an.

„Na schön!" sagte er endlich mit resignierendem Achselzucken. „Du möchtest unbedingt erleben, wie die Maahks kämpfen. Da muß ich wohl mitkommen, damit du nicht in dein Verderben rennst wie ein unwissender Säugling."

Melbar Kasom ballte die Hände.

„Bitte, nehmen Sie mich auch mit", bat er. „Ich kann hier nicht einfach untätig abwarten."

Goratschin und Sengu meldeten sich ebenfalls. Rhodan bat jedoch Sengu, auf der RASPUTIN zu bleiben. Icho Tolot sagte gar nichts. Er zog nur seinen Impulsblaster heraus und überprüfte die Ladung.

„Achtung!" rief Tifflor. „Bei der Raumfestung tut sich etwas. Die Permanentorter messen starke Energieemissionen im Innern an."

Rhodan holte tief Luft.

„Es geht los. Okay, Tiff! Lassen Sie ein Beiboot klarmachen!"

10.

Das Sirenengeheul war verstummt.

Oberst Markus Nolte trat vom Teleskop zurück, durch das er die Annäherung des Schlachtschiffverbandes beobachtet hatte, und wandte sich an seinen Adjutanten.

„Lassen Sie die Landeplätze markieren, Major Schestrikow, damit die Robotkommandos den Abwehrforts nicht im Schußfeld herumtanzen!"

Der Major stürzte zum starken Telekomsender des Hauptquartiers und begann, hastig in das Mikrophon zu sprechen.

Oberst Nolte musterte die eine Wand ausfüllende Karte des Planeten Quinta mit verkniffenem Gesicht. Blaue Kontrollampen zeigten die Stellen an, an denen sich terranische Raumabwehrforts befanden. Wie ein Ausschlag bedeckten sie den einzigen Kontinent der Wasserwelt, der hutförmig in der nördlichen Region lag. Zum Nordpol hin wurden die blauen Lämpchen zahlreicher, und rings um eine grüne, genau auf dem Nordpol liegende Lampe drängten sie sich dicht an dicht. Hier befand sich die Achillesferse des Twin-Transmitters: die Justierungsstation.

Oberst Nolte kaute auf seiner Unterlippe. Er brauchte kein Teleskop, um die anfliegende Raumfestung zu sehen. Der in schwerstem Beschuß liegende Schutzschirm machte das Objekt so gut sichtbar, als handele es sich um eine dritte Sonne, die im Begriff war, auf den Planeten herabzustürzen.

Major Schestrikow kehrte zurück.

„Befehl ausgeführt, Sir!“ Nach einer Weile fügte er hinzu: „Sollten wir nicht lieber Feuerbefehl für die Fernkampfforts geben?“

Die quer über Noltes Gesicht gehende breite Narbe lief rot an.

„Was erhoffen Sie sich davon. Major? Was fünftausend Kampfschiffen nicht gelungen ist, wird unseren Abwehrforts erst recht nicht gelingen. Außerdem kann ich mir nicht vorstellen, daß die Festung landen will.“

Aufsteigende Leuchtraketen tauchten sein Gesicht in bleiches, geisterhaftes Flackerlicht. Er wandte sich wieder den Bildschirmen zu. Drei Wände des Hauptquartiers waren von diesen Bildschirmen bedeckt. Sie zeigten den relativ kleinen, glockenförmigen Bau der Justierungsstation und die unter strahlenden Defensivschirmen liegenden Kuppelbauten der Raumabwehrforts. Zwischen den Kuppeln schienen jetzt dunkle Rauchfahnen niederzugehen. Doch der Eindruck täuschte. Was aus der Ferne dunklen, schmalen Rauchfahnen glich, waren Tausende und aber Tausende terranischer Kampfroboter, die von Traktorstrahlen sicher und exakt in ihren Landekorridoren abgesetzt wurden. Sobald sie den Boden Quintas berührten, schwärmten sie nach allen Seiten aus. Mit der Emsigkeit von Ameisen richteten sie sich zur Verteidigung ein.

„Man sollte meinen", sagte Nolte, „daß kein einziger Maahk auf Quinta mehr einen freien Platz finden kann, sofern er lebend herunterkommt."

„Ich bin überzeugt davon, daß von jedem, der eine Landung auf Quinta versuchen sollte, nur noch eine Staubwolke unten ankommt!" sagte Major Schestrikow.

Nolte verzog seinen Mund zu einem lautlosen Lachen.

„Glauben Sie mir, einem Mann, den man stets dahin schickte, wo es eisenhaltige Luft zu atmen gab: Es gibt keine hundertprozentige Abwehr. Ich garantiere Ihnen, daß hier in einer halben Stunde die Hölle los sein wird." Er griff in seine Tasche, zog eine daumendicke Rolle Tabak hervor und biß ein großes Stück ab.

Angeekelt schaute Schestrikow weg.

Oberst Nolte beugte sich zur Seite und spie einen dünnen Strahl Tabaksaft zielsicher in den stets in seiner Nähe stehenden Spucknapf. Heftig kauend deutete er auf den großen Ortungsprojektorschirm.

„Da! Was sagen Sie dazu, Major?"

Aus der gigantischen Masse der Festungsnabe schoß ein dunkler Schwarm bleistiftförmiger Raumschiffe heraus. Gleich einer schwarzen, drohenden Wolke durchbrach der Schwarm in geschlossener Formation die für wenige Sekunden entstandene Strukturlücke im grünen Schutzschirm und den Feuerriegel der terranischen Flotte. Er vollführte eine blitzschnelle Schwenkung. Dann löste er sich auf und strebte mit rasch wachsender Fahrt auf den Planeten Quinta zu.

Oberst Nolte stand bereits am Telekom.

„Auswertung!"

„Genau einhundert Raumschiffe, Sir", drang die vor unterschwelliger Erregung bebende Stimme eines Offiziers zurück. „Jedes Schiff ist eintausend Meter lang und mißt hundert Meter im Durchmesser."

„An alle Abwehrforts!" befahl Nolte. „Eröffnen Sie Sperrfeuer! An die Bodentruppen: Gelandete Feindraumer sind sofort zu isolieren und die Besatzungen und Landetruppen niederzukämpfen." Er drehte sich um und beobachtete einige Sekunden lang den blaß an der Wand lehnenden Major.

„Major Schestrikow, überprüfen Sie die Ladung Ihrer Waffe. Wir werden uns draußen mit einem Shift umsehen."

Die Meldung vom Ausschleusen der hundert schwarzen Stabraumschiffe erreichte Rhodan in dem Augenblick, in dem er im Hauptkontrollraum des Beibootes R-3 Platz nahm.

„Das war vorauszusehen", meinte er wie beiläufig. Er musterte das verkniffene Gesicht Major Laroches. Tifflors Adjutant war vom Solarmarschall zum Piloten der R-3 bestimmt worden. Das heißt, Tifflor hatte Laroche unter den Leuten ausgewählt, die sich freiwillig für den Sondereinsatz Quinta gemeldet hatten.

„Ist die Mannschaft vollzählig an Bord, Major Laroche?" fragte er.

„Jawohl, Sir", erwiderte Laroche. „Das Boot ist startbereit."

„Danke! Starten Sie. Landen Sie in der Nähe des Hauptquartiers von Quinta."

In das Orgeln der anlaufenden Ringwulsttriebwerke hinein sagte Atlan:

„Wenn wir überhaupt so weit kommen, Barbar...!"

Ismail ben Rabbat und Omar Hawk blieben geblendet stehen, als etwa zwanzig Meter vor ihnen eine Stichflamme durch den Gang zuckte. Gleich darauf erreichte sie der Donnerhall verdrängter Luft.

Ismail fühlte sich von einer kräftigen Hand auf den Boden gedrückt.

„Bleiben Sie liegen!" schrie Hawk ihm zu. Hallende Schritte verrieten, daß der Oxtorner sich entfernte.

Ismail hob vorsichtig den Kopf. Er dachte nicht daran, Hawks Rat zu befolgen. Obwohl eine neuerliche Entladung ihn blendete, erhob er sich. Gebückt lief er auf den Schauplatz des Kampfes zu.

Eine Explosion krachte. Ismail fühlte sich angehoben. Schwer stürzte er zu Boden.

Zu Boden...?

Ismail unterdrückte nur mit Mühe einen Entsetzensschrei, als er sich von seiner Benommenheit erholt hatte und feststellte, daß er von der herrschenden künstlichen Schwerkraft an der Decke des gewundenen Ganges festgehalten wurde.

Sofort danach entdeckte er jedoch die Vorteile seiner seltsamen Lage.

Durch giftgrüne Dunstschleier und Explosionsschleier hindurch erkannte er die breitschultrige Gestalt Hawks. Der Oxtorner kniete neben einem Klumpen zerschmolzenen Metalls und zielte mit seiner überschweren Handwaffe auf einen für Ismail noch unsichtbaren Gegner. Hawk kam allerdings nicht zum Schuß. Erneut blitzte eine Stichflamme auf. Ismail, der diesmal die mitgeführte schwarze Brille aufgesetzt hatte, erkannte im Schein der Entladung die spinnenförmige Gestalt eines Roboters. Eigentlich war die Tatsache, daß es sich um einen Roboter handelte, nur daran zu erkennen, daß die Spinnengestalt zu einem Klumpen glühenden Metalls zusammenschmolz. Sekundenbruchteile nach der Entladung sah der Roboter genauso aus wie das Stück Metall, neben dem Hawk Deckung gefunden hatte.

Und dann erkannte Ismail auch den Okrill.

Das froschähnliche Wesen vom Planeten Oxtorne lag, flach an den Boden gedrückt, zwischen zwei noch zischenden Metallbrocken, die offensichtlich kurz zuvor noch feindliche Roboter gewesen sein mußten. Es schien, als wäre ein schweres Fahrzeug über das Tier hinweggefahren und hätte es plattgewalzt. Doch dieser Eindruck täuschte.

Einen Augenblick später schnellte der Okrill mit einem gewaltigen Satz vor, nachdem er sich zuvor zu einem ovalen Muskelbündel zusammengezogen hatte. Seine Zunge fuhr mindestens fünf Meter aus dem breiten Maul, dünn wie eine Peitsche und flimmernd wie ein Energiestrahl. Ihre Spitze berührte einen weiteren Spinnen-Roboter. Und wieder schmolz das Metallungeheuer unter einer furchtbaren Entladung zusammen.

Wieder tauchte ein Spinnen-Roboter auf.

Diesmal kam Ismail die Erkenntnis, warum die Roboter ihm irgendwie bekannt erschienen waren. Er wußte plötzlich, daß er gleichartige Maschinen schon einmal gesehen hatte. Zwar nicht in Aktion wie hier, wohl aber auf den Informationsfilmen, die von Solarmarschall Tifflor an jeden Kommandanten des Flottenverbandes Twin ausgegeben worden waren.

Die Spinnen-Roboter waren Wächter der Justierungsstationen auf Quinta.

Im Frontschirm der R-3 tobte die Raumschlacht.

Perry Rhodan, Atlan, Iwan Goratschin, Melbar Kasom und Icho Tolot beobachteten mit gemischten Gefühlen die Glocke aus explodierenden Abwehrraketen, die sich gleich einem Feuerschirm über die nördliche Hälfte Quintas legte.

Mitten in dieses Inferno hinein tauchten, eins nach dem anderen, die Stabraumschiffe der Festung. Die Piloten schienen nicht die geringste Furcht zu kennen.

Perry Rhodan konnte nicht umhin, den Mut der Maahks zu bewundern. Gleichzeitig jedoch erwartete er mit klopfendem Herzen die Meldungen Tifflors.

Als der Solarmarschall meldete, sämtliche hundert Stabraumschiffe der Maahks wären ohne wesentliche Schäden durch die Zone des planetaren Sperrfeuers gebrochen und setzten zur Landung auf Quinta an, lachte Atlan schrill auf.

Rhodan entriß dem Funker der R-3 das Mikrophon.

„Rhodan an Tifflor: Setzen Sie ein Drittel der Flotte ein, um Quinta mit Nachschub zu versorgen und die Stabraumer vom Mutterschiff abzuschneiden!"

„Du Narr!" rief Atlan. „Hast du noch immer nicht begriffen, daß mit konventionellen Waffen nichts gegen die Maahks auszurichten ist?"

Rhodans Gesicht verschloß sich. Es wurde zur undurchdringlichen Maske. Mit Spott, aber ohne jede Erregung, entgegnete er:

„Wenn die Arkoniden der Blütezeit ebenso gedacht hätten wie du, wäre das Große Imperium bereits zehntausend Jahre früher untergegangen."

Atlan fuhr hoch. Die Zornesader auf seiner Stirn schwoll bedenklich an. Einen Herzschlag lang sah es aus, als wollte er sich auf Rhodan stürzen. Dann sank er in seinen Sessel zurück. Alles Blut war aus seinem Gesicht gewichen. Von seiner Stirn perlte der Schweiß. Aber er hatte sich wieder in der Gewalt. Behutsam legte er eine Hand auf Rhodans Arm.

„Du hast mich beschämt, kleiner Barbar." Er brachte sogar ein verkrampftes Lächeln zustande. „Aber leider vergißt du eines: Damals kämpften wir gegen Schiffe, die den unseren bestenfalls gleichwertig waren. Heute steht uns eine Monstrosität von Raumfestung gegenüber, das alle unsere bisherigen Superlative zum Nichts degradiert. Die Götter Arkons allein wissen, wie die Maahks zu ihrer Festung gekommen sind. Doch sie ist nun einmal Realität. Wir müssen mit ihr rechnen."

„Ich rechne mit ihr, mein Freund." Rhodan sprach scheinbar geistesabwesend. Nur wer ihn genau kannte, wußte, daß sein scharfer Verstand klar und unbestechlich von Gefühlsregungen die Möglichkeiten abwog. „Die Maahks haben den Fehler begangen, ihre Absichten zu früh zu erkennen zu geben. Indem sie auf Quinta landen, anstatt die Justierungsstation zu zerstören, zeigen sie, daß ihnen nichts an einer Vernichtung liegt. Wir werden das nachrechnen lassen."

Atlan schlug mit der flachen Hand auf die Sessellehne.

„Ich verstehe! Du meinst, durch die Vernichtung der Justierungsstation würde sich an der einmal fixierten Transmitterverbindung zwischen Twin und dem galaktozentrischen Sechsecktransmitter nichts mehr ändern lassen?"

Rhodan nickte nur, dann wandte er sich an Laroche.

„Major, lassen Sie das Erkennungszeichen für die Abwehrforts ausstrahlen und dringen Sie mit der R-3 südlich der Äquatorlinie, abseits des Sperrfeuers der Forts, in die Lufthülle ein. Von dort stoßen wir in einem Bodenabstand von zwei Kilometern zur Nordpolstation vor."

Laroche begann zu handeln. Während die R-3 mit rasender Geschwindigkeit einen großen Bogen flog, um auf der anderen Planetenseite in die Lufthülle Quintas einzudringen, beobachtete Rhodan mit wachsender Anteilnahme die Vorgänge im Bereich der Raumfestung. Soeben verschwanden die letzten Stabraumschiffe hinter dem Sperriegel der planetaren Abwehrforts. Gleichzeitig damit begann ein großer Teil der terranischen Flotte mit der Zangenbewegung, die mehr als anderthalbtausend Kampfschiffe zwischen Quinta und die Festung bringen sollte.

Ohne Zwischenfälle erreichte die R-3 die südliche Planetenhälfte und tauchte mit aktivierten Schutzschirmen in die Atmosphäre ein. In zweitausend Metern Höhe ging das Beiboot zum Horizontalflug über und raste dem Nordpol entgegen. Knapp zwanzig Minuten später tauchte vor der R-3 der hutförmige Kontinent auf. Über ihm tobte das Chaos, doch in dieser niedrigen Höhe unterflog das Boot relativ sicher das Abwehrfeuer.

Der spinnenartige Roboter schien aus den Fehlern seiner zerstörten Artgenossen gelernt zu haben.

Er griff nicht frontal an, sondern lief auf seinen dünnen Beinen blitzschnell die Wand empor.

Ismail sah, wie Hawk die Hand mit der Waffe hob – und wieder sinken ließ. Er erkannte sofort, weshalb der Oxtorner nicht schoß. Der Roboter schwebte sekundenlang direkt über dem Okrill. Ganz gleich, wie er vernichtet würde; die Trümmer mußten unweigerlich auf Sherlock herabregnen.

Hawks Pfiff gellte schmerzhaft laut in Ismails Ohren. Der Okrill reagierte sofort. Er verließ mit einem Sprung seine Deckung. Aber der Roboter folgte ihm. Hawk kam nicht zum Schuß.

Ismail hörte den Oxtorner fluchen. Er grinste. Aber dann erstarrten seine Züge.

Das Verhalten des Robots war nichts als Taktik gewesen, um die Aufmerksamkeit des Gegners von etwas anderem abzulenken.

Ismail erkannte die Gefahr zuerst.

Aus dem finsteren Hintergrund des gewundenen Ganges kroch ein gigantisches Ungeheuer hervor. Es sah aus, als würde ein Pfropfen in einen Flaschenhals getrieben. In wenigen Sekunden mußte der riesige „Pfropfen“ Hawk und seinen Okrill erreicht haben. Er würde sie zermalmen.

Ismail schoß.

Der gleißend helle Energiestrahl seiner Handwaffe bohrte sich singend und kreischend in die Frontwand des „Pfropfens“. Mit der Linken erhöhte Ismail die Bündelung. Das Singen und Kreischen wurde heller. Plötzlich glühte die ganze Frontwand des unheimlichen Gebildes auf – und barst mit dumpfem Knall.

Ismail fühlte sich von einem heißen Luftschwall gepackt und davongeschleudert.

Dann verließ ihn das Bewußtsein.

Als er wieder zu sich kam, hatte er das Empfinden, auf einem altertümlichen Radfahrzeug durch unebenes Gelände zu schaukeln. Er brummte unwirsch. Im selben Augenblick wurde er auf die Beine gestellt.

Er schaute verwundert in Hawks rauchgeschwärztes Gesicht.

„Sind wir wieder munter?“ fragte Hawk.

„Ich denke schon“, erwiderte Ismail benommen. „Was war eigentlich los?“

Hawk hielt ihm eine Flasche an die Lippen.

„Trinken Sie erst einmal, Oberst. Danach sind Sie aufnahmefähiger!“

Ismail schluckte und riß den Mund weit auf.

„Ah! Das war wieder dieser abscheuliche oxtornische Whisky!“ Er griff sich an die Kehle. „Pfui Teufel!“

Hawk lachte.

„Immerhin hat er Sie wieder richtig wach gemacht, was?“

„Hm!“ brummte Ismail. „Trotzdem sehe ich nicht klar. Wo ist das Ungeheuer hin, auf das ich geschossen hatte?“

Hawks Gesicht wurde ernst.

„Es ist explodiert. Vielen Dank übrigens. Wären Sie nicht gewesen, hätte die Reinigungsmaschine uns zerdrückt.“

„Reinigungsmaschine . . .?“

Hawk nickte.

„Ich bin sicher, daß es so etwas war. Keiner der Robots war bewaffnet. Da wir uns anscheinend im Innern einer Maschine befinden, liegt der logische Schluß nahe, daß von irgendwelchen mechanischen Sensoren die Anwesenheit von Fremdkörpern gemeldet wurde und einige Wartungsrobots mit der Säuberung beauftragt wurden. Man unterschätzte uns demnach. Ich fände es interessant zu wissen, wie die Maschine jetzt reagieren wird.“

„Ich fürchte, wir werden es schneller erfahren, als uns lieb ist“, erwiderte Ismail. „Übrigens, haben Sie die Spinnen-Roboter erkannt, Hawk?“

Der Oxtorner schüttelte den Kopf.

„Dann halten Sie sich fest. Es waren Wächter der Justierungsstation auf Quinta . . .!“

Hawk blickte ihn zweifelnd an.

„Von Quinta . . .? Können Sie mir verraten, wie wir nach Quinta gekommen sein sollen?“

Ismail wußte es auch nicht.

„Da wir nicht auf der RASPUTIN sind, mußten wir ja woanders sein, Hawk. Und ist Quinta nicht ebenso verrückt wie meinetwegen die Raumfestung?“

Hawk sog geräuschvoll die Luft ein.

„Wenn ich mich recht entsinne, befand sich die Festung im Anflug auf Quinta. Ich denke, wir sollten uns beeilen, an die Oberwelt zu kommen. Wer weiß, was dort inzwischen geschieht!“

Wie zur Bestätigung lief plötzlich dumpfes Grollen durch den Gang. Der Boden bebte.

Major Laroche flog die Korvette, als wäre das sechzig Meter durchmessende Beiboot der RASPUTIN ein kleiner Raumjäger.

Laroche schrie sich die Kehle heiser nach Landekoordinaten. Sein Navigator verzweifelte. Er vermochte außer Explosionen, Rauchschwaden und Kratern kaum etwas auszumachen.

Sie landeten schließlich in der Mitte zwischen den Trümmern eines Abwehrforts und einem fast hundert Meter breiten Krater.

Im selben Augenblick flammten die Abwehrschirme des Beibootes unter schwerem Strahlenbeschuß auf.

„Feindliche Flugpanzer!“ meldete Major Laroche. „Soll ich sie angreifen, Sir?“

„Einen Augenblick noch“, erwiderte Rhodan. Er beugte sich vor und versuchte, den Gegner auszumachen. Irgendwo in dem verwüsteten Gelände bewegte sich ein buckliges Ungetüm. Jetzt blitzte es von dort auf. Im nächsten Augenblick wetterleuchtete es im Schutzschirm des Beibootes. Noch zwei solcher Fahrzeuge entdeckte Rhodan. Dann gab er den Feuerbefehl.

„Wahnsinn!“ kommentierte Kasom, als der Beschuß verstummte. „Sie mußten doch wissen, daß sie gegen die R-3 keine Chance hatten.“

„Sie kennen eben die Maahks noch nicht“, entgegnete Atlan.

„Das beruht auf Gegenseitigkeit, Arkonide.“ Rhodan schloß seine Kombination und überprüfte den Funkhelm.

Danach blickte er zu Atlan, Kasom, Goratschin und Tolot und sagte: „Ich verlasse das Beiboot mit einem Shift. Ich nehme an, daß Sie mich begleiten werden.“

Nachdem seine Gefährten zustimmend genickt hatten, wandte er sich an Laroche.

„Major, Sie übernehmen das Kommando über die R-3 und bleiben als Einsatzreserve zurück. Sollten Sie von Maahks angegriffen werden, versuchen Sie das Boot so gut wie möglich zu verteidigen. Nötigenfalls starten Sie und suchen sich einen anderen Ort zur Landung aus. Wir melden uns, falls wir Ihre Hilfe benötigen."

Laroche schluckte krampfhaft, denn dieser Befehl behagte ihm nicht. Viel lieber hätte er sich Rhodan angeschlossen, aber er beugte sich der Anordnung.

Zehn Minuten später schwebte der Shift über die ausgefahrene Rampe aus dem Schiff.

Perry Rhodan hatte die Marschrichtung und das Ziel bestimmt. Das Ziel hieß: die Kuppel der Justierungsstation.

Rhodan selbst saß hinter den Feuerschaltungen des Shifts. Vorerst gab es jedoch nichts für ihn zu tun. Nur hin und wieder tauchten Flugpanzer der Maahks auf. Aber sie waren ausgebrannt. Es schien fast, als würden die Truppen des Stützpunktes selbst mit den Angreifern fertig werden.

Es war, als wären die Säuberungsrobots die letzten Schrecken gewesen, die Omar Hawk und Ismail ben Rabbat im Innern der geheimnisvollen Maschine erleben sollten.

Der Okrill spürte mit seiner besonderen Fähigkeit eine Tür auf, die den beiden Menschen sonst entgangen wäre. Es war die Tür, durch welche die Spinnen-Roboter gekommen waren. Hawk schoß, nachdem sie vergeblich einen Öffnungsmechanismus gesucht hatten, ein Loch in die Tür, gerade groß genug, um einen Menschen in gebückter Haltung hindurchzulassen.

Der Okrill kletterte zuerst hindurch.

Die Männer vernahmen sein befriedigtes Niesen.

„Also los!" sagte Hawk fast heiter. „Wenn Sherlock niest, fühlt er sich wohl. Dort drinnen lauert keine Gefahr auf uns."

Ismail war anderer Meinung, als Hawk, der sich hindurchgezwängt hatte, einen halberstickten Schrei ausstieß. Hastig folgte er ihm, den Blaster schußbereit – und wurde ebenso überrascht wie Hawk.

Der Sog eines künstlichen Kraftfeldes zog ihn nach oben.

„Wie sieht es bei Ihnen aus?" fragte er über den Helmsender.

„Gut. Das hatten wir nicht erwartet, wie?"

„Ich hatte es mir halb gedacht", erwiderte Ismail lässig. „Wenn mich nicht alles täuscht, führt der Lift zur Steueranlage dieses Mechanismus. Um was wetten wir, Hawk?"

„Um Sherlock", entgegnete Hawk trocken.

„Hölle und Teufel!" fluchte Ismail erschrocken. „Ich kenne bessere Arten von Selbstmord. Sie sind überhaupt kein Genleman, Hawk."

Hawk lachte. Es schallte schauerlich in der engen Liftröhre.

„Wahrscheinlich nicht. Leute, die ihren Lebensunterhalt von zweifelhaften Wetten bestreiten, sind nicht mein Fall. Und jetzt passen Sie gut auf, sonst schweben Sie am Ausstieg vorbei!"

„Ich bin doch nicht blind!" knurrte Ismail. Er beachtete Hawks hilfreich ausgestreckte Hand nicht, sondern zog sich an einem Griff aus dem Liftschacht.

Sie standen in einem oval geformten Flur. In etwa zehn Schritt Entfernung schimmerte eine Wand in orangerotem Licht. Sie war so oval wie der Flur. Dort endete die Welt vorläufig.

„Na, was habe ich gesagt!" brüstete sich Ismail. „Wenn hinter der Tür nicht die Steueranlage steckt, will ich kein Gentleman sein."

Ismail nahm den Blaster fest in die Faust und ging auf die Tür zu. Der Okrill hockte noch immer unbeweglich davor. Ismail tastete die Tür nach einem versteckten Öffnungsmechanismus ab. Aber hier erlebten sie die gleiche Enttäuschung wie vor der ersten Tür. Wieder mußte rohe Gewalt das fehlende Wissen ersetzen.

Diesmal stieg Ismail zuerst durch das Loch.

Zuerst war er verwirrt von der Fülle der Kontrollskalen, Schirme und Schalttafeln. Nur zögernd trat er in den kuppelförmigen Raum, und er bemerkte nur im Unterbewußtsein, daß sich an der gegenüberliegenden Wand eine Tür geöffnet hatte.

Eine Gestalt trat ein.

Eine menschenähnliche Gestalt ohne erkennbaren Kopf...

Ismail ben Rabbat erinnerte sich in diesem Augenblick an die knappe Beschreibung über das Aussehen der Maahks, die den Flotteneinheiten kurz vor dem Angriff auf die Festung durchgegeben worden war. Das ihm gegenüberstehende, in einem grauen Raumanzug steckende Wesen paßte genau zu dieser Beschreibung. Es mußte ein Maahk sein! Dennoch zögerte Ismail, das Feuer zu eröffnen.

Der Methanatmer kannte solche Skrupel nicht.

Er schoß.

Ismail ben Rabbat entging dem Tod nur, weil er im letzten Augenblick von dem vorspringenden Okrill umgeworfen wurde. Dennoch versengte ihm der Energiestrahl die linke Schulter.

Aus vor Schmerz tränenden Augen sah er, wie Sherlock den Gegner ansprang. Er mußte einen entsprechenden Befehl seines Herrn erhalten haben, denn er verzichtete auf die Anwendung seiner furchtbarsten Waffe, der unter Hochspannung stehenden Zunge.

Die beiden unterschiedlichen Wesen prallten zusammen. Die Waffe des Maahks flog in hohem Bogen davon. Aber auch Sherlock wurde von einem furchtbaren Schlag zurückgeschleudert. Der Fremde holte erneut mit einem seiner beiden tentakelgleichen Arme aus.

Ismail hielt die Luft an.

Da ertönte neben ihm ein heiserer Schrei. Omar Hawk schnellte sich auf den Fremden. Nach kurzem Kampf erhob er sich keuchend. Mit dem Fuß stieß er den Fremden durch die Tür.

„Methan!“ rief er erregt. „Sein Raumanzug war mit gasförmigem Methan gefüllt.“ Er blickte Ismail an. „Wenn Sie mit einem Maahk zusammengeraten sollten, versuchen Sie, seinen Helm zu zertrümmern, Oberst. Noch besser ist es, Sie lassen ihn gar nicht erst an sich herankommen. Die Burschen entwickeln unglaubliche Kräfte.“

Ismail wollte nicken. Statt dessen riß er die Waffe hoch und schoß. Hinter dem Oxtorner war ein zweiter Maahk aufgetaucht. Ismail hatte gut gezielt, der Maahk kam nicht mehr zum Schuß.

Hawk rieb sich den linken Oberschenkel. Das Material der Kombination blätterte in dunklen Fetzen ab.

„Sie hätten mich beinahe ins Bein geschossen“, sagte er vorwurfsvoll.

Ismail erhob sich.

„Es ging leider nicht anders, Hawk. Ich mußte schneller sein als der Maahk, oder wir lebten beide nicht mehr. Übrigens ist Ihr Okrill eben durch die Tür verschwunden.“

Hawk fuhr herum.

„Beim Göttersturm! Der Kampf mit dem Maahk muß ihn zur Raserei getrieben haben. Er ist es nicht gewohnt, niedergeschlagen zu werden.“ Hawk machte Anstalten, den Raum zu verlassen.

„Warten Sie!“ bat Ismail. „Wir sollten erst untersuchen, welchem Zweck diese Steueranlage dient. Sie muß wichtig genug sein, daß die Maahks bis hierher vordringen.“

Erst jetzt sah Hawk sich um. Er machte einen Schritt auf ein Schaltpult zu, musterte es eingehend, schüttelte den Kopf und trat zum nächsten. Seine Hand streckte sich impulsiv nach einem Hebel, aber dann zog er sie zurück, als hätte er glühendes Metall angefaßt.

„Ich beginne zu ahnen, wie wichtig diese Anlage ist“, meinte er. „Und ich fürchte, die beiden Maahks werden nicht die einzigen bleiben, die sich für die Anlage interessieren.“

Von fern her kam das Gebrüll des Okrill.

Hawk tat einen Schritt auf die Tür zu, dann hielt er wieder an.

„Ich weiß nicht, was ich tun soll. Sherlock ist vielleicht in Gefahr. Andererseits möchte ich die Station nicht alleinlassen. Die Maahks könnten durch die gleiche Tür kommen wie wir.“

Ismail winkte großspurig ab.

„Gehen Sie nur, Hawk. Ich passe hier auf. Mit den Maahks werde ich spielend fertig.“

Hawk warf ihm noch einen mißtrauischen Blick zu, dann hastete er davon. Erneut war Sherlocks Gebrüll zu hören.

Ismail seufzte und begann, die Schaltungen zu untersuchen.

Er sah nicht die behandschuhte sechsfingrige Hand, die über den Schmelzrand der aufgebrannten Tür tastete ...

Der Überfall erfolgte, als der Shift einen flachen Hügel erreichte und sich anschickte, diesen in zehn Metern Höhe zu überfliegen.

Urplötzlich entstand vor dem Flugpanzer eine Feuerwand und hüllte ihn ein. Hätte der Shift nicht seinen Schutzschirm aktiviert, er wäre zweifellos im ersten Feuersturm vernichtet worden. Dennoch reichten die Absorberfähigkeiten des Schirmes nicht aus, um das drohende Unheil abzuwenden. An verschiedenen Stellen begann er zu flackern und bildete Risse. Durch diese hindurch drangen die tosenden Energien des Angriffs und richteten verheerende Zerstörungen an.

Ehe Atlan, der als Pilot fungierte, reagieren konnte, kam das Ende des Shifts. Wie ein Stein stürzte er ab.

Rhodan saß wie erstarrt in seinem Kontursessel und sah durch die Sichtkuppel den Boden näher kommen. Sekundenbruchteile später löschte ein fürchterlicher Ruck sein Bewußtsein aus.

Ismail ben Rabbat stand gerade vor einem Schaltpult, auf dem eine sechseckige orangefarbene Platte leuchtete, als er hinter sich ein Geräusch wie von einem Lufthauch vernahm.

Er wollte sich umwenden, aber es war zu spät. Ein furchtbarer Schlag traf ihn gegen den Hinterkopf und raubte ihm die Besinnung.

Als er wieder zu sich kam, klopfte das Blut schmerzhaft in seinen Schläfen. Nur mit großer Anstrengung vermochte er die Lider zu heben.

Zuerst sah er nur rote Flecke und Kreise. Nach und nach aber nahm die Umwelt wieder erkennbare Formen für ihn an. Jetzt wußte er auch, was das Stampfen zu bedeuten hatte. Vor dem Pult, das er zuletzt betrachtet hatte, drängten sich drei in Raumanzüge gekleidete Maahks. Zwei weitere liefen in dem Raum hin und her und prüften anscheinend die Schaltungen anderer Pulte.

Etwas drückte schmerzhaft in Ismails Genick. Vorsichtig, damit man es nicht bemerkte, bewegte er den Kopf. Dabei geriet die gewölbte Decke des Raumes in sein Blickfeld.

Ismail ben Rabbat erstarrte.

Die Decke glich jetzt einer schwarzen Glocke, die bis in die Unendlichkeit zu reichen schien. In dieser Glocke aber flimmerten die Abbilder zweier Galaxien. Ismail brauchte nur kurz hinzusehen, um zu wissen, daß es sich um die heimatliche Galaxis und den Andromeda-Nebel handelte. Oft genug hatte er beide Galaxien im Elektronen-Teleskop seines Schiffes gesehen.

Er begann zu ahnen, wo er sich befand.

In einer Justierungsstation für den Twin-Transmitter.

Ismail ben Rabbat sagte sich, daß das unmöglich sei. Dieser Raum war unbewacht gewesen, als Hawk und er ihn betraten. Die Justierungsstation auf Quinta aber wurde besser bewacht als der Staatsschatz des Imperiums; das wußte Ismail.

Befand sich diese Station vielleicht auf einem ganz anderen Planeten ...?

Doch ganz gleich, wie es sich verhielt: Ismail begriff, daß von hier aus der Twin-Transmitter einjustiert werden konnte. Was es bedeutete, wenn den Maahks das gelang, brauchte ihm niemand zu sagen.

Ismail ben Rabbat überlegte fieberhaft, welche Chance er besaß, die fünf Maahks, die er sah, zu überwältigen. Das Ergebnis war niederschmetternd. Dennoch mußte etwas unternommen werden.

Unwillkürlich zuckte er zusammen, als ein schwaches Klicken ertönte. Er beobachtete, wie aus dem Hauptschaltpult eine schillernde Kugel stieg. Einer der Maahks streckte seinen trichterförmig auslaufenden Arm mit der sechsfingrigen Hand danach aus.

Mit einem krächzenden Schrei kam Ismail hoch und taumelte auf die Gruppe vor dem Schaltpult zu.

Seine einzige Bewaffnung war das breite, zweischneidige Messer, das jeder Raumfahrer in einer eingearbeiteten Scheide trug.

Er hatte noch nicht die Hälfte des Weges zurückgelegt, als die Maahks herumfuhren. In ihren Händen hielten sie überschwere Impulsblaster. Ismail schloß geblendet die Augen, als die gleißenden Energiebahnen durch den Raum rasten. Ohrenbetäubendes Knattern und bläuliche Entladungsblitze erfüllten die Luft.

Und in all dem Inferno stand Ismail ben Rabbat und konnte nicht begreifen, warum die Maahks vor ihm einer nach dem anderen zusammensanken.

11.

Es war stockfinster, als Perry Rhodan wieder zu sich kam. Verwundert stellte er fest, daß er noch lebte. Schmerzen peinigten seinen Körper, der ihm auf seltsame Weise schwerelos vorkam.

Wo waren die anderen? durchfuhr es ihn. Lebten sie noch? Er tastete nach dem Schalter seines Funkhelms.

„Atlan, Kasom, Tolot!“ rief er.

Eine dröhnende Stimme drang überlaut in seinen Empfänger.

„Hier Tolot! Sind Sie wohlauf?“

„Ich fühle mich, als ob eine Dampfwalze über mich hinweggerollt wäre, aber sonst geht es mir ausgezeichnet“, antwortete Rhodan mit einem Anflug von Ironie. „Was ist geschehen, wo befinden wir uns, und was ist mit Atlan, Kasom und Goratschin?“

„Wir befinden uns in einem Antigravschacht, dessen Schwerkraft nach unten gepolt ist. Die anderen sind noch besinnungslos, ansonsten aber wohlauf.“

Rhodan atmete erleichtert auf. Gleichzeitig wurde ihm bewußt, woher dieses Gefühl der Schwerelosigkeit kam, das er bei seinem Erwachen gespürt hatte.

„Wie kommen wir hierher, Tolot? Soviel ich weiß, befanden wir uns an Bord eines Shifts, der von Maahks abgeschossen wurde.“

„Das ist richtig“, erwiderte Tolot. „Nachdem der Shift am Fuße des Hügels abgestürzt war, brachte ich Sie und die anderen in Sicherheit. Kaum hatte ich den letzten Mann nach draußen gebracht, da explodierte der Shift. Was wir nicht wissen konnten war, daß sich unterhalb der Stelle, an der ich Sie und die anderen in Sicherheit gebracht hatte, ein künstlicher Hohlraum befand. Die Explosion des Shifts brachte die Decke dieses Hohlraumes, der sich als das blind auslaufende Ende eines Antigravschachtes entpuppte, zum Einsturz, und wir sanken nach unten.“

„Ein Antigravschacht“, überlegte Rhodan laut, inzwischen wieder einigermaßen erholt. „Wohin führt er?“

„Keine Ahnung. Aber ich nehme an, daß sich unter uns eine für die Maahks wichtige Anlage befindet. Der eigentliche Eingang zu dieser Anlage ist wahrscheinlich an einem anderen Ort. Es war reiner Zufall, daß wir in diesen Antigravschacht geraten sind und daß dieser aktiviert war.“

Rhodan wollte seine Lampe einschalten, um die Umgebung wahrnehmen zu können.

„Nicht!“ rief Tolot verhalten. „Unter uns ist ein Lichtschimmer. Wir müssen vorsichtig sein, um nicht vorzeitig entdeckt zu werden.“

Rhodan entsann sich erst jetzt wieder der Fähigkeit des Haluters, im Dunkeln sehen zu können, und zog die Hand von der Brustlampe zurück.

In diesem Moment machte sich Kasom bemerkbar. Ein tiefer Seufzer durchdrang das Dunkel.

„Auch das noch!“ stöhnte der Ertruser. „Schwerelosigkeit! Mein Magen knurrt so schon genug. Wo bleibt das Frühstück?“

„Sprechen Sie leiser!“ mahnte Tolot.

„Schon gut! Schon gut!“ flüsterte Kasom zurück. „Ich sehe das Licht dort unten. Was ist damit? Wie kommen wir überhaupt hierher?“

Tolot lachte verhalten und erklärte es ihm.

„Heilige Milchstraße! Ob das Licht unter uns von den Maahks kommt?“

„Vorsichtshalber sollten wir das annehmen“, sagte Rhodan. „Hoffentlich werden Atlan und Goratschin wach, bevor wir das Licht und damit den Ausstieg ereichen.“

„Es kann ihnen nichts geschehen“, erwiderte Tolot. „Sollten sie noch bewußtlos sein, lassen wir sie vorläufig weitersinken. Am Grunde des Schachtes ist alles ruhig.“

„Gut!“ Rhodan zog die Waffe. „Sobald wir den beleuchteten Ausstieg erreichen, gehen wir so vor, als wenn dahinter ein Stoßtrupp der Maahks lauerte.“ Er versuchte, sich in die rechte Lage für einen schnellen Ausstieg zu bringen.

Tolot schob ihn weg und zog ihn hinter seinen Rücken.

„Nach mir. Ich vertrage etwas mehr als Sie.“

Nun war der Ausstieg schnell heran. Perry Rhodan blinzelte in den Lichtstrahl, der aus dem in eine Tür geschnittenen Loch fiel. Tolot schwang sich in den Gang hinein. Rhodan staunte, wie leise der Haluter plötzlich auftreten konnte.

Vor der zerschossenen Tür blieben sie stehen. Die Lage hatte sich insofern zu ihren Gunsten gewandelt, da niemand von ihrer Ankunft Notiz nahm. So konnten sie sich erst überzeugen, was oder wer hinter der Tür war.

Tolot warf nur einen Blick hindurch.

„Maahks!“ sagte er.

„Können Sie die Tür eindrücken?“ flüsterte Rhodan. „Dann haben wir ein größeres Schußfeld für unsere Paralysatoren. Ich will die Maahks lebend.“

„Selbstverständlich“, erwiderte Tolot. „Aber sehen Sie nur erst einmal selbst hindurch. Sie werden sich wundern.“

Rhodan spähte durch das Loch – und prallte erschrocken zurück.

„Das ist doch ... eine Justierungsstation!“

„Es sieht so aus", sagte Tolot. „Ich überlege gerade..."

„Überlegen Sie später weiter!" befahl Rhodan erregt. „Ich fürchte, die Zeit ist knapp. Los, drücken Sie die Tür ein!"

Er postierte sich an die eine Seite des Haluters, Melbar Kasom an die andere.

Icho Tolot lehnte sich mit der Schulter gegen die Tür. Man sah ihm keine Anstrengung an, und doch polterte die schwere Stahltür plötzlich in den Raum.

Sekunden später war alles vorbei.

Melbar Kasom verband sich eine tiefe Brandwunde am rechten Oberschenkel. Perry Rhodan kümmerte sich unterdessen um den einzelnen Mann in der Uniform eines Obersten der Imperiumsflotte, der, mit einem Nahkampfmesser bewaffnet, fassungslos auf die fünf paralysierten Maahks blickte.

„Wie kommen Sie denn hierher?" fragte Rhodan verblüfft.

Der Oberst wandte ihm sein Gesicht zu.

Im nächsten Augenblick nahm er Haltung an.

„Sir! Oberst Ismail ben Rabbat, Kommandant des Superschlachtschiffes VOLTAIRE, meldet sich zur Stelle!"

„Nein...!" Rhodan war verblüfft. „Von der VOLTAIRE, sagten Sie? Das Schiff wurde mir als verloren gemeldet."

„Das Schiff – ja...!" Ismails Gesicht wurde aschgrau. „Es ist verschwunden, und mit ihm die ganze Besatzung. Dafür tauchte plötzlich ein gewisser Leutnant Hawk mit seinem Okrill auf."

Rhodan wandte sich um.

„Kasom, holen Sie Atlan und Goratschin!" Er lehnte sich erschöpft an ein Schaltpult. „So, Oberst ben Rabbat. Nun berichten Sie einmal der Reihe nach."

Als Ismail seinen Bericht beendet hatte, blickten Rhodan und Icho Tolot sich an.

„Was meint Ihr Planhirn dazu?" fragte Rhodan. „Wodurch sind ben Rabbat und Hawk ins Innere Quintas versetzt worden? Wie kam es, daß sie der Vernichtung der Konverterkanone entgingen? Offenbar sind doch Schiff und Mannschaft verlorengegangen."

„Diese Frage läßt sich noch nicht endgültig beantworten. Die Rettung ben Rabbats und Hawks muß etwas mit der Einschaltung des Transmitters zu tun haben. Ich nehme an, hätte Hawk nicht in dem

Augenblick, in dem die VOLTAIRE sich innerhalb des Ballungsfeldes befand, die Transmitterverbindung zu diesem – eigentlich nicht mehr existenten – Schiff aktiviert, Oberst ben Rabbat wäre dem Tod nicht entgangen."

„Vielen Dank, Tolot." Rhodan atmete auf. „Mir persönlich erscheint allein die Tatsache äußerst wichtig, daß man dem Ballungsfeld einer Konverterkanone überhaupt entgehen kann."

„Und was schließt du daraus?" ertönte Atlans spöttische Stimme von der zerschossenen Tür her.

Rhodan lächelte humorlos.

„Eine altbekannte Tatsache, Arkonide: Zu jedem Mittel existiert ein Gegenmittel. Eines Tages wird die Konverterkanone für uns nicht mehr gefährlich sein."

„Eines Tages – in wieviel tausend Jahren, Barbar ...?"

Icho Tolot nahm ihnen die Illusion eines Sieges.

„Ich denke", sagte er bedächtig, wobei er Perry Rhodan mit seinen drei rötlich schimmernden Augen anblickte, „wir sollten uns allmählich zur Verteidigung einrichten. Den Maahks kann der Durchbruch in den Schacht nicht lange verborgen bleiben."

Ismail ben Rabbat, der bis dahin einen teilweise geistesabwesenden Eindruck gemacht hatte, wurde lebendig.

„Was gilt die Wette? Ein Faß Whisky?"

„Ein Faß oxtornischen Whiskys!" schallte es von der zweiten Tür her.

Omar Hawk trat ein, gefolgt von seinem Okrill.

„Beim Satan!" rief Ismail erschrocken. „Das Zeug können Sie für sich behalten."

„Ei, ei!" Hawk schüttelte den Kopf. „Sie sind aber gar kein Gentleman, Oberst."

Perry Rhodan lachte erheitert.

Hawk blickte ihn prüfend an.

„Sie erinnern mich an jemanden. Wenn ich nur wüßte, an wen ...!"

„Sehe ich so mitgenommen aus?" fragte Rhodan.

„Enorm!" Hawk zuckte plötzlich zusammen, beugte sich vor und versuchte, unter Staub und Ruß und Blut etwas von Rhodans

Gesichtszügen zu erkennen. „Sir...!" rief er fassungslos. „Sind Sie das wirklich? Ich bitte um Verzeihung, aber ich hatte Sie tatsächlich nicht erkannt. Leutnant des Spezialpatrouillenkorps, Omar Hawk, Sir. Ich melde: Eingang zur Anlage gesprengt, um vordringende feindliche Roboter aufzuhalten."

„Vielen Dank, Leutnant", sagte Rhodan. „Sie brauchen sich nicht zu entschuldigen. Ich hätte mich gewundert, wenn Sie mich sofort erkannt hätten. Wir sehen alle mehr oder weniger mitgenommen aus.

Immerhin...", er wandte sich an Tolot, „...brauchen wir uns vorläufig nur nach einer Seite zu verteidigen."

„Ich werde zum Schacht gehen", sagte Tolot.

„Sollten wir nicht versuchen, trotz allem zum Hauptquartier zu gelangen?" fragte Atlan.

Rhodan schüttelte den Kopf.

„Erstens wird uns das kaum gelingen, und zweitens ist diese Station genauso wichtig wie die oberirdische Justierungsstation. Wenn mich nicht alles täuscht, handelt es sich hier um eine Art Reserveschaltung. Es würde also gar nichts nützen, die oberirdische Anlage zu verteidigen, wenn wir die Maahks hierher ließen. Umsonst greifen sie nicht so hartnäckig an."

Wie zur Bestätigung seiner Worte röhrte vom Liftschacht her die schwere Waffe des Haluters. Zweimal, dreimal ließ der Klang ihnen fast das Blut in den Adern gerinnen. Dann schwieg die Waffe.

Rhodan lief mit schußbereiter Waffe hinaus. Atlan, Kasom und Hawk folgten. Ismail ben Rabbat wankte hinterher.

Der Haluter hockte auf dem Rand des Ausstieges.

„Was ist los?" fragte Rhodan.

„Maahksche Kampfroboter", antwortete Tolot lakonisch. „Drei Wellen zu je fünf dicht beieinander schwebende Roboter kamen den Schacht hinab. Dann nichts mehr. Offenbar haben die Maahks augenblicklich andere Sorgen." Er bemerkte den fragenden Ausdruck in Rhodans Augen. „Wenn Sie sich anstrengen, müßten Sie es eigentlich hören."

Perry Rhodan hielt den Atem an.

Jetzt hörte er es auch.

Dumpfes Grollen wie von einem fernen Gewitter lag in der Luft.

Es schwoll zeitweilig an, ließ wieder etwas nach, um bald wieder anzuschwellen. Aber niemals riß es ganz ab.

„Eine Schlacht“, meinte Hawk. „Die Truppen des Stützpunktes sind gekommen.“

Rhodan blickte um sich. Goratschin schlenderte soeben herbei.

„Ich freue mich, daß Sie wieder auf den Beinen sind“, begrüßte ihn Rhodan und erklärte die Situation.

Goratschin stieß ein befreites Lachen aus.

„Haben wir es also doch noch geschafft“, sagten seine beiden Münder gleichzeitig. „Obwohl ich dabei kaum etwas zu tun bekommen habe.“

Rhodan wechselte noch einige Worte mit dem Doppelkopfmutanten, danach sagte er: „Wir dringen durch den Schacht zur Oberfläche vor. Vielleicht können wir unseren Leuten helfen. Sie bleiben gemeinsam mit Oberst ben Rabbat hier zurück und bewachen die fünf paralysierten Maahks. Ich lasse Sie ablösen, sobald die Lage es zuläßt.“

Als Perry Rhodan dicht hinter Icho Tolot durch die Einbruchsstelle schwebte, starrten ihm ein gutes Dutzend Blastermündungen entgegen. Rhodan verspürte angesichts der flimmernden Feldmündungen ein eiskaltes Gefühl im Nacken.

„Nicht schießen, Terraner!“ rief er. Wie Tolot hielt er sich am Rand des Einbruchs fest.

„Steht nicht herum wie die Ölgötzen!“ brüllte Melbar Kasom. „Helft uns wenigstens aus diesem finsteren Loch. Und dann bringt mir etwas zu essen!“

„Du meine Güte!“ rief eine Stimme. „Das ist doch Kasom, der Vielfraß!“

Gelächter klang auf. Kurz danach krochen Männer mit Seilen die abschüssige Kraterwandung herab und halfen Rhodan und den Gefährten heraus.

Ein massiger Oberst, die Uniform zerrissen und verschmutzt, erstattete Rhodan Meldung.

„Stützpunktkommandant Oberst Markus Nolte, Sir. Wir beobachteten eine Explosion in diesem Gebiet. Da wir von hier aus eine Nachschubkolonne erwarteten, beorderte ich eine Panzergruppe hierher. Unterwegs schloß sich uns ein Robot-Kommando an. Wir trafen auf Maahks und warfen sie im Sturmangriff vom Hügel."

„Wie sieht es bei der Justierungsstation am Nordpol aus?" wollte Rhodan wissen.

„Schlecht, Sir. Unsere Leute fügen den Maahks zwar schwere Verluste zu, aber diese Methans lassen nicht locker. Sie kämpfen bis zum letzten Atemzug."

Rhodan überlegte. „Unter uns befindet sich eine zweite Justierungsstation. Wahrscheinlich handelt es sich um eine Ausweichstation. Das ist auch der Grund, warum uns die Maahks hier angreifen. Schicken Sie einige Ihrer Leute nach unten, die die Station besetzen und die dort paralysierten Maahks bewachen sollen, und schicken Sie meine beiden Männer herauf."

Oberst Nolte handelte rasch. Nachdem er zehn seiner Männer in die unterirdische Station geschickt hatte und kurz darauf Goratschin und ben Rabbat erschienen, sagte Rhodan: „Nun führen Sie uns bitte zur Hauptjustierungsstation."

Oberst Nolte schaute ihn verlegen an.

„Es tut mir außerordentlich leid, Sir. Aber die Maahks haben uns eingeschlossen."

Rhodan wandte sich zu Atlan um.

„Allmählich beginne ich dich zu begreifen, Arkonide."

Atlan setzte sich erschöpft auf eine Kiste mit Infanterieraketen.

„Ich hoffe, daß es nicht zu spät kommt", sagte er müde. „Ihr Terraner seid ein wenig leichtfertig geworden, weil ihr noch nie in eurer Geschichte auf einen solchen Gegner gestoßen seid."

Rhodan räusperte sich verlegen. Er blickte indigniert weg, als Melbar Kasom ein Faß mit Synthesebrei aufbrach, um sich die gallertartige Masse anschließend mit beiden Händen in den Mund zu stopfen.

„Unter diesen Umständen bleiben wir natürlich hier", sagte er zu Oberst Nolte. „Ich schlage vor, daß wir uns einigeln. Und dann bitte ich um ein weitreichendes Funkgerät!"

„Ich habe bereits eine Igelstellung bilden lassen", erwiderte Nolte. „Was das Funkgerät betrifft, so kann ich Ihnen den Hyperkom meines Kommandopanzers anbieten. Wir haben den Shift gleich neben dem Trichter eingegraben."

„Ausgezeichnet!“ lobte Rhodan. „Da kann eigentlich nichts schiefgehen, wie?“ Er lachte Atlan zu.

„Lache nur, Barbar!“ grollte Atlan. „Du unterschätzt die Maahks anscheinend immer noch.“

Rhodan winkte ab. Doch dann warf er sich instinktiv zu Boden.

Ringsumher krachte und donnerte es, als wollte die Planetenkruste aufreißen. Sonnenhelle Energiestrahlen rasten in den verschleierten Himmel, und Abwehrraketen kleineren Kalibers jaulten in kurzen Abständen davon. Rhodan brauchte einige Sekunden, um zu erkennen, daß die eingegrabenen Panzer und die eigenen Kampfroboter das Feuer eröffnet hatten.

Er erhob sich und spähte in den Himmel.

Ein tiefschwarzer Strich hatte sich in den vom Gluthauch der Schlacht rötlich angestrahlten Dunst- und Rauchwolken gebildet. Es sah aus, als hätte ein Riese mit Holzkohle einen Strich gezogen. Dicht daneben tauchte ein zweiter Strich auf, länger und breiter als der erste.

Perry Rhodan wußte Bescheid.

Die Maahks landeten mit ihren Stabraumern neue Truppen.

Der Hügel hatte sich in eine feuerspeiende Festung verwandelt.

Auf engem Raum waren hier die zweihundert Shifts der Panzergruppe zusammengedrängt. Dazu kamen fünftausend Kampfroboter, die noch vor dem Eintreffen der Raumfestung über Quinta von der CAROLUS MAGNUS abgesetzt worden waren. Die Abwehrschirme der einzelnen Fahrzeuge und der Roboter griffen so lückenlos ineinander, daß es den Maahks nur selten gelang, durch Punktfeuer eine Bresche zu schlagen. Bisher konnten diese Breschen sehr rasch wieder geschlossen werden.

Aus guten Gründen verzichteten die Maahks darauf, eines ihrer Schiffe über die Stellung zu fliegen und von dort aus mit der Konverterkanone anzugreifen. Zu leicht konnte dabei die gesamte unterirdische Anlage in Mitleidenschaft gezogen werden.

Jetzt aber war Rhodan voller Sorge.

Die beiden schwarzen Stabraumschiffe waren hinter dem Umschließungsring der Maahks gelandet. Beständig ergoß sich von dort ein Strom von Flugpanzern, Strahlgeschützen und Robotern an die Front. Von Minute zu Minute wurde das Trommelfeuer der Maahks stärker.

Iwan Goratschin hockte zusammengekrümmt in einem Sessel neben Rhodan, in der engen Kanzel des Kommandopanzers. Der Mutant mußte am Ende seiner Kräfte sein. Rhodan hätte ihm am liebsten befohlen, einige Zeit auszusetzen. Er befürchtete den totalen Zusammenbruch Goratschins. Doch ohne den „Zünder" wäre alles noch viel schlimmer gewesen. Goratschins paraphysikalische Kräfte konnten von keinem der normalen Schutzschirme aufgehalten werden. Er ersetzte mindestens hundert schwerbewaffnete Shifts.

Als das Feuer der Maahks schlagartig abbrach, beugte Rhodan sich zur Panzerplastscheibe vor. Jetzt würde ein neuer Angriff beginnen. In den letzten beiden Stunden hatte es vier solcher Angriffe gegeben. Jeder war im Abwehrfeuer zusammengebrochen. Die Maahks hatten große Verluste erlitten.

Und nun griffen sie wieder an.

Zum fünftenmal . . .

Perry Rhodan sah, wie eine Phalanx buckliger Panzerleiber sich über die fast gänzlich eingeebneten Überreste des gegenüberliegenden Hügels schob. Vor und zwischen den Flugpanzern marschierten Kampfroboter, und auf den Fahrzeugen hockten Maahks in Raumanzügen und feuerten aus ihren Strahlgewehren auf alles, was sich in den terranischen Reihen bewegte.

Die überbeanspruchten Schirmgeneratoren der Shifts versagten teilweise. Die ersten größeren Lücken in der Konstruktion ineinander verzahnter Schutzschirme bildeten sich.

Diesmal war der Angriff von einer derartigen Wucht, daß die Schutzschirme schließlich endgültig zusammenbrachen.

Die terranische Stellung war schutzlos den Angriffen der Maahks ausgesetzt.

Rhodan sah ein, daß es so nicht weiterging. Während er mit der Präzision eines Automaten auf die näherkommenden Kolonnen der Maahkroboter feuerte, die Deckung wechselte und wieder feuerte, reifte in ihm ein Gedanke, den er noch Stunden zuvor weit von sich gewiesen hätte.

Aber er zögerte noch.

Er wartete auf eine bestimmte Meldung von der RASPUTIN. Bisher war diese Meldung nicht eingetroffen. Allerdings scheiterten alle Versuche, mit dem relativ schwachen Hyperkom des Kommandopanzers eine Verbindung mit der RASPUTIN zu bekommen. Die Energieausbrüche im Raum ionisierten anscheinend die oberen Schichten der Atmosphäre so stark, daß fünfdimensionale Störfelder auftraten.

Rhodan zuckte zusammen, als eine hagere Gestalt vor ihm aus dem Dunst auftauchte und mit erhobenen Armen auf ihn zueilte. Unwillkürlich hob er die Waffe.

Dann erkannte er Atlan, der sich bereits kurz nach dem Erreichen der Oberfläche von ihm getrennt hatte.

Doch es dauerte noch einige Sekunden, bis er begriff, was Atlan ihm ununterbrochen zurief.

„Die R-3 ist da!"

Total erschöpft brach der Arkonide vor ihm zusammen.

Rhodan lud ihn sich über die Schultern, dann sah er sich um. Das Beiboot stand unversehrt mitten auf der Kuppe des Hügels, direkt neben Noltes Kommandopanzer. Im Inferno der Schlacht waren die Landegeräusche untergegangen.

Noch einmal schlug Atlan die Augen auf.

„Wir müssen . . . Transformkanonen ein . . .!" Der Kopf fiel kraftlos gegen Rhodans Schulter.

„Ja!" sagte Rhodan grimmig, während er auf die R-3 zustapfte. „Ja, wir werden die Transformkanonen einsetzen!"

Vor sich, auf dem Bildschirm des Hyperkoms, sah Rhodan das vertraute Gesicht Julian Tifflors.

Müde, aber in aufrechter Haltung, lauschte Rhodan der Meldung des Solarmarschalls.

„Kirsch hat mit Hilfe der Positronik eindeutig errechnet, daß eine Zerstörung Quintas für die Maahks sinnlos und gefährlich wäre. Durch die Vernichtung der Justierungsstation würde sich nichts an der bestehenden Verbindung zwischen dem galaktozentrischen Sechsecktransmitter und dem Twin-System ändern. Im Gegenteil: Die Verbindung würde nicht mehr aufhebbar werden. Uns kann demnach eine Vernichtung der Justierungsstation nicht schaden. Den Maahks dagegen würde es für alle Zeiten unmöglich werden, unsere Verbindung zu stören."

Perry Rhodan nickte.

„Auf diese Nachricht habe ich die ganze Zeit gewartet, Tiff. Aber, ehrlich gesagt, auch ohne positives Ergebnis würde uns nur noch eine einzige Möglichkeit bleiben. Lassen Sie die Transformkanonen einsetzten, Tiff! Setzen Sie nur etwa ein Drittel der gesamten Feuerkraft ein. Quinta darf nicht schlagartig zerbrechen. Wir müssen immer noch die Möglichkeit haben, unsere Truppen zu bergen."

Julian Tifflor bestätigte und ließ die Verbindung bestehen. Rhodan konnte verfolgen, wie er die Befehle an die Schiffskommandanten gab.

Nach kurzer Zeit wandte Tifflor das Gesicht erneut voll den Aufnahmekameras zu.

„Feuer mit Transformgeschützen wird in einer Minute eröffnet, Perry!"

„Danke, Tiff!"

Perry Rhodan hob den Arm und blickte auf seine Uhr. Dann lehnte er sich zurück und lauschte dem unablässigen Donnern des Kampfes, während sein Blick sich am ovalen Ortungsschirm festsaugte.

Das Bild der Raumfestung wurde klar und plastisch aus den energetischen Nebenerscheinungen herausgefiltert.

Jetzt war die Minute um.

Schlagartig schien der Schutzschirm der Festung sich auf das Doppelte auszudehnen. Aber es waren nur die künstlichen Sonnen der Gigatonnen-Kohlenstoff-Katalyse-Bomben, die von den Transformgeschützen in den feindlichen Schutzschirm abgestrahlt und dort zur Explosion gebracht wurden.

Nach dem ersten Feuerschlag zeigten sich bereits Strukturrisse in dem fünfdimensionalen Schirm. Walzenskalen gaben bekannt, daß die Raumfestung rund hunderttausend Kilometer fortgeschleudert worden war.

Beim zweiten Feuerschlag kam Atlan zu sich.

Mit glänzenden Augen schaute er auf den Ortungsschirm.

„Den Göttern Arkons sei Dank!" flüsterte er. „Jetzt beginnt sie zu wanken."

Rhodan erkannte es ebenfalls. Als der zweite Feuerschlag vorbei war, taumelte die Festung, sich überschlagend, von ihrem bisherigen Standort weg. Die Risse in der fünfdimensionalen Struktur ihres grünlichen Schutzschirmes waren breiter geworden. Sie glichen jetzt klaffenden Spalten, durch die das Nichts des Weltraums schwarz und drohend schimmerte.

Nach dem dritten Feuerschlag begann die Festung, sich von Quinta zurückzuziehen.

Perry Rhodan verfolgte gespannt ihren Kurs.

Nach wenigen Minuten stand fest, daß die Festung in den Leerraum hinaus floh.

Rhodan blickte Atlan triumphierend an.

„Soeben haben die Maahks ihren größten Fehler begangen, Arkonide. Bist du dir darüber klar?“

Bevor Atlan darauf eingehen konnte, erteilte Rhodan Tifflor den Befehl, mit der gesamten Flotte die Verfolgung der Festung aufzunehmen und außerhalb der geschlossenen Gravitationszone des Twin-Systems alle verfügbaren Transformgeschütze einzusetzen.

Eine Viertelstunde später blähte sich draußen im Leerraum eine Sonne auf, deren gigantische Ausmaße sogar die Leuchtkraft der beiden Twin-Sonnen übertrafen.

„Das dürfte selbst die Festung der Maahks nicht überstanden haben“, sagte Rhodan.

Atlan schüttelte den Kopf.

„Vielleicht bin ich zu pessimistisch, aber den Maahks traue ich alles zu, Perry.“

Fünf Minuten später tauchte die Raumfestung in rasender Fahrt aus dem Glutball auf. Aber sie schien zumindest schwer angeschlagen zu sein. Immer wieder zuckten Energieblitze aus dem Schutzschirm hervor, offenbar die Auswirkungen von Explosionen, die innerhalb der Festung stattfanden.

Die terranischen Flottenverbände jagten hinter und neben der Festung her, unablässig ihre Transformkanonen abfeuernd. Die Jagd näherte sich erneut dem Twin-System.

Perry Rhodan blickte erstaunt auf, als die Außenmikrophone der R-3 plötzlich keinen Ton mehr von draußen übertrugen. Die Stille alarmierte ihn.

Da wurde das Schott geöffnet.

Melbar Kasom hinkte in die Zentrale, Goratschins schlaffen Körper über der einen Schulter und über der anderen den von Ismail ben Rabbat.

„Sie ziehen ab!“ schrie er. Behutsam ließ er die beiden Bewußtlosen auf den Boden gleiten und winkte einem Medo-Robot.

„Wer zieht ab?“ fragte Atlan erstaunt.

„Die Maahks!“ keuchte Kasom. „Sie flüchten in ihre Stabraumer, und die Raumschiffe verlassen Quinta.“

Das Beiboot R-3 raste der RASPUTIN entgegen.

Hinter sich ließ es den zum Teil verwüsteten Kontinent Quintas zurück, und weit über ihm schossen lange schwarze Schatten einem dahintaumelnden „Riesenrad“ nach. Die Stabraumer kehrten an Bord ihres Mutterschiffes zurück.

Perry Rhodan beobachtete den Ortungsschirm, während er über den Hyperkom die Meldungen der RASPUTIN und die Meldungen des Quinta-Stützpunktes entgegennahm.

Als der Hyperkom schwieg, drehte er sich zu Atlan um.

„Die Maahks sind wir endgültig los, wie es aussieht. Was sagst du dazu, Arkonide?“

„Eure Hartnäckigkeit hat gesiegt, Perry. Aber glaube nur nicht, die Maahks ein für allemal vertrieben zu haben. Eines Tages tauchen sie wieder auf – und noch eins, Perry: Arkon hatte es damals nur mit den Methans zu tun. Die Maahks waren die führende Kraft im Methankrieg. Diesmal sind die Maahks nur das Hilfsvolk eines weitaus stärkeren Volkes...!“

Er verließ die Zentrale.

„Der große Arkonide fürchtet für die Menschheit“, bemerkte Icho Tolot, der bisher still in einem Winkel gesessen hatte. „Sie haben wohl keinen Respekt vor den Meistern der Insel, Perry Rhodan?“

„Wer immer nur andere für sich kämpfen läßt“, erklärte Rhodan, „erweckt den Eindruck, als wäre er selbst nicht dazu in der Lage. Tolot, ich frage mich schon längere Zeit, warum die Meister der Insel so bemüht sind, uns nicht nach Andromeda kommen zu lassen. Wer wirklich stark ist, dürfte den Kontakt mit einem anderen Volk nicht scheuen, meine ich.“

Er wandte sich erneut dem Hyperkom zu, als die Meldelampe aufleuchtete.

„Ja, Tiff...?“

Julian Tifflor lächelte.

„Ich habe soeben die Meldung erhalten, daß die Besatzung der CREST II, einschließlich aller Mutanten, wieder vollständig auf den Beinen ist. Die CREST ist wieder aktionsfähig."

„Danke Tiff", sagte Rhodan erleichtert. „Wir ändern unseren Kurs und begeben uns zur CREST II. Die R-3 wird, sobald sie uns in der CREST abgesetzt hat, zur RASPUTIN zurückkehren. Wir melden uns später wieder."

12.
Kahalo – nur kurze Zeit später

Der Raum war klein, etwa vier mal vier Meter, mit einer runden und drei geraden Wänden. Vor der runden Wand stand das umfangreiche Schaltpult mit den vier grün leuchtenden Reflexschirmen, die ein Orter brauchte. Die Deckenbeleuchtung war ausgeschaltet. Alles, was Mark Lallier sah, waren die grellen, kleinen Kontrollampen und das sanfte Grün der vier Schirme. Das Summen der Geräte war eintönig und verführte zum Dösen. Mark hielt sich wach, indem er das Koordinatenmuster der Reflexschirme studierte. Seit drei Tagen irdischer Zeitrechnung stand der Leichte Kreuzer WALES nahezu unbeweglich im Raum, rund drei Millionen Kilometer von Kahalo entfernt. Seit drei Tagen hatte Mark Lallier denselben Posten inne.

Und seit drei Tagen hatte sich absolut nichts Nennenswertes ereignet.

In dreiundfünfzig Stunden würde die WALES nach Kahalo zurückkehren. Mark war sicher, daß auch in diesen dreiundfünfzig Stunden nichts mehr geschehen würde. Das Orbon-System mit seinen sechs Planeten war der ruhigste Ort in der ganzen Milchstraße.

Es war fünfzehn Uhr zehn Bordzeit, als Mark Lallier zum zehnten oder zwanzigsten Male an diesem Tag solchen Gedanken nachhing. Um fünfzehn Uhr zwölf wurde er schlagartig eines Besseren belehrt.

In der oberen rechten Ecke eines der Orterschirme tauchte ein greller Punkt auf. Gleichzeitig ertönte ein Warnsignal. Mark schrak auf. Mit seiner Erfahrung als Orter war ihm von Anfang an klar, daß er da einen ganz besonderen Fisch gefangen hatte. Das unbekannte Objekt war weit entfernt, etwa drei Millionen Kilometer. Wenn es trotzdem einen so kräftigen Reflex hervorrief, dann mußte es ziemlich groß sein.

Mark ließ die Geräte anlaufen. Nach wenigen Sekunden hielt er die Ergebnisse der Primärauswertung in der Hand. Sie verschlugen ihm den Atem. Was auch immer das Objekt dort vorne sein mochte – es war das größte, das er jemals gesehen hatte.

Um fünfzehn Uhr zwölf erschien auf einem Sekundärschirm des Kommandostands der WALES der gleiche Orterreflex, den zwei Decks tiefer zur gleichen Zeit Mark Lallier empfing. Niemand schenkte ihm jedoch Beachtung. Auf dem optischen Bildschirm tat sich etwas, was die Aufmerksamkeit der Offiziere weitaus mehr erregte.

Über Kahalos grünlich leuchtendem Ball entstand eine blasenförmige, rote Leuchterscheinung. Sie wuchs nicht allmählich. Mit der Wucht eines grellen Blitzes sprang sie mitten in die Finsternis, und Kahalo verschwand unter ihrer Leuchtkraft.

Major Kuttner, Kommandant der WALES, versetzte sein Schiff in Alarmzustand. Es war nicht seine Aufgabe, sich um Ereignisse in unmittelbarer Nähe von Kahalo zu kümmern. Die rote Lichtblase ging ihn nichts an, aber er wußte natürlich, was sie zu bedeuten hatte. Der Pyramidentransmitter hatte angesprochen. Das Flottenkommando hatte angeordnet, sämtliche Schiffsbewegungen – also auch das Eintreffen neuer Einheiten durch den Transmitter – den Kommandanten der im Raum Kahalo stationierten Schiffe im voraus bekanntzugeben. Das Ding, das da über Kahalo aufgetaucht war, kam völlig unerwartet. Kuttner war überzeugt, daß es sich um ein fremdes Fahrzeug handelte. Und fremde Fahrzeuge in der Nähe von Kahalo bedeuteten Gefahr.

Um fünfzehn Uhr fünfzehn erhielt er einen Anruf von der Orterstation. Mark Lalliers Stimme klang aufgeregt, fast hysterisch.

„Ortung, Sir!“ rief er. „Ein Riesending, etwa fünftausend Kilometer über Kahalo. Längste Abmessung nicht unter einhundertachtzig Kilometern!"

Kuttner reagierte, wie jeder an seiner Stelle reagiert hätte. Er befahl Mark, seine Instrumente zu überprüfen. Es *gab* keine Raumschiffe mit Abmessungen von einhundertachtzig Kilometern.

„Meine erste Reaktion, Sir", gab Mark zurück. „Die Instrumente sind in Ordnung. Das Ding *ist* so groß."

Kuttner versetzte die WALES in höchste Alarmbereitschaft. Die Sirenen hatten gerade angefangen zu heulen, da kam ein Funkspruch vom Flottenkommando. Der Text lautete:

„Fremder Flugkörper ist durch den Transmitter eingedrungen. Alle Einheiten halten sich bereit, nach den Anweisungen der Verbandskommandeure zu handeln. Achtung: Bei dem fremden Flugkörper handelt es sich um ein Gebilde von ungewöhnlicher Größe."

Da wußte Kuttner, daß Mark sich nicht getäuscht hatte.

Die zweite Schlacht um Kahalo hatte begonnen.

„Was ist?" fragte Arno Kalup, ohne aufzusehen. Er war erst vor wenigen Tagen aus dem Twin-System zurückgekehrt.

Vor sich hatte er eines der komplizierten Schaltpulte, die den Pyramidentransmitter steuerten. Das Pult stand in der Kuppelhalle, die das Zentrum der gewaltigen Anlage bildete. Die Halle war leer bis auf das Summen der endlosen Reihen von Geräten – und bis auf Arno Kalup, der Anweisung erlassen hatte, ihn bei seiner Arbeit nicht zu stören.

„Etwas Unerwartetes ist geschehen, Professor", sagte eine sanfte Stimme. „Der Transmitter hat angesprochen ..."

Arno Kalup fing polternd an zu lachen. Er sah auf. Auf dem kleinen Bildschirm vor ihm lächelte das Gesicht einer jungen Frau.

„Ich sitze an der Quelle, Mädchen", lachte Kalup. „Glauben Sie, das wäre mir entgangen? Der Transmitter sprach um fünfzehn Uhr zwölf Ortszeit an, und seitdem bin ich dabei, herauszufinden, welche von den Geräten hier unten dabei eine Rolle spielten."

„Natürlich", antwortete die Frau. Etwas in ihrer Stimme machte Kalup stutzig.

„Aber ...?" fragte er.

„Es dreht sich um einen unplanmäßigen Einflug. Das Schiff, das um fünfzehn Uhr zwölf hier ankam, ist keines von unseren Einheiten."

Arno Kalup war nicht der Mann, der seine Ruhe leicht verlor. Seit der ersten Schlacht um Kahalo, die mit der Vertreibung der feindlichen Stabraumschiffe und der Besetzung des Pyramidentransmitters endete, arbeiteten er und sein Stab hier und auf Quinta wie besessen daran, die Geheimnisse der fremden Regeltechnik zu verstehen. Er war Wissenschaftler. Die Pläne der Politiker und Militärs gingen ihn nichts an. Seitdem er mit der Arbeit begonnen hatte, waren eine Reihe von Schiffen durch den Transmitter ein- und ausgeflogen. Für Arno Kalup war das von Vorteil. Denn jedesmal, wenn der Transmitter arbeitete, gewann er neue Informationen über die Funktionsweise der Regelmechanismen. Ein Stab von fünfzig Wissenschaftlern, zu dem auch Jane Keyser, die Frau auf dem Bildschirm, gehörte, arbeitete an den Einrichtungen außerhalb des eigentlichen Schaltraums. Arno Kalup rechnete, daß sie in spätestens zwei Monaten mit der ganzen Anlage vertraut sein würden, so daß sie von ihm und seinen Leuten nach Belieben bedient werden konnte.

Als Jane ihm von dem fremden Schiff berichtete, wußte er sofort, was die Stunde geschlagen hatte. Der Gegner machte einen weiteren Versuch, die Terraner an der Benutzung des Transmitters zu hindern.

„Geben Sie mir das Flottenkommando, Jane", bat er ernst.

„Das Gespräch liegt an, Professor", antwortete Jane. „Ich verbinde Sie mit der NAPOLEON."

Das Bild wechselte. Das freundlich lächelnde Gesicht eines Mannes in mittleren Jahren erschien. Solarmarschall Allan D. Mercant wirkte so hilflos und unbedeutend wie je.

„Professor", begann er schüchtern. „Sie haben von der Festung gehört, nicht wahr?"

Kalup dachte an die Schilderungen eines gewaltigen Raumschiffs, mit dem Perry Rhodan sich offenbar draußen im intergalaktischen Raum herumzuschlagen hatte. Ein vor wenigen Stunden zur Milchstraße zurückgekehrtes Kurierschiff hatte die Verantwortlichen informiert. Mercant wartete seine Antwort nicht ab.

„Sie ist *hier*!" stellte er fest. „Bleiben Sie am Bild! Wir haben eine Sonde ausgestoßen, die aus einer Entfernung von zehntausend Kilometern Aufnahmen macht. Sehen Sie sich das an!"

Mercants lächelndes Gesicht verschwand. An seiner Stelle tauchte das Gewirr der Sterne auf, und im Vordergrund, glänzend und funkelnd, ein Gebilde von atemberaubender Fremdartigkeit. Die Sonde machte teleskopische Aufnahmen. Arno Kalup sah das fremde Schiff, als befände er sich in unmittelbarer Nähe.

Der Hauptbestandteil war eine dicke, zylindrische Achse. Aus der Mitte der Achse ragten acht Speichen hervor, und auf jeder der Speichen waren zehn Kugeln aufgereiht. Schweigsam und unbeweglich verharrte das drohende Gebilde in der Mitte des Fernsehschirms. Arno Kalup schaute es so lange an, bis ihm die Augen schmerzten.

Plötzlich zerriß das Bild. Ein greller Blitz zuckte auf, und Sekunden später erschien Allan D. Mercants Gesicht. Diesmal lächelte es nicht.

„Sie haben die Sonde entdeckt und vernichtet", sagte er kalt. „Das ist das größte Ding, mit dem wir es je zu tun hatten, Professor! Es besteht kein Zweifel daran, daß die Festung den Auftrag hat, Kahalo entweder zu besetzen oder zu vernichten. Ich greife in zehn Minuten an – mit allem, was ich habe. Die Aussichten sind nicht besonders gut. Aber Kahalo muß gehalten werden. Tun Sie alles, was in Ihrer Macht steht, um den Transmitter zu schützen. Sie haben zehntausend Mann Wachpersonal und unzählige Kampfroboter da unten. Die Leute unterstehen Ihrem Befehl. Ich habe jetzt keine Zeit mehr. Tun Sie, was Sie können!"

Arno Kalup hatte nicht einmal mehr Zeit, den Befehl zu bestätigen. Die Verbindung war unterbrochen. Kalup kam in Bewegung. Mit einer Behendigkeit, die niemand dem streng theoretischen Geist zugetraut hätte, gab er seine Anweisungen. Den Wachtruppen wurde aufgetragen, die Verteidigungspositionen einzunehmen und jeden Fremden, der das Gebiet des Pyramidentransmitters zu betreten versuchte, zurückzuweisen. Kalups eigener Stab machte ein paar Bildsonden startfertig und schickte sie in den Weltraum hinaus, so daß der Professor nicht an Berichterstattung aus dritter Hand gebunden war.

Er selbst blieb in der Schaltstation. Er hatte Jane Keyser und ein paar seiner Assistenten zu sich gerufen. Zusammen beobachteten sie den kleinen Bildschirm, auf den die Sonden der Reihe nach ihre Aufnahmen projizierten.

Die Lage erschien alles andere als rosig. Noch bevor Solarmarschall Mercant zuschlagen konnte, war die Festung offenbar ihrerseits zum Angriff übergegangen. Wie aus dem grünen Energieschirm heraus, griffen unsichtbare, nur durch Spezialbildschirme sichtbar gemachte Strahlenfinger durch das All. Wo sie trafen, da glühte eines der terranischen Raumschiffe auf, die der mächtigen Waffe des Feindes fast hilflos gegenüberstanden.

Die Festung befand sich weit außerhalb der Zone, in der die Energien des Transmitters wirksam werden konnten. Arno Kalup hatte vorgehabt, das riesige Raumschiff so schnell wie möglich wieder dorthin zu befördern, woher es gekommen war. Sein Plan zerfloß in nichts. Die Festung entfernte sich immer weiter aus der Wirkungszone des Transmitters, und mit jeder dritten Salve vernichtete sie eines von Allan D. Mercants Raumschiffen.

Dann änderte sich plötzlich die Lage. Die Festung schlug einen neuen Kurs ein. Arno Kalup bemerkte nichts davon, denn die Sonden wurden so gesteuert, daß sie stets in gleicher Entfernung von dem feindlichen Raumschiff blieben. Es war Jane, die ihn aufmerksam machte.

„Die Sonden kommen näher, Professor“, rief sie. „Sieht so aus, als bewege sich die Festung auf Kahalo zu.“

Arno Kalup biß sich auf die Lippen. Der Gegner schickte sich an, zwei Fliegen mit einer Klappe zu schlagen. Sein Schirmfeld war offenbar nur durch massiven Transformbeschuß verwundbar. In unmittelbarer Nähe des Planeten konnten solche Kaliber nicht eingesetzt werden. Mit dem Angriff gegen die Pyramiden war von jetzt an in jeder Sekunde zu rechnen.

Arno Kalup fragte sich, wie er mit seinen zehntausend Mann bestehen sollte, wenn Allan D. Mercant es nicht einmal mit zweitausend Schiffen fertiggebracht hatte, den Gegner einzuschüchtern.

Fünftausend Kilometer über Kahalo, jedoch weit außerhalb der Transmitterzone, hielt die Festung an. Kalup hörte für einen Moment auf zu atmen. Gebannt wartete er auf das, was nun kommen mochte.

13.

Auf dem gewaltigen Panoramaschirm im Kommandoraum der CREST II beobachtete Perry Rhodan das grelle Aufleuchten im Ballungszentrum des Doppelsonnen-Transmitters. Für Sekunden verschwanden die gelblich leuchtenden Scheiben der beiden Twin-Sonnen unter der wilden Helligkeit der Entladung, die den Transportvorgang einleitete.

Was da verschwand, war die monströse Raumfestung der Methanatmer, das gewaltigste Gebilde seit Wanderer, das Menschenaugen je durch den Weltraum fliegen sahen. Der Kampf war beendet. Die Einheiten der schwer angeschlagenen Flotte sammelten sich unter Julian Tifflors Befehl. Die CREST II hielt sich abseits.

Vor wenigen Minuten erst hatte sie die R-3 hierher zurückgebracht. Während das Beiboot der RASPUTIN wieder abgeflogen war, waren Rhodan und seine Begleiter auf dem schnellsten Weg in die Zentrale des Flaggschiffes geeilt. Sie waren gerade noch zurechtgekommen, um auf den Bildschirmen das Ende der Jagd auf die Festung mitzuerleben. Das gigantische Schiff war auf einem vorerst unverfänglichen Kurs in das Twin-System zurückgeflogen und hatte dabei die Bahnebene der beiden Sonnen gekreuzt. Als es sich auf der Höhe der beiden Sonnen befand, hatte es urplötzlich abgeschwenkt und war in das Transmissionsfeld zwischen den Sonnen hineingerast, wo es wenige Augenblicke später verschwunden war.

Rhodan und Atlan standen nebeneinander vor dem Bildschirm. An den Schaltpulten ringsum gingen die Offiziere der Schiffsführung ruhig ihrer Arbeit nach.

Perry Rhodan fühlte sich erleichtert. Zum ersten Mal hatte er im intergalaktischen Leerraum eine Schlacht eindeutig für sich buchen können. Der Gegner war geflohen. Ein fliehender Gegner bedeutete Sieg.

Oder etwa nicht . . .?

Ein Gedanke schoß ihm durch den Kopf. Wie, wenn die Festung sich nur aus taktischen Gründen vom Schlachtfeld entfernt hätte? Wenn die Methans auf höhere Weisung handelten und in Wirklichkeit nicht flohen, sondern lediglich ein neues Projekt in Angriff nahmen?

Er kam nicht weiter.

Icho Tolot stieß einen röhrenden Schrei aus. Mit einer Plötzlichkeit, die niemand dem massigen Körper zugetraut hätte, setzte er sich in Bewegung und stürzte auf das Schaltpult des Kommandanten zu, hinter dem Cart Rudo seine Instrumente ablas. Icho Tolots Ausbruch kam für jeden außer Perry Rhodan völlig unerwartet. Auf den Stufen, die zum Schaltpult des Kommandanten hinaufführten, standen zwei Offiziere. Des Haluters mächtige Arme fegten sie beiseite, bevor sie die Gefahr noch erkannten. Icho stürmte die Stufen hinauf. Cart Rudo sah ihn kommen und sprang auf. Er wollte etwas sagen, aber er hatte das erste Wort noch nicht auf der Zunge, da packte ihn Icho und stellte ihn jenseits des Pults wieder ab, als wäre er nur ein Spielzeug. Mit unbeschreiblichem Eifer begann der Haluter, an den Schaltern des Kommandopults zu arbeiten. Warnsirenen schrillten auf. Eine Robotstimme, durch Ichos Schaltungen ausgelöst, kam plärrend aus den Lautsprechern:

„Achtung, höchste Alarmstufe! Beschleunigung nach Höchstwerten. Alle Mann auf Gefechtsstation . . .“

Das alles hatte nur ein paar Sekunden gedauert. Niemand außer Perry Rhodan verstand, was vorging. Perry hatte die Gefahr im gleichen Augenblick erkannt wie der Haluter, aber Icho Tolot besaß das raschere Reaktionsvermögen.

Die Schlacht um Kahalo hatte den Pyramidentransmitter in die Hände der Terraner gebracht. Die Vektoreinstellung des Transmitters war unverrückbar auf Twin fixiert. Ein Körper, der zwischen den beiden Twin-Sonnen in das Wirkungsfeld des Transmitters geriet, konnte nur an *einem* Ort rematerialisieren.

Über Kahalo . . .!

Auf Kahalo hatte Allan D. Mercant sein Hauptquartier aufgeschlagen. Mercant gehörte zu den fähigsten Leuten in der Führungsspitze des Solaren Imperiums. Aber der Festung gegenüber mußte auch er machtlos sein.

Es gab nur noch eine Möglichkeit. Die CREST mußte der Festung auf dem schnellsten Weg folgen. Icho Tolot hatte das erkannt. Als Resultat seiner Schaltungen arbeiteten die Triebwerke auf Höchsttouren und schoben das gewaltige Raumschiff auf den Ballungspunkt des Transmitterfeldes zu. In wenigen Minuten würde die CREST den Transitionspunkt erreichen und in einem weiten Sprung durch den Hyperraum die neunhunderttausend Lichtjahre überbrücken, die sie von Kahalo trennten. Der Transitionsschock war mehr, als die Natur des menschlichen Körpers ungeschützt ertragen konnte.

Perry Rhodan stürzte auf das nächste Pult zu. Ein Rundspruch alarmierte die medizinische Abteilung. Mit unübertrefflicher Präzision wickelte sich ab, was für den Katastrophenfall immer wieder geübt worden war. Jeder Mann erhielt die Anweisung, sich aus den bereitliegenden Medikamenten eine Injektion zuzubereiten und zu verabreichen. Fünf Minuten nach Perry Rhodans Rundspruch lagen mehr als fünfzig Prozent der Besatzung in künstlich herbeigeführtem Tiefschlaf. Die anderen hielten sich zur Injektion bereit und würden sich das Medikament verabreichen, sobald sie den letzten Handgriff getan hatten. Der einzige, der die gewaltige Transition bei vollem Bewußtsein erleben wollte, war Icho Tolot, der Haluter. Mit seiner Fähigkeit, die Molekülstruktur der Körperzellen nach Belieben zu verändern, war er jeder Strapaze fast mühelos gewachsen.

Perry Rhodan setzte einen knappen Funkspruch an Julian Tifflor ab und erläuterte die Bedeutung des unerwarteten Manövers. Tifflor wurde angewiesen, als Kommandant des Flottenverbandes im Twin-System zu warten, bis er weitere Anweisungen bekam.

Inzwischen raste die CREST mit ständig wachsender Geschwindigkeit auf den schmalen Spalt zwischen den beiden Sonnen zu. Flammend griff eine einzelne Protuberanz weit in den Raum heraus, als sollte der Fremdkörper abgewehrt werden, der sich da in wahnwitzigem Flug dem Ballungszentrum näherte.

Perry kannte die Wirkung des Medikaments. Er ließ sich Zeit, bis ringsum auf den Bildschirmen nur noch die glühenden Gasmassen der beiden Sonnen zu sehen waren. Dann verabreichte er sich die Injektion.

Der Erfolg zeigte sich fast augenblicklich. Fast übergangslos sank der Administrator des Solaren Imperiums in ohnmachtähnlichen Tiefschlaf.

Hinter den grell aufleuchtenden Lichtvorhängen des Transmitterfeldes verschwand die CREST in den strukturlosen Weiten des Hyperraums.

14.

Seit knapp drei Stunden verharrte das Riesenrad regungslos im Raum über dem Planeten. Bisher hatte der Gegner noch keine Anzeichen einer Angriffsabsicht auf Kahalo erkennen lassen und auch nicht auf die pausenlosen Funksignale geantwortet. Die Terraner hatten ihre Angriffe unablässig fortgesetzt. Viel hatten sie allerdings nicht zu bieten, wie sich Kalup durch die permanente Übertragung der Bildsonden überzeugen konnte. Mercant konnte es nicht wagen, den massiven Einsatz der Transformgeschütze zu befehlen. Er mußte sich nach wie vor mit Vorstößen begnügen, die letztlich nichts einbrachten, da die Waffen der Festung die terranischen Schiffe immer wieder in die Flucht schlugen. Kalup mußte untätig zusehen, wie sich rings um Kahalo eine erbitterte Schlacht entwickelte, zu deren Entscheidung er nicht das geringste beitragen konnte, obwohl er mitten zwischen den Wunderwerken einer hochentwickelten Technik saß. Nach wie vor hielten sich Jane Keyser und vier Assistenten in seiner unmittelbaren Nähe auf. Bis jetzt hatten sie kaum ein Wort gesprochen. Arno Kalup war mit seinen Sonden beschäftigt.

Plötzlich meldete sich das Flaggschiff. Die Verbindung mit der NAPOLEON hatte automatisch den Vorrang. Die Bildsendung der Sonden wurde unterbrochen. Marschall Mercant erschien.

„Wir kommen nicht vorwärts", rief er aufgeregt, und aus dem Hintergrund hörte Kalup das Schreien von Kommandos und das Heulen überbeanspruchter Maschinen. „Der Gegner setzt eine neue Waffe ein. Bis jetzt sind sechs kleinere Einheiten spurlos verschwunden. Ich kann meine schweren Geschütze nicht einsetzen, und mit den leichten kommen wir gegen das grüne Schirmfeld nicht an."

Er sprach es nicht aus, aber ganz offensichtlich bat er um Rat. Arno Kalup zwang sich zur Ruhe.

„Ich weiß nicht, womit ich rechnen soll", antwortete er. „Mit einem Vorstoß zur Besetzung des Transmitters oder mit einem Hagel von Bomben. Auf jeden Fall scheinen Sie den Gegner beschäftigt zu halten. Bleiben Sie am Mann, das ist das einzige, was uns noch helfen kann."

Er fühlte sich leer und ausgehöhlt. Wieviel Schamlosigkeit gehörte dazu, aus der Sicherheit des Schaltzentrums hervor den Rat zu geben, andere Leute sollten sich an der unantastbaren Festung des Gegners die Köpfe einrennen!

Mercant nickte kurz.

„Ganz meine Meinung", bestätigte er. „Ich weiß nicht, was jetzt im Twin-System los ist, aber vielleicht kriegen wir Verstärkung. Einstweilen versuche ich, die Festung auf das Ballungsfeld des Transmitters zuzutreiben."

Er unterbrach die Verbindung. Die Sondenbilder erschienen wieder auf dem Schirm. Arno Kalup verzog das Gesicht zu einer schmerzlichen Grimasse. Die Festung auf das Ballungsfeld zutreiben! Ebensogut hätte er versuchen können, die Cheopspyramide mit der Hand zu bewegen.

Der Kampf näherte sich rasch seinem Höhepunkt. Pausenlos griffen Allan Mercants zweitausend Einheiten den Gegner an. Die Festung wich und wankte nicht, und jeder Anflug kostete den terranischen Verband eines oder zwei seiner Schiffe, die im unsichtbaren Feld der fremden Waffen vergingen.

Kalup ließ den Kopf vornübersinken und schloß die Augen. Er zermarterte sich das Gehirn nach einem Ausweg, aber jede Idee mündete in der schmerzenden Erkenntnis, daß es nichts gab, was er von hier unten aus tun konnte.

Allan Mercants triumphierende Stimme riß ihn plötzlich aus dem Brüten. Überrascht sah er auf. Auf dem Bildschirm war Mercants runder Schädel zu sehen, und das Gesicht verriet Freude, Erleichterung und neue Hoffnung.

„Die CREST . . .!“ schrie er, so laut er konnte.

Perry Rhodan erwachte. Das Medikament hatte einen schwerwiegenden Nachteil. So rasch die Wirkung eintrat, so langsam ebbte sie wieder ab, wenn man ihre Hilfe nicht mehr brauchte.

Mit automatischen Handbewegungen entfernte Perry die Gurte, die ihn während der Transition in seinem Sessel festgehalten hatten. Taumelnd kam er auf die Beine und sah sich um.

Die Offiziere an den Einheiten des Ringpults schliefen noch. Über dem Pult des Kommandanten thronte Icho Tolots mächtige Gestalt. Der gewaltige Raumer war merkwürdig still. Plötzlich kam Perrys Erinnerung zurück. Die Transition war geglückt. Wo war die Festung?

Er fuhr herum und schaute auf den Panoramaschirm. Dichtes Sterngewimmel bedeckte den schwarzen Hintergrund des freien Raums. Es kam ihm zu Bewußtsein, daß er diesen Anblick fast fünf lange Monate nicht mehr gehabt hatte. Wichtig war aber momentan nur, daß es unter den Tausenden von Sternen keinen zu geben schien, der weniger als ein paar Lichttage entfernt war. Die Transition hatte dicht über Kahalo enden sollen.

Wo war Kahalo?

Wo war die Festung?

Icho Tolots Stimme dröhnte plötzlich durch die Stille.

„Es geht alles mit rechten Dingen zu, mein Freund. Ihre Aufregung ist begreiflich. Ich wunderte mich selber, als wir hier auftauchten. Inzwischen habe ich Messungen angestellt. Ein gelber Stern ist nicht weiter als fünfzehn Lichttage entfernt. Aus dem System des Sterns kommen starke Streufeldimpulse. Es sieht so aus, als fände da eine Schlacht statt. Aus irgendeinem Grund muß der Transmitter uns weit vor Kahalo abgesetzt haben.

Perry Rhodan wandte sich um und ging auf das erhöhte Pult zu.

„Kennen Sie den Grund?“ fragte er knapp.

„Es gibt eine Reihe von Möglichkeiten“, antwortete der Haluter. „Ich bin noch beim Auswerten. Auf jeden Fall erringen wir einen unerwarteten Vorteil. Es wäre gewiß nicht in Ihrem Sinne gewesen, mit einer schlafenden Mannschaft mitten im Gewirr der Raumschlacht aufzutauchen."

Perry gab ihm recht. Die Festung zu verfolgen, war ein ziemlich hastiger Entschluß gewesen, von ihm und dem Haluter gleichzeitig gefaßt. Hätte der Transmitter auf die übliche Weise gearbeitet, dann befände sich die CREST jetzt dicht über Kahalo, in unmittelbarer Nähe der Festung und inmitten der terranischen Einheiten, die Allan D. Mercant unterstanden. Perry war dankbar für die Verschnaufpause, die ihm das Schicksal zugestanden hatte.

Die Offiziere kamen langsam zu sich. Der Kommandostand füllte sich von neuem mit Bewegung und Aktivität. Fast ununterbrochen trafen Lageberichte von den übrigen Sektionen des riesigen Schiffes ein. Cart Rudo, der Epsalgeborene, sorgte auf den Geschützdecks dafür, daß die wichtigsten Waffen der CREST so rasch wie möglich wieder bemannt wurden. Es dauerte etwa vierzig Minuten, bis sich das Schiff wieder in voll gefechtsbereitem Zustand befand. In der Zwischenzeit verharrte es reglos an Ort und Stelle. Der Kampf über Kahalo, dessen hyperenergetische Spuren selbst in einer Entfernung von fünfzehn Lichttagen eindeutig ausgemacht werden konnten, erfüllte Perry Rhodan mit drängender Unruhe. Trotzdem bewahrte er, um den Gegner nicht aufmerksam zu machen, absolute Funkstille.

Nach Ablauf der vierzig Minuten setzte sich die CREST in Bewegung. Perry Rhodans Plan, mit Atlan und Icho Tolot abgesprochen, war fertig.

Der scheinbare Sieg im Twin-System war, wie sich nun herausgestellt hatte, nur von kurzer Dauer gewesen. Die Maahks hatten es nicht vorgezogen zu fliehen; sie waren nach wie vor entschlossen, ihren Auftrag durchzuführen.

Angesichts dieser Sachlage hatte sich Rhodan schweren Herzens entschlossen, nun zum letzten noch möglichen Mittel zu greifen. Je länger die Kämpfe andauerten, desto mehr Menschenleben würden sie fordern. Es gab keine andere Möglichkeit, diesen Alptraum zu beenden, als die Zerstörung der Festung!

Rhodan war sich darüber im klaren, daß die Vernichtung der Festung dergestalt durchgeführt werden mußte, daß deren Bewohner genügend Zeit hatten zu fliehen. An Bord des Riesenschiffes gab es genügend Bleistiftraumer, die in ihrer Gesamtheit zweifellos in der Lage waren, alle Bewohner aufzunehmen und aus der Festung herauszubringen.

Diese Überlegung gab schließlich den Ausschlag, den Plan zu verwirklichen. Die CREST sollte mit Hilfe von Gravitationsbomben an einem bestimmten Punkt des Schutzschirmes der Festung eine kurzfristige Strukturänderung herbeiführen, die für Teleporter durchdringbar sein würde. Diese müßten eine Arkonbombe an Bord des Giganten bringen und zünden. Der dadurch entstandene Atombrand würde die Festung allmählich vernichten. Tolot hatte berechnet, daß der Prozeß etwa zehn Stunden in Anspruch nehmen würde. Zeit genug, um den Maahks eine rechtzeitige Flucht aus dem, zum Untergang geweihten, Generationenschiff zu ermöglichen.

Während die CREST in immer rascher werdender Fahrt auf Kahalo zustieß, hielt Perry Rhodan in seiner Kabine auf dem Chefdeck eine Besprechung ab. Außer Atlan nahmen daran die Mutanten Ras Tschubai, Tako Kakuta und Gucky teil. Gucky litt noch unter den Nachwirkungen des Schocks, den er bei der plötzlichen Transition der Festung von Horror nach Twin erlitten hatte. Er war jedoch einsatzbereit.

Perry erläuterte seinen Plan ausführlich, und Atlan unterstützte ihn dabei mit Erklärungen über Natur und Gewohnheiten des Gegners. Perry machte kein Hehl daraus, daß es sich bei dem Vorstoß, für den die drei Mutanten ausersehen waren, um ein ziemlich verzweifeltes Unternehmen handelte.

„Aber wir haben keine andere Wahl", schloß er knapp. „Und wir werden alles in unserer Macht Stehende tun, um jedermann sicher wieder zurückzubringen. Die lebenswichtigen Anlagen der Festung befinden sich in der Nabe. Dort muß der Atombrand gelegt werden. Leider ist eine Teleportation zurück zu uns erst dann möglich, wenn sich die ersten Strukturrisse im grünen Schirm bilden. Wir werden die Gravitationsbomben nicht noch einmal so gezielt zum Einsatz bringen können."

Die Teleporter verstanden, und sie wußten auch, daß Perry keinen von ihnen zu diesem Einsatz zwang. Sie nickten alle drei.

Inzwischen bewegte sich die CREST mit Überlichtgeschwindigkeit auf Kahalo zu. Die Streufelder der Schlacht waren nach wie vor zu empfangen. Allan D. Mercant ließ nicht nach. Perry versuchte, sich die Lage an Bord der terranischen Einheiten vorzustellen, die sich nun seit mehreren Stunden in ununterbrochenem Einsatz befanden.

Obwohl er wußte, daß ein Funkspruch von der CREST den Kampfgeist des Flottenverbandes stärken würde, hatte er bislang Funkstille bewahrt. Sein Plan konnte nur funktionieren, wenn der Gegner überrascht wurde. Eine einzige Unvorsichtigkeit genügte, ihn aufmerksam zu machen.

Das Schiff schlug einen weiten Bogen um Kahalo, ortete die Festung über der der Sonne abgewandten Seite des Planeten und setzte von der Tagseite her zum Angriff an. Ebensogut wie Allan D. Mercant wußte Perry Rhodan, daß die Position des Gegners den Einsatz allerschwerster Waffen unmöglich machte. Allerdings konnte diese Schwierigkeit zum Teil umgangen werden. Die CREST tauchte tief in die Lufthülle des Planeten ein und stieß von unten her gegen die Festung vor. Die Wirkung der Waffen war auf diese Weise von Kahalo weg gerichtet. Ein Fehlschuß mußte im freien Raum verpuffen, anstatt den Planeten zu treffen.

Als die CREST in etwa fünfzig Kilometern Höhe über die Tag- und Nacht-Linie von Kahalo dahinschoß, formierten sich Allan D. Mercants Einheiten zum erneuten Angriff. Die Massierung der Verbandsteile wurde von Bord der CREST beobachtet. Das Schiff war bis jetzt noch nicht ausgemacht worden. Der Raum um Kahalo war so voll energetischer Impulse, daß die Ortergeräte der Einheiten, die sich mitten im Gewimmel aufhielten, wahrscheinlich keinen Soli mehr wert waren. Aber selbst wenn Mercant von der Annäherung der CREST gewußt hätte, hätte er kein geschickteres Manöver machen können, als in diesem Augenblick den Gegner von neuem anzugreifen.

Die CREST stieß zu. Hinter sich her zog sie einen brodelnden, leuchtenden Orkan ionisierter Luftreste. Wie ein gigantisches Ei leuchtete die grüne Schirmfeldhülle der Festung auf den Bildschirmen. Binnen weniger Sekunden wuchs sie über die Ränder der Projektionsflächen hinaus. Die CREST schob auf eine himmelhohe Wand zu, und wer bislang noch keine Zweifel am Erfolg des Unternehmens gehabt hatte, der bekam sie jetzt.

Die Festung schien das von unten heranschießende Raumschiff

entweder nicht zu bemerken, oder sie schenkte ihm keine Beachtung. Die CREST hatte sich jetzt dem grünen Schirmfeld bis auf dreihundert Kilometer genähert und setzte zu dem Manöver an, das sie mit einer plötzlichen Kursschwenkung dicht an der Peripherie des Feldes vorbeiführen sollte. In den Geschützständen näherten sich die Zeiger der Monitor-Uhren dem rotleuchtenden Nullpunkt. Unter fast unerträglicher Spannung hockten die Geschützbedienungen in ihren engen Sesseln und schauten in einer Sekunde auf den kleinen Bildschirm am Armaturenbrett, über den sich der grüne Schein des maahkschen Schirmfelds ausbreitete, in der nächsten auf den Lichtzeiger der Monitor-Uhr.

Noch verfolgte die CREST ihren Kurs unangefochten. Der Lichtstreif ionisierender Luft verschwand, als sie aus den obersten Schichten der Kahalo-Atmosphäre in das freie Weltall vorstieß.

Perry Rhodan leitete das Schiff. Die Uhr auf dem Schaltpult des Kommandanten war mit den Chronometern der Geschützstände synchronisiert. Bei diesem Vorstoß kam es darauf an, daß der Zeitplan auf den Bruchteil einer Sekunde genau eingehalten wurde. Das geringste Zögern, ein winziger Augenblick der Unentschlossenheit konnten verheerende Folgen haben.

Seitlich des Kommandopults standen die Mutanten. Ras Tschubai, Tako Kakuta und Gucky trugen schwere Schutzanzüge, die giftigen Atmosphären und höchsten Drücken standhielten. Hinter den dicken Sichtscheiben der Helme hervor blickten drei Augenpaare auf die Monitor-Uhr. Es gab kein Wort mehr zu sagen. Alles war besprochen.

Die Sekunden tickten davon. Es sah so aus, als wollte der Lichtzeiger es sich noch einmal überlegen, als er auf die Null zuglitt. Dann vereinigte sich der weiße Leuchtbalken mit der roten Endmarke. Die Alarmsirenen schrillten auf. Aus den Geschützluken oberhalb des Ringwulstes lösten sich die grelleuchtenden Spiralen der Gravitationsbomben. Wo sie auf die grüne Wand des gegnerischen Schirmfeldes trafen, brachen gigantische Vulkane auf und spien in zuckenden Entladungen ungeheure Mengen an Energie in den Raum. Sekundenlang schien dicht über Kahalo eine zweite Sonne aufzugehen.

Sofort nach der Salve vollführte die CREST eine Schwenkung, die sie um Haaresbreite unter dem grünen Schirmfeld hindurchgleiten ließ. Das Schiff nahm Kurs auf die Tagseite des Planeten.

Die Treffer mußten die maahksche Verteidigung in Verwirrung gebracht haben. Die Festung fing plötzlich an, sich zu bewegen. Ohne Allan D. Mercants angreifende Einheiten auch nur eines Schusses zu würdigen, begann sie zu steigen und entfernte sich mit immer größer werdender Geschwindigkeit von Kahalo. Die Reaktion kam völlig unerwartet. Der Gegner gab, scheinbar ohne jeden Anlaß, einen unschätzbaren Vorteil auf.

Als die CREST sich etwa zehn Sekunden nach dem Angriff wieder auf stabilem Kurs befand, hatte Perry Rhodan Zeit, sich umzusehen. Der freie Platz neben dem Kommandopult war leer.

Die drei Mutanten hatten ihren Einsatz angetreten.

Der terranische Flottenverband formierte sich zur Verfolgung der Festung. Allan D. Mercant war längst über das Eintreffen der CREST informiert und übergab das Kommando an Perry Rhodan. Die Schlacht war beendet. Alles, was jetzt noch blieb, war, den Erfolg des Mutanteneinsatzes abzuwarten.

Inzwischen hatte Icho Tolots Planhirn das Motiv für die plötzliche Flucht des Gegners ermittelt. Den Maahks mußte die Wirkungsweise von Gravitationsbomben bekannt sein. Die Erkenntnis der Tatsache, daß die Terraner die Festung mit dieser Waffe angegriffen hatten, obwohl sich das Generationenschiff dicht über dem Planeten befand, und dadurch erkennen ließen, daß ihnen die Zerstörung der Festung mehr galt als die Sicherheit des Planeten, mußte sie dazu bewogen haben, sich weiter in den Raum zurückzuziehen. Damit wurde neuerdings klar, daß die Maahks einen fest umrissenen Auftrag hatten, der ihnen zwar vorschrieb, die Terraner aus den besetzten Transmitterstationen zu vertreiben, es ihnen aber gleichzeitig verbot, die Transmittereinrichtungen in Gefahr zu bringen.

Die Erklärung klang logisch, zeigte sie doch, daß sich die Maahks keineswegs auf der Flucht befanden, sondern lediglich ein taktisches Manöver durchführten. Sie konnten jederzeit wieder umkehren und sich den nachfolgenden terranischen Verbänden erneut stellen – diesmal jedoch unter weitaus günstigeren Bedingungen für die Terraner, denn bedingt durch die immer größere

Entfernung, die die Festung von Kahalo zurücklegte, konnte man vermehrt Transformgeschütze zum Einsatz bringen, um den Schutzschirm zu beseitigen.

Und genau dies würde man auch tun müssen, um zu verhindern, daß sich die Festung wieder Kahalo näherte und den Planeten gefährdete, wenn sie durch den Atombrand der Zerstörung anheim fiel.

Perry Rhodan hoffte, daß es nicht mehr zum Kampf kommen würde. Die drei Mutanten befanden sich an Bord der Festung. Wenn alles gut ging, würde der grüne Feldschirm nicht mehr lange existieren, und ohne ihn war der Gegner vergleichsweise hilflos.

Für das Vorgehen der Mutanten gab es keinen festen Zeitplan. Niemand wußte, wie leicht oder wie schwer es war, sich im Innern des feindlichen Riesenschiffes zurechtzufinden. Mit Hilfe ihrer Teleporterfähigkeiten konnten sie allerdings in Sekunden Strecken bewältigen, zu denen ein normaler Mensch Stunden brauchte.

Perry rechnete damit, daß der Erfolg des Unternehmens etwa zwei bis drei Stunden nach dem Absprung der Mutanten zu sehen sein würde, unter günstigen Umständen sogar früher.

15.

Der Raum, in dem die drei Teleporter materialisierten, war fremdartig. Nachdem sie sich kurz umgesehen hatten, kamen sie zu der Überzeugung, daß sie sich in einer Art Ersatzteillager befanden. Säuberlich in Reihen geordnet standen Sitzmöbel, Schaltpulte und riesige Bildröhren. Unter der Decke entlang liefen zwei Linien von Lumineszenzlampen, die eine weiße, grelle Lichtflut verbreiteten. Der Raum war etwa fünfzig Meter lang und dreißig Meter breit. Die Wände waren gerade und fünf Meter hoch. Die Luftzusammensetzung entsprach den Lebensbedingungen der Maahks, die Schwerkraft betrug knapp 3 Gravos. Es herrschte ein Luftdruck von rund 83 Atmosphären – das entsprach jenem auf der Erde in mehr als 850 Metern Wassertiefe. Die Schwerkraft und der Luftdruck wurden jedoch durch die Einsatzanzüge kompensiert, und die Mikrogravitatoren verliehen den Mutanten die gewohnte Schwerkraft von einem Gravo.

Nachdem sie sich vergewissert hatten, daß sich kein Maahk in der Nähe aufhielt, aktivierten sie ihre Helmsender und stellten sie auf minimale Sendeenergie.

Ras begann, seinen Plan zu entwickeln. Er trug die Bombe an seinem Raumanzug verankert.

Die Prozedur der Orientierung ist selbst für einen Teleporter ein ziemlich umständlicher Vorgang. Mit Hilfe seiner Begabung kann er Orte aufsuchen, die er nie zuvor gesehen hat. Alles, was er dazu braucht, sind die Koordinaten des Zielorts, auf den Absprungort bezogen. Beim Absprung von der CREST war die Festung als Ganzes der Zielort gewesen. Der Sprung war geglückt. Jetzt galt es festzustellen, wo innerhalb der Festung man sich befand.

Ras teleportierte fünfzig Kilometer weit auf einer Linie, die parallel zum Boden des Geräteraums verlief. Er war ziemlich sicher, auf diese Weise aus dem Raumschiff hinaus in den freien Raum zu gelangen, und seine Vermutung stellte sich als richtig heraus. Er fand sich in der Finsternis des Weltalls schwebend, etwa zwanzig Kilometer über sich eine der Kugeln, die an den Speichen des Rades aufgereiht waren, und etwa siebenundvierzig Kilometer von der Wandung der fünfzig Kilometer starken Nabe entfernt. Weit voraus lag ein grünes Leuchten. Das war das Schirmfeld. Es sah von innen nicht anders aus als von außen. Ras prägte sich ein, was er sah und kehrte dann zu den Gefährten zurück.

„Wir stehen etwa zwanzig bis fünfundzwanzig Kilometer unterhalb des Speichenrings", erklärte er. „Wir werden jetzt in einzelnen Sprüngen vorstoßen und die Lage erkunden. Nach jedem Sprung kehren wir wieder hierher zurück. Die Bombe sollte natürlich so nahe wie möglich an einem der Generatoren deponiert werden, die den grünen Schutzschirm speisen, damit der Weg für uns zurück frei wird. Niemand entfernt sich von diesem Raum länger als eine Viertelstunde – es sei denn, er gerät in Gefahr. Ist das verstanden?"

Es gab keinen Widerspruch. Selbst Gucky, der sonst nie auf einen Vorschlag einging, ohne zuvor zu meckern, blieb stumm. Sie sprangen der Reihe nach, zuerst der Mausbiber, dann Tako und schließlich Ras selbst.

Ras war die Spannung selbst, als er die Augen schloß und sich im Geist abstieß. Die rechte Hand verkrampfte sich um den Kolben des Blasters. Für den Bruchteil einer Sekunde bedeckte grauer Nebel das Sichtfeld, dann wurde die Szene wieder klar. Ras war in einem langen, breiten Gang gelandet. Er überzeugte sich zunächst, daß die Luft rein war. Erst dann begann er, seine Umgebung zu untersuchen.

Die Breite des Gangs betrug rund acht Meter. Vier davon, genau in der Mitte, strahlten ein intensives, blauweißes Licht aus, das sich wie ein Leuchtband den Gang entlangzog. Ras konnte keinen anderen Leuchtkörper entdecken, aber er stellte fest, daß das Band außer der Beleuchtung noch einen anderen Zweck erfüllte. Er trat auf den Leuchtstreifen und spürte, wie sich der Boden unter ihm in Bewegung setzte. Bevor er sich von seiner Überraschung erholte, war er schon ein paar Meter weit durch den Gang getrieben worden. Hastig sprang er ab und war froh, als er wieder festen Boden unter den Füßen hatte. Der Lichtstreifen war Beleuchtung und Transportband zu gleicher Zeit. Die Technologie, die sich eine solche Kombination ausgedacht hatte, mußte auf Zweckmäßigkeit ausgerichtet sein.

Von da an hielt er sich dem Band fern, weil er nicht wußte, wohin es ihn bringen würde, und tappte zu Fuß durch den Gang. Die Wände waren glatt und frei von Fugen. Nirgendwo sah er Geräte hängen, wie er es von den Korridoren irdischer Raumschiffe her gewöhnt war. Und nirgends begegnete er einem lebenden Wesen. Es schien, als wäre dieser Teil der Festung leer.

Als er in das Ersatzteillager zurücksprang, waren auch Gucky und Tako bereits wieder an Ort und Stelle. Gucky war mitten in einer Maschinenhalle gelandet, in der starke Betriebsamkeit herrschte, und hatte sich sofort wieder auf den Rückweg gemacht. Bei den Maschinen handelte es sich eindeutig nicht um Generatoren, also konnte die Halle nicht diejenige sein, in der Ras seine Mikrobombe abladen wollte. Tako war mit weniger Aufregung davongekommen. Sein Sprung hatte ihn in einen Teil des Schiffes geführt, der ebenso leer und verlassen schien wie der, den Ras aufgesucht hatte.

Ras entschied, daß von nun an ausschließlich in der Richtung vorgestoßen werden sollte, in der Gucky sich bewegt hatte. Die Aussichten waren dort am günstigsten. Er war beruhigt, daß es im Innern des Riesenschiffes nach wie vor still blieb. Ihr Eindringen war also nicht bemerkt worden.

Da sie nun alle in der gleichen Richtung sprangen, bestimmte Ras verschiedene Sprungweiten für jeden, damit nicht zwei am gleichen Ort landeten. Gucky erhielt den Auftrag, noch einen Kilometer über die von ihm gefundene Maschinenhalle hinaus vorzudringen. Tako Kakuta sollte rund zwei Kilometer weiter teleportieren als Gucky, und am meisten nahm sich Ras vor, der seinerseits Tako um zwei Kilometer überspringen wollte.

Unmittelbar nach dem Sprung wußte Ras, daß er diesmal mehr Erfolg haben würde als beim letzten Mal. Er fand sich zwar ziemlich unbequem in einen engen, dunklen Stollen eingezwängt, durch den ein mit gelblichem Qualm durchsetzter Sturm tobte. Aber er spürte das heftige Vibrieren starker Maschinen, die sich irgendwo in der Nähe befinden mußten. Vor sich sah er einen schwachen Lichtschimmer und kroch darauf zu. Der Stollen war so eng, daß er gerade hineinpaßte. Der Sturm pfiff ihm entgegen. Vor ihm staute sich die trübe Luft und versuchte, ihn rückwärts zu drücken. Er rutschte auf den Knien, und jeder gewonnene Zentimeter kostete ihn soviel Mühe wie ein zehnminütiger Marsch bergauf auf der Erde.

Das Licht kam von unten, stellte Ras fest. Und während er sich ihm näherte, wurden die Vibrationen stärker. Die Außenmikrophone übertrugen dumpfes Rumpeln und Stampfen. Schließlich konnte er sehen, daß das Licht durch eine Art Gitter fiel. Dicht vor dem Gitter hielt er an. Er streckte die Hand aus, aber kaum hatte sie den Rand des Gitters passiert, da traf sie ein wuchtiger Schlag von unten und trieb sie in die Höhe. Ras begriff, daß er in einem Entlüftungsschacht gelandet war. An einer günstigeren Stelle hätte er nicht landen können. Durch das Gitter hindurch hatte er weite Übersicht, und solange er im Schacht blieb, würde ihm kein Maahk unerwartet über den Weg laufen.

Er überquerte das Gitter mit einiger Mühe. Was für einen Mechanismus die Maahks auch immer benutzen mochten, um die Luft anzusaugen – er war leistungsfähiger als die stärkste terranische Pumpe.

Auf der anderen Seite waren die Luftverhältnisse ein wenig besser. Der Sturm brauste hier nicht so. Ras mußte nur darauf achten, daß er den Kopf nicht zu weit über den Rand des Gitters hinausstreckte. Der Sog war kräftig genug, um ihm das Genick zu brechen.

Unter sich, in einer Tiefe von etwa vierzig Metern, sah er lange Reihen großer, fremdartiger Maschinen. Die Hallenwände lagen außerhalb seines Blickfeldes. Er überblickte eine Fläche von rund sechstausend Quadratmetern. Nach der Intensität der Vibrationen zu urteilen, mußte der Raum dort unten jedoch weitaus größer sein.

Die Maschinen waren ihm rätselhaft. Er sah keine sich bewegenden Teile. Alles war unter gleichmäßig geformten Umhüllungen aus grauem metallähnlichem Material verborgen. Die Umhüllungen glichen einander aufs Haar, und was dem Gesamtbild am nächsten kam, war Ras Tschubais Erinnerung an einen alten Armeeparkplatz, auf dem die Soldaten Hunderte von Lastwagen des gleichen Typs in Reih und Glied aufgestellt hatten. Mit ein wenig Phantasie sahen die Maschinen tatsächlich so aus wie metallverkleidete Lastautos.

Nirgendwo war ein lebendes Wesen zu sehen. Der gelbliche Qualm, den Ras im Luftschacht beobachtet hatte, schien von den Maschinen aufzusteigen und erfüllte die Luft der Halle wie mit einem feinen Nebel. Ras kam auf die Idee, daß das gelbe Gas für die Maahks giftig sein mochte und die Anlage dort unten deswegen vollautomatisch arbeitete. Was für Maschinen konnten das sein, die giftige Gase produzierten und einen Lärm machten wie alte Drehbänke? Jedenfalls paßte auf keine von ihnen die Beschreibung, die Icho Tolot von den Schirmfeld-Generatoren gegeben hatte, an denen er im Twin-System seine Bombe abgelegt hatte. Aber Ras war neugierig geworden. Er wollte wissen, welchen Zweck die Maschinen erfüllten. Er überlegte, ob er hinunter teleportieren und sich die Geräte aus der Nähe ansehen sollte.

Da mischte sich in das Rattern und Stampfen ein neues, eigenartiges Geräusch.

Es klang, als hätte jemand mit einem schweren Mörser auf einen riesigen Gong geschossen. Tiefes Brummen schwoll innerhalb von Sekundenbruchteilen zu schmerzender Intensität, die den Schädel in Schwingungen versetzte und das Bild vor den Augen verwischte. Das Geräusch verebbte dann langsam, aber nach drei oder vier Sekunden schwoll es von neuem an. Ras schaltete die Außenmikrophone ab, weil er befürchtete, das Trommelfell müßte ihm platzen. Er hatte keine Ahnung, was das neue Geräusch bedeutete. Es hörte sich bedrohlich an. Vielleicht rührte es vom Abfeuern der feindlichen Geschütze her, oder auch von Treffern im Schirmfeld.

In der Maschinenhalle entstand plötzlich Bewegung. Ras zog sich vorsichtig vom Rand des Gitters zurück und spähte schräg nach unten. Eine Kolonne schwer bewaffneter, mit Schutzanzügen ausgerüsteter Maahks bewegte sich durch die Gänge zwischen den Maschinen. Ras wußte auf einmal, was das Geräusch zu bedeuten hatte.

Alarm . . . !

Es gab nur einen einzigen Grund, warum auf das Alarmsignal hin eine Gruppe von bewaffneten Maahks die Maschinenhalle durchsuchen konnten.

Die Anwesenheit der drei Mutanten war entdeckt worden.

Er mußte zurück. Vielleicht waren Gucky oder Tako in Gefahr. Er wußte nicht genau, was er von der Gruppe unten in der Halle halten sollte. Warum kamen die Maahks gerade hierher? Sie konnten unmöglich wissen, daß er sich hier befand. Der Gedanke beunruhigte Ras, aber er schob ihn beiseite. Wahrscheinlich wurde die gesamte Festung durchsucht.

Er schloß die Augen und sprang zurück zum Ersatzteillager. Das erste, was er sah, war Tako Kakuta, der merkwürdig steif unmittelbar vor ihm stand und ihn aus großen, leeren Augen ansah. Ras wirbelte herum. Schräg hinter sich erkannte er die unförmige Gestalt eines Maahks. Ehe er der Gefahr durch eine Teleportation entkommen konnte, erfaßte ihn eine Welle brennenden Schmerzes, und er versank fast augenblicklich in Bewußtlosigkeit.

Die Festung gab den Kampf nicht auf, das wurde Perry Rhodan und seinen Offizieren bald klar. Der Raumriese selbst stellte sich zwar nicht zum Kampf, aber alle dreißig oder vierzig Minuten wimmelten die Orterschirme der CREST plötzlich von raschen, winzigen Reflexen, die sich mit rasender Geschwindigkeit dem terranischen Flottenverband näherten. Die Reflexe stammten von einem Schwarm stabförmiger Raumschiffe. Sie schossen quer durch die Reihen des Verbands und feuerten ihre Strahlen gegen die Schutzschirme der terranischen Kugelschiffe. Die Terraner ihrerseits belegten sie mit Transformsalven, und es gelang ihnen gewöhnlich, eines oder zwei aus dem Rudel der Stabschiffe herauszuschießen.

Die feindlichen Einheiten verschwanden so schnell, wie sie gekommen waren. Die einzige Absicht des Gegners war offenbar, Verwirrung in die Reihen der Terraner zu bringen. Rhodan war überzeugt, daß es sich dabei um ein einleitendes Manöver handelte. Wenn die Verwirrung groß genug war, würde die Festung selbst angreifen.

Er war beunruhigt. Seit dem Absprung der drei Mutanten waren acht Stunden vergangen, und immer noch hatte sich nichts ereignet. Die Festung hatte ihren Kurs geändert und umkreiste das Orbon-System jenseits der Bahn des äußersten Planeten. Der terranische Verband folgte ihr. Rhodan hatte jeden Vorstoß gegen die Festung untersagt, um die Mutanten nicht zu gefährden.

Inzwischen war von Arno Kalup die Bestätigung gekommen, daß einer Justierung des Transmitters auf die Hohlwelt Horror nichts im Wege stand. Als der Hyperphysiker von den diesbezüglichen Plänen Rhodans erfuhr, hatte er sich sofort an die Arbeit gemacht, um die Sendejustierung vorzunehmen. Vor wenigen Minuten konnte er schließlich melden, daß der Pyramidentransmitter auf Horror einjustiert war. Nun hing alles vom Erfolg der drei Teleporter ab.

Atlan saß neben Perry Rhodan am Kommandopult. Sie diskutierten Pläne für den nächsten Schritt, als ein neuer Pulk von Stabschiffen gemeldet wurde. Das Spiel war immer noch das gleiche. Die Stabschiffe schossen quer durch den Verband hindurch. Dann kehrten sie zum Mutterschiff zurück.

Ras kam langsam zu sich. Er fühlte sich wie betrunken. Das Bild seiner Umgebung war verschwommen. Die Dinge hatten doppelte Umrisse. Er konnte sich bewegen, aber wenn er es zu rasch tat, wurde ihm übel.

Er schloß die Augen und öffnete sie wieder, aber das verschwommene Bild blieb. Er fand sich damit ab, daß die Maahks etwas mit ihm angestellt hatten, was diesen Zustand verursachte. Sein Erinnerungsvermögen funktionierte einwandfrei. Er wußte genau, was geschehen war.

Er versuchte, sich zu orientieren. Die grauen Schatten weit im Hintergrund waren die Wände des Raums, in dem er sich befand. Der

Raum war rechteckig, wie Ras erkannte, etwa fünf Meter lang und drei breit. Die Decke bestand aus einer einzigen Leuchtplatte, die grelles weißes Licht verstrahlte. Er lag auf einer Art Bett, und rings um das Bett herum standen eine Reihe Apparate, die dem Ganzen den Anblick eines Operationssaals gaben.

Niemand schien in der Nähe zu sein, weder ein Maahk noch Gucky oder Tako. Ras richtete sich langsam auf. Wenn er dabei vorsichtig war, wurde ihm nicht allzu schlecht. Sein Schutzanzug schien noch völlig intakt zu sein. Der Gedanke brachte ihn auf eine Idee. Hastig griff er zur Hüfte. Der Behälter mit der Bombe war verschwunden.

Der Schock raubte ihm fast das Bewußtsein. Ohne die Bombe blieb der waghalsige Einsatz erfolglos. Die Maahks mußten ihn in aller Eile untersucht und die Bedeutung des feldflaschenähnlichen Behälters rasch erkannt haben. Der Himmel mochte wissen, wo sie die Bombe hingebracht hatten.

Ras glitt langsam von der Liege herunter auf den Boden. Vorsichtig ging er ein paar Schritte und bemerkte, wie die Übelkeit sich allmählich löste. Das Bild vor seinen Augen blieb jedoch verschwommen. Er tappte an den Wänden entlang und versuchte, sich zurechtzufinden. An einer Stelle fand er die Umrisse einer Tür. Er betastete sie, aber die Tür war verriegelt und nicht zu öffnen. Der Raum enthielt weiter kein Mobiliar als die Liege und die Geräte, die ringsherum aufgestellt waren.

Er kehrte schließlich zur Liege zurück und hockte sich auf den Rand. Er gab sich Mühe, Ordnung in den Wirrwarr seiner Gedanken zu bringen. Die Maahks hatten ihn also gefangen. Das schien das einzige zu sein, was mit Sicherheit feststand. Aber woher sie wußten, daß sie die Eindringlinge ausgerechnet im Ersatzteillager fassen konnten, blieb ein Rätsel.

Rätselhaft war auch, was aus Tako und Gucky geworden war. Ras erinnerte sich, Tako gesehen zu haben, als er nach seinem letzten Sprung materialisierte. Vermutlich war er ebenso gefangen. Aber was war aus Gucky geworden?

Es war klar, daß die Maahks ihre Gefangenen deshalb am Leben ließen, weil sie sie ausfragen wollten. Andererseits mußten sie damit rechnen, daß die Mitglieder eines Himmelfahrtkommandos, die jeden Augenblick mit dem Scheitern ihrer Mission rechnen mußten, nicht gerade die neuesten und geheimsten Informationen mit sich herumtrugen. Außerdem hatten die Maahks alle Hände voll mit der Abwehr des terranischen Angriffs zu tun. Ras war überzeugt, daß es lange dauern würde, bis jemand käme, um sich um ihn zu kümmern.

Bis dahin hatte er die Hände frei. Es gab drei Dinge, um die er sich Sorgen zu machen hatte. Erstens galt es, die Bombe zurückzuerlangen. Solange sie sich in den Händen des Gegners befand, gab es keine Möglichkeit, den Auftrag auszuführen. Zweitens mußte er Tako und Gucky finden und sie befreien, falls das nötig sein sollte. Drittens mußte die Bombe in einer Generatorenhalle des grünen Schirmfelds untergebracht werden, damit das Feld zum Einsturz gebracht werden konnte. Erst danach hatten die drei Mutanten wieder eine Möglichkeit, an Bord eines der eigenen Schiffe zurückzukehren.

Alle drei Punkte hörten sich gleichermaßen schwierig an. Ras hatte inzwischen begriffen, was es hieß, innerhalb eines zweihundert Kilometer langen Raumschiffs einen bestimmten Raum zu finden. Er dachte daran, welches unwahrscheinliche Glück Tolot gehabt hatte. Sie alle, Perry Rhodan eingeschlossen, hatten sich das viel einfacher vorgestellt. Man hörte die Zahl, aber sie bedeutete einem nichts. Erst wenn die Zahl zu wirklichen Dimensionen wurde, merkte man, was sich hinter ihr verbarg.

Trotzdem nahm Ras sich vor, sofort an die Arbeit zu gehen. Vorläufig hatte er keinen bestimmten Plan. Er mußte feststellen, wo innerhalb der Festung er sich befand. Vielleicht gelang es ihm, zum Ersatzteillager zurückzufinden. Das war ein gefährliches Unterfangen, aber es konnte sein, daß Gucky sich dort irgendwo versteckt hielt. Wenn er scharf genug aufpaßte, konnte er sofort wieder zurückspringen, falls noch Maahks im Lager waren.

Er schloß die Augen und konzentrierte sich auf den bevorstehenden Sprung. Und als er abspringen wollte, machte er seine dritte und schlimmste Entdeckung.

Er besaß die Fähigkeit der Teleportation nicht mehr.

Plötzlich war ihm alles klar.

Die Maahks wußten von der Begabung, mit der die Mutanten ausgestattet waren. Sie kannten Psi-Fähigkeiten. Und nicht nur das.

Sie besaßen Mittel, um die Psi-Fähigkeiten anderer auszuschalten und unwirksam zu machen.

Wahrscheinlich, schloß Ras, besaßen sie auch Möglichkeiten, Mutanten von anderen, normalen Wesen objektiv zu unterscheiden. Eine gute Erklärung dafür, wie sie das Ersatzteillager so rasch gefunden hatten, war zum Beispiel, daß sie einen Mechanismus hatten, mit dem sie die Sprünge der Teleporter anmessen und ihre Anfangs- und Endpunkte orten konnten.

Das, fand Ras, rückte die Situation in ein neues Licht. Das verschwommene Bild vor seinen Augen mußte von dem Einfluß herrühren, den die Maahks auf den Psi-Teil seines Bewußtseins ausübten. Er mußte herausfinden, was für eine Art von Einfluß das war. Vielleicht konnte er die Quelle finden und sich befreien. Er war sich darüber im klaren, daß ihn nichts mehr retten konnte, falls ihm das nicht bald gelang.

Zunächst untersuchte er die Geräte rings um die Liege. Er betastete sie und horchte sie ab. Keines von ihnen schien in Betrieb zu sein, aber wenn man es mit Erzeugnissen einer fremden Technik zu tun hatte, wußte man das nie so genau. Ras stellte fest, daß die Instrumente aus ziemlich leichter Metallplastik bestanden. Er warf ein paar von ihnen um und trampelte auf ihnen herum, bis sie verbogen waren und einzelne Teile absprangen. Das Bild vor seinen Augen verbesserte sich nicht – auch dann noch nicht, als er alle Geräte umgeworfen und demoliert hatte, so gut er konnte.

Das war es also nicht. Der Einfluß kam von außerhalb des Raums oder einer Droge, die man ihm gab.

Er unternahm einen neuen Versuch, seine Psi-Begabung einzusetzen. Diesmal ging er vorsichtiger zu Werk. Er schloß die Augen und dämmte den Strom der Gedanken, bis er in einer engen Kapsel, abgeschlossen vom Universum, durch abgrundtiefe Finsternis zu treiben schien. Nichts war mehr da, was ihn störte. Er war allein in einer Welt, die keine Geräusche, keine Bilder und keine Gedanken kannte.

Keinen Gedanken, außer dem einen: Ich will *dorthin*!

Sein Verstand artikulierte den Gedanken ein zweites Mal, dann ein drittes... und immer so weiter, bis die Finsternis im Rhythmus der Gehirnimpulse zu schwingen schien. Er spürte, wie die Energie sich aufbaute und sich gegen den Rahmen der Kapsel stemmte, in der er zu schweben schien. Er wußte, daß er mit dieser Anhäufung von Energie bis an die Grenzen seiner Reichweite springen könnte – wenn der fremde Einfluß und das grüne Schirmfeld nicht wären.

Er erreichte einen Punkt, an dem die aufgespeicherte Energie ihn zu schmerzen begann und den Rhythmus des Gedankens störte. Da setzte er sie frei – nicht alles auf einmal, weil der Ausbruch ihn sonst vernichtet hätte, sondern bruchstückweise in kleinsten Einheiten, wie er sie sonst für Sprünge benutzte. Und plötzlich spürte er etwas.

Er konnte nicht dorthin, wohin er wollte. Aber eine andere Richtung stand ihm offen. Er fand eine starre Hülle außerhalb seiner Kapsel, nachdem er die Kapsel gesprengt hatte, aber in der Hülle war ein Loch.

Er kehrte in die Wirklichkeit zurück und überlegte, ob er diesen Weg nehmen sollte. Auf den ersten Blick hielt er den Ausweg für eine Falle. Dann fragte er sich, was die Maahks mit dieser Falle zu gewinnen hofften. Es erschien unlogisch, daß sie ihn festnahmen und ihm eine winzige Möglichkeit ließen, sich zu befreien, nur damit sie ihn danach wieder einfangen konnten.

Natürlich kannte er die Hintergründe der maahkschen Logik nicht. Aber gemäß den Grundsätzen vernünftigen Denkens war das Anlegen einer solchen Falle völliger Unsinn.

Folglich handelte es sich nicht um eine Falle. Es handelte sich um ein Versehen – einen Fehler, der sich unbemerkt in die Kalkulation des Gegners geschlichen hatte. Ras entschloß sich, den Ausweg zu benutzen. Er fing von neuem an, sich auf den Sprung zu konzentrieren.

Dann sprang er.

Eine ungewöhnlich lange Zeit schien er durch einen schwarzen Schacht zu fallen. Dann erreichte er das Ziel, und im gleichen Augenblick wünschte er sich, er hätte den Sprung nicht getan.

Bis zu einem gewissen Punkt unterschied sich Guckys Schicksal in nichts von dem Ras Tschubais oder, was das betraf, Tako Kakutas. Er war, als er von seinem zweiten Sprung zurückkehrte, unmittelbar vor der Mündung einer maahkschen Schockwaffe gelandet und Bruchteile einer Sekunde später in Ohnmacht versunken.

Von da an änderten sich die Dinge allerdings. Als Gucky zu sich kam, fand er sich auf einer Liege angeschnallt und seines Raumanzugs entledigt. Das erschreckte ihn zunächst, aber er sah ein, daß es keinen Grund zur unmittelbaren Besorgnis gab, denn er war noch am Leben. Die Luft, die er atmete, hatte einen merkwürdigen Geruch, aber die Lungen verarbeiteten sie ohne Komplikationen. Um die Liege herum standen sechs unförmige Gestalten, und Gucky wußte die Fürsorge, die man ihm angedeihen ließ, sogleich zu schätzen, als er bemerkte, daß die Maahks Schutzanzüge trugen. Ihre großen Augen lugten hinter den Sichtscheiben wulstförmiger Helme hervor. Die Maahks hatten sich entschlossen, ihren Gefangenen gründlich zu untersuchen. Zu diesem Zweck mußten sie ihn in einer sauerstoffhaltigen Atmosphäre unterbringen und sich selbst gegen das für sie giftige Gasgemisch schützen. Gucky war über seine Lage keineswegs erfreut, aber seine Mentalität reagierte anders auf unangenehme Überraschungen als die der Menschen. Er fand die Entwicklung interessant, und im übrigen war er sicher, daß er sich davonmachen könnte, wann immer es ihm auch paßte.

Die Maahks unterhielten sich über Helmsender. Er konnte die Geräusche nicht hören, aber er vernahm das Gemurmel ihrer Gedanken. Die fremde Denkweise war zunächst unverständlich, aber wenn er sich anstrengte, kam er allmählich dahinter, was die Impulse bedeuteten.

„... so verschieden von den beiden anderen“, dachte einer der Maahks. „Absolut keine Ähnlichkeit. Wahrscheinlich handelt es sich um ein unintelligentes Wesen.“

Um die Liege herum standen ein paar Geräte. Gucky verspürte den Drang, eines davon auf telekinetischem Wege in die Höhe zu heben und dem Maahk, der die beleidigende Äußerung gemacht hatte, über den Schädel zu schlagen. Er beherrschte sich jedoch. Solange sie ihn für unintelligent hielten, gab es eine Menge zu lernen.

„Das ergibt keinen Sinn“, protestierte ein anderer Maahk. „Warum sollten sie auf einen Einsatz wie diesem ein unintelligentes Geschöpf mit sich herumschleppen?“

„Von Schleppen ist gar keine Rede“, warf der dritte ein. „Das Tier kann teleportieren wie die beiden andern. Wahrscheinlich ist es auf eine genau umrissene Funktion dressiert.“

„Wir müssen herausfinden, um welche Funktion es sich handelt", schloß der erste Maahk den Kreis.

„Psychoanalyse", dachten zwei Gehirne gleichzeitig.

„Gut. Trefft die Vorbereitungen dazu. Zwei Leute bleiben hier und lassen das Tier nicht aus den Augen."

„Sollten wir nicht ein Sperrfeld anwenden?" wurde ein besorgter Gedanke laut.

„Das ist nicht nötig", entschied der erste Maahk. „Das Geschöpf handelt wahrscheinlich nur auf direkten Befehl und kommt von sich aus gar nicht auf die Idee zu springen. Außerdem kann keiner der Katapult-Projektoren mehr abgezweigt werden. Sämtliche Einheiten werden zum Aussprung fertiggemacht. Für den Generalangriff auf den Feind darf kein einziges Schiff fehlen. Wir brauchen alle Projektoren."

Gucky konnte den Kopf weit genug drehen, um zu beobachten, wie der erste Maahk den Raum verließ. Drei der Zurückbleibenden machten sich an den Geräten zu schaffen, die die Liege umstanden. Gelegentlich verließ der eine oder andere von ihnen den Raum durch die gleiche Schleuse, die auch der erste Maahk benutzt hatte. Wenn er zurückkehrte, trug er ein neues Gerät, das er zu den schon vorhandenen stellte und damit verband. Zwei der Maahks standen unbeweglich zu beiden Seiten der Liege und wandten keinen Blick von Gucky.

Unter dem Schutz der geringen Meinung, die sie von ihm hatten, drehte Gucky den Kopf fleißig nach allen Seiten und entdeckte schließlich seinen Schutzanzug, den die Maahks in einer Ecke abgelegt hatten. Er versuchte zu schätzen, wie lange die Vorbereitungen dauern würden. Auf keinen Fall durfte er sich testen lassen. Die Maahks würden sofort wissen, woran sie waren. Er mußte von hier verschwinden, bevor sie ihm die Elektroden anlegten, oder was auch immer.

Er brauchte Zeit, um den Schutzanzug anzulegen. Die Maahks würden nicht herumstehen und untätig zusehen, wie er sich aus dem Staub machte. Er mußte sie ablenken, und zwar wirksam. Er zerbrach sich den Kopf darüber, als er einen Gedankenimpuls auffing, der ihn aufhorchen ließ.

„. . . nicht für ganz sicher. Ich bin der Meinung, daß auch dieser hier in ein Katapultfeld eingesperrt werden sollte, selbst wenn es nur ein Tier ist."

„Die Sache ist entschieden", antwortete ein anderer. „Zwei Generatoren werden schon gebraucht, um die anderen beiden Fremden zu fesseln. Mehr können nicht entbehrt werden."

„Aber dieser hier ist von allen Gefangenen an der gefährlichsten Stelle untergebracht. Die andern stecken irgendwo weit unten. Selbst wenn sie frei wären, brauchten sie lange Zeit, um den Weg zurück hierher zu finden. Wenn die Bombe, die wir dem einen abnahmen, eine gewisse Ausstrahlung besitzt, auf die das Tier anspricht? Es braucht sich nur richtig umzusehen, und schon . . ."

„Das ist genug!" rief der Maahk gereizt. „Wie kann ein Tier sich selbst einen Schutzanzug anlegen? Und selbst wenn es das könnte – wir stehen hier und passen auf! Tu deine Arbeit und sei ruhig!"

Von da an war es still bis auf verschwommene Impulse, die Gucky nicht verstehen konnte. Was er erfahren hatte, war von unschätzbarer Wichtigkeit. Sie hatten Ras also die Bombe abgenommen. Ras und Tako waren beide gefangen, und um ihre Teleporter-Fähigkeit auszuschalten, hatte man sie in Katapultfeldern gefangen. Gucky wußte nicht, was er sich darunter vorzustellen hatte. Auf jeden Fall aber befand sich die Bombe in der Nähe. Und zwar nicht in diesem Raum, sonst wäre die Bemerkung über den Schutzanzug nicht gefallen.

Er sah sich von neuem um, und dabei entdeckte er ein Gerät, das dicht neben seiner Liege stand und wie eine altmodische Höhensonne aussah. Der gewölbte Metallspiegel der Sonne war an einer zwei Meter hohen Stange angebracht. Die Stange endete oben in einer leidlich scharfen Spitze. Das brachte Gucky auf eine Idee.

Er konzentrierte seine telekinetische Begabung auf die Stange. Das Gerät hob sich vom Boden, schwebte eine Zeitlang ruhig in der Luft und fiel polternd um, als Gucky es losließ. Der Schwall der überraschten Gedanken war fast schmerzhaft.

„Was war das?"

„Das Tier!"

„Nein, es hat sich nicht bewegt!'

„Aber die (den Begriff verstand Gucky nicht) ist umgefallan!"

„Das könnte bedeuten, daß . . ."

Jemand war im Begriff, auf die richtige Idee zu kommen. Es wurde höchste Zeit. Die Höhensonne richtete sich wieder auf und wich bis an die gegenüberliegende Wand zurück. In der Luft schwebend, veränderte sie ihre Lage, bis die zwei Meter lange Stange parallel zum Boden verlief. Die Maahks waren bis in die Nähe der Schleusentür zurückgewichen. Ihre Gedanken waren ein unentzifferbares Gewirr aus Furcht und Überraschung.

Gucky setzte den Stab in Bewegung. Die gewaltige Kraft seines Psi-Gehirns verlieh ihm auf kürzestem Wege die Geschwindigkeit eines Katapultgeschosses. Als besäße er eigene Intelligenz, rammte der Stab seine scharfe Spitze in die empfindlichste Partie des Schutzanzugs eines Maahks, den Faltwulst zwischen Schulter und Kopf.

Der Erfolg überstieg Guckys Erwartungen. Die Maahks gerieten völlig außer Fassung.

„Mein Anzug ist leck!" jammerte der Getroffene.

„Vorsicht! Die . . . weicht zurück. Wahrscheinlich . . ."

„Evakuieren!" schrie ein dritter. „Macht, daß ihr rauskommt!"

„Halt!" lautete der endgültige Befehl. „Einer von euch bringt (der Name war unverständlich) nach draußen. Alle anderen bleiben hier. Das Tier ist für den Zwischenfall verantwortlich. Wir müssen es unschädlich machen."

Guckys Zorn gewann die Oberhand. Als die Schleusentür sich öffnete und der eine Maahk den anderen mit dem lecken Schutzanzug hinausbegleitete, richtete er sein Augenmerk auf den, von dem der letzte Befehl gekommen war. Er kam auf die Liege zu, während die andern zwei ängstlich in der Nähe der Tür warteten. Gucky ließ ihn bis auf zwei oder drei Schritte herankommen. Dann entließ er die Höhensonne, die bislang immer noch über dem Boden schwebte, aus seinem telekinetischen Griff. Die Lampe stürzte polternd zu Boden. Der Maahk fuhr erschreckt herum.

Da packte ihn Gucky und hob ihn in die Höhe. Zappelnd und strampelnd schwebte er zur Decke empor. Seine Gedanken waren nicht zu verstehen. Nur die Impulsfolge „Katapultfeld" wiederholte sich in kurzen Abständen. Die beiden anderen Maahks waren vor Schreck erstarrt und rührten sich nicht. Gucky beförderte den unter der Decke Schwebenden mit einem kräftigen Ruck auf den Boden. Der Aufprall war so hart, daß der Maahk auf der Stelle das Bewußtsein verlor. Gucky merkte es daran, daß der hysterische Strom der Gedanken sofort abriß.

Das war zuviel für die beiden anderen. Wie von Furien gehetzt, wandten sie sich um und flohen durch die Schleuse. Gucky war allein. In aller Eile sprang er von der Liege herunter und legte sich den Schutzanzug an. Er las die wichtigsten Instrumente ab und sah, daß der Anzug noch intakt war. Selbst der kleine Kombistrahler war noch vorhanden. Wahrscheinlich hatten die Maahks angenommen, daß er ihn nur als Ersatzwaffe für einen seiner Begleiter mit sich herumschleppte. Er prägte sich die Einzelheiten des Raumes genau ein. Dann sprang er, und zwar zur Sicherheit über eine Strecke von mehr als hundert Meter. Solange er sich nicht orientiert hatte, war es ratsam, aus der unmittelbaren Umgebung seines bisherigen Gefängnisses zu bleiben. In wenigen Augenblicken würde es dort von aufgescheuchten Maahks wimmeln.

Er befand sich auf einer breiten Rampe, die den Übergang von einem Deck des Riesenschiffs zum nächsten bildete. Die Rampe war etwa hundert Meter lang und überwand dabei einen Höhenunterschied von fünfzehn Metern. Gucky war nahe der Wand gelandet. Dicht vor ihm lag das leuchtende Band, das hier als Transportmittel diente. Zwanzig Meter weiter weg, am gegenüberliegenden Rand der Rampe, fiel der Boden steil in die Tiefe. Von unten herauf waren Geräusche zu hören, der obere Teil der Rampe schien jedoch leer. Gucky ging ein paar Schritte nach oben, bis er in den Gang hineinsehen konnte, der auf die Rampe mündete. Weit im Hintergrund bewegten sich ein paar Maahks. Sie bemerkten ihn nicht.

Er kauerte sich in den Winkel zwischen Wand und Fußboden und konzentrierte sich auf einen imaginären Punkt, der dicht vor seinem bisherigen Gefängnis, jedoch nicht auf dem Gang lag. Als er glaubte, er hätte sich genau genug darauf ausgerichtet, sprang er.

Die Enttäuschung war schmerzlich. Die Maahks hatten schneller reagiert, als er angenommen hatte. Der Raum, in dem er sich nun befand, wimmelte von ihnen. Gucky hatte keine Zeit, sich umzusehen. Die Maahks bemerkten ihn sofort. Vier zugleich stürzten sich auf ihn und versuchten, ihn zu greifen. Behende wich er zurück, und bevor die tentakelähnlichen Arme sich noch vollends entrollt hatten, hoben sich ihre Besitzer ganz gegen ihren Willen vom Boden und schwebten durch die Luft. Die Außenmikrophone übertrugen ihr wütendes, schrilles Geschrei, als sie gegen die Front der anderen Maahks geschleudert wurden und die gesamte Streitmacht in einem Knäuel aus Beinen, Armen und massigen Körpern zu Boden ging. Gucky ließ es damit nicht genug sein. Seine telekinetische Kraft packte den Knäuel und wischte ihn über den Boden zur gegenüberliegenden Wand. Vier der sieben Maahks blieben reglos liegen. Die übrigen hob Gucky noch einmal in die Höhe und ließ sie wieder zu Boden fallen. Danach hatte er Ruhe.

Das einzige Mobiliar des Raums bestand aus zwei niedrigen, breiten Tischen, wie sie in Museen zur Auslage von wertvollen Objekten verwendet wurden. Auf einem der Tische lagen zwei Strahler, säuberlich nebeneinander geordnet, als wären die Maahks gerade dabei gewesen, sie zu bestaunen. Gucky nahm die Waffen an sich. Auf dem zweiten Tisch stand einsam und allein der feldflaschenähnliche Behälter mit der Bombe. In aller Eile schnallte der Mausbiber ihn sich an den Gürtel. Ohne sich um die bewußtlosen oder verwundeten Maahks zu kümmern, verschwand er danach mit einem Sprung, der ihn mehr als zwei Kilometer weit vom augenblicklichen Brennpunkt der Gefahr entfernte. Er landete in einer riesigen, kuppelüberdachten Halle, in der sich Bankreihen konzentrisch von einer Art riesiger Arena bis hoch zum Rand der Kuppel erhoben. Er erschrak zuerst, weil er auf der Sitzfläche einer Bank landete und um ein Haar das Gleichgewicht verlor. Dann sah er, daß die weite Halle völlig leer war, und beruhigte sich wieder.

Es war anzunehmen, daß die Maahks diese Halle nur für besondere Veranstaltungen verwendeten und daß er hier ziemlich lange Zeit sicher sein würde. Außerdem hatte er einen weiten Überblick. Wenn die Maahks ihn fangen wollten, mußten sie durch die Türen hereinkommen. Die Türen, selbst in ihren schwachen Umrissen unter dem grellen Licht der Kunstsonne, die aus der Kuppel herabstrahlte, deutlich erkennbar, lagen ringsum in den Hallenwänden. Er selbst befand sich etwa in der Mitte zwischen der Arena und der Wand, und da die Halle rund achthundert Meter durchmaß, war er sichere zweihundert Meter von der nächsten Tür entfernt.

Er ließ sich auf einer der Bänke nieder und fing an nachzudenken, was jetzt getan werden könnte.

Er hatte nur eine vage Idee, wo Tako und Ras untergebracht waren. Er hielt es für sinnlos, nach ihnen zu suchen. Besser war, er brachte die Bombe selbst an Ort und Stelle und überließ es ihrer Wirkung, die

Instrumente zu zerstören, die Ras und Tako am Springen hinderten. Sie würden schon rechtzeitig genug merken, daß der Bann von ihnen abgefallen war.

Gucky hielt seinen Plan für recht geschickt. Er brauchte nur ein paar Minuten Ruhe, dann würde er sich an die Arbeit machen.

Es stellte sich heraus, daß er die Rechnung ohne den Wirt gemacht hatte. Der Entschluß war gerade erst gefaßt, da geschahen zwei erstaunliche Dinge fast gleichzeitig.

Als erstes öffneten sich alle Türen der riesigen Halle wie auf ein geheimes Kommando, und eine unübersehbare Streitmacht von schwerbewaffneten Maahks drang in das Rund ein.

Zweitens, als Gucky schon zum Sprung ansetzte, fing der Mikrokom an zu quäken. Die Maahks hatten sich um das Gerät nicht gekümmert. Es stak nach wie vor in einer der Taschen des Raumanzugs.

Gucky riß das graue Kästchen hervor und schaltete es auf Empfang. Fast augenblicklich meldete sich Ras' Stimme:

„Ich brauche Hilfe, und zwar sofort. Wer mich hört, soll sofort kommen. Die allgemeine Richtung ist . . .“

Gucky hörte genau zu und beobachtete dabei die Maahks. Als die vorderste Reihe noch vierzig Meter entfernt war, war Ras mit seiner Beschreibung zu Ende. Unmittelbar vor den Augen des Gegners schien sich die kleine Gestalt in nichts aufzulösen.

16.

Der Mahlstrom riß ihn mit sich und drohte, ihn zu zerquetschen. Ringsum war es finster. Er hatte keine Ahnung, wo er sich befand – nur daß er so schnell wie möglich von hier fort mußte, wenn er am Leben bleiben wollte.

Zuerst hatte er nur Angst und Schrecken empfunden. Erst als er spürte, daß es ihm nicht unmittelbar an den Kragen ging, hatte er angefangen, sich Gedanken zu machen.

Das, wogegen er ankämpfte, war offenbar ein Einfluß, der von irgendeinem mechanischen Erzeuger ausging. Er war durch Zufall hierhergeraten – weil die Maahks nicht bemerkt hatten, daß es in der energetischen Wand des Käfigs, in dem er sich befand, eine Schwachstelle gab. Der Einfluß, dem er zu unterliegen drohte, war ebenfalls dafür verantwortlich, daß ihm nur ein einziger Sprungweg offengestanden hatte. Mit anderen Worten: Es mußte sich um eine Art Feld handeln, das auf den Psi-Teil seines Gehirns einwirkte.

Er spürte seinen Körper nicht. Er wußte nicht, ob er stand, lag oder saß. In diesen Minuten, die sich wie Ewigkeiten dehnten, war er nur Geist. Der Verstand suchte nach Anhaltspunkten, die ihn die Lage begreifen lassen könnten. Aber der Druck wuchs unaufhörlich, und der Zeitpunkt nahte, an dem kein Verstand mehr dasein würde, um in der Finsternis zu suchen.

Er versuchte sich zu entspannen. Aber im gleichen Augenblick schwoll der mahlende Schmerz sprungartig an. Er kehrte zum Zustand höchster Konzentration zurück und fühlte sich erleichtert, als die Pein nachließ. Aber gleichzeitig kam ihm eine Idee. Während des mißglückten Versuchs hatte er ein merkwürdiges Gefühl empfunden, das von weither zu kommen schien. Er glaubte zu wissen, was es war. Vielleicht konnte er es sich zunutze machen, aber dazu mußte er den Versuch wiederholen.

Er tat es. Von einer Sekunde zur andern ließ er den Gedanken freien Lauf. Blitzartig wuchs der Schmerz an. In wenigen Augenblicken verwirrte sich der bisher klare Verstand zu einem Mischmasch von verschwommenen, willkürlichen Gedankenimpulsen. Ras erkannte die Gefahr. Noch ein paar Sekunden, und der Wahnsinn setzte ein. Er konnte nicht mehr zurück. Er hatte keine Kraft mehr, die Gedanken zu ordnen.

Plötzlich war das Gefühl wieder da. Es kam aus einer Richtung, die er, aus welchem Grund auch immer, für unten hielt. Mit dem Rest seiner Vernunft versuchte er zu begreifen, was es bedeutete ... und plötzlich verstand er.

Das rechte Bein schmerzte! Nach einer halben Ewigkeit geistiger Qual spürte er seinen Körper zum ersten Mal. Er versuchte das Bein zu bewegen. Der Verstand war zu drei Vierteln umnachtet, aber die unbewußten Impulse, die das Gehirn zur Bewegung der Muskeln aussandte, entstanden wie von selbst. Das Bein bewegte sich. Ras spürte, wie der Fuß auf Widerstand stieß.

Als hätte es nur dieser Bewegung bedurft, wich der Schmerz plötzlich von ihm. Der Druck verschwand. Er konnte wieder klar denken. Er öffnete die Augen und sah, daß es immer noch finster um ihn herum war. Von irgendwoher kam helles Summen. Das war das Warngerät seines Schutzanzuges. Irgend etwas war nicht in Ordnung. Der Gedanke, daß der Anzug ein Leck haben könnte, trieb ihm den Schweiß auf die Stirn.

Er reckte und dehnte sich, und irgendwo gab etwas nach. Es krachte und knackste. Gelbroter Lichtschein schoß plötzlich in die Höhe. Das Summen des Warners wurde schriller. Er mußte hier heraus, oder all seine Mühe war umsonst gewesen.

Er warf sich vorwärts, mitten in das Leuchten hinein. Er prallte gegen etwas Hartes, das mit prasselndem Geräusch nachgab und ihm den Weg öffnete. Eine einzelne Flamme leckte an der Sichtscheibe seines Helms empor und blendete ihn für eine Sekunde.

Als er wieder sehen konnte, war alles vorüber. Er stand in einer riesengroßen Halle voller Maschinen. Er war selbst in einer der Maschinen gefangen gewesen. Sie stand hinter ihm, ein Teil der plastikmetallenen Umhüllung zerrissen und geschmolzen, Rauch und Flammen aus den zackigen Öffnungen stoßend.

Er wußte nicht, wie er das fertiggebracht hatte. Im Augenblick war es auch nicht wichtig. Wichtig war nur, daß er die Halle wiedererkannte. Es war dieselbe, die er kurz vor seiner Gefangennahme durch das Einlaßgitter des Luftschachts hindurch gesehen hatte.

Hinter ihm sanken die Überreste der Maschine, aus der er gekommen war, rumpelnd und polternd zu einem rauchenden Trümmerhaufen zusammen. Ras schaute nachdenklich in den grauen Rauch, der senkrecht in die Höhe stieg und sich mit dem gelben Dunst mischte. Er kannte die Funktion der Maschine nicht. Es lag jedoch auf der Hand, daß sie irgend etwas ausstrahlte, was mit der Tätigkeit seines Psi-Gehirns in Interferenz geriet. Er war kein Teleporter, solange er sich im Einflußbereich einer der Maschinen befand. Die Maahks kannten diesen Effekt und benutzten ihn, um die Mutanten wirksamer zu fesseln, als sie es mit Drogen oder anderen Mitteln hätten tun können. Eines allerdings übersahen sie. Dem Teleporter stand immer noch der

Weg *in die Maschine* offen. Ras war diesen Weg gegangen. Er hatte Glück gehabt, daß er im Innern des Geräts nicht sofort zermalmt worden war. Von da an war die Sache entschieden. Die Anwesenheit des Fremdkörpers störte die Funktion der Maschine. Energien, die sonst reibungslos abflossen, stauten sich im Innern des Geräts und erhitzten es. Ras hatte ein zweites Mal Glück gehabt. Anstatt ihn zu töten, schaffte die mörderische Hitze ihm einen Ausweg, indem sie die Deckplatten zerschmolz. Sein Schutzanzug überstand die Belastung ohne Schaden.

Er sah sich um und fand nirgendwo eine Spur der Maahks, die er vorhin beim Durchsuchen der Halle beobachtet hatte. Wahrscheinlich waren sie abgezogen worden, als man die Gefangenen sicher zu haben glaubte. Er fragte sich, ob seine Flucht schon entdeckt worden war. Dann spürte er, wie sehr die Ereignisse der vergangenen Minuten ihn erschöpft hatten, und hockte sich unweit von dem rauchenden Trümmerhaufen auf den Boden.

Die Lage schien aussichtslos. Je länger er darüber nachdachte, desto klarer wurde ihm, daß ein vernünftiger Mensch in dieser Situation nichts anderes tun konnte, als sich den Maahks auf Gedeih und Verderb zu ergeben. Er unternahm einen schwachen Versuch, die Halle auf dem Weg der Teleportation zu verlassen. Der Versuch schlug fehl. Obwohl er sich nicht mehr unter dem unmittelbaren Einfluß der Maschinen befand, waren ihre Streufelder doch noch stark genug, um seine Psi-Fähigkeit wirkungslos zu machen. Wenn er von hier fort wollte, war er auf seine Beine angewiesen.

Gedankenverloren tastete er nach dem Mikrokom, den er in einer Tasche seines Anzugs trug und den die Maahks ihm gelassen hatten – aus welchem Grund, das wußte er nicht. Er überlegte sich, ob er nach Tako oder Gucky rufen sollte. Wahrscheinlich waren beide gefangen und nicht in der Lage, ihm zu helfen. Es mochte jedoch nützlich sein, sich mit ihnen zu unterhalten. Vielleicht hatten sie etwas gehört, gesehen oder erfahren, was er sich zunutze machen konnte. Andererseits hatte er zu bedenken, daß womöglich die Maahks den Mikrokomspruch empfingen und dadurch auf seine Flucht aufmerksam gemacht wurden.

Er hatte noch keinen Entschluß gefaßt, als ein Ereignis eintrat, das alle seine Bedenken beiseite wischte. Durch das Klappern und Rattern der Maschinen hindurch hörte er plötzlich ein neues Geräusch. Es klang wie das dumpfe Stampfen einer Elefantenherde. Er sah auf und entdeckte die hellgraue Front der herannahenden Maahks etwa drei Maschinenreihen weit entfernt.

So schnell er konnte, wich er in die Deckung der nächsten Maschine zurück. Er wußte nicht, ob die Maahks seinetwegen hierherkamen. Es konnte sein, daß sie den Ausfall der Maschine bemerkt hatten und nach der Ursache sehen wollten. Dann sah er, wie sie achtlos zu beiden Seiten des Trümmerhaufens vorbeimarschierten und weiter auf ihn zukamen. Er drückte sich tiefer in seine Deckung und schaltete den Mikrokom ein. Ohne auf die Beantwortung des automatischen Rufzeichens zu warten, rief er drängend:

„Ich brauche Hilfe, und zwar sofort. Wer mich hört, soll sofort kommen . . .“

Gucky hatte zunächst den Eindruck, sein Sprung sei fehlgeschlagen. Aber er kam nicht dazu, darüber nachzudenken. Die Ereignisse rissen ihn mit. Dicht vor ihm bewegte sich eine lange, dichte Reihe von Maahks, die unförmige Schutzanzüge trugen. Ringsum standen eigenartige, stromlinienförmig verkleidete Gebilde, eines wie das andere, zu Reihen geordnet. Es mußte sich um Maschinen handeln, denn unter den Verkleidungen hervor drangen rumpelnde, stampfende Geräusche.

Die Maahks wandten ihm den Rücken zu. Es war nicht schwer zu erraten, daß sie hinter Ras her sein mußten. Ras hatte um Hilfe gerufen. Wo steckte er? Gucky konnte ihn, wie auch vorher, telepathisch nicht erfassen.

Gucky schaltete sein Helmgerät auf geringste Reichweite und fragte leise:

„Ras . . . bist du hier?“

Die Antwort kam sofort.

„Die Maahks kreisen mich ein. Kannst du sie sehen?“

Gucky sah sie. Sie bewegten sich von ihm fort, und ihr Vorhaben beschäftigte sie so, daß sich bis jetzt noch keiner von ihnen umgedreht hatte.

„Noch etwas“, hörte er Ras sagen. „Du kannst von hier aus nicht springen. Die Maschinen hindern dich daran. Wage dich also nicht zu weit nach vorn!“

„Danke“, lispelte Gucky und warf den Maschinen einen mißtrauischen Blick zu.

„Sie haben sich jetzt formiert“, schloß Ras. „Wahrscheinlich werden sie in ein paar Augenblicken angreifen. Wenn du keine Waffe hast, mach dich wieder aus dem Staub . . .“

„Halt die Luft an, Mann!“ zischte Gucky ärgerlich. „Ich komme nicht mit bloßen Händen.“

Danach hörte er von Ras nichts mehr. Die Maahks waren jetzt aus seinem Blickfeld verschwunden. In aller Eile unternahm er einen Versuch zu teleportieren. Es gelang ihm nicht. Ras hatte recht. Die Maschinen strahlten etwas aus, was seine Telepathie- und Teleporterfähigkeit lahmlegte. Er schnallte die Bombe vom Gürtel und legte sie vor sich auf den Boden. Nachdem er sie eine Sekunde lang fixiert hatte, begann sie zu rollen und stieß gegen die Basis einer der Maschinen. Gucky war befriedigt. Er war immer noch ein Telekinet. Er hob die Bombe wieder auf und sicherte sie an seinem Gürtel.

Da hörte er jemand schreien. Das mußte Ras sein, denn das Geräusch kam aus dem Helmlautsprecher. Durch das Stampfen der Maschinen hindurch hörte er heftiges, keuchendes Atmen und eine flache Stimme:

„Schockstrahler . . . schnell!“

Gucky begriff. Die Maschinen waren für die Maahks wichtig. Sie konnten keine schweren Waffen einsetzen. Gucky gab sich Mühe, in Deckung zu bleiben, während er auf die Maahks zuschlich, die Ras eingekreist hatten.

Er hatte nicht die geringste Spur eines Plans. Eigentlich bezweifelte er sogar, daß es möglich war, mit dreißig Maahks fertig zu werden, und je weiter er vordrang, desto klarer wurde ihm, daß es ihm nun an den Kragen gehen würde. Trotzdem bewegte er sich weiter. Das Bewußtsein, daß er sich in ein aussichtsloses Unternehmen eingelassen hatte, versetzte ihn in Zorn. Der Zorn wiederum verlieh ihm zusätzliche Entschlußkraft, und als er schließlich hinter der breiten Basis einer Maschine hervorkroch und vier Meter weiter, an der Grundplatte eines anderen Geräts, einen Maahk liegen sah, da stellte er seine Waffe auf Paralysewirkung ein und schoß ohne Zögern.

Gucky drang eine Reihe weiter vor und entdeckte zwei weitere Maahks, die mit angeschlagener Waffe darauf warteten, daß Ras aus seinem Versteck hervorkam.

Gucky lähmte den ersten. Der zweite warf sich flach auf den Boden, wobei er seinen Strahler wahllos abfeuerte. Gucky wich zurück, aber das half ihm jetzt nichts mehr. Die Hilfeschreie des dritten Maahks hatten den Rest der Streitmacht alarmiert. Die Maahks wandten sich von ihrem ursprünglichen Opfer ab und konzentrierten sich auf Gucky. Der Mausbiber machte drei von ihnen kampfunfähig. Aber dadurch erreichte er nur, daß sich die Entschlossenheit der übrigen steigerte. Gucky erhielt einen Schocktreffer an der Schulter und mußte die Waffe in die andere Pfote nehmen, weil der rechte Arm ihm plötzlich nicht mehr gehorchte.

Angesichts der weit überlegenen Streitmacht riß er schließlich aus. So rasch er konnte, brachte er drei, vier Reihen von Maschinen zwischen sich und die Verfolger. Jedesmal, wenn er eine freie Fläche überquerte, pfiffen Schocksalven hinter ihm her. Er bekam jedoch keinen Treffer mehr, und als er schließlich, aus sicherer Entfernung den ersten Verfolger in Sicht bekam, rächte er sich, indem er ihn in die Höhe hob und aus etwa zehn Metern auf die metallische Deckplatte einer Maschine stürzen ließ.

Danach wurden die Maahks vorsichtiger. Gucky bekam keinen von ihnen mehr zu sehen, und erst nach einer Weile, als er von rückwärts unter Feuer genommen wurde, stellte er fest, daß er nun ebenso umzingelt war wie Ras wenige Minuten zuvor.

Er schob seinen Kombistrahler ins Futteral zurück und betrachtete die Maschine, die vor ihm stand. Als sein Psi-Gehirn die glatten, stromlinienförmigen Umrisse deutlich genug in sich aufgenommen hatte, versuchte er, das schwere Gerät zu bewegen. Das Vorhaben nahm seine ganze Aufmerksamkeit in Anspruch. Eine Zeitlang konnte er sich nicht um die Maahks kümmern. Als wüßten sie das, rückten sie näher heran, und Gucky erhielt einen Schockstreifschuß in das linke Bein. Er rollte zur Seite, ohne dabei den großen Maschinenblock aus den Augen zu lassen. Die Anstrengung verschleierte das Bild vor seinen Augen. Manchmal glaubte er, er sähe die Maschine sich bewegen. Aber der störrische Widerstand der toten Materie blieb. Er begann zu zweifeln, ob er den Klotz überhaupt würde bewegen können. In der Zwischenzeit zog sich der Ring der Maahks enger um ihn zusammen, und wenn es ihm nicht gelang, ihre Aufmerksamkeit innerhalb der nächsten Sekunden abzulenken, war er geliefert.

Dann plötzlich, mit einem Ruck, als bräche ihm das Gehirn auseinander, gab die Maschine nach. Krachend und knirschend riß sie aus den Fundamenten und glitt ein Stück weit über den Boden, bevor sie in die Höhe stieg. Stichflammen schossen aus zerrissenen Kabeln, und dichter Qualm quoll auf. Gucky drehte sich auf die Seite, um die Maschine im Auge zu behalten. Jetzt, da sie nicht mehr verankert war, machte es keine Schwierigkeit, sie dorthin zu dirigieren, wo die Maahks in ihren Deckungen lauerten. Er ließ sie noch ein paar Meter weiter steigen und lockerte den telekinetischen Griff. Unter der hohen Schwerkraft schoß der gewaltige Block wie ein Geschoß in die Tiefe. Donnernd schlug er in eine der Maschinenreihen unmittelbar vor den Deckungen der Maahks. Metallstücke und Maschinenteile wurden in die Höhe geschleudert, und eine Fontäne von Trümmerstücken ergoß sich mehr als hundert Meter rings um den Aufschlagsort. Gucky preßte sich in seine Deckung, so tief er konnte. Ein Metallsplitter von mehr als einem Meter Länge bohrte sich dicht vor ihm in den Boden und blieb glühend und rauchend dort stecken.

Minutenlang hallte der Donner rasch aufeinanderfolgender Explosionen durch die Halle. Als der Hagel von Trümmerstücken nachließ, wagte Gucky sich aus seiner Deckung hervor und hielt Umschau. Die Halle war von grauem Qualm bis an den Rand erfüllt. Hier und dort leuchtete das Gelbrot lodernder Flammen durch den Dunst. Von den Maahks war keine Spur zu sehen.

Ras Tschubais hohe Gestalt tauchte aus dem Qualm auf.

„Alles in Ordnung?“ fragte er ruhig.

„Soweit ich fühlen kann, ja“, war Guckys Antwort. „Wo sind die Maahks?“

„Ausgerissen. Sie fingen an zu laufen, als die Maschine in die Höhe stieg.“

Gucky war verblüfft.

„Einfach so?“

„Einfach so. Sie rannten, als wäre der Teufel hinter ihnen her.“

„Hm“, machte Gucky.

Sie schwiegen eine Weile.

„Ich denke schon die ganze Zeit darüber nach“, fing Ras wieder an. „Diese Maschinen müssen für die Maahks von großer Wichtigkeit sein. Als sie flohen, wollten sie nur verhindern, daß du noch größeren Schaden anrichtest. Ich möchte gerne wissen, was das für Maschinen sind.“

„Wie kamst du hierher?“ fragte Gucky, ohne auf das Thema einzugehen. „Ich dachte, sie hätten euch beide eingesperrt.“

Ras berichtete in knappen Worten. Gucky war ungewöhnlich schweigsam – auch nachdem Ras längst geendet hatte. Er verknüpfte Ras' Schilderung mit dem, was er von den Maahks erfahren hatte, und plötzlich fügten sich die Einzelheiten zu einem klaren Bild zusammen. Seine gute Laune kehrte zurück. Er tappte auf einmal nicht mehr im dunkeln. Er grinste Ras durch die Sichtscheibe seines Helms an und zeigte dabei den breiten Nagezahn.

„Ich weiß mehr als du, Erdmann!“ spottete er. „Die Maschinen erzeugen sogenannte Katapultfelder. Wozu man sie braucht, davon habe ich keine Ahnung. Auf jeden Fall muß es sich aber um Transportfelder handeln, wie sie von Transmittern erzeugt werden. Wenn mich die Erinnerung nicht täuscht, so hat man mir beigebracht, daß die Transportfelder, die das Psi-Gehirn eines Teleporters hervorbringt, dieselbe Struktur besitzen. Die Maahks verstehen es anscheinend, die Felder der Maschinen mit dem Feld eines Psi-Gehirns so zu verbinden, daß Interferenz entsteht und der Teleporter seine Fähigkeit nicht mehr anwenden kann. Sie übersehen dabei nur ... aber das weißt du schon.“

Er winkte ab.

„Nicht nur das“, fuhr Ras fort, indem er den Faden weiterspann, „die Maschinen sind außerdem in der Lage, das erzeugte Feld zu projizieren. Der Raum, in den sie mich einsperrten, muß wenigstens fünfzehn Kilometer von hier entfernt sein .. “

„Ich hörte sie sagen“, unterbrach ihn Gucky, „sie hatten euch tief unten im Schiff untergebracht.“

„Eben. Die Maschinen sind also Projektoren und Generatoren zu gleicher Zeit. Es fragt sich nur ...“

Er unterbrach sich mitten im Satz und sah Gucky fragend an.

„Sie nannten sie Katapultfelder, wie?“

„Der Gedanke war nicht anders zu deuten“, antwortete Gucky.

„Der Impuls besagte: Etwas, das andere Dinge mit hoher Geschwindigkeit von sich stößt, aber nicht so schnell wie ein Geschoß."

„Großartig!" rief Ras begeistert. „Du hast die Bombe? Gib sie her!"

Gucky schnallte den Behälter vom Gürtel. Als er ihn Ras reichte, beklagte er sich:

„Ich finde die Bombe, die du verloren hast . . . in einem Schiff, das so groß ist, daß man eine Woche braucht, um einmal quer hindurchzugehen . . . mit ungefähr fünfzigtausend verschiedenen Räumen, und alles, was dir dabei einfällt, ist: ‚Gib sie her!' Mit dir möchte ich . . ."

„Jeder weiß, daß du ein Genie bist", spottete Ras. „Es muß dir schon auf die Nerven gehen, davon zu hören."

Er löste die Bombe aus dem Behälter und drückte einen winzigen Schalter, der aus dem Boden des zylindrischen Gebildes hervorragte. Behutsam und mit nachdenklichem Gesicht plazierte er die Bombe an den Fuß einer Maschine, die den Trümmerregen und die Serie der Explosionen unbeschadet überstanden hatte. Dann trat er zurück.

„Damit wirst du dem grünen Schirmfeld nicht viel anhaben können", bemerkte Gucky. „Das hier sind nicht die Schirmfeldgeneratoren."

„Das weiß ich", antwortete Ras. „Aber das hier wird den Maahks noch viel weniger gefallen, als wenn ihr Schirmfeld plötzlich zusammenbräche." Er wandte sich zu Gucky um. „Paß auf – die Bombe geht in fünfzehn Minuten los! Bis dahin müssen wir verschwunden sein. Wir können von hier aus nicht springen, also gehen wir zu Fuß. Die Maahks haben die Jagd nicht aufgegeben. Ich bin sicher, daß sie die Halle umstellt haben, um uns zu fassen, sobald wir uns zeigen. Wenn wir vorsichtig sind, finden wir vielleicht eine Stelle, von der aus wir springen und uns in Sicherheit bringen können, bevor die Maahks uns schnappen."

Gucky war einverstanden. Sie wandten sich der nächstliegenden Hallenwand zu und gaben sich Mühe, so rasch wie möglich vorwärtszukommen. In weniger als einer Viertelstunde zündete die Bombe und entfachte einen Kernbrand, der zunächst die Maschinen der Halle, später die umliegenden Räume und schließlich das ganze Riesenschiff erfassen würde. Irgendwann einmal würden auch die Generatoren des Schirmfelds vernichtet werden, und dann war die Zeit gekommen, zur CREST zurückzukehren.

Einstweilen blieb ihnen nichts anderes übrig, als zu warten.

Der Marsch durch die Halle verlief nicht ohne Zwischenfälle. Sie waren noch etwa hundert Meter von der hoch aufragenden Wand entfernt, als Gucky neben sich eine blitzschnelle, schattenhafte Bewegung wahrnahm. Instinktiv warf er sich zur Seite und zog im Fallen eine der beiden Kombiwaffen, die er bei sich trug. Bevor er jedoch zum Schuß kam, gellte eine schrille Stimme in seinen Helmempfänger:

„Nicht schießen!“

Gucky sah sich um. Drei Meter vor ihm stand eine gedrungene Gestalt in einem Raumanzug der gleichen Fertigung, wie auch Ras ihn trug. Gucky stand auf. Die Gestalt war Tako Kakuta.

„Wenn ihr euch schon nicht um mich kümmert“, sagte er, „dann laßt mich wenigstens mit euch gehen.“

„Meine Güte, wo kommst *du* her?“ fragte Gucky und lispelte dabei vor Aufregung.

Takos Geschichte war keineswegs sensationell. Er war auf die gleiche Weise gefangengenommen worden wie Ras und Gucky. Man hatte ihn in einem kleinen Raum untergebracht und sich nicht um ihn gekümmert. Ebenso wie Ras versuchte er, sich durch Teleportation zu befreien. Er stellte fest, daß sein Psi-Gehirn nicht mehr in der üblichen Weise funktionierte. Er fand das Loch, durch das er aus dem Katapult hätte entschlüpfen können, aber der Versuch war ihm zu riskant. Er wartete, und plötzlich verschwand der fremde Einfluß völlig. Das war, als Guckys kühnes Manöver eine Reihe der Maschinen vernichtete und die Maahks in wilde Flucht trieb. Einer der zerstörten Generatoren mußte derjenige gewesen sein, der Takos Katapultfeld erzeugte. Tako war inzwischen neugierig geworden. Er wollte den Ort sehen, von dem der merkwürdige Einfluß ausgegangen war. Er hatte Richtung und Entfernung im Gedächtnis und sprang. Das war alles.

Ras weihte den Japaner mit knappen Worten in die jüngsten Ereignisse ein. Tako selbst hatte weiter nichts zu berichten. Er hatte, seit Ras ihn steif wie eine Puppe im Ersatzteillager stehen sah, keinen Maahk mehr zu Gesicht bekommen.

Vor einer der Türen, die aus der Halle hinausführten, hielten sie an. Ras sah sich um.

„Ich nehme an, daß uns das Öffnen keine Schwierigkeiten machen wird“, sagte er. „Aber draußen lauern die Maahks, darauf wette ich.

Der Qualm wird uns ein wenig helfen. Unter seiner Deckung sollten wir wenigstens drei oder vier Schritte weit kommen, bevor sie uns deutlich genug sehen können, um zu schießen. Das muß genügen. Drei Schritte jenseits der Tür wird der Streufeldeinfluß der Generatoren weit genug abgeschwächt sein, um uns nicht zu behindern. Wir stellen am besten Körperkontakt her und springen gemeinsam. Dadurch ist gewährleistet, daß wir alle an derselben Stelle rematerialisieren. Der Aufenthalt im Innern der Festung dürfte für uns zu gefährlich werden, deshalb schlage ich vor, daß wir nach draußen springen und im Weltraum zwischen der Festung und dem Schutzschirm warten, bis wir zur CREST zurückkehren können."

Seine beiden Begleiter waren einverstanden. Sie einigten sich darauf, daß Ras die Koordinierung der Teleportation vornehmen sollte, während Tako und Gucky ihn dabei mit ihrer Psi-Energie unterstützen würden.

Danach setzten sie ihren Weg fort. Ras erreichte zuerst die Hallenwand und fand eine Tür.

Er trat dicht vor die Fuge, in der die beiden mächtigen Torflügel aneinanderstießen und legte beide Hände, so hoch er konnte, gegen das hellgraue Plastikmetall.

Das Tor reagierte sofort. Die Fuge erweiterte sich zum Spalt. Ras holte tief Luft, dann trat er hinaus.

Mehr als fünfzehn Stunden nach dem Absprung der Mutanten, als Perry Rhodan die Hoffnung auf einen Erfolg des Unternehmens schon längst aufgegeben hatte, wurde von der CREST aus eine merkwürdige Entwicklung beobachtet, die sich hinter dem grünen Schirmfeld der riesigen Raumfestung abzuspielen schien. Die Orter registrierten eine Anzahl stoßartiger, energetischer Entladungen, die in wahllosen Intervallen aufeinander folgten.

Perry Rhodan brauchte nicht auf die Auswertung der Positronik zu warten, um die Anzeichen zu verstehen. An Bord der Festung hatte sich eine Reihe heftiger Explosionen ereignet. Keines der Signale wies auf die Mitwirkung einer Arkon-Bombe hin, wie sie Ras Tschubai mit sich trug. Aber Perry zweifelte keine Sekunde lang, daß die drei Mutanten ihre Finger im Spiel hatten.

Er schöpfte neue Hoffnung. Die Dinge entwickelten sich anders, als er erwartet hatte. Aber die Teleporter schienen jetzt wieder auf dem Posten zu sein.

Der Ausbruch hätte sie fast Kopf und Kragen gekostet. Die Maahks erwiesen sich als geschickte Taktiker. Sobald die riesige Tür sich öffnete, begannen sie zu feuern. Jetzt hatten sie keine Rücksicht mehr zu nehmen. Ihre Fehlschüsse konnten die wertvollen Maschinen nicht mehr treffen.

Das erste, was die Mutanten sahen, als sie im Schutz des nachdringenden Rauchs hinaussprangen, war ein fahles Leuchten, das neben ihnen in den Boden schlug und den Belag verschmorte. Im Zickzack-Kurs rannten sie weiter, während ihre Psi-Sinne auf die bevorstehende Teleportation konzentriert waren.

Nach wenigen Sekunden stellten sie fest, daß das Streufeld der Generatoren kaum noch zu spüren war – und plötzlich lagen Rauch und Lärm, das Fauchen der Waffen hinter ihnen.

Als ihre Wahrnehmung wieder einsetzte, fanden sie sich im Weltraum schwebend vor. Wenige Meter hinter ihnen befand sich die Wandung der Radnabe, und weit vor ihnen waberte das grünliche Leuchten des Schutzschirms. Sie waren für den Augenblick in Sicherheit – aber in welch trügerischer Sicherheit!

Hinter ihnen die gigantische Raumfestung der Methanatmer, weit vor ihnen der Schutzschirm. Sonst war nichts um sie herum. In ihren Köpfen war qualvolle Unsicherheit. Der Atombrand begann in diesen Minuten unlöschbar durch die Festung zu rasen. Wann würde er die Generatoren für das Schirmfeld erreichen? Wie würden sich die Maahks verhalten? Vergaßen sie in ihrer Panik die drei Eindringlinge, die sie zweifellos als die Verantwortlichen an der Katastrophe ausgemacht hatten? Würden sie tatsächlich fliehen oder in einer fatalistischen Haltung ausharren bis zum Tod?

Eine zweite Teleportation hatte Gucky, Ras und Tako zwischen eine der Speichen und die darauf montierten Kugeln gebracht, wo so schnell keine Schleuse zu vermuten war. Jedes Risiko der Entdeckung – selbst hier draußen – sollte vermieden werden.

Die Mutanten bangten und hofften, nicht nur für sich. Gucky

brauchte keinen der anderen anzufunken. Auch in ihrem betretenen Schweigen vermochte er ihre Gedanken zu lesen.

Die Zeit verrann unbarmherzig. Dann und wann glaubte Gucky die ersten Erschütterungen der Festung zu registrieren, doch das konnte eine Täuschung seiner überstrapazierten Sinne sein.

‚Helft uns!' dachte er und wußte, daß ihn niemand empfing. ‚Laßt uns nicht im Stich!'

Wie zur Antwort flackerte der grüne Schutzschirm an einigen Stellen leicht, doch das war noch keine Strukturlücke. Es waren Eindrücke in Bruchteilen von Sekunden – oder vielleicht auch nur Sinnestäuschungen?

Gucky spürte, wie die Angst sich mehr und mehr in sein Denken schlich. Es gab immer ein Erstesmal. Bei allem Glück, das er bisher bei seinen Einsätzen gehabt hatte, einmal mußte der Tag kommen, an dem es ihn im Stich ließ.

Gucky flehte darum, daß es nicht *dieser* Tag war.

Perry Rhodan stand mit versteinert wirkender Miene vor dem Hauptbildschirm in der Zentrale der CREST.

Etwa eine Stunde nach der ersten Explosion ließ sich erkennen, daß die riesige Raumfestung sich im Prozeß der Auflösung befand. Alle Einheiten der terranischen Flotte standen bereit, um die erwartete bevorstehende Flucht der Maahks in die gewünschte Richtung zu lenken.

Erst nach knapp vier Stunden jedoch verließ ein Bleistiftraumer nach dem anderen die zum Untergang verdammte Festung und stieß mit Höchstgeschwindigkeit in Richtung Kahalo vor. Die Terraner brauchten nicht einmal einzugreifen, denn bereits die ersten Maahkschiffe ließen unzweifelhaft erkennen, daß ihr Ziel der Pyramidentransmitter war.

Rhodan atmete erleichtert auf. Der Kampf schien sich seinem Ende zu nähern. Die Maahks besaßen sicherlich Einrichtungen, mit denen sie feststellen konnten, ob der Transmitter sendebereit war. Ob sie auch herauszufinden vermochten, auf welche Gegenstation er gepolt war, spielte nun eine untergeordnete Rolle. Die Wahrscheinlichkeit sprach dagegen. Doch auch falls sie wußten, daß sie nicht im Twin-

System herauskommen würden, sondern in Horror – sie schienen fest entschlossen, durch den Transmitter zu entkommen, ganz gleich, wohin er sie transportieren würde. Sie hatten nur eines im Sinn: Die Milchstraße zu verlassen.

Mehr als 900 Bleistiftschiffe, alle eintausend Meter lang und hundert Meter dick, wurden gezählt, die sich schließlich im Transmitterfeld auflösten und nach Horror abgestrahlt wurden. Danach kamen keine Schiffe mehr.

Die Festung behielt ihren alten Kurs bei, während der Vorgang der Auflösung voranschritt. Noch aber war der grüne Schutzschirm, soweit man es registrieren konnte, intakt. Aber es konnte, es *durfte* einfach nicht mehr lange dauern, bis sich die ersten Strukturrisse zeigten.

Die Zeit schien stillzustehen, und die Panik der ersten Minuten nach dem Verlassen der Festung wich mit den Stunden einem tiefen Gefühl der Resignation. Die Teleporter beobachteten die Flucht der Maahks aus ihrer wenig attraktiven Position heraus – vor dem Hintergrund der in atomarer Auflösung begriffenen Festung.

Die Bleistiftraumer durchdrangen den Schutzschirm der Festung mühelos, was darauf schließen ließ, daß sie mit automatischen Kodegebern ausgerüstet waren, die zeitlich und räumlich eng begrenzte Strukturlücken im Schirmfeld erzeugten, um die Flüchtenden passieren zu lassen.

Allerdings war der Gedanke daran, diese Lücken selbst zur Flucht zu benutzen, für die drei Verzweifelten von vorneherein illusorisch. Sie wußten selbst bei genauer Beobachtung eines Bleistiftraumers nicht, wo und vor allem wann die nächste Lücke entstand. Eine Teleportation an Bord eines der fliehenden Schiffe, um mit diesem nach „draußen“ zu gelangen, schied aus. Wahrscheinlich hüllten sich diese unmittelbar nach Passieren des Schirmfelds in ihre eigenen grünen Schirme, und die Mutanten wären wieder gefangen.

Sie warteten. Kein Maahk erschien, um sich ihrer anzunehmen. Sie schienen für den Gegner abgeschrieben zu sein – falls die Methanatmer sie überhaupt bemerkt hätten, drei winzige Staubkörnchen im Nichts.

Doch dann endlich war es soweit. Im fortgeschrittenen Zerfallsprozeß der Festung wurden die ersten Generatoren angegriffen, die ersten echten Strukturlücken im unüberwindbaren grünen Schutzschirm bildeten sich. Nur von dem Gedanken beherrscht, dem schon sicher geglaubten Tod im letzten Moment doch noch zu entrinnen, konzentrierten sich die drei Teleporter auf den Sprung in die Freiheit, als sie der vollständige Zusammenbruch des Schirmfelds überraschte.

Offenbar hatte es genügt, nur einige der Generatoren zu zerstören, um den gesamten Schirm auszuschalten. Doch daran dachten die Mutanten jetzt nicht. Gucky registrierte, wie Ras den Impuls gab. Im nächsten Moment entmaterialisierten sie.

Auf der CREST II herrschte, wie auf den meisten anderen Schiffen des terranischen Flottenverbandes, nur verhaltene Freude. Zwar war die Erleichterung über die Rückkehr der Teleporter groß, und die noch leuchtende künstliche Sonne weit jenseits der äußeren Planetenbahn des Orbon-Systems dokumentierte nachhaltig den Fall der Festung der Maahks, doch nicht nur die Opfer des Kampfes dämpfte die Stimmung des terranischen Flottenkommandanten und Perry Rhodans.

Vor Minuten war der grüne Schutzschirm zusammengebrochen, nachdem sich kurz vorher überraschend schnell breite Strukturrisse gebildet hatten. Innerhalb der nächsten Stunden würde sich das Schicksal der Festung endgültig damit vollziehen, daß auch das atomare Feuer erlosch und nichts als Trümmer und Gase von dem Raumungetüm übrigblieb.

Die terranischen Schiffe zogen sich in Richtung Kahalo zurück, wo Professor Arno Kalup dabei war, die Sendekoordinaten des Pyramidentransmitters wieder auf das Twin-System einzujustieren.

Man hatte zwar einen Sieg errungen, aber man ahnte gleichzeitig, daß dies erst der Beginn einer noch größeren Auseinandersetzung sein konnte. Die Maahks besaßen nicht nur diese Raumfestung. Eines Tages, dessen war Perry Rhodan sicher, würde man ihnen wieder gegenüberstehen. Und sie waren nach allem, was man bisher über sie zu wissen glaubte, nur ein Hilfsvolk der mysteriösen und zweifellos wesentlich mächtigeren Herrscher von Andromeda, die von ihren Vasallen respektvoll „Meister der Insel“ genannt wurden.

Die Meister der Insel würden nicht zusehen, wie sich die Terraner zwischen den Galaxien breitmachten. Sie würden nicht zulassen, daß die Terraner ihren Einflußbereich betraten, was mit der Besetzung des Twin-Systems eindeutig geschehen war.

Perry Rhodan graute es vor dem Gedanken an einen intergalaktischen Krieg, der über Kahalo und das Sonnensechseck in die Milchstraße getragen wurde. Er fühlte nicht nur für die Menschheit eine tiefe Verantwortung, sondern darüber hinaus für alle Völker der Galaxis, so groß die Spannungen zwischen ihnen auch sein mochten. Manchmal ertappte er sich bei einem Traum. Dem Traum von einer geeinten Galaxis, von *einem* galaktischen Volk, das keine Unterschiede nach Rasse und Herkunft mehr kannte.

Er dachte dann an die Erde und wie sie geeint wurde, als sie von außen bedroht wurde. Bedurfte es eines Gegners aus einer anderen Galaxis, um die Milchstraße zu einen?

Rhodan fand in die Realität zurück und schob solcherlei Gedanken weit von sich. Das war Zukunftsmusik. Die Wirklichkeit sah noch ganz anders aus.

Er ahnte, daß sich die Meister der Insel nicht damit begnügen würden, alles zu versuchen, um die Terraner aus dem Twin-System und von Kahalo zu vertreiben. Er ahnte, daß die Unbekannten aus Andromeda alles, was sie einmal bedrohen könnte, an der Wurzel auszumerzen trachteten. Und das bedeutete nichts anderes, als daß der Galaxis unruhige Zeiten bevorstanden.

Er wollte es nicht soweit kommen lassen.

17.
Hegete Hegha, Tagebuch

Mitte März 2401

Haben Sie schon etwas von der Zentrumspest gehört?

Hören Sie auf nachzudenken. Sie wissen nicht, was das ist.

Sicher warten Sie darauf, daß ich jetzt gelehrte Erklärungen von mir gebe, doch daraus wird nichts. Natürlich haben unsere Medizinmänner, von denen es hier auf ASTO IV nur so wimmelt, einen langen lateinischen Namen für diese Krankheit. Das Wort Zentrumspest ist bei diesen Burschen direkt verpönt. Überhaupt geben sie sich alle Mühe, uns vergessen zu lassen, woran wir leiden. In unserer Nähe unterhalten sie sich nur flüsternd und hinter vorgehaltener Hand. Dabei versteht sowieso kein Mensch, worüber sie eigentlich reden.

Ich will Ihnen etwas sagen – ich erkläre Ihnen die ganze Sache auf meine Art.

Stellen Sie sich vor, Sie wüßten, daß Sie in zwei Monaten zu Stein erstarren, umfallen und wie eine Glasfigur auseinanderbrechen.

Ich habe eine sehr lebhafte Phantasie, glauben Sie mir. Für mich ist es nicht so schwierig, mir mein Ende auszumalen. Ich habe nämlich schon ein paar meiner Freunde hier auf ASTO IV an Zentrumspest sterben sehen. Sie lagen in mehreren Teilen dort herum, wo sie gerade zusammengebrochen waren, richtig kristallisiert.

Die Zentrumspest läßt ihre Opfer zu Stein erstarren, deshalb nennen wir sie auch manchmal Medusa-Pest. Sie wissen schon, Medusa ist jenes griechische Sagenungeheuer, dessen Anblick die alten Griechen versteinerte. Äußerlich ist die Zentrumspest kaum erkennbar. Die Erkrankten verfallen weder, noch werden sie schwach. Dagegen spielt sich in ihrem Körper, so behaupten die Medizinmänner, direkt in der Atomstruktur eines jeden einzelnen Moleküls, ein noch nicht enträtselter Vorgang auf hyperenergetischer Basis ab. Die Ladungen der Atome verändern sich, führen zur Bildung kristalliner Gruppen mit eigenartigen Strahlungsfrequenzen und bringen im letzten Stadium der Krankheit den menschlichen Körper zum Erstarren.

Das ist die Zentrumspest!

Niemand weiß eigentlich, welche Einflüsse für ihre Entstehung verantwortlich sind. Es gilt lediglich als gesichert, daß sie in bestimmten, nicht näher lokalisierbaren Gegenden des galaktischen Zentrums und dessen Umgebung in Erscheinung tritt und Raumfahrer befällt, die sich zu lange in diesen Gebieten aufhalten. Bisher hat man vergeblich versucht, die gefährdeten Gebiete abzugrenzen. Das, was diese Krankheit hervorruft, läßt sich nicht lokalisieren. Es kam schon oft vor, daß ein Schiff, das über längere Zeit im galaktischen Zentrum operierte, von dieser Krankheit verschont blieb, während ein anderes, nur wenige Lichtmonate entfernt, von ihr befallen wurde.

Alle bisherigen Versuche, gegen die Zentrumspest ein Mittel zu finden, scheiterten, da man lediglich die Symptome kennt, nicht aber die exakte Ursache.

Und ich, Sergeant Hegete Hegha, bin von ihr befallen.

Ja, ich bin der gleiche Hegha, der bei den letzten Olympischen Spielen Sieger im Langstreckenlauf wurde. Die Tatsache, daß ich so sang- und klanglos aus der Öffentlichkeit verschwunden bin, schreiben offizielle Stellen meiner Halbprothese zu, die ich am linken Bein trage.

Mit dem Verlust meines linken Unterschenkels und Fußes fing mein ganzes Unglück an. Wir waren mit dem Explorerschiff 8080 auf einem dieser kleinen Wüstenplaneten gelandet, die friedlich aussehen wie Großmutters Wohnküche – und so giftig sind wie Großvaters Pfeifentabak.

Damals war ich gut in Form, das heißt, ich lief die 10 000 Meter in 20:06,7. Man schickte mich mit zwei Robotern hinaus, weil ich ein Fachmann auf dem Gebiet der Robotik bin. Ich hatte gleich so ein komisches Gefühl, als ich den Landesteg verließ und die beiden Robbies knirschend über den Sand rollten. Ich war stärker bewaffnet als eine ganze Armee und bekam über Helmfunk laufend gute Ratschläge von Major Halgor Sörlund. Unter diesen Umständen hätte nichts schiefgehen dürfen.

Wir sammelten Gesteinsproben und hielten nach primitiven Lebensformen Ausschau. Plötzlich tauchte vor mir ein kleines Ding aus einem Loch auf. Es war nicht größer als ein Hund und sah liebenswert aus. Es hüpfte in verspielten Sätzen um die beiden Robbies herum. Dann fegte es wie ein geölter Blitz über den Sand.

Hegete, sagte ich zu mir, das ist ein geeigneter Trainingspartner.

Ich flitzte hinter dem Wesen her. Die Robbies blieben weit zurück. Sörlund hatte etwas gegen meine sportlichen Ambitionen und blies zum Rückzug. Na bitte, er ist Major, und ich bin einfacher Sergeant mit ziemlich lockeren Streifen. Ich machte auf dem Absatz kehrt. Das verflixte Ding jedoch hatte Gefallen an dem Spiel gefunden und jagte nun hinter mir her.

Und es war schneller als ich.

Als es mich eingeholt hatte, riß es ein Maul auf, das fast doppelt so groß war wie der größte Pessimist vermutet hätte. Bevor ich noch daran dachte, daß es etwas gegen schnelle Terraner haben könnte, schnappte es zu. Mein linkes Bein bis zum Knieansatz blieb auf dem Wüstenplaneten zurück, das heißt, es wurde einschließlich des Ungeheuers von den beiden Robbies zerstrahlt.

Als ich wieder bei Bewußtsein war, beugten sich zwei Medizinmänner über mich.

„Heraus damit, Doc“, war das erste, was ich hervorbrachte. „Werde ich jemals wieder laufen können?“

Sie hielten einen langen Vortrag, den ich dadurch unterbrach, daß ich einfach die Decke wegzog und mir die Geschichte anschaute. Eines wurde mir sofort klar: Die nächsten Medaillen würden andere Männer gewinnen. Sie verpaßten mir eine Halbprothese, und ich humpelte einige Zeit mit finsterem Gesicht durch die Gegend. Als ich den Krankenschwestern zur Last zu fallen begann und einen Medo-Roboter umprogrammierte, so daß dieser der Oberschwester ins Hinterbäckchen kniff und Passagen aus *Werthers Leiden* rezitierte, befand man mich für erholt genug, um mich an Major Sörlund zu übergeben.

„Sie sehen blaß aus“, hatte der Major festgestellt. Seine tiefliegenden Blauaugen hatten mich durchdringend angestarrt, so daß auch der letzte Rest von Sonnenbräune aus meinem Gesicht wich. „Es wird Zeit, daß Sie sich wieder den Wind der Galaxis um Ihre Knollennase wehen lassen, Sergeant Hegha.“

Wer Sörlund kennt, würde nie auf den Fehler verfallen, ihn auf irgendwelche Unsachlichkeiten hinzuweisen. So akzeptierte ich den galaktischen Wind und folgte ihm wieder an Bord des Explorerschiffes 8080, das uns direkt in die zentralen Interessengebiete der Blues beförderte. Dort unternahmen wir ausgedehnte Expeditionen.

Als wir zurückkamen, lebten von der Besatzung außer Major Halgor Sörlund und mir noch Captain Cole Harper, Leutnant Son-Hao und Sergeant Imar Arcus. Alle anderen waren bereits an der Zentrumspest gestorben.

Man brachte uns alle fünf auf den Geheimplaneten ASTO IV. Dieser Planet ist eine wunderschöne, grüne Sauerstoffwelt von ungefährer Erdgröße und bildet seit einigen Jahrzehnten das medizinischbiologische Forschungszentrum des Imperiums. Hier gibt es so viel Biologen, Mediziner und Pharmakologen, daß sie sich gegenseitig auf die Füße treten. Die fähigsten Ara-Wissenschaftler wurden hier angesiedelt, alles zuverlässige Männer, die durch den Geheimdienst auf allen möglichen Ara-Stützpunkten angeworben worden waren. Hier arbeiten die besten menschlichen Wissenschaftler auf dem Gebiet der Biomedizin, um die letzten Krankheiten zu besiegen, die noch tödlich sind.

Ich glaube, ASTO IV ist deshalb so geheim, weil man niemand beunruhigen will. Sörlund nennt diese Welt ein paradiesisches Gefängnis. Wenn ich aus dem Fenster meines Zimmers blicke, bin ich geneigt, ihm recht zu geben. Zunächst sieht man nur den Park, aber gleich darauf erkennt man die überall postierten Helfer in ihren weißen Kitteln.

Nicht, daß uns etwas fehlen würde. Hier gibt es alle nur erdenklichen Vergnügungsmöglichkeiten. Nur eine Möglichkeit fehlt: man kann diese Welt als kranker Mann nicht verlassen. Da die Zentrumspest tödlich ist, muß man sich damit abfinden, in diesem Paradies zu sterben.

Sergeant Imar Arcus sagte mir vor ein paar Tagen: „Wenn uns wirklich nur noch zwei Monate bleiben, würde ich einen davon für eine ordentliche Arbeit im Raum opfern."

Dr. Blayton, der Oberarzt unserer Abteilung, ein ausgezeichneter Psychologe, sagte kurz nach unserer Einlieferung: „Wir können Ihnen die Erinnerung an Ihre Krankheit fast vollkommen nehmen, doch dann wird unsere Forschungsaufgabe empfindlich gestört. Was Sie ertragen, wird anderen Raumfahrern einmal helfen."

So leben wir mit dem Wissen um unseren baldigen Tod inmitten eines blühenden Paradieses.

Gestern kam Leutnant Son-Hao in mein Zimmer. Son-Hao ist dreißig Jahre alt, ein lebhafter kleiner Kerl mit dunklen Haaren.

„Wir werden beobachtet", sagte er anstelle einer Begrüßung.

„Ich weiß", gab ich zurück. „Eine Armee von Medizinmännern bewacht jeden unserer Schritte."

„Ich spreche nicht von den Ärzten, Hegete", sagte er. Kurze Zeit, nachdem wir auf ASTO IV angekommen waren, hatte Major Halgor Sörlund bei unserer Gruppe das *Du* eingeführt. Er meinte, durch die gemeinsamen Leiden seien wir so etwas wie eine auf Gedeih und Verderb zusammengeschweißte Truppe. Ich hatte bis zu diesem Zeitpunkt nie geglaubt, daß dieser Phlegmatiker von einem Major auch menschliche Gefühle entwickeln könnte.

„Nicht von den Ärzten?“ fragte ich staunend.

„Hier treiben sich einige Kerle herum, die Charakterstudien treiben“, eröffnete mir Son-Hao.

„Geheimdienst?“

„Schon möglich, sie verhalten sich jedenfalls so. Ab und zu kümmern sie sich auch um andere Kranke, aber ich habe festgestellt, daß sich ihr Interesse auf uns konzentriert.“

„Weiß Sörlund davon?“

Son-Hao grinste unsicher. „Ich war gerade bei ihm“, sagte er.

„Und?“

„Nichts und – er schläft.“

Es ist einfacher, eine Herde Wasserbüffel von ihrer Tränke wegzubringen, als Major Halgor Sörlund aus seinem Bett. Sörlund schläft mit angezogenen Beinen. Er ist 1,94 Meter groß, und die Betten der Klinik sind nicht viel länger als Hotelbetten. Der Major hat eine spezielle Tiefschlafatemtechnik entwickelt. Wenn er während des Schlafes atmet, blähen sich bei jedem Atemzug seine eingefallenen Backen auf, und er stößt Töne aus, wie man sie ansonsten nur beim Liebeswerben der Bordkatzen unserer Handelsflotte zu hören bekommt.

„Ich werde zu ihm gehen“, sagte ich bereitwillig. Son-Hao lächelte und zog sich zurück. Doch bis zu diesem Augenblick, da ich diese Zeilen schreibe, war ich noch nicht bei Sörlund. Heute abend sehen wir uns im Kino, aber dann wird er weniger ansprechbar sein als die Lieblingsfrau des Sternenfürsten Teischnach.

Ich beginne mich zu fragen, wozu ich das überhaupt schreibe. Medizinische Erkenntnisse wird man aus diesem Manuskript nicht schöpfen können. Reporter, die an einem Sensationsartikel interessiert wären, haben auf ASTO IV keinen Zutritt, es ist undenkbar, daß ich dieses Tagebuch an jemand verkaufen kann.

Aber was soll ein Mann, der auf seinen Tod wartet, sonst tun?

„Man muß versuchen, einfach nicht dran zu denken“, sagte Captain Cole Harper vor einigen Tagen. Er ist ebenfalls Sportler. Ab und zu spielen wir ein bißchen Tennis zusammen.

Ich glaube, Cole Harper ist derjenige unter uns, dem es am schwersten fällt, seinen eigenen Vorschlag auszuführen.

Er ist immer so verdammt nachdenklich.

Ich schreibe weiter.

Es ist so viel Unerwartetes geschehen, daß ich mich geradezu gedrängt fühle, meinen Bericht fortzusetzen.

Etwa drei Tage, nachdem Leutnant Son-Hao seine Vermutung über die Geheimdienstleute geäußert hatte, erschien auf ASTO IV ein kleiner Mann mit einem etwas schütteren Haarkranz. Ich stand gerade in der Tür meines Zimmers, als er zusammen mit Dr. Blayton über den Gang kam. Ein freundliches Lächeln lag auf seinem Gesicht.

Er sah aus wie ein Priester.

Doch das war er nicht. Er trug einen Zellaktivator.

Es war Allan D. Mercant. Solarmaschall Allan D. Mercant, Chef der Abwehr.

Ich gehöre nicht zu den Burschen, denen gleich die Knie wackeln, wenn sie einen Zellaktivatorträger sehen. Doch Mercants plötzliches Auftauchen ließ mein Herz schneller schlagen. Son-Haos Worte fielen mir ein. Hastig zog ich mich in mein Zimmer zurück und begann nachzudenken. Es kam jedoch außer dem Entschluß, sofort Halgor Sörlund aufzusuchen, nichts dabei heraus.

Der Major kniete auf einem Stuhl und hatte den Oberkörper aus dem Fenster gebeugt, als ich in sein Zimmer trat. Der Wind spielte mit seinem strähnigen Blondhaar. Es war spät am Abend, dunkle Wolken zogen am Horizont herauf.

„Halgor!“ rief ich.

Sörlund wandte den Kopf, sein faltiges Gesicht kündigte Unheil an.

„Ich wollte nicht stören“, stieß ich hastig hervor. „Ich bin nur gekommen, um dir zu sagen, daß Mercant hier ist, *Allan D. Mercant*.“

Sörlund zog seinen hageren Oberkörper ins Innere des Zimmers und strich die Haare aus dem Gesicht.

„Ich weiß“, erklärte er nachlässig. „Ich sah ihn vor ein paar Minuten dort unten im Hof aus einem Luftgleiter steigen.“

Er kniete immer noch auf dem Stuhl. Sein Anzug sah aus, als hätte er damit einige Nächte im Bett zugebracht. Ächzend stieg er vom Stuhl, während ich stumm auf irgendeinen Kommentar wartete.

Er musterte mich mit offensichtlichem Unwillen. Umständlich schloß er das Fenster und zog die Vorhänge zu. Dann knipste er das Licht an.

„Was ist es denn *noch?*“ erkundigte er sich schließlich.

„Halgor, es ist *Allan D. Mercant*“, sagte ich eindringlich.

„Ich weiß.“

Er sah aus wie eine schläfrige Eidechse, die auf einem Stein in der heißen Sonne liegt. Das brachte mich in Weißglut. Bevor ich ihm jedoch auseinandersetzen konnte, was ich von einem dickfelligen Major hielt, wurde die Tür aufgerissen, und Sergeant Imar Arcus stürmte herein.

„Mercant ist hier!“ stieß er hervor.

Ich starrte ihn böse an, und Sörlund starrte abwechselnd ihn und mich böse an, was zur Folge hatte, daß Arcus uns ebenfalls böse anstarrte. Während wir uns auf diese Art anstarrten, kam Leutnant Son-Hao zur Tür herein und sagte: „Ich wußte, daß meine Vermutung zutraf. Nun ist sogar Mercant hier.“

„Schließ bitte die Tür, Imar“, sagte Sörlund zu Arcus. „Bevor wir beginnen, wollen wir warten, bis Cole Harper hier ist.“

Er hockte sich auf den Stuhl, der ein knirschendes Geräusch von sich gab, als er mit den spitzen Knochen des Majors Bekanntschaft machte. Son-Hao ließ sich auf Sörlunds Bett nieder. Arcus stand neben der Tür. Ich hielt mich in Sörlunds Nähe, um sein Gesicht zu sehen, wenn Harper hereinkam.

Harper kam ziemlich spät. Er ist der gründlichste von uns allen, wahrscheinlich überzeugte er sich erst, ob er seinen Augen trauen konnte, bevor er die „Neuigkeit“ weitergab.

Als er schließlich erschien, überblickte er unsere Versammlung mit zusammengekniffenen Augen.

„Ihr wißt es also bereits“, stellte er sachlich fest.

„Wir wissen es“, nickte Sörlund.

„Man hat irgend etwas mit uns vor“, sagte Son-Hao. „Erst strichen diese Solab-Schatten um uns herum. Nun taucht sogar Mercant auf.“

„Woher willst du wissen, ob Mercants Erscheinen etwas mit dieser Sache zu tun hat?“ fragte Arcus vom Bett aus. Sein kantiges Kinn schob sich angriffslustig nach vorn. Der Ultraenergie-Ingenieur ist der impulsivste Mann unserer Gruppe.

Jemand klopfte an die Tür. Sörlund warf uns einen bedeutsamen Blick zu und öffnete.

Es war Oberarzt Blayton. Dr. Blayton hielt sich für den einzig Schwerkranken auf ASTO IV; er schlich mit Leichenbittermiene durch die Gänge unserer Station, wog zwei Zentner, und in das Gesäßteil seiner Hosen mußten Zwickel eingenäht werden, damit sie überhaupt paßten.

Er betrachtete unsere Versammlung mit säuerlicher Miene.

„Folgen Sie mir bitte, meine Herren", sagte er. „Da ist jemand in meinem Büro, der sich mit Ihnen unterhalten möchte." In diesem Augenblick vergaß ich ASTO IV und meine Krankheit. Ich dachte nur noch an Allan D. Mercant.

Sörlund setzte sich an die Spitze unserer Gruppe. Wir folgten Dr. Blayton, der mit hängenden Schultern vorausging.

Das Büro des Oberarztes war ein Musterbeispiel akademischer Phantasielosigkeit. Die Wände waren so weiß wie Dr. Blaytons frischgereinigter Kittel. Der lange, schwere Holztisch war mit Papieren bedeckt. In der Nähe des Tisches stand eine fahrbare Kartei, deren untere Haltestangen völlig blankgewetzt waren, weil Dr. Blayton die Angewohnheit hatte, sie mit den Füßen hin- und herzuschieben.

„Guten Abend, meine Herren", sagte Mercant.

Major Sörlund knickte seine lange Gestalt ein, daß wir das Krachen der Knochen hören konnten.

„Guten Abend, Sir!"

Wirklich, dieser Sörlund hat etwas von einem Gentleman, wenn er sich nur etwas Mühe gibt. Ich wette, daß er in Frack und Melone geradezu phantastisch aussehen würde.

Mercant blickte an uns vorbei und schaute Blayton an, der neben der Tür stand.

„Lassen Sie uns doch bitte ein paar Minuten allein, Dr. Blayton", sagte er höflich.

Blayton tat entrüstet, zog sich aber widerspruchslos zurück.

„Ihr Schicksal ist mir bekannt", sagte Mercant, als Blaytons Schritte im Gang verklungen waren. „Ich weiß, wie es um jeden einzelnen von Ihnen steht. Sie wurden längere Zeit von Agenten beobachtet."

„Das haben wir bemerkt", erklärte Leutnant Son-Hao.

Mercant lächelte. „Sie haben einige Männer des auf ASTO IV

ansässigen lokalen Abschirmdienstes bei ihrer Arbeit gesehen", sagte er sanft. „Aber Sie haben keinen Agenten der Solaren Abwehr entdeckt. In unserer Organisation arbeiten keine Stümper."

„Entschuldigen Sie, Sir!" stieß Son-Hao hervor.

„Sie tragen Ihr Schicksal auf bewundernswerte Weise", erklärte Mercant. „Man kann sagen, daß Sie seelisch stabil geblieben sind. Die Vorschläge, die ich ihnen zu unterbreiten habe, würde ich keinem gesunden Mitglied unserer Organisation machen. Sollten Sie darauf eingehen und den geplanten Auftrag ausführen, könnte es sein, daß Sie bereits vor Ablauf der Ihnen verbleibenden zwei Monate sterben."

Sörlund hob seine dürren Arme wie ein beschwörender Magier.

„Sir", sagte er nachdrücklich, „es gibt keinen Auftrag, den wir nicht anzunehmen bereit wären. Hier auf ASTO IV sind wir bereits zu Lebzeiten in einen Sarg eingesperrt. Ein schöner Sarg, gewiß, aber das ist nichts für uns."

„Die Solare Abwehr", fuhr Allan D. Mercant fort, als hätte er Sörlund nicht gehört, „hat in ihrer Geschichte viele gewagte Unternehmungen durchgeführt. Was wir jedoch jetzt vorhaben, ist mit nichts zu vergleichen, was in unserer Organisation bisher geschah."

Alles, was Mercant bisher gesagt hatte, hörte sich für die Ohren von fünf Todgeweihten sehr verlockend an. Mercant ließ uns noch einige Zeit zappeln. Er begann damit, uns einen genauen Bericht über die Lage innerhalb der Galaxis zu geben. In den größten Teilen der Milchstraße herrschte relative Ruhe.

Beunruhigender waren die Vorgänge, die auf den Planeten Quinta und Kahalo beobachtet wurden. Nach der Zerstörung der Festung und der anschließenden Flucht der Maahks konnten die Terraner unbehelligt den weiteren Ausbau ihrer Stützpunkte auf Kahalo und im Twin-System vorantreiben.

Vor ungefähr vier Wochen jedoch waren in den Justierungsstationen Quintas und Kahalos seltsame Vorgänge registriert worden, die seitdem andauerten.

Eine kleine, dem Andromedasystem vorgelagerte Milchstraße, ähnlich wie die Magellanschen Wolken, die auf dem Deckenbildschirm der Justierungsstation ebenfalls abgebildet waren, leuchtete in regelmäßigen Abständen auf.

Inzwischen hatten die terranischen Sachverständigen herausgefunden, daß dieses Aufleuchten innerhalb des Riesenbildschirms auf die Tätigkeit einer Sende- und Empfangsstation hinwies. Dadurch wußte man, daß innerhalb des kleinen Sternensystems ein Großtransmitter in Tätigkeit war.

Dieser Großtransmitter sendete offenbar ununterbrochen. Noch beunruhigender war die Tatsache, daß die Empfängerstation das Horror-System war. Irgend jemand war dabei, irgendwelche Dinge in großer Zahl ins Horror-System zu schicken. Es gehörte nicht viel Phantasie dazu, um herauszufinden, daß diese Gegenstände Raumschiffe waren.

NATHAN, das bio-positronische Rechengehirn auf Luna, vermutete, daß man die Maahks durch die Vernichtung ihrer Festung aufgerüttelt hatte. NATHAN sagte weiterhin aus, daß auf Grund der vorliegenden Daten keine Zweifel daran bestehen können, daß die Methanatmer im Horror-System gewaltige Flottenverbände versammelten. Da es im Horror-System nichts zu erobern gab, blieb nur eine Schlußfolgerung: eine Invasion stand bevor.

Von den fünf Maahks, die während der Kämpfe auf Quinta gefangengenommen werden konnten, war nichts Konkretes zu erfahren gewesen. Man hatte sie in den letzten Wochen gründlich verhört und beobachtet, aber es stellte sich heraus, daß sie keine Informationen besaßen, die von Bedeutung waren. Allem Anschein nach handelte es sich bei ihnen um untergeordnete Individuen ihres Volkes, die über die Pläne und Absichten ihrer Vorgesetzten kaum informiert waren. Auch über die Meister der Insel wußten sie nichts zu berichten.

„Deshalb müssen wir unter allen Umständen herausfinden, was im System der Hohlwelt Horror vorgeht", sagte Mercant. „Wir müssen einige Männer nach Horror schicken."

„Ich glaube, daß wir schon tot sind, bevor wir im Horror-System die Augen aufmachen", meinte Major Sörlund.

Ich versuchte in seine Nähe zu kommen, um mich heimlich mit meiner Prothese auf seinen Fuß zu stellen. Warum nahm er diese einmalige Chance nicht wahr, von ASTO IV wegzukommen?

„Wir werden Sie nicht einfach durch den Transmitter jagen", erwiderte Mercant. „Sie werden flüchten. In Ihrer Begleitung werden sich fünf Maahks befinden, die Sie zuvor befreit haben."

Sprachlos starrten wir ihn an. Er begann seinen Plan in allen Einzelheiten zu erklären, einen Plan, wie er nur in seinem genialen Kopf entstehen konnte. Er war streng logisch aufgebaut und berücksichtigte alle Wahrscheinlichkeiten, die sich ergeben konnten.

„So", sagte Mercant nach fast drei Stunden mit dem harmlosesten Lächeln der Welt. „Das war die Theorie. Demnächst werden unsere Ausbilder erst einmal brauchbare Agenten aus Ihnen machen."

Die Art, wie er seine Ankündigung in die Tat umsetzte, ließ uns bald wünschen, in der Klinik Dr. Blaytons zu liegen und auf den Tod zu warten.

Zunächst kam der theoretische Unterricht. Mercants Lehrer entpuppten sich als drei eiskalte Burschen, die grundsätzlich mit nichts zufrieden waren. Mercant selbst war immer zugegen, aber er blieb nur der Mann im Hintergrund, der nur zuhörte.

Wir mußten alle Einzelheiten von Mercants Plänen wiederholen, bis es uns über war.

Die Hauptfrage unserer Lehrer lautete: „Was tun Sie, wenn ...?"

Sie kamen auf Varianten, an die wir im Traum nicht gedacht hätten. Schlimm wurde es, wenn einer von uns nicht zu ihrer Zufriedenheit antwortete. Dann gab es Nachhilfeunterricht.

Wenn wir abends total erschöpft in unser Gemeinschaftszimmer gingen, zeigte sich nur noch Sörlund bei guter Laune. Er stellte kühne Vermutungen über die Weiterführung unseres Unterrichts an und tat auch sonst alles, um uns die wenigen Stunden der Ruhe zu verderben. Seine Art brachte mich zur Verzweiflung.

Der erste Teil des theoretischen Unterrichts dauerte vier Tage. Dann nahm sich Mercant unser wieder an.

„Sie werden nun eine Hypnoseschnellschulung erhalten", erklärte er. „Danach werden Sie die Sprache der Methans, das sogenannte Kraahmak, fließend beherrschen. Da auch die Maahks Stimmbänder besitzen, ist es für einen Menschen nicht schwierig, diese Sprache zu sprechen. Gegenüber Ihren zukünftigen Begleitern dürfen Sie Ihre Fähigkeiten jedoch niemals zu erkennen geben. Sie erhalten von uns Translatoren. Sie dürfen sich mit den Methans ausschließlich mittels dieser Geräte verständigen."

Noch am gleichen Tag verließen wir mit einem Spezialschiff der Solaren Abwehr ASTO IV.

Das Spezialschiff der Abwehr brachte uns auf den Planeten Kahalo. Mercant ließ uns bewachen, als seien wir das wertvollste Gut des Imperiums. Auf Kahalo tauchte er wieder in unserer Nähe auf.

„Von hier aus bringen wir Sie zum Twin-System", erklärte er. „Auf Quinta sind bereits die fünf gefangenen Methans eingetroffen. Wir bringen sie jeden Tag einmal in die Justierungsstation, so daß sie den Riesenbildschirm sehen können. Dort bombardieren wir sie mit Fragen über den Grund der Transmittertätigkeit in jenem kleinen Sternensystem und im Horror-System. Es muß den Maahks nur logisch erscheinen, daß wir uns bemühen, den Grund für die Tätigkeit dieser Stationen herauszufinden. Sie werden nicht im Traum daran denken, daß wir eine Flucht fingieren könnten. Außerdem", Mercant lächelte, „wird es eine *echte* Flucht sein, meine Herren. Nur wenige Männer auf Quinta wurden informiert. Sie müssen sich also *tatsächlich* über die bestehenden Probleme hinwegsetzen."

„So habe ich mir das gedacht", behauptete Halgor Sörland.

„Sobald Sie auf Quinta ankommen, wird Ihnen eine bestimmte Arbeit zugeteilt", bereitete uns Mercant vor. „Sie haben dann Gelegenheit, mit den fünf Maahks Kontakt aufzunehmen. Sobald dies gelungen ist, werde ich mich mit Ihnen in Verbindung setzen, damit die letzten und entscheidenden Vorbereitungen getroffen werden."

Ich wußte selbst nicht warum, aber mit einemmal begann mir die Sache keinen Spaß mehr zu machen. Ich kam mir wie ein winziges Rädchen einer gut funktionierenden Maschine vor. Kaltblütig hatte Mercant jeden unserer Schritte vorausgeplant.

Ich sprach mit Sörlund über meine Bedenken.

„Das ist eine Art Katzenjammer, Hegete", sagte er. „Das legt sich, sobald wir auf Quinta ankommen."

Wie gewöhnlich hatte er recht.

Quinta glich einem Heerlager und erinnerte uns an die Situation in der Nähe des Sechsecktransmitters in der fernen Galaxis. Auch dort waren die Schiffe unserer Flotte bereit, jeden Angreifer zurückzuschlagen.

Inzwischen zeugte nichts mehr davon, daß hier im Twin-System noch vor zweieinhalb Monaten ein schrecklicher Kampf zwischen der terranischen Flotte und der Festung stattgefunden hatte. In den letzten Wochen waren einige hundert Fragmentraumer der Posbis eingetroffen, um die Flotte zu verstärken und besondere Sicherungsaufgaben zu übernehmen. Alle im Zuge der Auseinandersetzung mit den Maahks entstandenen Schäden auf Quinta waren längst wieder beseitigt worden.

„Hier komme ich mir direkt winzig vor“, sagte Cole Harper und sprach damit aus, was wir alle dachten.

Wir erinnerten uns, daß sämtliche uns bekannten Transmitterstationen der Meister der Insel ohne besondere Vorbereitungen als Empfänger benutzt werden konnten. Nur für eine Sendetätigkeit mußten sie auf das gewünschte Ziel eingestellt werden. Mit anderen Worten bedeutete dies, daß aus dem Twin-Transmitter oder sogar über dem Planeten Kahalo jederzeit unzählige Schiffe der Wasserstoffatmer auftauchen und das Feuer eröffnen konnten. Dafür mußten Vorbereitungen getroffen werden.

Die Situation war geradezu unheimlich. Perry Rhodan rechnete damit, daß die Methans irgendwann angreifen würden, er konnte jedoch nicht sagen, wann und in welcher Form der Angriff erfolgen würde.

Zum erstenmal begriffen wir, warum man unseren Einsatz so sorgfältig vorbereitet hatte. Im Augenblick stellten wir die einzige Chance des Imperiums dar, die Operationen der Maahks zu enträtseln und herauszufinden, wo die Methans ihre wichtigsten Stützpunkte hatten.

Wir wurden auf Quinta von einem Mann empfangen, der größer als Major Sörlund und doppelt so breit war. Er hatte behaarte Hände, die er mit den Daumen in die Taschen seines grünen Overalls gehakt hatte. Seine wulstigen Lippen bewegten sich ununterbrochen.

„Fünf Männer“, sagte er mit weicher Stimme. „Nur fünf Männer.“

Wir blickten uns fragend an.

„Mein Name ist Cartney“, sagte der Riese. „Donald Cartney. Ich habe vor drei Wochen zehn Helfer für die Überwachung der Verladearbeiten von Ersatzteilen angefordert. Nun schickt man mir endlich fünf Männer.“

Es war offensichtlich, daß er den wahren Grund unseres Hierseins nicht kannte. Cartney glaubte daran, daß wir gekommen waren, um irgendwelche Arbeiten zu beaufsichtigen. Ich fragte mich, wie wir auf diese Weise Kontakt zu den Gefangenen aufnehmen konnten, die doch sicherlich durch alle erdenklichen Maßnahmen vor neugierigen Blicken geschützt wurden.

Wir stellten uns vor. Cartney drückte uns die Hände und führte uns durch eine ausgedehnte Lagerhalle zu einem kleinen Gebäude.

Er deutete auf den Eingang.

„Hier werden Sie schlafen“, erklärte er. „Melden Sie sich in zehn Stunden bei mir. Sie finden mich irgendwo im Lager.“

Cartney ging davon. Wir standen etwas verloren herum, bis Sörlund die Tür zu unserem neuen Quartier aufstieß. Innerhalb des Gebäudes befanden sich mehrere kleine, aber saubere Räume. Einer davon war bereits von Donald Cartney belegt.

Als wir unsere Habseligkeiten in den Schränken verstauten, erschien ein Roboter und brachte uns ein Paket.

„Das Gepäck für die neuen Helfer“, schnarrte er und zog sich wieder zurück.

Wir wußten nichts von irgendwelchem Gepäck, doch als wir das Paket öffneten, lagen fünf komplette Ausrüstungen der Abwehr vor uns, einschließlich Waffen und Translatoren. Sörlund entdeckte einen kleinen Zettel, den Allan D. Mercant unterzeichnet hatte.

„Auf Quinta gibt es keine Diebe“, las Sörlund vor. „Trotzdem ist es empfehlenswert, diese Sachen unter Verschluß zu halten. Mercant.“

Wir legten unsere Ausrüstungen ebenfalls in die Schränke und schlossen diese ab. Kurz darauf erschien Cartney noch einmal und erklärte uns, wo die Kantine lag, in der wir unsere Mahlzeiten empfangen würden.

Als er gegangen war, versammelten wir uns in Sörlunds Zimmer.

„Ich schätze, wir unternehmen einen kleinen Rundgang“, schlug der Major vor. „Bisher haben wir nicht viel von unserem neuen Arbeitsgebiet zu sehen bekommen.“

„Das Wort Kantine besitzt noch immer eine gewisse Anziehungskraft auf Halgor“, bemerkte Son-Hao spöttisch.

Wir gingen hinaus. Zwischen der Lagerhalle und dem Gebäude, in das man uns einquartiert hatte, führte ein Weg auf einen ausgedehnten Hof. Auf der anderen Seite entdeckten wir weitere Lagerräume und die Kantine. Im Hintergrund sahen wir einige Raumschiffe stehen. Dort war der Landeplatz. Alle diese Gebäude waren erst in letzter Zeit entstanden. Das eigentliche Kraftwerk mit der Justierungsstation lag etwa zwei Kilometer von hier entfernt. Nach Mercants Aussagen wurden die fünf Maahks einmal täglich dorthin gebracht. Das konnte nur bedeuten, daß sie ansonsten irgendwie hier in der Nähe sein mußten, zumindest aber zweimal hier vorbeitransportiert wurden.

Wir überquerten den Hof. Zwei Männer im Mechanikeranzug und mehrere Roboter begegneten uns. Aus der offenen Tür der Kantine klang Stimmengewirr und Musik.

Wir gingen weiter und versuchten, hinter den Gebäuden in die Nähe des Landefeldes zu gelangen. Überall stießen wir jedoch auf Absperrungen. Einige Robotposten verlangten unsere Ausweise zu sehen. Sie erklärten uns, daß wir als Arbeitskräfte keinen Zutritt zu den Schiffen hätten, es sei denn, wir könnten eine Sondergenehmigung vorweisen. Das konnten wir nicht.

„Versuchen wir es auf der anderen Seite“, schlug Sörlund vor. „Vielleicht kommen wir zum Kraftwerk durch.“

Abermals stießen wir auf Sperren und Robotwächter.

„Wir sind praktisch innerhalb der Lagerräume gefangen“, stellte Sörlund fest. „Wenn uns die Arbeit nicht ab und zu hinter die Sperren führt, wird es ziemlich langweilig hier.“

Wir trösteten uns damit, daß Mercant von diesen Verhältnissen bestimmt gewußt und sie in seinen Plänen berücksichtigt hatte. Wir gingen in die Kantine, um zu essen. Danach zogen wir uns in unser Quartier zurück.

Donald Cartney sollte am nächsten Morgen ausgeruhte Arbeiter vorfinden.

Cartney begrüßte uns feierlich, als wir im Lagerraum auftauchten. Wir trugen einen Teil unserer Ausrüstungen in Plastikbeuteln bei uns, so daß wir für den Kontaktfall gerüstet waren.

Cartney warf einen Blick auf die Beutel.

„Was habt ihr da mitgebracht?“ erkundigte er sich.

Sörlund schob seine Arbeitsmütze in den Nacken, so daß einige Strähnen seines blonden Haares darunter hervorquollen.

„Unser Frühstück“, erklärte er bissig. „Denken Sie, wir können ohne Zwischenmahlzeit auskommen?“

Cartney führte uns zu drei elektronisch gesteuerten Kränen, die unter dem Dach der Halle aufgehängt waren. Die Halle besaß auf ihren beiden schmalen Seiten keine Tore, der Wind konnte ungehindert eindringen.

Cartney deutete auf einen Berg größerer Kisten, die hier gelagert wurden.

„Natürlich ist das eine Arbeit für Roboter", erklärte er entschuldigend. „Doch ihr werdet bald feststellen, daß hier die einzelnen Abteilungen um die Arbeitskräfte kämpfen. Öffnet die Kisten und holt die einzelnen Teile heraus. Sie müssen gewogen und registriert werden. Es kommen ständig Robotwagen vorbei, die die registrierten Teile abholen."

Unser Arbeitsplatz lag praktisch am Ende der Halle, und wir konnten auf den Weg hinausblicken, der in den großen Hof führte. Sörlund übernahm die Bedienung des Krans. Wir hoben eine Kiste an und stellten sie neben der Waage ab. Es war keine sehr befriedigende Arbeit, aber immer noch besser als auf ASTO IV auf den Tod zu warten.

Als wir vier Kisten geleert und alle Teile gewogen und registriert hatten, erschien ein Robotwagen, um alles abzuholen, was wir ausgepackt hatten.

Sörlund schaute dem Fahrzeug nach. Als es auf den Weg vor der Halle einbog, schnippte der Major mit den Fingern.

„Der Fahrweg!" sagte er.

„Was meinst du?" erkundigte sich Cole Harper, der sich als Biophysiker im Kreis von Transportarbeitern völlig deplaciert vorkam.

„Dieser Weg ist die einzige Verkehrsader zwischen Landefeld und Justierungsstation", erklärte Sörlund. „Mercant sagte uns, daß man die fünf gefangenen Maahks jeden Tag einmal vor den großen Bildschirm stellt. Man transportiert sie also zur Station."

„Du meinst, sie kämen hier vorüber?" fragte Son-Hao.

Sörlund lehnte sich gegen eine Kiste. „Natürlich", sagte er. „Womit man sie auch transportiert – sie kommen an dieser Halle vorbei."

„Das klingt nicht sehr erfolgversprechend", sagte Arcus. „Was sollen wir tun, wenn sie hier vorbeifahren? Bestimmt sind Wächter dabei. Wir können nicht einfach hingehen und fragen, ob wir uns mit den Methans unterhalten dürfen. Schließlich sind wir nur Arbeiter, die von der Anwesenheit der Gefangenen auf Quinta nichts wissen."

Sörlund bearbeitete sein spitzes Kinn zwischen Daumen und Zeigefinger der rechten Hand.

„Wir halten den Wagen auf", sagte er.

„Mercant hat uns geraten, keine Gewalt anzuwenden, bevor wir nicht sicher sein können, daß die Maahks mitmachen", erinnerte Arcus.

„Das tägliche Verhör der Maahks nimmt zwei Stunden in Anspruch, wie Mercant sagte." Sörlund blickte auf seine Uhr. „Wir müssen aufpassen, wann die Maahks hier vorbeikommen. Zwei Stunden später muß der Weg versperrt sein."

„Versperrt?" wiederholte Harper.

„Natürlich", erwiderte Sörlund. „Wir stellen einfach ein paar Kisten auf den Weg. Als Neulinge haben wir gegenüber den Wächtern eine plausible Ausrede. Wir können schließlich nicht wissen, daß der Weg freibleiben muß. Cartney hat nichts davon gesagt."

Das hatte Cartney tatsächlich nicht. Die Idee war gar nicht so schlecht, aber ich ahnte, daß wir Schwierigkeiten bekommen würden.

Wir arbeiteten weiter. Nachdem wir drei weitere Kisten ausgepackt hatten, stieß Sergeant Imar Arcus plötzlich einen Pfiff aus.

Ich blickte auf und schaute auf den Weg hinaus. Ein großer Robotwagen fuhr mit langsamer Geschwindigkeit an der Halle vorüber. Auf seiner Ladefläche stand ein Metallbehälter von ungefähr zehn Metern Länge und vier Metern Breite. Der Behälter hatte eine Höhe von knapp drei Metern. Er war mit einer Plane zugedeckt, so daß man nur verschiedene Stellen sehen konnte. Auf dem freien Teil der Ladefläche saßen drei bewaffnete Männer in der Uniform der Flotte. Aus dem Behälter ragten verschiedene Rohre und beulten die Plane aus.

„Das sind sie!" flüsterte Sörlund.

Der Gedanke an die fünf fremdartigen Intelligenzen, die innerhalb des Druckbehälters transportiert wurden, ließ mein Herz schneller schlagen. Alles, was ich über die Maahks gehört hatte, ließ sie mir unheimlich erscheinen.

Sie lebten innerhalb des Druckbehälters, weil sie in den atmosphärischen Bedingungen dieser Welt nicht existieren konnten.

Wie gelähmt standen wir da und warteten, bis das Fahrzeug hinter der Halle verschwunden war.

Sörlund nannte uns die Uhrzeit.

„Eine Viertelstunde vor ihrer Rückkehr schaffen wir einige Kisten auf den Weg hinaus“, ordnete er an. „Hoffentlich erscheint vor dem Rücktransport der Maahks kein anderes Fahrzeug. Sobald der Wagen mit dem Behälter anhält, beginnen wir mit den Wächtern ein heftiges Palaver, an dem sich nur Hegete nicht beteiligt. Hegete kann sich am schnellsten bewegen. Er wird versuchen, von der anderen Seite an den Behälter heranzukommen, und eine kurze Verbindung zu den Maahks herzustellen.“

Ein Schauer rann mir über den Rücken. Sörlund schien mein Unbehagen zu fühlen und lächelte mir ermutigend zu.

„Du mußt auf jeden Fall herausfinden, wo man die fünf Burschen versteckt hält“, sagte er. „Wenn du dich an Mercants Anweisungen hältst, kann nichts schiefgehen.“

Wir beratschlagten weiter, bis Donald Cartney erschien und uns zur Arbeit anhielt.

„Ihr seid nicht zum Schwatzen hier“, fuhr er uns an. „Wenn ihr nicht arbeiten wollt, werde ich euch trennen und in verschiedene Abteilungen schicken.“

Wir begannen zu arbeiten, daß mir der Schweiß über das Gesicht lief. Wir durften auf keinen Fall riskieren, daß Cartney im entscheidenden Augenblick dazukam. Viel schneller als ich erwartet hatte, verstrich die Zeit.

„Es geht los!“ rief uns Sörlund zu.

Wir zogen einen kleinen Transportkarren heran und luden sechs Kisten auf seine Ladepritsche. Dann schoben wir den Karren auf den Weg hinaus. Ich blickte mich nach allen Seiten um. Kein Mensch war in unserer Nähe. Wir luden die Kisten so ab, daß sie die Fahrbahn blockierten. Eine davon war leer. Sörlund befahl mir, in sie hineinzukriechen. Im geeigneten Augenblick sollte ich hervorkommen, um mit den Maahks mit Hilfe des Translators zu sprechen. Da man sich während der Verhöre ebenfalls über diese Geräte mit den Gefangenen verständigte, war Sörlund sicher, daß die Maahks mich sofort verstehen konnten.

Sörlunds Plan sah vor, daß ich mich sofort wieder in die Kiste zurückzog, wenn es mir gelungen war, zu erfahren, wo man die Methans gefangenhielt. Meine vier Freunde wollten mich dann auf den Karren laden und in die Halle transportieren.

Das hörte sich einfach an, aber mir gefiel die Sache nicht. Ich mußte an die drei bewaffneten Wächter denken. Wir wußten nicht, ob sie in die Pläne Mercants eingeweiht waren. Würden sie schießen, wenn sie mich bei der Verbindungsaufnahme entdeckten?

Harper und Son-Hao zogen den Wagen vom Weg, während ich mich in die Kiste begab. Die vier Männer gingen in die Halle zurück, um die Arbeit wieder aufzunehmen. Wenn die Sache echt aussehen sollte, durften sie erst nach dem zu erwartenden Protest der Wächter wieder herauskommen.

Heftig atmend hockte ich in der Kiste. Den Translator hielt ich einsatzbereit in den Händen. Das einzige Geräusch, das ich vernahm, war das Schlagen meines eigenen Herzens. Ich wußte nicht, wieviel Zeit vergangen war, als ich das Summen eines Motors hörte. Ich umklammerte das Übersetzungsgerät, bis meine Knöchel weiß wurden.

Stimmen klangen auf.

„Was soll das?“ schrie jemand aufgebracht. „Schafft die Kisten hier weg, ihr Einfaltspinsel.“

Es folgte eine kurze Pause, dann ertönte die unverkennbare Stimme von Major Halgor Sörlund.

„Hören Sie auf zu schreien. Erklären Sie mir gefälligst etwas sachlicher, was Sie von uns wollen.“

Ich biß auf meine Unterlippe und spähte aus der Kiste. Vier Meter von mir entfernt stand der Wagen mit dem Behälter. Die Wächter waren nicht zu sehen. Sie mußten vom Fahrzeug gesprungen und auf der anderen Seite ein Stück in die Halle gegangen sein. Ich hörte, wie Sörlund mit ihnen stritt. Mit drei Schritten war ich bei dem Behälter. Ich zitterte so stark, daß ich fast die Schaltung falsch ausgeführt hätte.

„Der Aufenthalt ist ein Trick“, flüsterte ich in das Gerät. „Könnt ihr mich verstehen?“

Das Gerät knackte dreimal. Ich begann zu schwitzen. Auf der anderen Seite des Wagens argumentierte Sörlund noch immer mit den Wächtern.

Ich zuckte zusammen. Ich hatte den Eindruck, jemand hätte unmittelbar an meiner Seite gesprochen.

„Wir müssen mit euch reden“, sagte ich hastig. „Wo hält man euch gefangen?“

„Wer sind Sie?“ kam die mißtrauische Frage.

„Verdammt!“ rief ich erregt. „Es geht um Sekunden. Sagt mir schnell, wo man euch gefangenhält.“

„Im kleinen Bunker des Landefeldes, dort sind . . .“, mehr verstand ich nicht, denn ich huschte schon wieder zur Kiste zurück und kroch hinein. Schnell schob ich den Translator unter meine Jacke.

„Wir bringen die Kiste von hier weg“, hörte ich Sörlund sagen. „Aber niemand darf uns anschreien.“

„Ich möchte wissen, wo die Kerle entsprungen sind“, sagte einer der Wächter zu den beiden anderen.

Da ertönte eine neue Stimme, die Cartneys – und sie hatte alle Weichheit verloren.

„Seid ihr wahnsinnig geworden?“ schrie er außer sich. „Die Fahrbahn muß freibleiben.“

„Ja, natürlich“, gab Sörlund zurück. „Wir wollten doch nur die Kisten der Größe nach sortieren. In Zukunft werden wir aufpassen.“

„Wo ist der Kerl mit der Unterschenkel-Prothese?“ schrie Cartney.

„In der Toilette“, erklärte Sörlund kaltblütig.

Ich hörte, wie die erste Kiste auf den kleinen Transportwagen gelegt wurde. Ich rechnete jeden Augenblick mit meiner Entdeckung. Wenige Minuten später fühlte ich, wie mein unbequemes Versteck angehoben wurde. Unsanft lud man mich auf das Fahrzeug.

„So“, sagte Sörlund. „Der Weg ist frei.“

Die Wächter schimpften etwas Unverständliches. Ich hörte das große Fahrzeug davonfahren. Dann sprach wieder Cartney.

„Wir müssen miteinander auskommen“, sagte er. „Doch dazu müßt ihr euch zusammenreißen.“

„In Ordnung, Sir“, entgegnete Cole Harper, und Arcus fügte hinzu: „Wir werden keinen Ärger mehr machen.“

Ich hörte Cartney davongehen. Gleich darauf klopfte jemand gegen meine Kiste. Ich kroch heraus und sprang vom Wagen. Einen Augenblick genoß ich die fragenden Gesichter meiner Freunde.

„Nun?“ erkundigte sich Major Sörlund.

„Sie sind auf dem Landefeld", sagte ich. „Im kleinen Bunker."

Sörlund grinste befriedigt. Er schien nicht an die Absperrungen zu denken, die uns den Zutritt zum Landefeld verwehrten.

„Den Rest des Tages wollen wir arbeiten", schlug Sörlund vor. „Dazu sind wir schließlich hier."

Sörlund kam mitten in der darauffolgenden Nacht in mein Zimmer und weckte mich. Als ich sprechen wollte, legte er seine knochige Hand auf meinen Mund.

„Schscht!" machte er. „Die anderen dürfen nicht erwachen."

Ich senkte meine Stimme ebenfalls.

„Was ist passiert, Halgor?"

Ich sah ihn im Licht, das durch das Fenster von den Scheinwerfern auf der Lagerhalle hereinfiel, lächeln.

„Nichts", flüsterte er. „Wir starten zu einem Zwei-Mann-Unternehmen."

Ich gähnte nachdrücklich. „Und wohin?"

„Zu den Maahks", eröffnete Sörlund, als sei es eine selbstverständliche Sache, den Gefangenen nächtliche Besuche zu machen. Ich kroch aus dem Bett und kleidete mich an. Sörlund trug seine Arbeitskleidung, sogar an die Mütze hatte er gedacht. Im Halbdunkel des Zimmers sah er geradezu grotesk aus.

Sörlund trug seine komplette Ausrüstung bei sich. Wir schlichen aus dem Haus, ohne daß wir bemerkt wurden. Aus Cartneys Zimmer kam gedämpfte Musik. Die Nacht war kühl und windstill. Nur vom Landefeld drangen vereinzelte Geräusche zu uns herüber. Überall waren starke Scheinwerfer aufgestellt.

Sörlund bewegte sich vor mir an der Wand der Lagerhalle entlang. Ich klopfte ihm auf die Schulter.

„Wie sollen wir an den Absperrungen vorbeikommen?"

„Das kann ich erst sagen, wenn wir dort angekommen sind", erwiderte er. Das klang nicht gerade zuversichtlich. Wir erreichten unangefochten die Kantine, die unmittelbar vor den Sperren des großen Landefeldes lag.

„Wir müssen auf das Dach", sagte Sörlund. „Von dort oben können wir das gesamte Landefeld überblicken."

Wir gingen weiter. Auf der anderen Seite waren leere Kisten aufgestapelt. Sörlund machte halt. Wir lauschten, aber es blieb vollkommen still. Sörlund begann die leeren Kisten an der Seitenwand des Kantinengebäudes aufzuschichten, bis er eine Art Treppe errichtet hatte. Er kletterte auf das baufällige Machwerk und konnte den Rand des Daches packen. Gleich darauf hatte er sich hinaufgezogen.

„Los, Hegete!“ raunte er mir zu.

Offensichtlich vergaß er, daß ich nur eineinhalb Beine einsetzen konnte. Ich arbeitete mich an den Kisten hinauf. Zum Glück bin ich nur fünf Zentimeter kleiner als Sörlund, und so konnte ich mich ebenfalls am Dach hinaufziehen.

„Ich kann nur den großen Kommandobunker von hier oben sehen“, sagte Sörlund. „An den Sperren stehen einige Robotposten.“

Das Aufstellen von Wachen war nur eine routinemäßige Sicherheitsmaßnahme. Jeder einzelne Terraner, der sich auf Quinta aufhielt, galt als zuverlässig. Außergewöhnliche Wachmaßnahmen waren aus diesem Grunde unnötig.

Sörlund hob den Arm und blickte auf die Uhr.

„In vier Stunden wird es hell“, sagte er. „Ich glaube, wir können unseren Ausflug fortsetzen.“

Das Kantinendach ragte über die Absperrungen hinaus. Es warf einen Schatten auf ein Teilstück des Landefeldes. Sörlund nahm einen Plastikstrick aus seiner Ausrüstung und befestigte ihn mit einem Ende am Austritt der Klimaanlage. Er prüfte seine Haltbarkeit, dann ließ er sich auf das Landefeld hinab.

Ich blickte mißtrauisch zu den Wachrobotern hinüber, die etwa hundert Meter von uns entfernt an den Absperrungen standen. Es blieb mir jedoch keine andere Wahl, als dem Major zu folgen. Ich fragte mich, warum Mercant nicht alle Angehörigen der Flotte auf Quinta von unserem Vorhaben informiert hatte. Hielt er uns für so schlechte Schauspieler, daß er uns nicht zutraute, den Maahks das Theater einer echten Flucht vorzuspielen?

„Wir müssen zwanzig Meter überwinden, die in Licht gebadet sind“, sagte Sörlund, als ich neben ihm landete. „Wenn wir uns beeilen, sehen uns die Robbies nicht.“

Er hatte noch nicht zu Ende gesprochen, als er auch schon seine langen Beine in Bewegung setzte. Ich rannte hinter ihm her. Sekunden später kauerten wir im Schatten des nächsten Gebäudes. Sörlund kicherte zufrieden, als er zu den Wächtern hinübersah.

„Du hättest Läufer werden sollen“, sagte ich zu Halgor.

„Ja“, bestätigte er. „Ich bin ein vielseitiges Talent.“

Entlang dem Gebäude schlichen wir weiter. Etwa zweihundert Meter vor uns erkannten wir die Landestützen eines Raumschiffes. Die riesige Verladeschleuse stand offen, war jedoch nicht beleuchtet. An den weiter entfernt stehenden Schiffen wurde gearbeitet.

„Der kleine Bunker muß unmittelbar in der Nähe des Kommandoraumes sein, das ist die übliche Anordnung“, erklärte Sörlund.

Wir konnten uns jetzt ständig im Schatten von Gebäuden halten und kamen schnell voran. In der Nähe des Kommandobunkers herrschte starker Betrieb. Es wimmelte von Raumfahrern, Mechanikern, Arbeitern und Robot-Kolonnen.

„Was jetzt?“ fragte ich atemlos.

„Wir mischen uns einfach unter die Arbeiter“, sagte der Major. „Das ist die einzige Möglichkeit, durchzukommen. Dort sind so viele Männer, daß wir bestimmt nicht auffallen.“

Wir zogen unsere Mützen ins Gesicht und gingen los. Obwohl ich wußte, daß uns im Ernstfall nichts geschehen konnte, ließ meine Anspannung nicht nach. Mercant verließ sich darauf, daß wir eine echte Flucht inszenierten. Ich hoffte, daß wir ihn nicht enttäuschen mußten.

In der Nähe des Kommandobunkers machte sich eine Gruppe von Schweißern einsatzfertig. Sörlund nickte mir zu und steuerte auf die Männer los.

Mit gelassener Selbstverständlichkeit packte er eines der tragbaren Schweißgeräte.

„Nimm du die Kabel“, befahl er.

Ich wagte nicht, einen der Arbeiter anzublicken. Ich nahm zwei Kabel von einem Regal und folgte Sörlund, der bereits davonging. Als ich ihn einholte, hörte ich, daß er unbekümmert vor sich hin summte.

Wir schleppten die Arbeitsgeräte den gesamten Kommandobunker entlang und begegneten dabei mindestens dreißig Männern und ebensoviel Robotern. Doch niemand kümmerte sich um uns. Endlich gelangten wir auf die andere Seite des Gebäudes, wo es dunkler und weniger belebt war.

Sörlund stellte sein Gerät ab. Ich warf die Kabel daneben auf den Boden.

„Alles in Ordnung?“ fragte er wohlwollend.

„So ziemlich“, gab ich unsicher zurück.

Er machte eine vage Geste. „Ich glaube, der dunkle Schatten dort drüben ist der kleine Bunker. Zum Glück gibt es dort kein Licht. Wir wollen uns die Sache einmal aus der Nähe ansehen.“

Er übernahm wieder die Führung. Als wir noch zwanzig Meter von unserem Ziel entfernt waren, blieb Sörlund so plötzlich stehen, daß ich fast gegen ihn geprallt wäre.

„Männer!“ flüsterte er. „Drei. Neben dem Eingang.“

Ich hatte überhaupt noch keinen Eingang gesehen, aber als ich an Sörlund vorbeiblickte, erkannte ich drei schwarze Gestalten unmittelbar vor dem kleinen Bunker.

„So ein Pech!“ stieß ich hervor. „Jetzt haben wir unseren Spaziergang umsonst gemacht.“

„Ich weiß nicht“, sagte Sörlund. „Ich glaube, wir sollten es trotzdem versuchen. Es liegt mir nicht, eine Sache zweimal anzufangen.“

Das war wirklich die vornehmste Umschreibung seiner permanenten Faulheit, die ich jemals von ihm gehört hatte. Es blieb mir nichts anderes übrig, als seine Worte zu akzeptieren.

„Sie werden uns entdecken“, warnte ich.

Wir bogen nach rechts ab, bis wir uns wieder so weit von den Männern entfernt hatten, daß wir uns dem Bunker von der Rückseite nähern konnten. Dort gab es jedoch keinen Eingang.

„Wir müssen durch den Belüftungsschacht kriechen“, erklärte Sörlund.

Wir tappten eine geschlagene Stunde durch die Dunkelheit, bis wir endlich den Schachtaustritt fanden.

Sörlund erlebte eine böse Überraschung, denn über dem Austritt war ein Regenkonus befestigt. Der Major ließ sich aber nicht beirren. Mit seiner Spezialausrüstung schaffte er es, den Konus in zwanzig Minuten abzumontieren.

Da der Bunder nur zu einem Fünftel über die Oberfläche ragte, führte der Schacht in einem Winkel von sechzig Grad in die Tiefe.

„Ich müßte wissen, wie tief der Bunker in die Erde reicht, damit ich ausrechnen kann, wie hoch der Schacht im Innern über dem Boden herauskommt“, sagte Sörlund. Der Major war ein ausgezeichneter Mathematiker, er hatte die Angewohnheit, vor manchen Unternehmungen mathematische Experimente anzustellen, weil er sich davon Auskunft über den Ausgang seiner Pläne erhoffte.

„Halgor“, sagte ich eindringlich, „irgendwo im Schacht steckt wahrscheinlich die Klimaanlage. Dann kommen wir nicht weiter. Außerdem – wie sollen wir wieder aus dem Bunker herauskommen? Der Schacht ist viel zu steil.“

„Du verwirrst mich“, sagte er ärgerlich. „Ich kann immer nur an eine Sache denken – niemals an zwei.“

Er schwang seine langen Beine in den Schacht und war gleich darauf verschwunden. Ich hörte ein schleifendes Geräusch, dann wurde es still. Ich holte tief Luft, dann kletterte ich ebenfalls in die Belüftungsanlage. Der Schacht war breiter, als ich erwartet hatte – und steiler. Ich gab mir Mühe, meine Fallgeschwindigkeit mit den Füßen zu bremsen, konnte aber nicht verhindern, daß meine Ellenbogen aufgescheuert wurden. Dann stieß ich plötzlich gegen etwas Weiches.

„Nimm bitte die Füße von meinem Rücken“, hörte ich Sörlund sagen.

Wenn er so höflich wird, ist es Zeit, seinen Befehlen nachzukommen. Ich machte mich so klein wie möglich und wartete darauf, daß er mir mitteilte, warum wir nicht weiterkamen.

„Es ist die Klimaanlage“, sagte er nach Minuten verbissenen Schweigens und angestrengter Tätigkeit.

„Wer hätte das gedacht?“ entgegnete ich spitz.

Unsere Stimmen klangen hohl und ziemlich laut. Aber im Augenblick war mir das egal. Ich war fast sicher, daß man uns entdecken würde. Ich befürchtete, daß Mercant dann andere Männer für seine Aufgabe suchen würde.

Es gelang Sörlund tatsächlich, die Klimaanlage loszulösen und vorsichtig vor sich herzuschieben.

Bevor ich mir irgendwelche Gedanken machen konnte, rutschte er vor mir aus dem Schacht und landete mit der Klimaanlage inmitten eines kleinen Raumes unsanft auf dem Boden. Er hielt das Gerät jedoch so geschickt von sich, daß es nicht aufschlug. So vermied er wenigstens stärkeren Lärm.

Ich ließ mich ebenfalls in den Raum fallen. Die Schachtöffnung lag glücklicherweise in der Seitenwand, etwa zwei Meter über dem Fußboden. Der Raum, in dem wir herausgekommen waren, stand vollkommen leer. Lediglich an der gegenüberliegenden Wand befanden sich Kontrollanlagen und eine Reihe von Bildschirmen. Das Licht kam aus einem zweiten Raum, der durch eine Schiebetür von dem ersten getrennt war. Die Tür bestand aus zwei Hälften, von denen eine offenstand.

Ich fühlte mich plötzlich unbehaglich. Irgendwo war mir die Nähe von etwas völlig Fremdartigem bewußt. Das Gefühl war so stark, daß sich meine Nackenhaare aufrichteten.

Sörlund zeigte auf die offene Tür. Lautlos schlichen wir uns heran und spähten vorsichtig in den anschließenden Raum. Der Behälter mit den fünf Maahks war das erste, was wir sahen. Er stand inmitten des Raumes, von einer Deckenleuchte grell angestrahlt. Die Plane war nicht darüber gedeckt, so daß wir durch die dicken Scheiben sehen konnten.

Im Innern des Behälters, der eigentlich ein Druckbehälter mit einer für die Maahks atembaren Atmosphäre war, erkannten wir verschwommen fünf Gestalten. Zum erstenmal standen Sörlund und ich diesen Wesen Auge in Auge gegenüber.

Sörlund faßte sich zuerst wieder.

„Sie bewegen sich“, stellte er sachlich fest.

„Glaubst du . . . glaubst du, daß sie uns sehen können?“ brachte ich hervor, noch immer ganz unter dem Eindruck des erschreckenden Anblicks stehend.

„Sicher“, erwiderte er lakonisch. „Wir sehen sie ja auch.“

Bevor Sörlund den Translator aus seiner Umhangtasche hervorzog, warf er einen Blick auf die Uhr.

„Wir müssen uns beeilen“, sagte er. „In knapp zwei Stunden wird es hell.“

Er schaltete das Gerät ein und näherte sich dem Druckbehälter. Wenn die Gefangenen durch unsere Anwesenheit beunruhigt waren, so zeigten sie es nicht.

„Wir müssen mit euch sprechen“, sendete Sörlund. „Wir haben jedoch nicht viel Zeit, denn wir sind auf illegalem Wege in diesen Raum gekommen und müsssen vor Anbruch des Tages zurück.“

Sörlund drückte sofort die Empfangstaste. Wir schauten uns an.

Sörlund runzelte die Stirn, als er vergeblich auf eine Antwort warten mußte.

„Sie scheinen nicht mit uns sprechen zu wollen“, sagte er unruhig.

Da knackte der Empfänger, und die unpersönliche Stimme, die ich bereits einmal vernommen hatte, kam aus dem Transformer.

„Waren Sie es, die den Transport aufhielten?“

„Das waren wir“, gab Sörlund zu. „Wir mußten erfahren, wo man euch gefangenhält.“

„Was wollen Sie von uns?“

Früher als erwartet stellten die Maahks die entscheidende Frage. Ich ballte unwillkürlich meine Hände zu Fäusten. Jetzt kam es darauf an, daß der Major keinen Fehler beging.

Sörlund befeuchtete seine Lippen mit der Zungenspitze, bevor er sprach. Ich betrachtete ihn erstaunt. Sollte der Phlegmatiker etwa Erregung empfinden?

„Wir gehören zu einer politischen Gruppe, die keinen Einfluß auf die regierenden Persönlichkeiten unseres Volkes ausüben kann“, sagte Sörlund. „Wir sind mit den Maßnahmen unserer Regierung nicht immer einverstanden. Verstehen Sie mich nicht falsch – wir wollen unser Volk nicht verraten, wir suchen nur nach einem Weg, um es vor einem fürchterlichen Krieg zu bewahren.“

Sörlund machte eine Pause. Wir konnten undeutlich erkennen, wie sich zwei der fünf Gestalten innerhalb des Behälters bewegten.

„Reden Sie weiter!“ forderte der Sprecher der Gefangenen.

„Wir möchten Verhandlungen zwischen unseren beiden Völkern herbeiführen, bevor es zu einem Vernichtungskrieg kommt, der beide Seiten an den Rand des Abgrunds führen müßte“, sagte Sörlund.

„Wie können Sie Verhandlungen herbeiführen, wenn Sie selbst zugeben, ohne Einfluß auf die Regierung zu sein?“ fragte der Maahk.

Mercant hatte uns vor der kalten Logik dieser Burschen gewarnt. Jetzt bewies Sörlund, daß er nicht minder kaltblütig war, wenigstens nach außen hin.

„Wenn es uns gelingt, Sie alle fünf aus der Gefangenschaft zu befreien und in Ihre Heimat zurückzubringen, wird uns Ihre Regierung als Verhandlungspartner anerkennen. Dies wiederum wird unsere eigene Position daheim stärken.“

„Wie wollen Sie uns hier herausholen? Das ist unmöglich.“

„Es ist schwer“, gab Sörlund zu. „Aber es ist nicht unmöglich. Bevor wir jedoch die ganze Sache in die Wege leiten, brauchen wir Ihre Zustimmung.“

„Es ist eine Falle“, erwiderte der Maahk schnell.

„Glauben Sie?“ fragte Sörlund spöttisch. „Was würden wir gewinnen, wenn wir fünf Mitglieder unserer Organisation zusammen mit Ihnen auf ein Raumschiff bringen? Welche Chance hätten fünf Terraner gegen die Maahks?“

„Keine Chance“, kam die Antwort. „Wir sind jedoch mißtrauisch.“

„Damit mußten wir rechnen“, sagte der Major ruhig. „Sie werden Gelegenheit haben, unsere Ehrlichkeit zu überprüfen. Schließlich werden auch die Maahk-Wissenschaftler Methoden kennen, um die Wahrheit von uns Männern zu erfahren.“

„Darauf können Sie sich verlassen“, erwiderte der Maahk.

Ich erschauerte. Obwohl diese fünf Wesen in Gefangenschaft waren, hatten sie ihre kalte Sicherheit bewahrt. Der Gedanke, zusammen mit ihnen an Bord eines Raumschiffes zu sein, begann mir Grauen einzujagen.

„Wir werden unsere Vorbereitungen treffen“, sagte Sörlund. „Halten Sie sich bereit. Wir werden wieder mit Ihnen in Verbindung treten.

„Warten Sie!“ Der Translator knackte heftig. „Es gibt noch viele Fragen zu beantworten.“

„Später“, entschied Sörlund und zog mich mit sich aus dem Raum hinaus. Erst nebenan packte er das Übersetzungsgerät weg. Ich wartete, bis er damit fertig war, dann fragte ich:

„Werden sie mitmachen?“

„Was würdest du an ihrer Stelle tun?“

„Fliehen!“ entfuhr es mir.

Die Falten in Sörlunds Gesicht gerieten in Bewegung. „Ja“, sagte er. „Dazu werden sie sich auch entschließen.“

Er befestigte die Klimaanlage an einer Schnur. Wir kletterten in den Schacht. Sörlund zog das Gerät hinter sich nach und befestigte es an der alten Stelle. Wir benötigten fast eine Stunde, um an die Oberfläche zu gelangen. Es begann bereits zu dämmern. Trotzdem befestigte der Major noch den Regenkonus. Auf dem Rückweg löste er den Strick am Kantinendach und stellte die Kisten wieder in die alte Lage zurück. Ohne aufgehalten zu werden, erreichten wir unsere Quartiere.

Sergeant Arcus erwartete uns an der Tür von Sörlunds Zimmer.

„Ich dachte, wir hätten Teamarbeit beschlossen“, sagte er aggressiv.

„Na und?“ Sörlund legte einen Arm um meine Schulter und funkelte Arcus an. „Sind wir beide vielleicht *kein* Team?“

Ich glaube, Allan D. Mercant besitzt so etwas wie einen sechsten Sinn, denn wie hätte er sonst schon am darauffolgenden Tag wissen können, daß uns eine erste Kontaktaufnahme mit den Maahks gelungen war.

Wir hatten gerade unsere Arbeit aufgenommen, als Donald Cartney erschien.

„Da kam ein Anruf für Sie“, teilte er unwillig mit. „Offenbar hält es jemand für überflüssig, daß Sie weiter bei mir arbeiten. Sie sollen sich am Hauptportal des Kommandobunkers melden.“ Er überreichte Sörlund fünf ölverschmierte Papiere. „Das sind Ihre Passierscheine.“

Wir holten unsere Sachen und gingen zum Landefeld hinüber. Vor allem Cole Harper zeigte sich sehr erleichtert, daß die Arbeit in der Lagerhalle vorüber war.

Vor dem Kommandobunker erwartete uns ein ernst aussehender Mann im grauen Anzug. Er schien uns zu kennen, denn er ging direkt auf Sörlund zu und sagte ihm etwas ins Ohr. Für diese Prozedur mußte der Major sich einige Zentimeter in die Knie sinken lassen. Zu meiner Enttäuschung durften wir nicht in den Bunker hinein, sondern der Mann im grauen Anzug führte uns quer über das Landefeld auf ein winziges Raumschiff zu. Er hieß uns einsteigen und bewies uns gleich darauf mit einem furiosen Start, daß auch Männer in grauen Anzügen durchaus brauchbare Piloten sein können.

Sörlund saß unmittelbar vor mir, und ich nutzte die mir gebotene Chance zu einer flüsternd gestellten Frage.

„Was geschieht jetzt, Halgor?“

„Man bringt uns auf ein Lazarettschiff“, flüsterte er zurück.

Ich gab die Information an den hinter mir sitzenden Son-Hao weiter. Die Erwähnung eines wartenden Lazarettschiffes beunruhigte mich. Mit einem Schlag wurde ich mir meines Schicksals wieder bewußt.

Ich zwang mich, an etwas anderes zu denken. Es war sinnlos, sich immer wieder mit dieser Krankheit zu beschäftigen. Wir hatten das, was wir uns so dringend gewünscht hatten: einen Auftrag. Darauf mußte ich mich konzentrieren. Es gelang mir, den bohrenden Gedanken an die Zentrumspest in mein Unterbewußtsein zu verdrängen.

Der Flug dauerte knapp zwölf Minuten, dann landeten wir im Hangar eines größeren Schiffes. Der Mann im grauen Anzug öffnete die Schleuse.

„Folgen Sie mir!“ sagte er knapp.

Es war tatsächlich ein Lazarettschiff. Auf den Gängen begegneten uns einige weißgekleidete Ärzte und mehrere Medo-Robots. Ein Bett mit einer total vermummten Gestalt rollte an uns vorbei. Es roch nach Medikamenten und Desinfektionsmittel. Ich erwartete jeden Augenblick Dr. Blaytons massige Gestalt auftauchen zu sehen.

Statt dessen erschien Allan D. Mercant. Er begrüßte uns freundlich und führte uns in einen kleineren Raum. Ohne Umschweife kam er auf unsere Arbeit zu sprechen.

„Wie sieht es aus, Major?“ erkundigte er sich.

Sörlund nahm seine Arbeitsmütze ab und strich die Haare aus dem Gesicht. Sein faltiges Gesicht wirkte teilnahmslos wie immer.

„Die Maahks sind mißtrauisch“, berichtete er. „Sie wittern eine Falle. Trotzdem glaube ich, daß meine Argumente sie halbwegs überzeugt haben. Sie werden auf die Pläne eingehen.“

„Das ist gut“, sagte der Solarmarschall. „Wir können also mit unseren Vorbereitungen fortfahren.“ Sein Blick glitt von einem zum anderen. „Es kommt nun eine Sache, die dem einen oder anderen von Ihnen unmenschlich erscheinen wird“, sagte er bedächtig. „Deshalb stelle ich Ihnen selbstverständlich frei, von Ihrer Aufgabe zurückzutreten.“

„Worum handelt es sich?“ fragte Captain Harper.

„Wir müssen einen operativen Eingriff in Ihrem Gehirn vornehmen“, sagte Mercant.

Einen Augenblick war es vollkommen still. Meine Blicke trafen sich mit denen Sörlunds, doch der Major schien durch mich hindurchzustarren.

„Erklären Sie uns das bitte genauer“, sagte Son-Hao.

„Sie müssen sich darüber im klaren sein, daß die Methans Sie einer scharfen Kontrolle unterziehen werden, sobald Sie mit dem Gegner Kontakt aufgenommen haben." Mercant umrundete einen kleinen Tisch und sprach mit fester Stimme weiter. „Die Maahks werden ergründen wollen, ob Ihre Angaben der Wahrheit entsprechen. Sie werden nicht einfach verhört werden, sondern man wird Sie mit parapsychischen oder, was noch wahrscheinlicher ist, mit paramechanischen Methoden bearbeiten. Sie müssen mit allem rechnen, von einfacher Gehirnwäsche bis zum Einsatz von Hypnosegeräten. Man wird bis in Ihr Unterbewußtsein vordringen. Deshalb müssen wir, wenn wir Sie den Maahks überlassen wollen, Sie darauf vorbereiten."

„Das klingt alles ein bißchen gefährlich", meinte Cole Harper.

„Ich habe Sie von Anfang an gewarnt", sagte Mercant. „Dieses Unternehmen setzt bedingungslosen Einsatz von Körper und Geist voraus. Deshalb haben wir uns entschieden, Männer zu schicken, die nichts mehr zu verlieren haben."

Er wandte sich mit einem Ruck zu uns. „Sie müssen diese Sache mit festem Willen anpacken. Wenn Sie anfangen, sich in Dr. Blaytons Klinik zurückzuwünschen, dann sind Sie bereits so gut wie verloren."

„Ich kann nur für mich sprechen", sagte Sörlund. „Ich bin bereit, alles zu tun, aber ich werde mir durch eine Operation nicht meinen Willen nehmen lassen."

„Das", bemerkte Cole Harper, „wollte ich auch sagen."

„Es kann keine Rede von einer Willensbeeinflussung sein", sagte Mercant. „Es werden innerhalb Ihres Gehirnes bestimmte Nervenfasern durchgetrennt, um zu verhindern, daß sie auf parapsychischer Ebene beeinflußbar sind. Ihre Persönlichkeit wird dadurch nicht betroffen. Gleichzeitig wird durch diese Operation, beziehungsweise durch begleitende Maßnahmen, erreicht, daß Ihr Wissen um Ihre tödliche Krankheit in das Unterbewußtsein abgedrängt wird, damit Sie im entscheidenden Augenblick durch die Existenz der Zentrumspest nicht emotional abgelenkt und belastet werden. Die Operationen können sofort beginnen. Es wurde bereits alles vorbereitet."

„Haben Sie es immer so eilig, Sir?" fragte Imar Arcus.

„Sollen wir warten, bis die Flotten der Maahks unsere Milchstraße überfallen?" fragte Mercant dagegen.

Das war ein Argument, dem es nichts entgegenzusetzen gab.

Meine Operation dauerte dreißig Minuten und wurde bei vollem Bewußtsein vorgenommen. Die Experten des Lazarettschiffes arbeiteten mit einem Fokus-Laserstrahl. Ich wurde unter ein Durchleuchtungsgerät geschoben und unbeweglich festgeschnallt. Von der eigentlichen Operation spürte ich überhaupt nichts. Ab und zu hörte ich einen gemurmelten Befehl oder das Summen der geheimnisvollen Apparate.

Dann war alles vorüber. Gegenüber früher vermochte ich keinen Unterschied in meinen Gedankengängen oder Willensäußerungen festzustellen. Ich war, wie Mercant versprochen hatte, der gleiche Mann geblieben, der an Bord des Lazarettschiffes gekommen war.

Nach der Operation versammelten wir uns wieder im kleinen Konferenzzimmer. Mercant hielt weitere Überraschungen für uns bereit.

Er klappte seine Tasche auf und zog eine Halbprothese hervor, ein genaues Ebenbild jener, die ich zu tragen gezwungen war.

„Das ist für Sie, Sergeant Hegha“, sagte er.

„Ich bin mit meiner Prothese sehr zufrieden, Sir“, sagte ich. „Ich werde Ihr Geschenk als Ersatz betrachten.“

Der Chef der Galaktischen Abwehr schob die neue Prothese über den Tisch.

„Sie werden *diese* tragen“, bestimmte er. „Sie enthält nämlich einige wichtige Einrichtungen. Wir haben einen starken Hyperkomsender in sie eingebaut. Wozu, werden Sie sofort erfahren. Außer diesem Sender enthält die Prothese einen Deflektorgenerator, der weitreichend genug ist, um Sie alle fünf unsichtbar zu machen, wenn Sie in unmittelbarer Nähe Heghas bleiben.“

Ich ergriff die Spezialkonstruktion und wog sie nachdenklich in den Händen. Dann begann ich sie zu untersuchen. Mercant wartete schweigend, bis ich fertig war.

„Nun?“ fragte er lächelnd.

„Sie ist genauso wie meine eigene“, gab ich widerwillig zu. „Jedes Schräubchen ist am richtigen Platz.“

„Es *ist* Ihre Prothese“, sagte Mercant eindringlich. „Vergessen Sie das nie.“

Er bestand darauf, daß ich die Spezialprothese sofort anlegte und ihm meine alte Prothese übergab.

„Du siehst jetzt viel gepflegter aus“, meinte Sörlund und betrachtete mich abschätzend.

„Das ist es, was mich von manchen anderen Männern unterscheidet“, gab ich zurück.

Er blickte selbstgefällig an sich herunter, als sei er ein einmaliges Exemplar männlicher Schönheit.

Mercant sagte: „Es ist wichtig, daß diese Spezialprothese erst in der Endphase Ihres Einsatzes angewandt wird. Auf keinen Fall dürfen Sie sie schon während der Fluchtvorbereitungen einsetzen. Die Maahks würden wahrscheinlich sofort Verdacht schöpfen.“

„Der Hypersender“, erinnerte ihn Sörlund. „Wann sollen wir ihn benutzen?“

„Sie wissen selbst, wie es um Ihre Chance auf eine Rückkehr bestellt ist“, sagte Mercant offen. „Deshalb haben wir an eine Möglichkeit gedacht, wie Sie uns von den Vorgängen innerhalb des Horror-Systems berichten können, ohne selbst zurückzukommen. Die ANDROTEST III, das dritte Vierstufenschiff der Androtestgroup, ist unter dem Befehl von Oberst Pawel Kotranow bereits nach Horror unterwegs und wird das Tripelsystem in etwa dreißig Stunden erreicht haben. In einer Entfernung von rund vier Lichtjahren soll die ANDROTEST im Leerraum auf Warteposition gehen. Der Hypersender im Bein von Sergeant Hegha kann das Schiff erreichen.“ Mercant zog die Stirn in Falten. „Wir müssen annehmen, daß diese Nachrichtenbrücke die einzige Möglichkeit sein wird, Ihre Beobachtungsergebnisse zu erhalten.“

„Wer weiß“, sinnierte Sörlund, „vielleicht kommen wir doch zurück.“

„Ich hoffe es“, sagte der Solarmarschall, „aber es wäre falsch, Ihnen die Risiken zu verheimlichen.

Inzwischen haben wir neue Auswertungsergebnisse von Luna erhalten“, fuhr er fort. „NATHAN hat errechnet, daß es in einer Entfernung von über zwei Millionen Lichtjahren von der Galaxis tatsächlich einen Zwergnebel gibt, der dem eigentlichen Andromedanebel um etwa zweihunderttausend Lichtjahre vorgelagert ist. Wir haben diesen Zwergnebel Andro-Alpha genannt. Trotz seiner kaum wahrnehmbaren Erscheinung ist Andro-Alpha ein Nebel mit einem durchschnittlichen Durchmesser von sechstausendfünfhundert Lichtjahren.

Es handelt sich also um eine richtige kleine Galaxis, in der durchaus Millionen von Sonnen stehen können. In diesem Zwergnebel befindet sich eine Transmitterstation, deren Tätigkeit wir auch auf dem Bildschirm der Justierungsstation auf Quinta beobachten können. Diese Station steht ununterbrochen mit dem Horror-System in Verbindung. Wir können annehmen, daß im Horror-System eine Flottenkonzentration der Maahks stattfindet. Warum aber suchten sich die Methans ausgerechnet das Horror-Gebiet für ihre Zwecke aus? NATHAN hat inzwischen festgestellt, daß es dem Großtransmitter im Zwergnebel Andro-Alpha nicht möglich sein kann, auf direktem Weg die Distanz zum Sechsecktransmitter in unserer Milchstraße zu überbrücken. Anscheinend bedarf es für diesen Sprung einer Zwischenstation. Dafür wurde Horror ausgewählt.

Nach diesen Erkenntnissen ist das Twin-System längst nicht so gefährdet, wie wir zunächst angenommen hatten. Beide Transmitter, der im Horror-System und der im Twin-System, haben ungefähr die gleiche Entfernung zur Milchstraße."

„Warum läßt Perry Rhodan unter diesen Umständen seine Verbände im Twin-System stehen, wenn er mit einer Invasion vom Sechsecktransmitter aus rechnet?" wollte Sörland wissen.

„Wenn wir das Twin-System verlieren, ist es mit dem Sprung nach Andromeda vorbei", entgegnete Mercant. „Und wir müssen nach Andromeda, um die Hintergründe der jetzigen Bedrohung herauszufinden."

„Ich kann mir vorstellen, wie schwierig es ist, diesen gesamten Komplex zu übersehen", meinte Major Sörlund. Jetzt sprach der Mathematiker aus ihm.

„Sie sollen uns dabei helfen", erwiderte Mercant ernst. „Finden Sie heraus, was die Methans vorhaben. Versuchen Sie, mit einem Bericht zurückzukommen, oder wenigstens eine Funknachricht an die ANDROTEST III abzusetzen."

Die nächsten Stunden verbrachten wir damit, Mercants weitere Pläne auswendig zu lernen. Der Abwehrchef bereitete uns darauf vor, daß die Flucht mit einer sechzig Meter durchmessenden Korvette durchgeführt werden sollte, mit der wir in den Twin-Transmitter hineinrasen mußten. Die ALTAI, das war der Name der Korvette, besaß eine Spezial-Druckkabine, in der die fünf Maahks leben konnten.

Man hatte die Gefangenen bereits mit diesem Raumschiff nach Quinta gebracht, so daß es ihnen durchaus logisch erscheinen mußte, wenn wir diese Korvette als Fluchtschiff aussuchten.

„Während der Flucht wird die Justierungsstation kurzfristig umgepolt, so daß Sie im Horror-System herauskommen werden“, erklärte uns Mercant. „Sie müssen den Methans gegenüber behaupten, daß einer Ihrer Verbindungsmänner zu bestimmten Zeiten Dienst innerhalb der Station tut und diese Schaltung vornimmt. Da eine Umpolung nur Sekunden dauert, kann sie von einem Verantwortlichen durchaus unbemerkt ausgeführt werden. Die Methans müssen also die Erklärung akzeptieren.“

Jeder von uns erhielt ein Duplikat der Zeichnung, die Mercant von der ALTAI hatte anfertigen lassen.

„Prägen Sie sich genau ein, wo die einzelnen Ausrüstungsgegenstände versteckt sind. Sie dürfen diese Zeichnungen auf keinen Fall mitnehmen“, mahnte uns der Abwehrchef.

Mir brummte der Schädel, als die Instruktionsstunde schließlich vorüber war.

„Sie werden einen neuen Arbeitsplatz erhalten“, sagte Mercant. „Es ist günstiger, wenn Sie irgendwo auf dem Landefeld arbeiten.“

„Was halten Sie davon, wenn wir die Rolle der Wächter übernehmen, die die Maahks jeden Tag in die Justierungsstation bringen und wieder abholen?“ schlug Cole Harper vor.

„Ich halte das für keine geschickte Lösung“, versetzte Mercant. „Es würde das Mißtrauen der Gefangenen erwecken. Wir werden Sie beim Bodenpersonal einsetzen, so daß Sie überall Zutritt haben.“

„Es gibt keine Arbeit, die wir nicht übernehmen, Sir“, sagte Sörlund.

Mercant kannte ihn offensichtlich doch nicht gut genug, sonst hätte er nicht so ernsthaft genickt. Körperliche Arbeit war bei Major Sörlund geradezu verpönt.

Wir erhielten sofort nach unserer Rückkehr neue Arbeitskleidung und eine Unterkunft in einer kleinen Baracke hinter dem großen Kommandobunker. Hier war es wesentlich ungemütlicher als bei Cartney, doch wir wußten, daß dieser Zustand nicht von langer Dauer sein würde. Wir schliefen mit einem Schweißer in einem Raum.

Bereits am nächsten Morgen erhielten wir den Auftrag, eine Landestütze zu überprüfen. Die Stütze war an einem Leichten Kreuzer abmontiert worden und lag in einer Werkstatthalle.

Nach der Mittagspause wurde die instandgesetzte Landestütze von einem Robotwagen abgeholt. Wir mußten mitfahren, um die Montage vorzunehmen. Dabei sahen wir zum erstenmal die ALTAI. Die Korvette stand etwa zwei Kilometer vom Kommandobunker zwischen einem Leichten Kreuzer und einer Space-Jet. Wir konnten keine Wächter erkennen. Die Schleuse stand offen, der Landesteg war ausgefahren. Das Schiff lud förmlich zu einer Flucht ein. Außerdem stand es nicht mitten auf dem Landefeld, sondern abseits in der Nähe einiger Gebäude, so daß es nicht schwierig sein konnte, in der Dunkelheit an Bord zu kommen, ohne entdeckt zu werden.

„Ich werde in der kommenden Nacht zusammen mit Cole noch einmal zu den Maahks gehen", kündigte Sörlund an. „Wir werden versuchen, Einzelheiten festzulegen."

„Wir dürfen sie nicht drängen", sagte Leutnant Son-Hao. „Das wird sie mißtrauisch machen."

„Ja", bestätigte Sörlund. „Ich werde ihnen erzählen, daß wir Gerüchte vernommen haben, wonach man sie auf einen anderen Planeten bringen will. Das wird ihre Bereitwilligkeit erhöhen."

Wir luden die Landestütze ab und zogen sie mit einem bereitstehenden Montagekran zur Außenwandung des Leichten Kreuzers hinauf. Der Montagelift, der seitlich am Baugerüst angebracht war, brachte uns ebenfalls an die Montagestelle.

Imar Arcus packte unser Werkzeug aus.

„Ich frage mich nur, wie wir sie mit ihrem Behälter aus dem Bunker holen sollen", sagte ich nachdenklich.

„Wir müssen die Wachen überwältigen. Wir haben Betäubungsstrahler, mit denen wir sie für ein bis zwei Stunden außer Gefecht setzen können", sagte Sörlund.

Harper brummte unwillig. „Ich hätte nie gedacht, daß ich einmal auf Angehörige der Flotte schießen würde."

Sörlund lenkte den Kran, und wir bugsierten das Oberteil der Stütze in die vorgesehene Öffnung. Die Stütze wurde mehrfach angeflanscht. Danach überprüften wir die Hydraulik. Nach uns würden die Spezialisten erscheinen, um die elektronische Funktion der Anlage zu überprüfen.

„Ich hoffe, daß man uns bald eine Arbeit gibt, die uns in die Nähe des kleinen Bunkers führt", sagte Sörlund. „Dann können wir uns genau orientieren."

In der darauffolgenden Nacht schlief ich keine zwei Stunden. Als wir sicher sein konnten, daß der Schweißer eingeschlafen war, standen Sörlund und Harper auf. Gern hätte ich den Major wieder begleitet, doch es war klar, daß sich auch die anderen mit den Gegebenheiten innerhalb des Bunkers vertraut machen mußten.

Völlig lautlos verschwanden die beiden Offiziere aus der Baracke. Der Schweißer schlief weiter, ich konnte seine gleichmäßigen Atemzüge hören. Diesmal würde Sörlund schneller vorankommen, denn er wußte nun, welche Hindernisse er zu bewältigen hatte.

Nach einer Weile hörte ich, daß Sergeant Arcus aufstand. Er kam an mein Bett und zog sich einen Stuhl heran.

„Bist du wach?" flüsterte er.

„Natürlich", erwiderte ich.

„Der Leutnant schläft", sagte Arcus. „Er hat gute Nerven."

Ich spürte, daß er sich über irgend etwas mit mir unterhalten wollte. Obwohl wir zu den drei Offizieren ein sehr gutes Verhältnis hatten, bestand zwischen uns Sergeanten eine engere Bindung.

„Wie wird diese Sache ausgehen?" fragte Arcus.

„Der Fluchtversuch? Ich schätze, daß wir die Maahks hier herausholen."

Arcus fluchte leise.

„Ich wünschte, ich hätte mich dieser Operation nicht unterzogen", sagte er. „Dann könnte ich mich auch entsprechend auf meinen Tod vorbereiten."

Ich nickte nachdenklich. Ich verstand Arcus. Man hatte in uns durch verschiedene, uns nicht in allen Einzelheiten bekannte Maßnahmen eine Bewußtseinsblockade errichtet, die verhindern sollte, daß wir durch unser baldiges Ende seelisch belastet wurden. Diese Bewußtseinsblokade war so angelegt, daß das Wissen um unsere Krankheit und alle damit zusammenhängenden Begleitumstände nahezu gänzlich in unser Unterbewußtsein verdrängt wurde. Nahezu deshalb, weil es eine Einschränkung gab. Wir waren grundsätzlich in der Lage, über unseren Zustand nachzudenken und untereinander darüber zu sprechen. Sobald unsere Gedanken jedoch in depressive Zustände abzugleiten drohten, trat automatisch die Blokade in Kraft und machte uns unseren Zustand vergessen. Damit sollte gewährleistet werden, daß wir unseren Auftrag ohne Ablenkung durch die Krankheit durchführen konnten.

Diese Sperre funktionierte unabhängig von unserem Willen und sollte nicht nur depressive Zustände verhindern, sondern auch in verschiedenen Gefahrenmomenten oder Verhören in Kraft treten, indem sie den letzten Rest unseres Aktivwissens über die Zentrumspest in die tiefsten, unzugänglichsten Schichten unseres Unterbewußtseins verdrängen würde. Dasselbe sollte auch geschehen, wenn in Anwesenheit anderer Personen, gleichgültig ob Freund oder Feind, das Thema Zentrumspest angesprochen würde.

Ich wußte nicht, ob ich mich über diesen Zustand freuen sollte oder nicht. Zwar würde ich in Zukunft keine depressiven Gedanken mehr haben, und jeder von uns würde allenfalls in spöttisch-sarkastischer Form von unserer Krankheit sprechen, aber ich war mir darüber nicht im klaren, ob dies ein erstrebenswerter Zustand war. Möglicherweise konnte ich in Situationen geraten, in denen ich die kreatürliche Angst vor dem Tod vermissen würde.

Meine Gedanken kehrten wieder in die Wirklichkeit zurück. Ich stellte fest, daß Arcus sich inzwischen wieder in sein Bett begeben hatte.

Ich schaute auf meine Uhr. Die beiden Offiziere waren vor zwei Stunden gegangen. Ich fiel in einen unruhigen Schlaf, aus dem ich jedoch bald wieder erwachte.

Kurz darauf kamen Sörlund und Harper zurück.

Harper ging zu Son-Hao und Arcus, um ihnen einen Bericht zu geben, der Major kam an mein Bett.

„Die Maahks merkten sofort, daß diesmal ein anderer Mann dabei war", sagte er leise. „Sie sind verteufelt schlau. Als ich ihnen sagte, daß sie wahrscheinlich bald auf eine andere Welt gebracht würden, erklärten sie sich mit unseren Plänen einverstanden. Sie haben schnell begriffen, worum es geht. Nur, als ich ihnen sagte, daß sie von fünf Mann begleitet würden, protestierten sie. Sie meinten, zwei oder drei Terraner würden genügen." Sörlund verzog sein Gesicht zu einem lautlosen Lachen. „Ich machte ihnen klar, daß wir mindestens zu fünft sein müssen, um die ALTAI zu fliegen."

Ich richtete mich im Bett auf.

„Wurde bereits ein Termin ausgemacht?" fragte ich.

„Ja", nickte Sörlund. „Wir versuchen, sie morgen nacht zu befreien."

Einen Augenblick war ich sprachlos. Ich hatte damit gerechnet, daß noch mindestens drei bis vier Tage verstreichen würden.

„Aber . . .", begann ich.

„Es ist etwas passiert, das uns zum schnellen Handeln zwingt", unterbrach mich Sörlund. „Ich konnte die Klimaanlage nicht am richtigen Platz befestigen. Das wird bald bemerkt werden. Deshalb versuchen wir es morgen nacht."

„Es wird also losgehen?"

„Das letzte Kommando beginnt", sagte Sörlund.

Es gelang mir nicht, den Rest der Nacht Ruhe zu finden. Meine Gedanken befaßten sich immer wieder mit dem bevorstehenden Befreiungsversuch. Die fünf Gefangenen waren mir unheimlich. Hinter den Scheiben des Druckbehälters konnte man sie nur undeutlich erkennen. Was immer sie taten oder dachten, es blieb uns verborgen. Die Falle, die wir den Methans zu stellen beabsichtigten, konnte schnell zu einer Falle für uns werden.

Als es hell wurde, lag ich mit offenen Augen im Bett. Während des Tages verrichteten wir die uns zugeteilte Arbeit unkonzentriert. Je näher der Abend kam, desto größer wurde meine Spannung. Auch bei den anderen, Sörlund ausgenommen, konnte ich diese Anzeichen beobachten.

Wir sprachen kaum miteinander. Vor allem Son-Hao war nervös. Für meine Begriffe verging der Tag ausgesprochen langsam, obwohl es einem Terraner nicht schwerfällt, sich an den Fünfzehn-Stunden-Rhythmus von Quinta zu gewöhnen.

Wir gingen zu unserer gemeinsamen Wohnbaracke. Der Schweißer wollte uns zu einem Kartenspiel auffordern, doch er hatte damit kein Glück.

Mit grimmigen Gesichtern suchten wir unsere Lager auf. Es dauerte nicht lange, bis die typischen Geräusche von Sörlunds Tiefschlafatemtechnik durch den Raum drangen. Erst nach einigen Stunden fand ich

Schlaf – und erwachte, als Sergeant Imar Arcus mich an der Schulter rüttelte.

„Wir brechen auf, Hegete", flüsterte er.

Ich fuhr hoch. Die anderen waren bereits dabei sich anzuziehen. Sörlund verteilte die Ausrüstungen.

„Halgor!" sagte Harper plötzlich. „Der Schweißer ist die ganze Zeit bereits wach und beobachtet uns."

Ich sah, wie der Mann sich mit einem Ruck in seinem Bett aufrichtete.

„Mit euch stimmt irgend etwas nicht", sagte er mit schriller Stimme. „Ihr habt eine üble Sache vor."

Ich befürchtete, er würde zu schreien beginnen und einige Wächter alarmieren.

„Was redest du da für einen Unsinn, mein Freund", sagte Sörlund gedehnt. Er wühlte in seinem Beutel und hielt plötzlich einen kurzläufigen Schocker in der Hand. Vom Bett aus konnte der Schweißer nicht sehen, was Sörlund vorhatte. Er sprang mit einem Satz von seinem Lager. Bevor er drei Schritte in Richtung auf die Tür gemacht hatte, sank er paralysiert zu Boden.

„Legt ihn auf sein Bett!" ordnete Sörlund an. Arcus und ich erledigten das. Wir schoben dem armen Burschen ein Kissen unter den Kopf, damit er uns später nicht der Unhöflichkeit beschuldigen konnte.

„Er wird drei Stunden bewegungslos daliegen", sagte Sörlund. „Das genügt."

Wir legten jetzt die Kleidung an, die Mercant für den Flug vorgesehen hatte. Unsere Schockwaffen schoben wir in den Gürtel.

Sörlund brachte eine Thermosflasche mit Tee zum Vorschein und bestand darauf, daß jeder eine Tasse trank. Er blickte auf die Uhr und nannte die Zeit.

„Wir müssen uns teilen", bestimmte er. „Imar, du beschaffst uns den Transportwagen für den Behälter. Sei vorsichtig. Es darf dich niemand entdecken. Wenn es nötig sein sollte, benutze den Schocker."

Harper erhielt den Auftrag, die Umgebung um die ALTAI zu inspizieren. Sörlund, Son-Hao und ich sollten die Wächter ausschalten. Harper ging zuerst, da er die weiteste Strecke zurücklegen mußte. Ihm folgte Arcus, dessen Aufgabe zweifellos schwierig war. Er mußte den Wagen, der in der Nähe des Kommandobunkers abgestellt war, quer übers Landefeld fahren, ohne dabei entdeckt zu werden.

„Jetzt sind wir an der Reihe“, sagte Sörlund schließlich.

Er schob mich aus der Tür – genau vor Donald Cartney, der einen Impulsstrahler auf mich gerichtet hatte.

„Alle rauskommen!“ schnarrte Cartney.

Ich war unfähig, irgend etwas zu sagen, so hatte mich das plötzliche Auftauchen des Mannes schockiert. Sörlund und Son-Hao blieben neben mir stehen.

„Ich bin kein blinder Narr!“ zischte Cartney. „Schon die Sache mit den Kisten stimmte mich mißtrauisch. Als ich die Toilette kontrollierte, stellte ich fest, daß Hegha nicht dort war. Gleich darauf sah ich ihn wieder bei den Kisten. Er muß also woanders gesteckt haben.“

Sörlund sagte gemächlich: „Haben Sie einen Koller, Donald?“

Ich sah Cartney im Halbdunkel überlegen lächeln. „In der Kantine spürte ich, daß ihr aus irgendeinem Grund nervös seid. Ich beschloß, euch ein bißchen zu beobachten. Wie ich sehe, hat sich die Sache gelohnt.“ Er winkte mit der Waffe. „Los, wir marschieren geschlossen zur Verwaltung. Ich bin gespannt, was man dort von der Angelegenheit hält.“

Alles war aus. Mercants schöner Plan scheiterte an unserer Unachtsamkeit. Ein zweites Mal würde man die Maahks nicht überlisten können.

„Hegete“, sagte Sörlund langsam. „Du verlierst deine Prothese.“

Ich verstand ihn. Entgegen Mercants Anordnung wollte er, daß ich den Deflektor schon jetzt einsetzte. Es war die einzige Möglichkeit, unser Vorhaben zu retten. Wir mußten uns für Cartneys Augen unsichtbar machen.

„Keine Tricks!“ warnte Cartney. „Ich habe eine unruhige Hand. Was ist mir Ihrem Bein los, Hegha?“

„Die Prothese hat sich gelockert. Ich muß sie besser festmachen.“

Cartney richtete seine gefährliche Waffe direkt auf mich. „Seien Sie vorsichtig dabei“, mahnte er.

Das Blut stieg mir ins Gesicht. Noch niemals zuvor hatte ich mich einer solch unmittelbaren Bedrohung gegenübergesehen. Ich bückte mich und schaltete den Deflektor ein. Für Cartney hörten wir auf zu existieren.

Cartney schrie auf und schoß. Das hatte ich kommen sehen und mich zur Seite fallen lassen. Bevor ich meine Schockwaffe herauszerren konnte, hatte Sörlund den Angreifer bereits außer Gefecht gesetzt. Ich schaltete den Deflektor wieder aus. „Wir müssen ihn reintragen“, sagte der Major. „Schnell, bevor wir Aufmerksamkeit erregen.“

Cartney war so schwer, daß wir zu dritt zupacken mußten.

„Auf ein Bett?“ fragte ich.

„Auf den Boden“, befahl Sörlund. „Er war nicht gerade freundlich zu uns.“

Wir legten den paralysierten Körper Cartneys nieder und verließen die Baracke. Ich dachte an die Ortungsgeräte, die überall auf Quinta in Tätigkeit waren. Mit Sicherheit war Cartneys Schuß registriert worden. Es kam jetzt darauf an, welche Bedeutung man der schwachen Energieentladung beimaß.

Sörlund hatte es jetzt eilig. Wir mußten den beleuchteten Platz vor dem großen Kommandobunker umgehen, damit wir nicht mit den Arbeitern der Nachtschicht zusammentrafen.

Hoffentlich klappte die Sache mit dem Transmittersprung, wenn wir erst einmal mit der ALTAI gestartet waren. Mercant hatte uns versichert, daß der Wachhabende in der Justierungsstation äußerst zuverlässig sei und sofort nach dem Alarm, den der unvorhergesehene Start der Korvette auslösen mußte, die notwendige Schaltung ausführen würde, die uns ins Horror-System bringen sollte. Was aber, wenn etwas dazwischenkam und wir an einen völlig unbekannten Ort geschleudert wurden?

Wie Mercant bereits gesagt hatte: unser Unternehmen war ein einziges Risiko.

Wir mußten anhalten, um eine Anzahl Robot-Transporter vorbeizulassen. Am Boden geduckt warteten wir, bis wir unsere Flucht fortsetzen konnten. Endlich sahen wir die Silhouette des kleineren Bunkers. Von Arcus entdeckten wir keine Spur.

Sörlund beobachtete mehrere Minuten lang unsere Umgebung.

„Diesmal sind es vier Wächter“, stellte er fest. „Sie haben sich an den beiden Seiten des Eingangs verteilt.“

Da die Wirkung der Schocker mit zunehmender Entfernung nachließ, mußten wir noch näher heran.

„Was ist mit dem Eingang?“ raunte Son-Hao. „Er ist bestimmt verschlossen.“

„Wahrscheinlich“, stimmte Sörlund zu. Er klopfte gegen den Beutel mit seiner Ausrüstung. „Wir sind jedoch für alles gewappnet.“

Als wir uns so nahe an den Bunker herangearbeitet hatten, daß ich jeden Augenblick mit einer Entdeckung rechnete, gebot Sörlund Halt.

„Hegete und ich feuern auf die beiden Burschen rechts am Eingang. Du bist der beste Schütze, Son-Hao, du mußt versuchen, die zwei anderen auszuschalten, ohne daß einer Gelegenheit bekommt, um Hilfe zu schreien.“

Son-Hao gab brummend sein Einverständnis zu erkennen.

Wir brachten unsere Schockwaffen in Anschlag. Nichtsahnend unterhielten sich die Wächter miteinander. Einzelne Wortfetzen drangen zu uns herüber.

„Feuer!“ rief Sörlund mit erhobener Stimme.

Ich drückte ab und sah den Wächter, auf den ich gezielt hatte, rückwärts gegen die Tür taumeln. Dann rutschte er an ihr zu Boden. Der Mann, auf den Sörlund geschossen hatte, blieb einen Augenblick stehen und brachte langsam die Arme hoch. Bevor er die Bewegung jedoch ausgeführt hatte, traf ihn eine zweite Ladung, und er fiel nach vorn.

Auch Son-Hao hatte einen Wächter ausgeschaltet, doch der vierte Mann hatte sich zu Boden geworfen und lag hinter einem Erdhügel.

„Er reagierte unglaublich schnell“, entschuldigte sich der Leutnant.

„Wenn er ein Alarmbandfunkgerät besitzt, ist alles aus“, sagte Sörlund.

Er sprang auf und hetzte in langen Sätzen auf den Bunker zu. Ich erstarrte vor Schreck, als der Wächter sich hinter der Bodenwelle aufrichtete und einen Strahlenkarabiner an die Schulter riß. Sörlund drückte im Laufen den Schocker ab. Der Karabiner des Gegners spie einen orangefarbenen Energiestrahl aus, der an Sörlund vorbeizischte. Knisternd entlud sich die Energie über unseren Köpfen.

Einen zweiten Schuß konnte der Wächter nicht abgeben. Betäubt sank er zurück. Unmittelbar vor dem Eingang hielt Sörlund an.

„Beeilt euch!“ rief er uns zu.

„Der Wagen ist noch nicht da“, sagte Son-Hao. „Arcus scheint irgendwo festzustecken.“

Als wir am Bunkereingang ankamen, war Sörlund bereits mit dem Schloß beschäftigt. Son-Hao wollte seine Handlampe einschalten, doch Sörlund behauptete, daß er auch im Dunkeln arbeiten könnte.

Nach vier Minuten hatte es der Major geschafft. Das Tor schwang auf.

„Bringt die Bewußtlosen in den Vorraum", ordnete er an.

Während Sörlund im Innern des Bunkers verschwand, trugen wir die Wächter in den Vorraum. Von Arcus war noch immer nichts zu sehen.

„Ohne den Wagen haben wir keine Chance, die Maahks auf die ALTAI zu bringen", sagte Son-Hao. Sörlund tauchte aus den hinteren Räumen auf.

„Alles in Ordnung", sagte er. „Ich habe alle Lichter ausgelöscht, damit wir nicht gesehen werden, wenn der Wagen in den Bunker fährt."

„Hast du mit den Maahks gesprochen?"

„Nein", gab er zurück. „Sie werden schon feststellen, wann wir da sind."

Er blickte auf die Uhr. „Arcus müßte schon hier sein", stellte er fest. „Los, Hegete, kümmere dich um ihn."

Ich verließ den Bunker und rannte auf das Landefeld hinaus. Da sah ich ein dunkles Objekt mit rasender Geschwindigkeit auf mich zufahren. Es war der Spezialtransporter.

Sergeant Imar Arcus hatte die Steuerung übernommen. Unmittelbar vor dem Eingang bremste er ab und sprang heraus.

„Wir dachten, es wäre etwas passiert", begrüßte ich ihn.

Er atmete keuchend. „Passiert? Ich habe eine Slalomfahrt über das Landefeld hinter mir. Überall sind diese Burschen von der Nachtschicht. Ich bezweifle, daß wir unter diesen Umständen überhaupt bis zur ALTAI kommen."

Sörlund war herausgekommen und hatte die letzten Worte mitgehört.

„Bisher hatten wir Glück", sagte er. „Ein kleiner Alarm kann nur dazu beitragen, die Maahks von der Echtheit unserer Absichten zu überzeugen."

„Hier gibt es keinen Alarm", widersprach Imar. „Wenn man hier nervös wird, wird ganz Quinta zum Hexenkessel."

„Fahr den Wagen rein!“ befahl Sörlund. „Hinter dem Vorraum stößt du auf einen Transportlift, der direkt in den Raum mit dem Behälter führt.“

Arcus kletterte auf den Wagen und schaltete den Motor ein. Mit einem Ruck schoß das schwere Fahrzeug nach vorn. Sörlund und ich mußten zur Seite springen.

„Einer muß hier draußen Wache halten“, sagte Sörlund. Er bestimmte Son-Hao für diese Aufgabe. „Ich glaube nicht, daß die Wachablösung während der nächsten drei Stunden auftaucht.“

Ich folgte ihm in den Bunker. Arcus hatte den Wagen bereits in den Transportlift gesteuert. Mit seiner Handlampe leuchtete er die Wände ab, bis er die Schalter entdeckte. Sörlund betätigte den Fahrhebel, und wir glitten in die Tiefe.

Der Lift kam zum Stehen.

„Warte hier!“ befahl Sörlund.

Ich folgte dem Major in den Raum, in dem die Maahks gefangengehalten wurden. Die Deckenleuchte war eingeschaltet. Ich konnte sehen, daß sich die Methans unruhig in ihrem Behälter bewegten. Sörlund schaltete seinen Translator ein.

„Wir haben die Wächter erledigt“, sagte er. „Das Fahrzeug haben wir auch.“

„Wir sind bereit“, kam die Antwort. „Sie müssen uns jedoch noch einige Fragen beantworten.“

„Laßt euch nur Zeit“, sagte Sörlund grimmig.

„Ihr wollt angeblich Verhandlungen erreichen. Sind die Terraner so schwach, daß sie uns fürchten?“ fragte der Sprecher der Gefangenen.

„Schwach?“ entfuhr es Sörlund. „Wären wir schwach, hätten wir bei einer eventuellen Invasion eurer Flotte nur wenige Verluste zu befürchten, denn ihr würdet uns überrennen. Gerade weil wir so stark sind, befürchten wir, daß es zu einem langen Krieg kommen wird, in dessen Verlauf sich die Kräfte beider Völker erschöpfen.“

Er winkte Arcus, der den Robotwagen aus dem Lift fuhr. Der Behälter stand auf vier Säulen. Arcus steuerte die Ladefläche unter ihn und fuhr sie soweit hoch, daß die Last nur auf dem Wagen ruhte. Die Maahks kamen dicht an die Sichtscheiben und preßten ihre Hände dagegen. Ich sah, daß rechts und links an ihren Händen je zwei Daumen saßen und in der Mitte je vier gleichlange Finger. Diese Glieder waren knochenlos und elastisch.

Arcus mußte rückwärts in den Lift fahren. Wir wagten nicht, die Robotsteuerung einzuschalten, da wir nicht wußten, wie das Fahrzeug reagierte. Der Motor erschien mir laut, aber hier unten bestand nicht die Gefahr, daß ihn jemand hörte.

Die Maahks sendeten ununterbrochen, doch Sörlund kümmerte sich nicht darum. Er gab sich alle Mühe, bei den Gefangenen den Anschein zu erwecken, daß es um Sekunden ging.

Der Lift brachte uns sicher wieder nach oben. Sörlund und ich kletterten hinten auf den Wagen. Arcus fuhr ins Freie. Wir nahmen Son-Hao mit, der ungeduldig neben dem Eingang wartete.

„Fahre wie der Teufel!" rief Sörlund dem Sergeanten zu.

Arcus beschleunigte. Der Motor dröhnte auf, und ich wäre beinahe vom Wagen gestürzt. Arcus hielt sich im Schatten der einzelnen Gebäude.

Da begannen die Alarmsirenen auf dem Kommandobunker zu schrillen. Der Lärm der Warnanlagen übertönte jedes andere Geräusch. Überall flammten starke Scheinwerfer auf.

Arcus steuerte jetzt direkt auf die ALTAI zu, ohne sich darum zu kümmern, ob man uns sehen konnte. Ich blickte zurück. Die Arbeiter der Nachtschicht rannten wie aufgescheuchte Hühner durcheinander. Sie wußten offenbar nicht, wer den Alarm gegeben hatte und was passiert war. Ich sah einige Männer in Uniform, die sich durch die aufgeregte Menge durchkämpfen mußten. Vor dem Verwaltungsgebäude stiegen vier Luftgleiter auf und nahmen Kurs auf den kleinen Bunker.

Wir fuhren jetzt mit Höchstgeschwindigkeit. Sörlund schrie irgend etwas in den Translator. Vor uns tauchten drei Männer auf. Sie waren unbewaffnet. Sie sprangen zur Seite, als Arcus auf sie lossteuerte.

Die ALTAI schien greifbar nahe vor uns zu liegen. Nun *hatte* Sörlund den kleinen Alarm, um die Flucht möglichst echt zu gestalten. Die Schleuse der ALTAI war erleuchtet. Ich sah eine winzige Gestalt dort oben stehen. Das mußte Cole Harper sein. Weit über uns wurde ein Heulen hörbar, das die Alarmsirenen noch übertönte. Wahrscheinlich waren Kampfmaschinen im Anflug. Die ersten Schüsse wurden auf uns abgegeben. Sie kamen von links, wo ein flaches

Mannschaftsgebäude stand. Die Raumfahrer kamen herausgestürzt. Zum Teil waren sie noch nicht einmal richtig angezogen. Einmal wurde der Behälter getroffen, und die Plane fing an zu brennen. Sörlund und ich zerrten sie herunter und warfen sie auf das Landefeld. Eine riesige Feuersäule nahm den Verfolgern die Sicht.

„Festhalten!“ brüllte Arcus.

Der Wagen wurde erschüttert, als er auf den Landesteg rollte. Ich mußte um mein Gleichgewicht kämpfen. Von allen Seiten kamen jetzt die schweren Bereitschaftswagen auf die ALTAI zugerast. Ich hoffte, daß wenigstens ein Teil der Mannschaften über Mercants Pläne informiert war.

Harper ließ bereits den unteren Teil des Landesteges einfahren. Drei Fahrzeuge der Verfolger bremsten. Die Männer sprangen herunter. Als sie zu schießen begannen, waren wir in der Schleuse.

Sörlund und Harper rannten los, während Son-Hao und ich die Schleuse zugleiten ließen. Im Augenblick konnten wir uns nicht um die Maahks kümmern. Der Landesteg war jetzt völlig eingefahren. Ich wußte, daß Cole Harper inzwischen alle Vorbereitungen für einen sofortigen Start getroffen hatte.

Son-Hao, Arcus und ich folgten den beiden Offizieren in die Zentrale.

Als wir diese erreichten, waren Sörlund und Harper bereits vollauf mit den Kontrollen der Korvette beschäftigt. Schweigend nahmen wir unsere vorgesehenen Plätze ein. Wenige Augenblicke später hob die ALTAI ab und stieß in den Himmel Quintas.

„Wir fliegen direkt in den Twin-Transmitter“, sagte Sörlund.

Ich blickte auf die Bildschirme. Das Landefeld schmolz unter uns zusammen. Jetzt mußte Mercants Verbindungsmann innerhalb der Justierungsstation bereitstehen, um die entscheidende Umpolung der Transmitterschaltung vorzunehmen.

Zum erstenmal wurde ich mir voll der Tatsache bewußt, daß man uns mitten in feindliches Gebiet schickte. Militärisch würden wir völlig unbedeutend sein. Nur durch geschicktes diplomatisches Vorgehen konnten wir hoffen, die gewünschten Informationen zu beschaffen oder an die ANDROTEST III zu funken, die abwartend in der Nähe des Horror-Systems im Leerraum stehen würde.

„Imar!“ klang Sörlunds Stimme in meine Gedanken. „Die Maahks müssen in die Druckkabine gebracht werden. Innerhalb des Behälters können sie nicht mehr lange leben, denn wir haben hier keine Möglichkeit, ihre Atmosphäre zu kontrollieren."

Arcus verließ die Zentrale.

Auf den Bildschirmen konnte man bereits die Krümmung der Oberfläche Quintas erkennen. Der Kontinent bildete nur noch einen verschwommenen Fleck. Die Ortungsgeräte der ALTAI schlugen ununterbrochen aus. Sie registrierten die im Twin-System stehenden Schiffe der Flotte und die Gigantraumer der Posbis. Wenn Mercant nicht dafür gesorgt hatte, daß diese Verbände sich nicht um die ALTAI kümmerten, würden wir den Transmitter nie erreichen.

Sörlund schien an eine solche Möglichkeit nicht zu denken. Mit ruhigen Handbewegungen führte er alle nötigen Schaltungen aus. Harper und Son-Hao überwachten die Kontrollen. Ich hatte nichts zu tun, als die Bildschirme zu beobachten, die noch immer von Quinta ausgefüllt wurden. Schließlich war die ALTAI so weit in den Raum vorgestoßen, daß Quinta zu einem dunklen Ball mit hellem Rand wurde. Der helle Rand wurde von den aufgehenden Sonnen erzeugt, auf die unser Schiff zuraste. Kurz darauf versank Quinta in lodernder Helligkeit.

Imar Arcus fuhr mit dem Transporter herein und verband die Schleuse der unmittelbar an die Zentrale grenzenden Druckkabine mit der des Behälters. Gleich darauf sahen wir die fünf Maahks hinter den transparenten Scheiben der Kabine auftauchen. Sie gestikulierten heftig miteinander. Arcus schloß die Schleuse und steuerte den Wagen wieder aus der Zentrale.

„Wenn du dich beeilst, kannst du ihn vor dem Transmittersprung noch in den Hangar bringen", sagte Sörlund. Der Major schaltete die automatische Steuerung ein und näherte sich mit einem Translator der Kabine. Die Maahks konnten von ihrem Spezialraum aus mit uns sprechen, da sich dort einige Translatoren befanden. Darüber hinaus verfügte die Kabine über ein Hyperfunkgerät, mit dem die Methans über kurze Distanz mit ihren Artgenossen Kontakt aufnehmen konnten, wenn wir das Horror-System erreicht hatten.

„Wir werden in kurzer Zeit durch den Transmitter fliegen", informierte Sörlund die Maahks mit Hilfe des Übersetzungsgerätes.

„Wir verlangen, daß man uns die Kommandogewalt überträgt",

kam die überraschende Antwort. „Sie kommen als Unterhändler. Ab sofort haben Sie sich nach unseren Anweisungen zu richten."

„Wir sind Unterhändler, aber keine Bettler", erklärte Sörlund. „Wir haben das Kommando an Bord dieses Schiffes und werden es auch behalten."

Seine entschlossene Haltung schien die Maahks zu beeindrucken. Wir konnten beobachten, daß sie heftig miteinander diskutierten.

Als ihr Sprecher sich wieder meldete, machte er uns ein neues Angebot.

„Wir könnten jede Ihrer Entscheidungen miteinander beraten. Es kann gefährlich werden, wenn Sie einen Fehler begehen."

„Sie vergessen, daß Sie alle fünf nur einfache Soldaten sind", sagte Sörlund abfällig. „Wir werden unsere Entscheidungen nicht mit Ihnen beraten. Unsere Pläne werden wir in aller Ausführlichkeit Ihren Vorgesetzten zur Kenntnis bringen."

„Wir bedauern Ihre Haltung", erwiderte der Maahk, der für unsere fünf Begleiter als Sprecher auftrat. „Dadurch werden Sie und wir in erhebliche Schwierigkeiten kommen."

„Wie sollen wir das verstehen?"

Wieder diskutierten die Methans, bevor sie antworteten.

„Das werden Sie nur erfahren, wenn Sie auf verschiedene Bedingungen eingehen."

„Halgor", mischte ich mich ein. „Wir sollten sie etwas unter Druck setzen."

„Ich glaube, das ist sinnlos", sagte er. „Die Burschen sind ziemlich dickfellig. Vergiß nicht, daß sie völlig gefühlsarm sind. Sie handeln rein pragmatisch. Sie scheinen jedoch irgendwelche Bedenken zu haben. Ich wünschte, wir könnten mehr herausfinden."

Harper rief ihn an die Kontrollen zurück, Sörlund nahm im Kommandosessel Platz. Gleich darauf kam Imar Arcus wieder in die Zentrale.

Es war offensichtlich, daß die fünf Methans mit unserem Vorgehen nicht einverstanden waren. Zwar schienen sie erleichtert über die gelungene Flucht, doch für die Zukunft hatten sie andere Pläne als wir. Ich nahm mir vor, den Major aufzufordern, zum Schein auf die Bedingungen der Maahks einzugehen, damit wir erfuhren, worüber sie sich Sorgen machten.

Im Augenblick jedoch war Sörlund mit der ALTAI beschäftigt, die sich dem kritischen Punkt näherte. Ich ließ mich in einen der Sitze sinken und injizierte mir das Mittel, das den bevorstehenden Transitionsschock lindern würde. Die anderen hatten sich schon gespritzt.

„Denken Sie jede Sekunde daran, daß vom Gelingen Ihres Auftrages das Schicksal unzähliger Menschen abhängen kann“, hatte Mercant zu uns gesagt.

Ich lächelte unterdrückt. In den letzten Stunden hatte ich immer nur an meine vier Freunde und an mich gedacht.

Auch ein Todgeweihter ist schließlich nur ein Mensch.

Sekunden später raste die ALTAI durch den Transmitter und wurde von unvorstellbaren Energieentfaltungen Tausende von Lichtjahren weit durch das absolute Nichts geschleudert.

Es war kein plötzliches Erwachen, sondern ein unermüdliches Ankämpfen gegen die Bewußtlosigkeit, die erlösende Befreiung von den Schmerzen versprach, die meinen Körper quälten. Mercant hatte uns auf diesen Effekt eines großen Transmittersprungs vorbereitet, doch es war etwas anderes, eine Warnung zu hören und dann die Wirklichkeit zu erleben.

Ich zwang mich dazu, meine Augen zu öffnen. Ich hörte das Klicken der automatischen Kontrolle, ein sicheres Zeichen, daß die Anlagen der ALTAI nach wie vor funktionierten. Auf den Bildschirmen konnte ich nur verschwommene Schatten sehen.

Mit äußerster Energie richtete ich mich in meinem Sessel auf.

Sörlund war bereits dabei, die einzelnen Werte von den Kontrollen abzulesen. Ich bewunderte seine Zähigkeit. Neben mir erwachte Cole Harper stöhnend aus der Bewußtlosigkeit. Auch Arcus und Son-Hao kamen wieder zu sich. Unbewußt blickte ich zur Spezialkabine der Maahks hinüber. Durch die transparenten Scheiben sah ich, wie sich die fünf Gestalten bewegten. Sie wurden mir immer unheimlicher. Der Gedanke, bald mit einigen tausend Methans zusammenzusein, bereitete mir wenig Freude.

„Wo sind wir herausgekommen, Halgor?“ fragte Cole Harper mühsam.

Sörlund lehnte sich aufatmend im Sitz zurück.

„Ich nehme an, daß wir im Zentrumshohlraum von Horror sind", sagte er.

„Unterliegen wir dem Rotationseffekt?" wollte Arcus wissen.

Sörlunds Blicke glitten über die Instrumente. „Bis jetzt noch nicht", sagte er gelassen. Keine noch so starke Beschleunigung konnte uns retten, wenn wir um den Energiekern zu rotieren begannen, der den eigentlichen Mittelpunkt der Hohlwelt bildete. Dieser Kern war die Zentrumssonne Horrors und hatte einen Durchmesser von fünfhundert Kilometern.

In dieser Situation wirkte Sörlunds Ruhe ausgesprochen wohltuend. Er ließ keine Panik aufkommen. Nur auf die Maahks, die aus unbekannten Gründen aufgeregt in ihrer Kabine hin und her liefen, konnte Sörlunds Gelassenheit nicht ausstrahlen.

Noch immer konnten wir auf den Bildschirmen keine Einzelheiten erkennen. Lichtjahre von uns entfernt, irgendwo im Leerraum, dürfte inzwischen die ANDROTEST III Position bezogen haben. Oberst Pawel Kotranow, der Kommandant des Schiffes, wartete auf unseren Bericht. Ich blickte auf meine Prothese hinab. Hoffentlich bekam ich Gelegenheit, den Hypersender zu bedienen.

„Geschwindigkeit des Schiffes gleichbleibend", gab Sörlund bekannt. „Triebwerke reagieren nicht auf Beschleunigungsversuche."

„Was sollen wir tun?" fragte Son-Hao verwirrt. „Wir wissen noch nicht einmal genau, wo wir sind."

Sörlund programmierte den Zentralcomputer mit den vorliegenden Daten. Er erhielt die Antwort bereits Sekunden später auf einem Plastikstreifen.

„Es ist Horror", sagte er zufrieden. „Wir haben unser Ziel erreicht."

Ein kaum merkliches Zittern durchlief die ALTAI. Geheimnisvolle Kräfte hatten die Korvette in der Gewalt.

„Das Schiff wird schneller", sagte Sörlund.

Ich preßte die Lippen aufeinander. Nun kam es darauf an, ob wir in der Zentrumssonne Horrors zerfetzt wurden oder durch einen Polschacht an die Oberfläche gelangten. Die Wahrscheinlichkeit, daß alles glatt verlief, war nicht sehr hoch, denn niemand wußte genau, wie der Horror-Transmitter auf eine Sendung aus dem Twin-System unter normalen Umständen zu reagieren pflegte.

Die ALTAI wurde immer schneller. Sörlund beging nicht den Fehler, durch irgendwelche Manipulationen gegen die Titanenkräfte anzukämpfen, die die ALTAI gefangenhielten.

Wieder spie der Computer einige Ergebnisse aus. Sörlund griff danach.

„Wir werden durch den Südpolschacht ausgestoßen", sagte er. In seiner Stimme schwang Erleichterung mit. Auch die Maahks schienen zu spüren, daß irgend etwas vor sich ging. Sie winkten uns zu. Die Translatoren knackten, doch wir kümmerten uns nicht darum. Jetzt galt unsere Aufmerksamkeit der Sicherheit des Schiffes. Sörlund war bereit, die Steuerung sofort zu übernehmen, wenn die ALTAI in den Leerraum gestoßen wurde.

Ich fragte mich, was uns außerhalb der Hohlwelt erwarten würde. Wenn der Bildschirm innerhalb der Justierungsstation auf Quinta keine falschen Informationen übermittelt hatte, mußten inzwischen Hunderte von Raumschiffen im Horror-System stehen. Wie würden die Kommandanten der Maahks das Erscheinen der ALTAI aufnehmen?

Sörlund schwang seine hagere Gestalt aus dem Kommandositz. Seine Schulterblätter zeichneten sich unter der Jacke ab. Ohne den Panoramabildschirm aus den Augen zu lassen, ging er zum Eingang der Spezialkabine.

„Wir sind im Horror-System angekommen", teilte er den Methans über den Translator mit. „Sobald wir an der Oberfläche auftauchen, müssen Sie versuchen, mit Ihren Kommandanten Verbindung aufzunehmen."

„Das werden wir tun", antwortete der Maahk-Sprecher.

Sörlund und ich wechselten einen erstaunten Blick. Warum waren die Methans plötzlich so bereitwillig? Hatten sie eingesehen, daß wir uns nicht beeinflussen ließen oder spielten noch andere Gründe mit?

Für einen Menschen war ein Maahk schwer durchschaubar. Die völlig fremdartige Mentalität dieser Wesen war für eine gefühlsbetont handelnde Intelligenz unverständlich.

In Sörlunds Gesicht spiegelte sich das Blinken der ständig wechselnden Kontrollichter. Unbewegt beobachtete der Major die Bildschirme. Bisher verlief alles so, wie wir es gewünscht hatten. Wenn

Todgeweihte überhaupt von Glück sprechen können, dann schienen wir es zu haben.

Die ALTAI schoß aus dem Schacht heraus und stieß in den Leerraum um Horror vor. Fast im gleichen Augenblick ließ die Beschleunigung nach. Die Korvette wurde langsamer und langsamer bis sie mit nur noch geringer Geschwindigkeit dahinflog.

Ich hatte damit gerechnet, einige hundert fremde Schiffe zu sehen, doch die Wirklichkeit raubte mir fast den Atem. Der Leerraum um Horror war angefüllt mit gigantischen Raumern.

„Seht euch das an!" preßte Cole Harper zwischen den Zähnen hervor. „Seht euch das an und denkt darüber nach, was passiert, wenn diese Verbände die Galaxis überschwemmen."

Allan D. Mercant hatte uns eingehend die bisher beobachteten Schiffe der Methans geschildert. Nach den Worten des Abwehrchefs bevorzugten die Maahks die schlanke Form von 1000 Metern Länge und 100 Metern Dicke. Hier jedoch waren zum Teil Schiffe versammelt, die über zwei Kilometer lang und einige hundert Meter breit waren.

„Um Himmels willen, hier müssen wir verschwinden, Halgor", sagte Son-Hao.

„Militärisch gesehen sind wir im Augenblick ein Nichts", sagte Sörlund. „Doch das ist kein Grund für eine überstürzte Flucht. Auch unsere fünf Begleiter scheinen aufgeregt zu sein."

Ich schaute zur Spezialkabine hinüber. Die Methans versuchten, uns Zeichen zu geben.

Ohne sich um die Riesenflotte von Superraumschiffen zu kümmern, verließ Sörlund seinen Kommandoplatz und ging zur Transparentscheibe der Maahks-Kabine. Er schaltete den Translator ein.

Bevor er jedoch sprechen konnte, ertönte bereits die Stimme eines Gefangenen.

„Wir haben Sie gewarnt." Der Maahk sprach sehr schnell. „Wir versuchen vergeblich, mit diesen Schiffen Verbindung aufzunehmen."

„Es sind doch Schiffe Ihres Volkes", sagte Sörlund erstaunt. „Weshalb reagieren sie nicht?"

„Übergeben Sie uns die Kommandogewalt über Ihr Schiff. Dann werden wir zu retten versuchen, was noch zu retten ist", kam die rätselhafte Antwort.

„Es ist sinnlos, daß wir weiter darüber sprechen", erwiderte Sörlund. „Bisher wurden wir noch nicht angegriffen, obwohl man uns zweifellos geortet hat. Das zeigt mir, daß man Interesse an uns hat."

„Wir warnen Sie!" sagte der Maahk. Das Gerät vermochte die Dringlichkeit, mit der er wahrscheinlich gesprochen hatte, nicht wiederzugeben. „Sie sind nicht in der Lage, diese Situation zu übersehen."

„Natürlich nicht", gab Sörlund zu. „Doch wir werden uns Mühe geben, etwas zu erreichen. Inzwischen können Sie mit Ihren Bemühungen fortfahren, Verbindung zu Ihren Freunden herzustellen."

Die Maahks brachen das Gespräch ab. Sörlund kehrte an seinen Platz zurück. „Unsere fünf Begleiter sind aus irgendeinem Grund nervös", sagte er nachdenklich. „Man könnte glauben, sie würden diese Schiffe fürchten."

„Das ist doch unlogisch", sagte Son-Hao. „Sie sind nun sicher, daß die Flucht geglückt ist. Weshalb sollten sie sich also Gedanken machen?"

„Die Riesenschiffe kümmern sich nicht um die Versuche der fünf Maahks, Kontakt aufzunehmen", hielt Sörlund dem Leutnant entgegen.

„Sie kümmern sich noch nicht einmal um uns", warf ich ein. „Und sie scheinen sich hier auch völlig sicher zu fühlen, denn keines der Schiffe hat Schutzschirme aufgebaut."

„Das stimmt", bestätigte der Major.

Schweigend beobachteten wir die schwarzen Riesenschiffe, die sich verschwommen auf der Panoramagalerie der ALTAI abzeichneten. Zweifellos war die ALTAI längst geortet worden. Der Anblick der Riesenflotte hatte etwas Gespenstisches. Völlig ruhig standen die Schiffe im Leerraum, als könnte nichts passieren, was sie aus ihrer Starre aufwecken würde.

„Sie ignorieren uns einfach", stellte Cole Harper fest. „Sie greifen uns nicht an und nehmen auch keinen Kontakt mit uns auf."

Die Korvette war nun völlig zum Stillstand gekommen. Sie stellte nur einen winzigen Fleck inmitten dieser Flottenkonzentration dar.

„Ich kann nicht glauben, daß hier eine Invasion der Galaxis vorbereitet wird", sagte Sergeant Imar Arcus. „Welchen Erfolg versprechen sich die Maahks von einem solchen Unternehmen?"

„Leider kennen wir die Hintergründe dieser Operation nicht", sagte Sörlund. „Wir wissen nichts über die Herren von Andromeda und die anderen Völker unserer Nachbargalaxis."

Er erhob sich und ging zum Hyperkomsender.

„Wir sollten einen kurzen Impuls ausstrahlen", schlug er vor. „Vielleicht löst das eine Reaktion der Maahk-Kommandanten aus."

Hoffentlich bestand diese Reaktion nicht in einer Vernichtung der ALTAI. Aber wir konnten schließlich nicht bis ans Ende aller Zeiten warten, daß die Maahks sich zum Handeln entschlossen. In der Milchstraße wartete man auf unseren Bericht.

Zwar wußten wir jetzt, daß die Methans hier unzählige Schiffe zusammenzogen, doch wir hatten noch keinen Anhaltspunkt, ob tatsächlich eine Invasion der Milchstraße geplant war und vor allem, wie diese ablaufen sollte.

Sörlund strahlte einen kurzen Impuls aus, den er in Abständen von je zehn Sekunden wiederholte. Dann lehnte er sich abwartend zurück.

Die fünf Maahks in der Spezialkabine verfolgten unser Vorgehen mit wachsendem Interesse. Sie klopften gegen die Scheibe, um unsere Aufmerksamkeit zu erwecken. Sörlund schaltete den Translator wieder ein.

„Was ist los?" fragte er barsch.

„Sie dürfen keinen Funkspruch ausstrahlen", warnte der Maahk-Sprecher. „Das kann zu Komplikationen führen."

Sörlunds Blauaugen verschwanden hinter den Lidern. Einen Augenblick bot der Major ein Bild höchster Konzentration.

„Komplikationen?" meinte er bissig. „Was kann in unserer Lage noch viel passieren?"

„Sie können sterben", meinte der Maahk.

Sörlund lachte schauerlich. „Sterben?" wiederholte er ironisch. „Was, glauben Sie, bedeutet dieses Wort für meine Freunde und mich?"

„Die Terraner sind gefühlsbetonte Wesen. Sie fürchten den Tod mehr als alles andere."

Zum erstenmal seit Verlassen des Lazarettschiffes drängte die Erinnerung an unsere schreckliche Krankheit sich wieder voll in mein Bewußtsein.

Es dauerte jedoch nur einen kurzen Moment, dann hatte ich es überwunden.

„Wir", sagte Sörlund gelassen, „fürchten den Tod nicht."

„Der Tod ist unlogisch für ein vernunftbegabtes Wesen. Es muß mit allen Mitteln dagegen ankämpfen, bis zum letzten Augenblick", sagte der Maahk.

„Das tun wir", entgegnete Sörlund. „Wir kämpfen."

Ich begann zu befürchten, das Gespräch könnte in philosophische Bahnen abgleiten, doch Sörlund schaltete den Translator rechtzeitig aus. Die Maahks tasteten mit ihren Tentakelarmen über die Transparentscheibe. Im Augenblick waren sie genauso gefährdet wie wir. Das schienen sie zu spüren. Sie mußten einen bestimmten Grund haben, uns immer wieder zu drängen, die Kommandogewalt über das Schiff an sie abzutreten.

Wohin, so fragte ich mich, würden sie die ALTAI bringen?

Sörlund sah gedankenvoll auf das Funkgerät.

„Nichts", sagte Captain Harper. „Man könnte glauben, sie hätten uns noch nicht entdeckt."

„Ich glaube, daß die Flottenkommandanten zunächst einmal in ihrem Hauptquartier nachfragen, was mit uns geschehen soll", sagte Imar Arcus.

„Das ist sehr wahrscheinlich", stimmte Sörlund zu.

Die Maahks in den Superschiffen rund um Horror mußten jetzt wissen, daß an Bord des kleinen Flugkörpers, der aus dem Transmitter gekommen war, fünf Angehörige ihres Volkes unter unwürdigen Verhältnissen lebten. Warum unternahmen sie nichts, um den fünf Gefangenen zu helfen? Die Methans konnten uns Terraner unmöglich für so verrückt halten, daß wir nur mit einem lächerlichen Raumschiff erschienen, um sie anzugreifen oder Spionage zu treiben. In beiden Fällen durfte es am Schicksal des Schiffes keinen Zweifel geben. Die Methans mußten daraus folgern, daß es einen besonderen Grund für unser Hiersein gab.

Warum interessierten sie sich nicht dafür?

Waren sie ihrer Sache so sicher, daß sie es für unnötig hielten, sich mit uns in Verbindung zu setzen? Lief die Invasion bereits auf Hochtouren?

Auf keine dieser Fragen gab es eine Antwort.

Mercant wußte, daß er uns eine verteufelt schwere Aufgabe gestellt hatte. Ich fragte mich, warum ich nicht den Mut verlor. Von Anfang an hatte festgestanden, daß wir kaum eine Chance haben würden, die Sache zu einem guten Ende zu bringen. Von allen Agenten der Solaren Abwehr – sofern wir uns überhaupt als Agenten bezeichnen konnten – hatten wir die schwierigste Arbeit bekommen. Und das nur, weil unser Schicksal bereits feststand.

„Cole", drang Sörlunds Stimme in meine Gedanken, „wir geben noch einen Impuls ab."

Harper kam der Aufforderung nach. Alle fünf Maahks standen unmittelbar hinter der Scheibe und starrten zu uns heraus. Sie hatten es aufgegeben, uns durch Winken und Klopfen zu veranlassen, einen Translator einzuschalten.

Allmählich begann ich zu wünschen, eines der Superschiffe würde uns angreifen. Die Bewegungslosigkeit des gewaltigen Verbandes zehrte an meiner Nervenkraft.

Ich erhob mich. Unbewußt zog ich mein Bein mit der Prothese etwas nach. Ich bin immer noch schneller als die meisten Männer, aber irgendwie bleibt eine Prothese immer ein Fremdkörper.

„Was ist los, Hegete?" erkundigte sich Sörlund. „Wirst du unruhig?"

Ich gab mir Mühe, dem Blick seiner blauen Augen standzuhalten. In den Falten seines Gesichtes zuckte es. Das konnte verschiedene Bedeutungen haben. Am wenigsten erwartete ich, daß Sörlund ebenfalls nervös war.

„Ich bin dafür, daß wir endlich etwas unternehmen", sagte ich. „Mit Funkimpulsen allein ist es nicht getan."

„Was meinst du, sollen wir einen der Maahk-Raumer angreifen?" fragte Leutnant Son-Hao.

Ich überhörte den Spott in seiner Stimme.

„Übergeben wir den fünf Maahks zum Schein das Kommando über die ALTAI", schlug ich vor. „Wenn es gefährlich wird, können wir jederzeit eingreifen!"

Sörlund schlenkerte mit seinen langen Armen. „Wir können es einmal versuchen", sagte er widerwillig.

Er schob sich aus dem Sessel, eine langaufgeschossene, hagere Gestalt mit linkisch wirkenden Bewegungen. Es ist mir bis heute ein

Rätsel geblieben, wie Sörlund es fertigbringt, seine Bewegungen zu koordinieren.

Die Finger des Majors glitten über den Translator. Ich konnte sehen, daß die Maahks gespannt warteten. Es kam jedoch nicht mehr zu der geplanten Unterhaltung mit den fünf Gefangenen.

Cole Harper, der die Kontrollen beobachtete, schrie laut auf.

Mit zwei Schritten war Sörlund an seinem Platz zurück.

Die ALTAI war unvermittelt von einem orangeroten Strahl erfaßt worden.

„Es sieht so aus, als wollte uns jemand unauffällig hier wegschaffen."

Die Triebwerke der Korvette brüllten auf, als Sörlund auf Vollschub schaltete. Das Sechzig-Meter-Raumschiff schien sich aufzubäumen. Ein heftiges Zittern lief durch die Wandungen. Die Deckenleuchten flackerten unregelmäßig, die Ortungsgeräte knackten und summten. „Wir kommen nicht weg!" rief Sörlund.

Er umklammerte die Steuerung, doch die ALTAI reagierte nicht. Der gewaltige Schub der Triebwerke verpuffte wirkungslos unter dem lodernden Zugriff des Transportstrahls.

Der Planet Horror wurde – ein einmaliges Phänomen – von drei Sonnen vom Typ G 1 umlaufen. Horror selbst besaß keine Eigenrotation. Die Drillingssonnen trugen keine Eigennamen, sie hatten die Bezeichnung A, B und C. Sie umliefen die Hohlwelt in einem konstanten Abstand von 95 Millionen Kilometern. Die Drillinge bildeten geometrisch gesehen ein exaktes Dreieck. Für die Transmittertätigkeit war es offenbar von Bedeutung, daß die einzelnen, künstlich geschaffenen Körper eine bestimmte Position einnahmen, denn die geometrische Genauigkeit in der Konstellation war bisher bei allen entdeckten Transmitterstationen vorhanden gewesen. Das Transmissionsfeld befand sich hoch oberhalb der Vertikalachse des Planeten Horror, im Schnittpunkt der drei Sonnen. Wir rasten auf diesen Punkt zu.

Das Bild der Maahk-Raumer auf den Bildschirmen begann sich zu verzerren. Die sowieso nur undeutlich zu erkennenden Superschiffe lösten sich zu verschwommenen Schatten auf.

Ein Schmerz von fürchterlicher Intensität durchzuckte mich. Glühende Hitze strömte durch meinen Körper. Die Gegenstände vor meinen Augen schienen sich auszudehnen. Die Bildschirme flammten wie kleine Sonnen. Ich konnte undeutlich Sörlund erkennen, der leicht nach vorn gebeugt im Kommandositz kauerte und mit verzerrtem Gesicht versuchte, die ALTAI aus dem Bannkreis des Transportstrahls zu bringen.

Doch das winzige Schiff wurde mitgerissen wie ein welkes Blatt vom Sturmwind. Wir rasten in das Transmissionsfeld hinein, und der Entzerrungsschmerz ließ mich bewußtlos werden.

Mein erster Gedanke nach dem Erwachen war: Zentrumspest oder nicht, ich habe diese ganze Sache satt. Sörlund soll uns nach ASTO IV zurückbringen. Wie absurd diese Idee war, begriff ich wenige Sekunden später, als der schmerzhafte Schock des Transmittersprunges vorüber war und ich wieder klarer denken konnte. Wir waren ... ja, wo waren wir eigentlich?

Ich blinzelte, um mich an die Helligkeit zu gewöhnen, die von den Bildschirmen ausging. Mein Nacken schmerzte, als ich den Kopf drehte, um in Sörlunds Richtung zu blicken.

„Drei blaue Riesen", sagte Sörlund gerade. „Wie erwartet, bilden auch sie ein gleichschenkliges Dreieck."

„Riesen?" stöhnte ich. „Um Himmels willen, Halgor, wo sind wir?"

Sörlund knurrte unwillig, doch Cole Harper gab mir bereitwillig Auskunft: „Wir sind in einer anderen Transmitterstation herausgekommen."

„Transmitterstation?" wiederholte Arcus. „Das ist nicht gerade eine erschöpfende Antwort."

„Würdest du dich noch etwas gedulden, Sergeant?" fragte Sörlund freundlich. „Ich habe gerade die ersten Daten in den Computer gegeben."

Die Riesen, von denen der Major gesprochen hatte, waren drei blaue Sonnen, in deren Zentrum wir offenbar rematerialisiert waren. Inzwischen flogen wir jedoch bereits außerhalb des Zentrums. Das Licht der Sonnen beherrschte die Bildschirme. Die Ortungsgeräte wiesen jedoch darauf hin, daß es hier noch weitaus mehr Sterne geben mußte.

„Ich glaube nicht, daß wir uns in unserer Galaxis befinden", gab Sörlund bekannt. „Es spricht auch nichts dafür, daß wir in einer

Wachstation herausgekommen sind, wie sie im Leerraum zwischen den Milchstraßen offenbar häufig zu finden sind."

„Ich wünschte", sagte Arcus bedrückt, „du könntest das etwas näher erklären."

Sörlund klopfte liebevoll auf den Computer. Als einzige Antwort gab er ein undeutliches Brummen von sich.

„Wenn wir weder in unserer Galaxis noch in einer Station im Leerraum herausgekommen sind, dann bleibt eigentlich nur eine Möglichkeit: Andromeda!" sagt Harper gepreßt.

Sörlunds faltiges Gesicht geriet in Bewegung. „Es gibt noch eine Möglichkeit, die wahrscheinlich auch zutrifft." Er fischte einen Plastikstreifen aus dem Auswurfschlitz des Computers.

„Meine Herren", sagte er mit erhobener Stimme. „Wir befinden uns mit größter Wahrscheinlichkeit im Zentrum der Andromeda vorgelagerten Satelliten-Galaxis Andro-Alpha."

„Na bitte!" entfuhr es mir. „Damit gehören wir zu den weitestgereisten Männern des Imperiums."

Son-Haos Stimme klang alarmierend dazwischen. „Die Maahks!" schrie er. „Die Maahks sind weg!"

Ich schnellte aus meinem Sitz und stürmte auf die Kabine zu. Hinter der Transparentscheibe war nichts zu erkennen. Die Kabine schien verlassen zu sein.

„Die Schleuse ist geschlossen", sagte ich.

Wir versammelten uns vor der Scheibe. Noch nicht einmal der Schatten eines Maahk-Körpers war zu sehen.

„Ich glaube nicht an Gespenster", bemerkte Sörlund. „Sie können sich nicht einfach in Luft aufgelöst haben. Sollten sie ihre Kabine verlassen haben, müßten sie erstickt vor der Schleuse liegen."

„Sie sind aber nicht in der Kabine", beharrte Son-Hao. „Dafür gibt es keine Erklärung."

„Einer von uns muß nachsehen", entschied Sörlund. „Bevor wir uns mit unserer Umgebung befassen, müssen wir feststellen, was hier geschehen ist."

Imar Arcus öffnete das Gehäuse einer Bordrechenmaschine, die nur eine Attrappe war. Er zog einen unserer Spezialanzüge hervor, mit denen wir uns auch auf einer sogenannten Methanwelt bewegen konnten.

„Ich werde mich dort drinnen umsehen“, sagte er bereitwillig.

Sörlund zögerte. „Es ist besser, wenn Hegete in den Behälter geht. Er kann unter Umständen den Deflektor seiner Prothese einsetzen.“

„Ich habe das Gefühl, daß du mich unter allen Umständen loswerden möchtest“, warf ich dem Major vor. „Wenn Imar Arcus freiwillig in diese Hexenküche möchte, dann besteht kein triftiger Grund, ihn daran zu hindern.“

„Sergeant Hegha!“ sagte Sörlund.

Arcus überreichte mir den Druckanzug. Der Sergeant sah nicht so aus, als bedauerte er die Ablehnung seines Vorschlages. Arcus und Sörlund halfen mir in den Anzug, als sei ich ein Anfänger.

Ich befestigte den Helm. Dann kontrollierte ich die Sauerstoffzufuhr.

Ich kam mir unbeholfen vor. Sörlund drückte mir eine Schockwaffe in die Hände.

„Glaubst du vielleicht, daß das genügt?“ fragte ich.

„Worauf willst du schießen, wenn die Maahks sowieso nicht in der Kabine sind?“ fragte er dagegen.

Sein sorgenvolles Gesicht gab mir den Rest. Wortlos schob ich mich an ihm vorbei. In diesem Augenblick schien mir sogar Dr. Blayton ein warmherziger, verständnisvoller Mensch zu sein – verglichen mit diesem Major.

Dr. Blayton!

Nur nicht an ihn denken! schoß es mir durch den Kopf.

Entschlossen vertrieb ich alle Gedanken an ASTO IV aus meinem Gehirn. Ich öffnete die äußere Schleusentür zur Druckkabine und betrat die Schleusenkammer. Als die äußere Tür wieder zuglitt, begann mein Puls unruhig zu schlagen. Von außen sah es so aus, als seien die Methans verschwunden. Es gab jedoch keine logische Erklärung, wie sie ihren Raum verlassen haben konnten.

Eine Weile stand ich unentschlossen in der Kammer. Mein nächster Schritt – das Öffnen der inneren Schleusenwand – konnte unter Umständen meinen Tod bedeuten. Wenn die Maahks tatsächlich gegangen waren, dann hatten sie bestimmt eine Falle zurückgelassen. Wenn sie jedoch noch in der Kabine weilten und sich auf irgendeine Weise unsichtbar gemacht hatten, dann war die Laufbahn des neuen Abwehragenten Hegete Hegha frühzeitig beendet.

Ich stellte mir vor, wie meine Freunde ungeduldig vor der Kabine standen und auf mein Auftauchen warteten.

Ich seufzte. Dann drückte ich den Knopf, der die innere Schleusentür in Bewegung setzte. Die dunkelgraue Wand glitt zur Seite. Meine Blicke fielen in einen durchaus normal aussehenden Raum. Ich machte einen Schritt nach vorn.

Unbewußt blickte ich zur Transparentscheibe.

Ein eisiger Schock durchfuhr mich. Ich konnte nicht durch die Scheibe in die Zentrale blicken. Die Maahks hatten sie blind gemacht. Das konnte nur bedeuten, daß sie noch in der Kabine waren.

Ich kam nicht mehr dazu, die Flucht zu ergreifen. Starke Arme ergriffen mich und zogen mich vollständig in die Kabine. Der Schockblaster wurde meinen Händen entwunden. Wir hatten einen Fehler gemacht, der mir unter Umständen das Leben kosten konnte.

Ich wurde in die Mitte des Raumes gezerrt. Zum erstenmal sah ich die fünf Maahks deutlich vor mir. Sie gefielen mir nicht. Irgendwie schien sich ihre Gefühlskälte in ihrer gesamten Haltung auszudrücken.

Einer der Methans hob einen Translator in die Höhe und sprach hinein. Er sprach Kraahmak. Natürlich konnte er nicht wissen, daß ich jedes Wort verstand. Ich wünschte jedoch, ich wäre dieser Sprache nicht mächtig gewesen, denn was der Maahk sagte, klang für meine Ohren nicht gerade beruhigend.

„Wir haben Ihren Freund in unserer Gewalt. Vielleicht könenn wir uns jetzt über unsere Bedingungen unterhalten."

Um diese Worte zu unterstreichen, ging ein zweiter Maahk zur Transparentscheibe und wischte mit einem Tuch eine dünnflüssige Schicht ab. Sörlunds Gesicht war das erste, was ich sah. Der Maahk beschrieb mit seinem Lappen einige Bogen, so daß ich schließlich meine vier Freunde in voller Lebensgröße vor der Kabine stehen sehen konnte.

Natürlich konnten sie mich nun auch sehen, aber die Tatsache, daß mich drei Maahks festhielten, würde ihnen nicht gefallen.

Sörlunds Stimme kam aus dem Translator der Maahks.

„Ich möchte mit meinem Freund sprechen", forderte der Major.

Bereitwillig hielt der Maahk das Gerät in meine Nähe.

„Nun, Halgor?" brachte ich ziemlich kläglich hervor.

„Sie versuchen, uns zu erpressen", sagte Sörlund rasch. „Du mußt dir darüber im klaren sein, daß wir uns darauf nicht einlassen können. Wir müssen sie unter Druck setzen."

„Warte!" rief ich. „Das kann unangenehm für mich werden."

„Es kommt darauf an, daß du die Nerven behältst, mein Junge", sagte Sörlund freundschaftlich.

Ich merkte schon, daß er irgendeinen Plan gefaßt hatte. Er war dickschädelig genug, ihn auszuführen, ohne Rücksicht auf meine Lage zu nehmen.

Der Maahk zog das Translatorgerät von mir weg und sagte in seiner Sprache zu Sörlund: „Wir haben noch eine Chance, wenn Sie uns das Kommando übergeben. Es ist wichtig, daß wir das Schiff übernehmen."

„Wir lassen uns nicht erpressen", erwiderte Sörlund bestimmt. „Wir warnen Sie. Lassen Sie sofort unseren Freund frei."

Der Maahk schaltete das Gerät ab und wandte sich an seine Mitgefangenen.

„Ihr habt gehört, was der Terraner sagte", sprach er in Kraahmak. Ich verstand jedes Wort. „Wir wissen, wie nahe uns der Tod ist. Was sollen wir tun?"

Sie redeten alle durcheinander. Ich verstand nur einzelne Wortfetzen. Endlich machte der Sprecher eine entscheidende Handbewegung.

„Ich werde versuchen, die Terraner umzustimmen", sagte er. Er machte sich am Translator zu schaffen. Sörlund lächelte mir von draußen beruhigend zu. Ich schnitt eine Grimasse.

„Wenn Sie nicht auf unsere Bedingungen eingehen, töten wir Ihren Freund", verkündete der Maahk-Sprecher.

Ich versuchte mich loszureißen, doch die Tentakelarme umschlagen mich nur fester. Ich beobachtete, wie Sörlund mit den drei anderen beriet. Imar Arcus vermied es, zu mir hereinzublicken.

Endlich hob Sörlund den Translator.

„Sobald Sie ihn töten, lassen wir Sauerstoff in Ihre Spezialkabine strömen", drohte er den Maahks. „Ich zähle bis zehn, dann muß unser Freund auf dem Weg zu uns sein."

Die Maahks nahmen diese Drohung ohne Erregung hin. Während Sörlund zu zählen begann, diskutierten sie miteinander. Ich rechnete jeden Augenblick damit, daß mir einer der Methans die Sauerstoffzufuhr abstellte.

Ich machte Sörlund verzweifelte Zeichen, daß er seine makabre Zählerei unterbrechen sollte, doch er lächelte mir nur zu. Er war offenbar gewillt, mich zu opfern, um die Maahks wieder unter Kontrolle zu bringen.

„Acht", sagte Sörlund. „Imar, öffne die äußere Schleusenwand."

Arcus setzte sich in Bewegung. Die Maahks bildeten einen engen Kreis um mich.

Verzweifelt kämpfte ich gegen ihre Umklammerung an.

„Neun", sagte Sörlund ruhig.

„Halt!" rief der Maahk-Sprecher. „Wir lassen ihn frei."

Ich erhielt einen Stoß in den Rücken und taumelte auf die Schleusenkammer zu.

Hastig betätigte ich den Schaltknopf, der die innere Wand zugleiten ließ. Ich wartete, bis der Druckausgleich hergestellt war, dann öffnete ich die äußere Tür.

Ich atmete erst auf, als ich aus der Kammer heraus war. Arcus und Harper hielten mich fest und nahmen mir den Helm ab. Meine Augen suchten Sörlund.

„Du hättest mich von ihnen umbringen lassen", sagte ich wütend.

Sörlund sah plötzlich sehr alt aus. Mein Zorn schien ihn zu treffen.

„Ich glaube", sagte er rauh, „du hast noch immer eine falsche Einstellung zu unserem Unternehmen, Hegete. Wir sind mit dem Bewußtsein von ASTO IV weggegangen, bei einem riskanten Auftrag unser Leben einzusetzen. Perry Rhodan und alle anderen Verantwortlichen des Imperiums benötigen dringend unsere Informationen."

Ich schaute an ihm vorbei. „Und du glaubst, daß diese Informationen oder die Übermittlung dieser Informationen das Leben eines deiner Freunde wert sei?" fragte ich leise.

„Ja", sagte Sörlund. „Das glaube ich. Dieser Glaube gründet sich jedoch nicht auf der Mißachtung eures Lebens, sondern auf dem Wissen, daß wir Todgeweihte sind."

Ich schleuderte die einzelnen Teile des Druckanzuges von mir.

„Ich hatte in der Kabine Angst", sagte ich. „Wenn es einmal soweit ist, daß du vom Tod bedroht wirst, scheint dir jeder Tag wertvoll, den du noch gewinnen kannst."

„Hört auf damit!“ sagte Leutnant Son-Hao. „Wir haben jetzt wichtigere Dinge zu tun, als uns zu streiten.“

„Vor allem sollten wir uns bemühen, zu erfahren, wo wir sind und warum die Maahks sich so nervös gebärden“, warf Cole ein.

Schweigend wandte sich Sörlund dem Computer zu. Der Einfluß der drei blauen Sonnen auf unsere Kontrollgeräte ließ etwas nach, ein sicheres Zeichen, daß wir uns von ihnen entfernten. Dabei waren die Triebwerke vollkommen ausgeschaltet. Wenn Sörlund recht hatte und wir tatsächlich im Zentrum von Andro-Alpha herausgekommen waren, dann war es ein Wunder, daß wir diese phantastische Reise unbeschadet überstanden hatten.

Ich blickte auf den Bordkalender.

Auf Terra schrieb man den 1. April 2401.

Die Borduhren zeigten 13.10 Uhr terranischer Zeit.

Der Computer arbeitete auf Hochtouren. Sörlund gab immer neue Daten in die Bordpositronik. Gespannt warteten wir auf die ersten Ergebnisse. Der winzige Nebelfleck, als der uns Andro-Alpha vom Twin-System aus erschienen war, bildete nun eine riesige Galaxis.

Neue Fragen warfen sich auf. Sollten die Meister der Insel nicht unmittelbar im Andromedanebel, sondern in dieser vorgelagerten Milchstraße beheimatet sein? Oder bildete auch diese Sternenballung nur einen weiteren Stützpunkt eines Volkes mit unvorstellbaren Möglichkeiten?

„Die drei Sonnen sind fünf Millionen Kilometer voneinander entfernt“, sagte Sörlund, als er die ersten Ergebnisse aus dem Computer nahm. „Ihre Konstellation läßt keinen Zweifel daran, daß wir auch hier ein Kunstsystem vor uns haben.“

„Kannst du schon feststellen, wohin die ALTAI bewegt wird?“ fragte Imar Arcus.

„Unsere Geschwindigkeit ist nicht sehr hoch“, erwiderte der Major. „Es sieht so aus, als reagierte das Schiff auf einen Traktorstrahl mittlerer Stärke.“

Irgend etwas zog die ALTAI an. Bedeutete das, daß man auf unsere Ankunft vorbereitet war? Mit dieser Entwicklung hatten wir nicht gerechnet. Auch Allan D. Mercant hatte nicht voraussehen können, daß uns die Reise nach Andro-Alpha führen könnte.

„Wir werden den Dreifachtransmitter Alpha-Zentra nennen“,

schlug Sörlund vor. „Wir können jetzt sicher sein, daß wir uns im Zentrum von Andro-Alpha befinden."

Die Maahks standen nebeneinander hinter der transparenten Scheibe und gaben uns Zeichen. Sie wußten bestimmt mehr als wir, doch die Bedingungen, zu denen sie ihr Wissen preisgeben wollten, waren für uns unannehmbar.

„Seht sie euch an", sagte Cole Harper grimmig. „Es sieht fast so aus, als sei ihnen unser Ziel, was immer es ist, nicht gerade angenehm."

„Sie sind beunruhigt", stimmte Son-Hao zu. „Sicher deshalb, weil es ihnen bisher nicht gelungen ist, sich mit ihren Freunden in Verbindung zu setzen."

Sörlund gab ein ungeduldiges Brummen von sich. „Es gefällt mir nicht, daß man uns jede Entscheidung aus den Händen genommen hat. Wir können die ALTAI nicht mehr nach unserem Willen steuern. Jemand scheint schon ganz genau zu wissen, was er mit uns vorhat. Das kann bedeuten, daß wir irgendwo erwartet werden. Ich schließe daraus, daß die verzweifelten Funksprüche der fünf Methans im Horror-System gehört wurden, wenn auch niemand darauf reagierte."

Er zog zwei weitere Plastikstreifen aus dem Computer.

„Da haben wir unser Ziel!" stieß er hervor. Er kritzelte einige Notizen auf ein Papier und programmierte hastig den Computer. Es war ein völlig ungewohntes Bild, Sörlund einen derartigen Arbeitseifer entwickeln zu sehen.

„Vielleicht läßt du uns an deinem Wissen teilhaben?" Son-Hao beugte sich in seinem Sitz zu Sörlund hinüber.

„Ein Planet", sagte Sörlund. „Er umkreist als einzige Welt die drei blauen Riesen."

„Wird die ALTAI von ihm angezogen?"

„Von irgend etwas auf seiner Oberfläche", beantwortete Sörlund meine Frage. „Dort gibt es wahrscheinlich starke Traktorstrahler."

Seltsamerweise fühlte ich eine gewisse Erleichterung. Endlich würden wir die geheimnisvollen Wesen sehen, die die ganze Zeit mit uns Versteck gespielt hatten. Waren es Methans? Ich war mir nicht sicher, denn unsere fünf Begleiter in der Spezialkabine machten nicht den Eindruck, als seien sie voller Freude.

Was war *das* für ein Gedanke – die fünf einzigen Menschen innerhalb eines Sternennebels zu sein. Der Hyperkomsender in meiner

Prothese war nun wertlos geworden. Es bestand keine Chance, damit die unermeßliche Entfernung zum Horror- oder Twin-System zu überbrücken und unseren Leuten Informationen zu übermitteln. Wir waren näher an Andromeda herangekommen als jeder andere Mensch vor uns. Statt eines Triumphgefühls spürte ich nur die völlige Einsamkeit, die uns jetzt gefangenhielt.

„Der Planet scheint auf seiner Umlaufbahn durchschnittlich fünfzig Millionen Kilometer von jeder der drei Sonnen entfernt zu sein“, sagte Sörlund.

„Es ist also eine heiße Welt“, vermutete Harper.

„Wir werden versuchen, aus der Gewalt des Traktorstrahlers zu entkommen“, kündigte Sörlund an. „Vielleicht gelingt es uns, an einer Stelle zu landen, wo man uns nicht erwartet.“

Den schwergeprüften Triebwerken der ALTAI stand eine neue Belastungsprobe bevor. Stufenweise schaltete Major Sörlund auf Vollschub. Das Schiff begann zu vibrieren. Sörlund ließ die ALTAI auf Höchstlast laufen, bis die Warnlampen aufflammten.

Aufheulend erstarb das Dröhnen der Impulstriebwerke. Sörlund kontrollierte die Anzeigeskalen.

„Wir können unseren Flug verlangsamen, aber nicht aufhalten“, sagte er.

Er verließ seinen Platz und ging mit dem Translator zur Spezialkabine. Die Maahks standen mit hängenden Armen hinter der Scheibe.

„Können Sie uns sagen, was uns auf dem Planeten erwartet, auf den man uns zuzufliegen zwingt?“ fragte er.

„Es ist zu spät zum Sprechen“, erwiderte einer der Methans.

„Gehört die Welt zu den Stützpunkten Ihres Volkes?“ fragte Sörlund hartnäckig. „Werden wir dort endlich Kontakt mit Ihrer Regierung aufnehmen können?“

„Sie handelten bisher sehr unklug“, warf uns der Maahk-Sprecher vor. „Jetzt müssen wir versuchen, eine befriedigende Lösung zu finden.“

Ich dachte, Sörlund würde die Beherrschung verlieren, doch er winkte gelassen ab und gab die Unterhaltung auf.

Es gelang ihm nach mehreren Versuchen, den fremden Planeten auf die Bildschirme der Raumortung zu bekommen. Der ständig arbeitende Computer lieferte uns weitere Daten.

„Der Durchmesser dieser Welt beträgt ungefähr sechsundachtzigtausend Kilometer", gab Sörlund bekannt. „Der Planet besitzt eine Eigenrotation, über die wir noch genaue Angaben erhalten werden, wenn wir näher herankommen. Eine Sauerstoffwelt scheint es jedoch nicht zu sein."

„Also eine Welt der Maahks?" vermutete Arcus. „Ein Planet mit einer für uns giftigen Atmosphäre."

„Eine Welt, auf der wir uns nur in Druckanzügen bewegen können", fügte Cole Harper hinzu. Seine sportliche Gestalt streckte sich. Es war unangenehm, mit einem Schutzanzug herumzulaufen.

Die Werte, die Sörlund jetzt in rascher Reihenfolge erhielt, gaben unseren Vermutungen recht. Die Welt, die wir ebenfalls Alpha-Zentra nannten, war ein Planet, der für die Maahks geradezu ideale Lebensbedingungen aufwies.

Die mittleren Temperaturen lagen bei plus 82 Grad Celsius. Alpha-Zentra hatte 2,45 Gravos. Der Planet benötigte etwas über achtundzwanzig Stunden, um sich einmal um seine eigene Achse zu drehen.

Die Atmosphäre bestand aus Wasserstoff und war mit Ammoniak- und Methangasen angereichert. Unsere Geräte registrierten auch Silizium und Schwefel.

„Ein ungastlicher Planet wartet auf uns", sagte Harper. „Hoffentlich sind seine Bewohner etwas freundlicher."

Wir stellten fest, daß die Maahks mit den Geräten zu funken begannen, die ihnen die Solare Abwehr belassen hatte, und das, obwohl unsere Ortungsgeräte nicht ein einziges fremdes Schiff registrierten. Auch von keiner Bodenstation, die sich eventuell auf Alpha-Zentra befinden konnte, erhielten die befreiten Methans Antwort.

„Erkundige dich, warum sie funken", forderte mich Sörlund auf.

Ich ergriff mein Übersetzungsgerät und ging zum Behälter.

„Warum versuchen Sie, Verbindung aufzunehmen?" fragte ich.

Ich wartete eine volle Minute, ohne daß eine Antwort erfolgte. Auf Sörlunds Anweisung wiederholte ich die Frage.

Einer der Maahks machte ein eigenartiges Zeichen. Er zeichnete ein imaginäres X in die Luft und umschloß es mit einem Kreis. Den Translator benutzte er nicht.

„Ein X im Kreis", rief ich Sörlund zu. „Kannst du dir darunter etwas vorstellen?"

„Die Kerle spielen verrückt“, meinte Sörlund ärgerlich.

Er beschäftigte sich wieder mit den Kontrollen. Von den Maahks konnten wir im Augenblick keine Auskunft erhalten. Sie funkten ununterbrochen. Ich wurde das Gefühl nicht los, daß die Ereignisse sie noch mehr verwirrten als uns.

Sörlund hätte sich hartnäckiger mit ihnen beschäftigen müssen. Ihr unerklärliches Verhalten war der Schlüssel zur Lösung unserer Frage. Oder wurden diese fünf Wesen – eingesperrt in eine acht mal acht Meter große Kabine – von den gleichen Problemen gedrängt wie wir? Hatten auch sie ihre Befürchtungen?

Die Geschwindigkeit der ALTAI verringerte sich. Die befürchtete harte Landung würde also ausbleiben. Wer immer uns in der Gewalt hatte, beabsichtigte nicht, das kleine Raumschiff bereits bei der Landung zu vernichten. Das stimmte mich wieder optimistisch.

Die Massetaster schlugen aus.

„Wahrscheinlich landen wir in der Nähe einer Bodenstation“, gab Sörlund bekannt. „Imar, es ist besser, wenn du unsere Druckanzüge bereitlegst. Es ist immerhin möglich, daß wir sofort nach der Landung aussteigen müssen.“

„Die Maahks funken immer noch“, teilte der Captain Cole Harper mit. „Sie benutzen einen bestimmten Kode. Es kann sich aber auch um einfache Signale handeln, denn die Impulse wiederholen sich oft.“

Sörlunds Augenbrauen zogen sich zusammen. „Ich wünschte, wir wüßten, warum sie keine Antwort erhalten. Das beunruhigt mich. Ob die Anführer der Methans eine Falle wittern?“

Leutnant Son-Hao lachte belustigt. „Eine Falle, Halgor? Was kann die ALTAI ihren Gigantschiffen schon anhaben?“

„Eine gewisse Vorsicht entspräche der Mentalität der Maahks“, sagte Sörlund nachdenklich. „Offenbar wollen sie uns zunächst an einen bestimmten Ort bringen, bevor sie sich mit uns in Verbindung setzen.“

„Und Kotranow wird anstelle einer Funknachricht Volltreffer von den Schiffen der Maahks erhalten“, vermutete ich.

Nichts war so verlaufen, wie wir es geplant hatten. Wir waren weiter von unserer Milchstraße entfernt als jemals zuvor, so weit, daß mein Hyperkomsender die ANDROTEST III unmöglich erreichen konnte. Kotranow würde umsonst warten.

Major Sörlund wiederholte die Kontrolle der atmosphärischen Bedingungen. Arcus hatte unsere Druckanzüge griffbereit hinter die Sitze gelegt. Die Maahks funkten ununterbrochen. Auf den Bildschirmen konnten wir die ersten Umrisse der Oberfläche von Alpha-Zentra erkennen. Die dunklen Schatten deuteten auf Gebirge hin. Wir sanken auf die Tagseite des Planeten hinab.

Die ALTAI schien auf einen großen Fleck zuzufallen.

Sörlund stellte fest, daß der Traktorstrahl dort seinen Ursprung hatte. Als Mitglied einer Explorerbesatzung hatte ich oft fremde Planeten betreten und an vielen Expeditionen teilgenommen. Die erzwungene Landung auf Alpha-Zentra war damit jedoch nicht zu vergleichen. Wir näherten uns einer Welt, die mehr als zwei Millionen Lichtjahre von unserer Heimatgalaxis entfernt war. Die Kluft, die zwischen uns und der Milchstraße lag, war unvorstellbar.

Ein Schauer überlief mich, wenn ich an die bevorstehende Landung dachte. Zum erstenmal seit meinem ersten Start mit der Explorer 8080 erfaßte ich wieder die Bedeutung des Wortes *fremdartig* in voller Konsequenz.

„Landestützen ausfahren!“ klang Sörlunds gelassene Stimme auf.

„Landestützen ausgefahren!“ bestätigte Harper.

Sörlund winkte mir zu. „Sage den Maahks, daß wir gleich landen werden“, befahl er. „Es kann sein, daß wir etwas hart aufsetzen.“

Ich informierte die befreiten Gefangenen. Sie gaben keine Antwort. Offenbar waren sie vollauf mit ihrem Funkgerät beschäftigt.

Der helle Fleck hatte sich inzwischen als ausgedehnte Ebene herausgestellt. Ein dunkler Schatten war darin zu erkennen. Das konnte die Bodenstation sein. Sörlund schaltete die Triebwerke auf volle Leistung, um einen plötzlichen Absturz zu vermeiden. Auch das Antigravtriebwerk lief.

Der Traktorstrahl entließ die ALTAI jedoch nicht. Das Schiff sank durch Schwaden giftiger Gase in die Tiefe.

„Die Ebene ist künstlich angelegt!“ entfuhr es Sörlund. „Im Hintergrund sind Gebirge zu erkennen!“

„Bei allen Planeten!“ Harper beugte sich weit im Sitz vor. „Es ist ein riesiger Raumhafen.“

Jetzt konnten wir alle die Anordnung des Landefeldes sehen.

Diese künstlich geschaffene Ebene war so groß, daß sie einigen hundert Superraumschiffen des Imperiums Platz geboten hätte.

Doch nirgends auf diesem ausgedehnten Raumflughafen konnten wir ein Schiff erkennen. Verlassen lag das Feld unter uns.

Ein schwarzes Gebäude geriet in unser Blickfeld.

„Eine kleine Station", sagte Sörlund ohne Erregung. „Offenbar ist sie mit dem Sonnentransmitter gekuppelt."

„Glaubst du, daß sie als Transmitter arbeiten kann?" fragte Arcus.

„Das würde den Traktorstrahl überflüssig machen", entgegnete Sörlund. „Nein, dieses Kraftwerk hat lediglich den Zweck, manövrierunfähige Schiffe herunterzuholen, oder – wie in unserem Fall – Eindringlinge festzuhalten."

„Nicht ein einziges Schiff zu sehen", sagte Cole beklommen. „Dabei hätte ich geschworen, daß wir erwartet würden."

Die unheilvolle Stille der Funkgeräte und die Verlassenheit des Landefeldes wirkten gespenstisch. Waren wir nur in den Einflußbereich einer seelenlosen Maschinerie geraten, ohne das Zutun fremder Intelligenzen?

Die ALTAI setzte so sanft auf, als wären wir mit Hilfe des Antigravtriebwerkes gelandet. Sörlund schaltete sämtliche Triebwerke aus. Einen Augenblick saßen wir alle bewegungslos da, gebannt von der seltsamen Atmosphäre, die uns umgab.

Dann begann Cole an den Skalen des Normalfunks zu drehen.

„Nichts!" Er drehte hastig weiter. „Stille auf allen Bereichen."

„Dafür sind unsere Freunde um so aktiver", bemerkte Sörlund, als er sich von seinem Platz erhob. „Sie senden immer noch, als ginge es um ihr Leben."

Son-Hao teilte uns mit, daß es außerhalb der ALTAI eine Temperatur von plus 82 Grad Celsius herrschte. Bei dem vorhandenen Druck, der auf Alpha-Zentra gegeben war, würden wir also nicht das seltene Schauspiel von Ammoniak-Wasserfällen erleben. Auch Ammoniak-Seen gab es dort draußen nicht.

Alpha-Zentra schien der ideale Maahk-Planet zu sein. Es hätte von Methans nur so wimmeln müssen.

Es war jedoch kein einziger Maahk zu sehen.

Wir begannen damit, gründliche Messungen durchzuführen. Sörlund bestand darauf, daß wir unsere Raumanzüge anlegten. Er hielt es für möglich, daß wir gezwungen werden könnten, die ALTAI plötzlich zu verlassen. Ich blickte immer wieder zu den Bildschirmen und den Ortungsgeräten. Ich rechnete damit, daß jeden Augenblick ein fremdes Schiff hier auftauchen würde.

Die kleine Traktorstation war offenbar nicht von irgendwelchen Lebewesen besetzt. Sie arbeitete vollautomatisch.

Das riesige Landefeld machte einen gepflegten Eindruck. Alles deutete darauf hin, daß hier oft Raumschiffe landeten. Wir mußten jedoch die ALTAI verlassen, wenn wir Einzelheiten herausfinden wollten.

Früher oder später würde Sörlund den Befehl zum Aussteigen geben, dessen war ich sicher. Vielleicht würde er zunächst nur ein paar Roboter ausschleusen.

Der Major ging in der Zentrale auf und ab. Ein solch sichtbares Zeichen offener Unruhe war bei ihm derart bemerkenswert, daß wir vier anderen uns fragend anblickten.

Sörlunds Raumanzug knirschte, als der Major mit einem Ruck seine Wanderung unterbrach.

„Vielleicht will man uns nur weich machen“, sagte er. „Wenn wir erst richtig nervös sind, wird jeder Verhandlungspartner überlegen sein.“

Selbst bei lebhafter Phantasie konnte ich mir keinen ruhigeren Verhandlungspartner als Sörlund vorstellen. Allein der Anblick, den er in seiner Sonderanfertigung eines Raumanzuges bot, mußte jedes Lebewesen beunruhigen.

Sörlund machte eine entscheidende Handbewegung.

„Also gut“, rief er aus. „Fangen wir noch einmal von vorne an. Es muß eine logische Erklärung für unser Hiersein geben.“

Je länger wir jedoch darüber sprachen, desto verworrener erschien uns unser Problem – und die Absichten der Unbekannten, die uns nach Alpha-Zentra gebracht hatten.

Schließlich sagte Sörlund: „Ich sehe schon, daß wir warten müssen, um Klarheit zu erhalten.“

Die genaue Uhrzeit unserer Landung auf Alpha-Zentra habe ich nicht festgehalten, aber sie fand irgendwann in den Nachmittagsstunden des 1. April 2401 statt.

Nun sind wir also hier, abgeschnitten von der übrigen menschlichen Gemeinschaft, über zwei Millionen Lichtjahre von der Erde entfernt. Ich weiß nicht, warum ich mich entschlossen habe, meinen Bericht nicht fortzusetzen, gleichgültig, was uns die Zukunft bringen wird. Vielleicht ist es eine gewisse Resignation gegenüber den unbekannten Mächten, die uns im Augenblick beherrschen. Doch das glaube ich nicht.

Die Energie, mit der wir uns an unsere Aufgabe machten, scheint zwar erloschen zu sein, doch an ihre Stelle ist eine ruhige Entschlossenheit getreten, alles zu tun, um unsere Lage zu verbessern.

Son-Hao sagte, daß die ALTAI wahrscheinlich unser Sarg sei, doch er sagte es mit einem Lächeln, das mir deutlich zeigte, daß er selbst nicht an diese Worte glaubte. Er hat etwas von seiner Lebendigkeit eingebüßt, der kleine Leutnant. Er ist irgendwie ruhiger und reifer geworden. Die Linien in seinem Gesicht sind schärfer geworden, die Nase tritt stärker hervor.

Auch an Harpers sportlicher Gestalt sind die Strapazen der letzten Tage nicht spurlos vorübergegangen. Der vierunddreißig Jahre alte Biophysiker, der so selten aus sich herausgeht, hat dunkle Schatten unter seinen Augen.

Und Imar Arcus? Seine kräftige Gestalt scheint aus einem anderen Material als unsere Körper zu bestehen, denn er bewegt sich nach wie vor mit wuchtigen Schritten, ein dynamischer, impulsiver Mann. Und doch, die wasserblauen Augen des Ultraenergie-Ingenieurs scheinen sich jetzt öfter zu verschleiern. Ab und zu fährt Arcus mit den Händen nachdenklich über sein kurzgeschorenes rotes Haar.

Auch mit mir ist eine Veränderung vorgegangen, ich spüre es. Ich lache nicht mehr so häufig, und ich muß mich zusammenreißen, damit mein Spott, den meine Freunde so gewöhnt sind, nicht immer stärker in Zynismus umschlägt.

Mit den Todgeweihten, die ASTO IV verlassen haben, haben wir zumindest in seelischer Hinsicht kaum noch etwas gemeinsam.

Wir sitzen in der Zentrale der ALTAI, die Helme unserer Anzüge sind aufgeklappt, weil wir den Sauerstoff in den Aggregaten sparen wollen.

Die anderen nehmen weitere Messungen und Untersuchungen der Atmosphäre vor, während ich meinen Bericht beende.

Die fünf Maahks funken noch immer.

Flach dehnt sich das Landefeld vor uns aus, in seiner hellen Ebenmäßigkeit nur von der Traktorstation unterbrochen. Ein geheimnisvoller Ruf scheint von diesem Raumflughafen auszugehen.

Aber dieses Gefühl kenne ich schon von anderen Raumhäfen. Sie erwecken alle die gleichen Sehnsüchte in mir. Einen Sternenhafen zu betreten, bedeutet immer Abschied zu nehmen und ein Stück in die Zukunft vorauszueilen.

Ich erinnere mich an die Worte Sörlunds, die er beim Betreten eines von Menschen unberührten Planeten geäußert hatte.

„Nichts in diesem Universum ist unveränderlich. Alles ist den Gesetzen von Raum und Zeit unterworfen."

Nein, Halgor, nichts unveränderlich – auch du nicht.

In ungefähr fünf bis sechs Wochen wirst du zu einer kristallinen Statue erstarren, wenn du nicht zuvor schon von fremden Intelligenzen getötet wirst.

Woran denken die Maahks in ihrer Spezialkabine im Augenblick? Mercant sagte, daß es gefühlskalte Wesen seien, doch auch ihre Handlungen sind von Wünschen und Instinkten geleitet. Auch sie kämpfen den uralten Kampf, der offenbar an keinem intelligenten Volk des Universums spurlos vorübergeht: den Kampf um die Erkenntnis.

Nun gut, Sergeant Hegete Hegha, beende deinen Bericht, den wahrscheinlich niemals ein Terraner zu lesen bekommen wird. Erinnere dich noch einmal an die überfüllten Stadien, in denen du, vom Beifall der Menge umtost, deine größten Triumphe feiertest. Erinnere dich noch einmal an die achtundzwanzig Jahre deines Lebens, die dein persönlicher Kampf waren.

Vielleicht wird jemand eines Tages diesen Bericht fortsetzen, jemand, der die Antworten auf alle unsere Fragen erfährt.

Ich hoffe nur, daß es ein Terraner ist.

So endete der Tagebuchbericht des terranischen Sergeanten Hegete Hegha, doch seine Geschichte war noch nicht zu Ende. Das unentrinnbare Schicksal schrieb sie weiter . . .

18.

Major Halgor Sörlund betrat die Zentrale durch das Hauptschott. Er schloß es, blieb stehen und sah sich gelangweilt um.

Weiter links leuchteten die großen Sichtscheiben der Hochdruckkabine, in der die fünf Maahks untergebracht waren.

Sie hatten stundenlang versucht, Funkkontakt mit ihren Artgenossen aufzunehmen. Niemand hatte geantwortet.

Jetzt saßen die fünf Nichtirdischen auf ihren Andrucklagern und regten sich nicht.

Sergeant Hegete Hegha erhob sich, schlurfte durch die Zentrale, bedachte einen Rechenautomaten mit einem unmotivierten Tritt und blieb vor der Klarsichtscheibe der Hochdruckkabine stehen. Sie maß acht mal acht Meter und bot ausreichend Platz für fünf Methans.

Die Luftversorgung wurde von einer Spezialautomatik sichergestellt. Das Gemisch aus Wasserstoff, Methan, Ammoniak und Spurenelementen war für Menschen hochgiftig. Der Druck konnte auch nicht ohne besondere Schutzvorrichtung ertragen werden.

„Sie haben eine Stunde lang nicht mehr versucht, die Kommandogewalt übertragen zu bekommen", teilte Sergeant Imar Arcus mit.

„Hmm . . .!" machte Sörlund. „Sonst noch etwas?"

Leutnant Son-Hao lachte unecht.

Sein schmächtiger Körper versank fast im hochlehnigen Sitz vor den Kontrollanzeigen der Fernanalyse. Der Kosmochemiker war ein Meister im Entwickeln von durchweg unrealisierbaren Ideen, aber daran hatten sich seine Gefährten schon längst gewöhnt.

Auch Arcus' Impulsivität, Heghas Zynismus, Harpers unerschütterliche Ruhe und Sörlunds Lethargie gehörten zu diesen Männern wie ein gutes Raumschiff zu einem guten Kosmonauten. Sie waren ein Team, das vom gemeinsamen Schicksal zusammengeschweißt worden war. Gerade ihre Unterschiedlichkeit in Temperament und Auffassung war von den Psychologen der Solaren Abwehr als günstig beurteilt worden.

Halgor Sörlund ließ die Schultern hängen und rieb die pergamentähnliche Haut seiner knochigen Hände gegeneinander, so daß ein schabendes Geräusch entstand. Dann schlenderte er in seiner typisch schlaffen Haltung zum Kommandantensitz zurück.

Den fünf Maahks warf er nur einen düsteren Blick zu. Hegete stand immer noch vor der Kabine und beobachtete die Fremden.

Ihre blaßgraue, mit pfenniggroßen Schuppen von gleicher Farbe bedeckte Haut unterschied sich kaum von ihren kombinationsähnlichen Uniformen. Ihre kurzen muskulösen Beine besaßen eine Skelettstruktur und Gelenke wie bei Menschen.

Anders war es mit den überaus langen und kräftigen Armen, die aus knochenlosen Muskel- und Sehnenbündeln bestanden. Sie endeten in sechs ebenfalls knochenlosen Fingern von hoher Elastizität.

Sie waren zweigeschlechtliche, jedoch eierlegende Geschöpfe, die ihren ausgeschlüpften Nachwuchs nach der Art von Säugetieren ernährten. Hier offenbarte sich der erste phänomenale Unterschied zu humanoiden Intelligenzen wie Menschen und Arkoniden. Alles das wußte Hegha, aber in Augenblicken wie diesem kam ihm die Fremdartigkeit dieser Wesen immer wieder aufs neue voll zu Bewußtsein.

Einer der Maahks stand auf und näherte sich der Druckscheibe. Hegete mußte sich dazu zwingen, nicht einen Schritt zurückzutreten. Der Kopf des Methans war von faszinierender Fremdartigkeit. Er war ein Bestandteil des Körpers, fest damit verbunden und unbeweglich. Von vorn betrachtet, glich er einem halbmondförmigen Wulst, der sich von Schulter zu Schulter zog und daher eine Länge von durchschnittlich eineinhalb Metern aufwies.

Von der Seite betrachtet, wurde erkennbar, daß sich dieser Halbmondwulst nach oben verjüngte und einen Grat bildete, auf dem vier große Augen saßen. Sie hatten pro Einheit zwei Schlitzpupillen und erlaubten einen umfassenden Blickwinkel von dreihundertsechzig Grad. Bei einer solchen Konstruktion der Natur war es nicht erforderlich, den Kopf beweglich anzuordnen.

Geruchs-, Gehör- und andere Sinnesorgane waren kaum sichtbar in diesem eigentümlichen Kopf untergebracht. Am deutlichsten war der zwanzig Zentimeter breite, dünnlippige Mund mit seinem Raubtiergebiß zu erkennen. Er saß an der etwas faltigen Übergangsstelle zwischen Kopf und Brust und diente zur Nahrungsaufnahme.

Imar Arcus erhob sich und trat neben Hegha.

„Was will der Kerl schon wieder?“ meinte Arcus mißtrauisch. „Er soll uns nur nicht wieder mit den alten Vorschlägen kommen. Niemand denkt daran, den Burschen die Kommandogewalt über die ALTAI zu übertragen. Ich werde ihn . . .!“

„Du wirst gar nichts tun“, unterbrach ihn Hegete. „Begreife endlich, daß dein Körper von jedem Maahk-Säugling als Fangball verwendet werden kann.“

„Quatsch! Die sehen nur so aus.“

„Hast du die Kabine betreten oder ich? Bin ich von den Burschen umschlungen worden, daß meine Rippen krachten, oder warst du es?“

„Ruhe an Bord“, brummte Halgor Sörlund. „Was will er?“

Hegete bemerkte jetzt erst, daß der Maahk seinen Translator an den Mund hielt. Die hornigen Lippen bewegten sich. Die Lautsprecher der großen Übertragungsanlage sprachen an.

„Wir möchten Sie nochmals bitten, uns die ALTAI zu übergeben“, meldete sich der Methan. „Sie ahnen nicht, was Sie hier erwartet. Unsere Funkanrufe sind nicht beantwortet worden. Sie stehen seit Stunden auf diesem Raumhafen und niemand kümmert sich um Sie. Wir befinden uns nicht in Ihrer Galaxis und auch nicht mehr im Leerraum mit seinen künstlichen Auffangstationen.“

„Was Sie nicht sagen!“ rief Hegete grinsend. „Das haben wir noch gar nicht gemerkt. Wir warten eben, basta.“

„Sie begehen einen schwerwiegenden Fehler. Sie müssen starten. Sofort.“

„Wie und warum?“

Der Maahk zeigte keine Spur von Nervosität. Er sprach so gelassen, wie er immer zu den Terranern gesprochen hatte.

„Mir paßt es nicht, an dem Kerl hinaufsehen zu müssen“, beschwerte sich Imar Arcus. „Man kommt sich direkt minderwertig vor.“

„Bringe ihm eine Stehleiter, Son-Hao“, meinte Sörlund trocken.

Cole Harper lachte. Er war wieder die Ruhe selbst.

„Hören Sie mich?“ rief der Maahk aus. „Warum antworten Sie nicht? Sie müssen starten.“

Sörlund erhob sich ächzend aus dem Kommandantensessel.

„Man hat nicht fünf Minuten lang seine Ruhe", murrte er. „Hegete, *ich* führe das Gespräch."

„Das wäre ja mit einer gewissen Aktivität zu vergleichen?" staunte der Robotiker. „Ist dir nicht gut, Major?"

Sörlund bedachte ihn mit einem anklagenden Blick. Arcus grinste, und Captain Harper klappte sein Konturlager nach hinten.

„Weckt mich rechtzeitig, ja?" bat er. „Ich möchte den Knalleffekt nicht verpassen."

„Nerven wie Kunstfaserstricke", steigerte sich Arcus noch mehr in seine Aufregung hinein. „Was willst du dem Maahk sagen, Halgor?"

Der Kommandant antwortete nicht. Er ergriff einen Translator, schob Hegete mit erstaunlicher Kraft zur Seite und trat näher an die Scheibe.

„Hören Sie, so geht es nicht weiter", sprach er den Maahk an. „Sie verlangen nun seit Tagen die Kommandogewalt über unser Schiff, aber Sie sind nicht bereit, uns Ihre seltsame Forderung zu erklären. Wir haben Sie deshalb aus der Gewalt der Solaren Abwehr befreit, um in Ihnen Fürsprecher für unser Vorhaben zu finden. Ich bin nicht daran interessiert, nun in heller Panik zu starten, nur weil man uns stundenlang warten läßt."

„Sie unterliegen einem schrecklichen Irrtum."

Sörlund seufzte tief.

„Ja, das haben Sie schon oft behauptet. Mir scheint, mein Freund, Sie fürchten viel mehr um Ihre Haut als um unsere. Ich weiß zwar nicht, was Ihnen Ihre Leute antun könnten, aber ich habe nun einmal diesen Eindruck gewonnen. Wir sind geflohen, um mit Ihren Oberbefehlshabern Verbindung aufzunehmen. Wir möchten einen Krieg zwischen den Intelligenzen der Milchstraße und Ihrem Volk verhindern. Wir sind davon überzeugt, daß ein vernünftiges Gespräch zur rechten Zeit Früchte tragen wird. Weshalb sollten wir also starten, nachdem wir mit Mühe und Not hier angekommen sind? Finden Sie das nicht unlogisch? Sie sind doch klare Denker, oder?"

„Das war aber eine lange Rede", spöttelte Hegha. „Frage ihn, weshalb uns die Kommandeure der über dem Horrorsystem postierten Raumschiffe unangefochten durchgelassen haben. Vielleicht redet er endlich."

„Zwecklos“, lehnte Sörlund ab. „Unsere Freunde haben ein Geheimnis, das sie uns anscheinend erst im letzten Augenblick anvertrauen wollen.“

„Wahrscheinlich dann, wenn es zu spät ist“, behauptete Cole Harper schläfrig. „Laßt sie in Ruhe. Der Raumhafen ist öde und leer. In der Traktorstation rührt sich auch nichts. Wenn Hegete etwas unternehmen will, soll er hinausgehen und nachschauen, wie die Apparaturen funktionieren. Das beruhigt die Nerven. Arcus soll versuchen, ob er die in weiter Ferne erkennbaren Glasbäume kleinhacken kann. Vielleicht brauchen wir einmal Brennholz.“

„Du bist auch ein Nagel zu meinem Sarg“, stellte Sörlund bekümmert fest.

„Woher nimmst du deine Ausgeglichenheit?“

Cole lächelte.

„Veranlagung. Außerdem sollen sich Halbtote nicht mehr über Dinge aufregen, die zu erledigen den Lebenden zusteht. Also – wer macht mit mir ein Schläfchen?“

„Der Teufel soll dich holen“, knurrte Arcus fassungslos. „Ich mache die Bordwaffen klar.“

„Das machst du nicht“, gebot Sörlund.

Hegete drehte sich auf dem Absatz seiner Prothese um und ging zu seinem Platz zurück. Sein Gesicht war noch verkniffener. Er dachte an die geheime Spezialausrüstung der ALTAI, die man getreu nach den Richtlinien der Solaren Abwehr eingebaut hatte.

Wie sollten die Geräte eingesetzt werden, wenn sich niemand um die Ankömmlinge aus einer anderen Galaxis kümmerte?

Sörlund winkte den fünf Maahks zu, hakte den Übersetzer in den Kombigürtel seines druckfesten Raumanzuges ein und ging ebenfalls zu seinem Sitz zurück.

Wieder beobachteten sie die Bildschirme der Panoramagalerie. Sie boten das gleiche Bild wie Stunden zuvor.

Weit hinter dem Raumhafen wuchsen Berge in den Himmel. Von den drei blauen Riesensonnen dieses künstlich aufgebauten Systems waren zwei auf den Bildschirmen zu erblicken. Die eine stand genau nördlich, die zweite war nur noch als Sichel im südöstlichen Sektor zu sehen.

Die hohen Berge jenseits der Platzgrenzen schimmerten immer

noch wie zerbröckeltes Kristallglas. Die wenigen Gewächse westlich des Hafens boten auch keinen Anlaß zu hoffnungsvollen oder enthusiastischen Äußerungen. Sie waren fremdartig und nach den biologischen Gesetzen eines Sauerstoffplaneten ausgesprochen stilwidrig.

Halgor Sörlund traf eine Entscheidung.

„Wenn man sich in einer Stunde noch nicht gemeldet hat, versuchen wir den Start. Nein – keine Diskussionen. Das ist ein Befehl!“

Major Halgor Sörlund, der Mann, dem die wenigsten Menschen eine blitzschnelle Reaktion zugetraut hätten, schreckte zuerst auf.

„Vorsicht!“

Der Ausruf riß Cole Harper aus dem Schlummer. Ohne einen Ton zu verlieren, fuhr er seinen Sessel herum und beobachtete seine Kontrollen.

Imar Arcus beugte sich nach vorn und schaute auf die Bildschirme.

„Gespenster?“ ließ sich Hegete Hegha hören.

Als er ebenfalls bemerkte, daß sich die kleine ALTAI vom Boden abhob und ohne fühlbare Andruckbelastungen Fahrt aufnahm, pfiff er laut und schrill durch die Zähne.

Son-Hao zuckte zusammen. Der Blick, den er Hegete schenkte, war nicht besonders freundlich.

„Na also, es ist doch jemand da“, meinte Sörlund. „Verliert jetzt nicht die Nerven! Entweder hat man sich plötzlich an uns erinnert, oder man hat eine bestimmte Testserie abgeschlossen. Wir fliegen über das Land hinweg.“

„Höhe knapp viertausend Meter“, meldete Arcus. „Was soll nun dieser Scherz wieder bedeuten? Wohin bringt man uns?“

Niemand antwortete. Arcus kniff die Lippen zusammen und blickte sich unwillig um. Dabei entdeckte er die fünf Maahks. Sie hatten sich von ihren Lagern erhoben und drängten sich hinter der Panzerplastscheibe zusammen.

„Versuchen Sie die Flucht!“ ertönte die Stimme ihres Sprechers aus dem Lautsprecher eines aktivierten Translators. „Hören Sie doch – versuchen Sie die Flucht! Sie werden von einem Transportstrahl abgehoben."

„Verraten Sie uns endlich, welche Sorgen Sie haben", entgegnete Sörlund. „Dann können wir über Ihren Vorschlag reden."

Der Sprecher wendete sich an seine Gefährten. Die Unterhaltung war wesentlich erregter, als man es von diesen Lebewesen gewöhnt war.

Die fünf Agenten von der Erde verstanden jedes Wort.

„Teufelswelt", flüsterte Hegete vor sich hin. Er war sichtlich nervös. „Ich habe diese Wasserstoffriesen noch nie leiden mögen. Wenn wir ohne Druckpanzer das Schiff verlassen, wird uns der Druck umbringen. Außerdem müßten wir sofort ersticken. Ich frage mich immer wieder, welcher Mißgriff der Schöpfung unterlaufen ist, als sie solche Planeten schuf."

„Das war kein Mißgriff", behauptete der Biophysiker Harper, ohne die Stimme zu heben. „Nichts in diesem Universum ist zufällig geschehen, nichts ist außerhalb des Funktionszusammenhanges von Ursache und Wirkung erschaffen worden. Ich halte es für eine Blasphemie zu behaupten, jedes Ding hätte nicht den rechten Platz gefunden. Die Methans sind eine Lebensform wie wir auch. Was wissen wir schon über die unerschöpfliche Schaffungskraft und Vielfältigkeit der Natur? Ich kenne Tausende von Lebewesen, und keines gleicht dem anderen. Es muß auch solche Planeten geben, Hegete."

„Ich kann sie trotzdem nicht leiden."

„Deine Sache. Wenn wir ohne Schutzanzüge das Schiff verlassen, werden wir sterben. Wenn wir Methans auf der Erde aussetzen, werden sie sofort ersticken. Also . . .?"

„Also ist es widersinnig, wenn sich zwei Völker, die biologisch derart verschieden sind, gegenseitig bekämpfen", fuhr Sörlund fort. „Wolltest du das ausdrücken, Cole?"

„Ungefähr."

In der Korvette herrschte die gewohnte Schwerkraft von einem Gravo. Die Neutralisatoren liefen einwandfrei. Wenn es hier technisch hochstehende Lebewesen gab, so legten sie keinen Wert darauf, die Strommeiler der ALTAI stillzulegen. Mit dem Energieverlust wären die mörderischen Gravitationskräfte des Planeten Alpha-Zentra über die fünf Männer hergefallen.

„Ich denke an Allan D. Mercant und Perry Rhodan", sagte Harper leise.

„Wenn ich die beiden richtig beurteile, haben wir außer dem Spionageauftrag noch eine andere Mission zu erfüllen. Die Aussagen, die wir zur Tarnung unseres Einsatzes zu machen haben, zielen darauf hin, die Bereitschaft der Menschen für eine friedliche Koexistenz auszudrücken. Wir sind im Grunde genommen Friedensbotschafter. Wenn wir nicht angehört werden, und wenn wir eine glatte Absage erhalten, so ist eine friedliche Regelung wenigstens versucht worden. Die Maahks müssen aus unseren Erklärungen ersehen, daß es bei uns Leute gibt, die nicht an intergalaktischen Vernichtungsschlachten nach dem Vorbild des arkonidischen Methankrieges interessiert sind. Wenn sie einigermaßen vernünftig sind, oder vernünftig *geworden* sind, werden sie ebenfalls zu dem logischen Schluß kommen, daß unsere Sauerstoffwelten für sie ebenso unbrauchbar sind wie ihre Wasserstoffgiganten für uns. Ich behaupte, daß Perry Rhodan die Situation ganz klar erkannt hat."

„Und die Maahks auch?" warf Sörlund ein.

Harper schaute ihn abweisend an.

„Ich möchte die Frage bejahen. Selbst wenn sie eine völlig andere Weltanschauung haben, so sind sie doch ausgesprochene Logiker. Wir sind ihnen bisher nicht auf die Zehen getreten."

Hegete lachte stoßartig.

„Oho! Wer hat denn die Festung vernichtet?"

„Wir", gab Harper zu. „Das werden sie als intelligente Wesen aber verstehen müssen. Die Festung ist in unserem Lebensbereich aufgetaucht. Ich bin jetzt sicherer als zuvor, daß Rhodan große Hoffnungen auf unser Unternehmen setzt. Wenn wir nur etwas Glück haben, sind wir die ersten menschlichen Botschafter im Vorfeld des Andromedanebels."

„Wie feierlich", sagte Hegete Hegha.

„Halte den Mund, Sergeant", verwies ihn Sörlund. „Dein Zynismus ist an dieser Stelle unangebracht. Cole – ich würde deinen Ansichten voll und ganz zustimmen, wenn du nicht etwas übersehen hättest."

Der Captain drehte seinen Kontursitz nach links.

„Und das wäre?"

„Wenn die Maahks vorbehaltlos über sich selbst bestimmen könnten, würden wir vielleicht das erreichen, was du angedeutet hast. Ich halte sie ebenfalls für vernünftig genug, auf einen mörderischen Krieg zu verzichten. Wir sind uns gegenseitig nicht im Wege. Wenn sie allerdings Befehlsempfänger sind, dann werden wir niemals zu Friedensbotschaftern aufsteigen, sondern nur Geheimagenten bleiben. Mache dir keine Illusionen. Die Maahks sind *nicht* die Beherrscher von Andromeda! Als sie vor zehntausend Jahren hier ankamen, konnte das nur mit dem Willen jener Intelligenzen geschehen sein, die schon lange vorher den galaktischen Sechsecktransmitter und die vor Andromeda liegenden Transmitterstationen gebaut hatten. Die wenigen Raumschiffe der Maahks, die außerdem durch die arkonidische Verfolgung moralisch schwer angeschlagen waren, wären ohne die Zustimmung der wirklichen Machthaber niemals bis zu diesem Zwergnebel durchgekommen. Denke an den Twintransmitter und an die Schrecken von Horror. Es wird uns wohl nichts anderes übrigbleiben, als unser Programm ablaufen zu lassen."

Cole Harper verzichtete auf eine Antwort. Sörlund hatte recht. Es stand mit neunundneunzigprozentiger Sicherheit fest, daß die Maahks in Gnaden aufgenommen worden waren. Weshalb dies geschehen war, wußte man nicht. Die gängige Theorie besagte, sie wären von den sogenannten Meistern der Insel nur deshalb empfangen worden, weil sie die ungeheure Kampfkraft der Maahks für ihre Zwecke einsetzen wollten.

„Sie haben Angst!" rief Imar Arcus aus. „Seht euch das an!"

Sörlund brauchte nicht zu fragen, wen Arcus meinte. Die fünf Maahks in der Druckkabine legten in größter Eile ihre Raumanzüge an und schlossen die Helme. Sie hüllten die Kopfwülste in voller Breite ein. Oben, auf dem Grat, war eine transparente Sichtplatte eingelassen. Die Fremden wirkten jetzt noch unheimlicher als zuvor.

Vor den Außenwandungen der Korvette heulten die verdrängten Luftmassen des Planeten Alpha-Zentra. Die Fahrt war vierfach überschallschnell. Die Reibungswärme war aber noch nicht hoch genug, um die Schutzschirmautomatik anspringen zu lassen.

Unter der ALTAI huschte die fremdartige Landschaft hinweg. Hier und da waren sogar ausgedehnte Wasserflächen zu bemerken. Sörlund dachte darüber nach, wie sich das nasse Element auf einem warmen Hochdruckplaneten verhalten müßte.

Weite Ebenen mit kristallinen Zwerggewächsen gingen in steinige Geröllwüsten über. Dann kamen wieder ausgedehnte Gebirgszüge, deren Täler von farbenprächtigen Glaswäldern ausgefüllt wurden.

„Wenn es hier nicht so warm wäre, könnten wir Ammoniak-Wasserfälle sehen“, behauptete Harper. „Maahks können auf kalten Planeten nicht leben. Ammoniak verflüssigt sich bei minus 33 Grad Celsius, unter stärkeren Drücken bei noch höheren Temperaturen. Könnt ihr euch vorstellen, daß einem Maahk beim Ausatmungsprozeß ein verflüssigter Ammoniakstrahl aus dem Munde schießt?“

Sörlund schüttelte sich. Imar Arcus schaltete an den Maschinenkontrollen. Die Lampen der Waffentürme leuchteten jedoch nicht auf. Es fiel Arcus schwer, auf einen Sprung zur Feuerleitzentrale zu verzichten. Männer, die desertiert waren, um Unbekannte vom Wahnsinn eines intergalaktischen Krieges zu überzeugen, kamen nicht mit feuerklaren Strahlkanonen an.

Zehn Minuten später änderte sich das Bild der Oberfläche. Bisher hatte man weder eine Stadt noch sonstige Anzeichen einer Besiedlung bemerkt. Nun tauchten am Horizont schimmernde Türme auf. Von da an ging alles rasend schnell. Ehe das Auge die Vielfalt der Eindrücke erfassen konnte, schwebte die ALTAI bereits über einem Raumhafen von so riesenhaften Ausmaßen, daß man seine Grenzen auch aus größerer Höhe nicht überblicken konnte.

Das war aber nicht besonders beeindruckend. Große Raumhäfen gab es überall in der Galaxis. Die Gebäudegruppen, Schachtanlagen, Schaltstationen aller Art, Kraftwerke für Landungsmanöver und Funktürme konnten Männer wie Halgor Sörlund eigentlich nicht aufregen.

Da es aber dennoch geschah, mußte ein anderer Grund vorliegen. Imar Arcus folgte seinem Temperament und stieß eine Serie von Verwünschungen aus, mit denen er seine Erregung abzureagieren pflegte.

Hegete Hegha zeigte wieder ein verkniffenes Gesicht, Son-Hao holte tief Luft, und Cole Harper wurde blaß.

Halgor Sörlund saß regungslos in seinem Kommandantensitz. Die Schultern nach vorn gebeugt und die Hände um die Armlehnen geklammert, blickte er auf die Bildschirme.

Der Hafen war wirklich groß. Nein – er war schon gigantisch.

Trotzdem reichte er kaum aus, um den zahllosen schwarzen Raumschiffen Platz zu bieten.

Die größten Einheiten maßen zweieinhalbtausend mal fünfhundert Meter. Sie glichen gigantischen Walzen mit fast halbrunden Vorderteilen und konisch zulaufenden Hecks und lagen der Länge nach auf ihren Pisten.

Hier und da gab es Konstruktionen mit aufragenden Stabilisierungsflossen. Dabei handelte es sich aber nur um kleinere Schiffe, die offenbar für Flüge innerhalb einer planetarischen Lufthülle bestimmt waren. Im leeren Raum waren Flossen und aerodynamische Ruderanlagen ohnehin zwecklos.

Die terranischen Schiffe der frühen Raumfahrtepoche waren immer auf den Heckstützen gelandet worden. Die Maahks zogen es anscheinend aus Stabilitätsgründen vor, ihre Riesenkonstruktionen horizontal auf den Boden zu bringen, obwohl die walzenförmigen Rümpfe infolge ihres großen Durchmessers auch eine Vertikalstellung erlaubt hätten. Die Landebeine hätten nur entsprechend stark und weit genug gespreizt sein müssen.

Die ALTAI schwebte langsam nach unten. Imar Arcus fuhr die Landebeine aus und kippte die Bereitschaftsschaltung der Triebwerke auf Nullstellung. Nur ein Kraftwerk lief weiter, damit die Gravitationsneutralisatoren mit Arbeitsstrom versorgt werden konnten.

Augenblicke später vernahmen sie das Gurgeln der Landebeinhydraulik. Dann stand das kleine terranische Raumschiff auf einem Raumhafen, den Menschen noch niemals gesehen hatten.

Die schwarzen Schiffe, die schon aus einer Höhe von viertausend Metern groß gewirkt hatten, glichen nun horizontfüllenden Ungeheuern. Überall in den Rümpfen standen Luken offen. Vollautomatische Verladungsstraßen beförderten Güter aller Art und verstauten sie in den unersättlichen Schlünden der Laderäume.

Dazwischen marschierten Maahk-Mannschaften in voller Ausrüstung.

Die Terraner kannten die Allzweckanzüge der Methans. Die fünf Maahks in der Druckkabine der ALTAI trugen ähnliche Kombinationen. Sie waren Raumanzüge und Kampfkleidung zugleich.

Die Terraner konnten nur noch wenige Schiffe sehen. Die Kolosse verdeckten den Blick nach allen Richtungen.

Dennoch stand fest, daß die Korvette am Platzrand gelandet worden war. Nur wenige hundert Meter entfernt ragten Turmbauten in den Himmel. Sie wurden untereinander durch freischwebende Energiebahnen verbunden, auf denen panzerähnliche Fahrzeuge entlangdröhnten.

Sörlund hatte die Außenbord-Geräuschaufnahme eingeschaltet. Das dumpfe Trapp-Trapp der zu den Schiffen marschierenden Einheiten überlagerte alle anderen Geräusche.

„Major Sörlund – Major Sörlund . . .!“

Halgor drehte sich um. Sein faltiges Gesicht wirkte noch schmaler und abgespannter als sonst. Seine Augen richteten sich auf die Sichtscheibe der Druckkabine. Harper schaltete die Übersetzungsanlage ein und reichte Sörlund das Mikrophon. Die Maahks standen alle vor der Trennwand.

„Ich höre. Was wollen Sie? Schon wieder die Kommandogewalt?“

„Nein, wir verzichten auf diese Forderung. Sie sind in Ihr Unheil geflogen. Wir konnten Sie leider nicht daran hindern. Wollen Sie uns eine Bitte erfüllen?“

Sörlund schloß die Augen und lehnte sich in seinem Sessel zurück. Die Haare hingen ihm strähnig in die Stirn.

„Sie sollten mir vorher sagen, was dieser Truppenaufmarsch zu bedeuten hat. Haben Sie unsere Bildschirme beobachtet?“

„Natürlich. Die marschierenden Einheiten sind Landungstruppen. Die Schiffsbesatzungen sind jetzt schon an Bord, oder man würde die Truppen nicht einschleusen.“

„Auf wen sollen diese Millionen losgelassen werden? Auf uns? Auf das Solare Imperium?“

„Was dachten Sie?“

„Sie waren mit Ihrer sogenannten Festung über Horror stationiert, also viele hunderttausend Lichtjahre von hier entfernt. Woher wollen Sie wissen, ob diese Raumschiffe zum Anflug auf die Milchstraße bestimmt sind? Könnte es nicht andere Gegner geben; vielleicht in diesem Zwergnebel?“

„Ausgeschlossen. Sie begreifen die Lage noch immer nicht. Hier gibt es nichts anderes als Maahks.“

„In einem so großen System, das schon eine kleine Galaxis für sich ist? Sie phantasieren!“

Der Maahk stieß ein Geräusch aus, das aus dem Translator wie ein rauhes Bellen klang. Dann sagte er endlich: „Wir gehören nicht zu den hiesigen Maahks."

„Na und? Ist das eine Begründung für Ihr Verhalten? Wir können uns vorstellen, daß Sie hier fremd sind. Die Festung war ein Generationenschiff, auf dem man geboren wurde, auf dem man lebte und starb. Was wünschen Sie?"

„Erlauben Sie uns die Flucht mit einem kleinen Beiboot Ihres Schiffes. Wir sind zu der Überzeugung gekommen, daß es für uns nicht gut ist, von den hiesigen Militärkommandeuren verhört zu werden."

Sörlund kniff die Augen zusammen. Hegha pfiff schon wieder durch die Zähne.

„Unterlasse das, Sergeant", meinte Sörlund beiläufig. „Du gehst mir auf die Nerven. Nein, sage nichts! Ich habe tatsächlich welche. Warum, so frage ich euch, haben unsere Freunde Angst?"

Der Sprecher der Maahks gab die Antwort.

„Sie müssen uns verstehen, Kommandant. Es ist bei uns nicht üblich, in Gefangenschaft zu geraten."

„Oh, ich verstehe endlich. Sie befürchten eine Bestrafung? Weshalb? Weil Sie nicht sofort Selbstmord begangen haben?"

„Ungefähr. Geben Sie uns ein Beiboot?"

Sörlund überlegte. Seine Männer blickten ihn gespannt an.

„Nein, das kann ich nicht verantworten. Man würde Sie schon beim Ausschleusungsmanöver abschießen. Sehen Sie einmal auf die Bildschirme. Erkennen Sie die schwarzen Kuppeln, die überall an den Platzgrenzen und sogar mitten auf dem Gelände aus dem Boden ragen? Das sind Abwehrforts, mein Lieber! Außerdem brauche ich Sie als Zeugen für unsere guten Absichten. Sie haben im Twinsystem gesehen, welche Schwierigkeiten wir hatten, Sie zu befreien. Ich kann Sie nicht gehen lassen. Wegen unserer Sicherheit, verstehen Sie?"

„Das ist logisch. Wir verstehen vollkommen. Selbstverständlich haben Sie zuerst an sich zu denken. Wir verzichten auf die Flucht."

Damit schaltete der Sprecher ab.

Sörlund schaute verblüfft zu der Druckkabine hinüber. Hegete Hegha lachte ärgerlich auf.

„Das war ein erstklassiger Beweis für die Mentalität dieser Leute. Menschen hätten jetzt alles getan, um dich von der Notwendigkeit einer Flucht zu überzeugen. Sie sagen einfach, dein Einwand wäre logisch, und damit ist der Fall für sie erledigt. Sie denken nicht daran, gegen dieses Gesetz anzugehen. Kommandant – ich möchte bei den kommenden Verhandlungen nicht in deiner Haut stecken."

„Verhandlungen?" wiederholte Son-Hao gedehnt. „Wird es überhaupt dazu kommen?"

„Wenn sie uns hätten töten wollen, hätten sie es schon über Horror tun können", erklärte Sörlund. Er sah müde aus. „Nein, sie sind einfach neugierig auf uns."

„Neugierig? Können das solche Intelligenzen überhaupt sein?"

Sörlund antwortete nicht. Auf den Bildschirmen wogten immer noch die Massen marschierender Truppen. Panzerverbände zogen vorüber. Die eigentümlich geformten Kampfwagen schwebten auf energetischen Abstoßfeldern. Konische Geschützrohre ragten in den Himmel.

Niemand beachtete das terranische Kleinraumschiff. Die mächtigen Gestalten der Methans stampften in geringer Entfernung vorüber. Hier und da blieb einer stehen und drehte sich um. Dann suchten seine Augen den Kugelrumpf der Korvette ab.

„Wir hätten mit einem Superschlachtschiff kommen sollen; wegen des Eindrucks", erklärte Hegete.

Sörlund lächelte düster. Seine schlaffe Haltung stand im Widerspruch zu dem hellwachen Funkeln seiner Augen.

„Das schadet nichts. Man kann nie genug unterschätzt werden. Natürlich werden sie die ALTAI bis zur letzten Schweißnaht untersuchen. Wir haben nur veraltete Impulsgeschütze an Bord. Sogar die Desintegratoren sind ausgebaut worden, und von unseren geheimen Waffen wird man keine Spur finden."

19.

Halgor Sörlund, Hegete Hegha und Imar Arcus hatten die Geheimausrüstung der ALTAI überprüft.

Es befand sich alles an Bord, was die Spezialisten der Solaren Abwehr für solche Fälle in ihren Hexenküchen zusammenbrauten. Nur Menschen, in diesem Falle aber auch *nur* solche Menschen, die mit den Arbeitsmethoden der Abwehr vertraut waren, hätten die Gerätschaften und Waffen entdecken können. Sie waren nach dem Erfahrungsschatz von Jahrhunderten intensivster Geheimdiensttätigkeit verborgen worden.

Für Maahks oder andere mentalitätsfremde Intelligenzen war es so gut wie unmöglich, die Verstecke ausfindig zu machen. Selbst wenn sie eines entdeckt hätten, wäre es noch immer nicht sicher gewesen, ob sie fähig gewesen wären, eine Bombe auch als Bombe zu identifizieren!

Sämtliche Waffen und Einsatzgeräte waren so eingebaut worden, daß man sie nicht einmal identifizieren konnte, wenn man sie in der Hand hielt. Maschinensockel waren kompakte Brandsätze; positronische Schaltsysteme der Klimaanlage hochwertige Sender und Empfänger.

Einige Schwenkarme der Konturlager waren schwere Energiestrahler. Die Männer der Abwehr waren nicht so leichtfertig, Waffen einfach in Hohlräumen zu verbergen, die bei jeder Durchleuchtung gefunden worden wären.

Niemand brauchte mehr auf die Bildschirme zu sehen. Die Schiffszelle war durchsichtig wie Glas geworden.

Unter der Zentrale waren die strahlungssicheren Verkleidungen der großen Stromreaktoren zu erkennen. Die stromlosen Energieleiter flammten in blendendem Ultrablau.

Niemand konnte sich erklären, wie es die Maahks zuwege brachten, den hochverdichteten und strukturveredelten Stahl des Rumpfes transparent werden zu lassen.

„Vorsichtig, wir werden beobachtet. Vielleicht sogar getestet!" hatte Arcus überflüssigerweise bemerkt.

Niemand sprach ein Wort. Die fünf Terraner sahen aufmerksam und mit steigender Nervosität zu dem gewaltigen Gebäude hinüber, dessen turmartige Auswüchse seit mehreren Minuten blaßrote Farbbahnen ausschickten.

Für Halgor Sörlund war jedoch eine andere Tatsache bemerkenswert:

Niemand in den anmarschierenden Truppenverbänden kümmerte sich um die „gläserne" ALTAI. Sörlund folgerte daraus, daß dieser eigentümliche Durchleuchtungsprozeß alltäglich war. Unter Umständen wurden ankommende Schiffe immer nach dieser Methode kontrolliert. Vielleicht gab es eine Art Zollgrenze, die solche Maßnahmen erforderlich machte.

Sörlund dachte nicht daran, seinen Platz zu verlassen. Er war ruhig und ausgeglichen. Der erste Kontakt stand bevor.

Die fünf Maahks hatten sich in ihrer Druckkammer zusammengedrängt und reagierten auf keinerlei Anrufe mehr.

Sörlund räusperte sich.

„Wenn wir angesprochen werden sollten, so führe ich die Diskussion. Haben wir uns verstanden? Hegete . . .?"

„Seit wann hältst du mich für schwerhörig?" beschwerte sich der Robotiker.

„Für dickschädelig und unangebracht zynisch", verbesserte Sörlund. „Imar, du wirst dich ebenfalls beherrschen. Jeder unangebrachte Einwurf kann gefährlich sein."

Sörlunds letzte Worte wurden vom Knacken der Lautsprecher übertönt. Eine Stimme klang auf. Der unbekannte Sprecher gebrauchte das universelle Kraahmak.

„Sind Sie Arkoniden? Warum bedienen Sie sich einer unbekannten Sprache?" dröhnte es mit hoher Lautstärke aus den Geräten.

Imar Arcus bewies, daß er sich beherrschen konnte. Er wurde meistens sehr ruhig, wenn er das Gefühl hatte, den Bogen nicht mehr überspannen zu dürfen.

Er beugte sich nach vorn und drehte in aller Ruhe den Regler nach links.

„Sie sind wirklich zu laut, Onkelchen“, meinte er dazu.

Hegete grinste und warf dem muskulösen Mann einen anerkennenden Blick zu. Niemand gab zu verstehen, daß man das Kraahmak verstanden hatte.

„Sind Sie Arkoniden?“ wurde ein zweites Mal gefragt.

Sörlund schaltete den Translator ein. Die wenigen Augenblicke, die zwischen der ersten und zweiten Anfrage vergangen waren, hatte er für einige Überlegungen benutzt.

Die Maahks waren in der Lage, sich in die Bordverständigung einzuschalten. Das war eine technische Spielerei, die den Major nicht aufregen konnte. Entscheidender war für ihn die Gewißheit, daß man sie prompt und wie von der Abwehr erwartet, für Arkoniden hielt. Damit war der Beweis erbracht, daß die Maahks, trotz der zehntausend Jahre, die seither vergangen waren, diese dunkle Episode ihrer Vergangenheit noch immer nicht vergessen hatten. Bisher war dies nur Gegenstand unbeantworteter Vermutungen gewesen, doch nun hatte man Gewißheit. Es mußte eine Art Trauma sein, das sie dazu veranlaßte, in jedem, der ihren ehemaligen Gegnern ähnlich war, einen Arkoniden zu sehen, obwohl sie aufgrund der verschiedenen Ereignisse der letzten Monate von der Existenz der Terraner wußten. Doch sie brachten die Terraner allem Anschein nach mit den Arkoniden in Verbindung, hielten sie möglicherweise für eine Art Hilfsvolk der Arkoniden.

Sörlund konnte dies nur recht sein, denn es stärkte ihre Position gegenüber den Maahks, wenn sie sich als Vertreter eines Volkes ausgaben, welches mächtiger als die Arkoniden war.

Sörlund zog das Mikrophon vor die Lippen.

„Major Halgor Sörlund spricht, Kommandant der ALTAI. Wir haben Sie leider nicht verstanden. Unsere Übersetzungsanlage läuft jetzt. Würden Sie bitte wiederholen?“

„Grek-1 spricht. Sind Sie Arkoniden?“

„Grek-1 . . .? Ich verstehe nicht.“

Sörlund war sich nicht sicher, ob Maahks fähig waren, in der Mimik von Menschen zu lesen. Aus diesem Grunde zeigte er ein völlig unbeteiligtes Gesicht.

Der Begriff „Grek“ stammte aus dem Methankrieg zwischen Arkoniden und Methans. Da humanoide Lebewesen nicht in der Lage waren, die symbolhaften Eigennamen von Maahks zu behalten, sie richtig auszusprechen oder zwischen den einzelnen Maahks zu unterscheiden, war damals ein Sammelbegriff gewählt worden. Die Maahks hatten ihn im Umgang mit gefangenen Arkoniden und bei zahlreichen fehlgeschlagenen Verhandlungen ebenfalls übernommen.

Jeder Maahk war „Grek“ genannt worden. Die entsprechende Zusatznummer hatte immer den jeweiligen Dienstrang oder die politische Stellung hervorgehoben. Ein Grek-1 war stets ein Oberbefehlshaber, auf Raumschiffen ein Kommandant oder – falls sich ein Admiral an Bord befunden hatte – der Flottenchef gewesen.

Die Grek-Numerierung konnte bis in die Hunderttausend gehen. Es war die beste Methode gewesen, die Maahks anzusprechen und sie an Hand der Rangsymbole in die Reihenfolge einzuordnen.

Die fünf Terraner waren genau darüber informiert, daß der Sprecher, der sich nach uraltem Brauchtum als Grek-1 vorgestellt hatte, der Befehlshaber dieses Platzes sein mußte.

Hegete Hegha hielt die Luft an. Der Anrufer schwieg fast zu lange. Sörlunds Rückfrage schien ihn sehr überrascht zu haben. Jeder Arkonide mußte aus der Geschichte wissen, was ein Grek-1 war!

Halgor wartete geduldig. Sein Lächeln war undurchsichtig. Er sah auf die Stelle, wo er den Senderaum der Maahks vermutete.

Als sich Grek-1 noch immer nicht meldete, fuhr Sörlund mit erhobener Stimme fort:

„Ich weiß bestimmt nicht, was Grek-1 ist. Ich darf Sie jedoch dringend bitten, uns nicht mit Arkoniden zu verwechseln. Wir ähneln den degenerierten Nachkommen eines ehemals großen Volkes nur äußerlich. Eine Durchleuchtung wird Ihnen beweisen, daß wir organisch ganz anders aufgebaut sind. Wir sind Terraner.“

„Keine Arkoniden?“ meldete sich der Unbekannte wieder. Die Translatoranlage übersetzte in sinngemäßer Bedeutung und natürlich völlig ausdruckslos. Sie konnte keine Modulation vermitteln.

Die fünf Agenten vernahmen jedoch das Original der Sendung – und so verstanden sie Wort für Wort.

„Nein, wir sind Terraner“, wiederholte Sörlund mit deutlichem

Unwillen. Er zeichnete sich in seinen Zügen ab. „Sie werden wahrscheinlich nicht bemerken, daß Sie uns demütigen. Bitte, vergleichen Sie uns nicht mit Arkoniden. Wir sind Terraner und haben fünf Maahks an Bord, die wir aus der Kriegsgefangenschaft befreit haben. Sie können unsere Angaben bestätigen."

Grek-1 schwieg noch. Die fünf Methans in dem terranischen Schiff schienen ihn nur am Rande zu interessieren. Andere Faktoren waren viel wichtiger. Sörlund hatte damit gerechnet.

„Wir haben Sie durchgelassen und hier gelandet, weil wir Sie für Arkoniden hielten. Sind Sie fähig, logische Überlegungen anzustellen?"

Major Sörlund lehnte sich zurück und streckte die Beine aus.

„Sie scherzen wohl. Oder meinen Sie etwa, man könnte die überlichtschnelle Raumfahrt entwickeln, ohne logisch denken zu können? Jede Berechnung ist ein Produkt der Logik."

„Demnach müssen Sie damit gerechnet haben, von uns für Arkoniden gehalten zu werden."

„Genau", grinste Sörlund. „Sie gaben uns allerdings keine Gelegenheit, Sie vorher über Ihren Irrtum zu belehren."

Grek-1 schaltete vorübergehend ab. Als er sich wieder meldete, hatte er neue Daten eingeholt. Seine Fragestellung war prägnanter.

„Wer ist für die Eroberung der beiden Transmitterstationen verantwortlich?"

Sörlund hüstelte.

„Sie meinen das Twin- und Horrorsystem? Wir natürlich! Wir haben auch die Wachfestung von Horror vernichtet."

„*Sie* haben das Wachraumschiff zerstört? *Sie* . . .?"

Halgor Sörlund, ein Psychologe von Natur aus, ahnte, daß er vorerst gewonnen hatte. Der Maahkkommandeur brannte vor Neugierde. Er war überrascht und konnte sich noch immer nicht mit dem Gedanken vertraut machen, daß in der Milchstraße eine galaktische Wachablösung stattgefunden hatte.

„Jetzt wird er gleich freundlich", orakelte Hegete. „Du bist zu hart."

Sörlund schaute den Robotiker verweisend an. Grek-1 *wurde* freundlich; aber nicht in Hegete Heghas Sinn.

„Ich habe verstanden. Waren die fünf Maahks, die jetzt an Bord Ihres Schiffes sind, Besatzungsmitglieder des Wachraumschiffes?"

„Ja. Ich erwähnte schon, daß wir sie aus der Gefangenschaft befreit haben."

„Zu welchem Zweck?"

Sörland hatte das Gefühl, der Sache näherzukommen. Er beugte sich etwas nach vorn.

„Um Ihnen zu beweisen, wie widersinnig ein kosmischer Krieg zwischen Ihnen und Terranern wäre. Die ehemaligen Gefangenen werden Ihnen berichten können, durch welche Umstände es zur Zerstörung der Festung kam. Sie drang in unseren Lebensbereich ein und eröffnete das Feuer. Wir sind der Auffassung, daß sich ein völlig sinnloser Krieg nach dem Vorbild der alten Arkoniden nicht mehr wiederholen darf. Ihre und unsere Interessen können niemals die gleichen sein. Unsere Planeten sind für Sie untauglich; Ihre Welten können von Menschen nicht besiedelt werden."

„Sind Sie als offizielle Botschafter Ihrer Regierung gekommen?"

Halgor Sörlund schaute auf seine Fingerspitzen. Sie zitterten etwas. Die entscheidende Frage war gefallen.

„Nein", entgegnete er bedächtig. „Wir kommen im Auftrag einer politischen Gruppierung, die in Opposition zu manchen Entscheidungen der Regierung steht und versuchen will, unsere Regierung in ihrem Sinne zu beeinflussen."

„Also Verräter an Ihrer Gattung. Was erhoffen Sie sich davon?"

„Ich darf klarstellen, daß es keine besseren Terraner geben kann als uns", erklärte der Kommandant kühl. „Wir denken nicht daran, unser Volk zu verraten. Wir haben den Flug unternommen, weil wir als ehemalige Mitglieder eines Forschungskommandos zu genau wissen, was während des berüchtigten Krieges zwischen Arkoniden und Maahks geschehen ist. Wir möchten ähnliches Unheil verhindern, indem wir Ihnen nach eigenem Dafürhalten klarlegen, welches Risiko Sie mit einem eventuellen Angriff auf die Milchstraße eingehen. Ich werde Ihnen nachweisen, wie unlogisch die Eröffnung von Feindseligkeiten wäre, die praktisch mit dem Angriff Ihrer Festung schon begonnen hatte. Nur aus diesem Grund sind wir geflohen, und nur deshalb haben wir die fünf Gefangenen der Abwehr befreit. Wir halten es außerdem für erforderlich, Sie anhand von Filmaufnahmen über geheime Waffenerprobungen davon zu überzeugen, wie stark Terra ist. Selbstverständlich werden Sie an Bord unseres Raumschiffes keine einzige Waffe dieser Art finden. Wir haben die Reise riskiert, in der Hoffnung, mit maßgebenden Politikern und Militärs Ihres Volkes sprechen zu können. Sie müssen sich ein eigenes Bild formen."

„Sie wollen uns Ihre geheimsten Waffen vorführen. Wie vereinbart sich das mit Ihrer Behauptung, Sie wären *keine* Verräter an Ihrem Volk?"

Sörlund putzte sich umständlich die Nase. Imar Arcus wurde unruhig. Der Kommandant störte sich nicht daran.

„Filme ablaufen lassen und Waffen vorführen sind zweierlei Dinge. Sie werden aus den Aufnahmen nur die Wirkung ersehen können, niemals aber konstruktive Details. Wenn diese Möglichkeit bestünde, hätten wir die Filme niemals mitgenommen. Sehen Sie das ein, oder zweifeln Sie erneut an unserem logischen Denkvermögen?"

„Auf Waffen, deren Wirkung man kennt, kann man sich vorbereiten."

„Irrtum, auf diese nicht", grinste Sörlund. „Hören Sie – diese Unterhaltung ist zwecklos, solange Sie nicht wissen, was wir Ihnen zu zeigen haben. Ich will Ihnen lediglich nochmals versichern, daß wir zu den besten Terranern gehören, die jemals in den Raum geflogen sind. Wir wissen sehr genau, daß wir unser Leben riskiert haben und daß wir es immer noch riskieren. Unser Spiel ist ein Spiel mit dem Feuer. Wir haben es gewagt, weil wir wissen, daß Sie vorurteilslos logisch denken können. Es *muß* Ihnen einfach einleuchten, wie sinnlos ein Vordringen in unseren Lebensbereich wäre. Sie kämen nicht sehr weit. Terra ist auf alles vorbereitet. Das werden wir Ihnen ebenfalls beweisen können. Sie sollten sich einmal ausrechnen, welche technische Macht und geistige Reife notwendig waren, um die Vernichtungsfallen Twin und Horror überwinden und alle Gefahrenmomente beseitigen zu können. Den Twintransmitter und Kahalo haben wir fest in der Hand. Ihre Geheimnisse werden bereits zum Großteil enträtselt."

„Ihre Angaben sind registriert worden, Major Sörlund. Wir werden sie überprüfen. Entlassen Sie Ihre Gefangenen aus der Druckkammer und bringen Sie sie zur unteren Polschleuse. Wir nehmen an, daß Ihr Schiff nach arkonidischem Vorbild konstruiert wurde."

„Genau", bestätigte Sörlund. „Allerdings werden Sie wesentliche

Unterschiede entdecken. Wir haben nicht geschlafen und bestehende Erkenntnisse weiterentwickelt."

„Befolgen Sie meine Anweisung."

Damit unterbrach der Sprecher die Verbindung. Die Schiffswandungen begannen zu flimmern. Sekunden später war der Stahl wieder undurchsichtig.

Sörlund schaltete den Translator ab. Er überlegte und entschied sich zu einem Gähnen.

„Gute Nacht", sagte Hegete ergrimmt. „Wirst du dein Schläfchen ohne Tabletten halten können?"

„Halte den Mund", rief Arcus drohend. „Die Sache ist ernst."

„Wie ernst sie ist, werdet ihr gleich bemerken", fiel Harper ein. Er war die Ruhe selbst. „Man wird uns auf Herz und Nieren testen. Den ersten Schock haben die Maahks überwunden. Logiker von ihrer Art begreifen schnell, und sie lernen noch schneller. Warum hat dieser Grek-1 einige Pausen eingelegt? Mit wem hat er sich unterhalten – oder *wen* mußte er fragen? Hat jemand darüber nachgedacht?"

„Nein, wir besitzen nicht deinen scharfen Verstand", grinste Hegete. „Ich fühle mich eigentlich ganz wohl. Die Halunken wissen noch nicht, daß man Toten nicht drohen kann."

„Ruhe", verlangte Sörlund gebieterisch.

Hegete grinste spöttisch.

„Der Kommandant hat sich soeben angestrengt. Überfordert ihn nicht. Ruhe an Bord. Was machen wir mit den fünf Maahks? Lassen wir sie hinaus oder nicht?"

Halgor Sörlund erhob sich ächzend aus dem Sessel und massierte seine Hüften.

„Wir lassen sie hinaus. Imar, klar zum Schleusenmanöver. Harper und Son-Hao halten vorsichtshalber die Schockstrahler bereit. Ich habe das dumpfe Gefühl, als wären unsere Freunde mit dem Hinauswurf nicht einverstanden."

Er ging zur Druckkammer hinüber und führte den Translator an die Lippen.

„Wir sollen Sie ausschleusen. Befürchten Sie nichts. Die Lage ist gut. Sagen Sie Grek-1 die Wahrheit. Das genügt völlig. Wenn Sie den hiesigen Kommandanten noch davon überzeugen können, daß wir keine Überläufer im üblichen Sinne sind, sondern eine Art von Märtyrern, so wäre ich Ihnen dankbar. Sind Sie fertig? Raumanzüge geschlossen?"

„Sie hätten auf uns hören sollen, Kommandant", entgegnete der Sprecher. „Nun ist alles vorbei."

„Ich verstehe kein Wort. Wir sind doch einigermaßen freundlich aufgenommen worden, oder?"

„Denken Sie an mich, wenn Sie zu der gegenteiligen Meinung gekommen sind."

Imar Arcus überprüfte die äußeren Schleusentore der Zelle und öffnete die Ventile der Innentore. Die unter Überdruck stehende Giftatmosphäre der Kammer zischte in den kleinen Ausgleichsraum hinein.

Das Innenschott glitt auf, die fünf Maahks betraten die Druckkammer und verschlossen das Schott. Die Pumpen preßten das Giftgemisch in den Aufenthaltsraum zurück.

Als die Atemluft aus den Räumen der Korvette in das Vakuum strömte und die Automatik des Außenschotts auf Grün umschaltete, waren die Maahks vorübergehend von ihren natürlichen Lebensbedingungen abgeschlossen.

Sie marschierten hintereinander in die Zentrale hinein. Son-Hao und Cole Harper standen vor dem zentralen Panzerluk, hinter dem der Antigravlift begann.

Die Methans machten wider Erwarten keine Schwierigkeiten. Ohne ein Wort zu verlieren, schwebten sie nach unten und warteten in der Bodenschleuse auf den Druckausgleich.

Die Terraner beobachteten sie mit steigender Unruhe. Als die Außenluken aufglitten und die giftige Luft des Planeten Alpha-Zentra in den Raum pfiff, öffneten die Maahks ihre Helme. Sörlund schaute durch die Sichtluken zu den glitzernden Augen auf den Graten der monströsen Köpfe hinüber.

„Mir ist, als würden sie weinen", flüsterte Harper. „So sehen Delinquenten aus."

„Dummes Zeug", behauptete Hegete. „Sie gehören zu den Bewohnern dieser Welt. Man wird sie nicht gleich hinrichten, nur weil sie es nicht verhindern konnten, in terranische Gefangenschaft zu geraten. Oh – man schickt sogar eine Abordnung zu ihrem Empfang."

Sörlunds Gesichtsfalten hatten sich vertieft. Er schaute düster auf die Bildschirme.

„Abordnung? Wie gefällt euch der Begriff Exekutionskommando? Ich kann mir nicht helfen; aber seit einigen Minuten habe ich das Gefühl, als hätte ich Magengeschwüre. So übel ist mir."

Die fünf Maahks gingen dem bewaffneten Kommando entgegen. Dann stellten sie sich nebeneinander auf und nahmen eine eigentümliche Haltung an. Sie preßten die geballten Hände gegen die Schultern und spreizten die Beine. Es sah aus, als müßten sie anrollenden Wogen standhalten.

Sörlund schloß die Außentore der Mannschleuse und schaltete die untere Bildbeobachtung ein. Die Szene wurde deutlich erkennbar.

Die fünf Maahks standen wenige Meter vor einem Landbein. Der Schlagschatten der ALTAI hüllte sie nicht mehr ein.

Zehn Uniformierte traten auf die entlassenen Gefangenen zu. Einer der Fremden schien ein hoher Offizier zu sein.

Er schritt die Linie der Strammstehenden ab und stellte Fragen.

„Na also", meinte Hegete. „Wer fragt, verurteilt nicht. Wenigstens nicht sofort. Warum wollten uns die Burschen laufend dazu überreden, ihnen das Kommando zu übergeben? Wohin hätten sie die ALTAI gebracht?"

Sörlund wußte es auch nicht.

„Bestimmt nicht zu diesem Raumhafen. Das Verhör dauert aber lange."

„Bis jetzt elf Minuten", warf Cole Harper ein. „Das ist nicht zu lange. Es würde mich brennend interessieren, was unsere fünf Freunde berichten."

Son-Hao winkte ab. Der zierliche, dunkelhaarige Kosmochemiker hatte sich auf die Zehenspitzen gestellt, um den kleinen Schleusenschirm besser überblicken zu können.

„Sie können nicht mehr erzählen, als sie gesehen und gehört haben. Sie werden unsere Rolle bestätigen. Das erleichtert unseren Auftrag. Wir haben zu bluffen. Je geschickter wir hochstapeln und mit dem von Mercant erhaltenen Filmmaterial Dinge vortäuschen, die wir nicht besitzen, um so besser für die Menschheit. Ich werde nach oben . . ."

Son-Hao unterbrach sich mitten im Satz. Sörlunds erschreckter Ausruf riß Harper aus seinen Grübeleien.

Auf dem Bildschirm lohten ultrahelle Blitze auf. Fünf mächtige Gestalten vergingen im Energiefeuer.

„Einwandfrei Thermostrahler!“ stellte Cole Harper mit erstaunlicher Ruhe fest. Sein zuckendes Gesicht verriet jedoch seine wahren Gefühle.

Sörlund umklammerte die Haltegriffe über dem Schleusenschott. Arcus fluchte, und Hegete Hegha versuchte vergeblich, seine bebenden Hände in den Außentaschen des Raumanzuges zu verbergen.

„Teufel, wahre Teufel!“ stammelte Halgor vor sich hin. „Sie haben sie einfach erschossen. Ohne Gerichtsurteil, ohne das geringste Strafverfahren und sogar ohne ein eingehendes Verhör. Jetzt weiß ich, warum die Maahks von hier fliehen wollten.“

„Beherrschung“, forderte Cole Harper. „Für die hiesigen Sitten sind wir nicht zuständig. Die Frage ist, *warum* die Gefangenen so schnell erschossen wurden. Nur deshalb, weil es zu dem seltsamen Ehrenkodex dieser Wesen gehört, sich niemals gefangennehmen zu lassen? Das erscheint mit unwahrscheinlich.“

„Zurück in die Zentrale, schnell!“ forderte Sörlund. Seine Lippen glichen blutleeren Strichen. „Wir werden bald erfahren, warum es geschah. Es kann sich nicht nur um diesen Ehrenkodex handeln. Maahks sind zu klug, um wegen eines so geringfügigen Vergehens fünf wichtige Zeugen auszuschalten. Hier liegen andere Gründe vor. Die Gefangenen kannten sie. Los, verschwindet schon.“

Sie rannten durch den großen Shifthangar und sprangen in das Antigravfeld des Zentralliftes. Augenblicke später kamen sie im Kommandoraum an.

Imar Arcus sah sich auffordernd um.

„Na und? Wie steht es denn jetzt mit der Feuerbereitschaft? Wer garantiert uns dafür, daß wir nicht ebenfalls erschossen werden?“

Sörlund lachte trocken auf. Ein Hustenanfall folgte. Er wischte sich mit dem Handrücken über die Lippen und suchte nach einem Taschentuch.

„Optimist! Es ist nicht unser Schicksal, so schnell und schmerzlos zu sterben. Wir dürften von einem Verhörraum zum anderen geschleift werden. Man wird uns mechanisch, parapsychisch und therapeutisch zu wahrheitsgetreuen Aussagen zwingen wollen.“

20.

Das fünfte Verhör hatte begonnen. Diesmal würde es hart werden.

Oskar, wie sie den Kommunikationsroboter unbekannter Machthaber genannt hatten, war wieder dabei.

Oskar war eine rotleuchtende, zwei Meter durchmessende Kugel, die von Antigravfeldern in der Luft gehalten wurde. Der Roboter diente als bewegliche Relais- und Befehlsübermittlungsstation.

Kein Wort, das während der vier vergangenen Verhöre von beiden Seiten gesprochen worden wurde, war der schillernden Kugel entgangen. Sie war zu einem Alptraum für die Terraner geworden.

Die Fragen, Einwürfe und minutenlangen Anweisungen, die aus dem Lautsprechersystem des schwebenden Roboters hervorgedrungen waren, hatten die Terraner nicht verstehen können. Oskar benutzte eine unbekannte Sprache.

Immerhin hatte man jedoch aus den Reaktionen der verhörenden Maahkoffiziere und aus der anschließenden Fragestellung ungefähr erraten können, was die unheimliche Maschine gesagt und befohlen hatte.

Eine Tatsache stand klipp und klar fest:

Die Methans von Alpha-Zentra waren Befehlsempfänger. Selbst geringfügige Entscheidungen trafen sie nicht selbst.

Der Angriff auf die Milchstraße war eine beschlossene Sache. Die in Kraahmak geführten Unterhaltungen waren von den Agenten einwandfrei verstanden und registriert worden. Man wußte nur noch nicht, *wie* und *wo* die Großoffensive stattfinden sollte.

Beweggründe der Vernunft waren nicht anerkannt worden. Den Maahks schien es völlig gleichgültig zu sein, ob ein Krieg gegen Terra und die anderen Völker der Galaxis militärisch erforderlich und sinnvoll war oder nicht. Man war den entsprechenden Einwänden der Terraner mit stereotypen Redewendungen ausgewichen. Dieses Verhalten stand nicht im Einklang mit dem Denkvermögen der Lebewesen, die Lordadmiral Atlan als hervorragende Logiker kennengelernt hatte.

Nach dem vierten Verhör, das unter anderem eine ergebnislos verlaufene Hypnobehandlung mit sich gebracht hatte, waren die fünf Terraner wie üblich in die Korvette zurückgebracht worden. Die Maahks hatten sich nicht die Mühe gemacht, für die sauerstoffatmenden Besucher eine geeignete Kammer zu bauen.

Die ALTAI diente ihnen nach wie vor als Wohnsitz.

Außer einem Stromreaktor, der Energie für die Klimaanlage und die ständig laufenden Schwerkraftabsorber lieferte, standen alle anderen Aggregate still. Die Maahktechniker hatten sehr genau gewußt, wie man mit einem Raumschiff umzugehen hatte, dessen konstruktive Details weitgehend mit der arkonidischen Bauweise übereinstimmten.

Die fünf Todgeweihten hatten in den Verhörpausen in ihrem eigenen Schiff gesessen, das für sie nutzlos geworden war. Sie hatten sich auch nicht bemüht, die ausgebauten Schaltanlagen zu ersetzen. Ein Start wäre ohnehin gleichbedeutend mit dem sofortigen Abschuß gewesen.

Nun waren sie wieder abgeholt worden, um sich zum fünften Mal einem Verhör unterziehen zu lassen. Bisher hatten sich die Maahks darauf beschränkt, die verbalen Argumente der Terraner anzuhören. Doch nun wollten sie auch das angekündigte Filmmaterial sehen, um es zu analysieren und auszuwerten. Dies war die letzte Chance, die Maahks doch noch zur Besinnung zu bringen, indem man ihnen die angebliche Macht des Solaren Imperiums demonstrierte.

Sie standen wieder in dem sechseckigen Saal. Der geschliffene Steinboden erzitterte unter den Vibrationen gewaltiger Maschinen. Rechts lagen die Verhörräume der medizinischen Station. Links gab es Zimmerfluchten mit physikalischen Gerätschaften, die ebenfalls von der Maahk-Abwehr benutzt wurden.

Die fünf Terraner trugen ihre relativ schweren Schutzanzüge.

Die glockenförmigen Panzerplasthelme erlaubten einen guten Rundumblick. Klimaanlagen und Luftversorgung arbeiteten so exakt, wie man es von terranischer Präzisionsarbeit erwarten konnte.

Ein übler Trick der verhörenden Geheimdienstoffiziere bestand darin, hier und da die Schwerkraftabsorber der Raumanzüge abzustellen und die Terraner übergangslos den 2,45 Gravos des Planeten Alpha-Zentra auszusetzen.

Beim vierten Verhör hatten sie eine Viertelstunde lang am Boden gelegen und mit dem Erstickungstod gekämpft. Erst im letzten Augenblick hatten sich die Maahks dazu entschlossen, die Geräte wieder einzuschalten.

Die Verhörmannschaften gehörten zur berüchtigten Geheimabwehr der Methans. Lordadmiral Atlan hatte die überragende Intelligenz und Gefühlskälte dieser Spezialisten eingehend geschildert. Die Flotte der alten Arkoniden hatte ihre entscheidenden Niederlagen ausschließlich der perfekten Vorarbeit des Maahk-Geheimdienstes zu verdanken gehabt.

Die Maahks waren wieder mit dreizehn Personen erschienen. Über ihnen schwebte die rote Kugel des Kommunikationsroboters.

Die Terraner waren bereits beim ersten Verhör wie Gefangene, nicht aber wie freiwillig gekommene Friedensbotschafter behandelt worden. Die bisherigen Vernehmungen, die zusammen achtzehn Stunden gedauert hatten, waren nur dazu verwendet worden, die Hintergründe der angeblichen Flucht zu durchleuchten.

Nun hatte das fünfte Psychoduell mit dreizehn Nichtmenschlichen begonnen. Sie gaben sich diesmal sehr höflich und in gewissen Grenzen sogar herzlich. Wahrscheinlich hatten sie ein neues Programm entwickelt, nachdem das vierte Verhör mit einer Erklärung beendet worden war, die Halgor Sörlund und die anderen Männer erschüttert hatte.

An und für sich hätte kein logischer Grund für eine solche Gefühlsregung vorgelegen. Das Schicksal der fünf erschossenen Maahks war nicht mehr rückgängig zu machen. Außerdem hatte es sich um erbitterte Feinde des Imperiums gehandelt.

Trotzdem hielten es die Terraner nicht für richtig, ohne einwandfreie Gerichtsverhandlung ein Todesurteil zu vollstrecken. Dies hatte Sörlund auch in bestimmter Form zum Ausdruck gebracht und um nähere Auskünfte gebeten.

Sie waren erteilt worden, nachdem sich Grek-1, der Chef des Verhörteams, vorher geweigert hatte, die Agenten zu informieren.

Die fünf Maahks waren tatsächlich *nicht* wegen ihres kleinen Versagers getötet worden, der sie zu Gefangenen Terras gemacht hatte. Grek-1 hatte erklärt, die Besatzung der Festung hätte aus Parias bestanden, die sich vor einigen tausend Jahren von den eigentlichen Maahks losgelöst hätten. Ferner sei die Festungsbesatzung bei den Kämpfen über Horror unverantwortlich leichtfertig vorgegangen. Sie habe es versäumt, detaillierte Befehle einzuholen und sei ohne genügende Vorbereitung im Twinsystem und anschließend über Kahalo erschienen.

Von dem Augenblick an hatten die Agenten gewußt, warum die Maahks um ihr Leben gezittert hatten. Sie waren kurz verhört und anschließend erschossen worden. Grek-1 machte sie dafür verantwortlich, daß die sauerstoffatmenden Intelligenzen der Milchstraße vom neuen Aufstieg der Maahks erfahren hatten, die angeblich zehntausend Jahre zuvor von den Arkoniden ausgerottet worden waren.

Sörlunds Entschluß, Terras angebliche Macht in die Waagschale zu werfen, war dadurch nur noch bestärkt worden. Es gab keine andere Möglichkeit mehr, die bereits angelaufene Großoffensive aufzuhalten.

Sie benutzten einen großen Bildschirm als Projektionswand. Den 3-D-Projektor hatten sie aus der ALTAI mitgebracht.

Solche Filme hatten die Maahks noch nicht gesehen. Sie waren ein Wunderwerk terranischer Tricktechnik.

Es handelte sich immer nur um relativ kurze Streifen, die mit symbolhaften Bezeichnungen versehen waren.

Raumschiffe, wie sie die Menschheit weder besaß noch jemals gesehen hatte, hoben von den großen Landefeldern ab. Echte Aufnahmen von Flottenmanövern waren eingeblendet.

Das Vierzehnte Superschlachtschiffgeschwader mit seinen fünfzehnhundert Meter durchmessenden Kugelriesen war von einigen terranischen Wissenschaftlern als Studienobjekt verwendet worden. Die Abwehr eines Blues-Angriffs auf ein von Terranern besiedeltes Randsystem war wie ein ungeheurer Atomschlag aus den Tiefen des Universums.

Damit hatte der Film begonnen. Die weiteren Szenen zeigten Trickaufnahmen. Der Chef des 14. SuSG funkte um Hilfe. Die Phantasiegebilde terranischer Künstler traten in Aktion.

Sie glitten aus dem Zwischenraum hervor, tauchten in das Normaluniversum ein und kamen dem 14. SuSG zu Hilfe.

Von da an waren Terras Superriesen im Gegensatz zu den Phantasieprodukten unscheinbare Gebilde geworden.

Die neu angekommenen Einheiten durchmaßen bis zu achttausend Meter.

Die Szenen waren beeindruckend. Auf die Maahks wirkten sie offenbar demoralisierend.

Ein zweiter Film, dessen Vorspann zu strengster Geheimhaltung aufforderte, zeigte den ersten Großeinsatz einer neuen Fernkampfwaffe, die sowohl gegen schnell bewegliche Ziele, als auch gegen stehende Objekte verwendet werden konnte.

Ein unbewohntes Sonnensystem wurde innerhalb von vier Minuten vernichtet. Die drei Planeten blähten sich zu violett leuchtenden Gasbällen auf und verschmolzen zu einer Feuerflut, die auch noch das Zentralgestirn dieses Systems ergriff. Der Gasball verschwand nach einer verheerenden Detonation im Hyperraum.

Andere Szenen zeigten die Vernichtung eines Flottenverbandes angreifender Blues. Achthundert riesige Schiffe erlitten das gleiche Schicksal wie das Versuchssystem.

Damit beendete Halgor Sörlund die Vorführung. Imar Arcus stellte den Projektor ab und legte die letzte Mikrospule in die gebieterisch vorschießende Hand eines Geheimdienstoffiziers.

„Haben Sie die Nase noch immer nicht voll?“ meldete sich Hegete Hegha. „Oder besitzen Sie keine? Ich bin zwar nur ein Mensch, der nicht über das angeblich so logisch denkende Gehirn eines Maahks verfügt; aber ich frage mich trotzdem, wie närrisch man sein muß, um solche Demonstrationen einfach zu übersehen. Schlafen Sie eigentlich mit offenen Augen? Verdammt – Sie haben vier Stück! Die müßten doch noch mehr wahrnehmen als meine. Ich an Ihrer Stelle würde mich hüten, in ein solches Feuerwerk hineinzufliegen. Das war eine fünfdimensionale Vernichtungswaffe, die Ihre grünen Schutzschirme zur Seite fegt, als wären sie nicht da. Sie wurde entwickelt, *nachdem* es uns gelungen war, die Festung zu vernichten. Uns liegt nicht daran, sinnlos Blut zu vergießen, deshalb ließen wir auch die Besatzung der Festung ungeschoren entkommen. Aber seien Sie versichert, daß wir uns zu wehren verstehen, wenn Sie uns dazu zwingen!“

„Vielen Dank für Ihre Ausführungen", entgegnete Grek-1. „Sie scheinen innerhalb kurzer Zeit erstaunliche Fortschritte erzielt zu haben, denn aus den wenigen kurzen Auskünften der fünf eliminierten Parias geht hervor, daß die Vernichtung dieses Generationenschiffes durch eine im Inneren deponierte Atombrandbombe herbeigeführt wurde. Damals hatten Sie noch große Schwierigkeiten, unseren Schutzschirmen beizukommen. Die soeben gezeigten Bilder scheinen jedoch darauf hinzuweisen, daß Sie diese Schwierigkeiten inzwischen überwunden haben."

„Dem ist tatsächlich so", ereiferte sich Hegha. „Aber die Vernichtung der Festung beweist auch, daß wir auch ohne die neue Waffe in der Lage waren, Ihre Technik zu besiegen."

„In diesem Fall haben Sie recht", entgegnete Grek-1 leidenschaftslos. „Dennoch ändert dies grundsätzlich nichts an unserer Haltung."

Hegete verfärbte sich vor Zorn. Halgor Sörlund wußte, daß jetzt eine scharfe Entgegnung kommen mußte. Er schaltete sich nicht ein. Manchmal war es gut, den Robotiker sprechen zu lassen.

Sörlund fühlte ein schmerzhaftes Ziehen in seinen Beinen. Er versuchte, es zu ignorieren, obwohl sich sein Aktivbewußtsein sofort mit einem Impuls der Panik meldete. Dieses Ziehen – so hatten die an der Zentrumspest bereits Verstorbenen angegeben – sei das erste und einzige Zeichen für das Fortschreiten der Krankheit.

Halgor verließ sich auf die Bewußtseinsblockade, die die panikartigen Impulse in das Unterbewußtsein verdrängte. Tatsächlich ließ das Gefühl jäher Todesangst plötzlich wieder nach. Die übliche Stimmung, die frei von den quälenden Gedanken an ihren unausweichlichen Tod war, nahm wieder von ihm Besitz.

Dann wartete er auf Heghas Antwort. Sie erfolgte umgehend:

„Wenn Sie wüßten, was eine stumpfsinnige Kröte ist, würde ich Sie so nennen. Aber auch dann wäre der Vergleich unangebracht, denn Sie besitzen nicht einmal das Gefühl einer Kröte. Schön, beenden wir das Spiel. Sie haben alles erfahren, was Sie erfahren wollten. Wir sind dagegen zu der Überzeugung gelangt, daß Sie einfach nicht vernünftig sein wollen. Wir werden von nun an darauf verzichten, mit Vernunftgründen zu argumentieren oder Ihnen zu zeigen, wie stark das Imperium ist. Fliegen Sie also hin und lassen Sie sich vernichten. Unsere Mission ist gescheitert. Es tut mir leid. Mehr haben wir Ihnen nicht anzubieten. Darf ich mich erkundigen, was Sie nun mit uns vorhaben?"

Hegete drehte sich um und sah ostentativ zu der roten Kugel hinüber. Sie schwebte seitlich über dem halbrunden Tisch, hinter dem die dreizehn Geheimdienstoffiziere saßen.

Grek-1 rührte sich nicht. Seine Grataugen blickten starr zu den fünf Terranern hinüber.

„Ich könnte Ihnen das Ding herunterholen", meinte Imar Arcus grinsend und deutete zu dem Roboter hinüber. „Wie wäre es mit einem solchen Liebesdienst?"

Sörlund schloß die Augen. Er war müde. Arcus wurde ausfällig. Er versuchte instinktiv, die Maahks zu reizen und sie aus ihrer Reserve zu locken.

Als Sörlund die Augen wieder öffnete, trat Grek-13, der Mann mit dem geringsten Dienstgrad, vor und schaltete den Translator ab, den die Maahks aus der ALTAI geholt und hier installiert hatten.

Bisher war es nur zweimal geschehen, daß der Übersetzer stillgelegt worden war. Dadurch waren die Terraner offiziell taub geworden. Es war in keinem Hypnoverhör ersichtlich geworden, daß sie die Verkehrssprache der Maahk-Völker einwandfrei beherrschten.

In beiden Fällen hatten sich die dreizehn Abwehroffiziere über die Aussagen der Terraner unterhalten. Dabei hatte Sörlund feststellen können, wie scharfsinnig diese Wesen waren.

Nun wurde das Gerät zum drittenmal abgeschaltet. Sörlund wurde sehr hellhörig.

Hegetes Gesicht nahm wieder die normale Farbe an. Anschließend wurde es ausdruckslos. Die giftige Luft war ein guter Schalleiter. Man konnte deutlich verstehen, was die Maahks sprachen.

„Man hat Geheimnisse", lenkte Cole Harper ab.

Die modulationslose Stimme des Relaisroboters unterbrach ihn. Niemand verstand ein Wort. Es handelte sich um eine längere Erklärung. Die Maahks lauschten aufmerksam. Als die Kugel verstummte, hielt Sörlund die Luft an.

Grek-1 wandte sich an die Offiziere seines Stabes.

„Beenden wir das Verhör. Die Mediziner haben noch eine Frage. Veranlassen Sie die Untersuchung der Filme auf ihre Echtheit."

Da habt ihr Pech! dachte Hegete. So schlau sind wir auch!

Grek-13 erhob sich und verließ den Saal. Sie sahen der mächtigen Gestalt nach, bis sie hinter aufgleitenden Türen verschwand.

„Ich halte die Aufnahmen für echt", meldete sich Grek-2, der stellvertretende Kommandant. „Es muß als erwiesen angesehen werden, daß diese Terraner die Wahrheit sprechen. Ich halte es ebenfalls für gut, die bisher geplante Form des Angriffes aufzugeben und auf die Indienststellung der Impulsweiche zu warten."

„So lautet die Anweisung", bestätigte Grek-3. „Die militärische Stärke des Solaren Imperiums muß berücksichtigt werden. Die Mentalität der Sauerstoffatmer ist bekannt. Selbst rivalisierende Gruppen schließen sich sofort zu einem Bund zusammen, wenn es darum geht, eine Gefahr abzuwehren. Terra besitzt die Schlüsselstellung. Die Impulsweiche ermöglicht ein unbemerktes Vordringen in die Erste Galaxis. Arbeiten Sie entsprechende Pläne aus."

Sörlund zitterte innerlich. Was war eine *Impulsweiche?* Die Diskussion unter den Maahks lieferte die letzten Anhaltspunkte.

Es handelte sich bei der sogenannten Impulsweiche um ein Gerät, mit dem es möglich war, den räumlich übergeordneten Transportstrahl eines Sonnentransmitters anzuzapfen und die von ihm beförderte Materie an einem Ort zu verstofflichen, der mit dem eigentlichen Empfänger *nicht* identisch war!

Die daraus resultierenden Konsequenzen waren katastrophal. Die im Twinsystem und über Kahalo stationierten Wachgeschwader würden vergeblich auf einen Gegner warten, der bereits irgendwo im Zentrum der Milchstraße angekommen war und den Angriff vorbereitete.

Die Agenten hofften vergeblich auf eine Ausweitung der Besprechung. Mehr als kurze Hinweise, die nur Eingeweihte verstehen konnten, wurden nicht gegeben. Für die Maahks handelte es sich um selbstverständliche Begriffe.

Es war nicht zu erfahren, wie eine Impulsweiche beschaffen war, ob man sie stationär auf einem Planeten installieren mußte, oder ob es möglich war, sie in einem Raumschiff aufzustellen.

Die Arbeitsweise war noch unklarer. Das Anzapfen eines Transmitterstrahls war theoretisch denkbar; aber *wie* das geschehen sollte, konnte nicht ergründet werden.

Jedenfalls handelte es sich um ein technisches Gebilde von unvorstellbarer Vollendung. Sörlund speicherte den Begriff *Impulsweiche* in seinem Gedächtnis als kostbarste Erkenntnis des Einsatzes.

Die Maahks unterhielten sich fortan nur noch über strategische Dinge. Sie waren aufschlußreich, betrafen jedoch nicht mehr den Kern der Sache.

Nach einer Viertelstunde wurde der Translator wieder eingeschaltet. Die Befragung wurde offiziell beendet, doch vorher erfolgte nochmals ein Verhör durch einige Maahkmediziner, die über den biologischen Aufbau der Sauerstoffatmer bereits besser informiert waren, als es Sörlund angenehm sein konnte.

Das Kernproblem der Wissenschaftler gipfelte in der Frage, wieso die Terraner auf keine der angewendeten Verhörmethoden angesprochen hatten.

Sörlund erwiderte, daß es sich dabei um eine natürliche Immunität handelte, die viele Terraner besitzen. Diese Aussage mußte von den Maahks akzeptiert werden, da sie, wie Mercant versichert hatte, keine Möglichkeit besaßen, den Wahrheitsgehalt zu überprüfen. Sörlund und seine Begleiter waren die ersten, die in die Gewalt der Maahks geraten waren. Diese konnten daher nicht überprüfen, ob sie tatsächlich die Wahrheit sprachen. Und wie es schien, fielen sie auf diese Aussage herein.

Die Diskussion der Maahkmediziner wurde von den Terranern nur teilweise verstanden. Die Wissenschaftler kamen zu der Ansicht, das menschliche Gehirn müsse sich von den Gehirnen der Arkoniden in wesentlichen Punkten unterscheiden. Natürlich war den Maahks bekannt, daß ihre Vorfahren arkonidische Gefangene ohne weiteres hatten beeinflussen können.

Erst nach der Klärung dieser Angelegenheit wurden die fünf Männer tatsächlich entlassen. Die Maahks sahen ein, daß ihr Wissen erschöpft war.

Grek-1 meldete sich abschließend über den Translator. Er benutzte wieder die „sanfte Welle", wie sich Hegete dazu geäußert hatte.

„Wir bedanken uns für Ihre Bemühungen. Sie haben uns aufschlußreiche Hinweise geliefert. Was Ihre letzte Frage betrifft, so haben wir nicht die Absicht, Sie dem körperlichen Tod zu überliefern."

Grek-1 unterbrach sich. Er fragte sich, warum die fünf Terraner so eigentümlich zu reagieren begannen.

Hegete Hegha und Imar Arcus taten sich keinen Zwang an. Sie grinsten. Son-Hao blickte still zu Boden, Cole Harper räusperte sich anhaltend, und Halgor Sörlund zeigte ein müdes Lächeln. Grek-1 kam anscheinend zu der Auffassung, dies müsse eine freudige Reaktion sein.

„Sie können in Ihr Schiff zurückkehren, wo Sie die für Sie geeigneten Lebensbedingungen vorfinden. Ihre Aussagen müssen noch begutachtet werden. Wenn Sie etwas benötigen, verständigen Sie den Wachoffizier. Sie können gehen."

Sörlund bedankte sich nicht. Er drehte sich wortlos um und stapfte schwerfällig auf die Türen zu.

Draußen wurden sie von sechs Bewaffneten empfangen. Eine Art Rolltreppe brachte sie zum Erdgeschoß hinab. Als sie durch den Energieschirm der Torkontrolle hindurchschritten, dröhnten wieder einige der schwarzen Raumschiffe ihrem Element entgegen.

Es handelte sich um Supereinheiten von zweieinhalbtausend Metern Länge. Sie hoben in waagerechter Lage vom Boden ab, nahmen rasch Fahrt auf und reckten plötzlich ihre stumpfen Bugspitzen dem All entgegen.

Sie verschwanden mit aufbrüllenden Triebwerken in einem Meer aus Feuer und aufgewirbelten Staubwolken. Die Terraner warteten hinter einer massiven Prallwand, bis sich die Druckwellen verlaufen hatten. Beim Entwarnungssignal setzten sie ihren Weg fort.

Die vieräugigen Titanen von Alpha-Zentra marschierten immer noch. Niemand kümmerte sich um die fünf Sauerstoffatmer. Sie bestiegen ein flachgebautes Fahrzeug, das sie zur ALTAI brachte.

Die Außentore der unteren Polschleuse waren geöffnet. Das Wachkommando der Maahks bestand aus vierundzwanzig Mann unter dem Befehl eines Offiziers.

Niemand sprach ein Wort. Es war genug geredet worden. Halgor kletterte zuerst die Notleiter hinauf. Der Antigrav war nicht mehr betriebsbereit.

Er wartete in der Schleuse, bis die Gefährten ebenfalls angekommen waren und winkte zu dem Wachoffizier hinunter.

Der Maahk erhob seinen rechten Tentakelarm. Es war alles in Ordnung. Arcus ließ die Tore zugleiten und drückte auf den Knopf der Turbopumpen. Sie preßten das giftige Gasgemisch aus dem Raum und stellten vorübergehend ein Vakuum her, in das die sauerstoffhaltige Luft der ALTAI hineinzischte.

Sörlund sah die Männer der Reihe nach an. Schon nach dem ersten Verhör hatten sie beschlossen, nicht eher über geheime Dinge zu sprechen, bis sie sicher waren, daß man keine Abhöranlage eingebaut hatte.

Sörlund betrat den großen Hangar und klappte seinen Druckhelm nach hinten. Sein hageres Gesicht war schweißüberströmt.

Er trocknete sich die schweißnasse Stirn ab, strich die strähnigen Blondhaare zurück und half Son-Hao beim Ablegen des Schutzanzuges.

Der Kosmochemiker ließ sich schwer atmend auf der Laufkette eines abgestellten Allzweckwagens nieder. Er gehörte zur Ausrüstung der Korvette.

„Ich habe Schmerzen in den Beinen", erklärte Son-Hao mit brüchiger Stimme. „Man sollte nicht darüber reden, nicht wahr?"

„Es geht schnell vorüber", tröstete ihn Hegete. Er lächelte unecht. „Ich habe es nur im rechten Bein empfunden."

„Dann haben wir es also alle gespürt", stellte Cole Harper mit einem forschenden Blick auf Sörlund und Arcus fest. „Habe ich recht?"

Sörlund schnitt eine Grimasse und schritt zum Getränkeautomaten hinüber.

„Ich nehme an, daß die Belastung der letzten Tage, vor allem aber die beiden Transmitterdurchgänge, den Krankheitsverlauf beschleunigt haben", sagte er, nachdem er sich einen Becher heißen Kaffees getastet hatte. „Unsere Zeit wird vermutlich früher ablaufen, als es unter normalen Umständen der Fall gewesen wäre. Ich bin müde. Wer hat heute eigentlich Küchendienst?"

Son-Hao meldete sich.

„Ich. Ich werde eine schöne Henkersmahlzeit zubereiten. Echtes Fleisch aus Dosen, Tiefkühlgemüse und noch etwas, was ich mir noch überlegen werde."

Sie sahen sich bezeichnend an. Die Zentrumspest hatte sich bemerkbar gemacht. Jeder hatte das Ziehen in den Beinen empfunden. Normalerweise hätte es noch nicht auftreten dürfen. Die Ärzte hatten jedoch vor zu hohen körperlichen Belastungen gewarnt.

Sie fuhren mit dem Notaufzug zur Zentrale empor. Der Antigravschacht erhielt nicht mehr genügend Arbeitsstrom. Es lief nur noch ein kleines Fusionskraftwerk. Seine Kapazität reichte gerade aus, um die Schwerkraftneutralisatoren versorgen zu können.

Die Männer suchten die Zentrale nach Abhörvorrichtungen ab, aber die Eigenfrequenz-Detektoren sprachen auch diesmal nicht an. Die Methans hatten es nicht nötig, die Terraner zu belauschen. Trotzdem erließ Halgor Sörlund einen Befehl, den er sich für diesen Augenblick aufgespart hatte.

„Wir sprechen ab sofort Angloterranisch. Darauf ist der Übersetzer nicht eingestellt. Kein Wort mehr in Interkosmo. Ich nehme an, daß jedermann die alte Sprache beherrscht."

„Klar", erklärte Hegete Hegha. „Ich kann sogar darin singen. Was soll nun geschehen, Kommandant? Hast du dir schon überlegt, was eine Impulsweiche ist?"

„Ich denke an nichts anderes mehr. Nein, ich habe keine Ahnung. Das heißt – ich weiß, daß es sich um ein Gerät handelt, mit dem man unbemerkt aus dem Sechsecktransmitter hervorkommen kann. Allerdings muß es erst installiert werden."

„Wie?" warf Harper ein.

Hegete Hegha kontrollierte die Funkstation. Alle Geräte waren abgeschaltet.

„Das habe *ich* mir überlegt. Die Maahks müssen einen Weg finden, auf dem sie ein Schiff in die Milchstraße bringen können. Dieses Schiff könnte die Impulsweiche in seinen Laderäumen haben. Eine andere Lösung sehe ich nicht. Auf alle Fälle hat man sie offenbar angewiesen, vorerst auf die Invasion zu verzichten. Das ist eine Galgenfrist für uns und die Menschheit. Sie werden es nicht mehr riskieren, einfach über den Transmitterstationen aufzutauchen. Die Filme waren wirklich beeindruckend."

Halgor Sörlund legte sich auf sein zurückgeklapptes Konturlager und schloß die Augen. Sein Gesicht glich einer Totenmaske. Ohne die Augen zu öffnen, begann er zu sprechen:

„Hört mir genau zu. Niemand unter uns fühlt sich noch besonders gut. Wir sind am Ende angekommen. Das bedeutet, daß wir das letzte riskieren können, ohne besonderen seelischen Belastungen ausgesetzt zu sein. Wir können es als Spiel betrachten mit der interessanten

Schlußfrage, ob jemand dabei sein Leben verlieren wird oder nicht. Einverstanden?“

Sie waren einverstanden.

„In Ordnung, das wollte ich hören. Beim nächsten Wachwechsel des Kommandos schlagen wir zu, so gut wir können. Ein Start mit der ALTAI ist momentan unmöglich. Andererseits müßten wir unbedingt den Horrortransmitter erreichen, um zu versuchen, die ANDROTEST III über Hyperfunk zu warnen.“

„Ich kann mir nicht vorstellen, daß die ANDROTEST III noch existiert“, zweifelte Cole Harper. „Wir haben gesehen, was sich alles im Horrorsystem herumtreibt. Das sind bereits einige tausend Schiffe, die stündlich durch neue Einheiten verstärkt werden. Wohin, denkst du, fliegen die pausenlos startenden Einheiten?“

Halgor Sörlund regte sich nicht. Er bewegte kaum die Lippen.

„Sie gehen durch den Dreifachtransmitter Alpha-Zentra direkt zum Horrorsystem. Dort ist der Sammelpunkt. Oberst Pawel Kotranow ist ein erfahrener Kommandant. Außerdem hat er Horror schon zweimal über die lange Strecke angeflogen. Er wird mit drei Stufen dort ankommen, also noch genügend Aktionsradius besitzen, um das dreihunderttausend Lichtjahre entfernte Twinsystem erreichen zu können. Wenn es uns gelingt, ebenfalls über Horror zu erscheinen, können wir eine Funknachricht absetzen. Kotranow wartet nur darauf. Wenn er weiß, daß eine Invasion mit Hilfe einer sogenannten Impulsweiche geplant ist, wird er sofort heimwärts starten. Was mit uns geschieht, können wir dem Zufall überlassen. Wir sind fertig. Ebenfalls einverstanden?“

Hegete nahm umständlich auf seinem Sessel Platz und betrachtete die Instrumente.

„Und wie sollen wir Horror erreichen?“

Sörlund lächelte müde.

„Die Frage ist gelöst, so gut es sich lösen läßt. Wir brechen aus, schleichen uns in ein startklares Maahkschiff und machen die Reise zum Horrorsystem mit. Ganz einfach.“

„Ganz einfach!“ wiederholte Harper. „Wann wechselt die Wache?“

„In fünf Stunden. So lange werden wir schlafen. Son-Hao – deine Henkersmahlzeit wird aus Konzentratpillen bestehen. Du mußt Kräfte sparen. Niemand hat Zeit zum Kochen.“

„Das machen die Konserven von selbst", murrte Son-Hao.

„Egal, wir müßten ihren Inhalt essen, und das kostet Zeit. Jetzt wird geschlafen. Wir haben erfahren, was wir erfahren sollten. Es darf kein Zögern mehr geben. Unsere Wissenschaftler werden sich vermutlich eher vorstellen können, was mit einer Impulsweiche gemeint ist."

Es wäre zwecklos gewesen, auf den Einbruch der Nacht zu warten, denn das hätte wertvolle Zeit gekostet. Außerdem wurde der Raumhafen nachts ständig beleuchtet, so daß es nicht finster wurde. Es wäre den fünf Terranern daher nicht möglich gewesen, sich im Schutze der Dunkelheit zu bewegen. Deshalb hatte man sich nach der Ruhepause entschlossen, unverzüglich aufzubrechen.

Auf den Kojen der Einzelkabinen lagen die naturgetreu nachgebildeten Puppen, die man aus einem der Verstecke in der Form von zusammengefalteten Folien hervorgezogen und aufgeblasen hatte. Die Balgantriebe waren batteriegespeiste Mikrogeräte aus siganesischen Präzisionswerkstätten. Die Blasebälge täuschten den Atmungsvorgang und das Heben und Senken der Brustkörbe vor.

Ehe die Agenten gegangen waren, hatten sie weisungsgemäß die Bildbeobachtungsanlage eingeschaltet. Sie stand unter Fernkontrolle der Maahks, die somit jederzeit die einzelnen Räume des Schiffes überblicken konnten.

Trotzdem hatten sie nicht bemerkt, wie schnell und sicher die Terraner ihre Spezialausrüstung aus den genial angelegten Verstecken hervorgezogen hatten.

Die Schutzanzüge, die sie während der Verhöre getragen hatten, hingen ordnungsgemäß im Schleusenraum der Zentrale. Auch dort lief die Visiphonverbindung.

Nichts deutete darauf hin, daß die Männer im Begriff waren, das Schiff zu verlassen.

Halgor Sörlund kletterte voran. Der Weg ins Freie war beschwerlich, da kein Schleusenschott geöffnet werden konnte. Aber auch daran hatten die Spezialisten der Solaren Abwehr gedacht.

Ehe die ALTAI von Kahalo gestartet war, war das Landebein II ausgewechselt worden. Es handelte sich um eine bedingt funktionstüchtige Attrappe, die man ebenso ausfahren konnte wie die anderen

Landebeine – nur mit dem Unterschied, daß es in ihr keine hydraulische Vorrichtung gab. Sie war hohl und erlaubte einem normalgewachsenen Mann ein Hindurchschlüpfen.

Sörlund hatte die Standplattform direkt über dem gespreizten Auflageteller erreicht und die Sichtschlitze geöffnet. Son-Hao hatte sich an seine Seite gezwängt. Der untere Teil der Landestütze war sehr eng. Die drei anderen Männer standen noch auf den Kletterssprossen. Imar Arcus machte den Schlußmann.

Halgor spähte ins Freie. Der Hohlraum der Landestütze stand bereits unter Überdruck. Ehe sie eingestiegen waren, hatten sie nacheinander eine winzige Schleuse passieren müssen.

Sie trugen Spezial-Schutzanzüge der Abwehr. Es handelte sich um geheime Ausführungen für Agenteneinsätze. Nur wenige Leute hatten diese kostspieligen Monturen jemals zu Gesicht bekommen.

Sie waren wesentlich leichter und anschmiegsamer als normale Druckpanzer. Die Kraftstationen für die Stromversorgung der Antigrav- und Schirmfeldprojektoren waren siganesische Meisterwerke und entsprechend klein. Man konnte sie in einer Hand verbergen.

Die Mikroreaktoren und die Projektoren besaßen Ortungssicherungen von hoher Vollendung. Die Eigenstrahlung wurde von einem Sekundärfeld absorbiert.

Die Klima- und Sauerstoffanlagen beanspruchten nicht mehr Platz als die Stromaggregate. Nur die Waffen waren so groß und schwer, wie man es gewohnt war. Halgor hatte Kombinationsstrahler mitgenommen. Sie wirkten auf thermischer Basis, als lautlos arbeitende Desintegratoren und als Paralysatoren.

Wichtigster Bestandteil der Kampfanzüge waren die eingebauten Deflektorprojektoren, die die Träger unsichtbar machten. Man konnte nur mit Spezialgeräten geortet werden. Sörlund hoffte, daß die Maahks keine zur Hand hatten.

Die Posten standen vor dem Schiff. Unter der gewölbten Kugelwandung der Kaulquappe hielt sich niemand auf. Es war auch nicht nötig, da die Methans ein Öffnen der Bodenschleusen jederzeit bemerkt hätten.

Das hohle Landebein besaß zwei Ausstiegsluken. Sie waren zueinander versetzt und erlaubten ein Verlassen der Attrappe nach entgegengesetzten Richtungen.

„Wir nehmen diese Seite", flüsterte Sörlund. „Wollen wir hoffen, daß es keinen Lärm gibt."

Son-Hao preßte die Sichtscheibe seines Druckhelms gegen die Beobachtungsschlitze. Er blickte in den Schatten hinaus.

„Sie werden das Luk kaum bemerken, es sei denn, es kommt gerade jemand um den Bodenteller herum."

Sörlund löste die Verriegelung. Das Schott glitt auf. Ohne noch ein Wort zu verlieren, zwängte sich der Kommandant aus der Öffnung und ging hinter der Landestütze in Deckung.

Niemand bemerkte ihn. Son-Hao und Cole Harper folgten wenig später. Hegete und Arcus schlüpften zuletzt aus dem Luk. Sörlund verschloß es und schaute zu dem Robotiker hinüber, der es nicht unterlassen konnte, aus der Deckung hervorzutreten und die Wirksamkeit seines Deflektorfeldes zu erproben.

„Gut," raunte er. „Sie haben keine Spezialorter dabei. Bleibt es bei dem Schiff?"

Sörlund schaute nach Westen. Etwa einen Kilometer entfernt, ragten die Konturen eines maahkschen Superriesen in die Luft. Sie hatten sich dazu entschlossen, eine große Einheit zu benutzen.

„Es bleibt dabei. Fertig? Gehen wir. Paßt auf, daß ihr niemanden anrempelt."

Er schritt voran. Niemand vernahm seine Schritte. Sie gingen zwischen den Wachtposten hindurch, ohne daß es zu einem Zwischenfall kam.

Als sie die Linie passiert hatten, schritten sie schneller aus. Es war nicht notwendig, den kurzen Weg zu rennen. Auf einige Minuten kam es nicht an. Die Maahks rechneten wahrscheinlich mit allen möglichen Dingen, nur nicht mit einem spurlosen Verschwinden der fünf Terraner.

Nachdem sie die Hälfte des Weges zurückgelegt hatten und eine Panzerkolonne herandröhnte, blieb Sörlund auf dem freien Gelände zwischen den Schiffen stehen und schaute sich um.

Seine Gefährten schlossen dicht auf. Sie konnten sich gegenseitig durch die Antireflektoroptiken der Helme einwandfrei sehen.

„Was ist?" fragte Hegete und griff zur Waffe.

„Ruhe", mahnte Sörlund. „Mir ist etwas eingefallen."

Hegete seufzte.

„Auch das noch."

„Da wir so ungestört vorankommen, nehmen wir ein Schiff, das wesentlich weiter von der ALTAI entfernt ist als dieser Raumer. Wenn man uns vermissen sollte, wird man wahrscheinlich annehmen, wir hätten das erste beste Schiff aufgesucht."

„Oder auch nicht. Wir könnten uns ebensogut in den Gebäuden verbergen."

Cole Harper lachte trocken auf.

„Was – auf einem überschweren Giftplaneten? Unterschätze nicht die Maahks! Wenn sie unsere Flucht entdecken, kommen sie sofort auf den richtigen Gedanken. Für sauerstoffatmende Gefangene gibt es nur einen Weg, und der führt über die Raumschiffe. Also los, nehmen wir einen Kahn, der weit genug entfernt ist. Ich würde das Tempo etwas beschleunigen."

Sie gingen raschen Schrittes weiter. Hier und da legten sie einen kurzen Dauerlauf ein. Überall waren marschierende Truppen zu sehen. Wenn die Schiffe alle für den Horrortransmitter bestimmt waren, dann mußte es in diesem Kunstsystem jetzt schon von Raumfahrzeugen aller Größenordnungen wimmeln.

Sie wichen den Truppen immer wieder durch Spurts aus. Die Panzerkolonnen mit ihren relativ hohen Geschwindigkeiten und die riesigen Robotverlader waren am gefährlichsten. Man konnte nie vorher berechnen, zu welchem Schiff sie wollten und wie unverhofft sie abschwenken würden.

Nach eineinhalb Stunden entdeckten sie wieder ein Riesenschiff.

„Das nehmen wir", bestimmte Sörlund. Er lehnte schweratmend an der abgespreizten Landestütze eines kleineren Raumers. Über ihm drohten die ausgeglühten Schlünde der Felddüsen.

Hegete ging um das Heck herum und spähte zu dem Koloß aus Stahl hinüber. Er lag nur noch einen Kilometer entfernt auf einer markierten Piste.

Hegete kehrte zurück. Er schleifte das linke Bein jetzt stärker nach.

„Es wird Zeit. Früher hätte ich über solche Märsche gelacht. Jetzt bin ich froh, wenn ich mich setzen kann. Das Schiff sieht gut aus. Die Einschleusung der Landetruppen wird bald beendet sein. Die Verladung ist so gut wie abgeschlossen. Wenn mich nicht alles täuscht, wird die Riesenwurst in etwa einer Stunde starten. Das wäre für uns genau der richtige Zeitpunkt. Ich frage mich nur, wie wir den ungeheuren Entmaterialisierungsschock überstehen sollen. Wir werden stundenlang bewußtlos sein. Oder sieht jemand eine Möglichkeit, durch die Anzüge hindurch ein Narkosemittel zu injizieren?"

„Nein, wir werden es zu ertragen haben", entgegnete Sörlund. „Arcus, was ist mit dir los?"

„Unwichtig. Etwas schwindelig. Los, gehen wir weiter. Wollt ihr hier Wurzeln schlagen?"

Niemand fragte nochmals nach dem Befinden des Ultraenergie-Ingenieurs. Es war klar, daß er unter den Symptomen der Zentrumspest litt.

Sörlund dachte an etwas, was von den anderen Männern übersehen worden war. Atlan hatte von den Beharrungskräften, die bei Beschleunigungsmanövern von Maahkraumschiffen auftreten, gewarnt. Die Methans flogen oftmals mit vier bis fünf Gravos, ohne ihre Absorber einzuschalten.

Die Neutralisatoren der Kampfanzüge lieferten jedoch nur Absorptionswerte bis zu drei Gravos. Sie waren von der Energieerzeugung der Mikroaggregate abhängig und konnten nicht höhergeschaltet werden.

Halgor schwieg über seine Erkenntnis. Es war alles so gleichgültig geworden. Es war überhaupt eine Frage, ob einer von ihnen die Reise zum Horrorsystem überstehen würde.

Das schwarze Raumschiff schien ins Unendliche zu wachsen, je näher sie kamen. Bald konnten sie den Riesenkörper nicht mehr mit einem Blick erfassen.

Sie sahen nur noch Ausschnitte des Rumpfes.

Monströs, fremdartig und eine unsichtbare Drohung ausstrahlend, so lag der Gigant auf seiner angedeuteten Kielflosse. Zahlreiche Landebeine stützten ihn nach beiden Seiten ab.

Es war eine Konstruktion ohne Stabilisierungsflossen und aerodynamische Hilfsruder. Die Kraftfelddüsen ragten weit aus dem stumpfen Heck hervor und zeugten von den ungeheuren Kräften, die mit ihrer Hilfe freigemacht werden konnten.

Die Einschiffung der Truppen war tatsächlich beendet. Letzte Robotmaschinen zogen sich lärmend zurück.

Die Luken standen jedoch noch weit offen.

Die Terraner sprangen zu einer rückwärtsfahrenden Robotmaschine hinüber und rannten an ihr entlang. So erreichten sie ungefährdet die ausgefahrene Rampe einer Ladeluke.

Cole Harper dachte daran, daß bis jetzt alles zu glatt abgelaufen war. Das störte ihn und weckte sein Mißtrauen.

Er blieb vor den Transportbändern der schräg nach unten ragenden Plattform stehen und zog die Waffe. Harper war dazu entschlossen, jeden Widerstand schnell und lautlos zu brechen. Sie *mußten* das Horrorsystem erreichen und ihre Nachrichten an Kotranow abstrahlen. Erst dann war ihr Einsatz beendet.

„Mache keinen Blödsinn", flüsterte Sörlund. „Die Waffen nützen uns kaum etwas. Wenn man uns entdeckt, ist mit einem sofortigen Startverbot für alle Schiffe zu rechnen. Damit wären wir erledigt. Wir kriechen zwischen zwei Laufbändern nach oben. Paßt auf, daß ihr nicht erfaßt werdet. Harper – du machst den Schlußmann. Fertig ...?"

Hegete schwang sich zuerst auf die Rampe hinauf. Die Ladeöffnung lag etwa dreißig Meter über dem Gelände. Die anderen Einstiege konnten nicht benutzt werden. Man hatte überall Posten entdeckt.

Sicherlich wurde auch dieser Laderaum überwacht; aber hier gab es bessere Möglichkeiten für ein schnelles und unbemerktes Hineinschlüpfen.

Arcus, Son-Hao und Sörlund folgten dem Robotiker. Cole Harper beobachtete argwöhnisch die Umgebung. Weiter westlich lief das Triebwerk eines großen Schiffes an. Das dumpfe Grollen übertönte fast das Heulen der Warnsirenen.

„Schneller, macht doch schneller", keuchte Sörlund. „Sie geben Startalarm."

Harper bemerkte, daß sich die Laderampe zu bewegen begann. Er schaute sich nochmals um, steckte den Kombistrahler in die Gürteltasche und sprang auf die schräge Fläche hinauf.

Hegete Hegha hatte bereits die Ladeluke erreicht. Sie besaß keine Luftschleuse. Er wartete auf die drei nachfolgenden Männer und spähte gleichzeitig in den gähnenden Schlund des Laderaumes hinein. Er war taghell erleuchtet. Zahlreiche Maahks und verschiedenartig konstruierte Roboter waren damit beschäftigt, die Güter in Fesselfelder einzubetten.

Cole Harper klammerte sich an den Lagern der Laufbänder fest, sie bedeuteten keine Gefahr mehr, da man sie abgestellt hatte.

Zusammen mit der Rampe wurde er angehoben. Als sich die ehemalige Schräge in eine waagerechte Ebene verwandelte, begann Harper zu laufen.

Hegete, Sörlund, Son-Hao und Imar Arcus kletterten bereits in den Laderaum hinein.

„Cole . . .!“ schrie Hegete. Er sah das Unheil kommen, ohne eingreifen zu können.

Das Donnern des startenden Schiffes steigerte sich zu einem dumpfen Orgeln. Eine Druckwelle fegte über den Platz. Sie peitschte in den Spalt hinein, der zwischen der hochschwingenden Rampe und dem Rumpf entstanden war.

Harper erkannte, daß er so gut wie verloren war. Trotzdem klammerte er sich an einem weiteren Lagerzapfen fest und versuchte, dem jählings aufgekommenen Sturm zu widerstehen. Es wäre ihm eventuell gelungen, wenn die Rampe nicht weiter nach oben geglitten wäre.

Sekunden später hing Harper verkrampft an der Schrägung und suchte nach einem Halt für seine Füße.

Die zweite Druckwelle war noch heftiger. Sie erreichte Orkanstärke. Harper wurde davon erfaßt. Sein Griff lockerte sich. Niemand vernahm seinen Schrei, als er hinweggeweht wurde. Er fiel steil nach unten.

Es gelang ihm noch, sich während des Sturzes zu drehen; aber es gelang ihm nicht mehr, seine Fallrichtung zu ändern.

Sörlund sah entsetzt, daß Harper mit den vorgestreckten Füßen auf dem Gratkopf eines Maahks aufschlug. Er riß den Uniformierten von den Beinen und stürzte zusammen mit ihm auf hochelastische Ballen, die aufblasbare Zelte zu enthalten schienen.

Der Maahk hatte gellend aufgeschrien. Der neben ihm stehende Offizier fuhr herum. Er starrte auf den zertrümmerten Schädel seines Untergebenen, schaute dann instinktiv nach oben und anschließend sah er sich um.

Dann griff er schneller zu seiner Waffe, als es Sörlund vermutet hatte. Cole Harper lag benommen auf den Ballen und versuchte, die Zentralschaltung seiner Energieanlage zu bedienen. Sie war beim Aufschlag ausgefallen. Er war voll sichtbar und hatte außerdem mit einer Schwerkraft von fast drei Gravos und dem Überdruck der Luft zu kämpfen.

Sörlund erkannte zu spät, daß Harper nun von jedermann erblickt werden konnte. Nur ein Mann hatte schnell genug erfaßt, was geschehen war. Sein Name war Hegete Hegha!

Er hatte nach dem Einstieg seine Deflektoroptik zur Seite geschwenkt, um den Laderaum besser überschauen zu können. Als Harper für ihn plötzlich sichtbar wurde, wußte er, daß ein Unheil geschehen war.

Harpers Absturz war schon schlimm genug; aber nun war er auch noch gesehen worden.

Hegete feuerte um den Bruchteil einer Sekunde schneller als der auf dem Frachtgut stehende Maahkoffizier.

Der Paralysestrahl der terranischen Waffe schoß aus dem Deflektorfeld hervor und traf den Maahk in Brusthöhe. Der gewaltige Körper wurde nach hinten geschleudert, wo er auf den Gängen zwischen den hochgestapelten Waren aufschlug.

Imar Arcus rannte schon. Ihm brauchte niemand zu erklären, mit welchen Schwierigkeiten Cole Harper zu kämpfen hatte. Selbst wenn er sich nicht verletzt hatte, würde er bei dieser Schwerebelastung kaum in der Lage sein, seine Kraftanlage in Ordnung zu bringen. Sicher war nur die Automatsicherung herausgesprungen, als der Antidruckschirm durch den Aufprall über Gebühr belastet worden war.

Harper wurde jetzt nicht nur von den zerrenden Gravokräften angegriffen, sondern überdies noch von dem hohen Luftdruck, der seinen Körper zu zermalmen drohte. Die Atmungsorgane wurden durch den hermetisch schließenden Helm geschützt, aber der Körper war dem Druck ausgesetzt.

Arcus sprang über den gelähmten Maahkoffizier hinweg, ergriff den oberen Rand eines Folienballens und schwang sich hinauf. Harper regte sich nicht mehr.

Arcus schlug mit der flachen Hand auf den herausgesprungenen Sicherungsknopf. Die Kraftstation lief augenblicklich an, und die Schutzschirme hüllten den schlaffen Körper erneut ein. Harper wurde unsichtbar.

Zu diesem Zeitpunkt hatten die Maahks erkannt, was geschehen war. Sie reagierten ungeheuer schnell und folgerichtig.

Natürlich war ihnen bekannt, daß sich fünf Terraner auf Alpha-Zentra aufhielten.

Neben Arcus schlug ein lohender Energiestrahl ein. Das elastische Material blähte sich unter der Hitze auf, zerplatzte und schleuderte verflüssigte Kunststoffreste gegen Arcus, der schleunigst in Deckung ging.

In dem Laderaum war innerhalb von wenigen Sekunden die Hölle los. Hegete Hegha und Sörlund hatten das Feuer aus ihren Desintegratoren eröffnet. Überall brachen Maahks und Roboter zusammen.

Die Agenten rannten zwischen dem Ladegut hindurch, zwängten sich in Lücken hinein und schossen, sobald sich ihnen jemand in den Weg stellte.

Arcus sah sie. Er zerrte Harpers erschlafften Körper aus der Gefahrenzone und zog ihn zum Rand der Ballen hinüber. Wieder erhielt er Feuer, obwohl man ihn eindeutig nicht sehen konnte. Die Maahks erkannten jedoch die Einbuchtungen in dem elastischen Material.

Arcus sprang nach unten, wartete Hegetes nächsten Feuerstoß ab und zog dann Harper zu sich hinab.

Imar Arcus hatte keine Mühe, den Besinnungslosen zu tragen. Keuchend kam er bei den Gefährten an, die sich hinter Maschinenteilen verschanzt hatten. Sie schossen nicht mehr.

Es wurde plötzlich still. Hier und da schwelten Brandherde. In der Ferne heulten Sirenen. Der große Bildschirm vor der Luftschleuse zum höherliegenden Deck war von Sörlund zerschossen worden. Aber die Sprechanlage funktionierte noch. Jemand schrie in Kraahmak einige Inormationen in die Mikrophone.

„Pech!“ sagte Sörlund leise. „Bleibt hier und verliert euch nicht aus den Augen. Dieses Schiff erhält Startverbot. Das ist ganz sicher. Wir haben nur noch eine Chance, wenn es uns gelingt, wieder ins Freie zu kommen. In spätestens einer Viertelstunde werden die Maahks mit Deflektorortern hier sein. Hat jemand Vorschläge?“

„Wir müssen Harper tragen“, sagte Arcus. Damit war schon alles ausgedrückt.

Sörlund setzte sich auf ein Gepäckstück. Seine Beine zitterten. Das große Ladeluk hatte sich geschlossen. Es gab nur noch den Weg zu den Maschinenräumen. Halgor Sörlund gab noch nicht auf.

„Imar, du mußt dich um Cole kümmern. Wir schleichen uns bis zum nächsten Gang vor und versuchen von dort aus in die Maschinenräume zu kommen. Das Schiff ist gigantisch. Wir finden Tausende von Verstecken."

„Die Höchstleistung der Sauerstoff-Regeneratoren liegt bei knapp hundert Stunden", raunte Arcus. „Danach müssen wir auftanken."

„Egal. Wir müssen es probieren."

Sörlund ging voran. Die weichen Sohlen seiner Spezialstiefel verursachten keine Geräusche.

Sie kamen an zwei Maahks vorbei, die mit schußbereiten Waffen in ihren Deckungen lagen und auf ein Lebenszeichen der Terraner warteten.

Sörlund erreichte ein Querschott, das den Laderaum bis zur Dekkenhöhe unterteilte. Ein Gang zu den Maschinenräumen war nirgends zu sehen.

Vor dem Durchgang standen wieder zwei Maahks. Hoch über den Terranern öffneten sich Luken. Kampfroboter mit flimmernden Schutzschirmen schwebten von der Decke herab.

Sörlund riskierte es nicht mehr, die beiden Wächter mit der Waffe anzugreifen. Er winkte und zog sich hinter die nächsten Gepäckstücke zurück.

Die vier Terraner sahen sich stumm an. Sie hatten keine Chance mehr, obwohl sie unsichtbar waren. Harper gab die ersten Lebenszeichen von sich. Er hatte sich nicht ernsthaft verletzt, und die plötzliche Druckbelastung hatte er auch ertragen können.

„Sollen wir durchbrechen oder nicht?" fragte Sörlund ruhig. „Wir brauchen nur die beiden Posten vor dem Durchgang zu beseitigen. Dahinter liegt ein anderer Laderaum, dahinter noch einer und so fort. Alle werden sie aber schon besetzt sein. Hört ihr das Getrampel?"

Der Kommandant des Maahkraumers schien alles aufzubieten, um die Terraner einzufangen. Immer mehr Roboter tauchten auf. Draußen rumorten Fahrzeugmotoren. Wahrscheinlich glich der Platz einem Heerlager.

„Wir *müssen* durch!" entgegnete Hegete heftig. „In den anderen Laderäumen wird man uns nicht vermuten."

„Man wird uns überall vermuten und auch überall suchen. Wenn wir die Posten unschädlich machen, weiß man, daß wir durchgebrochen sind. Ich . . ."

Hegete schoß zweimal. Er war als hervorragender Schütze bekannt. Die beiden Maahks brachen zusammen. Zugleich sagte der Robotiker kühl:

„In Ordnung – nun bleiben wir genau da, wo wir sind! Wenn unser verehrter Kommandant recht hat, wird man annehmen, wir wären durchgebrochen. Verdammt – hier geht es um unsere Galaxis. Ich gebe nicht auf, nur weil einer von uns einem Maahk auf den Kopf gefallen ist. Na also, seht euch das an! Die Roboter rennen in den nächsten Saal hinüber."

Halgor Sörlund entgegnete nichts. Sie hoben Cole Harper auf und zogen sich zwischen die Ladegüter zurück. Zwischen dicken Ballen, die offenbar ebenfalls Zeltfolien enthielten, fanden sie einen ausreichend großen Hohlraum. Hier war nicht sorgfältig genug gestapelt worden.

Hegete und Arcus zogen einen anderen Ballen so nahe heran, daß der Einschlupf verdeckt wurde. Dann setzten sie sich und warteten. Es war das Beste, was sie in dieser Situation tun konnten.

Der Lärm wurde immer beängstigender. Schließlich stand es fest, daß der Kommandant außer den Besatzungsmitgliedern seines Schiffes auch die eingeschleusten Raumlandetruppen zur Suche einsetzte.

Diese Maßnahme sah gut aus, aber sie war wenig erfolgversprechend, solange sich die Terraner ruhig verhielten. Die Möglichkeit einer Energieortung war geringfügig.

Draußen fuhren noch mehr Fahrzeuge auf. Das Dröhnen der Motoren wurde so laut, daß Sörlund schon schreien mußte, damit man ihn verstand.

„Je länger es dauert, um so besser für uns. Nach einigen Stunden wird man die Luken öffnen und mit dem Löschen der Ladung beginnen. In diesen vollgestauten Räumen ist eine planmäßige Suche sonst unmöglich. Was folgert ihr daraus?"

Hegete meldete sich. Hinter dem transparenten Helm erblickten sie sein grinsendes Gesicht.

„Ich folgere daraus, daß wir alles mögliche tun werden, außer in einen Ballen kriechen. Die Methans werden die Ladung Stück für Stück durchsuchen. Wir haben herauszufinden, wo wir uns während der Entladung aufhalten können. Dann müssen wir einen Weg ins Freie suchen."

„Und dort stehen Hunderte von Spezialfahrzeugen mit Deflektorortern", wehrte Sörlund müde ab. „Freunde, ich verliere langsam den Mut."

„Das merken wir", sagte Imar Arcus. „Ich glaube, daß wir trotzdem eine Chance haben, es sei denn, die Maahks rüsten jeden Mann der Besatzung mit einem tragbaren Orter aus. So viele Geräte dürfte es hier aber wohl kaum geben. Außerdem steht es nicht einmal fest, ob diese Burschen etwas besitzen, was wir als Deflektorspürer kennen."

„Verlasse dich darauf – sie haben so etwas!" behauptete Sörlund. „Außerdem werden sie sich jetzt schon ihre klugen Köpfe zerbrechen, wie sie uns überlisten können. Ich habe eine hohe Meinung vom Einfallsreichtum der Maahks."

Sie schwiegen wieder. Es gab nicht mehr viel zu diskutieren.

Eine Stunde verging. Dann wurde es plötzlich still in dem großen Schiff. Hegete Hegha schreckte auf. Arcus war eingeschlummert. Der Robotiker stieß ihn mit dem Fuß so heftig an, daß Arcus fluchend auffuhr.

„Ruhe!" zischte Hegete. „Hört ihr nichts? Es ist plötzlich so still. Was haben diese Kerle vor?"

Cole Harper richtete sich auf und betastete seine schmerzenden Glieder. Außer einigen Prellungen hatte er sich nicht verletzt.

„Es tut mir leid, daß ich dem Maahk auf den Kopf gefallen bin", flüsterte er. „Das wollte ich nur noch sagen, ehe wir erwischt werden."

„Schon gut, schon gut", unterbrach ihn Hegete. „Was hat die Stille zu bedeuten?"

„Anruf über Lautsprecher", vermutete Sörlund. „Damit hatte ich gerechnet. Sie scheinen genau zu wissen, daß wir noch im Schiff sind."

„Oder auch nicht! Die Maahks bluffen!"

Sörlund winkte ab. Er glaubte, diese Intelligenzen besser zu kennen als der impulsive Sergeant. Wenige Sekunden später brüllten die Lautsprecher der Rundfunkanlage auf. Sie waren überall im Schiff zu hören. Jemand rief die Terraner an.

„Sie haben unseren Translator herbeigeschafft", stellte Arcus fest. „Flink sind die Burschen, das muß ihnen der Neid lassen. Also – was wollen sie uns mitteilen?"

„Grek-1 spricht", dröhnte es aus den Geräten. „Sie kennen mich. Sie sollten auch wissen, daß ich nicht spaße. Ich verzichte darauf,

Ihnen Versprechungen zu machen, die ich doch nicht halten würde. Wir wissen, daß Sie sich in dem Schiff befinden. Wir haben keine Zeit, noch länger nach Ihnen zu suchen. Hören Sie also gut zu. Die Besatzung wird soeben ausgeschleust. Nur die Roboter bleiben zurück. Anschließend wird die künstliche Schwerkraft auf einen Wert erhöht, den Sie als zwanzig Gravoeinheiten kennen. Ihre Schutzanzüge können bestenfalls vier Gravos absorbieren. Demnach haben Sie eine Belastung von etwa sechzehn Einheiten auszuhalten. Es wird Ihnen einige Augenblicke lang gelingen, doch dann dürften Sie ohnmächtig werden und ersticken. Ich werde das Feld beim ersten Einsatz genau fünf Sekunden lang eingeschaltet lassen. Anschließend erhalten Sie eine Erholungspause von fünf Minuten. Wenn Sie diese Zeit nicht dazu verwenden, sich zu ergeben, werden Sie anschließend sterben. Lösen Sie als Übergabesignal einen Schuß aus. Die Roboter werden Sie orten."

Grek-1 schaltete ab. Er hielt es nicht für nötig, seinen Anruf zu wiederholen.

Hegete war blaß geworden. Er sah sich ungläubig um.

Sörlund und Harper sagten keinen Ton. Arcus schimpfte vor sich hin, und Son-Hao zermarterte sein Gehirn nach einer Lösung.

„Hat jemand eine Idee?" fragte Harper plötzlich. „Nein? Niemand? Ich auch nicht. Es wäre ja auch verwunderlich gewesen, wenn die Abwehroffiziere nicht auf eine solche Lösung gekommen wären. Sie haben alle Trümpfe in den Händen. Jetzt fragt es sich nur noch, ob wir es darauf ankommen lassen oder nicht. Ich zweifle nicht daran, daß man in der Lage ist, die Schwerefelder auf zwanzig Gravos hochzufahren. Wollen wir uns unbedingt fünf Sekunden lang quälen lassen, um uns dann doch zu ergeben?"

Sie stimmten ab. Sie wollten sich quälen lassen. Dann warteten sie, bis die Titanengewalten einer jählings erhöhten Schwerkraft über sie herfielen und ihre Körper mit grausamer Wucht gegen den Boden preßten. Es war wie ein Hammerschlag.

Son-Hao wurde nach vier Sekunden ohnmächtig. Die vier anderen Männer hielten durch, ohne das Bewußtsein zu verlieren. Allerdings erschienen ihnen die fünf Sekunden wie Jahrzehnte.

Als sie wieder Luft holen konnten und ihre Körper von Wellen des Schmerzes durchflutet wurden, dachte Halgor Sörlund nur noch an die fünf Minuten, die man ihnen als Erholungspause zugebilligt hatte.

Er wollte sich erheben, aber er konnte es nicht. Das Ziehen in den Beinen war auch wieder da. Solche Belastungen waren Gift für Männer, die an der heimtückischsten Krankheit der Milchstraße litten.

„Arcus!“ röchelte der Kommandant, „Arcus, du mußt schießen. Das ist ein Befehl. Räume den Ballen zur Seite. Du mußt es schaffen. Ich kann nicht mehr. Arcus – solange wir leben, haben wir auch noch eine Chance. Gib das Signal.“

Imar Arcus wälzte seinen muskulösen Körper herum. Auf Händen und Knien kroch er durch den Hohlraum, stieß mit dem Helm einen Folienballen zur Seite und ließ sich dann flach auf den Boden fallen. Vor seinen Augen tanzten rote Ringe.

Mit unsäglicher Mühe gelang es ihm, die Strahlwaffe aus dem Kombigürtel zu ziehen und den Lauf durch die Öffnung zu stecken.

Er zog durch. Das helle Krachen der gewaltsam verdrängten Luftmassen war nicht zu überhören. Glutender Feuerschein durchzuckte den Laderaum. Weiter vorn flammte die Kunststoffverkleidung einer Maschine auf.

Es dauerte nur zwei Minuten, bis sie von den Robotern eingepeilt worden waren. Sie wurden von den Kampfmaschinen ins Freie gezerrt, auf die Füße gestellt und abgeführt.

Kurz darauf standen sie auf dem Landefeld vor dem Schiff, in das sie alle ihre Hoffnungen gesetzt hatten. Die dreizehn Geheimdienstoffiziere warteten bereits.

Bewaffnete Maahks traten zu den fünf Terranern. Sie packten sie und schleiften sie zu einem Uniformierten. Seine Rangabzeichen waren eindeutig.

„Herzlich willkommen“, sagte Grek-1 über Translator. „Sie sehen nicht gut aus. Wir werden wahrscheinlich eine Gravitationswaffe gegen Ihre Flotte einsetzen. Sie sind erfreulich schwach. Können Sie laufen?“

„Ihr Bruder, der Teufel, läßt Sie grüßen“, schrie Hegete Hegha mit versagender Stimme. „Wir sind ihm begegnet. Er war mir nicht vornehm genug.“

„Bitte?“ sagte Grek-1. „Ich habe ihn nicht verstanden.“

„Wer kam auf die Idee mit den zwanzig Gravos? Das würde mich persönlich interessieren?“

„Ich, wenn Sie gestatten“, erklärte Grek-1.

„Aha! Warten Sie ab, bis Ihnen ein Meister seines Faches begegnet. Sein Name ist Perry Rhodan. Dann werden Sie bessere Ideen haben müssen. Bringen Sie uns in unser Schiff?“

„Natürlich. Ihre Flucht war aufschlußreich. Wir haben daraus die entsprechenden Schlüsse gezogen. Ich heiße Sie wirklich herzlich willkommen.“

Halgor Sörlund dachte noch über den Sinn dieser Worte nach, als er bereits in seiner Koje lag. Was hatte der Methanatmer gemeint?

21.

Die Maahks hatten die Terraner keine Minute mehr aus den Augen gelassen. Die ALTAI war sorgfältig und mit einem technischen Aufwand durchsucht worden, daß es erstaunlich war, daß man die restlichen Waffen und Geräte der Geheimausrüstung nicht gefunden hatte.

Nur zehn Stunden nach der mißglückten Flucht waren die Todgeweihten abgeholt worden. Sie trugen wieder ihre schweren Schutzanzüge. Son-Hao fühlte sich nicht gut. Er rechnete stündlich mit dem Eintreten der Endphase, die sich mit einer Erstarrung seines Körpers bemerkbar machen mußte.

Die Maahks hatten die Agenten zu einem riesigen Raumschiff gefahren. Es schien erst kurz zuvor angekommen zu sein. Das Landefeld unter den Bodendüsen hatte noch geglüht. Absorberduschen hatten gefährliche Streustrahlungen beseitigt.

Man hatte die Männer in das Schiff gebracht. Der Kommandant nannte sich ebenfalls Grek-1. Er schien besondere Vollmachten zu haben.

Die Luftschleuse füllte sich mit einem sauerstoffhaltigen Luftgemisch. Die Maahkposten hatten ihre Raumanzüge geschlossen. Diese Atmosphäre war für sie giftig.

Die Innentore öffneten sich. Sörlund sah in eine weite Halle hinein. Sie enthielt unbekannte Maschinen.

Man drängte die Terraner in den Raum und führte sie zu einer dieser Maschinen. Maahks in geschlossenen Raumanzügen warteten. Der Kommandant war ebenfalls anwesend.

Der blickfangende Teil der Maschine war ein glockenförmiger Gitterkäfig mit einem Durchmesser von etwa sieben Metern. Die Abdeckhaube der Gitterglocke bestand aus einer soliden Metallplatte, in die zahlreiche Kabel mündeten.

Grek-1, der Schiffskommandant, benutzte einen kleinen Translator aus den Beständen des terranischen Raumschiffes.

„Legen Sie Ihre Schutzanzüge ab und entkleiden Sie sich."

Sörlund begann innerlich zu zittern. Hatte man neuartige und bisher noch nicht verwendete Hypnosegeräte herbeigeschafft?

„Ich denke nicht daran, mich auszuziehen", schrie Arcus.

„Machen Sie keine Umstände. Ziehen Sie sich aus. Oder sollen wir Sie paralysieren?"

„Ausziehen", befahl Sörlund ruhig. „Beherrsche dich, Imar. Es hat keinen Zweck. Was haben Sie mit uns vor, Kommandant?"

„Dies ist ein Verhör. Sie werden keine Schmerzen empfinden."

Cole Harper legte seinen Raumanzug ab. Zehn Minuten später standen die fünf Terraner nackt vor den Maahks. Son-Hao trug ein silbernes Kettchen um den Hals. Er mußte es abgeben.

Dann schritten sie die Stufen zu der Plattform hinauf, die von dem Gitterkäfig umschlossen wurde.

Ein Antigravitationsfeld ergriff sie und machte die Körper schwerelos. Sie schwebten sanft empor, wurden von der Kuppelplatte abgestoßen und von einer automatischen Feldjustierung im Zentrum des Käfigs festgehalten.

Nur Hegete Hegha und Imar Arcus ließen einige Kommentare hören. Sie waren nicht besonders liebenswürdig.

„Ruhe, seid vernünftig", bat Halgor Sörlund. „Ein Antigravfeld ist keine Hinrichtungsmaschine. Solange man mir keine Elektroden durch die Schädeldecke bohrt, will ich ganz zufrieden sein."

Der Schiffskommandant schien zu begreifen, wie unwirklich die Situation für die Terraner war.

Ein Grollen, das aus dem Mikrolautsprecher des Translators hervordrang, weckte in Halgor Sörlund ein Gefühl plötzlicher Panik.

Er wollte den Kopf anheben, aber es gelang ihm nicht

mehr. Die Fesselfelder hatten ihn und die vier anderen Männer eingehüllt.

Dann versuchte Halgor, das Gespräch zu belauschen. Außer einigen Begriffen, die er nicht zu deuten wußte, vernahm er nichts.

Die Gitterstäbe flammten auf. Eine Energieflut zuckte an ihnen nach oben und verschmolz mit den Polen der Deckenplatte. Man konnte durch die Energiewand hindurchsehen, aber sie verzerrte die Eindrücke und absorbierte auch die Schallwellen.

Hegete rief. Niemand hörte ihn. Er vernahm nicht einmal seine Stimme. Dann wartete er auf den Schmerz, der nach dieser Energieflut unbedingt kommen mußte.

Hegete hatte sich jedoch getäuscht. Der Kommandant hatte die Wahrheit gesprochen. Dieses Verhör erzeugte keine Qualen.

Als Hegete bemerkte, daß er seine Freunde weder anrufen noch berühren konnte, schwieg er. Sörlund und Harper schwebten rechts von ihm. Son-Hao und Arcus waren seitlich links in das Feld eingeordnet worden.

Die Zeit verrann. Sie konnten einwandfrei atmen, denken und sehen. Allein das Gehör schien unter dem Feld zu leiden. Sörlund vernahm nur ein dumpfes Brausen. Es war der Arbeitston von unbekannten Maschinen.

Nach etwa einer Stunde erlosch der Gitterschirm so rasch, wie er aufgeflammt war. Die fünf nackten Körper wurden von den Fesselfeldern befreit und behutsam auf der Bodenplatte abgesetzt.

Plötzlich konnten sie wieder ihre eigenen Stimmen hören. Die letzten Maschinen liefen aus. Es wurde still.

„Kommen Sie heraus", wurden sie von Grek-1 aufgefordert. „Das Verhör ist beendet. Kleiden Sie sich an und gehen Sie in Ihr Schiff zurück."

Sörlund suchte Hegetes Blick. Niemand konnte sich vorstellen, auf welcher Ebene es zu einer Befragung gekommen war. Hegha war jedoch davon überzeugt, daß man auf ihnen unbekannter mechanisch-parapsychischer Basis versucht hatte, ihren Gedächtnisinhalt anzuzapfen. Er erhob sich und ging auf die Gitteröffnung zu.

„War das alles?" erkundigte sich der Robotiker. „Oder sollte Ihnen ein Versehen unterlaufen sein?"

„Kein Fehler. Ziehen Sie sich an."

Hegete bückte sich resignierend nach seiner Uniform. Die Wächter warteten, bis die Terraner ihre Schutzanzüge geschlossen hatten. Eine halbe Stunde später betraten sie schon wieder die ALTAI.

Sie hingen ihre Druckpanzer in die Magnethalterungen des Schleusenvorraumes und gingen zur Offiziersmesse hinüber. Sie bot Platz für fünfzehn Mann.

Son-Hao beschäftigte sich mit dem automatischen Speiseschalter. Kein Maahk war auf die Idee gekommen, daß der große Zubereitungs- und Ausgaberoboter für Schnellgerichte nichts anderes war als ein Arsenal für Miniaturwaffen.

Son-Hao betätigte die Knopfautomatik. Einige Konserven glitten aus dem Auswurfschlitz. Sie waren geöffnet und angewärmt.

Ein Offizier des Maahkgeheimdienstes hatte im Hintergrund des Messeraumes Platz genommen. Er sprach kein Wort, mischte sich in nichts hinein, sondern beobachtete nur.

Hegete Hegha entleerte den Inhalt einer Konserve auf einen Kunststoffteller. Heghas Pokergesicht wäre nicht einmal von einem Terraner durchschaut worden.

Es gab Bohnen mit Schweinefleisch. Nachdem Hegete drei Löffel voll gegessen hatte, spürte er unter der zermalmten Schale einer Bohne die erste Miniaturbombe. Er schob sie unter die Zunge, schluckte die Speisen herunter und reinigte den Mikrosprengkörper. Er stammte aus siganesischen Werkstätten.

Seine Zungenspitze ertastete zwei unverkennbare Erhöhungen. Er hatte einen thermonuklearen Sprengkörper gefunden.

Sörlund entdeckte gleichzeitig eine Vibrationsbombe, und Cole Harper biß vorsichtig auf einen Fleischbrocken, der den nächsten Mikrosprengkörper enthielt.

Sie aßen in aller Ruhe und untersuchten schnell und unauffällig den Inhalt der Spezialbüchse. Sie fanden alles, was darin verborgen gewesen war. Von da an glichen die fünf Terraner lebenden Sprengstofflagern.

Son-Hao räumte das Geschirr ab und warf es in den atomaren Auflöser.

Anschließend meinte Sörlund, es wäre Zeit, um etwas zu ruhen.

Sie erhoben sich und gingen auf den Ausgang zu. Noch ehe sie in ihren Kabinen angekommen waren, hatten sie die Mikrowaffen bereits in ihren Uniformen verborgen.

Sörlund blickte betrübt zur Optik der Direktbeobachtung hinüber. „Können Sie einen Augenblick wegsehen? Ich möchte mich ins Bett legen. Berücksichtigen Sie bitte mein Schamgefühl."

Er erhielt keine Antwort. Halgor machte eine apathische Geste und legte sich auf seine Koje. Er schlief augenblicklich ein. Vorher dachte er noch einmal an die zweite Flucht, die man unbedingt riskieren mußte. Es gab noch einige Möglichkeiten, die von den Maahks nicht erkannt worden waren.

Sörlund wurde nach sechs Stunden geweckt. Ein Geheimdienstoffizier stand plötzlich in seiner Kabine.

Halgor fühlte sich wie zerschlagen. Er schwang die Beine über den Rand der Koje, blickte auf die beschmutzten Beinteile seiner Uniform und beschloß, eine frische Kombination anzuziehen.

Er schlurfte zu dem Wandschrank hinüber, öffnete ihn und stellte fest, daß seine Reserveuniform fehlte. Er verlor kein Wort darüber, sondern warf dem Maahk nur einen vorwurfsvollen Blick zu.

„Folgen Sie mir. Sie werden erwartet. Schutzkleidung anziehen", befahl der Offizier mit Hilfe eines Kleinübersetzers.

Sörlund tastete unauffällig über seinen Gürtel. Seine Bomben waren noch da. Im Schleusenvorraum traf er seine vier Freunde. Sie waren ebenfalls geweckt worden und legten bereits die Schutzanzüge an.

„Was soll das nun wieder bedeuten?" murrte Arcus. „Bekommt man denn überhaupt keine Ruhe mehr?"

Hegete winkte gelassen ab.

„Beruhige dich. Wahrscheinlich ist das seltsame Verhör für die Maahks negativ ausgefallen. Wir werden wohl nochmals in den Käfig steigen müssen. Meinetwegen! Gehen wir."

Sie wurden ausgeschleust und in einen wartenden Wagen gebracht. Minuten später standen sie wieder vor dem Raumschiff, in dem man sie vernommen hatte.

Nachdem sie einige Gänge durchschritten hatten, bemerkten sie, daß dieser Weg nicht zu den Käfigräumen führte. Vor einer Schleuse standen einige Maahkoffiziere, unter ihnen der Schiffskommandant.

„Guten Tag“, begrüßte er die Terraner. „Willkommen auf meinem Schiff. In Übereinstimmung mit Grek-1, dem Hafenkommandanten, habe ich es für erforderlich gehalten, einige Unterdruckkammern für Sie herzurichten. Ich halte es für gut, Sie möglichst weit von jenen Geheimausrüstungen zu entfernen, die wahrscheinlich noch in Ihrem Fahrzeug verborgen sind. Treten Sie ein. Sie können in der Schleuse Ihre Helme öffnen. Wir werden vorher hineingehen.“

Hegete unterdrückte eine Verwünschung. Damit hatte er nicht mehr gerechnet. Der Schiffskommandant schien noch vorsichtiger zu sein als die Geheimdienstoffiziere.

Sie betraten die Schleuse und warteten den Druckausgleich ab. Der Kommandant, Grek-1 und fünf andere Offiziere warteten hinter den aufschwingenden Innenschotts.

Die Terraner öffneten ihre Helme. Die Luft war gut atembar. Man hatte sogar einen Gravitationsabsorber eingebaut.

„Kommen Sie“, wurden sie von Grek-1 eingeladen. „Nach rechts, bitte. Machen Sie es sich bequem. Es ist anzunehmen, daß Ihnen das Mobiliar zusagen wird.“

„Wenn ich wüßte, was diese Teufel vorhaben, wäre mir wohler“, sagte Hegete gepreßt. „Hier stimmt etwas nicht!“

„Fragt sich nur, was nicht stimmt“, entgegnete Sörlund mit einem schwachen Auflachen. „Also gut, gehen wir nach rechts.“

Er schritt an den Maahks vorbei. Dann blieb er jählings stehen.

„Hallo, altes Scheusal, wie geht es uns denn?“ sagte Major Halgor Sörlund zu Major Halgor Sörlund.

Sörlund II stand in der Tür zum Nebenraum, hatte die dürren Hände in den Außentaschen seiner Uniform verborgen und ließ die Schultern so apathisch nach vorn hängen, wie man es von ihm gewöhnt war.

Halgor taumelte. Ein Maahk sprang vor und stützte ihn. Hegete stieß einen unartikulierten Schrei aus und schaute leichenblaß nach vorn.

Sergeant Hegete Hegha II schob Sörlund II zur Seite. Grinsend blickte er zu dem Terraner hinüber.

„Du hättest deine Unterschenkelprothese ruhig einmal nachsehen können“, meinte Hegete II. „Das Ding klemmt ja! Fühlt man sich nicht wohl?“

Hegete sprang nach vorn. Er schrie dabei wie ein Irrer. Hegete II wich zur Seite, und Imar Arcus II fing den Rasenden mit einem harten Schlag auf. Er setzte mit einer linken Geraden nach, und Hegete ging stöhnend zu Boden.

„Immer langsam mit den jungen Gäulen", grollte der Riese mit dem kurzgeschorenen Rotschopf. „Ich habe dir schon immer gesagt, daß du gegen mich keine Chance hast."

Hegete Hegha runzelte die Stirn und schaute Arcus II ironisch an.

„Das wird sich ändern", versprach er. „Wenn es dir nicht gelingt, deine in den Muskeln schlummernde Gehirnmasse dorthin zu bringen, wohin sie gehört, wirst du eines Tages einem Säugling unterlegen sein."

Son-Hao II lachte. Er tauchte zusammen mit Cole Harper II hinter den Fremden auf. Die fünf Agenten wurden von den Maahkoffizieren festgehalten. Aus den biegsamen Tentakelarmen gab es kein Entrinnen.

Cole Harper faßte sich zuerst. Blaß, aber völlig Herr seiner Sinne, schaute er zu dem Mann hinüber, der ihm bis zum letzten Augenfältchen glich.

„Du siehst gut aus, Cole", sprach er den Fremden an. „Darf man Näheres erfahren?"

„Sicher", sagte Harper II. „Das seltsame Verhör war kein Verhör."

„Das habe ich vor einer Sekunde begriffen."

„Natürlich. Bei unserem Verstand, nicht wahr?"

Cole Harper II lächelte sein ruhiges Lächeln.

„Wir sind eure Duplikate. Könnt ihr euch vorstellen, daß es ein Gerät gibt, mit dem man jedes einzelne Atom eines Körpers abtasten und es an anderer Stelle naturgetreu kopieren kann? Ein Molekül, das aus solchen Duploatomen aufgebaut wird, ist keine einfache Nachbildung, sondern es ist identisch mit dem Original. Dein Nervengewebe, Sole, ist auch mein Nervengewebe. Ich *bin du,* verstehst du? Dein Körper ist abgetastet worden. Ich bin sozusagen deine organische Fotokopie. Das heißt also, daß es keinen Unterschied gibt."

„Unmöglich!" zweifelte Captain Cole Harper. Seine Stimme klang ruhig.

Der Duplo runzelte die Stirn.

„Hm – wie soll man es ganz genau erklären? Warte mal, mir wird bestimmt etwas einfallen. O ja, ich habe es. Wenn man in einem Stahlwerk zehntausend Gerätesockel gießt und sie anschließend mit der gleichen Maschine nach gleichen Maßen bearbeitet, so gleichen diese zehntausend Gerätesockel wie ein Ei dem anderen."

„Oberflächlich – ja!"

„Genau das wollte ich sagen. In Wirklichkeit unterscheiden sie sich voneinander in winzigen Dingen, die man nur bei sorgfältigen Untersuchungen bemerken kann. Es beginnt mit der Kristallsturktur und endet mit den mikroskopisch feinen Kratzern auf den gefrästen, geschliffenen und anschließend lackierten Flächen. Keiner der zehntausend Gerätesockel ist ganz genau so wie der andere, obwohl jeder Laie um seinen Kopf wetten würde, bei der enorm hochwertigen Präzisionsfertigung könne es keine Unterschiede geben. Nun, Cole – im Verhältnis zu diesen Werkstücken, die nach normalen Maßstäben gerechnet sehr genau gearbeitet sind, bin ich noch viel genauer; nämlich so genau, daß es besser nicht mehr geht. Du solltest begreifen, daß ich nicht ein Gußstück bin oder eine Retorten-Nachahmung, sondern eine identische Kopie von dir. Ein Multiduplikator, wie wir diese käfigförmige Maschine bezeichnen, baut mit den kleinsten Bausteinen der Natur. Es ist nicht nur so, daß ich deine Augenfarbe, jede Hautunreinheit, jedes Gefühl und jede Erinnerung von dir besitze, sondern ich bin Cole Harper! Verstehst du – ich *bin* Cole Harper! Ein Multiduplikator kann jeden Körper kopieren, gleichgültig, ob es sich um einen lebenden Organismus oder um einen Felsbrocken handelt. Er tastet jedes einzelne Atom ab und baut es nach. Das geschieht natürlich mit ungeheurer Geschwindigkeit. Im Duplikatorraum des Käfigs, in dem eine Stunde vorher nur ein Vakuum herrschte, bin ich erbaut worden. Ich besitze jedes Proton, Neutron, Elektron, Atom und Molekül, das du ebenfalls besitzt. Ich verfüge über jede Zelle, aus der auch dein Körper besteht. Daraus resultiert, daß ich Cole Harper *bin!* Bei einer solchen Kopie, deren Aufbau mit dem Atomkern beginnt, gibt es keine Unterschiede. Naturgemäß weiß ich alles, was du ebenfalls weißt. Ich habe deine Haarfarbe, ich denke und fühle wie du, und ich empfinde auch die Schmerzen jener Beulen und Prellungen, die du dir bei der mißglückten Flucht zugezogen hast. Das habe ich alles mitbekommen. Ich kenne deine intimsten Geheimnisse, und ich denke so an deine Jugenderlebnisse zurück wie mein Original. Das bist du! Mit

Sörlund, Son-Hao, Arcus und Hegete verhält es sich genauso. Auch dort gibt es keine Unterschiede. In Heghas Fall ist sogar die Prothese mit sämtlichen Kratzern, quietschenden Scharnieren und den eingebauten Geheimgeräten dupliziert worden. Das haben wir aber erst gemerkt, als Hegete II erwachte. Als wir *wurden,* wußten wir alles. Deshalb werdet ihr auch nicht mehr in die ALTAI zurückkehren. Die Büchsennahrung ist zu gefährlich, und die eingebauten Waffen gefallen uns auch nicht. Ihr bleibt hier. Noch Fragen?"

„Ungeheuer", stammelte Halgor Sörlund. „Grausige Ungeheuer der Unterwelt seid ihr. Niemand soll behaupten, das da wäre ich."

Er deutete nach vorn.

Halgor Sörlund II schaute ihn aus tiefliegenden Augen an. Sein Blick war ein einziger Vorwurf. Die Haare hingen ihm strähnig in die Stirn.

„Junge, sage das nicht. Ich fühle wie du. Wenn wir beide in den Nebenraum gehen und anschließend zusammen herauskommen, wird niemand sagen können, wer der echte Sörlund ist. Wir würden mit den gleichen Worten argumentieren und behaupten, der andere wäre der Duplo. Siehst du das ein?"

Sörlund senkte den Kopf und ging zu Hegete hinüber. Der hatte sich von den beiden Schlägen erholt.

Er stand auf, ergriff Sörlunds Arm und schritt auf die anderen Terraner zu. Hegete hatte sich wieder gefangen.

Dann standen sich beide Gruppen gegenüber. Die Maahks schienen nicht nur interessiert, sondern sogar fasziniert zu sein.

Cole Harper ergriff wieder das Wort.

„Mir ist etwas eingefallen."

„Was?" erkundigte sich sein Duplikat.

Cole lachte bitter auf.

„Wir haben uns bluffen lassen. Grek-1 hätte die Schwerkraft in dem Schlachtschiff niemals für so lange Zeit erhöhen lassen, daß wir daran gestorben wären. Ganz im Gegenteil – er hätte ein Schußverbot erlassen, denn er brauchte uns noch. Ihr solltet ja wohl entstehen, nicht wahr?"

„Du bist meiner würdig", amüsierte sich Harper II. „Stimmt haargenau. Du bist ein guter Logiker. Das Schiff mit dem angeforderten Multiduplikator war noch nicht eingetroffen. Es war auf einer anderen

Welt stationiert. Niemand hätte euch erschießen oder ernsthaft verletzen dürfen. Wenn ihr das gewußt hättet, wäre es euch vielleicht doch noch gelungen, aus dem Schiff auszubrechen und mit einem anderen Raumer zum Horrortransmitter zu fliehen. Schau mich nicht so fassungslos an, Halgor! Ich sagte dir doch, daß wir alle wissen, was ihr ebenfalls wißt. Euere Doppelstrategie, als Spione und Friedensbotschafter aufzutreten, war hervorragend durchdacht. Dennoch haben sich die Dinge anders entwickelt, als ihr es geplant hattet. Dies alles, und die Tatsache, daß die ANDROTEST III auf euere Nachricht wartet, ist uns bekannt. Dennoch kann ich euch versichern, daß die Maahks mit der Invasion der Milchstraße noch warten werden, bis die Impulsweiche steht."

Hegete Hegha biß sich die Lippen wund, um nicht erneut zu schreien.

Son-Hao brach plötzlich zusammen. Arcus konnte ihn gerade noch auffangen und auf den Boden gleiten lassen. Seine Kopie trat erregt vor.

„Was hat er?" fragte Son-Hao II scharf und fordernd. „Redet! Was ist mit ihm los? Hat er sich *nach* meiner Behandlung in dem Duplikator eine Verletzung zugezogen? Oder ist er erkrankt?"

Halgor Sörlund wurde plötzlich hellwach. Er bemerkte Hegetes angespannten Gesicht und den lauernden Ausdruck in Arcus' Augen.

„Ach – so ist das!" meinte Cole Harper mit einem strahlenden Lächeln. „So ist das! Natürlich – was wir nach der Behandlung erlebt, gedacht und getan haben, das könnt ihr ja nicht mehr wissen. Großartig, meine Herren. Wie gefällt euch das?"

„Ich will wissen, was er hat!" schrie Son-Hao II.

Ein Maahkoffizier wies ihn zurück. Harper II schaute die Terraner beunruhigt an.

Sörlund dagegen dachte nur noch an eines: Wieso hatte Son-Hao II überhaupt fragen können, ob sein Original krank sei?

Niemand verriet sich, obwohl jeder ähnlichen Überlegungen nachhing. Besonders Cole Harper hatte blitzartig erfaßt, daß mit den Duplos etwas nicht stimmte.

Der Kommandant meldete sich. Diesesmal verwendete er den Translator nicht.

„Ich bin darüber informiert, daß Sie unser Kraahmak beherrschen.

Dies hätte schwerwiegende Folgen haben können. Man hat Sie unvorsichtigerweise zuhören lassen, als man über die Impulsweiche sprach. Das aber nur nebenbei. Warum wurde Leutnant Son-Hao besinnungslos?"

Sörlund hatte die Antwort längst bereit. Sie war völlig plausibel.

„Das fragen Sie noch? Nach diesen Verhören und sonstigen Torturen? Erkundigen Sie sich bei Haos Duplo, und Sie werden hören, daß er nicht die besten Nerven besitzt."

„Das stimmt", erklärte Son-Hao II mißmutig. „Ich fühle mich aber nicht so schlecht, um ohnmächtig zu werden."

„Deine Sache", entgegnete Sörlund. „Hao konnte deinen Anblick nicht länger ertragen. In den letzten Stunden ist er zusehends in sich zusammengefallen."

„Also nach dem Duplizierungsvorgang?"

Sörlund winkte ab und schwieg.

Hegete Hegha II kam näher. Vor den Terranern blieb er stehen. Sein schmales Gesicht wirkte verkniffen.

„Mit euch Burschen stimmt etwas nicht. In mir ist ein dumpfes Gefühl, das mir sagt, es müsse bald etwas Unheilvolles geschehen. Worum handelt es sich? Redet, oder ich mache euch den Rest eurer Tage zur Hölle. Darauf könnt ihr euch verlassen. Ich bin biologisch ein vollwertiger Mensch, aber innerlich ein Maahk. Das gehört zum Schaltprogramm des Duplikators. Schließlich müssen wir wissen, zu wem wir gehören und was wir zu tun haben. Das wird aber außer euch kein anderer Terraner hören. Schließlich haben wir von euch die Mentalstabilisierung übernommen und sind für parapsychische Verhöre genauso immun wie ihr." Er lachte, doch sein Original lachte noch lauter.

Der echte Hegeta Hegha wußte nun, daß der Duplikator bei ihrer Nachbildung etwas Entscheidendes übersehen hatte. Die Duplikate besaßen *keine* Informationen über die Zentrumspest!

Die Originale hatten, ehe sie zu diesem Einsatz aufgebrochen waren, eine Bewußtseinssperre erhalten, die es ihnen unmöglich machte, in Anwesenheit von Außenstehenden auch nur andeutungsweise über ihren Krankheitszustand zu reden. Die Duplikate hingegen *hatten* in diese Richtung Fragen gestellt und sich auch über das vorhandene dumpfe Gefühl geäußert – und dies in Anwesenheit von Maahks!

Wenn die Duplizierung hundertprozentig verlaufen wäre, hätten sie dies nicht tun dürfen, auch nicht ansatzweise. Dies konnte aber nur bedeuten, daß der Multiduplikator die in den Originalen vorhandene Bewußtseinssperre *nicht* dupliziert hatte. Die Duplikate besaßen diese Blockade nicht. Sie hätten frei über dieses Thema reden können. Da sie es aber nicht taten, sondern nur ein dumpfes Unbehagen äußerten, war der Beweis erbracht, daß sie über die Zentrumspest nichts wußten.

Der Multiduplikator war nicht in der Lage gewesen, das Wissen über diese Krankheit aus ihren Bewußtseinen herauszufiltern. Die Sicherheitssperre hatte funktioniert, so daß im entscheidenden Moment auch das Wissen um *diese* operative Maßnahme in das Unterbewußtsein abgedrängt wurde. Die Duplos wußten demnach nicht einmal, daß sich ihre Originale auf dem Planeten ASTO IV aufgehalten hatten. Alle Informationen, die in direktem oder indirektem Zusammenhang mit der Zentrumspest standen, fehlten ihnen!

Lediglich ein undefinierbares, dumpfes Gefühl, eine Art „Reststrahlung" des verdrängten Wissens, war an der Bewußtseinsoberfläche geblieben und auf die Duplos übertragen worden.

Hegete fragte sich, ob der Multiplikator auch die Krankheit selbst nicht dupliziert hatte. Die Zentrumspest war keine gewöhnliche Krankheit, die sich im Körpergewebe einnistete und durch herkömmliche Untersuchungen nachgewiesen und behandelt werden konnte. Sie beruhte auf hyperphysikalischen Phänomenen, die die atomare Struktur der von dieser Krankheit befallenen Organismen durch hyperphysikalische Vorgänge veränderte. War der Duplikator in der Lage, diese hyperphysikalischen Vorgänge, die in den Körpern der Originale wüteten, zu erfassen und zu duplizieren? Hegete bezweifelte dies. Die physische Verfassung der Duplikate deutete darauf hin, daß sie nicht nur nichts über die Zentrumspest wußten, sondern sie auch nicht besaßen! Der Duplikator hatte lediglich den Krankheitszustand der Originale zum Zeitpunkt der Duplizierung nachgebildet. Die nachgebildeten Atome waren jedoch vom hyperphysikalischen Einfluß der Zentrumspest „befreit" worden.

Und *das,* so hoffte Hegete, würde die Duplos schließlich entlarven. Er hatte keinen Zweifel daran, daß die Maahks planten, ihre Duplikate an ihrer Stelle zurückzuschicken, um irgendeine Teufelei zu begehen. Aber er vertraute auf den Scharfsinn der Verantwortlichen des Solaren Imperiums, die den Schwindel bald durchschauen würden. Spätestens dann, wenn sich herausstellte, daß die vermeintlichen Rückkehrer die prognistizierte Lebensspanne überschritten! Und das war es, was ihn lachen ließ.

Hegete wurde von seinem Duplo aus seinen Überlegungen gerissen.

„Ich habe dir gesagt, daß ich euch das Leben zur Hölle mache“, drohte Hegete II. „Was ist mit euch los? Spielt nicht die heroischen Kämpfer für das Solare Imperium. So todesmutig seid ihr gar nicht. Ihr seid Agenten, die man unter dem Einsatz von kostspieligen Mitteln ausgeschickt hat. Die Friedensgespräche waren Tarnung.“

„Das ist nicht wahr“, stellte Sörlund fest. „Ihr müßt wissen, daß es nicht wahr ist. Wir haben uns ehrlich darum bemüht, die Maahks von dem Unsinn eines Krieges zu überzeugen.“

„Er hat recht“, wendete Sörlund II ein. „Reite nicht auf diesen Dingen herum. Sie wollten zwei Fliegen mit einer Klappe schlagen. Ich – zum Teufel, was ist denn jetzt wieder los?“

Halgor Sörlund röchelte und verdrehte die Augen. Hegha fing ihn auf. Er beherrschte sich meisterhaft, als ihm der angeblich Besinnungslose zuflüsterte:

„Ich habe dein Tagebuch hinter dem Spiegel deiner Kabine verborgen. Es muß verschwinden. Mein Duplo kennt das Versteck! Tue etwas!“

Grek-1 forderte die Duplos auf, die beiden Ohnmächtigen in den Nebenraum zu tragen und auf die Ruhelager zu betten. Cole Harper erhielt die Information über das Tagebuch von Hegete Hegha. Der Biophysiker erblaßte.

Hegetes Duplo würde sich sicherlich daran erinnern, auch wenn er nicht wissen konnte, daß er in seinen Aufzeichnungen viele Male die Zentrumspest erwähnt hatte.

Cole kümmerte sich um die Kranken. Die Maahks musterten ihn forschend. Hegha II behauptete erneut, die Terraner schleppten ein Geheimnis mit sich herum. An das Tagebuch dachte er im Augenblick nicht. Sörlund II hatte jetzt auch andere Sorgen.

Cole Harper schloß die Magnetverschlüsse von Sörlunds Uniform und wandte sich an die Maahks.

„Kreislaufversagen. Ich brauche Medikamente aus der ALTAI.“

„Sie sind doch kein Arzt."

„Aber Biophysiker mit ausreichenden medizinischen Kenntnissen. Ich brauche Sauerstoff und Kreislaufstabilisatoren."

„Wieso werde *ich* nicht ohnmächtig?" überlegte Sörlund II.

„Fühlst du dich so gut? Das ist ausgeschlossen. Sörlund konnte sich schon vor der Duplikatorbehandlung kaum noch auf den Beinen halten."

Sörlund II sah Harper abschätzend an.

„Ich muß dir schon wieder recht geben. So besonders fühle ich mich tatsächlich nicht, aber ich falle auch nicht um."

Cole wandte sich an Grek-1.

„Erlauben Sie mir, die Schiffsapotheke aufzusuchen. Sie können mich ja überwachen lassen."

Grek-1 zögerte. Dann sprach er Harpers Duplikat an.

„Können *Sie* das nicht machen? Sie haben seine Kenntnisse."

„Besser noch nicht. Ich möchte vorerst auf Anstrengungen verzichten. Die terranischen Druckpanzer sind nicht sehr bequem. Die Schwäche dieser Leute ist wahrscheinlich nur auf die zahlreichen Märsche mit den Schutzanzügen zurückzuführen. Ich fühle mich ebenfalls ermattet."

Aber nicht so wie wir, dachte Hegete Hegha.

Cole Harper erhielt die Erlaubnis, die ALTAI aufzusuchen. Er schaute auf Sörlunds Gesicht hinunter und reichte ihm die Hand.

„Wir sehen uns bald wieder, Kommandant", sagte Captain Cole Harper ruhig. Dann ging er. Nur die Terraner hatten das Zweideutige seiner Worte verstanden. Ein baldiges Wiedersehen mußte nicht unbedingt bedeuten, daß es sich auf die Körperlichkeit bezog!

Hegete Hegha setzte sich auf den Rand des Lagers und strich seinem Kommandanten die Haare aus der Stirn. Son-Hao war noch immer besinnungslos. Er schlummerte dem Tod entgegen. Hegete ahnte, daß sich die Zentrumspest im Falle des Kosmochemikers anders bemerkbar machte.

Imar Arcus maß sein Duplikat mit lauernden Blicken. Er überlegte sich, ob er ihn anspringen sollte oder nicht.

Da sein Duplo auch nicht aus seiner Haut schlüpfen konnte und daher unter ähnlichen Gefühlen litt, standen sich zwei Kampfhähne gegenüber. Sörlund II erkannte die Situation. Er wies Arcus II zurück.

„Keine Dummheiten", warnte er. „Wenn sich zwei genau gleichartige Kämpfer in die Haare kriegen, kann das nicht gut ausgehen."

Hegete II schritt unruhig in dem großen Raum auf und ab. Er überlegte sich, welches Geheimnis die Originale verbargen und wie man es ihnen entlocken könnte. Er war der gefährlichste Mann unter den Duplikaten.

Sörlund schaute auf seine Uhr. Cole Harper mußte jetzt bei der ALTAI angelangt sein und die Schleuse passieren.

Halgor schloß wieder die Augen. Auf seinen Wangen fühlte er Hegetes Fingerspitzen. Sie zitterten.

Captain Cole Harper klappte den Helm seines Durckanzuges zurück. Die beiden Maahkoffiziere hatten ihre dagegen geschlossen.

Cole lachte stoßartig auf. Die Situation wurde tragikomisch.

„Sie rühren nichts anderes an als die Medikamente. Haben Sie verstanden?"

„Natürlich. Kann ich gehen?"

Es wurde erlaubt. Von nun an sprach man nur noch Kraahmak. Sie fuhren mit dem Notaufzug zum Zentraldeck empor und wendeten sich dort nach links. Cole Harper hatte wieder Schmerzen in den Beinen. Er fühlte sich lustlos und zerschlagen. Ab und zu hatte er das Gefühl, als würde sein linker Fuß erstarren.

Der Captain schritt langsam aus und blieb vor der Tür zur Bordapotheke stehen. Sie lag direkt neben Hegete Heghas Kabine. Der Luftschacht, vor dessen Gitter das Tagebuch lag, belüftete auch den Apothekenraum. Dies war ein glücklicher Umstand.

Während ein Maahk die Tür öffnete und der zweite Offizier vorsichtshalber seine Strahlwaffe zog, tastete Cole Harper nach dem bohnengroßen Körper der Thermalbombe. Er hatte sie schon vorher aus dem Gürtel seiner Uniform genommen und sie beim Anlegen des Druckpanzers unauffällig in eine Außenschnalle des Gelenkhandschuhs gesteckt.

Die Bombe arbeitete nicht auf atomarer Basis, sondern enthielt einen chemischen Brandsatz, der Temperaturen bis zu zwanzigtausend Grad Celsius erzeugte. Diese Kleinwaffen waren nur dafür bestimmt, Schlösser aufzuschweißen oder Zellentüren zu zerstören.

Cole Harper trat ein. Dabei gelang es ihm, die Brandbombe aus der Schnalle zu ziehen und sie in die linke Hand zu nehmen.

„Beeilen Sie sich. Suchen Sie die Medikamente", befahl ein Maahk.

Cole ging auf die Schränke zu. Er öffente sie, suchte verschiedenartige Ampullen hervor und stapfte dann zum Spritzenschrank hinüber. Danach erhob er ohne jede Hast die linke Hand, preßte den Zünder nieder und ließ die Brandbombe durch das Gitter fallen.

Sie zündete nach drei Sekunden. Als Cole zurücksprang, schoß eine grellweiße Feuerzunge aus dem Schacht hervor. Die Stichflamme dehnte sich zu einem metergroßen Glutball aus, unter dessen Temperaturen das Material zu schmelzen begann. Verflüssigte Kunststoffe und Leichtmetalle zischten auf den Boden. Die Bombe brannte immer noch. Diesen Gewalten konnte Heghas Tagebuch bestimmt nicht widerstehen.

Eine Hitzewelle fauchte durch die Apotheke. Cole war bis zur gegenüberliegenden Wand gesprungen. Als er sich umdrehte und nach einer Außentasche griff, schossen beide Maahks sofort.

Eine Minute nach der Vernichtung des Tagebuches durch Cole Harper wurden Grek-1 und die anderen Geheimdienstoffiziere über Funk vom Tode des Terraners informiert.

Der Schiffskommandant ließ sofort die Duplos zu sich kommen und unterrichtete sie von dem rätselhaften Vorfall. Die echten Terraner konnten die Befragung hören. Man hatte sie alleingelassen, um ihnen Bedenkzeit zu geben.

Jetzt hörte Halgor Sörlund die Stimme seines Duplos. Er schrie die Worte heraus.

„Das Tagebuch – Hegetes Tagebuch! Ich habe es hinter dem Spiegel seiner Kabine versteckt. Harper hat es vernichtet."

„Narr!" sagte Hegete II wütend. „Warum hast du dich nicht früher daran erinnert?"

„Was heißt hier erinnern", fuhr Sörlund II auf. „Wer von uns hat es denn geschrieben? Du oder ich?"

„Keiner von euch", rief Hegete zum Nachbarraum hinüber. „Habt ihr das gehört? Jetzt schmücken sich diese Halunken bereits mit unseren Lorbeeren!"

Er sah Sörlund und Imar Arcus an.

Son-Hao war vor drei Minuten gestorben, ohne das Bewußtsein

wiedererlangt zu haben. Auf dem Lager ruhte eine steinerne Statue. Imar Arcus kniete vor dem reglosen Körper.

Major Halgor Sörlund stand neben der Tür und hielt eine Mikrobombe vor die Öffnung. Man konnte von draußen seine Hand sehen.

Hegete II schrie auf.

„Vorsicht, sie haben Mikrowaffen dabei. Verdammt – warum sind sie nicht untersucht worden?"

„Einen Augenblick", forderte Sörlund. „Sie können mich verstehen, nicht wahr? Die Duplos wissen, welche Waffen allein in den Konserven enthalten waren. Ihr habt einen kleinen Fehler begangen. Ihr hättet uns wirklich untersuchen sollen. Ich habe Ihnen einen Vorschlag zu machen."

„Sprechen Sie", rief Grek-1. „Wir werden Sie nicht angreifen."

„Das möchte ich Ihnen auch nicht raten. Unsere Waffen sind scharfgemacht. Hegete Hegha hält beispielsweise eine Fusionsbombe in der Hand. Wenn Sie nicht wollen, daß Ihr Raumschiff in die Luft fliegt, so gehen Sie jetzt auf meine Forderungen ein."

„Ich habe verstanden."

„Sehr gut", sagte Sörlund. „Die fünf Duplos sollen sich so vor die Türöffnung stellen, daß ich sie sehen kann. Kommen Sie nur nicht auf den Gedanken, Ihre Fünfte Kolonne in Sicherheit bringen zu wollen. Meine Bombe entwickelt eine Energie wie fünfhundert Tonnen TNT. Sie kämen nicht weit."

Grek-1 erteilte Befehle. Fünf blasse Duplikate traten vor. Sie hatten sogar die Hände erhoben. Sie blieben einige Meter vor der Türöffnung stehen.

„So ist's recht", sagte Hegete Hegha. „Sprich weiter, Kommandant."

„Es liegt uns fern, Selbstmord zu begehen", erklärte Halgor gelassen. „Zwingen Sie uns also nicht, auf die Zünder zu drücken. Haben Sie verstanden, Grek-1?"

„Einwandfrei. Was wollen Sie?"

„Nun rede doch endlich, du Narr", schrie Hegete Hegha II. „Was sollen die Andeutungen? In Ordnung! Ihr habt momentan alle Trümpfe in der Hand. Das wird sich ändern."

„Abwarten. Sie, Grek-1, werden jetzt den Startbefehl erteilen. Fliegen Sie mit diesem Schiff los und hüten Sie sich, den Schwerkraftneutralisator dieser Kabine abzustellen. Ich würde noch im Sturz den Zünder eindrücken. Ist das klar?“

„Vollkommen.“

„Sehr gut. Fliegen Sie in den Sonnentransmitter hinein und lassen Sie sich zum Horrorsystem bringen.“

Arcus II gebrauchte einige Schimpfworte. Halgor Sörlund wußte dagegen, daß sein Plan kaum durchführbar war. Er wollte aber nochmals die Flucht probieren, ehe er die fünf Duplos vernichtete. Es war klar, daß sie unter keinen Umständen in die Milchstraße eingeschleust werden durften.

Major Sörlund war dazu entschlossen, beim geringsten Anzeichen eines Widerstandes seine Bombe zu zünden. Hegete Hegha und Arcus standen jetzt neben ihm in guter Deckung. Arcus hielt Son-Haos versteinerten Körper umschlungen.

„Ihre Befehle, Grek-1!“ forderte Sörlund. „Das Schiff soll abfliegen. Ich weiß, daß Sie startklar sind.“

„Das gelingt niemals“, flüsterte Hegete. „In deinem Plan gibt es zu viele Haken. Zünde die Bombe und vernichte den Kahn.“

„Noch zwei Minuten. Wir müssen vorher versuchen . . .!“

Niemand bemerkte die kreisrunde Öffnung in der gegenüberliegenden Wand. Den daraus hervorschießenden Energiestrahl sahen sie auch nicht mehr. Sie fühlten nicht einmal, daß sie im Bruchteil einer Millisekunde starben.

Die vier Körper, von denen einer schon nicht mehr gelebt hatte, flammten gleichzeitig auf und stürzten zu Boden. Es gelang niemand mehr, den Zünder einer Mikrobombe zu betätigen. In der Hinsicht hatte sich Halgor Sörlund verschätzt.

Der Kommandant des Schiffes zog seine schwere Strahlwaffe aus der Beobachtungsöffnung. Er verschloß sie wieder und kehrte in den Raum zurück, wo die Duplos und die Maahkoffiziere warteten.

„Es sieht so aus, als wären die Bomben nicht explodiert“, sagte er mit überlegener Ruhe. „Die Terraner hätten kompromißlos handeln sollen. Das soll für Sie eine Warnung sein! Versuchen Sie niemals, einen starken Gegner länger als eine Minute lang zu erpressen. Sie werden nicht mehr dazu kommen, die entscheidende Handlung vorzunehmen. Auch wenn Sie sich noch so stark wähnen – warten Sie niemals zu lange!“

Die fünf Duplos standen vor den Überresten ihrer Originale. Cole Harper II hob einen kleinen Gegenstand auf und berachtete ihn.

„Sieht aus wie Stein“, meinte er sinnend. „Wenn die Bomben nicht so hervorragend gegen hohe Temperaturen abgesichert wären, lebten wir jetzt nicht mehr. Halgor – du hättest wirklich früher an das Tagebuch denken müssen!“

„Genau“, trumpfte Hegete II auf. „Wenn du schon darin herumgeschnüffelt hast, hättest du dich wenigstens gleich daran erinnern sollen.“

„Regt euch nicht auf. Was ist dabei? Das Tagebuch schilderte lediglich unseren Einsatz, den wir ohnehin bis zum letzten Detail kennen.“

„Oder auch nicht“, warnte Son-Hao II. „Kann mir jemand erklären, warum ich mich ab und zu so fürchterlich unsicher fühle? Mir ist dann, als müßte mir der Schädel platzen.“

„Unsere Originale haben uns hereingelegt“, murrte Arcus II. „Sie sind gestorben, ehe wir sie richtig verhören konnten. Sörlund wußte schon, warum er mit seinen Bomben drohte. Er hatte zwei Möglichkeiten! Entweder wäre der Wahnsinnsplan tatsächlich gelungen, oder er hätte uns alle vernichtet. Er hat nur nicht mit der Schnelligkeit des Kommandanten gerechnet. Ich habe Hunger.“

Er drehte sich um und ging. Eine Stunde später betraten die Duplos die ALTAI und nahmen im Messeraum Platz.

Die erste Phase des großen Maahkplanes war angelaufen. Die Fünfte Kolonne war einsatzbereit.

22.

Das kleine Kugelraumschiff raste mit flammenden Impulstriebwerken durch den Raum. Sein Ziel schien die orangerot glühende Energieballung im gravito-energetischen Schwerpunkt eines Sonnendreiecks zu sein.

Major Halgor Sörlund saß unbeweglich wie eine Statue vor dem Steuerpult. Leicht vornübergeneigt schaute er auf den großen Panoramabildschirm an der Frontseite. Nichts in dem faltigen, eingefallenen Gesicht regte sich. Nur die Finger der ausgemergelten Hände bewegten sich von Zeit zu Zeit, als wären sie Lebewesen für sich, die unabhängig von Geist und Körper die Manuellschaltungen des Raumschiffes betätigten.

Ein winziges Zucken der Lider . . .

Das bis dahin die Hauptzentrale erfüllende Summen der Schiffspositronik war abgebrochen.

Phlegmatisch wandte Halgor Sörlund den Kopf nach rechts.

Captain Cole Harpers große, sportliche Gestalt näherte sich in wiegendem Gang. Als Harper den Blick seines Vorgesetzten bemerkte, hob er die Hand und schwenkte den schmalen, mit Symbolen dicht bedeckten Positronik-Stanzstreifen.

Halgor Sörlund zeigte sein übliches lethargisches Grinsen.

„Nun, Cole, jetzt sind deine Zweifel sicher beseitigt?"

Captain Harper ließ sich schweratmend in den Sessel des Navigators fallen. In seiner stets beherrschten Miene war plötzlich ein schwacher Anflug von Unsicherheit zu erkennen.

„Nicht alle, Halgor." Er schob dem Major den Stanzstreifen zu.

Sörlund überflog konzentriert die Symbole.

„Was willst du, Cole? Unser Kurs stimmt auf die Hundertstelsekunde mit dem Plan überein. Ich weiß nicht, was du daran auszusetzen hast."

Harper deutete auf die Ortungsschirme. Die riesigen schwarzen Schatten darauf waren eindeutig als Raumschiffkörper zu erkennen. Sie strebten dem gleichen Ziel wie das kleine Kugelraumschiff zu: der Energie-Ballung des Sonnendreiecks. Von Zeit zu Zeit blitzte die Stahlwandung eines Schiffes im blauen Feuer der Riesensonne auf. Die Zahl der schwarzen Schiffe ging in die Hunderte.

„Man schleust uns mit einem Paukenschlag durch den Alpha-Zentra-Transmitter, Halgor." Harper blickte besorgt drein. „Der Aufwand erscheint mir ein wenig groß für eine Sechzig-Meter-Korvette, wie es unsere ALTAI ist. Kotranow könnte Verdacht schöpfen."

Meckerndes, unangenehmes Lachen ließ die Köpfe der beiden Offiziere herumfahren.

„Sind wir den Aufwand nicht wert, Cole . . .?"

In Harpers und Sörlunds Gesichtern zeigte sich offene Mißbilligung. Bei der sonderbaren Betonung des Wortes „wir“ waren sie zusammengezuckt.

„Du spielst mit deinem Leben, Hegete!“ sagte Harper ruhig, aber mit einem bei ihm ungewöhnlichen Unterton von Hysterie.

„Ach . . .?“

Sergeant Hegete Hegha trat näher. Kaum merklich zog er das linke Bein etwas nach.

„Ich spiele mit *meinem* Leben . . .?“ Hegete Hegha grinste zynisch. „Soviel ich mich entsinnen kann, bin *ich* bereits auf dem Raumhafen von Alpha-Zentra gestorben – und ihr mit. Deine Leiche war kein schöner Anblick, Cole!“

Cole Harper war blaß geworden. Er wollte zu einer heftigen Erwiderung ansetzen, aber Major Sörlund winkte ab.

„Du solltest Hegha gut genug kennen, um seinen Zynismus nicht ernst zu nehmen, Cole. Oder zweifelst du daran, daß du der Captain Harper bist, der von Abwehrchef Mercant zum Zwergnebel Andro-Alpha geschickt wurde . . .? Und du, Hegete, bist auf jede einzelne Ladung von Elektron und Atomkern genau der ehemalige Sergeant des alten Explorerschiffes 8080.“

Hegha lachte laut. Aber der Unterton verdrängter Furcht war nicht zu überhören.

„Ich denke, folglich bin ich, wie?“ Er wurde übergangslos ernst. „Nur das Ziel unseres Denkens hat sich um hundertachtzig Grad gedreht. Kommandant . . .!“

Die Stahltreppe zum Mitteldeck quietschte.

Imar Arcus kam mit polternden Schritten die Treppe herab und stapfte schwerfällig auf Sörlund zu. Reif glitzerte auf seinem Raumanzug. Vor dem Major blieb er stehen und klappte den Druckhelm zurück.

„Diese Sichelköpfe!“ rief er unbeherrscht aus. „Die haben mit ihren Treffer-Imitationen die Nebenschleuse beschädigt. Die Schotten sind derartig verzogen, daß ich sie nicht mehr dicht bekomme. Ständig zischt Luft aus dem Schiff!“

„Laß sie zischen!“ spottete Hegha. „Es hört doch keiner.“

Arcus wandte sich ihm zu. Seine ungewöhnlich breiten, derben Hände fuhren nervös durch sein kurzgeschnittenes rotes Haar.

„Du bist ganz still, Hegete! Du brauchst schließlich nicht draußen an der Hülle herumzukriechen und nachzusehen, ob wir noch in der Lage sind, eine Transmission zu überstehen. Putz du gefälligst deine Automatiken und laß uns in Ruhe!"

„Vertragt euch!" sagte Harper ruhig.

„Außerdem erwarte ich deine Meldung, Imar!" Sörlund blickte Arcus schläfrig an.

Arcus holte tief Luft. Sein Brustkasten schien sich dabei an Umfang zu verdoppeln.

„Es sieht so aus, als hielte die ALTAI zusammen", brummte er mißmutig.

„Es sieht nur so aus...?" Sörlunds Ton war scharf geworden.

Arcus seufzte.

„Na schön, Halgor! Sie hält es durch. Noch etwas?"

„Noch etwas...?" Hegha lachte schrill. „Ob *wir* es auch durchhalten, fragst du wohl nicht, Halgor?"

„Wenn Allan D. Mercant uns ausgesucht hat, dann halten wir auch durch, Hegete!" Sörlunds tiefliegende, blaue Augen wurden hart. „Das Solare Imperium schickt keine Schwächlinge als Agenten zur nächsten Galaxis."

Hegha biß sich auf die Lippen. In seinem Gesicht arbeitete es. Aller Zynismus war daraus verschwunden. Er trat ganz dicht an den Major heran und beugte sich vor.

„Keine Schwächlinge, wie...?" flüsterte er heiser vor Erregung. „Aber ich sage dir, Halgor: Irgend etwas stimmt nicht mit uns! Fühlt ihr in euch nicht auch das dumpfe Gefühl? Meint ihr nicht auch manchmal zu spüren, daß der Hauch des Todes uns bereits gestreift hat?"

„Unsinn!" Sörlunds Stimme klang belegt. „Wir sind vollkommen gesund, Hegete. Wir *sind* die, die Mercant ausgeschickt hat!"

„Eben daran zweifle ich manchmal!" Hegha schüttelte sich. Er blickte sich furchtsam um, als könnten Unberufene ihm zuhören. „Könnte es nicht sein, daß der Duplikator einen Fehler gemacht hat?"

Die Männer schwiegen und sahen sich nicht an. Im stillen gestanden sie sich ein, ab und zu das gleiche vage Gefühl zu haben wie Hegete Hegha. Aber es war ein Gefühl, das sich nicht deuten ließ. Das geheimnisvolle Getue der Originale kurz vor deren Tod hatte sie zusätzlich verunsichert.

Ein Knacken in der stehenden Interkomverbindung brach das Schweigen. Auf dem kleinen Bildschirm tauchte das maskenhaft lächelnde gelbe Gesicht von Leutnant Son-Hao auf.

„Funkspruch von Grek-1. Die ‚Herren Agenten' möchten so freundlich sein und ihre Plätze einnehmen. In dreißig Sekunden werden wir vom Transmitter aufgenommen. Noch Fragen?"

Nein, niemand hatte noch eine Frage.

Son-Hao war noch nicht fertig mit seiner Meldung, da verschwand Imar Arcus bereits im Polschacht des Antigrav-Lifts, um wenige Sekunden danach in der Feuerleitzentrale wieder zu erscheinen.

Sörlund und Harper schlossen ihre Druckhelme und schnallten sich an.

Sergeant Hegha hinkte zum Eingabesektor der Schiffspositronik und ließ sich in den Sessel davor fallen.

Der große Panoramabildschirm zeigte die flammende Hölle des Transmitterzentrums.

Ein Raumschiff, das ausgeschickt worden war, um für Terra zu spionieren, schickte sich zur Rückreise an. Die fünf Männer in ihm waren identisch mit fünf Agenten, die Allan D. Mercant für den Todeseinsatz ausgewählt hatte.

Nur das Ziel ihres Denkens hatte sich gewandelt. Eine winzige Umpolung im Duplikator während der Reproduktion des betreffenden Hirnsektors, und die fünf vollkommenen Duplikate terranischer Agenten waren zur Fünften Kolonne der Maahks geworden.

Die erste Phase eines genialen Planes lief an . . .

Als Sergeant Hegete Hegha erwachte, galt sein erster Blick dem Panoramabildschirm. Er hatte gewußt, daß die ALTAI im Zentrum Horrors materialisieren und mit einem Transportstrahl durch den Südpolschacht in den Weltraum befördert werden würde. Er wußte auch, daß sie das Fallensystem nicht zu fürchten brauchten, da es derzeit nicht aktiviert war.

Dennoch atmete er erleichtert auf, als er sah, daß sich die ALTAI bereits im Schacht befand und mit hoher Geschwindigkeit der Oberfläche des Hohlplaneten entgegenraste.

Rasselnder Atem drang aus dem Empfänger seines Helmfunkgerätes. Dann ein Fluch.

„Finster wie die Hölle! He! Was ist los?"

Hegha erkannte Harpers Stimme.

Er grinste.

„Haltung bewahren, Cole!" rief er sarkastisch. „Des Teufels Großmutter erwartet dich schon, und du weißt, der erste Eindruck ist der beste."

„Sadist!" Harper stöhnte. „Ich fühle mich wie zerschlagen. Warte, Hegete, dich erwischt es auch noch! Himmel! Ist denn Halgor noch nicht wach? Wir sind doch schon mitten im Polschacht Horrors!"

„Bleib liegen!" warnte Hegha. „Noch wirkt der Schock. Du weißt, man darf in den ersten Minuten keine heftigen Bewegungen machen."

„Du hast gut reden!" ächzte Harper. „Sobald wir aus dem Schacht hervorkommen, läßt Grek-1 die ALTAI unter Feuer nehmen. Hattest du das vergessen, großer Spötter?"

Hegha lachte, brach aber abrupt ab, als sich auf dem Panoramabildschirm ein gigantisches Tor auftat. Für den Bruchteil einer Sekunde tauchte die vom Licht der Horror-Sonnen beleuchtete, brettflache Oberfläche des Planeten auf, huschten die Konturen der von der ANDROTEST II teilweise zerstörten, aber für den reibungslosen Transmitterverkehr inzwischen wieder technisch hergestellten Kuppeln der Südpolstation vorüber, dann wurde die ALTAI wieder von samtenem Schwarz umhüllt.

Doch diesmal war es nicht die Dunkelheit des Polschachtes, sondern die gähnende Leere des Raumes zwischen zwei Galaxien.

Die Innenbeleuchtung flackerte auf, verlosch wieder und blieb dann.

Knarrend hob sich die Lehne des Kommandantensessels. Major Halgor Sörlund klappte seinen Druckhelm zurück und sog prüfend die Luft ein.

„Verbraucht!" meinte er geistesabwesend. „Die Lufterneuerung muß bei den gestellten Treffern etwas abbekommen haben."

Er zeigte auf die Orterschirme.

Vor, hinter und neben der ALTAI schoben sich walzenförmige Schatten heran. Die Meßskalen wiesen aus, daß die Schiffe teilweise zweieinhalb Kilometer lang und fünfhundert Meter stark waren. Es handelte sich um Überriesen der Maahk-Flotte.

„Wir sind mitten in diesem Pulk aus dem Horror-Transmitter gekommen. Wenn Kotranow keinen Verdacht schöpfen soll, muß Grek-1 innerhalb der nächsten Sekunden das Feuer auf uns eröffnen lassen. Und wir sollten sehen, daß wir so schnell wie möglich in den Linearraum kommen."

Harper seufzte.

„Mein Gott! Als ob man unsere Maschinen nicht schon genug gequält hätte!"

Major Sörlund gab keine Antwort mehr.

Er preßte den Daumen der rechten Hand auf den Schalter der Alarmsirene, um Son-Hao und Imar Arcus auf die Gefahr hinzuweisen. Dann schob er den stufenlosen Schubschalter bis zum Anschlag.

Die ALTAI schüttelte sich, als die Impulstriebwerke ansprangen. Lautlos lösten sich einige beschädigte Platten der Außenhülle und schwebten hinter dem davonrasenden Schiff her.

Eins der maahkschen Gigantraumschiffe schob sich aus dem Pulk heraus und nahm die Verfolgung der ALTAI auf.

Grek-1, der Kommandant der maahkschen Flotte im Horror-System, konzentrierte seine Aufmerksamkeit auf den gewölbten Ortungsschirm.

Er war vom Kommandanten des Stützpunktes Alpha-Zentra, dem dortigen Grek-1, genau über die Ereignisse mit den fünf terranischen Geheimagenten informiert worden und hatte entsprechende Instruktionen erhalten. Er wußte, was er zu tun hatte.

Im Mittelpunkt des Schirmes schwebte, durch die automatische Zielverfolgungskorrektur immer wieder ins Fadenkreuz gebracht, eine winzige Kugel mit glutspeiendem Ringwulst. Die Außenhülle der Kugel wies kraterartige, von Schmelzrändern eingerahmte Löcher auf.

Grek-1 machte eine Geste der Befriedigung.

Der Geheimdienst auf Alpha-Zentra hatte gute Arbeit geleistet. Das Raumschiff der Fremden, die sich Terraner nannten, war glaubhaft präpariert worden. Nun kam es darauf an, die letzte Phase der Flucht ebenso glaubhaft zu gestalten.

Grek-1 hob die tentakelhaften Arme, die bis dahin reglos am Körper herabgehangen hatten. Er drückte einen Knopf.

Sofort meldete sich der Leiter des taktisch-strategischen Planungszentrums.

„Wann ist mit dem Eintauchen der ALTAI in den Linearraum zu rechnen?“ fragte Grek-1.

Die Antwort befriedigte ihn.

Er unterbrach die Verbindung und wandte sich an den Feuerleitoffizier seines Schiffes.

„Sobald ich das Zeichen gebe, wirst du das Feuer mit allen Waffen eröffnen. Justiere die Geschütze aber so ein, daß nur zwei Treffer erzielt werden, und zwar exakt an den dafür vorgesehenen Stellen der ALTAI.“

Kalt musterten die vier Augen des Kommandanten das fliehende Kugelraumschiff. Er empfand nichts für die fünf „Duplos“, wie der maahksche Geheimdienst die Duplikate der fünf Terra-Agenten nannte. Grek-1 hoffte nur, daß der Geheimdienst der Terraner ebenso exakt gearbeitet hatte wie der seines eigenen Volkes. Das war die Voraussetzung zum Gelingen der ersten Phase des Planes. Das terranische Raumschiff, das die Besatzung der ALTAI aufnehmen sollte, mußte am verabredeten Koordinatenpunkt vorhanden sein. War das nicht der Fall, würde der Plan scheitern. Es hatte ohnehin umfangreicher Vorbereitungen bedurft, damit die Flucht des kleinen Schiffes bis zum Horror-Transmitter glaubhaft erschien. Noch weiter, etwa gar bis zum Twin-Transmitter, konnte man die Agenten nicht entkommen lassen, ohne den terranischen Geheimdienst stutzig zu machen.

Grek-1 warf dem Chefpiloten seines Schiffes einen vorwurfsvollen Blick zu, als die Entfernung zur ALTAI zunahm. Augenblicklich erhöhte der Chefpilot die Geschwindigkeit.

Von nun an verringerte sich die Entfernung zwischen beiden Schiffen stetig. Ein akustisches Signal brachte Bewegung in die massige Gestalt von Grek-1. Er wandte sich zu seinem Feuerleitoffizier um und schwenkte einen der gelenklosen Arme.

„Feuer!“

Zwei trichterförmige Hände mit je sechs knochenlosen, wulstigen Fingern senkten sich auf die Waffenschaltungen.

Im nächsten Augenblick umspielten Dutzende gleißend heller Strahlen das fliehende Kugelraumschiff. Fast alle rasten an ihm vorüber und verloren sich in der Unendlichkeit des Leerraums.

Nur zwei Strahlen fanden ihr Ziel.

Die Abwehrschirme des Kugelraumschiffes wurden zerrissen. Auf der Terkonithülle bildeten sich zwei weißblaue Glutflecken. Mit elementarer Wucht wurde das kleine Schiff aus dem Kurs geschleudert.

Konzentriert beobachtete Grek-1. Er hatte im ersten Augenblick erkannt, daß sein Feuerleitoffizier die Treffer genau an den dafür vorgesehenen Punkten angebracht hatte. Aber durfte man darauf vertrauen, daß ein so kleines und obendrein schon beschädigtes Schiff danach noch manövrierfähig war . . .?

Alle diese Befürchtungen erwiesen sich jedoch als grundlos.

Grek-1 erkannte wieder einmal die Genialität, mit der der Geheimdienst seines Volkes das Unternehmen geplant hatte.

Die ALTAI verschwand von einer Sekunde zur anderen.

Grek-1 beugte sich über das Mikrophon der überlichtschnellen Verbindung.

„Alle Verfolgungsgruppen nehmen die Jagd auf, sobald die Eintauchsucher das aus dem Linearraum zurückkehrende Terraschiff lokalisiert haben."

Befriedigt nahm Grek-1 die Bestätigung entgegen. Der Plan des maahkschen Geheimdienstes war in eine entscheidende Phase getreten.

Hegete Hegha sah mit schweißüberströmtem Gesicht auf die Diagrammkopien, die Cole Harper ihm ununterbrochen auf den Interkomschirm legte.

Er hatte die schwerste Aufgabe an Bord der ALTAI bekommen. Er sollte anhand des bisherigen Kurses der ALTAI und der entsprechenden Reaktionen der Verfolger einen Kurs berechnen, der den Maahks zwar gestattete, das Schiff noch stärker zu beschädigen, der aber die ALTAI nach einigen Ein- und Auftauchmanövern in die Nähe der Warteposition der ANDROTEST III bringen sollte.

Sie hatten bereits zwei Linearetappen durchgeführt und dabei eine Distanz von knapp drei Lichtjahren in Richtung des Standortes der ANDROTEST III zurückgelegt. Doch die Maahks waren ihnen auf den Fersen geblieben, so daß sie wieder in den schützenden Linearraum fließen mußten. Dennoch war es ihnen möglich gewesen, nach der letzten Etappe den vereinbarten Kodespruch abzusetzen, um die ANDROTEST III von ihrer Rückkehr zu informieren.

Sie wußten zwar, wo sich die ANDROTEST III ungefähr aufhielt, doch die exakte Position war ihnen unbekannt. Das Stufenschiff würde sich aber vereinbarungsgemäß melden, wenn die ALTAI in seiner unmittelbaren Nähe auftauchen würde, und der Korvette entweder entgegenfliegen, oder ihr durch einen kurzen Richtimpuls ihre Position durchgeben. Danach würde der schwierigste Teil des Unternehmens beginnen. Die Maahks würden selbstverständlich nicht lange auf sich warten lassen und ebenfalls dort auftauchen, wo sich die beiden terranischen Schiffe treffen würden. Die Maahks würden ihre Aktionen so abstimmen müssen, daß der Angriff realistisch genug wirkte und daß Kotranow keinen Verdacht schöpfte, daß es sich lediglich um einen Scheinangriff handelte.

„Wie weit bist du, Hegete?“ fragte Harper. Seiner Stimme war die Ungeduld deutlich anzumerken.

„Hör endlich auf, mir laufend Diagramme zu senden, Cole! Wie soll ich einen Kurs berechnen, wenn die Ausgangswerte sich dauernd verändern!“

„Du mußt eben schneller rechnen!“ kam die Antwort.

„Oder Halgor muß langsamer fliegen“, gab Hegha bissig zurück.

Wieder beugte er sich über seine bisherigen Berechnungen. Er schaltete den Vorkalkulator ein und gab ihm die neuen Werte. Hegha war alles andere als ruhig. Er fühlte, daß irgend etwas mit ihm nicht stimmte. Diesen Eindruck hatte er bereits gehabt, als er seinem „Original“ gegenüberstand. Etwas, das tiefer gesessen hatte, als die Molekulartaster des Duplikators reichten, war ihm, dem Duplikat, nicht mitgegeben worden.

Eine heftige Erschütterung lief durch die ALTAI. Armaturengläser zerklirrten. Nur die Positronik lief ruhig weiter.

Endlich ertönte das ersehnte Signal. Hegha ergiff den aus dem Ausgabesektor schnellenden Plastikstreifen, stand auf und legte ihn auf Harpers Navigatorpult.

„Hier hast du deinen Kurs, Cole. Übersetze ihn in deine Navigatorsprache und werde selig damit!“

Harper riß den Streifen an sich und begann mit seiner Pultmaschine zu rechnen.

Hegete Hegha hinkte zu seinem Platz an der Positronik zurück.

Eine neue Erschütterung warf ihn zu Boden. Auf dem Rücken liegend, sah er, wie der Stahl der Zentrale sich plötzlich nach innen wölbte und gleichzeitig zu glühen begann.

Mit einem erstickten Schrei rollte Hegha sich beiseite. Hinter ihm schlugen Klumpen zerschmolzenen Metalls auf. Zischend verdampfte der Weichplastikbelag des Bodens. Flammen züngelten empor. Mitten in das Bersten, Knattern und Zischen mischte sich das Heulen der Warnautomatik. Irgendwo im Schiff schlugen Schotten zu.

Hegete Hegha richtete sich auf. Er wich vor dem Gluthauch des Brandes zurück, die Hände vor die Augen geschlagen.

Dann stieß er mit dem Rücken gegen Harpers Sessel.

Die Glut drohte ihn einzuholen. Es schien, als würde eine Hälfte der Zentrale in Flammen gebadet. Hegha wurde von Panik ergriffen. Er drückte sich, fest gegen die Sessellehne Harpers gepreßt, zur Seite und bewegte sich dabei auf die zum Mitteldeck führende Treppe zu.

Nur fort von dem Feuer!

Plötzlich quollen ihm die Augen fast aus den Höhlen. Entsetzt schaute er auf Harper und Sörlund, die mit dem Rücken zum Feuer, scheinbar unbeteiligt ihre Berechnungen durchführten und die Schaltungen vornahmen, die zur Steuerung des Schiffes nötig waren.

Bemerkten sie den Tod nicht, der mit roten, heißen Armen nach ihnen griff?

Jäh kehrte die Vernunft in Heghas Geist zurück. Er begriff, daß er dabei gewesen war, die Kameraden im Stich zu lassen, die auf ihrem Platz ausharrten.

Die Löschautomatik ...? Warum hatte die Löschautomatik nicht sofort nach Ausbruch des Brandes eingesetzt?

Hegete Hegha erbleichte. Er wußte, daß es jetzt an ihm allein lag, ob die Kameraden und damit die ALTAI gerettet wurde. Eigentlich hatte er nichts weiter zu tun, als die Löschautomatik von Hand einzuschalten.

Nur lag der Schalter hinter der Flammenwand.

Entschlossen klappte Hegha seinen Druckhelm zu. Mit einem gellenden Schrei reagierte er seine Todesangst ab. Dann stürzte er sich in die Flammen.

Gluthitze umschloß ihn. Er rannte, und dennoch erschien ihm der

Weg zur anderen Seite der Zentrale unendlich weit. Hustend und würgend prallte er gegen die Wandung. Der Druckhelm füllte sich mit beißendem Rauch. Anscheinend hatte das Feuer sich durch den Raumanzug gefressen.

Wie ein Zyklopenauge leuchtete ihm die rote Schaltplatte der Löschautomatik entgegen. Mit letzter Kraft schlug er zu. Dann sank er in sich zusammen.

Hegete Hegha erwachte, als Leutnant Son-Hao ihn auf ein herabgeklapptes Konturlager bettete. Er wollte sich aufrichten.

„Bleib liegen!" befahl der Leutnant streng.

Zornig gehorchte Hegha. Er fühlte allerdings, daß er viel zu kraftlos war, um ohne Hilfe sitzen oder gar stehen zu können. So wandte er nur den Kopf.

Die Zentrale der ALTAI wies weniger Beschädigungen auf, als Hegha erwartet hatte. Erkaltete Metallschmelze, Trümmerstücke und die geschwärzte Säule des Polschachtes waren alles, was von einer Katastrophe zeugte, die beinahe zum Untergang des Schiffes geführt hätte.

Halgor Sörlund wandte sich einmal um.

„Vielen Dank, Hegete!"

Der Sergeant grinste verzerrt.

„Eigentlich kann uns ja nicht viel passieren. Der Multiplikator auf Alpha-Zentra hat unsere Daten gespeichert. Wenn wir umkommen, kann er uns so wiederherstellen, wie wir vor dem Start waren."

Sörlund hatte sich bereits wieder umgedreht. Über die Schulter gab er zurück: „Kopien der Duplikate, was? Danke, da verzichte ich!"

Hegha lachte.

„Du willst verzichten?" seine Stimme triefte vor Sarkasmus. „Wenn du tot bist, kannst du keinen Willen mehr äußern, Halgor! Dazu müßtest du erst warten, bis der Duplikator dich wiedergebiert."

Sörlund winkte ab und widmete sich wieder seiner Arbeit.

Leutnant Son-Hao lächelte.

„Ich glaube kaum, daß jemand Wert darauf legt, uns ewig am Leben zu erhalten."

„Und warum nicht, Son?"

„Wenn wir sterben, bevor wir unseren Auftrag ausgeführt haben, wird unser Tod von den Leuten der ANDROTEST III registriert werden. Welchen Sinn hätte es, die ganze Aktion noch einmal von vorn zu beginnen? Man würde wissen, daß wir nur ‚Duplos' sind. Folglich wäre es unlogisch, uns erneut zu reproduzieren."

Hegha grinste zynisch.

„Deine Logik hat etwas Bestechendes, Son. Wenn die Chance der Maahks, eine Impulsweiche in die Milchstraße zu bringen, so einmalig ist, werden sie sich hüten, uns völlig zusammenzuschießen."

„Da wäre ich nicht so sicher", entgegnete Son-Hao. „Sieh dir den armen Imar an. Ja, wende den Kopf nach links!"

Hegha tat, wie ihm geheißen und erschrak. Auf dem heruntergeklappten Konturlager neben ihm lag, in eine durchsichtige Folie gehüllt, Sergeant Imar Arcus. Er atmete flach, mit geschlossenen Augen. Sein rechter Arm war mit Bioplasma besprüht. Dennoch erkannte Hegha unter der hauchdünnen Kunsthaut das gerötete Fleisch und die in Fetzen sich abschälende verschmorte Haut.

„Ich habe ihn aus seinem Raumanzug schneiden müssen", sagte Son-Hao. „Glücklicherweise wurde er bewußtlos, bevor ich damit fertig war. Hier in der Zentrale brannte es, und ich konnte vorübergehend nicht an den Medikamentenschrank heran. Ein Glück, daß die schmerzstillenden Mittel feuersicher untergebracht waren . . ."

Hegha schaute an sich herab.

„Ich spüre keinen Schmerz, Son. Hast du mir etwa auch Injektionen gegeben? Was ist mit meinen Beinen? Ich kann sie nicht bewegen."

„Beruhige dich", sagte Son-Hao und strich Hegha über das Haar. „Du wirst wieder so gut laufen können wie vorher, wenn wir das überstanden haben."

„Ich werde mir kaum die nächste Goldmedaille im Langstreckenlauf holen können, Son. Wir werden nämlich dafür sorgen, daß es im Solaren Imperium keine Olympiade mehr gibt – weil es keine Terraner mehr geben wird!"

Hegete Heghas Stimme klang haßerfüllt. Son-Hao wunderte sich nicht darüber, denn auch sein Wille kannte nur ein einziges Ziel: den Maahks das Tor in die von der Menschheit bewohnte Galaxis zu öffnen.

23.

Oberst Pawel Kotranow saß mit undurchdringlicher Miene vor dem Schirm der Spezialortung. Er wußte, daß neunundvierzig Mann auf den erlösenden Befehl warteten, auf den Befehl, der vom Kommandanten zu kommen hatte.

Aber Kotranow gab den Befehl nicht.

Noch erschien ihm der Zeitpunkt verfrüht. Meisterhaft verstand er seine eigene Erregung zu verbergen.

Vor knapp dreißig Minuten hatte die ANDROTEST III einen Funkspruch empfangen, der sich als jener Kodespruch entpuppte, den die Agenten Mercants abstrahlen sollten, wenn es ihnen gelang, aus dem Horror-System zu fliehen. Die Überraschung an Bord war groß, denn niemand hatte ernsthaft damit gerechnet, daß dieses Ereignis eintreffen würde. Kotranow war davon überzeugt gewesen, daß die Agenten bestenfalls dazu in der Lage sein würden, die von ihnen gesammelten Informationen weiterzuleiten – und nun das!

Vierzehn Tage lang hatte man auf Nachricht von Sörlund und seinen Männern gewartet, während die ganze Aufmerksamkeit auf die Vorgänge im vier Lichtjahre entfernten System gerichtet war. Viel hatte man allerdings nicht beobachten können, dazu war das terranische Schiff zu weit von Horror entfernt. Hinzu kamen die ständigen Eruptionen der drei Sonnen, die eine exakte Ortung unmöglich machten. Außerdem hatte man aus Sicherheitsgründen alle atomaren Kraftwerke stillgelegt. Dadurch funktionierten die meisten Hypergeräte nicht mehr. Lediglich einige Notstromaggregate lieferten die notwendigen Energien, um die wichtigsten Anlagen mit Strom zu versorgen.

Von den auf Hyperbasis arbeitenden Geräten waren nur die Ortungsanlage sowie die Funkstation in passivem Betrieb. Sie wurden ebenfalls durch die Energien der Notstromaggregate mit Strom versorgt. Da die Hyperortung und der Hyperfunk allein die einlaufenden Hyperimpulse registrierten, infolge ihrer passiven Bereitschaftsschaltung jedoch nur minimale Eigenstrahlung erzeugten (die Hypertaster als wichtiger Teil der Ortung waren selbstverständlich desaktiviert), wurde dadurch die Gefahr einer Entdeckung durch die Maahks auf ein vertretbares Minimum reduziert. Es mußte sich schon ein Maahk in die unmittelbare Nähe der ANDROTEST verirren, um durch Zufall diese Eigenstrahlung anmessen zu können.

Vierzehn mehr oder weniger eintönige Tage lagen hinter der Besatzung der ANDROTEST III, und man hatte sich schon allmählich mit dem Gedanken vertraut gemacht, noch die restlichen sechs Wochen an diesem Ort zu verweilen. Insgesamt zwei Monate war die Maximalzeit, die das Stufenschiff auf Warteposition verbringen sollte. Diese Frist war identisch mit der Zeit, die die fünf Agenten noch zu leben hatten. Traf innerhalb dieser zwei Monate keine Nachricht von ihnen ein, so hatte man die Gewißheit, daß ihre Mission gescheitert war.

Und nun war gerade jenes Ereignis eingetreten, womit niemand mehr ernsthaft gerechnet hatte. Der ALTAI war die Flucht gelungen, und sie war auf dem Weg zur ANDROTEST!

Inzwischen hatte sich die ALTAI soweit aus dem Horror-System entfernt, daß sie während ihrer Linearflugunterbrechungen eindeutig geortet und – was ihre äußere Form betraf – identifiziert werden konnte. Ebenso war der ANDROTEST nicht entgangen, daß sie von einer Meute Bleistiftraumer verfolgt wurde.

Immer wieder wurde Kotranow zwischen Begeisterung über die tollkühnen Manöver der ALTAI-Besatzung und Furcht hin- und hergerissen. Er bangte nicht in erster Linie um die für das Imperium wertvollen Agenten, sondern vor allem um die Menschen, die sie waren.

In diesen Minuten dachte er nicht daran, daß die Agenten so oder so zum Tode verurteilt waren, weil es kein Heilmittel gegen die Zentrumspest gab. Er sah nur, daß jedes neuerliche Zurückfallen in den Normalraum der ALTAI einen oder mehrere neue Treffer einbrachte. Und Kotranow wünschte, den Männern helfen zu können.

Er wußte aber auch, daß die einzige Hilfe darin bestand, selbst so lange wie möglich unbemerkt zu bleiben. Nur dann würde die Bergung gelingen.

Wieder tauchte die ALTAI aus dem Zwischenraum auf.

Von Major Hattinger kam ein unterdrückter Wutschrei.

Kotranow preßte die Lippen fest aufeinander.

Die ALTAI hatte an Fahrt verloren. Wie hungrige Wolfsrudel glitten die schwarzen Schiffe der Maahks heran. Diesmal fanden mehrere Strahlenbündel gleichzeitig ihr Ziel. Die Terkonithülle der ALTAI wölbte sich auf und begann weißblau zu strahlen. Einzelne Explosionen rissen Teile der Außenhaut in den Raum.

„Wie lange warten wir noch?“ kam Hattingers beschwörende Stimme. „Wir müssen ihnen entgegenfliegen!“

Kotranow biß die Zähne zusammen, bis ihn die Kiefer schmerzten. Er schüttelte den Kopf.

„Nein!“

Bevor wir sie erreichen, haben die Maahks sie endgültig eingeholt, setzte er in Gedanken hinzu. *Sie müssen entweder noch einmal in den Zwischenraum – oder sie sind verloren.*

Kotranow wußte, daß es nun an der Zeit war, der ALTAI mittels Richtfunkspruch die genaue Position der ANDROTEST bekanntzugeben. Er gab den entsprechenden Befehl.

Sekunden später wurde für kurze Zeit ein atomarer Energieerzeuger hochgefahren, und ein scharf gebündelter, nur mit der zu diesem Zweck erforderlichen Sendestärke versehener Kurzimpuls, verließ die Antennen. Sofort wurde die Energie wieder gedrosselt. Das Risiko einer Anpeilung durch die Maahks mußte eingegangen werden, wollte man die fünf Terraner retten.

Und das Wunder geschah.

Ein letzter, furchtbarer Treffer wirbelte die ALTAI weit aus ihrem Kurs. Dann begannen ihre Konturen zu verblassen. Sie war noch einmal in den Linearraum entkommen.

Neben ihm begann Ez Hattinger seinen Pultrechner zu bearbeiten. Kotranow wußte, was der Major wollte. Er versuchte, den nächsten Eintauchpunkt der ALTAI zu berechnen.

Kotranow lächelte humorlos. Die ALTAI war verloren, wenn die Positionsdaten nicht genau ausgewertet worden waren und der nächste Eintauchpunkt nicht in unmittelbarer Nähe der ANDROTEST III lag. Noch ein Linearmanöver würde sie nicht durchhalten – wenn sie nicht überhaupt nur als ausgeglühtes Wrack zurückkehrte. Es erschien

Kotranow unglaublich, daß der Kalup-Konverter überhaupt noch arbeitete.

Diese Überlegungen dauerten nur den Bruchteil einer Sekunde. Bevor Major Hattinger alle Zahlen in seinen Pultrechner getippt hatte, schaltete Kotranow das Visiphon zum Maschinenleitstand durch.

„Kommandant an Leitenden Ingenieur! Alle Kraftanlagen anfahren, Feldleiter aufbauen!“

Als hätte Major Tong-Jaho die ganze Zeit über am Hauptschalter gewartet, flammten nach Kotranows letztem Wort alle Steuerkontrollen der Zentrale in grünem Licht. Unmittelbar danach begann es im Schiffsinnern zu rumoren.

Oberst Kotranow sprach bereits weiter, diesmal über den Interkom.

„Oberleutnant Tsuka! Bergungskommando zur A-Schleuse. Alles vorbereiten für Bergungsmanöver der Gefahrenklasse eins. Traktorstrahler bereitmachen. Falls wir die ALTAI an Bord holen können, ohne daß dadurch unser Schiff Gefahr läuft, durch eine mögliche Explosion der Korvette in Mitleidenschaft gezogen zu werden, werden wir dies mit den Traktorstrahlern tun. Damit verkürzen wir die Bergungsdauer erheblich. Anderenfalls müssen Sie mit Ihren Leuten übersetzen und die fünf Agenten so schnell wie möglich zur ANDROTEST bringen. Bereiten Sie daher vorsorglich den Vakuumtunnel vor. Ende!

An Feuerleitzentrale! Captain Ngudru, Sie übernehmen Feuerschutz für die Bergungsaktion nach eigenem Ermessen!

Mac Ishott. Sie halten sich mit Ihrer Jägergruppe zum Blitzstart bereit, um Störangriffe gegen die Maahks zu fliegen!

Dr. Rabonew! Bereiten Sie alles zur Behandlung fünf erschöpfter und höchstwahrscheinlich schwerverletzter Männer vor!“

Kotranow schaltete den Interkom aus, sah auf den Ortungsschirm und bewegte kaum sichtbar die Lippen.

„Komm, ALTAI! Komm . . .!“ flüsterte er.

Und die ALTAI kam.

Als brennendes Wrack tauchte sie nahe der ANDROTEST III aus dem Linearraum auf . . .

Oberleutnant Tsuka überflog mit einem letzten, prüfenden Blick die hinter ihm wartenden Männer und Roboter des Bergungskommandos.

Als der Boden unter seinen Füßen zu vibrieren begann, strich er noch einmal sein strähniges Haar zurück und schloß den Druckhelm.

Tsuka verstärkte den Empfang seines Helmfunks. Seine schwarzen Augen glühten vor innerer Erregung. Die Wangenknochen traten stark hervor, und die Kiefer mahlten aufeinander. Tsuka besaß eine Menge Erfahrung, was die Bergung von Raumschiffbrüchigen anging. Er konnte sich eine ungefähre Vorstellung von den Schwierigkeiten machen, die ihn und seine Leute draußen erwarteten. Die letzte Meldung des Kommandanten besagte, daß die ALTAI brannte, und kaum noch Hoffnung auf eine Bergung mit Traktorstrahlen bestand. Fünf Männer aus einem brennenden Wrack herauszuholen, war ohnehin ein Risikounternehmen. In diesem Fall jedoch würde alles zusätzlich erschwert werden durch das Feuer der Verfolger.

Nein, Tsuka gab den fünf Männern der ALTAI keine Chancen.

Und sich und seinen Leuten keine nennenswerte.

„Achtung, Tsuka!" klang die Stimme Kotranows in seinem Empfänger auf. „Wir fliegen Anlegemanöver. Sobald ich Ihnen das Kommando gebe, setzen Sie zur ALTAI über. Stoßen Sie sofort zur Zentrale durch, und weichen Sie dabei den Maschinenräumen aus. Wir haben Explosionen beobachtet."

Verdammt! dachte Tsuka. Das bedeutete also: Vakuumtunnel!

Er schaltete die Frequenz seiner Mannschaft ein und gab den Befehl weiter.

Die Gesichter hinter den Sichtplatten wurden noch um einen Schein blasser.

Die Sekunden verrannen träge, und jede von ihnen zerrte an Tuskas Nerven. Er mußte sich dazu zwingen, nicht auf die Uhr zu sehen. An den Arbeitsgeräuschen der Maschinen war nicht viel über die Bewegungen der ANDROTEST III herauszuhören, da lediglich die dritte und vorletzte Stufe in Betrieb war, die Besatzung sich aber in der vierten Stufe aufhielt.

Oberleutnant Tsuka war einer der ANDROTEST-Veteranen. Er dachte an das, was an unangenehmen Zwischenfällen er auf den beiden ersten Schiffen dieser Serie erlebt hatte und kam zu dem Schluß, daß es mehr als genug gewesen sei.

Mitten in seine trüben Gedanken hinein schrillte der Funkmelder. Tsuka schaltete erneut auf Kotranows Frequenz um und meldete sich.

Kotranow sagte nur ein einziges Wort.

„Ab!"

Die Kürze des Befehls sagte Tsuka genug. Er begriff, daß es um jede Hundertstelsekunde ging. So schnell wie jetzt waren seine Befehle noch nie aufeinandergefolgt. Im Nu verwandelte sich die eben noch bewegungslos dastehende Mannschaft in ein zielstrebiges Durcheinander von Armen, Beinen und Geräten.

Die bereits luftleer gepumpte Schleuse öffnete sich.

Fluchend stellte Tsuka den Helmfilter ein. Von draußen her überfiel ihn blendendes, flackerndes Licht.

Im Empfänger waren die lauten Stimmen der Männer zu hören, die den Vakuumtunnel mit Sauerstoff füllten. Aus einem Wulst schlaffer Schichtplastikhaut bildete sich eine mit Reif bedeckte, wirbelnd in den leeren Raum hinausschießende Schlange.

Tsuka dirigierte die vier Spezialroboter des Kommandos an die Spitze des Vakuumtunnels.

Dann schaltete er sein Rückstoßgerät ein.

Während er mit der Geschicklichkeit eines Akrobaten durch die lose Gruppe seiner Männer schoß, wunderte er sich darüber, daß von den Verfolgerschiffen der Maahks nichts zu sehen war.

Er erreichte die vor dem Anschlußstück des Vakuumtunnels schwebenden Roboter. Mit lauter Stimme erteilte er ihnen neue Befehle. Gehorsam faßten sie die dafür vorgesehenen Lenkgriffe des Tunnels an und steuerten ihn in eine andere Richtung. Das Manöver würde einige kostbare Sekunden kosten. Aber nachdem einer der Ringwulstprojektoren der ALTAI mit einer Glutfontäne explodiert war, erschien es Tsuka ratsamer, sich den Einstieg durch die obere Polkuppel zu erzwingen. Er hoffte dabei, der Polschacht möchte noch nicht durch Trümmer blockiert sein.

Als er mit seinen Magnetschuhen Halt auf der Wölbung der Polkuppel gefunden hatte, warf er einen raschen Blick zurück. Die ANDROTEST III war infolge der Lichtlosigkeit des Leerraums schon auf diese Entfernung unsichtbar. Nur die Flammen der ALTAI wurden von der glatten Außenhaut reflektiert und erzeugten gespenstische Bilder.

Er holte tief Luft und wandte sich seiner herangekommenen Gruppe zu. Alle Männer standen einsatzbereit um die Polkuppel verteilt.

Tsuka erteilte den Robotern den Befehl, die Kuppel aufzuschneiden und das Anschlußstück des Vakuumtunnels anzuschließen. Seinen Leuten befahl er, die faltbare Seitenschleuse des Tunnels zu benutzen.

Er stieg als erster ein.

Befriedigt registrierte er, daß die Anzeigen seines Helms ein Sauerstoff-Stickstoff-Gemisch unter ausreichendem Druck im Tunnel nachwiesen. Nacheinander folgten seine Männer ihm durch die Einmann-Schleuse.

Noch waren nicht alle eingetroffen, als die Roboter bereits den vollzogenen Anschluß meldeten. Tsuka ließ sich auf die Knie nieder und leuchtete mit seiner Helmlampe die Anzeigetafel einer Sonde an. Die Sonde befand sich außerhalb des Tunnels und damit bereits im Innern der ALTAI. Sie analysierte die dort herrschenden Luftverhältnisse.

Tsuka erhob sich.

„Okay!" sagte er. „Rettungsgeräte!"

Die fünf Männer mit den Rettungsgeräten – schnell aufblasbaren Schichtplastiksäcken – stellten sich hinter ihn. Soeben betrat der letzte Mann den Tunnel. Nun würden die Roboter folgen.

Tsuka wartete nicht mehr.

Er öffnete den Verschluß des Anschlußstückes. Zischend glich sich der unterschiedliche Atmosphärendruck aus. Tsuka preßte die Lippen aufeinander und stieß sich ab. Deck 6 des Beibootes, die obere Polkuppel, war so gut wie unbeschädigt. Aber durch den offenen Einstieg des Antigravschachtes schimmerte rote Glut.

Der Lift war nicht in Betrieb. Das hinderte aber weder Tsuka noch seine Männer, ohne Benutzung der Rückstoßaggregate den Schacht hinabzuschweben. Die Generatoren zur Erzeugung künstlicher Schwerkraft mußten ebenfalls ausgefallen sein, und da die ALTAI sich im freien Fall durch den Raum befand, herrschte in ihrem Innern vollkommene Schwerelosigkeit.

Das erste Hindernis stellte sich ihnen auf gleicher Höhe mit der

Feuerleitzentrale in den Weg. Hier war der Schacht mit seitlich eingedrungenen, glühenden Trümmern verstopft. Tsuka trennte mit dem Desintegratorschneider ein Stück der Schachtwand heraus, um über die Feuerleitzentrale zu einem der beiden anderen Antigravschächte zu gelangen. Er blickte in ein Meer aus dichtem, schleimigen Rauch und brodelndem Metallplastik. Durch diese Hölle gab es keinen Weg.

Es blieb Tsuka kein anderer Ausweg, als die Umkehr zu befehlen. Wieder in der Polkuppel angekommen, stürzte er sich über das Schutzgitter des Lasten-Schachtes.

Eine Seite der Schachtwand wies einen klaffenden Riß auf.

Das Mitteldeck, auf dem sich auch die Zentrale befand, glühte hellrot, als der Bergungstrupp dort eintraf. Die Wände hatten sich von der Gluthitze verzogen. Schmelzender Plastikbelag rann in dampfenden Bächen an ihnen herab. In der Ferne explodierte etwas mit dumpfem Knall.

Tsuka schaltete erneut das Rückstoßgerät ein. Wenn er nicht verglühen wollte, durfte er nicht mit Wänden und Boden in Berührung kommen. Mit vorsichtigen Schüben ließ er sich zur kuppelförmigen Panzerschale treiben, die die Hauptzentrale besonders schützte. Die Eingänge ließen sich nicht öffnen. Dazu hätte jemand die Schotte berühren müssen. Die Roboter, denen das nichts ausgemacht hätte, waren noch nicht da.

Kurzentschlossen hob Tsuka seinen Desintegratorschneider.

Es war, als wäre damit ein Signal gegeben worden.

Unter Tsuka riß der Boden auseinander. Während eine feurige Woge ihn überschwemmte, brüllte er noch eine Warnung hinaus.

„Zurück! Die Impulstriebwerke explodieren!“

Es war das letzte, was man von Oberleutnant Tsuka hörte . . .

24.

Kommandant Grek-1 verfolgte mit seinen beiden rückwärtigen Augen den Lauf des Zeitmessers. Längst waren die Energieemissionen ausgemacht worden, die den Standort starker Atomkraftanlagen und damit die Position des terranischen Schiffes verrieten.

Grek-1 war zufrieden.

Bisher hatte alles nach Plan funktioniert. Er war mit den Verfolgergeschwadern absichtlich bei dem letzten Linearflug entgegengesetzt der bekannten Position des Bergungsschiffes geflogen. Jetzt strebten die Pulks in scheinbarer Verwirrung auseinander und täuschten Überraschung vor.

Grek-1 brauchte diesen Eindruck. Dem Kommandanten des Bergungsschiffes mußte das Stocken der Verfolgung glaubwürdig genug erscheinen, damit er nicht noch im letzten Augenblick Verdacht schöpfte. Und das Zögern der Verfolger war notwendig, um die Rettung der ALTAI-Besatzung zu ermöglichen.

An alles hatte der Geheimdienst gedacht. Es war genau berechnet worden, wieviel Zeit die Bergung der fünf Agenten beanspruchte. Grek-1 durfte nicht zu früh angreifen, aber auch nicht zu spät.

Grek-1 beobachtete die Ortungsschirme. Das flammende Wrack der ALTAI hob sich deutlich gegen die Schwärze des Leerraums ab, während das Bergungsschiff als grüner Umrißreflex dicht daneben stand. Der Maahk-Kommandant zeigte Unruhe, als nach einer neuerlichen Explosion ein Viertel der ALTAI herausbrach und gleich einem Kometen davontaumelte. Anscheinend begannen jetzt die Triebwerke des kleinen Schiffes zu explodieren. Hoffentlich riß es nicht die ganze ALTAI auseinander!

Ein vernehmliches Schnarren des Zeitmessers zeigte Grek-1 an, daß die Wartezeit um war. Er zögerte kurz, ungewiß, ob die Explosionen auf der ALTAI die Bergungsaktion nicht verzögert hatten. Doch dann entschloß er sich, den Zeitplan einzuhalten.

Er erteilte den Befehl zum Angriff.

Pawel Kotranow zweifelte keine Sekunde daran, daß die fünf Agenten der ALTAI in größter Gefahr schwebten.

Wenn sie überhaupt noch lebten.

Die Explosion von drei Ringwulstprojektoren mußte auch die Umgebung der Hauptzentrale verwüstet haben.

Kotranow wandte sich an Ez Hattinger, der unbeweglich auf den Bildschirm schaute.

„Major!"

„Ja, Sir . . .?" Hattinger drehte ihm sein Gesicht zu. In seinen Augen flackerte die Angst um die Männer in dem kleinen Beiboot.

„Begeben Sie sich zur A-Schleuse, Major. Falls die Bergungsaktion ins Stocken gerät, unterstützen Sie sie nach eigenem Ermessen. Aber es muß schnell gehen. Ich wundere mich sowieso schon, daß die Maahks noch nicht hier sind. Sie schwärmen wie aufgescheuchte Hühner an der falschen Stelle herum."

Erst jetzt bemerkte Kotranow, daß Hattinger seine letzten beiden Sätze gar nicht mehr gehört hatte. Er war bereits verschwunden.

Ez Hattinger eilte, so schnell er konnte, zur A-Schleuse. Immerhin vergingen fünf Minuten, bis er dort ankam, und so wunderte er sich nicht, daß der Vakuumtunnel bereits wieder eingeholt wurde. Er wandte sich an eine der beiden Schleusenwachen.

„Was ist mit den Leuten der ALTAI? Wißt ihr, ob sie im Tunnel sind?"

Er deutete auf den ziehharmonikagleich zusammenschrumpfenden Tunnel, der so schnell in sich zusammenfiel, wie die rumorenden Pumpen den Sauerstoff absaugen konnten.

Einer der Männer meinte zögernd: „Wir wissen nur, daß Oberstleutnant Tsuka gefallen ist, Sir. Seitdem hatten wir noch keine . . ."

Er brach ab, als das obere Drittel des Beibootes sich lautlos in eine goldrot schillernde Energieblase auflöste. Glühende Gasfetzen trieben in den Raum, gefolgt von größeren und kleineren Trümmern.

Hattinger erinnerte sich, daß noch vor wenigen Sekunden zwei Gestalten auf der oberen Polkuppel gestanden hatten. Ohne zu zögern, stieß er sich von der Schleusenkante ab und schaltete sein Rückstoßaggregat auf Vollschub.

Als er das Abschlußstück des Tunnels erreichte, war von den beiden Gestalten nichts mehr zu sehen. Noch ein kurzes Stück ließ Hattinger sich auf das Beiboot zutreiben. Doch nachdem eine neue Energiefontäne aus dem Ringwulst genau auf ihn zuschoß, wendete er und kehrte in die Schleuse zurück.

Er hatte die Füße noch nicht richtig auf den Boden gestellt, als Oberst Kotranow sich über Helmfunk meldete.

„Beeilen Sie sich, Major. Ich habe Befehl zum Alarmstart gegeben. Die Maahks greifen an!"

Hattinger eilte zu dem Pumpaggregat und schob den Schalter auf volle Leistung. Der Tunnel begann sich schneller zurückzuziehen. Das würde zwar sehr unangenehm für die Männer darin sein, aber immer noch besser, als im Raum von einem Energiestrahl aufgelöst zu werden, sagte er sich.

Als wäre er ein lebendes Wesen, ruckte und zuckte der Rest des Tunnels vor der Schleuse. Hattinger hängte sich in die Griffstücke und zog nach Leibeskräften. Die Schleusenwachen halfen ihm dabei.

Mit einem letzten Ruck landeten endlich die letzten sechs Meter des Tunnels innerhalb der Schleusenkammer. Hattinger und die beiden Wachen stürzten übereinander.

Das war der Augenblick, in dem der Hintergrund des brennenden Beibootes von dem tödlichen Netz feiner Energiestrahlen durchschnitten wurde.

Hattinger rappelte sich auf und betätigte die Schließautomatik. Noch während die mächtigen Schotten sich schlossen, schaltete er auf die Frequenz Kotranows um.

„Fertig!" schrie er. „Ab!"

Es überlief ihn siedendheiß, als er an dem Zittern des Schiffes bemerkte, daß es mit hohen Werten beschleunigte. Er wußte überhaupt nicht, ob die Agenten vollzählig gerettet waren.

Aber das, so sagte er sich gleich darauf, würde jetzt auch keine Rolle mehr spielen. An Bord der ALTAI konnte niemand mehr leben.

Dennoch beobachtete er mit schier unerträglicher Spannung, wie die Schleusenwachen den Luftanschluß des Vakuumtunnels abkoppelten.

Zuerst quoll nur erkalteter Rauch aus der kreisrunden Öffnung. Dann stolperte eine Gestalt im geschwärzten Raumanzug heraus, hinter sich eine zweite Gestalt nachschleppend. Die zweite Gestalt war grauenhaft zugerichtet. Nur mit Mühe erkannte Hattinger, daß das, was sie auf dem Leibe trug, einmal ein Raumanzug gewesen sein mußte.

Beinahe hätte er das Signal überhört.

Jemand stand vor dem Innenschott und begehrte Einlaß. Zuerst war Hattinger ungehalten darüber. Doch dann fiel ihm ein, daß es Dr. Rabonew mit seinen Medo-Robotern sein mußte, die herein wollten. Er öffnete das Schott.

Dr. Rabonew beachtete ihn nicht, sondern stürzte sich sofort auf den ersten Schwerverletzten. Von einer Sekunde zur anderen hatte er das Kommando in der Schleuse an sich gerissen. Seine knapp hervorgestoßenen Befehle wurden von den Medo-Robotern mit unwahrscheinlicher Flinkheit und Präzision ausgeführt. Die ersten Blutübertragungen begannen.

Hattinger atmete auf, als alle fünf Besatzungsmitglieder der ALTAI auf Antigravbahren nebeneinander in der Schleuse lagen. Keiner von ihnen war ohne Verletzung davongekommen. In erster Linie handelte es sich um Brandwunden.

Auch drei Männer des Bergungstrupps waren verletzt.

Einer trat mit schlaff herabhängendem rechten Arm an Hattinger heran.

„Leutnant Rizzo, Sir“, meldete er. „Ich übernahm den Befehl über die Mannschaft, nachdem Oberleutnant Tsuka gefallen war. Aktion beendet, Sir.“

„Wer außer Oberleutnant Tsuka ist noch gefallen, Leutnant?“ fragte Hattinger stirnrunzelnd.

„Niemand weiter, Sir!“

„Und die beiden Männer, die mit der Polkuppel hochgingen?“

„Das waren Roboter. Wir haben alle vier Roboter verloren. Ich habe sie absichtlich an den am meisten gefährdeten Stellen eingesetzt, Sir.“

Hattinger atmete auf.

„Daran taten Sie recht, Leutnant. Roboter können wir verschmerzen. Und nun begeben Sie sich mit Ihrer ganzen Gruppe in die Bordklinik. Dr. Rabonew wird sich um euch kümmern, sobald er die ALTAI-Besatzung verarztet hat."

Und ich werde mich um den Kurs kümmern, dachte Hattinger noch, während er auf den Achslift zuging.

Im nächsten Augenblick fand er sich in der Schleuse wieder. Benommen lauschte er dem verhallenden Donner einer Explosion.

„Teufel!" rief er erregt. „Jetzt hat es uns selbst erwischt!"

Noch während seine Flotte sich zum Angriff formierte, merkte Grek-1, daß er den Befehl zu früh erteilt hatte. Offensichtlich waren die Schwierigkeiten bei der Bergung größer als vorausberechnet.

Grek-1 wußte, daß ihm die Erschießung gewiß war, wenn sein verfrühter Angriff den Plan fehlschlagen ließ. Doch es gab kein Zurück mehr. Ein Abschwenken vom Angriffskurs, eine weitere Verzögerung, und die Terraner mußten Verdacht schöpfen.

Doch schon wenige Augenblicke später stellte er fest, daß seine Sorgen unbegründet waren.

Die Terraner schienen die Annäherung der Verfolger augenblicklich nicht bemerkt zu haben. Noch war die halbe Distanz nicht zurückgelegt, als das Bergungsschiff sich in Bewegung setzte und rasch beschleunigte.

Nun konnte die zweite Phase des Planes anlaufen.

Grek-1 ließ das eigene Schiff an die Spitze des Pulks vorstoßen. Er nahm persönlich hinter dem Pult der Feuerleitzentrale Platz. Für ihn und das Volk der Maahks stand zuviel auf dem Spiel, als daß er die entscheidenden Schüsse einem anderen hätte überlassen mögen.

Allmählich wanderte das Terra-Schiff in das Fadenkreuz des Zielschirmes. Grek-1 atmete hastiger. Sein Wasserstoffverbrauch stieg sprunghaft an. Aber die walzenförmigen Finger lagen ruhig auf den Feuerknöpfen, als handle es sich um ein Übungsschießen.

Für kurze Zeit dachte er an die fünf Terraner, die auf Alpha-Zentra gestorben waren. Ob sie wohl geahnt hatten, welchem Zweck die Duplos dienten? Ohne Zweifel waren sie bei der Gegenüberstellung fassungslos gewesen. Wenn Grek-1 es recht betrachtete, beneidete er die Terraner ein wenig. Sie waren gestorben und lebten doch weiter, denn die Duplikate waren mit ihnen völlig identisch. Sie waren die Terraner geblieben, die sie vorher gewesen waren – mit einem winzigen Unterschied: Sie kannten keine andere Aufgabe mehr, als dem Volk der Maahks zu helfen und ihrem eigenen zu schaden.

Grek-1 blickte auf und stellte mit einer Spur Verwunderung fest, daß er soeben gefühlsmäßig betonte Gedanken gehabt hatte. Sollte das Volk der Maahks, entgegen aller bisherigen Erfahrungen, doch zu Gefühlen fähig sein? War das vielleicht das erste Anzeichen beginnender Dekadenz?

Der Maahk-Kommandant gab einen unwilligen Grunzlaut von sich. Er konzentrierte sich wieder ganz auf den Zielerfassungsschirm.

Das terranische Bergungsschiff war nahe genug. Schon wurde es von den Energiestrahlen der anderen Schiffe umspielt. Wenn er noch länger zögerte, würde sich der terranische Kommandant wundern, weshalb sein Schiff nicht getroffen wurde.

Noch einmal korrigierte Grek-1 die Justierung des schweren Buggeschützes. Dann preßte er einen Finger auf den Feuerknopf.

Beim Bergungsschiff schlug es mit vernichtender Wucht ein. Das Heck war für Augenblicke in eine grelle Explosionswolke getaucht. Als es daraus hervorschoß, visierte Grek-1 noch einmal die dritte Stufe an. Noch einmal drückte er auf den Feuerknopf.

Diesmal blieb das Heck des Bergungsschiffes rotglühend. Wirbel glühender Gase lösten sich und trieben langsam hinterher.

Die zweite Phase war abgeschlossen.

Nun konnte der Plan in seine dritte Phase treten – wenn das Bergungsschiff nicht vollständig explodierte . . .

Pawel Kotranow schob den Beschleunigungshebel bis zum Anschlag vor, als der erste Treffer in die dritte Stufe einschlug. Sein Gesicht verzerrte sich.

Wenn die dritte Stufe ausfiel, würde es keine Rückkehr zum Twin-

System geben. Dann war seine Mission gescheitert – und die Mission der fünf Todeskandidaten!

Reichte die Geschwindigkeit noch nicht aus, um das Schiff in den Linearraum zu bringen?

Nein, die ANDROTEST III war noch zu langsam!

Hinter seinem maskenhaft starren Gesicht arbeitete es. War es ein Fehler gewesen, die zweite, längst nicht ausgenutzte Stufe vor dem Erreichen der Warteposition abzutrennen? Aber Kotranow sagte sich, daß dieser Selbstvorwurf unnütz war. Er hatte die zweite Stufe deshalb abtrennen müssen, um die Masse der ANDROTEST III und damit die Ortungsgefahr zu verringern. Die dritte und vierte Stufe besaßen zusammen einen Aktionsradius von 500 000 Lichtjahren, normalerweise mehr als genug, um das 300 000 Lichtjahre entfernte Twin-System im Linearflug erreichen zu können.

Normalerweise!

Die beiden Adern auf Kotranows Stirn traten gefährlich weit hervor, als der zweite Treffer in die dritte Stufe einschlug. Er ahnte sofort, daß dies das Ende bedeutete. Die Explosion, die kurz darauf das ganze Schiff schwer erschütterte, gab ihm letzte Gewißheit.

Und das ausgerechnet in dem Augenblick, in dem die Beschleunigung groß genug für das Linearmanöver geworden war.

Mit einem erbitterten Fluch schaltete Kotranow die Sprengsätze ein, die zwischen vierter und dritter Stufe eingebaut waren.

Ein heftiger Ruck durchlief das Schiff. Die Warnanlagen der Andrucksabsorber gaben Alarm. Die vierte Stufe schlingerte bedenklich.

Mit brennenden Augen beobachtete Pawel Kotranow die Kontrollanzeigen, die die Abtrennung der dritten Stufe melden sollten. Endlich flammte das Grünlicht auf.

Doch ehe die letzte Stufe in den schützenden Linearraum verschwinden konnte, wurde sie noch einmal heftig durchgerüttelt. Auch ohne den alarmierenden Aufschrei Hattingers wußte Kotranow, daß sie noch einmal einen schweren Treffer erhalten hatten.

Resigniert schob Kotranow den Kalup-Schalter vor. Das Schiff glitt unmerklich in den Zwischenraum. Die Schatten der Verfolgerrudel verschwanden.

Einige Sekunden zu spät . . .

„Haben Sie besondere Befehle für mich, Sir?“ fragte Major Hattinger, als Kotranow ihm das Kommando über die ANDROTEST III übergab.

Kotranow grinste.

„Sie reißen wohl auch noch Witze, wenn man Ihren Sarg zunagelt, was?“

Hattinger nickte ernsthaft. Seelenruhig stopfte er dabei seine Pfeife.

„Wenn ich das Hämmern hören kann, natürlich. Dann habe ich ja auch Grund dazu. Oder nicht?“ Mit genau berechneten Bewegungen, als führte er eine kultische Handlung aus, zündete Hattinger sich seine Pfeife an. Er blies den Rauch in Richtung des Panoramabildschirmes, der nichts als bodenlose Schwärze zeigte. „Wohin fliegen wir eigentlich?“

Kotranow gab einen erstickten Laut von sich und wankte erschüttert davon.

„Was hat er nur?“ fragte Hattinger zwischen zwei Zügen, obwohl er den Grund von Kotranows theatralischer Reaktion kannte. Seit zehn Minuten befanden sie sich im Linearraum. Unmittelbar nach ihrer gelungenen Flucht hatte der Maschineningenieur beträchtliche Schäden an den Lineartriebwerken festgestellt und gemutmaßt, daß diese wahrscheinlich nicht mehr zu reparieren waren. Vor wenigen Augenblicken war aus dieser Vermutung schreckliche Gewißheit geworden. Die Lineartriebwerke *waren* irreparabel beschädigt und hatten nur mehr eine Reichweite von knapp 20 000 Lichtjahren. Damit waren alle Chancen, je das Twin-System zu erreichen, geschwunden. Selbst bei voller Triebwerkskapazität hätte man sich nur bis auf 50 000 Lichtjahre dem Twin-System nähern können. Dies wäre aber zu verkraften gewesen, denn man hätte sich aus dieser Entfernung der terranischen Flotte im Twin-System bemerkbar machen können und wäre abgeholt worden.

Doch nun war auch diese Möglichkeit nicht mehr vorhanden. Mit einer Reichweite von 20 000 Lichtjahren war es illusorisch, den Rückflug anzutreten.

„Kein Wunder, daß er schwankte“, sagte Izza Koto mit ätzender Stimme und holte Hattinger aus seinen Überlegungen zurück. „Wenn Sie ihm Ihren stinkenden Qualm ins Gesicht blasen.“

Ez Hattinger drehte seufzend an den Einstellknöpfen des Reliefschirmes. Allmählich wanderten drei Sonnen in die Bildfläche; drei Sonnen, die einen auf dem Schirm nicht sichtbaren Planeten umkreisten.

Hattinger fühlte, wie ihm das Grauen eiskalt den Rücken heraufkroch.

Die Menschheit hatte in ein Wespennest gegriffen, als sie die Sonnentransmitter entdeckte. Was würde noch alles auf sie zukommen?

Hattinger zog das Mikrophon des Interkoms näher zu sich heran.

„Achtung!“ sagte er betont ruhig. „Wir verlassen den Zwischenraum in einer Minute. Ich befehle höchste Bereitschaft für die Feuerleitzentrale. Ende!“

Als die ANDROTEST III die Sicherheit des Zwischenraumes verließ, erlosch das Bild auf dem Reliefschirm. Dafür tauchten die Horrorsonnen als winzige, glühende Scheiben auf dem Panoramabildschirm auf.

Gleichzeitig sprach die Ortung an.

Auf dem Spezialschirm entdeckte Hattinger die bereits sattsam bekannten walzenförmigen Schatten.

Maahk-Schiffe!

Er fluchte leise vor sich hin. Das konnten nicht die gleichen Schiffe sein wie die, die ihnen die dritte Stufe zerschossen hatten. Jene waren durch den Kurswechsel während des Linearraummanövers sicher abgehängt worden.

Die Schlußfolgerung war so einfach wie erschreckend: Im Horror-System und in der Umgebung mußten weit mehr Flottenverbände der Maahks konzentriert sein, als man bisher angenommen hatte.

Das Maahk-Geschwader änderte seinen Kurs. Hattinger blieb nichts weiter übrig, als wieder in den Linearraum zu gehen, wenn er kein Gefecht riskieren wollte.

Erneut verschwand die normale Umgebung.

Hattinger schrak auf, als sich hinter ihm jemand laut und vernehmlich räusperte.

Als er sich umwandte, sah er den Mathematiker, der neben seinem Sessel stand.

„Was wollen Sie, Koto?“ fragte er ungehalten.

„Ich möchte Ihnen nur mitteilen“, sagte er mit sanfter Stimme, „daß meiner Positronik etwas eingefallen ist...“

Hattinger kniff die Augen zusammen. Mit zweifelndem Blick musterte er die zwei Meter große überschlanke Gestalt mit dem schmalen, scharfgeschnittenen Gesicht. Etwas daran irritierte ihn. Es lag ein seltsam stählerner Schimmer über der bronzebraunen Haut. Hattinger konnte nicht verhindern, daß seine Stimme belegt klang.

„So...?“ Er räusperte sich. „Dann erzählen Sie mir mal, Koto!“

Koto lächelte. Aber es war nichts Humorvolles an diesem Lächeln. Hattinger erschien es eher so unergründlich wie das Lächeln der Sphinx. Mit leichter Handbewegung wedelte der Llailaner den Pfeifenrauch auseinander.

„Es gibt nur eine Möglichkeit, mit der letzten Stufe das Twin-System zu erreichen, Major Hattinger...“

„Und die wäre?“ Hattinger verlor die Geduld. „Sprechen Sie nicht in Rätseln, Mann!“

Koto lächelte erneut sein sphinxhaftes Lächeln.

„Wir brauchen nur die zu erwartende Invasion der Maahks für unsere Zwecke auszunützen. Sie wissen sicherlich, welchen Zweck die Flottenkonzentration im Horror-System dient...?“

„Was ich weiß, geht Sie einen... überhaupt nichts an!“ polterte Hattinger mit gespielter Empörung. „Selbstverständlich denke ich an die drohende Invasion. Und wie es aussieht, werden die Maahks in absehbarer Zeit damit beginnen.“

„Und das Ziel der Invasion wird entweder Kahalo oder Twin, oder aber beides sein“, stellte Koto fest. „Die Maahks werden, wenn sie in unsere Galaxis eindringen, keineswegs zulassen, daß sich in ihrem Rücken ein terranischer Stützpunkt befindet. Sie werden wahrscheinlich auch das Twin-System zurückerobern wollen.“

„Und was hat das mit uns zu tun?“ unterbrach Hattinger ihn. „Wir können weder nach Twin noch nach Kahalo. Alles, was für uns erreichbar wäre, ist das Horror-System.“

„Und der Horror-Transmitter“, ergänzte Koto leidenschaftslos.

Hattinger fuhr auf und ließ dabei sogar seine geliebte Pfeife fallen.

„Sie sind wahnsinnig! Jetzt merke ich, worauf sie hinauswollen." Er war blaß geworden. „Sie wollen den Horror-Transmitter benutzen, um ins Twin-System oder nach Kahalo zu gelangen?"

„So ist es."

„Wahnsinn!" rief Hattinger. „Ebensogut könnte ich die ANDROTEST gleich in eine Sonne steuern. Ihre Positronik muß unter dem Beschuß der Maahks gelitten haben, Koto."

„Muß ich meinen Vorschlag als abgelehnt betrachten?" fragte Koto sanft.

„Ja!" schrie Hattinger ihn an.

Wie sollte er wissen, daß der gleiche Vorschlag zur selben Stunde auch an anderer Stelle erörtert wurde!

Leutnant Son-Hao saß aufrecht in seinem Bett. Er war der einzige der fünf Agenten, der nur leicht verletzt war. Sein gelbgetöntes Gesicht war noch entstellt von der Erinnerung an die letzten, grauenhaften Minuten an Bord der ALTAI.

Oberst Pawel Kotranow saß ihm gegenüber, zusammen mit dem Chefpsychologen der ANDROTEST III, dem Major des Psychologischen Dienstes, Jörg von Eschde.

Son-Hao hatte soeben in knappen Worten geschildert, was er und seine Begleiter erlebt hatten, seit sie im Horror-Transmitter materialisiert waren. Nun schwieg er und blickte mit unergründlicher Miene seine beiden Gegenüber an. Er konnte seine Unsicherheit verbergen, aber sein Instinkt sagte ihm, daß man ihn eine Spur zu freundlich und zu rücksichtsvoll behandelte. Er fragte sich, ob das etwas mit dem vagen, unbestimmten, seelischen Druck zu tun hatte, der ihn und seine Kameraden seit ihrer Erschaffung belastete. Das Schlechte war nur, daß er keine diesbezüglichen Fragen stellen durfte.

„Es steht außer Zweifel", fuhr er fort, „daß die Maahks eine Invasion planen. Außerdem fanden wir auch unsere Annahme bestätigt, daß die Methanatmer nicht aus eigenem Antrieb, sondern auf Befehl handeln. Diese Befehle können nur von den Meistern der Insel kommen. Wir haben zwar keinen Vertreter dieser geheimnisvollen Wesen gesehen, aber bei allen Verhören schwebte eine etwa zwei Meter durchmessende, rotleuchtende Kugel über den maahkschen Offizieren. Es handelte sich dabei um einen in einem Kraftfeld schwebenden Kommunikationsroboter, der von Zeit zu Zeit den Maahks Befehlen in einer uns unbekannten Sprache übermittelte."

„Und Sie konnten sich die ganze Zeit über frei bewegen?" fragte von Eschde mißtrauisch.

„Natürlich nicht, Sir. Nur innerhalb der ALTAI durften wir tun und lassen, was wir wollten. Die Maahks rechneten nicht damit, daß uns mit dem kleinen Schiff eine Flucht gelingen könnte. Zudem glaubten sie anfänglich noch daran, daß uns an Verhandlungen gelegen sei."

„Und wie hat man herausbekommen, daß Sie in Wahrheit terranische Agenten waren?" Jörg von Eschde beugte sich gespannt vor.

Son-Hao lächelte rätselhaft.

„Man sperrte uns über eine Stunde lang in einen glockenförmigen Käfig. Unbekannte Energiefelder hüllten uns ein. Mit Hilfe dieser Apparatur dürften die Maahks versucht haben, unsere Gedankeninhalte zu erfassen. Aber ob Ihnen das gelungen ist, kann ich nicht sagen. Wir konnten zwar noch ungehindert zur ALTAI zurückkehren, doch dann erschienen bewaffnete Kommandos der Maahks und wollten uns aus dem Schiff holen. Wir schlugen den ersten Angriff mit unseren verborgenen Spezialwaffen zurück und starteten. Die Flucht gelang uns allerdings nur, weil der Alpha-Zentra-Transmitter durch die Flottenbewegungen auf Horror einjustiert war."

Mit geheuchelter Erschöpfung lehnte Son-Hao sich zurück. Er hatte seine Worte sorgfältig gewählt und sich, so gut es ging, an die Wahrheit gehalten, um sich nicht zu verraten. Aber jetzt spürte er, daß ihm und seinen Gefährten noch einiges bevorstand. Von Eschde war nur ein einfacher Psycho-Offizier. Dennoch sprach aus seinen Fragen unüberhörbares Mißtrauen. Was sollte erst werden, wenn geschulte Verhörspezialisten der Solaren Abwehr ihre Fragen stellten? Wie lange würde er, würden sie die entkräfteten und erschöpften Männer spielen können?

Oberst Kotranow erhob sich.

„Ich sehe, Sie brauchen dringend Ruhe, Leutnant Hao. Es wird besser sein, wenn wir Sie jetzt alleinlassen."

Von Eschde schüttelte den Kopf.

„Nur noch ein paar Fragen, Leutnant Hao, was haben Sie über die Invasionspläne der Maahks im einzelnen erfahren können?"

„Tut mir leid, Sir." Son-Hao konnte seinen Schreck nur mit Mühe verbergen. Das war eine Fangfrage, die der Psychologe ihm gestellt hatte. Er kannte doch sicher die Geheimhaltungsvorschriften. Beinahe hätte Son-Hao geantwortet und sich dadurch verraten. Rechtzeitig genug tauchte die Erinnerung des ersten Son-Hao in seinem Bewußtsein auf. „Darauf darf ich Ihnen nicht antworten. Das sind spezielle Informationen für die Solare Abwehr, Sir."

Von Eschde nickte.

„Danke, Leutnant." Er blickte Oberst Kotranow an. „Ich wäre fertig."

„Aber ich noch nicht", krächzte eine heisere, schwache Stimme aus dem Lautsprecher des Plasma-Tanks, der an der Querwand des Klinikzimmers stand.

In der gallertartigen Flüssigkeit schwebte, von einem Antigravitationsfeld gehalten und eine mit Leitungen und Kabeln gespickte Maske auf dem Gesicht, Major Halgor Sörlund, der Leiter des Fünfer-Teams. Er hatte die schwersten Verletzungen davongetragen. Seine linke Körperhälfte war von den Schultern bis hinab zum Fuß eine Brandwunde.

„Was möchten Sie uns noch sagen, Major?" fragte Oberst Kotranow beklommen.

Die Gestalt im Plasma-Tank regte sich nicht. Aber die Stimme drang jetzt klar und deutlich aus dem Lautsprecher, der mit der Spezialmaske Sörlunds verbunden war.

„Ich möchte Ihnen verraten, wie Sie ohne die dritte Stufe ins Twin-System zurückkommen können."

Pawel Kotranow war bleich bis unter die Haarwurzeln, als Halgor Sörlund geendet hatte.

„Sie glauben doch hoffentlich nicht daran, daß ich Ihren Vorschlag ernsthaft erwäge, Major?" fragte er entsetzt. „Über den Horror-Transmitter! Du lieber Himmel! Der ist doch mit dem Transmitter im Zwergnebel Andro-Alpha verbunden. Sollte es uns wirklich gelingen, in den Horror-Transmitter einzudringen, würden wir genau dort wieder herauskommen, woher Sie erst gekommen sind."

Sörlund gab einige krächzende Laute von sich. Aber offensichtlich war er zu erschöpft, um weitersprechen zu können.

„Erklär's du ihm, Cole!" flüsterte er schließlich schwach.

Kotranow wandte sich Captain Cole Harper zu. Der Biophysiker war schwerer verletzt als Son-Hao, aber nicht so schwer wie Sörlund. Er schwebte frei über einem Gestell, das sich Gravitationsbett nannte, und war nur mit Plasmasprühverband bekleidet.

„Ich fürchte, da gibt es nichts zu erklären", wehrte Kotranow ab.

„Anhören können wir ihn doch wenigstens, Sir!" bat Jörg von Eschde.

Kotranow blickte seufzend auf seine Uhr.

„Gut! Es ist sowieso egal, ob ich während des Katz-und-Maus-Spiels in der Zentrale bin. Hattinger kann die Orientierungsmanöver ebensogut allein durchführen. Lassen Sie sich etwas Gutes einfallen, Captain Harper!"

„Ich muß dazu allerdings eine Geheimhaltevorschrift brechen", begann Cole Harper in seiner bedächtigen Art. „Aber angesichts der Tatsache, daß Sie die ANDROTEST III mit der letzten Stufe nicht im Linearflug zum Twin-System bekommen, wird die Abwehr mir das verzeihen.

Wie Son bereits sagte, konnten wir auf Grund der Beherrschung des Kraahmak einige Gespräche führender Maahk-Offiziere belauschen, ohne daß diese etwas davon ahnten. Dabei erfuhren wir auch, daß etwa zu dieser Zeit ..." er reckte den Kopf, um einen Blick auf die Datumsuhr des Zimmers werfen zu können, „... genauer gesagt, vor einigen Minuten, ein taktischer Scheinangriff der Maahk-Flotte auf das Twin-System begonnen hat.

Sie können sich bestimmt vorstellen, daß die Maahks nicht so dumm sind, den Angriff durch den Zwischenraum vorzutragen. Man würde sie viel zu früh orten. Wenn sie jedoch den Horror-Transmitter auf das Twin-System einjustieren, könnten sie Tifflors Wachflotte überraschen. Wir brauchten weiter nichts zu tun, als ebenfalls den Horror-Transmitter zu benutzen."

Kotranow stöhnte.

„Weiter nichts! Mann, Harper! Wissen Sie, welches Vabanque-Spiel Sie mir da vorschlagen?"

„Vabanque-Spiel? Pah!" ertönte es aus dem Lautsprecher des Plasma-Tanks. „Was haben wir denn noch zu verlieren, Oberst?"

Pawel Kotranow neigte den Kopf. Seine Hände krampften sich ineinander. Die Adern auf seiner Stirn pulsierten.

Erst nach einigen Minuten blickte er wieder auf. Er erhob sich abrupt.

„Ich fürchte, Sie haben recht, Sörlund. Wir können nichts mehr verlieren – außer unserem Leben."

25.

Die hohe Gestalt des Arkoniden Atlan wandte sich vom Ortungsprojektorschirm ab.

„Ich gestehe, daß ich selbst überrascht bin, Perry. Alles hätte ich erwartet, nur nicht, daß die Maahks ausgerechnet hier und zu diesem Zeitpunkt angreifen."

„Und ich dachte, dich könnte nichts mehr überraschen, was von den Maahks kommt."

Atlan beobachtete wieder den Ortungsprojektorschirm. Die blitzartig aufflammenden grünen Punkte unmittelbar neben der Energieballung des Twin-Transmitters zeigten den Eintrittsort maahkscher Raumschiffe an. Sofort nach der Rematerialisierung formierten sich die Schiffe zu Angriffskeilen.

Sie kamen allerdings nicht weit.

Ununterbrochen zeigten die Geräte Energieausbrüche an, und die grünen Ortungsreflexe der Maahk-Schiffe schwanden dahin, je weiter sie sich von der Energieballung entfernten.

„Viele Chancen haben sie nicht", bemerkte Atlan nachdenklich. „Unsere Superschlachtschiffe und die Fragmentraumer der Posbis vernichten sie erstaunlicherweise ebenso schnell, wie sie ankommen."

„Wir werden uns das aus der Nähe ansehen", sagte Rhodan, ohne auf Atlans versteckte Frage einzugehen.

„Tiff!" Er wandte sich dem hageren Mann in der Uniform eines Solarmarschalls zu. „Lassen Sie die RASPUTIN Kurs auf die Transmitterabschirmung nehmen!"

Zehn Minuten später tauchte das Flaggschiff Solarmarschall Tifflors und derzeitiges Hauptquartier Rhodans dicht hinter der terranischen

Verteidigungslinie rund um die Energieballung des Twin-Transmitters aus dem Zwischenraum.

Der Panoramaschirm bot ein gespenstisches Bild.

Vor, neben, über und unter der verzögernden RASPUTIN kreuzten die 1500 Meter durchmessenden Superschlachtschiffe des Imperiums. In nie abreißendem Takt sandten sie ihre vernichtenden Breitseiten in die Pulks der schwarzen Walzenschiffe, die, aus dem Ballungskern des Transmitters kommend, ungeachtet ihrer schweren Verluste angriffen.

Hin und wieder tauchte eines der gewaltigen Fragmentraumschiffe der Posbis auf. Einst waren sie die gefürchtetsten Feinde der Menschheit und der anderen intelligenten Völker der Galaxis gewesen. Jetzt warfen sie sich dem gemeinsamen Feind entgegen.

Der Raum war erfüllt vom verwirrenden Netzmuster tödlicher Energiestrahlen und von unablässig sich aufblähenden kurzlebigen Kunstsonnen.

Bei der seinerzeitigen Auseinandersetzung mit der Festung hatten Berechnungen ergeben, daß ein größerer Einsatz von Transformkanonen die Stabilität des Twin-Systems gefährden könnte. Inzwischen hatte NATHAN alle damaligen Ereignisse analysiert und ausgewertet und war zu dem Schluß gekommen, daß das System wesentlich stabiler war, als es in den ursprünglichen Berechnungen angenommen wurde. Aus diesem Grund konnte die Transformkanone nun wesentlich massiver eingesetzt werden, ohne das künstliche System zu gefährden.

„Ich frage mich, was die Maahks mit diesem Angriff bezwecken!“ sagte Perry Rhodan sinnend.

Atlan lachte gekünstelt.

„Du hast also auch schon begriffen, daß der ganze Angriff nichts als ein taktisches Manöver ist, wie?“

„Sie dürfen uns Terraner nicht immer unterschätzen, Atlan!“

Allan D. Mercant, der diese Worte in spöttischem Ton gesprochen hatte, schob sich an den Kartentisch heran, um den Rhodan, Atlan und Tifflor versammelt waren.

Atlan winkte unwirsch ab.

„Zugegeben, ich unterschätze euch Barbaren hin und wieder. Aber ihr habt bisher die Maahks ständig unterschätzt, und das kann gefährlich werden.“

Perry Rhodan machte eine einladende Geste.

„Bitte, nehmen Sie doch Platz, Mercant.“ Nachdenklich schaute er auf den Panoramaschirm. Dann wandte er sich Atlan zu. „Du hast nur teilweise recht, Freund. Oder hältst du es für Unterschätzung der Maahks, wenn Mercant extra einen risikovollen Agenteneinsatz startet, um etwas mehr über die Absichten der Methans zu erfahren?“

Atlan seufzte. Ein Zug von Bitterkeit grub sich um seine Mundwinkel ein.

„Du verstehst mich entweder nicht, oder du willst mich nicht verstehen, Perry. Wahrscheinlich erscheine ich dir sogar lästig. Aber ich habe meine Erfahrungen mit den Maahks gemacht, ihr Terraner beginnt erst damit. Glaube mir, wir Arkoniden waren zu unserer Blütezeit nicht weniger vital, nicht weniger einfallsreich wie ihr heute. Dennoch brachte uns der sogenannte Methankrieg vor zehntausend Jahren an den Abgrund. Jedesmal, wenn wir dachten, gegen alle Überraschungen der Methans – und darin insbesondere der Maahks – gerüstet zu sein, mußten wir bittere Niederlagen einstecken. Euch wird es nicht anders ergehen. Und was den Agenteneinsatz betrifft, gebe ich gern zu, daß er genial geplant wurde. Ich weiß aber auch, welche Fähigkeiten der Geheimdienst der Maahks besitzt. Fast möchte ich wetten, daß Sörlunds Gruppe längst liquidiert ist.“

„Mit einem solchen Fall rechneten wir von vornherein“, wehrte Allan D. Mercant ab. „Deshalb wurden ja auch fünf todkranke Männer ausgeschickt. Dieser erste Einsatz ist sozusagen ein vorsichtiger Testversuch. Wir Terraner lassen uns durch Mißerfolge nicht entmutigen. Bitte, bedenken Sie auch das, Atlan.“

Atlan wechselte abrupt das Thema.

„Wissen Sie übrigens, Mercant, was das für Schiffe sind, die uns hier attackieren?“

Mercant kniff die Augen zusammen. Er ahnte, daß der Arkonide nicht ohne tieferen Grund diese scheinbar naive Frage stellte. Aber der Abwehrchef kam nicht darauf, wohin die Frage zielte.

„Nun, Tifflor . . .?“ wandte Atlan sich an den Solarmarschall.

Julian Tifflor lächelte sein jungenhaftes Lächeln, das Atlan immer wieder an den Perry Rhodan früherer Sturm- und Drangzeiten erinnerte.

„Ich behaupte“, erklärte Tifflor mit ironischem Unterton, „daß

Solarmarschall Mercant das, was Sie wissen wollen, längst erkannt hat. Er hält diese Erkenntnis aber für so selbstverständlich, daß er nicht draufkommt, was Sie meinen. Es ist einfach zu leicht für ihn. Habe ich recht, Mercant?"

„Jetzt geht mir ein Licht auf!" Mercant schüttelte vorwurfsvoll den Kopf. „Atlan, haben Sie wirklich geglaubt, wir würden an der Natur der Angreifer zweifeln? Dann allerdings hätten Sie unsere Naivität weit überschätzt. Natürlich handelt es sich um Roboteinheiten. Organische Schiffsbesatzungen wären niemals in der Lage, sofort nach der Rematerialisation komplizierte Angriffsmanöver zu fliegen. Das war mir schon nach der ersten Ortung klar."

„Bei den Göttern Arkons!" rief Atlan überrascht. „Perry, ich glaube, ich werde langsam alt. Bitte, Mercant und Tifflor, verzeihen Sie mir meine Fehleinschätzung."

„Schon gut!" Mercant winkte ab. „Mir macht etwas ganz anderes Sorgen. Wenn die Maahks Robotschiffe schicken, und noch dazu derartig schlechtausgerüstete Einheiten, daß unsere Verteidigung bisher ohne eigene Verluste mit ihnen fertig geworden ist, dann frage ich mich, wo dann der wirkliche Angriff der Maahks stattfindet!"

Perry Rhodan meinte dazu:

„Die Justierungsstation auf Quinta kann jederzeit feststellen, woher die Schiffe der Maahks kommen und in welchem Transmitter sie eintreffen. Sie haben es ja selbst erlebt, daß noch während des Alarms eine entsprechende Meldung von dort kam. Wenn die Maahks an einer anderen Stelle als hier angriffen, wüßten wir es."

Rhodan erhob sich.

„Tiff, würden Sie mich bitte zum Rechenzentrum begleiten. Ich möchte noch einige Daten auswerten, die mir vor dem Alarm zugingen. Sie können gern mitkommen", sagte er zu Atlan und Mercant.

„Danke, ich bleibe hier", erwiderte Atlan. Er verbarg seine Unzufriedenheit nicht. „Ich möchte nicht leichtsinnig sein, Perry. So, wie ich die Maahks einschätze, hat ihr wirklicher Angriff längst begonnen."

Rhodan lächelte mitleidig. Mercant und Tifflor dagegen lachten laut heraus. Sie hielten die Bemerkung des Arkoniden für einen Scherz.

Niemand wußte, daß Atlans Voraussage schon eingetroffen war.

Als Oberst Kotranow in der Zentrale ankam, fiel die ANDROTEST III gerade wieder aus dem schützenden Zwischenraum heraus und stürzte in den Normalraum zurück.

Fünf Sekunden geschah nichts.

Dann schlugen die Ortungstaster Alarm.

Die ANDROTEST III befand sich erneut in den Ortungsstrahlen ihrer Verfolger.

Kotranow wußte, daß er jetzt seinen Ersten Offizier nicht stören durfte. Kurzerhand setzte er sich in Hattingers freien Sessel und beobachtete den Major.

Hattingers Gesicht wirkte verbittert. Ab und zu blitzte es zornig in seinen Augen auf. Dennoch verrieten seine ununterbrochen schaltenden Hände nichts von Nervosität oder Panik.

Kotranow widmete seine Aufmerksamkeit den Ortungsanzeigen. Wieder erblickte er die nun schon vertrauten walzenförmigen Schatten.

Immer neue Verfolger tauchten aus dem Linearraum auf. Jetzt schossen die ersten Energiebahnen heran. Aber die Entfernung war noch zu groß. Keiner der Schüsse konnte die ANDROTEST III ernsthaft gefährden.

Hattinger entlockten die Schüsse der Maahks nur ein grimmiges Lächeln. Er steuerte die ANDROTEST III immer noch stur geradeaus. Erst als in Flugrichtung ein kleiner Schwarm Walzenschiffe auftauchte, zog er das Schiff nach „oben". Offenbar war er gewillt, das größte noch vertretbare Risiko einzugehen. Selbst als die ersten Streifschüsse den Schutzschirm der ANDROTEST III aufflammen ließen, blieb er im Normalraum.

Aber dann tauchten plötzlich links und rechts zwei dichtaufgeschlossene Pulks aus dem Linearraum.

Kotranow wußte, daß die ANDROTEST III verloren war, sobald die Maahks die erste Breitseite abfeuerten.

Er öffnete den Mund zu einem Warnruf.

Doch da hatte Hattinger bereits gehandelt.

Um die ANDROTEST III war wiederum nichts als die gespenstische Stille des Linearraums.

Hattinger drehte sich um und nickte Kotranow zu.

„Wir stecken ganz schön tief in der Tinte. Die ganze Zeit, während

Sie bei unseren ‚Schützlingen' weilten, ging das nun schon so. Raus aus dem Zwischenraum, ausreißen, rein in den Zwischenraum. Ich möchte wissen, wann der Affentanz ein Ende hat."

„Überhaupt nicht, wenn Sie so weitermachen!" rief Izza Koto dazwischen. „Sir!" Er wandte sich an Kotranow. „Ich habe Major Hattinger einen Vorschlag gemacht, wie wir aus diesem Dilemma herauskommen. Aber anscheinend hat er Angst."

„Ein total verrückter Vorschlag!" protestierte Hattinger. „Wissen Sie, was er will, Sir: Wir sollen die ANDROTEST III in den Horror-Transmitter steuern und uns darauf verlassen, daß die Maahks ihn extra für uns in Richtung Twin oder Kahalo umpolen!"

Kotranow blicke den Llailaner überrascht an. Dann zwinkerte er Koto verständnissinnig zu und wandte sich, wieder ganz ernsthaft, an Hattinger.

„Wie? Das hat Koto tatsächlich gesagt?"

„Allen Ernstes, Sir! Ich habe natürlich abgelehnt. Wir sind doch keine Selbstmörder!"

Kotranow seufzte.

„Natürlich nicht, Major. Dennoch werden wir genau das tun, was Koto vorgeschlagen hat."

Das riesige schwarze Raumschiff tauchte aus dem Linearraum auf, verzögerte mit höchsten Werten und stand dann unbeweglich im Raum zwischen den Sonnen und dem Planeten Horror.

Vor dem Ortungsschirm saß Grek-1 und betrachtete befriedigt den Strom von Robotraumschiffen, der in gleichmäßigen Intervallen in die Energieballung des Drillingssonnen-Transmitters hineinstieß und dort verschwand.

Der Scheinangriff auf das Twin-System hatte begonnen.

Grek-1 war nicht verwundert, als die Funkzentrale seines Schiffes einen verschlüsselten Funkspruch auffing, wonach sich eine Kommission Geheimdienstoffiziere zu einem Besuch anmeldete. Schließlich trat der Plan jetzt in seine letzte von den Maahks beeinflußbare Phase.

Wenig später näherte sich ein langgestreckter, schwarzer Raumflugkörper dem Flaggschiff der maahkschen Wachflotte vor Horror.

Grek-1 erwartete die Offiziere in der Zentrale.

Es waren nur zwei Maahks! Sie stellten sich als Grek-11 und Grek-22 vor. Grek-1 wußte, daß ihm diese beiden, trotz ihrer höheren Numerierung, rangmäßig übergeordnet waren, da es sich um Geheimdienstleute handelte, die ihre Bezeichnung aus Tarngründen fallweise änderten.

Beeindruckt war er allerdings von der großen, rotleuchtenden Kugel, die über den beiden Offizieren schwebte und jede ihrer Bewegungen mitmachte.

Trauten die Meister der Insel dem Volk der Maahks nicht mehr? Es war völlig ungewöhnlich, daß sie ihre Kommunikationsroboter weiter schickten als bis zum Andromeda vorgelagerten Zwergnebel.

Grek-1 ließ sich jedoch nichts anmerken. Er gab seinen Bericht, nachdem man ihn dazu aufgefordert hatte.

Grek-11 machte das Zeichen des Dankes.

„Wir sehen, das Oberkommando hat eine gute Wahl getroffen, als es dich zum Hüter unseres Planes ernannte. Die Fremden, die sich Terraner nennen, werden keinen Verdacht schöpfen. Wie viele Robotraumschiffe sind bisher zum Twin-Transmitter transportiert worden?"

„Dreihundertsiebzig, Grek-11. Ich meine aber, es müßten bald genug sein. Gewiß werden sie im Twin-System sofort von den Wachflotten der Terraner vernichtet."

Er zuckte zusammen, als aus den Sprechöffnungen des von dem roten Kraftfeld umgebenen Roboters Worte in der Sprache erschallten, die von allen Kommunikationsrobotern der Meister verwendet wurde.

„Es steht dem Befehlsausführer nicht zu, Zweifel an der Richtigkeit unserer Befehle zu äußern. Es ist völlig unwichtig, wieviel Robot-Raumschiffe im Twin-System vernichtet werden. Wichtig ist allein das Gelingen des Planes."

„Du hast es gehört", sagte Grek-11 zu Grek-1. „Verzichte also auf Einwände. Deine Pflicht ist es, die Befehle auszuführen."

„So ist es", fügte der Roboter hinzu.

Grek-1 machte eine Geste der Bejahung.

„Wir werden jetzt wieder gehen", sagte Grek-11. „Aber wir bleiben in der Nähe und beobachten das terranische Schiff, wenn es in den

Transmitter eintritt. Die Meister wollen sich selbst vom Gelingen des Planes überzeugen."

„Wir werden unsere Pflicht tun", erwiderte Grek-1.

„Das hoffen wir", antwortete der Roboter.

Als die Kommission sein Schiff wieder verlassen hatte und der schwarze Stabraumer sich in Richtung Horror entfernte, blickte Grek-1 ihm mit seltsamem Ausdruck nach. Für ihn, der allein logisch zu denken pflegte, war der Verweis des Roboters keine Kränkung gewesen. Wohl aber tauchte damit der Verdacht in Grek-1 auf, daß die Meister nicht nur im Bereich der Logik dachten. Die scharfe Erwiderung auf seine Meinungsäußerung entbehrte der Logik.

Leutnant Son-Hao musterte mißtrauisch das Gesicht des Chefarztes.

Dr. Rabonew warf die Injektionspistole in den Behälter, den ein Medo-Roboter hielt. Er lächelte Son-Hao ein wenig unsicher an, wußte er doch, daß er mit seiner Behandlung nur die äußeren Wunden heilen konnte: Prellungen, Brandwunden, Blutverluste. Die tödliche Krankheit, die man Zentrumspest nannte, würde dennoch zuschlagen, vielleicht sogar schon, bevor die äußeren Wunden abgeheilt waren.

„Nun, wie fühlen wir uns?" fragte Dr. Rabonew routinemäßig. Er verfluchte sich selbst innerlich, daß er keine anderen Worte fand. Zu gerne hätte er Son-Hao und die anderen nach dem Stadium der Zentrumspest gefragt. Aber er wußte, daß er darauf keine Antwort erhalten würde. In dem Moment, wo er die Frage stellen würde, würde die Psychoblockade wirksam werden und sie die Krankheit vergessen lassen.

An Bord der ANDROTEST gab es auch keine Geräte, die in der Lage gewesen wären, diese Krankheit nachzuweisen oder deren Verlauf zu diagnostizieren. Soviel er wußte, gab es derartige Spezialgeräte nur auf ASTO IV.

Son-Hao war die Verlegenheit Dr. Rabonews nicht entgangen. Wie bei allen, die etwas zu verbergen haben, steigerte sich das Mißtrauen gegen seine Umgebung zeitweise in Hysterie. Aus jedem Blick, jeder Bewegung, jeder Veränderung in der Miene eines anderen glaubte er einen unausgesprochenen Verdacht gegen sich herauszulesen.

„Ich habe keine Schmerzen“, sagte er langsam, jedes Wort abwägend. „Nur sehr schwach fühle ich mich noch.“

Dr. Rabonew nickte.

„Das kann ich mir vorstellen. Sie haben furchtbare Strapazen hinter sich. Aber gutes Essen und genügend Schlaf werden die Folgen Ihres Einsatzes sehr schnell beheben.“ Er erhob sich. „Ich wünsche Ihnen jedenfalls weiterhin gute Besserung.“

„Vielen Dank“, erwiderte Son-Hao.

Er atmete auf, als der Chefarzt den Raum verlassen hatte. Eine Weile blieb er noch ruhig liegen, dann stieg er vorsichtig aus seinem Bett und schlich auf Zehenspitzen zu dem Plasmatank hinüber, in dem Halgor Sörlund lag.

„Hallo, Halgor! Kannst du mich verstehen?“ flüsterte er.

Die Maske über Sörlunds Gesicht bewegte sich ein wenig.

„Idiot!“ schnarrte es aus dem Lautsprecher. „Wer weiß, wer alles zuhört!“

Son-Hao lachte leise.

„Niemand – Halgor. Ich habe vor der Visite das Zimmer genau untersucht. Wenn es Mikrospione gäbe, wären sie mir nicht entgangen. Ich habe schließlich vor unserem Einsatz eine Geheimdienst-Schulung erhalten, genau wie ihr auch.“

„Na schön! Wahrscheinlich habe ich geschlafen, während du das Zimmer inspiziertest. Jedenfalls habe ich nichts davon gemerkt. Was willst du?“

„Was meinst du, ob Kotranow es wagt, in den Horror-Transmitter zu fliegen?“

Krächzendes Lachen kam aus dem Lautsprecher.

„Er weiß genau, daß er keine andere Möglichkeit hat, jemals wieder nach Hause zu kommen. Er muß es einfach wagen.“

„Ich habe Angst“, gestand Son-Hao.

„Angst? Wovor?“

Son-Hao fröstelte plötzlich, obwohl im Krankenzimmer eine Temperatur von 25 Grad Celsius herrschte.

„Bald werden wir im Twin-System ankommen, Halgor. Meinst du wirklich, Mercant schöpft keinen Verdacht?“

Von Sergeant Heghas Bett her kam spöttisches Lachen.

„Von mir aus kann Mercant uns zerlegen und wieder zusammensetzen", sagte der Robotiker. „Er wird alles genauso finden, wie es vor unserem Einsatz war. Die Mutanten brauchen wir ebenfalls nicht zu fürchten. Mercant selbst hat sich durch seinen Befehl, uns mittels Gehirnoperationen gegen parapsychische Beeinflussung immun zu machen, diesen Weg versperrt. Kein Telepath kann unsere Gedanken lesen."

„Das meine ich auch nicht", erwiderte Son-Hao. „Aber habt ihr nicht auch den Eindruck gehabt, daß Rabonew an etwas ganz Bestimmtes dachte, als er mich nach meinem Befinden fragte?"

„Das stimmt", gab Hegha zu. „Er betrachtete mich, als er glaubte, ich merkte es nicht, einmal ganz mitleidig, als wollte er sagen: Du machst es auch nicht mehr lange, armer Junge. Dabei bin ich nicht ernstlich verletzt. Ich kann meine Füße schon wieder bewegen."

Son-Hao schüttelte sich. Er fuhr mit dem Handrücken über seine Stirn und betrachtete danach angelegentlich den abgewischten Schweiß.

„Du bist ein Angsthase, Kleiner!" spöttelte Hegha. Doch seine Stimme klang längst nicht so sicher wie sonst.

Son-Hao kroch seufzend in sein Bett zurück.

„Dauernd schleppe ich ein ganz eigenartiges Gefühl mit mir herum", meinte er. „Ich sage euch, etwas ist schiefgegangen mit dem Duplikator."

„Unke!" schalt ihn Hegha gereizt. Er lauschte dem plötzlichen Anschwellen der Triebwerksgeräusche. „Gleich ist es soweit. Laß dir bloß nichts von deiner Angst anmerken, Kleiner. Wenn wir noch einmal sterben, wird es endgültig sein."

Die ANDROTEST III vollführte immer noch die gleichen Manöver. Sie tauchte in den Linearraum ein, legte eine willkürlich große Strecke zurück und stieß wieder in den Normalraum vor.

Die Verfolgergeschwader der Maahks verloren sie jedesmal, wenn sie im Linearraum verschwand. Sobald sie wieder auftauchte, wurde sie jedoch sehr bald wieder geortet und eingeholt.

Es war ein Katz- und Mausspiel, dessen Ende noch nicht abzusehen war. Jeder an Bord der ANDROTEST III aber wußte, daß die

Maahks den längeren Atem hatten. Eines Tages würden die Triebwerke der letzten Stufe ausgebrannt sein . . .

Aus diesem Grund fand Kotranows Plan, nachdem der erste Schock überwunden war, uneingeschränkte Zustimmung. Schlimmstenfalls würde er das Ende um einige Zeit früher bringen. Gelang es aber, waren sie gerettet.

Pawel Kotranow hatte den Platz am Steuerpult wieder selbst eingenommen. Während er die ANDROTEST III im Zickzackkurs, einmal im Normalraum, einmal im Linearraum, auf einen vorher bestimmten Punkt in der Unendlichkeit des Leerraums zusteuerte, berechnete Ez Hattinger die Kursdaten zum Horror-Transmitter.

Kotranow fühlte sich nicht wohl in seiner Haut. Das waren noch zu viele unbekannte Faktoren, die aber mit in die Kalkulation einbezogen werden mußten. Harpers Angaben über einen Angriff der Maahks auf den Twin-Transmitter mochten stimmen. Der Zeitpunkt konnte jedoch inzwischen geändert worden sein. Dann würden sie, statt im Twin-System, mitten in jenem Zwergnebel landen, den man Andro-Alpha getauft hatte.

Aber auch dann, wenn der Horror-Transmitter inzwischen auf das Twin-System umgepolt war, konnte es nicht einfach sein, in den Transmitter hineinzukommen. Zweifellos war er gut bewacht. Dieser Schwierigkeit hoffte Kotranow vorzubeugen, indem er die ANDROTEST III im Linearflug bis unmittelbar an das Transmissionsfeld heranbrachte.

Die größte Schwierigkeit aber würde darin bestehen, daß man mitten zwischen Schiffen der Maahks im Twin-System ankommen mußte. Wenn deren Kommandanten schnell genug reagierten, war die ANDROTEST III verloren. Zudem existierte noch das Problem, wie man dem unweigerlich eintretenden Transmitterschock am besten begegnen könnte. Kotranow hatte sich für eine in ihrer Wirkungsdauer genau dosierte Tiefkühlnarkose entschieden. Die Narkosewirkung mußte einsetzen, bevor das Schiff vom Horror-Transmitter erfaßt wurde. Sie durfte aber nicht länger anhalten als bis zur Ankunft im Twin-System.

„Fertig, Sir!" meldete Major Hattinger endlich.

Kotranow nickte ihm zu. Er griff zum Mikrophon des Interkoms.

„Kommandant an Besatzung. Druckhelme und Anzüge schließen,

anschnallen. Bei Zerstörung des Schiffes die Rettungskapseln aufsuchen, ohne Befehle abzuwarten. An Feuerleitzentrale! Nur dann feuern, wenn wir angegriffen werden. Auf keinen Fall Maahk-Schiffe beschießen, wenn diese sich passiv verhalten, auch nicht, wenn sie sich in unmittelbarer Nähe befinden! Ende."

Kotranow schloß seinen Helm und stellte die Funkverbindung her.

„Das galt auch für Sie, Hattinger!" sagte er ironisch. „Klopfen Sie Ihre Pfeife aus. Oder wollen Sie im Helm rauchen?"

Hattinger befolgte mürrisch den Befehl.

„Schade um den Tabak!" murrte er.

Kotranow ließ die ANDROTEST III zum vorletztenmal aus dem Linearraum auftauchen. Aufmerksam beobachtete er die Instrumente. Als der Kurs auf den berechneten Koordinatenpunkt anlag, schob er den Beschleunigungshebel bis zum Anschlag. Er nahm sich fest vor, den Kurs nicht mehr zu ändern, es sei denn, ein Schiff der Maahks tauchte genau vor dem Bug auf.

Niemand an Bord des Schiffes sprach, während die ANDROTEST III im Normalraum auf den berechneten Punkt zuraste. Erneut schossen von links und rechts die Verfolger heran. Aber in dem Augenblick, als sie das Feuer eröffneten, war der Punkt erreicht.

Die ANDROTEST III verschwand im Linearraum.

Hinter Kotranow war ein Geräusch. Er drehte sich um und lächelte verzerrt, als er den Medo-Roboter entdeckte. Der Robot hielt die Injektionspistole in einer seiner metallenen Hände. Er wartete auf den kritischen Augenblick, genau wie Kotranow auch.

Dann riß die Schwärze auf.

Mit annähernder Lichtgeschwindigkeit verließ die ANDROTEST III den Linearraum.

Pawel Kotranow vernahm einen gellenden Schrei in seinem Helmempfänger. Dann hörte er das Zischen der Hochdruck-Injektionsdüse.

Und dann nichts mehr . . .

Wie flüssiges Blei rann es durch seine Adern. Unablässig schienen Hämmer gegen seine Schläfen zu klopfen.

Dämonenhaft grinsten schauerliche Fratzen ihn an. Nebelhafte Schattenwesen umtanzten ihn.

Und plötzlich stimmten die Dämonen und Schattenwesen ein solches Geheul an, daß Pawel Kotranow erwachte.

Ohne zu begreifen, schaute er auf ein riesiges Fenster vor sich. Glühende Bälle schienen dort auf und ab zu hüpfen, leuchtende Netze woben sich vor schwarzem Hintergrund.

Umd immer noch dieses grauenerregende Geheul.

Kotranows Bewußtsein kehrte allmählich zurück. Aber erst, als die blecherne Stimme eines Automaten ertönte, wußte er, wo er sich befand.

„Achtung, Kollisionsalarm!" plärrte es ununterbrochen aus dem Lautsprecher an der Decke. „Je ein Objekt in Sektor Grün und Sektor Rot. Entfernung jeweils fünfhundert Meter. Ausweichkurs wird eingeleitet. Achtung, Kollisions . . ."

Kotranow schaltete die Warnautomatik ab.

Er begriff.

Sie waren aus dem Twin-Transmitter herausgekommen.

Neben ihm stöhnte Hattinger. Der Major erholte sich bedeutend schneller als Kotranow.

„Himmel und Hölle!" fluchte er erschrocken. „Wir stecken mitten in einem Pulk von Maahks!"

„Und mitten in einer Raumschlacht", erwiderte Kotranow. Seine Hände begannen zu schalten. Er versuchte, aus der Nähe der Maahk-Schiffe zu gelangen. Es erschien ihm sowieso als ein Wunder, daß sie noch nicht beschossen wurden.

Ein Blick auf die Instrumente bewies ihm allerdings, daß das Schiff noch während des Eindringens in den Horror-Transmitter beschossen worden war. Die Schutzschirme waren dreimal belastet worden, aber anscheinend nur von Streifschüssen.

Kotranow lächelte.

„Damit hatten die Maahks wohl nicht gerechnet, daß wir direkt in ihrem Transmitter auftauchten, was!"

Hattinger nickte.

„Wir haben uns mitten in einen ihrer Angriffspulks geschmuggelt. Aber ich fürchte, dadurch geraten wir jetzt ins Abwehrfeuer der Twin-Wachflotte."

Als sollte seine Warnung dadurch unterstrichen werden, explodierte das Maahk-Schiff, das fünfhundert Meter neben ihnen geflogen war. Die Schutzschirme der ANDROTEST III flackerten, als der sich rasch ausdehnende Ball glühender Gase mit ihnen zusammenstieß. Das Schiff begann zu schlingern.

„Vielleicht sollten wir uns zu erkennen geben“, meinte Hattinger.

Kotranow blickte ihn entgeistert an.

„Damit die Maahks unseren Funkspruch auffangen und wissen, wer wir sind. Bis jetzt scheinen sie uns immer noch für eins der ihren zu halten.“

„Unsere werden das auch tun!“ warnte Hattinger erneut.

Kotranow schloß geblendet die Augen, als auch das zweite in nächster Nähe fliegende Maakh-Schiff explodierte.

Als er sie wieder öffnete, blickte er genau auf die Wandung eines Superschlachtschiffes.

Ein heftiger Ruck erschütterte die ANDROTEST III...

Oberst Ismail ben Rabbat verfolgte von seinem erhöhten Kommandositz aus die Materialschlacht vor dem Twin-Transmitter.

Nach dem Verlust der VOLTAIRE, die bei dem Kampf gegen die Raumfestung der Maahks verlorengegangen war, befehligte er jetzt das nagelneue Superschlachtschiff CORTEZ.

„Die Maahks müssen den Verstand verloren haben!“ erklärte er. „Hunderte von Robotschiffen durch den Transmitter zu schleusen, obwohl sie sicher wissen, daß keines von ihnen länger als eine Viertelstunde unserer Abwehr standhält. Verschwendung nenne ich das!“

Edgar Broom, wuschelköpfiger Nachkomme australischer Ureinwohner, legte sein breites Gesicht in beängstigend viele Falten. Er war Erster Offizier der CORTEZ und hatte seinen Platz neben Rabbat.

„Offenbar können die Maahks es sich leisten, Sir.“

„Sich leisten!“ Ben Rabbat schnaufte empört. „Wozu denn? Sie haben nicht die geringste Chance. Ja, wenn wir mit der CORTEZ nicht wären, vielleicht gelänge ihnen dann der Durchbruch. Aber so! Unter meiner Führung wird unser Schiff nicht mal den kleinen Finger eines einzigen Maahks durchlassen.“

„Vielleicht haben sie gar nicht die Absicht, durchzubrechen“, wandte Broom ein.

„Lächerlich! Broom! Bedenken Sie einmal, was Sie da gesagt haben! Wenn die Maahks nicht durchbrechen wollen, weshalb versuchen sie es dann ständig? Glauben Sie mir, einem Mann, der ganz allein die Justierungsstation auf Quinta vor den Maahks gerettet hat: Nur die Feuerkraft der CORTEZ hindert die Maahks daran, das Twin-System zu erobern!"

Er kniff die Augen zusammen.

Da kommen schon wieder zwei Schiffe auf uns zu. Schlafen die in den Feuerleitzentralen denn? Die Feuerdistanz ist doch längst überschritten."

Er stellte den Interkom durch.

„Kommandant an Feuerleitzentrale! Zwei Robotraumer fliegen die CORTEZ an. Wie lange gedenken Sie noch mit der Feuereröffnung zu warten? Oder wollen Sie die Schiffe vielleicht rammen? Ich sage Ihnen, wenn ein einziger Kratzer an das neue ... Oh!"

Geblendet schloß er die Augen.

In nächster Nähe blähte sich ein glühender Gasball auf. Kurz danach explodierte das zweite Schiff, nachdem es bereits auf fünfzehntausend Kilometer herangekommen war.

„Die Leute der Feuerleitzentrale haben noch einmal Glück gehabt, Broom. Ich hätte Ihnen auch ..."

„Halt, Sir!" schrie Broom aufgeregt. „Da ist noch einer!"

Ismail ben Rabbat räusperte sich strafend und schaltete die Vergrößerung ein.

„Schreien Sie nicht so, Broom." Er blickte auf den Schirm, auf dem ein seltsam geformtes Raumfahrzeug aufgetaucht war. Es hielt genau Kurs auf die CORTEZ. „Nun sehen Sie sich die Kerle an! Mit so einer vorn und hinten abgehackten Tomate schleichen die sich an uns heran."

Erneut schaltete er zur Feuerleitzentrale durch.

„Ich frage mich", sagte er sarkastisch, „wie lange Sie noch warten wollen, bis Sie das Raumschiff vor uns abschießen. Es ist Ihnen wohl zu klein, was?"

„Sir!" erschallte die aufgeregte Stimme des Feuerleitoffiziers. „Ich schlage Anwendung des Traktorstrahls vor."

„Wie? Wollen Sie die Robotbesatzung gefangennehmen? Was sollen wir mit den Maschinen anfangen?"

„Nein, Sir! Das ist keine Konstruktion der Maahks. Ich weiß nicht genau, aber ...“

Ismail ben Rabbat schaltete schnell.

„Wenden Sie den Traktorstrahl an, rasch! Und nehmen Sie die sechs Maahk-Schiffe unter Feuer, die hinter dem kleinen Schiff herkommen!“

Erregt beugte er sich vor, als ob er so besser erkennen könnte, was der Panoramabildschirm zeigte. Er sah nicht die Energiebahnen, die den sechs angreifenden Maahk-Raumschiffen entgegenrasten, aber er bemerkte den Ruck, der plötzlich durch das kleine Schiff ging.

Aufatmend wandte er sich Broom zu.

„Das ist noch einmal gutgegangen! Wenn ich nicht alle Schiffstypen des Imperiums so genau kennen würde ...!“

„Des Imperiums?“ echote Broom. „Sir, wollen Sie damit sagen, das kleine Schiff wäre ein Imperiumsschiff?“

„Genau das!“ Ismail ben Rabbat klappte seinen Helm zurück, zog einen Kamm hervor und kämmte sich sorgfältig. Dann schnippte er ein Stäubchen von seinem Raumanzug. „Haben Sie keinen Spiegel, Broom?“

Der Erste Offizier brachte kein Wort heraus. Sprachlos, mit offenem Mund betrachtete er seinen Vorgesetzten.

Ismail ben Rabbat warf sich in die Brust.

„So werde ich in einigen Sekunden vor dem Großadministrator erscheinen, Broom. Sie dürfen mir gratulieren.“

„Ich ... ver ... verstehe g ... gar nichts mehr, Sir!“ stotterte er.

Fassungslos schüttelte ben Rabbat den Kopf.

„Menschenskind, Broom! Begreifen Sie immer noch nicht, daß wir soeben mit unserem Traktorstrahl die letzte Stufe eines Schiffes der ANDROTEST-Serie eingefangen haben? Wenn ich mich nicht ausnahmsweise irren sollte, handelt es sich sogar um die sehnlichst erwartete ANDROTEST III.“

„Die ANDROTEST III, Sir?“ Broom hatte sich wieder etwas gefaßt. „Aber die wird doch nicht aus dem Transmitter erwartet. Ich denke, sie soll das Twin-System im Linearflug erreichen!“

„Ganz recht, Broom!“ Ben Rabbat legte sein Gesicht in würdevolle Falten. „Der Kommandant wird schon einen Grund gehabt haben, einen anderen Weg zu wählen. Vertrauensvoll ist er auf mein Schiff zugeflogen. Der Großadministrator wird staunen. Broom, wann stellen Sie endlich eine Verbindung zur RASPUTIN her? Halt! Vorher sehen Sie mich einmal an. Sitzt mein Raumanzug ordentlich?“

„Noch immer keine Nachrichten von der ANDROTEST III, Mercant?“ Perry Rhodan blickte den Abwehrchef erwartungsvoll an.

„Nein. Ehrlich gesagt, verstehe ich Ihre Unruhe nicht. Dieser Einsatz ließ sich zeitlich nicht begrenzen.“

„Ich weiß.“ Rhodan blätterte nachdenklich in einem Folienstapel der Meldungen. Die Überholung der CREST II wird übrigens bald beendet sein. Meine Frau beaufsichtigt die Arbeiten auf Quinta. Sie teilte mir mit, der Inspekteur der dortigen Reparaturwerft wäre beinahe einem Schlaganfall erlegen, als er hörte, daß wir mit dem Schiff noch geflogen seien.“

Mercant lächelte höflich.

„Diese Leute sind eben sehr gewissenhaft.“

Rhodan nickte kurz und wechselte abrupt das Thema. „Mir bereitet der Angriff der Maahks Sorgen, Mercant. Was können sie mit dieser sinnlosen Tat bezwecken wollen?“

Mercant zuckte die Achseln. „Es handelt sich zweifellos um einen Scheinangriff. Mehr läßt sich derzeit aber nicht sagen. Vielleicht werden wir irgendwann wissen, welchem Zweck er tatsächlich diente.“

„Irgendwann!“ Rhodan lächelte spöttisch. „Mercant, ich hatte gehofft, von Ihnen mehr zu erfahren.“

Mercant richtete sich entrüstet auf. „Wunder kann die Solare Abwehr nicht vollbringen!“

„Schon gut.“ Rhodan winkte ab. „Verzeihen Sie mir, daß ich etwas auf den Busch geklopft habe. Sie haben mich mit Ihren Leistungen sehr verwöhnt. Kein Wunder, daß ich für einen Augenblick dachte, Sie wüßten etwas, wollten aber noch nicht damit herausrücken.“

Atlan, der die ganze Zeit über an der Schiffspositronik Berechnungen durchgeführt hatte, kam herangeschlendert. Er hatte die letzten Worte Rhodans gehört.

„Du begreifst es auch nie, Barbar!“ sagte er anzüglich.

Rhodan schaute ihn irritiert an.

„Wie meinst du das, Arkonide?“

Atlan setzte sich und legte die Symbolstreifen, die er von der Positronik mitgebracht hatte, vor sich auf den Kartentisch.

„Wie oft soll ich dir noch sagen, daß die Maahks nicht zu unterschätzen sind? Ihr Geheimdienst steht dem Mercants in nichts nach, außer, daß die Maahks mit noch mehr kalter Logik vorgehen, als ihr Menschen es tut. Ihr fällt manchmal gefühlsmäßige Entscheidungen – ich schließe mich da mit ein –, die der Logik widersprechen. Den Maahks kann so etwas nicht passieren."

Rhodan winkte nachsichtig lächelnd ab.

„Ein Schwert wird stumpf, wenn man es zu oft benutzt, Arkonide. Darf man fragen, mit welchem Problem du die Positronik gequält hast?"

Atlan nickte.

„Das Problem ist auch dir nicht unbekannt, Barbar. Wir haben oft genug darüber diskutiert. NATHAN hat es bereits durchgerechnet. Ich habe quasi nur sein Ergebnis überprüft."

Rhodan blickte interessiert auf.

„Du meinst die Frage nach den Meistern der Insel?"

„Genau!"

„Und . . ."

„Es muß sich um ein sehr, sehr altes Volk handeln, Perry. Alles spricht sogar dafür, daß es im Laufe der Jahrzehntausende degeneriert ist."

„Wie kommst du darauf?"

„Hätten sie es sonst nötig, die Maahks als Hilfsvolk einzusetzen?"

„Das leuchtet mir ein, Atlan", sagte Mercant. „Allerdings fürchte ich mich vor der notwendigen Schlußfolgerung. Sind Sie sich darüber klar, Atlan, daß jemand, der das kriegerische Volk der Maahks als Handlanger einsetzen kann, mächtiger sein muß als wir und die Maahks zusammen . . .?"

„Ich weiß", erwiderte Atlan schlicht. „Nun?" Er wandte sich wieder Perry Rhodan zu. „Träumst du immer noch davon, Andromeda friedlich erforschen zu können, kleiner Barbar?"

Rhodans Gesicht lächelte, aber die Augen schienen durch Atlan hindurchzustarren, als sähen sie die Vision einer fernen Zukunft.

„Mercant hat etwas sehr Wichtiges gesagt, Arkonide. Ich denke, wir sollten, auch wenn es noch in weiter Ferne liegen mag, den Schluß daraus einkalkulieren.

Wenn die Meister der Insel mächtiger sind als wir und die Maahks zusammen, so hat Mercant das nicht wörtlich gemeint. Nicht wahr, Mercant, Sie meinten nicht wir und die Maahks zusammen, sondern nur eine Addition getrennter Macht? Wie wäre es, wenn Maahks und Terraner ihre Macht gegen die Meister der Insel vereinigten . . .?"

„Niemals!" Atlan war blaß geworden. Entsetzt schaute er den Freund an.

Eine Spur von Traurigkeit zeigte sich in Rhodans Zügen.

„Wahrscheinlich denken die Maahks ebenso unversöhnlich wie du, Atlan. Aber Blut und Vernichtung haben schon oft ehemalige Feinde an den Verhandlungstisch gebracht."

Der Melder des Interkoms verhinderte eine neuerliche heftige Antwort Atlans.

Perry Rhodan runzelte die Stirn, sagte aber nichts. Er aktivierte seinen Anschluß.

„Sir", meldete sich der diensthabende Funker, „habe ein Hyperkomgespräch von der CORTEZ. Darf ich es auf Ihren Interkom umlegen?"

„Warten Sie einen Augenblick", sagte Rhodan. Er schaltete seinen Sendeteil aus und wandte sich an Atlan. „Weißt du, wo die CORTEZ jetzt steht und wer ihr Kommandant ist?"

Atlan schüttelte den Kopf. Aber Mercant nickte heftig.

„Die CORTEZ ist ein erst vor einigen Tagen neugeliefertes Superschlachtschiff. Soviel ich weiß, steht sie im Verteidigungsgürtel um den Transmitter. Der Kommandant ist Ismail ben Rabbat."

„Jetzt entsinne ich mich", sagte Rhodan. „Ein etwas exzentrischer Mensch, dieser ben Rabbat. Hoffentlich kommt er mir nicht mit irgendwelchem Kleinkram." Er aktivierte den Sendeteil seines Gerätes erneut.

„Legen Sie das Gespräch zu mir um!"

Knapp eine Sekunde später entstand das Abbild Ismail ben Rabbats auf dem Bildschirm. Der Oberst saß in der Pose eines Feldherrn auf seinem Sessel. Er bot genau das Bild, das Rhodan nicht ausstehen konnte.

„Hier Rhodan. Sie möchten mich persönlich sprechen, Oberst? Wollen Sie mir mitteilen, daß Ihnen die Pomade ausgegangen ist...?"

Ismail ben Rabbat schnappte nach Luft.

„Aha!" machte Rhodan sarkastisch. „Ihre Lufterneuerungsanlage funktioniert nicht!"

„Sir!" würgte ben Rabbat endlich unter großer Anstrengung hervor. „Sir! Die ANDROTEST III ist da!"

„Was...?" Rhodan geriet einen Herzschlag lang außer Fassung. „Die ANDROTEST III? Ihre Meldung, Oberst! Aber bitte nur die Tatsachen!"

Ismail ben Rabbat berichtete im Telegrammstil von der Bergung des Schiffes. Perry Rhodans Gesicht blieb ausdruckslos dabei, aber auf seiner Stirn bildeten sich plötzlich feine Schweißperlen.

„Haben Sie Kontakt mit Oberst Kotranow bekommen?" fragte er, als ben Rabbat geendet hatte.

„Jawohl, Sir. Ich soll Ihnen mitteilen, daß alles in Ordnung wäre. Die ANDROTEST III hat einen Schaden am Hyperkom, sonst hätte Kotranow Sie selbst angerufen."

„Vielen Dank, Oberst. Wo befinden Sie sich augenblicklich?"

„Ich habe die ANDROTEST III aus der Frontlinie gezogen, Sir. Kurs liegt an auf Quinta. Ich nahm an, Sie wären dort."

„Gut. Ist die ANDROTEST III manövrierfähig?"

„Voll manövrierfähig, Sir."

„Dann richten Sie Oberst Kotranow von mir aus, er möchte auf dem Hauptfeld von Quinta landen!"

„Und die CORTEZ, Sir?" fragte ben Rabbat aufgeregt. „Die Front ist durch meinen Abflug außerordentlich gefährdet. Darf ich mit der...?"

„Sie dürfen!" sagte Rhodan erheitert und schaltete ab. Sein Gesicht war aber ungewöhnlich ernst, als er sich zu Mercant und Atlan umwandte. „Was sagen Sie dazu?"

Atlan war blaß geworden. Seine Lippen bebten, als er sagte:

„Die ANDROTEST III ist durch den Transmitter gekommen. Und das zu einer Zeit, als es dort von Maahk-Schiffen wimmelte! Perry, da bahnt sich eine Teufelei an!"

„Keine Voreingenommenheit, bitte!" warnte Rhodan. „Kotranow ist einer meiner besten Schiffskommandanten." Für den Bruchteil einer Sekunde trat ein warmer Glanz in seine Augen. Doch dann wandte er sich Mercant zu, und wieder klang seine Stimme hart. „Natürlich werden Sie alle notwendigen Untersuchungen zur Identitätsprüfung durchführen, Mercant!"

Mercant bestätigte den Befehl.

Er wußte ja nicht, daß in diesem Fall die beste Identitätsprüfung vergeblich sein würde.

Solarmarschall Julian Tifflor blieb hinter Perry Rhodan stehen, der auf dem Subschirm den Raumhafen beobachtete, auf den die RASPUTIN sich allmählich niedersenkte.

Rhodan wandte sich langsam um. In seinem Gesicht standen Anspannung und eine Spur Nervosität geschrieben. Dennoch brachte er ein Lächeln zuwege.

„Tiff! Was gibt es Neues?"

„Eine Meldung von der Transmitterfront. Die Robotschiffe der Maahks haben ihre Angriffe eingestellt. In wenigen Minuten dürften die letzten vernichtet sein."

Rhodan vermochte im ersten Augenblick nicht zu antworten. Er war fassungslos. Sein scharfer Verstand sagte ihm, daß etwas nicht stimmte.

Atlan, der neben ihm stand, sprach es aus.

„Merkst du auch etwas, Perry? Die Maahks denken und handeln logisch. Wenn sie ihren Angriff abbrechen, dann haben sie den Zweck dieses Ablenkungsmanövers erreicht."

„Allmählich steckt Atlan mich mit seinem Mißtrauen an", bemerkte Mercant.

„Das ist Ihr Beruf", gab Rhodan zurück. „Tiff, wie denken Sie über den Scheinangriff der Maahks?"

„Ich stimme Atlan zu. Es wäre unlogisch, einen Scheinangriff durchzuführen, ohne etwas damit zu bezwecken. Allerdings könnte der Zweck ebensogut sein, unsere Verteidigungskraft zu testen."

Atlan winkte ab.

„Ich bin überzeugt davon, die Maahks wissen genau, wie stark die Wachflotte im Twin-System ist. Schließlich konnten sie in ihren Justierungsstationen unsere Transmitterbenutzung ebenso verfolgen wie wir die ihre von Quinta und Kahalo aus."

„Fast bin ich geneigt, dir zuzustimmen, Arkonide. Ich werde nochmals an alle Flottenteile des Imperiums die Anweisung geben, besonders wachsam zu sein. Mehr können wir augenblicklich nicht tun."

Atlan schwieg. Er preßte die Lippen fest aufeinander und blickte finster zu Boden. Natürlich wußte er selbst, daß mit einem vagen Verdacht allein nichts anzufangen war.

In diesem Augenblick setzte die RASPUTIN auf dem Landefeld auf.

„Gehen wir!" sagte Rhodan.

Schon vom Raum aus war mittels Vergrößerung zu sehen gewesen, daß die ANDROTEST III noch nicht lange gelandet sein konnte. Die Absperrung schloß sich erst um die gelandete letzte Stufe, als Rhodan, Atlan, Tifflor und Allan D. Mercant bereits den Prallfeldgleiter bestiegen, der sie zur ANDROTEST III bringen sollte.

Die Bodenschleuse des Schiffes öffnete sich, als der Gleiter vor dem Schiff anhielt.

Gespannt blickte Rhodan dorthin, wo sich die Rampe herausschob.

Der erste, der durch die Schleusenöffnung trat, war Oberst Pawel Kotranow. Vor Rhodan hielt er an und salutierte.

„Sir, Kommandant Kotranow meldet ANDROTEST III nach erfolgreich abgeschlossenem Auftrag zurück."

Bevor Rhodan danken konnte, fuhr Atlan dazwischen.

„Wie kommt es, Oberst, daß Sie entgegen den Anweisungen über den Horror-Transmitter zurückgekommen sind?"

„Atlan!" Rhodans Stimme enthielt einen eindeutigen Verweis. „Die Fragen werden später gestellt."

„Ich möchte trotzdem jetzt schon auf diese Frage antworten", bat Kotranow erregt. Als Rhodan zustimmend nickte, fuhr er mit ärgerlicher Stimme fort: „Wenn wir nicht über den Transmitter gekommen wären . . .", er blickte Atlan herausfordernd an, „. . . dann würden Sie noch am Sankt-Nimmerleins-Tag auf uns warten. Die Maahks besaßen nämlich die Frechheit, unsere dritte Stufe zu zerschießen."

Atlan biß sich auf die Lippen.

„Verzeihen Sie meine Erregung, Oberst. Sie haben völlig richtig gehandelt. Meine Hochachtung!"

Nun wurde Kotranow verlegen.

Perry Rhodan beendete die peinliche Szene, indem er einfach Kotranows Hand ergriff und sie kräftig schüttelte.

„Willkommen auf ‚heimatlichem‘ Boden, Oberst!“ Ernst setzte er hinzu: „Bitte, wundern Sie sich nicht darüber, daß ich die Quarantäne über die ANDROTEST III und die gesamte Mannschaft verhänge. Die Lage ist angespannt. Wir wollen lieber zu vorsichtig als zu leichtsinnig sein.“

„Ich verstehe, Sir“, erwiderte Kotranow gepreßt, „wir könnten Androiden mit den Gehirnen von Maahks sein...“

„Sie oder die Leute, die Sie mitgebracht haben!“ sagte Mercant.

Auf ein Zeichen Rhodans begann Oberst Kotranow in sein Armband-Funkgerät zu sprechen. Noch während er seine Anweisungen an die Besatzung gab, glitten zwei Transport-Bodengleiter mit den Abzeichen der SPACE CRAGONS heran, einer Eliteeinheit der Imperiumsflotte, die dem Chef der Solaren Abwehr unterstand. Hinter ihnen erschien ein Krankentransportgleiter. Auch er gehörte, obwohl das für den Uneingeweihten nicht erkennbar war, zur Abwehr.

In der offenen Schleuse erschien Major Ez Hattinger. Er rief einen Befehl nach innen, dann stellte er sich seitlich des Ausstiegs auf die Rampe.

Rhodans Gesicht wurde zur undurchdringlichen Maske.

Unverkennbar war das Leutnant Son-Hao, der den Fuß auf die Rampe setzte, klein, zierlich, dunkelhaarig. Er winkte mit beiden Händen zu den Wartenden. Dann erst schien er den Kordon von Kampfrobotern und schwerbewaffneten Soldaten der SPACE CRAGONS zu sehen. Seine Arme sanken herab. Er zögerte. Doch dann gab er sich einen Ruck und schritt weiter.

„Ich mache mir Vorwürfe“, flüsterte Rhodan zu Mercant. „Diese Männer haben in jeder Minute ihres Einsatzes das Leben riskiert, und nun werden sie wie Aussätzige empfangen.“

„Sie sind Soldaten“, entgegnete Mercant hart. „Und sie sind hochintelligente Spezialisten. Sie werden verstehen, daß wir uns sichern müssen.“

Rhodan räusperte sich warnend. Soeben waren alle fünf Agenten am Fuß der Rampe angelangt. Cole Harper wurde von einem Sanitäter gestützt, und Halgor Sörlund lag auf einer Trage. Imar Arcus und Hegete Hegha stützten sich auf einen Stock. Nur Son-Hao stand ohne Hilfe.

Major Sörlund richtete sich auf und salutierte.

„Sir! Einsatzgruppe nach erfolgreich abgeschlossenem Einsatz zurück."

Rhodan nickte.

„Danke, Major Sörlund. Ich freue mich, Sie wiederzusehen. Bitte entschuldigen Sie das Sicherheitsaufgebot. Sie werden verstehen, daß nach diesem Einsatz besondere Maßnahmen notwendig sind. Auf jeden Fall sind Sie mir und uns allen willkommen." Er ging auf Sörlund zu und drückte dem Major die Hand. Danach begrüßte er die anderen. Mercant, Tifflor und Atlan taten es ihm nach; Atlan mit maskenhaft starrem Gesicht, ohne jede Herzlichkeit.

Mercant trat zurück und winkte. Der Krankentransportgleiter schob sich heran. Ein Arzt und vier Sanitäter sprangen heraus.

Rhodan lächelte gewinnend.

„Ich denke, Sie werden noch einige Zeit brauchen, bis Sie sich wieder vollkommen erholt haben. Solange sind Sie Patienten. Bitte, steigen Sie ein. Wir sehen uns später wieder."

Halgor Sörlund grinste lethargisch.

„Vielen Dank, Sir. Wir stehen jederzeit zu Ihrer Verfügung."

Hegete Hegha lachte spöttisch.

„Vielleicht können Sie dem Personal der Klinik sagen, daß wir ganz gut eine Erfrischung gebrauchen könnten. Wir sind nämlich keine mit Haut überzogenen Roboter, wie Lordadmiral Atlan wahrscheinlich annimmt."

„Das wird sich herausstellen!" sagte Atlan drohend.

„Genehmigt!" erklärte Rhodan. Er wandte sich an den begleitenden Arzt. „Veranlassen Sie das, Doc. Wir möchten nachher noch einige Fragen stellen."

Als der Krankentransportgleiter abgefahren war, hielt Rhodan noch eine kurze Ansprache an die angetretene Besatzung der ANDROTEST III und bat sie anschließend, die nächsten Tage in einem Genesungsheim der Flotte zuzubringen.

Er sah den Männern noch lange nach, wie sie im Gänsemarsch,

mit ihrem Gepäck auf dem Rücken, in die großen Transportgleiter marschierten.

„Du bist zu sentimental, Barbar!“ brummte Atlan. „Was notwendig ist, muß getan werden. Da gibt es keine Sentimentalität.“

„Was aber nicht heißen soll, daß das Notwendige gern getan werden muß!“ entgegnete Rhodan heftig.

„Ich werde jedenfalls dafür sorgen, daß alle fünf Agenten genauestens durchleuchtet werden!“ sagte Mercant hart.

Rhodan seufzte.

„Sie sind tatsächlich von Atlan angesteckt worden, Mercant.“

„Möglich“, gab Mercant trocken zurück. „Wenn sich allerdings kein Verdacht bestätigt, werde ich mich persönlich bei den Männern entschuldigen. Aber zuerst presse ich alles aus ihnen heraus. Mich sollen die Maahks nicht überraschen.“

Professor Kellin March war ein Hüne von Gestalt. Man sah dem sonnengebräunten Mann mit der hohen Stirn und den wasserblauen Augen an, daß er seine Arbeitszeit nicht nur in der Klinik zubrachte.

Allerdings vermochte man ihm nicht anzusehen, daß er gleichzeitig Oberst der Solaren Abwehr war.

Allan D. Mercant empfing ihn allein.

„Setzen Sie sich, March, und berichten Sie!“ forderte er ihn auf.

Der Professor nahm mit geschmeidigen Bewegungen Platz.

„Ich habe die fünf Männer untersucht, Sir. Um es gleich zu sagen: Sie sind weder Roboter noch Androiden, sondern Menschen. Alle besonderen Merkmale, die man vor ihrem Abflug registrierte, sind vorhanden. Auch die psychologischen Testgespräche konnten nur bestätigen, daß es sich tatsächlich um die Leute handelt, die wir ausgeschickt haben.“

Mercant atmete erleichtert auf.

„Dann wäre Ihrer Ansicht nach also alles in Ordnung?“

Professor March nickte bedächtig.

„Das schon, aber ...“

„Aber ...?“

„Sir, ich hatte manchmal den Eindruck, als gäben sie sich erschöpfter, als sie wirklich sind.“

Mercant runzelte die Stirn. Dann schüttelte er den Kopf.

„Ich verstehe nicht ganz, was Sie meinen, March. Selbstverständlich müssen die Leute erschöpft sein, nach den durchgestandenen Strapazen. Außerdem dürfen wir nicht vergessen, daß sie sich im Endstadium der Zentrumspest befinden." Sein Gesicht verdunkelte sich. „Wahrscheinlich haben sie nur noch Wochen zu leben."

„Eben das gibt mir zu denken. Ihre Konstitution ist so hervorragend, wie sie bei kerngesunden Menschen nach einem solchen Einsatz und nach den Verwundungen überhaupt sein kann."

„Sie wissen doch selbst, daß bei der Zentrumspest kein sichtbarer Verfall eintritt", entgegnete Mercant. „Und Sie wissen auch, daß man sie über ihre Krankheit nicht befragen kann. Aber wir werden sie selbstverständlich in die Galaxis zurückbringen lassen und sie mit den entsprechenden Geräten von ASTO IV testen. Aber vorerst müssen wir ihnen einige Tage Ruhe gönnen, damit sie sich von den Strapazen erholen können."

Professor March nickte zustimmend, und Mercant fuhrt fort:

„Sie werden die Leute natürlich weiterbehandeln. Ich möchte, daß Sie besonders darauf achten, wie sie sich nach den einzelnen Vernehmungen verhalten, physiologisch und psychologisch. Deshalb kommt es darauf an, daß sie in Ihnen nur den Arzt sehen und nicht etwa einen Spitzel. Erfüllen Sie ihnen alle Wünsche – und, wenn ich die Leute besuche, stellen Sie sich stets in Opposition zu mir. Seien Sie der besorgte Arzt, der sich gegen jede Aufregung seiner Patienten wehrt!"

March lächelte.

„Das wird mir nicht schwerfallen, Sir. Sie dürfen nicht vergessen, daß ich tatsächlich Arzt bin. Ich dulde keine stundenlangen Verhöre meiner Patienten."

„Dann sind wir uns ja einig." Mercant nickte Professor March zu. „Vielen Dank für Ihren Bericht. Sie können gehen." Er sah auf seine Uhr. „In einer halben Stunde möchte der Großadministrator die Agenten sprechen. Sie haben sie ja in Einzelzimmern untergebracht, nicht wahr?"

„Gegen ihren Willen, Sir."

Mercants Gesicht blieb ausdruckslos. Als Professor March den Raum verlassen hatte, schaltete Mercant den Interkom ein. Ein Offizier der Organisation meldete sich.

„Sorgen Sie dafür, daß John Marshall in einer halben Stunde vor dem C-Trakt auf mich wartet!" befahl Mercant. „Er befindet sich bereits an Bord der CREST."

Der schlanke, unscheinbar wirkende Mann mit dem nichtssagenden Gesicht stieg aus dem Gleiter und eilte auf die Gruppe wartender Männer zu.

Perry Rhodan lächelte ihm freundlich entgegen.

Er ließ sich nicht durch die unscheinbare Erscheinung des anderen täuschen, denn er kannte ihn besser als jeder andere.

Mercant räusperte sich und blickte ostentativ auf seine Uhr.

„Ich denke, wir können jetzt hineingehen."

Rhodan nickte.

„Sie haben recht, Mercant. Hören wir uns zuerst einmal Heghas Bericht an."

„Hegha?" fragte Mercant erstaunt. „Er ist nur Sergeant und dürfte nicht den Überblick haben wie Major Sörlund."

„Hegha ist nervös, Mercant", erwiderte Rhodan. „Und nervöse Menschen verraten sich leichter – wenn es überhaupt etwas zu verraten gibt, meine ich."

Während des Gesprächs hatten sie die Klinik betreten. Professor Dr. March empfing sie und führte sie auf Rhodans Anweisung zu Heghas Zimmer.

„Besuch für Sie, Sergeant!" rief er durch die offene Tür. Dann wandte er sich an Rhodan. „Sir, darf ich darum bitten, den Patienten nicht zu überanstrengen? Als Arzt darf ich Ihnen nur eine Viertelstunde bewilligen."

„Schon gut, Doc!" sagte Rhodan. „Und jetzt lassen Sie uns bitte allein!"

Hegete Hegha hatte in einem Sessel gesessen und in einem Buch gelesen.

Er erhob sich und ging Rhodan entgegen, wobei er das linke Bein etwas nachzog.

Rhodan drückte ihm stumm die Hand und setzte sich auf die Wandbank.

„Bitte, nehmen Sie wieder Platz, Sergeant!" forderte er Hegha auf.

„Wir werden uns ganz kurz fassen. Am besten wird es sein, Sie erzählen uns erst einmal das, was Ihnen am wichtigsten erscheint."

Hegha lachte. Es klang nicht ganz echt. Aber Rhodan sagte sich, daß die Aufregung des Sergeanten nur natürlich sei.

„Das Wichtigste für mich", sagte Hegha, „ist die glückliche Heimkehr, Sir. Sie können sich gar nicht vorstellen, was es für uns bedeutet, wieder im Twin-System zu sein."

„Doch, ich kann es mir gut vorstellen", erwiderte Rhodan. Er warf einen unauffälligen Blick zu John Marshall, der scheinbar uninteressiert dem Gespräch lauschte. Marshall nickte leicht. „Berichten Sie bitte, wie es Ihnen gelang, zum Transmitter-System Alpha-Zentra zu kommen!"

Hegha nickte.

„Es war alles viel einfacher, als wir uns vorgestellt hatten. Die ALTAI rematerialisierte innerhalb Horrors, wurde durch den südpolaren Schacht ins Freie gestoßen und stand im Raum.

Zuerst waren wir erschrocken. Rings um Horror wimmelte es von Maahk-Raumschiffen. Aber die Maahks kümmerten sich nicht um uns.

Ja, und dann wurde die ALTAI von einem Transmitterstrahl erfaßt und in das Transmissionsfeld hineingerissen. Als wir aus dem Transmitterschock erwachten, befanden wir uns in einem System aus drei blauen Sonnenriesen, die miteinander die Eckpunkte eines gleichschenkligen Dreiecks darstellten. Nachdem wir durch Berechnungen festgestellt hatten, daß der Dreifachtransmitter sich innerhalb des Zwergnebels Andro-Alpha befand, nannten wir ihn Alpha-Zentra.

Wir fanden keine Zeit, uns länger umzusehen, denn eine Art Traktorstrahl zog uns einem Planeten entgegen, der die drei Sonnen in einer Entfernung von nur fünfzig Millionen Kilometer umlief. Es handelte sich um einen Wasserstoff-Ammoniak-Methan-Planeten. Die ALTAI wurde auf einem großen Raumhafen abgesetzt. Offenbar erwartete man uns bereits."

Hegha strich sich in einer verlegenen Geste über sein schwarzes Kraushaar. Er machte einen sehr erschöpften Eindruck.

„Danke, Sergeant", sagte Rhodan. „Lassen wir es dabei. Die anderen wollen uns schließlich auch noch etwas erzählen. Kommen wir zu den Fragen: Haben die Maahks erkannt, daß Sie terranische Agenten waren?“

Hegha nickte.

„Anfänglich wohl nicht. Sie glaubten unserer konstruierten Geschichte.“

„Und als sie es wußten?“

Hegha lächelte zynisch.

„Mit unserer Spezialausrüstung haben wir Ihnen einen schönen Feuerzauber hingelegt, Sir. Die Maahks waren völlig überrascht. Es gelang uns, mit der ALTAI auszubrechen und einen Flottentransport zu benutzen, um durch den Alpha-Zentra-Transmitter zurück ins Horror-System zu kommen.“

„Wann haben die Maahks der Horror-Flotte gemerkt, wer aus ihrem Transmitter kam?“ fragte Mercant.

„Wahrscheinlich sofort. Aber sie waren wohl zu überrascht, um sofort zu reagieren. Deshalb gelang es uns, trotz eines schweren Treffers in den Linearraum zu entkommen.“

Hegha trocknete sich die schweißnasse Stirn ab und atmete schwer.

„Hat man Sie parapsychisch zu beeinflussen versucht?“ fragte Atlan.

Hegha zögerte.

„Wahrscheinlich. Aber ich weiß nicht, ob sie damit Erfolg hatten. Jedenfalls dürften ihnen, nachdem man uns in die käfigartigen Konstruktionen sperrte, gewisse Zweifel gekommen sein, so daß wir uns veranlaßt sahen zu fliehen.“

Rhodan erhob sich.

„Vielen Dank, Sergeant Hegha. Ruhen Sie sich noch aus. Ich wünsche Ihnen gute Besserung.“

Hegha lächelte müde.

„Danke, Sir. Ich habe tatsächlich eine Menge Schlaf nachzuholen.“

„Was haben Sie festgestellt, John?“ fragte Rhodan, als sie sich wieder auf dem Gang befanden.

John Marshall lächelte etwas hilflos.

„Sie wissen ja, daß die Operationen es mir unmöglich machen, den Gedankeninhalt eines unserer Agenten zu erkennen. Ich kann also nicht feststellen, ob Hegha die Wahrheit spricht. Immerhin konnte ich seine Körperschwingungen deutlich wahrnehmen."

„Und . . .?" fragte Atlan gespannt.

„Sergeant Hegha ist eindeutig ein Mensch. Er ist sogar ganz eindeutig der gleiche Sergeant Hegha, den ich bereits vor seinem Einsatz prüfte."

Rhodan lachte erleichtert. Er zwinkerte Atlan zu.

„Nun, was sagst du dazu, alter Skeptiker?"

Atlan blickte dem Freund lange in die Augen, als wollte er etwas finden, was seiner Meinung entsprach. Als er dann antwortete, geschah es flüsternd.

„Wir alle kannten einst einen Perry Rhodan, der nicht er selbst war, Perry. Ich erinnere dich nur ungern an das tragische Schicksal deines Sohnes. Aber heute muß es sein. Jeder, auch John Marshall, hielt ihn damals für dich, und das hätte fast den Untergang der Menschheit bedeutet."

Über Rhodans Gesicht fiel ein Schatten.

„Du hast eine alte Wunde wieder aufgerissen, Freund. Aber der Vergleich hinkt. Er hinkt sogar auf beiden Beinen, Arkonide. Mein Sohn glich mir äußerlich völlig – was eine natürliche Ursache hatte. Trotzdem hätten genaue Untersuchungen gezeigt, daß ich es nicht war. Hier liegt der Fall anders. Es ist unwahrscheinlich, daß zu Sörlund, Harper, Hao, Arcus und Hegha zugleich Doppelgänger existieren. Es ist noch viel unwahrscheinlicher, daß die Maahks ausgerechnet im Besitz dieser fünf hypothetischen Doppelgänger sein sollten, noch dazu zum Zeitpunkt des Agenteneinsatzes, den sie vorher nicht kannten!"

„Sie haben recht", pflichtete Mercant ihm bei. „So etwas anzunehmen ist absurd. Es ist unmöglich."

Atlan blieb hartnäckig.

„Ich kann mir nicht helfen. Wahrscheinlich bin ich euch lästig, weil ich zuviel warne. Ich kann nur immer wieder sagen: Hütet euch vor den Maahks. Und jetzt verlasse ich euch lieber." Er drehte sich um und ging mit hängenden Schultern davon.

„Atlan!" rief Perry Rhodan hinter ihm her. „Warte doch. Niemand ist dir böse!"

Vor dem Ausgang drehte Atlan sich noch einmal um und lächelte traurig.

„Ich weiß, Perry. Ich weiß aber auch, daß die Tatsachen gegen meinen instinktiven Verdacht sprechen. Keineswegs möchte ich die Untersuchung gefühlsmäßig belasten. Außerdem hast du mir gesagt, daß ein Schwert vom vielen Gebrauch stumpf wird. Das aber wäre das Schlimmste, was geschehen könnte."

Seine Augen glitzerten hart.

„Ich ziehe mich nicht völlig zurück. Ich werde tun, was in meiner Macht liegt, um eine Tragödie zu verhindern, Perry."

Die ersten Vernehmungen waren beendet.

Perry Rhodan, Julian Tifflor, Allan D. Mercant und John Marshall saßen in Mercants provisorischem Arbeitszimmer innerhalb des Hauptquartiers Quinta. Perry Rhodan faßte das Ergebnis zusammen.

„Es ist erwiesen, daß alle Agenten dieselben Menschen sind, die von uns ausgeschickt wurden. Die Tests, die die Ärzte der Abwehr durchführten, beweisen das einwandfrei.

Kommen wir also zum Ergebnis des Agenteneinsatzes.

Viel ist es nicht, was dabei herausgekommen ist. Alles, was uns die Agenten berichtet haben, ist bereits vor ihrem Einsatz von uns vermutet und zum Teil als Tatsache betrachtet worden. Nunmehr haben diese Vermutungen eine Bestätigung erhalten. Die Maahks werden von den Meistern der Insel beherrscht und handeln in deren Auftrag. Auch der zweite Aspekt des Agenteneinsatzes, die Friedensmission, ist dadurch vorerst gescheitert."

„Woraus wir unsere Lehren ziehen sollten", bemerkte Mercant.

„Richtig!" Rhodan lächelte Tifflor zu. „Welche Lehre würden Sie daraus ziehen, Tiff?"

„Die Lehre, daß die Verteidigung des Twin-Systems zweitrangig geworden ist."

„Begründen Sie das, Tiff!"

„Die Maahks bereiten zweifellos die Invasion unserer Galaxis vor. Das ließ sich aus den Berichten der Agenten entnehmen. Da die Maahk-Flotten jedoch das Horror-System besetzt halten, wäre es Material- und Zeitverschwendung für sie, auch noch das Twin-System zu besetzen. Beide Transmitter-Systeme sind neunhunderttausend Lichtjahre von unserer Galaxis entfernt. Die Maahks kämen also keinen Schritt weiter, wenn sie Twin eroberten.

Kahalo dagegen gehört schon zu unserer Galaxis. Dort werden sie ansetzen. Ich bin davon überzeugt, daß sie ohne weiteres große Flotteneinheiten von Horror aus nach Kahalo schicken könnten.

Noch gefährlicher wäre es, falls es den Maahks gelänge, im galaktozentrischen Sechsecktransmitter Fuß zu fassen. Das könnten sie jedoch erst dann, wenn sie Kahalo besetzten.

Worauf ich hinaus will ist, daß Kahalo unmittelbar bedroht ist. Das Twin-System dagegen hat für uns nur taktische Bedeutung. Wenn wir es verlören, könnten wir zwar nicht mehr neunhunderttausend Lichtjahre weit in den Leerraum vorstoßen, aber das ist auch schon alles."

„Ich bin aber nicht Ihrer Ansicht!" sagte Mercant. „Wir brauchen das Twin-System, wenn wir nach Andromeda vordringen wollen."

Tifflor schüttelte den Kopf.

„Ich meinte auch nicht, daß wir Twin aufgeben sollten. Vielmehr habe ich nur den zukünftigen Schwerpunkt der Auseinandersetzungen genannt."

Rhodan nickte.

Marshall dagegen meldete Bedenken an:

„Ich fürchte, Sie alle vergessen eines: Die Maahks bestimmen den Schwerpunkt der Auseinandersetzungen. Und meiner Ansicht nach *haben* sie ihn bereits bestimmt." Er hob seine Stimme. „Ich fürchte sogar, sie haben schon irgendwo angegriffen – und zwar nicht im Kahalo-Transmitter, sonst wüßten wir davon!"

„So etwas habe ich heute schon einmal gehört", sagte Rhodan. „Atlan warnte mich davor."

„Wenn er das getan hat", sagte Marshall erregt, „dann muß ich ihm beipflichten. Die Maahks haben ihren Scheinangriff nicht ohne triftigen Grund geflogen."

„Nein, das haben sie sicherlich nicht!" rief Rhodan aus. „Aber wer kann mir sagen, was der Scheinangriff wirklich zu bedeuten hatte?"

Marshall schwieg. Auch er wußte keine Antwort. Genausowenig konnten die heimgekehrten Agenten diese Frage beantworten.

Dabei waren sie es, die sowohl der Grund des Scheinangriffs, als auch die Vorhut der geplanten Invasion selbst waren. Aber das ahnte zu diesem Zeitpunkt noch niemand. Lediglich Atlan hegte einen undefinierbaren Verdacht, doch auch er war weit davon entfernt, die Wahrheit auch nur im entferntesten zu erkennen. Und die fünf Duplos hatten allen Grund, über ihren Auftrag zu schweigen.

26.

Leutnant Son-Hao und Sergeant Hegete Hegha standen am Ufer des Meeres, das die Küste des einzigen Kontinents Quintas umspülte.

Hegete Hegha spie ins Wasser.

„Endlich läßt man uns einmal in Ruhe. Am meisten hat mich dieser Arkonide aufgeregt. Ich glaube, wenn es nach ihm ginge, blieben wir bis zu unserem Lebensende eingesperrt."

Son-Hao nickte.

„Glücklicherweise hat er sich nicht mehr sehen lassen, nachdem er bei dir war."

„Kein Wunder!" Hegha grinste zynisch. „Er muß gemerkt haben, daß ich ihn nicht leiden kann."

Son-Hao setzte sich auf einen der Uferfelsen.

„Unterschätze ihn nicht. Er wird im stillen weiter gegen uns hetzen."

„Ohne Erfolg. Wir haben die Prüfung bestanden. Ich bin sogar überzeugt, es waren mehr Prüfungen, als wir überhaupt bemerkt haben. Dieser Mercant ist mit allen Wassern gewaschen."

Son-Hao lachte leise.

„Gegen uns ist er ein Nichts. Wir sind so täuschend echte Duplikate, daß ich manchmal selbst daran zweifle, ob wir auf Alpha-Zentra überhaupt gestorben sind oder nicht."

„Die Maahks sind den Terranern eben doch überlegen", sagte Hegha sinnend. „Wenn ich bedenke, daß ihr Duplikator uns sozusagen aus dem Nichts erschaffen hat, nur nach den Angaben, die der Abtaster gespeichert hatte . . ."

„Und doch muß dem Duplikator ein winziger Fehler unterlaufen sein!" Son-Haos Stimme klang plötzlich gequält. Er hämmerte mit den

Fäusten verzweifelt gegen seine Brust. „Ich spüre es, habe es die ganze Zeit über gespürt. Es ist ein dumpfes, undefinierbares Gefühl, nicht zu deuten und doch vorhanden. Etwas haben die wirklichen Agenten gehabt, was wir nicht haben!"

„Das stimmt." Hegha blickte sich furchtsam um. „Ich kenne dieses Gefühl auch. Wir müssen uns vorsehen. Irgendwann kann uns das zum Verhängnis werden."

Son-Hao erhob sich wieder. Er fröstelte.

„Komm, Hegete! Laß uns zurückfahren. Die Hauptsache ist, daß man uns nicht erkennt, solange wir unsere Aufgabe nicht erfüllt haben. Und danach werden die Terraner keine Zeit mehr haben, sich an uns zu rächen."

ENDE

Anhang

CREST II Flaggschiff Perry Rhodans und der Solaren Flotte zur Zeit des Vorstoßes ins Vorfeld der Andromeda Galaxis (2400–2403), ein Superschlachtschiff der Imperiumsklasse.

Militärische Besatzung: Oberst Carl *Rudo* (Kommandant), Epsaler. – Oberstleutnant Brent *Huise* (Erster Offizier), 34 Jahre alt, 1,88 m groß, fuchsrotes Haar, grobes Gesicht, gutmütig, spielt den Choleriker und verlangt eiserne Disziplin. – Major Jury *Sedenko* (Zweiter Offizier), 31 Jahre, 1,76 m, blondes Borstenhaar, ruhig und beherrscht, sehr wortkarg. – Major Dr. Ing. Bert *Hefrich* (Leitender Ingenieur), 33 Jahre, mittelblondes Kraushaar, leicht aufbrausend, Könner auf seinem Gebiet und berüchtigt als Spötter. – Major Enrico *Notami* (Chef der Ortungszentrale), 30 Jahre, klein und zierlich, lebhaft, dunkles Kraushaar, hängt Traum von eigenem Kommando nach. – Major Kinser *Wholey* (Chef der Funkzentrale), 28 Jahre, Neger, lacht und scherzt gerne, ist bei allen beliebt. – Major Cero *Wiffert* (Erster Feuerleitoffizier), 33 Jahre, untersetzt, mittelblond, breite Narbe auf der Wange, wortkarg. – Major Curt *Bernard* (Hauptzahlmeister), 42 Jahre, dick, kurz und stämmig, schütteres Blondhaar, rotgeäderte Wangen, Einschnitte an den Augenfalten infolge Sehfehlerkorrektur; erstklassiger Organisator, liegt in dauerndem Widerstreit mit seinen Vorgesetzten und liebt es, die Fehler von Untergebenen psychologisch zu durchleuchten; ewiger Schwarzseher. – Captain Noro *Kagato* (Chef Robotkommando), 26 Jahre, Japaner, ruhig, klein, zuverlässig. – Captain Don *Redhorse* (Chef Landungskommando), 27 Jahre, 1,90 m, Cheyenne-Indianer und Draufgänger, glattes blauschwarzes Haar. – Captain Sven *Henderson* (Chef Jägerkommando), 28 Jahre, 1,88 m, blond, Draufgänger. – Leutnant Orsy *Orson,* 21 Jahre, weißblond, Phlegmatiker und gemütlich. – Leutnant Finch *Eyseman,* 22 Jahre, braunhaarig, groß, verträumt, braune Augen, sehr humane, idealistische Einstellung. – Leutnant Conrad

Nosinsky, 21 Jahre, dunkelhäutig, stämmig, Befürworter eines harten Kurses.

Wissenschaftler: Dr. Ralph *Arthur* (Chefarzt), 38 Jahre, dürr, ewig mißmutig, Glatze. – Dr. *Hong* Kao (Chefmathematiker), 34 Jahre, Chinese, klein, glattes schwarzes Haar, bekannt für verwegene Ideen. – Dr. Spencer *Holfing* (Chefphysiker), 39 Jahre, dick, ausgesprochen cholerisch, trotz des geringen Alters schlohweiße Haare.

Alle Altersangaben beziehen sich auf das Jahr 2400.

Duplos – Bezeichnung für die in einem *Multiduplikator** hergestellten Duplikate von Lebewesen, die äußerlich und im gesamten Körperbau vollkommen mit den Originalen übereinstimmen. Selbst das ganze Wissen, jede Erinnerung und jeder Charakterzug des Vorbilds ist vorhanden. Gelöscht und durch andere ersetzt werden können lediglich die Ansichten und Überzeugungen. So sind die ersten im Jahre 2401 von den *Maahks** geschaffenen Terraner-Duplos nach außen hin die Menschen, nach deren Muster (Atomschablone) sie entstanden, in ihrem Denken jedoch Maahks. Als solche bilden sie die Vorhut und Fünfte Kolonne der Methanatmer in der Milchstraße.

Horror – gigantische, von den *Meistern der Insel** künstlich geschaffene Hohlwelt und wie das *Twin-System** eine der Fallen auf der Transmitterstraße nach Andromeda. Der Planet besitzt einen Gesamtdurchmesser von 13 812 km und steht im gemeinsamen Schwerpunkt dreier gelber Sonnen (G-1-Typ), die ihn in jeweils 95 Millionen km Entfernung umlaufen. Sie sind in der Form eines gleichseitigen Dreiecks angeordnet und bilden einen *Sonnentransmitter**. Von den Terranern erhalten die Sonnen die Bezeichnung „Drillinge“ und werden mit den Buchstaben A, B und C versehen. Das System befindet sich wie Twin 900 000 Lichtjahre vom Rand der Milchstraße. Horror besitzt keine Eigenrotation, seine Polachse steht exakt senkrecht zur Umlaufebene der drei Gestirne. Der Durchmesser des kugelförmigen Hohlraums in seinem Innern beträgt 7800 km, die Dicke der Planetenschale somit ca. 3000 km. Im genauen Mittelpunkt der Hohlwelt steht eine künstliche Sonne von 500 km Durchmesser, die *Energiekern* genannt wird und ihre Strahlung indirekt von den Drillingssonnen bezieht. Die Schale Horrors ist durch in den Felsmantel getriebene Ebenen unterteilt. Der gesamte Planet besteht demnach aus dem Zentrumshohlraum, der ersten, zweiten und dritten Ebene und der auch als vierte Ebene bezeichneten Oberfläche. Die innerhalb Horrors künstlich aufrechterhaltene Schwerkraft schwankt je nach Standort um ein Mittel von 1,01 g.

Die Landschaft auf der *inneren Kugelschale* gleicht einer irdischen Wüste mit weiten Geröllebenen und flachen Gebirgszügen. Am Fuß einer dieser Bergketten befindet sich die Justierungsstation für den Sonnentransmitter. An zwei gegenüberliegenden Stellen der Kugelwandung existieren die Öffnungen eines 50 km durchmessenden Schachtes, der den ganzen Planeten von Pol zu Pol durchläuft. Er führt zunächst in die erste Ebene, die *Grün-Etage.* Wie alle anderen Ebenen auch, hat sie eine Höhe von rund 800 bis 1000 km. Die Dicke der einzelnen Trennschalen schwankt um 100 km. Die Außenwandung der inneren Kugelschale dient nun als Himmel, die eigentliche Landschaft ist wieder auf der Innenwandung der nächsten Schale angesiedelt. Beide Begrenzungen („Himmel" und „Boden") sind durch 1000 km hohe Felsentürme oder ganze Gebirgsmassive miteinander verbunden, wodurch eine Art Wabengerüst im Innern Horrors existiert. Der Grün-Etage (grüner „Himmel", riesige Urwälder, Temperatur konstant +32° Celsius, Bewohner die *Gurus**) folgt die *Rot-Etage* (rotes Leuchten über einer unwirklich erscheinenden Gebirgslandschaft, Bewohner die *Schnorchel**), auf diese die *Gelb-Etage* (gelbes Licht, gigantische Felsendome, Trümmerstädte, überall starke radioaktive Strahlung, Bewohner die *Scheintöter**). Die *Oberfläche* Horrors schließlich ist eine wie glattgefegt wirkende Einöde, deren höchste Erhebungen bestenfalls 12 Meter betragen. Nur hier und da findet man winzige Wasserrinnsale. Bauwerke gibt es allein in Form von jeweils vier gigantischen Kuppeln an Nord- und Südpol. Von der Südpolstation geht die fürchterlichste Gefahr des Fallenplaneten aus. In ihr befindet sich der sogenannte *Potential-Verdichter**, der alle nicht zu Horror gehörende Materie um das Tausendfache verkleinert.

Im Jahre 2400 geraten Perry Rhodan und seine Begleiter mit der CREST II* in den Bann der Hohlwelt und müssen sich durch sämtliche Etagen hindurchkämpfen, bis sie an die Oberfläche und in die Strahlung des Potential-Verdichters gelangen.

Maahks – (der Maahk, des Maahks, die Maahks, maahksche) – auf Wasserstoff-Methan-Ammoniak-Welten der Milchstraße, später des Andromedanebels beheimatetes Intelligenzvolk.

Aussehen und Körperbau: Ein erwachsener Maahks erreicht eine durchschnittliche Höhe von ca. 2,20 Metern und eine Schulterbreite von ca. 1,50 Meter. Die mächtige, stämmige Gestalt ruht auf zwei kurzen und kräftigen Beinen mit jeweils vier Zehen. Im Gegensatz zu den beiden langen, bis auf die Knie reichenden Armen besitzen die Beine ein Knochengerüst und Gelenke. Die Arme sind enorm widerstandsfähige, hochelastische Muskel- und Sehnenbündel, vergleichbar mit Tentakeln. An den Schultern stark und massig, laufen sie zu den sechsfingrigen Händen (ebenfalls knochenlos und biegsam) hin trichterförmig aus. Rechts und links an jeder Hand sind zwei Daumen, dazwischen befinden sich die übrigen vier Finger, gleichlang und sehr feinfühlig. Der Kopf eines Maahks ist starr mit dem Körper verbunden und gleicht einem halbmondförmigen Wulst, der von einer Schulter zur anderen reicht. Er kann nicht bewegt werden und ist bis zu 1,50 Meter lang und im Scheitelpunkt ca. 40 Zentimeter hoch. Von der Schmalseite her betrachtet, gleicht dieser sichelförmige Wulst einem Bergkamm. An den Schultern sehr breit, läuft er nach oben hin spitz zu. Auf dem schmalen Grat sitzen vier runde, grünschillernde und durchschnittlich sechs Zentimeter große Augen, die jeweils zwei halbkreisförmige Schlitzpupillen besitzen, mit denen gleichzeitig nach vorn und nach hinten geblickt werden kann. Die Augen können von zwei Lidern verschlossen werden. Der durch diese „Doppelaugen" gegebene Blickwinkel von 360 Grad hebt den Nachteil der Unbeweglichkeit des Kopfes wieder auf. Die Geruchs-, Gehör- und sonstigen Sinnesorgane befinden sich fast unsichtbar in der Vorder- und Hinterseite des Schädels. Der Mund liegt an der faltigen Übergangsstelle zwischen Kopfwulst und Schultern, ist ca. 20 Zentimeter lang und weist ein kräftiges Raubtiergebiß und dünne, hornartige Lippen auf. Die Haut ist blaßgrün, fast farblos und mit pfenniggroßen, ebenfalls blaßgrauen Schuppen bedeckt.

Charakter und Besonderheiten: Die Intelligenz der Maahks entspricht der der Menschen. Die Mentalität ist allerdings sehr verschieden. Alle Methanatmer sind ausgesprochen kalte Logiker, denen Gefühle fast unbekannt bleiben. Ihre Sprache ist das *Kraahmak,* das von humanoiden Wesen mühelos verstanden wird und auch gesprochen werden kann. Maahks sind an eine Schwerkraft von 2,9 bis 3,1 g gewöhnt und trotz ihrer plump wirkenden Körper äußerst beweglich. Sie sind eierlegende, ungeheuer fruchtbare Geschöpfe. Bei jedem Geburtsvorgang werden bis zu neun Eier ausgestoßen, deren Reifezeit nur dreieinhalb Monate beträgt, daher die enorme Vermehrung. Die Bekleidung der Maahks besteht aus in einem Stück gefertigten, blaßgrauen Kombinationen. Die beim Aufenthalt im Weltraum oder auf Sauerstoffplaneten benötigten Druckhelme sind zusammenfaltbare Konstruktionen, die vor und hinter dem Kopf in den druckfesten Raumanzügen versenkt werden können. Ausgeklappt, verschließen sie sich über dem Schädelgrat zu einer durchgehend druckbeständigen Einheit, die genau der Kopfform entspricht. Die Maahks besitzen keine Eigennamen. Die Bezeichnung der Individuen lautet immer *Grek* und eine Zahl, die die Bedeutung des einzelnen wiedergibt (Beispiel: Grek-1 als Kommandant).

Atmung und Körperchemie: Der von den Arkoniden geprägte Begriff „Methanatmer" ist insofern irreführend, als die Maahks in erster Linie Wasserstoff einatmen, der im Gegensatz zu Methan im Körper unmittelbar reaktionsfähig ist, also energiebildend. Methan dagegen ist in seinen Reaktionen äußerst energiearm und müßte erst aufgespaltet werden, um Wasserstoff zu bilden. Darüber hinaus ist Methan auf den Heimatwelten der Maahks nur spurenhaft in der Atmosphäre vorhanden. Als solches Spurenelement wird es bei der Atmung mitaufgenommen. Durch genügend Aufnahme von Ammoniak (in den Speisen) wird dem Körper ein Oxydant zugeführt, der ein NH- oder NH_2-Radikal abspaltet, das bei der Verbrennung des inhalierten Wasserstoffs wieder ein NH_3-Molekül, also Ammoniak, liefert. Ausgeatmet wird folglich Ammoniak, das unter dem auf Maahk-Welten herrschenden Druck und den Temperaturen von +70 bis +100 Grad Celsius noch nicht verflüssigt ist.

Multiduplikator – ein von den *Meistern der Insel** entwickeltes Gerät zur identischen Vervielfältigung von Dingen oder lebenden Wesen in beliebiger Anzahl. Ein Multiduplikator arbeitet nach einem ähnlichen Prinzip wie der *Materialtransmitter**, befördert jedoch keine Materie, sondern stellt aus entsprechenden Grundstoffen an Ort und Stelle ein

Duplikat der zu vervielfachenden Gegenstände oder Personen her (→ *Duplos**). Deren subatomare Struktur wird nach der Erfassung auf einer Feldschablone (Atomschablone) festgehalten. Bei der Rekonstruierung, die eine Schaffung organisch lebender Materie darstellt, wird ebenfalls auf das Transmitter-Prinzip zurückgegriffen, genau wie beim Aufbau des zu kopierenden Bewußtseins nach der Wiederverstofflichung der chemoelektrisch-materiellen Basis. Die Feldschablonen, auf denen die gesamte Lebensstruktur der „Originale" erfaßt ist, können immer wieder zur Schaffung ganzer Serien identischer Dinge oder Geschöpfe verwendet werden. Theoretisch kann so ein in ihnen „gespeicherter" Mensch selbst noch nach Jahrzehntausenden zu neuem Leben erweckt werden.

Twin-System – von den *Meistern der Insel** geschaffener *Sonnentransmitter**, bestehend aus zwei gelben Normalsonnen, deren Abstand voneinander nur knapp fünf Lichtstunden beträgt. Die Sterne (als Twin-A und Twin-B bezeichnet) werden auf gleichförmigen Kreisbahnen von insgesamt acht Planeten umlaufen, und zwar in einer identischen Distanz von 80 Millionen Kilometern. Auf sämtlichen Welten herrschen die gleichen Temperaturbedingungen, die Eigenrotation beträgt genau 30 Stunden. Wie der Sonnenabstand, wurden von den Md I auch die Bahnen der Planeten rechnerisch ermittelt, bevor das gesamte System künstlich zusammengefügt werden konnte. Die Entfernung vom Rand der Milchstraße beträgt rund 900 000 Lichtjahre. Twin liegt im intergalaktischen Leerraum zwischen der Milchstraße und der Andromeda-Galaxis. Wie sich herausstellt, fungiert das System als Falle für Unbefugte, die die Transmitterstraße nach Andromeda entdecken – so geschehen durch die Terraner im Jahre 2400.

Die wichtigsten der acht Planeten sind Quarta* (Nr. 4), *Quinta** (Nr. 5), *Sexta** (Nr. 6), *Septim** (Nr. 7) und *Power** (Nr. 8). Infolge der identischen Sonnennähe mußte diese Numerierung willkürlich gewählt werden. Alle acht Welten weisen eine Ausrichtung der Polachse in die Waagerechte auf, wodurch keine Jahreszeiten auftreten.